신작로에 선 조선 여성

필자(수록순)

정우봉(鄭雨峰, Chung, Woobong)_고려대학교 국문학과

문희순(文姬順, Moon, HeeSoon)_충남대학교 충청문화연구소

김하라(金何羅, Kim, HaRa)_전주대학교 한문교육과

김경미(金庚美, Kim, KyungMi)_이화여자대학교 이화인문과학원

고순희(高淳姬, Ko, SoonHee)_부경대학교 국어국문학과

천혜숙(千惠淑, Chun, HyeSook)_안동대학교 민속학과

박애경(朴愛景, Park, AeKyung)_연세대학교 국어국문학과

이형대(李亨大, Lee, HyungDae)_고려대학교 국어국문학과

홍인숙(洪仁淑, Hong, InSook)_선문대학교 교양학부

장유정(張攸汀, Zhang, EuJeong)_단국대학교(천안캠퍼스) 교양교육대학 국어교과

성민경(成珉京, Sung, MinKyung)_이화인문과학원 박사후연구원

이정원(李政沅, Lee, JeongWon)_경기대학교 국어국문학과

이지영(李智瑛, Yi, JiYoung)_충북대학교 국어국문학과

유정월(柳正月, Ryu, JeongWol)_홍익대학교 국어교육학과

신작로에 선 조선 여성

초판인쇄 2020년 2월 18일 **초판발행** 2020년 2월 28일

지은이 한국고전여성문학회 **펴낸이** 박성모 **펴낸곳** 소명출판 **출판등록** 제13-522호

주소 06643 서울시 서초구 서초중앙로6길 15, 1층

전화 02-585-7840 **팩스** 02-585-7848 **전자우편** somyungbooks@daum.net

값 23,000원 ⓒ 한국고전여성문학회, 2020
ISBN 979-11-5905-494-5 03810

신작로에 선 조선 여성

한국고전여성문학회 편

CHOSEON WOMEN ON THE EDGE OF A ROAD

이 책은 한국고전여성문학회에서 '고전여성문학'이라는 틀로 근대의 다층성에 접근하기 위해 시도되었다. 근대를 둘러싼 말의 성찬은 지난 세기부터 차고 넘치다 못해 이제는 피로감까지 유발한다고 해도 과언이 아닐 듯하다. 이 시점에 굳이 다시 '근대'를 화두로 삼은 이유는 '전통'이라는 틀에 갇혀 있던 조선의 여성이 '근대'라는 낯선 시·공간을 어떻게 체험하고, 기록하고, 부딪혀 왔는지, 그 지난한 자취를 탐색하고픈 의욕이 앞섰기 때문이었다. 더구나 학회에서는 2016년에 '한국 근대성의 표상과 고전여성문학'이라는 기획 특집을 마련하여, 이 주제로 이미 한 차례 토론을 거치고 후속 논의를 기약하고 있던 터였다.

따지고 보면 유년기부터 지금 이 순간까지 너무나 많은, 그리고 이질적인 시대를 거치고 살아온 또래 연구자들에게 '근대'는 도달해야만 하는 가치의 정점이었고, 모던은 곧 유혹이었다. 역사의 모든 시간이 오직 '근대'라는 종착지에 도달하고, 사유하기 위해 존재하는 듯 보이는 근대, 전근대, 탈근대라는 말은 또 어떤가? 이처럼 근대를 정점으로 모든 가치를 위계화하려는 의도와 말들이 쌓이고, 단단한 틀이 구축되는 동안 '조선 여성'은 '전근대적'이라는 말로 간단하게 경계 밖 존재로 치부되었다. 이 책을 기획할 때에는 이렇듯 '전근대'라는 말로 배제되었던 '조선 여성'이 거쳐 온, '또 다른 근대'의 상을 모색할 수 있으리라는 일말의 기대감도 자리하고 있었다.

기획회의가 열리고 '조선 여성', '근대'라는 말들이 오고갈 때 필연인 듯 이 장면이 떠올랐다.

가을 바람 선 듯 부니 임 타신 차 총살갓치 신작로로 다라 갔네 삼밧머리 홀로 서서 멀리 큰길 바라보니 써린 눈물 앞을 가려 차는 고만 아니 뵈고 하늘만 빙빙 도라 무정한 임이건만 가고나니 더욱 서러

— <싀골색시설은타령> 중에서

서울로 공부하러 간 남편이 돌아오기만을 하염없이 기다리며 경북 영덕 시가에서 홀로 시집살이를 하던 남씨 부인은 방학 때 돌아온 남편으로부터 청천벽력과 같은 이혼 통보를 받는다. 남편을 태운 차가 멀어지는 신작로에 멀거니 서서 눈물을 떨구는 시골 색시는 곧 우리네 할머니의 모습이었고, 증조할머니의 모습이었다.

'신작로에 선 조선 여성'이라는 제목은 바로 이 장면에서 나왔다. 신여성과 정분이 난 서울 남편과 소박데기가 되어버린 시골 색시의 사연은 다른 지역, 어느 집안에도 있었을 법한 이야기이기도 했다. 신여성이 발화와 신체로 모더니티를 구현하고 있던 1930년대, 시골 색시는 배우지 못한 설움을 구송으로 풀어내고, 이를 듣고 필사하고 위로하던 이웃 아낙들과 또 다른 '눈물의 연대'를 만들어내고 있었던 것이다. 남이 볼까 부끄러워 설렘조차 드러내지 못했던 조선 여성이 자신의 감정을 터뜨렸던 신작로, 끝내 닿을 수 없었던 근대교육, 귀로 듣고 입에 붙은 규방가사라는 조합은 곧 다중적 시간이 존재하는 한국적 근대의 한 표상이기도 하다. 농담 반 진담 반으로 거론되던 제목은 이렇게 근대의 다층성, 복수의 근

대를 상징하는 기표로 선택되었다. 그리고 조선 여성의 자취를 찾기 위해 관련 글들을 찾고 모았다. 학회에서 주도한 기획이었지만, 보다 풍부한 사례를 모으기 위해 한국고전여성문학회 학회지뿐 아니라 다른 학회지의 글들도 찾아 읽고 원고를 청탁하였다.

이렇게 14편의 글이 모였고, 총 3부로 구성된 책이 만들어졌다. 1부에서는 '여성이 기록한 여성의 삶'이라는 부제 하에 양반가 여성에서부터 중인, 하층 여성에 이르기까지 다양한 여성들의 삶의 체험을 모아 보았다. 전란, 망명, 몰락 등 이들이 겪었던 체험은 주권 왕조에서 식민지로 급전직하했던 역사적 시간이 개인의 삶에 어떻게 개입하고, 각인되었는지를 생생하게 증명하고 있다. 2부 '여성에 대한 근대적 시선과 재현'에서는 신문, 잡지, 유성기 등 근대 매체에서 여성을 다루고 재현하는 방식을 문제 삼았다. 이를 통해 스스로 기록의 주체가 되지 못했던 여성 혹은 여성 집단의 면면이 어떻게 재구되는지, 그리고 왜곡되는지를 살피고 있다. 3부 '근대전환기 여성 형상의 변화'는 텍스트 안팎의 여성 형상들을 불러내어, 그 변화상을 포착하고자 하였다. 이를 위해 전통적으로 여성의 교양과 오락 그리고 일상을 구성하던 교훈서, 이야기, 소설이 시대와 매체를 달리하며 여성의 삶을 초점화하는 방식의 전환을 찾아보았다.

『신작로에 선 조선 여성』은 한국고전여성문학회 창립 20주년을 소소하게나마 기념하기 위해 기획된 책이기도 하다. 돌이켜 보면 2000년 벽두에 학회가 첫발을 내디딘 이후, 그동안 여성 작가의 발굴과 재평가, 여성 어문생활의 복원과 정리, 여성주의 연구 방법론의 탐색 등 일련의 작업을 꾸준히, 그렇지만 열정적으로 수행해 왔다. 그리고 이를 함께 모색하기 위해 정기학술대회뿐 아니라, 콜로키움, 워크숍 등 다양한 방식의 학술 소통장을 꾸려오면서 '고전여성문학'을 고전문학 연구의 한 영역이자 방법론으로 뿌리내리는 데 조그만 힘이라도 보탰다고 자평해 본다. 이 책이 후학들에게 여전히 자극과 영감을 주시는 이혜순 초대회장님께 자그만 보람이 되기를 바래본다. 논증과 주석, 한문과 고어가 섞여 있는 논문 형식의 글을 최대한 교양서에 맞게 수정하는 과정을 거쳤지만, 여전히 서걱거리는 대목이 남아 있다. 자료의 무게와 논증의 엄밀함의 흔적이라고 너그럽게 헤아려 주시기 바랄 뿐이다.

책을 마무리하다 보니 여러 분들의 노고와 열정을 떠올리지 않을 수 없다. 무엇보다도 문헌 속에 갇혀 있던 조선 여성을 세상에 끄집어내기 위해 힘을 보태주신 14명의 필자들에게 감사드린다. 방향을 설정하고, 필자를 섭외하여 책의 골격을 만들어 주신 이지영 선생님, 논문 수합과 교정 등 출판 실무의 과정을 매끄럽게 조율해 주신 최윤정 선생님은 큰 힘이 되었다. 교양서의 취지에 맞게 꼼꼼하게 설계하고 다듬어 주신 윤소연 선생님은 든든한 우군이었다. 기획안을 보고 흔쾌히 출판에 동의해 주신 소명출판 박성모 사장님께도 감사드린다. 좋은 동료와 좋은 기획자, 이를 포용하는 좋은 출판사의 존재는 학문하는 이들에게는 단비와도 같다.

2020년 2월
필자들을 대신하여 박애경 씀

차례

제1부

여성이 기록한 여성의 삶

병인양요에 대한 기억

19세기 여성의 한글일기 『병인양란록』

정우봉

◆◇ 병인양요와 『병인양란록』

『병인양란록』은 나주임씨(1818~1879)라는 양반 여성이 1866년 병인양요 때 직접 겪은 전쟁 체험과 수난을 한글로 기록한 일기이다. 조선시대 일기 자료 가운데 한글로 표기된 것이 드물며, 더욱이 여성에 의해 기록된 것은 더욱 희소하다. 전쟁의 한가운데에서 여성으로서 겪은 체험을 한글로 쓴 일기문학이라는 점에서 중요한 자료이다.

『병인양란록』의 작가 나주임씨는 강화도에서 대대로 거주하였던 여흥민씨 집안으로 시집을 와서 결혼 생활을 하다가 1866년, 49세의 나이에 전쟁으로 인한 혼란상과 피난 생활을 직접 체험하게 된다. 나주임씨는 전란의 현장에서 자신이 직접 경험했던 것뿐만 아니라 주변으로부터 들었던 견문을 적절하게 활용하여 이양선 출몰을 시작으로 병인양요 동안

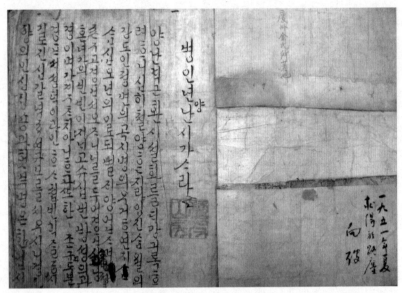

『병인양란록』(이주홍문학기념관소장)

자신을 포함해 강화도민들이 겪어야 했던 고통과 수난의 실상을 생동감 있는 언어로 서술하였다. 전쟁의 극한적 위기 상황 속에서 피란 생활을 전전하는 자신의 체험담을 한글 일기의 형태로 기록했다는 점은 조선시대 일기문학사의 흐름 속에서 중요한 의미를 지닌다.[1]

한편『병인양란록』은 병인양요의 역사적 실상을 살피는 데에 유용한 역사 사료로서도 가치가 있다. 현재 병인양요와 관련하여 전하는 국내 문헌들은 대부분 한문으로 기록된 공식 기록들이다. 개인의 체험에 기초하여 기록한 자료들—양헌수의 『병인일기』와 한응필의 『어양수록』—도 있지만, 전쟁의 경과를 서술하는 데에 초점을 맞추고 있다. 그렇기에『병인양란록』은 전쟁의 직접적 피해를 입은 강화도민들의 고통과 수난의 실상을 생생하게 보여주는 흔치 않는 자료라는 점에서도 중요한 의미를 지닌다. 또한『병인양란록』은 강화도 사투리를 구사하고 있어 19세기 후반 한글 고어 및 강화도 지역 방언 연구에도 유용한 자료이기도 하다.

병인양요는 19세기 후반 서구 열강의 외세 침입을 단적으로 보여주는 일대 사건이었다. 세계사적 변환의 큰 흐름 속에서 병인양요는 서구 문물과 열강 침략의 큰 충격을 가져다 준 사건이었던 것이다. 이 같은 충격 앞에 한 양반가 여성이 직접 겪은 자신의 체험을 바탕으로 어떻게 그 사건들을 이해하고 수용하여 한글 일기라는 형식으로 글쓰기를 하고 있는지에 대해 살펴보고자 한다.

『병인양란록』은 소설가이며 아동문학가였던 이주홍 선생에 의해 처음 발굴·소개되었다.[2]『병인양란록』에 관한 본격적인 작품 연구는 정밀하게 진행되지 못했으며, 작가 문제는 관련 자료를 통해 새롭게 밝혀져야 할 사항이다.

◆◇『병인양란록』의 작가, 나주임씨

그동안『병인양란록』의 작가는 경주김씨로 알려져 왔다.『병인양란록』의 작가를 경주김씨로 비정했던 근거는 책 표지 이면에 연필로 '경주 김씨가 쓴 것이다'라고 한문으로 쓰여 있다는 것에 있었다.[3] 하지만 누가 언제 연필로 쓴 것인지 불확실하다. 그리고 경주김씨에 관한 정보도 제대로 밝혀진 바가 없으며, 작품 내의 서술 내용과 경주김씨 사이의 연관성에 대해서도 밝혀진 바가 없다.

『병인양란록』의 작가 문제를 재론하기 위해 먼저 작품 내에 서술된 작가 관련 정보를 추출해 보았다.

- 작가는 강화도에 세거하던 여흥민씨 집안에 시집을 왔다.
- 임진년(1832) 이래로 강화도 인정면 의곡에서 생활했다.
- 시댁의 시부모는 5남 2녀를 두었으며, 형제들이 분가를 하지 않고 모여 살았다.
- 작가의 맏시누이댁은 1866년 병인양요 당시 삼척부사로 재직하고 있었다.
- 작가의 시누이의 시숙 홍신규(洪愼圭)는 병인양요 당시 평산부사로 재직하고 있었다.
- 작가의 첫째 딸은 김참판 댁에 시집을 갔으며, 둘째 딸은 이직각 댁에 시집을 갔으나 일찍 죽었다.

우선 작가의 맏시누이 댁이 삼척부사로 재직하고 있었다는 정보에 근거하여 『승정원일기』, 『외안고』 등의 문헌을 검토한 결과 1866년 당시 삼척부사는 이정이라는 인물이었다.[4] 이후 우봉이씨였던 이정의 족보를 통해 그의 부인이 여흥민씨 민창현(閔昌顯)의 딸임을 확인하였다. 작가와 이정의 아내가 시누이-올케 사이이며, 작가의 시아버지가 민창현인 것이다. 그 후 여흥민씨 족보를 조사하던 중 청백리공파에 속하는 민창현을 찾았다.

족보 관련 문헌 그리고 작품 내 정보 등을 종합적으로 검토해 본 결과, 『병인양란록』의 작가는 기존에 알려진 것처럼 경주김씨가 아니라, 여흥민씨 청백리공파 민치승^{閔致升}(1820~1887)의 부인 나주임씨^{羅州林氏}(1818~
1879)이다.

　작품 내 작가 관련 정보를 예시하고, 이들 작가 정보를 족보 등의 관
련 문헌자료와 연계시켜 나주임씨의 생애를 서술하도록 한다.

　작가의 친정 집안은 나주임씨 정자공파^{正字公派}에 속하는데, 대대로
관직 생활을 역임하였던 양반 가문이었다. 5대조 임세량^{林世良}은 1684년
에 생원을 거쳐 장성부사를 역임했으며, 4대조 임상규^{林象奎}는 1725년 생
원시를 거쳐 형조좌랑을 역임하였고, 3대조 임기호^{林氣浩}는 감역 벼슬을
지냈다.

　나주임씨의 아버지 임필진^{林弼鎮}(1761~1834)은 첫째 부인 파평윤씨
와의 사이에서 1남 1녀를 두었으며, 둘째 부인으로 전주이씨를 맞았다.
나주임씨는 전주이씨와의 사이에서 낳은 3남 2녀 중 한 명으로 1818년
에 태어났다.[5]

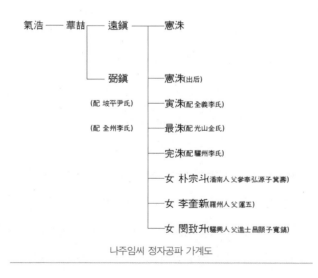

나주임씨 정자공파 가계도

나주임씨는 1832년 15살에 여흥민씨 청백리공파 민치승과 혼인을 올렸다. 청백리공파 여흥민씨 집안은 대대로 강화도 지역과 황해도 평산에 거주해 왔다. 나주임씨의 시댁은 강화도 인정면 의곡에 세거하였는데, 작품 속에 여흥민씨 시댁을 주변 사람들이 '의곡댁'이라고 불렀다.

강화도의 인정면 의곡은 현재 인천광역시 강화군 불은면에 속한 지명으로, 전등사로 가는 길목에 위치해 있었다.[6] 강화군 불은면을 지나 조금 더 내려오면 전등사가 나온다. 인정면 의곡에 세거하였던 여흥민씨 시댁은 강화학파를 대표하는 이시원李是遠 집안과 친밀한 교분을 맺고 있었다. 병인양요 당시 여흥민씨 시댁은 60여 명의 일행을 이끌고 피난길에 오르게 되는데, 이때 이시원 집안의 일행과 함께 동행을 하였고, 도움을 받기도 하였다.

나주임씨의 시아버지 민창현은 1855년에 생원시에 합격했으며, 전주이씨와의 사이에서 5남 2녀를 두었다. 이와 관련해 족보에는 다음 기록이 나온다.

공은 품성이 순후하고 지극히 효성스러웠다. 한 집안이 화목하여 형제 다섯 사람의 우애가 지극하였다. 증손자를 볼 때까지 분가를 하지 않았다. 세상 사람들이 장공의 가문과 같다고 했다.[7]

다섯 형제가 분가를 하지 않고 한 곳에 같이 모여 생활하고 있었음을 지적하였는데, 이 점은 『병인양란록』의 기록과 일치한다.

나주임씨는 민창현의 맏아들 민치승과 혼인을 하였다. 족보에는 그의 관직 생활에 대해 기록되어 있지는 않다. 나주임씨의 맏시누이는 우

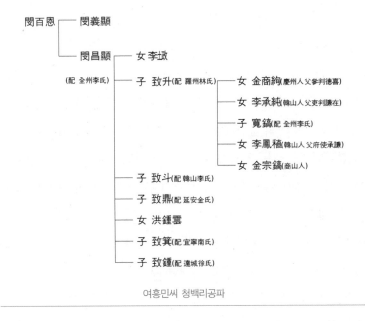

```
閔百恩 ┬ 閔義顯

      └ 閔昌顯 ─ 女 李塾

      (配 全州李氏) ─ 子 致升(配 羅州林氏) ─ 女 金商絢(慶州人 父參判德喜)

                                        ─ 女 李承純(韓山人 父吏判讓在)

                                        ─ 子 寬鎬(配 全州李氏)

                                        ─ 女 李鳳稙(韓山人 父府使承謙)

                                        ─ 女 金宗鎬(商山人)

                   ─ 子 致斗(配 韓山李氏)

                   ─ 子 致鼎(配 延安金氏)

                   ─ 女 洪鍾雲

                   ─ 子 致箕(配 宜寧南氏)

                   ─ 子 致鍾(配 達城徐氏)
```

여흥민씨 청백리공파

봉이씨 집안의 이정에게 시집을 갔다. 이정은 병인양요 당시 삼척부사를 지냈으며, 이정의 부친 이광정李光正은 형조판서, 대사헌, 호조판서 등의 고위직을 역임했던 인물이다. 둘째 시누이는 홍종운洪鍾雲과 혼인을 하였다. 홍종운은 본관이 남양으로 1845년에 문과 합격하였으며, 그의 부친은 홍세규洪世圭이다. 홍종운의 시당숙이 홍신규洪愼圭이며, 홍신규는 병인양요가 일어났을 때에 황해도 평산부사를 지냈다. 『병인양란록』에 "본관 평산부사는 시누이의 시숙 홍신규이다"라는 구절이 나온다.

　　나주임씨는 남편 민치승과의 사이에 1남 4녀를 두었다. 아들 민관호閔寬鎬(1849~1872)는 나주임씨 생전에 23세의 젊은 나이로 요절하였다. 『여흥민씨세보』에 따르면, 민관호는 여러 저술을 남겼는데, 불행하게도 한국전쟁이 일어났을 때에 모두 소실되었다고 한다. 며느리 전주이씨

(1843~1911)는 남편이 죽은 후 음독 자살을 시도하는 등 효부로서 이름이 높았다고 한다.[8]

큰 딸은 김상현金尙絢에게 시집을 갔는데, 김상현의 부친은 참판을 지낸 경주김씨 김덕희金德喜이다.[9] 김상현의 부친이 『호동서락기湖東西洛記』의 저자 금원錦園의 남편 김덕희이니, 금원은 정식 부인이 아니고 소실의 신분이었지만, 나주임씨와 서로 사돈지간인 셈이다. 이 둘은 서로의 존재를 아는 사이였을 것으로 보인다. 19세기 여성문학사에서 『호동서락기』의 저자 금원과 이번에 새로 밝혀지는 여성 작가 나주임씨가 서로 사돈지간이라는 점이 흥미롭다. 금원이 1817년생이고 나주임씨가 1818년생이니, 두 여성 문인이 같은 시대를 살았던 셈이다.

둘째 딸(1842~1864)은 이승순李承純(1841~?)에게 시집을 갔다.[10] 이승순은 1859년 문과에 급제하였고, 1861년 예문관검열을 거쳐 1862년 규장각 직각을 지냈으며, 이후 형조판서 등을 직책을 역임했다. 그런데 둘째 딸은 결혼한 지 얼마 지나지 않아 1864년 23세의 젊은 나이에 세상을 떠났다. 『병인양란록』에서 "갑자년(1864)에 둘째 딸 이직각 집의 참혹한 상황을 당하여 흉한 기별을 들은 이후로"라는 언급은 이 점을 가리킨다.

셋째 딸(1852~1874)은 이봉직李鳳稙(본관 한산, 강릉군수 역임)과 결혼을 하였는데, 불행하게도 23세의 나이로 나주임씨 생전에 세상을 떠났다.[11] 나주임씨는 생전에 둘째 딸과 아들 그리고 셋째 딸을 연이어 잃는 슬픔을 겪어야 했다.

나주임씨는 시부모와 함께 강화도 인정면 의곡에서 생활을 하다가 나이 49세 때에 병인양요를 맞게 되었다. 결혼 생활을 한 지 35년의 세월이 지났을 때였다. 그녀는 병인양요가 발발하여 사태가 악화되었을 때에 시부모를 모시고 일행들과 함께 강화도 주변 피난처를 전전하다가 황해도 평산으로 갔다. 황해도 평산군 서봉면은 여흥민씨 집안 사람들이 대대로 거주해 온 곳이었고, 선영이 있던 곳이었다. 나주임씨는 그곳에서 피란 생활을 하다가 프랑스 군대가 물러간 후에 다시 강화도로 돌아왔다.

나주임씨가 『병인양란록』을 저술한 것은 대략 1866년 12월로 추정된다. 책 표지에 '병인십이월긔'라고 명기된 것이 그 근거의 하나이다. 『병인양란록』을 저술한 이후 나주임씨의 행적은 달리 발견되지 않는다. 생전에 아들과 둘째, 셋째 딸을 연달아 잃은 나주임씨는 1879년 62세의 나이로 죽음을 맞이하였다. 그 후 남편과 함께 황해도 평산군 서봉면에 묻혔다.

여흥민씨 족보에는 다음과 같은 글이 실려 있다.

> 글을 배움에 넉넉함이 있었으며, 시부모를 섬김에 효성을 극진히 하였다. 『양란기(洋亂記)』와 『내용의서(內用醫書)』 두 권을 지었다.[12]

위의 기록에서 흥미로운 것은 나주임씨가 『양란기洋亂記』와 『내용의서內用醫書』를 저술했다는 점이다. 여기서 『양란기』는 『병인양란록』을 가리키는 것으로 보인다. 그리고 『내용의서』는 제목으로 볼 때 의학서로 짐작되는데, 현재 그 소재가 확인되지 않는다.[13]

◆◇ 『병인양란록』의 작품 형식

　나주임씨는 병인양요가 끝난 뒤인 1866년 12월 무렵 『병인양란록』을 창작하였던 것으로 추정된다.[14] 작가는 지난 시절을 회상하며 자신이 체험했던 시간들을 추체험하였다. 『병인양란록』 또한 그날의 일상을 그때그때 즉시적으로 기록하는 방식을 취하지 않고, 일정 시점이 지난 후 회상의 방식을 통해 집필되었다. 이 같은 서술 방식은 김약행의 「적소일기」, 이세보의 「신도일록」, 그리고 훈련도감 소속 하급병사의 「난리가」 등 다수의 한글일기 작품에서도 확인된다.

　『병인양란록』은 유진柳袗의 『임진록』, 김약행金若行의 『적소일기』, 훈련도감 소속 하급병사가 쓴 「난리가」, 그리고 이세보李世輔의 『신도일록』으로 이어지는 한글일기 서술 방식의 전통 ─ 사건이 경과된 후 일정 시점에서 과거의 시간을 작가의 내면 의식 속에서 재구성하여 회상하는 방식 ─ 을 이어받았다. 작가의 기억 속에서 과거의 시간들이 재구성되어 추체험하는 방식으로 서술되었는데, 이와 같은 서술 방식은 한글 일기문학에서 많이 보인다.

◆◇ 전란 속 여성의 수난

　1866년에 발발한 병인양요는 구질서와 신질서, 조선왕조 체제의 전통과 서구자본주의 근대가 무력으로 충돌하는 일대 사건이었다. 『병인양란록』은 강화도에 거주하였던 한 양반가 여성의 눈을 통해 전쟁이라는 극한적 위기 상황 속에 자신을 포함해 강화도민들이 겪어야 했던 고통과 참상을 생생하게 증언하였다. 특히 나주임씨는 여성의 입장에서 전쟁 상황에서 겪는 여성의 수난을 부각시켰다.

읍내에서 수만금 부자의 재물을 빼앗고 집에다가 불을 놓고 도망한 사람이 부지기수이다. 남동 이 참판의 손자 이철주도 거기에 사는데 비록 가난하지만 좋은 집의 살림살이가 찬란하였는데 위급한 상황에 다 버리고 부인네들이 총각 모양을 하고 손목을 잡고 도망을 하였다. 그 집도 불을 놓고 세간은 다 부수었으며, 마을로 떼 지어 다니면서 여인들 욕보이기와 세간 탈취하였는데, 남자의 옷과 쇠붙이와 돈이며 양식이며 소 잡기와 닭은 더 좋아했다.

집을 잠그고 간 집은 다 부수거나 혹 불을 놓았고 주인이 있어서 대접을 하고 닭을 잡아 주는 자는 칭찬하였다. 그리하면 그 집의 물건은 가져가는 것이 없더라. 제각각 살기를 구하여 겁이 나서 떨고 있으니 어느 누가 충성을 다해 나라에 보답할 사람이 있겠는가?

위에 나오는 글은 프랑스 군대의 2차 원정기 때의 일이다. 1866년 양력 10월 11일 중국 산동반도를 떠난 7척의 프랑스 함대는 1,400여 명의 병력을 이끌고 이틀 후인 13일 전진기지인 물치도에 도착하여 병사들을 훈련시키고 14일에 염하해협을 거쳐 강화도와 서울 갑곶진을 점령하였다. 그리고 16일에는 강화읍으로 진격하여 강화부성을 점령하고 약탈하였다.[15]

『병인양란록』에서 작가는 월등한 군사력을 앞세운 프랑스 군대의 무

강화도 갑곶진

자비한 약탈과 방화의 현장을 생생하게 묘사하였다. 프랑스 군대는 '상교청과 관사며 대궐과 고집이며 모두 불지르'고, '마을로 떼 지어 다니면서 여인 욕보이기와 살림살이 탈취'를 자행하였다. 조선정부와 관군의 보호를 받지 못하는 강화도민들은 '제각각 살기를 구하'지 않을 수 없었다.

특히 작가는 전쟁 상황에서 여성들이 겪어야 했던 고통과 수난을 특별하게 주목하였다. 전란 중의 혼란스러운 피난 상황을 묘사하는 대목에서 작가는 부인들이 총각 모양으로 변장을 한 채 손을 맞잡고 도망을 간다고 하였고, 서양 군인들의 무자비한 약탈을 서술하면서 '마을로 떼 지어 다니면서 여인 욕 뵈기', '여인은 보는 족족 욕을' 보인다고 표현하였다. 전쟁 속에 희생당하고 수난당하는 여성들의 모습에 초점을 맞추어 서양인들의 무력 침탈과 폭력성을 부각시켰던 것이다. 여성들이 감당해야 했던 전쟁은 남성의 그것과는 사뭇 달랐다. 약육강식의 비정한 생존법칙에 지배되는 전쟁 상황에서 여성들은 거의 무방비 상태로 노출되고 참혹하게 고통을 겪어야 했던 것이다.

①

서울에서는 어느덧 모두 피란 가느라고 성문 닫기 전에 급히 나오니 가난한 집 부인들은 종도 없이 가마꾼 말아 가지고 나가다가 가마가 밀리니 급히 나와 제각각 쉬다가 바꾸어 메고 가는 사람이 헤아릴 수 없고 재상가며 여염

집에서 모두 가신을 버리고 도망을 하니

②

서양 사람이 여인을 볼 때마다 욕을 보이니, 평민 집은 얼마인지 수를 모르지만 사대부 황이천집 부인과 동네 양반 심선달 부인 둘이 욕을 보았다고 하니

인용문 ①은 1차 원정 때에 서울 도성안의 혼란 속에서 서민 부녀자들이 피란하는 상황을 언급하는 대목이다. 프랑스 함대가 한강 수로를 따라 서울로 들어오자 도성 안은 전쟁이 일어난다는 소문으로 민심도 흉흉하고 피난길로 일대 혼란을 이루었다. '가마를 바꾸어 메고 가는 이들이 무수하였고, 재상가와 서민가들이 모두 재산을 두고 도망'가기에 급급한 위기 상황이었다.

인용문 ②는 2차 원정 때에 프랑스 군대에 의해 성폭력을 당하는 여성의 수난을 그렸다. 전쟁의 극한 상황 속에서는 남성과 여성이 모두 피해를 입었지만, 특히 약자인 여성들은 더 큰 고통과 수난을 견뎌야 했다. 전쟁이라는 폭력적 현상은 남성에 비해 신체적으로 약한 여성과 어린이에게 더 큰 영향을 미쳤던 것이다. 프랑스 군대의 약탈과 방화의 현장 속에서 '여성'으로 대표되는 사회적 약자들은 그 누구로부터도 보호받지 못한 채 침략국 남성에 의해 착취당해야 했다. 여성의 경우에는 전쟁의 혼란 속에서 성폭력에 희생당하는 일이 잦았던 것이다. '여인을 볼 때마다 욕을 보이니'라는 표현은 전쟁 중에 성폭력이 광범위하게 자행되었음을 보여준다. 그리고 작가는 성폭력의 현장을 증언하면서 양반 여성가의 신원을 구체적으로 밝혀 놓았다. 같은 여성의 입장에서 당시 강화도 여성들이 마

주해야 했던 성폭력의 수난을 가감 없이 드러내 보여주고자 했던 작가의 의도로 읽힌다.

　여기서 작가는 소문에 근거하여 여인의 수난을 증언하였다. 전쟁터에 떠도는 소문은 전쟁에 맞닥뜨린 사람들의 근심, 불안 그리고 공포를 반영한다. 전쟁의 야만성에 따른 두려움과 공포는 소문을 통해 확산되고 증폭된다. 작가는 이 같은 소문의 위력에 기대어 전쟁이 가져다주는 공포와 두려움, 특히 여성에게 가하는 야만성을 폭로했던 것이다.[16]

◆◦ 피란 체험의 형상화

　병인양요는 11월 21일 제2차 원정이 끝날 때까지 무려 2개월여에 걸쳐 진행된 전쟁이었다. 전쟁 피해자의 시선에 비친 당시 강화도민은 정부의 보호를 받지 못한 채 제각각 살 길을 찾아 피란 생활을 떠나야 했다. 작가는 삶의 터전을 버리고 피란 가던 당시인들의 모습, 강화도를 탈출하여 황해도 평산으로 피란 가던 자신의 체험을 긴박감 있게 묘사하였다.

　이 날은 10일이다. 그 동네 소임 한 사람이 밖에 와서 보고하는데, 나라에서 강화도 백성이 모두 서양나라에 붙었다함을 들으시고 크게 진노하여 병사를 일으켜 강화도 백성부터 없애라 전교 내리셨다고 하니 이날 밤에 이 말을 듣고 정신이 아득하고 몸이 떨려 통곡이 낭자하고 갈팡질팡하는 중에 의논이 분분하여 아무쪼록 강 밖에 나서기를 원하지만 난리 중에 어디를 향하여 배를 타겠는가?

낮에는 굴에 숨어 있다가 밤이 되면 집에 내려오는 피란 생활을 하고 있었다. 이때 작가는 강화도민들이 서양인들에게 협력하였다고 하여 강화도민을 없애라는 전교를 내렸다는 소문을 듣게 된다. 서양인에게 협력하였다는 것도 소문이었고, 강화도민을 함몰하라는 것도 소문이었다. 여기서도 전쟁터의 소문이 사람들의 불신을 조장하고, 그들에게 불안과 공포를 증폭시키고 있음을 보게 된다. 그리고 고종이 내린 전교의 내용이 실제 사실에 부합하는 것인지 관련 사료를 통해 확인하기는 어렵지만, 그같은 흉흉한 소문의 전달과 유포의 이면에는 조선정부에 대한 불신이 암암리에 포함되어 있던 것으로 보인다. 프랑스 군인의 약탈과 방화로 인하여 고통받고 있을 백성들을 구원하기 보다는 오히려 그들을 처단하라는 명령을 내린 조정의 처분에 대해 작가를 포함한 당시 강화도민들은 일대 혼란과 충격을 받아야 했다. '정신이 아득하고 일신이 떨려 통곡이 낭자하다'는 작가의 언급이 전혀 과장으로 느껴지지 않는다.

작가는 전쟁 초기에는 집 뒷산에 굴을 파고 숨어 살다가 음력 9월 11일에 시부모와 일가 사람, 노비 등을 포함해 피난을 떠났다. 당시 작가의 일행은 60여 명에 이르렀다. 이들 일행은 강화도 인근에 있는 섬들을 전전하면서 갖가지 고생을 겪다가 21일에 여흥민씨의 세거지였던 황해도 평산에 도착해서야 비로소 안착할 수 있었다.

①

이튿날은 12일이다. 석양에 배를 타려고 하는데 떠들썩하게 피란꾼 들끓는 소리가 천지를 뒤덮고 넓은 개포에 퍼져 있는 사람들이 제각각 살기를 구하여 어디를 가면 사느냐 하는 소리 넘치고 배 돛대 강가에 별이 걸려있듯 하였더라.

②

노를 젓다가 풀에 가 걸리니 배가 반이나 기울어지니 사공이 기겁하는 소리가 진동하고 배안 사람이 모두 숨이 막히고 물에 빠지는 듯 파리 목숨 같아서 죽기로 기다렸더니

③

풍랑이 점점 크게 일어나려고 하니 사공이 아무것도 할 줄 모르고 분분이 겁을 내고 끝없는 바다 중에 일을 어찌 하리오? 다만 하늘을 우러러 탄식할 뿐이오 다 죽은 사람처럼 숨도 크게 못 쉬고 서로 바라보아 죄목이 있고 없음을 생각할 따름이더니

『병인양란록』은 병인양요 당시 전쟁의 극한적 상황을 직접 체험하고 목도하였던 여성 주인공이 강화도를 탈출하여 피란을 다녀야 했던 상황을 매우 생동감 있게 묘사했다. 이를 통해 독자는 병인양요 당시 점령지 피난민들이 겪어야 했던 고통과 수난을 실감 나는 언어 표현을 통해 전달받을 수 있다.

인용문 ①은 피란 행렬에서 들려오는 소리에 초점을 맞추었다. 피란민들이 저마다 살길을 찾아 떠나는 모습이 선명하게 떠올려진다. ②, ③에서는 죽을 고비를 넘겨 강화도를 탈출했던 당시의 상황을 실감 나게 재현

했다. 노를 젓다가 풀에 걸려 배가 반이나 기울어지는 위급한 상황을 맞이하였으며, 거친 바다의 파도와 풍랑에 목숨이 풍전등화와 같았다. '파리 목숨 같이 죽기를 대령하였다'라는 표현이 당시의 급박했던 상황을 생생하게 드러냈다. 그리고 '다 죽은 사람처럼 숨도 제대로 쉬지 못한 채'라는 말은 죽음의 문턱에 발을 딛고 서 있는 절체절명의 위기 상황을 참신하게 표현했다. 죽음을 목전에 둔 일행들의 긴박했던 순간을 예리하게 잘 포착하여 현장감을 높여 주었다.

◆◇ 서구의 충격과 구질서의 붕괴

서구 세력과의 접촉은 병인양요 이전에도 간헐적으로 지속되어 왔다. 이양선의 출몰은 19세기 중엽에 이르러 통상 관계를 요구하는 등 구체적 목적을 띠고 이루어졌다. 병인양요는 서구 열강과의 첫 무력 충돌이었다.

『병인양란록』 저자 자신이 직접 본 것에만 한정하지 않고, 주변으로부터 견문한 것들을 두루 참조하여 병인양요 발발 이전에 서구인들이 강화도를 찾아오는 데서부터 서술을 시작하여, 프랑스 함대가 강화도에서 물러나기까지를 다루었다. 병인양요 이전에 서구인들이 강화도를 찾아와 통상을 요구하는 대목이나 프랑스 군인들이 강화도를 침략하는 장면 등은 저자 자신이 직접 본 것은 아니다. 아마도 주변으로부터 견문한 것을 저자 자신이 풀어쓴 것으로 보인다.

강화도에서 오랫동안 살아왔던 저자는 이양선에 대한 소문을 많이

들었을 것이며, 때로는 직접 이양선을 목도하였을 것이다. 이를 통해 자연스럽게 서구 세력의 존재를 접하였을 것이다.

①

서양인이 망원경을 내어놓고 보니 "속인다"고 크게 웃으며 나중에 하는 말은 "조선국 물화를 서로 통하여 강화도로 땅을 정하려 달라" 하니 즉시 임금에게 고하였다. 임금이 난처하게 헤아리시다가 허락하시되 "천자의 교지 없이 어렵다" 하시며 중국에 다녀와 교지를 받고 허락한다는 전교를 내려니

②

9월 22일, 물길 안내를 맡은 데룰레드호를 비롯한 군함 3척은 수로에 진입하여 북쪽으로 향진했다. 사방에서 몰려온 조선인들이 산꼭대기에 모여 물살을 거슬러 올라오는 우리의 괴력의 기선들을 감탄과 두려움이 섞인 시선으로 뚫어지게 쳐다보았다. 이제껏 그 어떤 배도 감히 하류와 맞서 거슬러 올라온 적이 없었을 것이다. 세계로부터 자처해서 고립되어 살아가면서 그 안에서 자신들만의 과장된 사고를 키우고 있는 이 나라 백성은 유럽 과학의 기발한 산물 하나가 느닷없이 자기네들 눈앞에 나타나자 야릇한 생각이 들지 않을 수 없었을 것이다.[17]

9월에 로즈함대가 3척의 배를 타고 염하를 거슬러 올라와 한강의 진입로로 들어왔다. 그들은 서구 근대과학문명에 대한 우월감과 자신감을 내세우며 서울 서강에 도착했다. 이 같은 서양인들의 시각은 인용문 ②에 보인다.

조선과의 통상을 요구하며 찾아온 영국 상선의 출몰을 다룬 인용문 ①에서 작가는 서양인과 조선인의 대화를 통해 서양과의 접촉과 만남, 그리고 그 대화를 기록한 서술 속에서 서양 세력의 출현에 대한 작가의 시선을 읽을 수 있다. 영국 상선은 통상 요구와 천주교 문제를 내세워 교섭을 주장하였다. 이에 대해 조선 통사관은 서울과의 거리가 수 천리가 된다고 대답을 하는 장면을 묘사했다. '만리경'으로 상징되는 서구 문물의 편리한 물건 앞에 조선 통사관의 대답은 거짓임이 바로 드러난다. 그리고 청나라 사람의 말을 빌려 작가는 통상을 내세워 조선을 찾아오는 서양 세력에 대한 경계의 시선을 감추지 않고 있다. 하지만 그러한 경계는 조선 관군의 무준비성과 무기력한 대응으로 빛을 잃고 말았다.

로즈 제독

　　작가가 병인양요가 발발하기 이전에 조선을 찾아왔던 이양선의 존재를 작품 앞머리에 서술하고 또 그들 서양 세력에 대한 경계의 목소리를 작품 내에 서술한 것은 조선 관군과 정부의 대응을 문제 삼고자 했던 의도로 읽힌다.

　　이때 서양인이 허락을 받고 선물을 청하니 외참외와 숭어와 계란을 주니 좋아하며 그들은 유리병과 여러가지 무엇이든지 정을 표시하면서 선물하고 말하기를, "우리 배는 아무 탈이 없지만, 이 뒤에 화륜선이 오니 조심하라" 하였다. 이유를 물으니, "양학(洋學)을 펴려고 다니는 배"라고 하니, "그렇다면 막아 달라" 하니, "그렇게 하마" 하고 백배사례하고 떠났다. 배 모양은 상어 같이 매우 길고 산더미 같이 크고 돛대만 둘이 서 있고, 가운데 굴통이 있어서 노질은 하는 일이 없고 굴통에서 연기 피우며 살 가듯 가니, 들어온 지 6일만에 나가니라.

병인양요가 발발하기 이전에 강화도에 찾아온 서양인들이 통상을 요구하는 장면을 다루었다. 우리 측에서는 외참외, 숭어, 계란을, 서양인들은 유리병을 선물로 주고받는 장면을 묘사하고, 서양인들이 타고 온 배를 인상적으로 묘사했다. 특히 서양인이 타고 온 함대의 외양과 운항 모습을 세심하게 묘사했는데, 겉모습은 상어 같고, 산더미 같이 크며, 돛대가 둘이 있고, 노를 젓지 않고 증기를 뿜으며 운항한다고 했다.

강화도 해안에 자주 출몰하였던 서양 선박과 서양인에 대해 느끼는 작가의 시선은 무엇이었을까? '천만의외 국운이 불행하여'라는 말에서 보듯이, 이양선의 출현이 병인양요라는 무력 충돌로 이어졌다는 점에서 그것은 두려움과 불행의 대상이었다. 다른 한편 서양 선박은 신기롭고 경이로운 대상이기도 했다. 나룻배나 범선으로 힘겹게 강을 건너던 조선인의 눈에 증기기관으로 조류를 거슬러 올라가는 서양 함대의 모습을 가까이에서 보고 서양 과학기술에 대한 '감탄과 두려움'의 이중적인 감정을 느꼈을 것이다. 두려움과 공포의 대상인 동시에 호기심 속에 감탄을 하게 되는 대상이기도 하였다.

서구의 충격 속에서 그들의 문명과 폭력을 경험하는 한편, 작가는 전쟁의 혼란한 상황 속에서 구질서의 붕괴를 체험하게 된다.

①
시도(矢島) 인심이 괴이하고 간사한 백성들이 흉측한 뜻을 먹고 수십여 명이

나와서 홍생원 부자를 모욕을 주고 결박을 하려고 하며 모두 탈취하려고 하더니, 어떻게 생각하고 조금만 빼앗가되 홍생원의 말이 전란이 끝나거든 값을 달라고 하면서 빼앗아 갔더니라. 이 거동을 목도하여 보니 놀라움을 이기지 못하였는데, 저들은 우리가 탄 배는 감히 마음 먹지 못하고 저어하면서 "의곡댁 민진사 배냐?" 서로 말하면서 부끄러워하는 눈치가 분명하다고 하더라.

②

슬프다. 윤리는 모두 사라지고 백성들을 노략하기를 서양인과 같이 다니더라. 서양인이 노략한 짐을 닿는대로 붙잡아·지게 하면 잘 져다 주면 돈을 후하게 주고 상을 차려 주어 배불리 먹여 보내니, 삯짐을 지기를 자원하는 자가 무수하다.

①은 피난 일행이 강화도를 탈출하여 시도矢島라는 섬으로 왔을 때의 일을 다루었다. 섬에 사는 백성들이 홍생원으로 대표되는 양반 부자에게 모욕을 주고 재물을 탈취하는 장면을 목도하였다. 공고했던 신분질서가 무너지는 현장을 직접 보게 된 것이다.

②에서 작가는 서양인들의 침탈에 편승하여 그들의 노략질에 앞장서는 일부 조선 사람의 행태에 대해 지적하였다. 목숨이 경각에 달려 있는 위급한 절체절명의 상황 속에서 자기 한 목숨을 보존하기 위해 사람으로서 지켜야 할 도리를 잃어버리는 지경에까지 이르렀음을 개탄하였다. 사대부가 양반 여성의 도덕적 시각을 읽게 된다.

작가는 조선의 근간을 이루고 있는 윤리강상과 신분질서가 무너지는 현실을 눈앞에서 직접 목도하였다. 서구 세력과의 물리적 충돌로 이어진 병인양요는 전통적 윤리 규범의 해체를 가속화하는 계기를 마련하였다. 함께 모여 살아야 할 가족들이 저마다 흩어지고, 각자 생명을 부지하기 위해 윤리와 체면과 양심을 버려야 했다. 작가는 서구 세력과의 무력 충돌을 통해 신구질서가 재편되는 역사적 현장을 몸소 체험했던 것이다.

◆○ 조선의 대응─관군 비판과 개인의 충절

『병인양란록』에서 작가는 지배층, 관군의 무기력한 대응을 우회적으로 드러내는 한편, 이와는 대조적으로 개인의 안위를 돌아보지 않고 순절과 충의를 발휘한 인물들의 행적을 높이 평가했다.

①

강화에서는 군사들이 어수선하게 뽑아 목을 지키니 집집마다 곡하는 소리 낭자하고 대포 쏘는 소리와 대완구(大碗口) 소리가 산천이 무너지는 듯 들리니 정신이 아득하고 갈팡질팡하더니 서양 배가 벌써 가서 서울 거문돌에 가서 서니 임금이 대경실색하셔서 불문곡직(不問曲直)하고 오군문(五軍門) 군대를 출병하여 치려고 하지만 군사들이 하나도 용맹함이 없어서 한 번도 치지 못하고 헛총을 놓아서 졸렬함만을 보이니

②

서양 배 6척이 다시 그곳으로 올라와 터진개 앞으로 뒤덮여 오니 강화도

군사와 삼영(三營)이 아무것도 할 줄을 몰랐는데, 이윽고 각 곳에 가서 상륙하여 한 곳에 모이고 위풍이 당당하며 본관 삼영을 침략하니 강화유수 이인교는 당하지 못할 것을 알고 평복으로 갈아입고 백성과 같이 섞여 동정을 살피다가 인(印)을 들고 통곡하며 빠져 도망을 하고

인용문 ①은 프랑스 함대의 제1차 침입(1866.9.18~10.3) 때의 상황이다. 프랑스 함대의 1차 원정 때에 군함이 한강 수로를 타고 서강까지 올라왔다. 도성 안은 삽시간에 두려움과 공포에 떨어야 했으며, 피난길이 줄을 이었다. 하지만 이에 대한 조선 관군의 대응은 무기력하기만 하였다. "용맹함이 없어서 한 번도 치지 못하고 헛총을 놓아서 졸렬함만을 보이"는 한심한 상황만을 보여줄 뿐이었다.

인용문 ②는 프랑스 함대의 제2차 침입(1866.10.11~11.21) 때의 상황이다. 프랑스 군대가 강화도를 점령하는 과정에서 조선 관군은 맞서 싸우지도 못한 채 도망가기에 바빴던 장면을 묘사했다. 관복을 평복으로 갈아입고서 백성들과 섞이어 동정을 살피며 도망가는 강화부 유수의 모습을 통해 지배층의 무능함과 무기력함, 비겁함을 드러내 보였다. 강화도 지역민을 보호하기는커녕 백성들과 함께 도망치기에 급급했던 관군들의 행태로 인하여 프랑스 군대의 약탈과 방화는 더욱 심하였으며, 강화도민들의 고통과 수난은 더욱 클 수밖에 없었다.

이에 반해 작가는 외세의 침탈에 맞서 자신의 안위를 돌보지 않고 충절을 드러낸 이시원李是遠(1790~1866)과 양헌수梁憲洙의 행적을 높게 평가했다.

①

이 판서가 친히 나와서 보고 슬퍼하며 시아버님께 부탁하면서 말하기를 "나는 이제 죽을 사람이니 내 후진들이나 잘 구하여 달라" 하고, "나는 상소문을 지어 내 조카에게 주어 서울로 보냈노라" 하고, "유서를 지어 자손에게 주고 형제는 죽으려 하노라"라고 하니, 팔십 노인이 흰 수염을 붙이고 나와 이러한 유언을 하니, 목석(木石)인들 감동하고 슬프지 않으리오?

②

전등사는 높은 산 위에 있어서 매복을 하였다가 일시에 북을 치고 나팔을 불며 좌우로 화약을 재어 놓고 쏘니 장수가 죽어 말 아래로 떨어지며 서양인 10여 명이 죽으니 서양인이 대패하여 쫓기어 왔다. 자기 동료의 시체를 옆에 끼고 급하게 본진으로 도망을 할 때에 우리가 살던 집에 달려 들어 가마를 떼어 시체를 담아 마주 메고서 도망을 하며

③

그날 한낮에 적장이 말을 타고 수백 명을 이끌고 동남문으로 나뉘어 오는 것을 헤아렸다. 우리 군대가 총을 일제히 발사하니, 맞기도 하고 맞지 않기도 했다. 그들도 쏘아 대었는데, 멀리 성 안의 집과 선두보에까지 이르렀다. 별장이 탄환에 맞아 쓰러지고, 초관도 탄환에 맞아 죽었으며, 마을 사람 이재준이 탄환에 맞아 쓰러졌다. 적들의 경우 사망한 자가 6명이었는데, 모두 시신을 수습하여 도망갔다.[18]

작가는 인용문 ①에서 이시원의 순절을 다루었다. 나주임씨 시댁은

평소 이시원 집안과 친분을 맺고 있었다. 나주임씨 일행이 강화도를 떠나 평안도 평산으로 피난을 갈 때 이시원 집안사람들과 함께 갔다. 이때 이시원은 미리 자결을 할 생각을 하고 준비를 하였다. 이시원은 1815년 문과에 급제한 후 벼슬이 이조판서, 홍문관제학에 이르렀다. 1866년 강화도가 함락되자 동생 이지원李止遠과 함께 유서를 남기고 음독 자살하였다.[19] 작가는 이시원이 남긴 유언의 말을 직접 옮겨 놓음으로써 충절을 향한 그의 비장한 각오와 죽음에 임하는 의연한 태도를 효과적으로 형상화했다.

강화읍성 프랑스군

인용문 ②는 타인의 견문에 기초하여 양헌수 장군에 의해 프랑스 군인이 격퇴되는 장면을 묘사했다. 양헌수 장군은 정족산성을 지키던 중 10월 3일 프랑스 함대의 로즈 제독이 보낸 해군대령 올리비에의 부대 160여 명을 맞아 치열한 전투를 벌인 끝에 프랑스군을 격퇴시켰다. 이를 계기로 프랑스군이 철군하는 데에 결정적 역할을 했다. 프랑스 군대와의 전투 장면, 격퇴당한 프랑스군이 죽은 전우의 시체를 업고서 가마에 태워 도망을 가는 장면, 벼를 베던 일꾼을 만났을 때 두 팔을 헤치며 도망하라고 하는 장면, 시신을 화장하고 관에 넣은 다음 각각 성명을 쓴 다음 돌아가는 장면 등에서 작가의 서술이 매우 현장감 있게 사실적으로 묘사되어 있음을 알 수 있다.

◆◇ 『병인양란록』의 가치

『병인양란록』은 한 양반가 여성이 직접 겪은 전쟁 체험과 수난의 양상을 매우 사실적이며 생동감 있는 언어로 표현한 한글일기 작품이다.

그동안 이 작품의 작가를 경주김씨로 비정하였는데, 이 글에서는 작품 내 서술과 족보 등의 관련 자료 등을 종합적으로 검토하여 『병인양란록』의 작가가 강화도에 세거하던 여흥민씨 집안의 민치승과 결혼을 한 나주임씨(1818~1879)임을 새롭게 밝혔다. 19세기 여성문학사에서 『호동서락기』의 저자 금원과 이번에 새로 밝혀지는 여성 작가 나주임씨가 서로 사돈지간이라는 점이 흥미롭다. 금원이 1817년생이고 나주임씨가 1818년생이니, 두 여성 문인이 같은 시대를 살았던 셈이다.

『병인양란록』은 강화도에 거주하였던 한 양반가 여성의 눈을 통해 전쟁이라는 극한적 위기 상황 속에 자신을 포함해 강화도민들이 겪어야 했던 고통과 참상을 생생하게 증언하였다. 이 과정에서 작가는 삶의 터전을 버리고 피란 가던 당시인들의 모습, 강화도를 탈출하여 황해도 평산으로 피란 가던 자신의 체험을 긴박감 있게 묘사하였다. 그리고 작가는 같은 여성의 입장에서 전쟁 상황에서 겪는 여성 수난을 부각시켰다. 『병인양란록』에서 작가는 지배층, 관군의 무기력한 대응을 우회적으로 드러내는 한편, 이와는 대조적으로 개인의 안위를 돌아보지 않고 순절과 충의를 발휘한 인물들의 행적을 높이 평가했다. 한편 작가는 서구의 충격 속에서 그들의 문명과 폭력을 경험하는 한편, 작가는 전쟁의 혼란한 상황 속에서 구질서의 붕괴를 체험하게 된다.

여성이 전쟁 체험을 일기의 형식을 빌려 표현한 앞 시기 작품으로는 남평조씨의 『병자일기』가 있다. 『병자일기』에는 병자호란 중에 겪은 피란 생활의 고난과 시련이 생생하게 표현되어 있다. 나주임씨가 지은 『병인양란록』은 남평조씨의 『병자일기』가 만들어 놓은 한글 일기문학의 전통을 이어받고 있는 것이다. 또한 『병인양란록』은 유진의 『임진록』, 김약행의 『적소일기』, 훈련도감 소속 하급병사의 「난리가」, 그리고 이세보의 『신도일록』으로 이어지는 한글일기 서술 방식의 전통 — 사건이 경과된 후 일정 시점에서 과거의 시간을 작가의 내면 의식 속에서 재구성하여 회상하는 방식 — 을 계승하였다. 『병인양란록』은 이세보의 『신도일록』과 함께 19세기 중후반의 한글 일기문학을 대표하는 작품이라는 점에서 그 문학사적 의의가 크다.

1 임진왜란이나 정묘호란을 배경으로 한 문학 작품은 다수 존재하는 것에 비해 병인양요를 작품 배경으로 그에 대응한 문학 작품은 많지 않다. 일기 자료 가운데 병인양요 당시 정족산성 전투에서 전공을 올린 양헌수가 쓴 「병인일기」가 자신의 종군 체험을 바탕으로 작성되었다는 점에서 주목되며, 한응필이 기록한 『어양수록(禦洋隨錄)』(규장각 소장본)에는 국왕의 전교와 의정부의 초기(草記)와 계문(啓文) 이외에 연안부사로 재임하면서 자신의 체험을 일기로 작성한 부분이 수록되어 있다. 그리고 옥수(玉垂) 조면호(趙冕鎬)의 「서사잡절(西事雜絶)」은 병인양요와 신미양요를 한시 연작시의 형태로 다루고 있다는 점에서 주목된다.

2 이주홍, 「내방수기 병인양란록」, 『백경논집』 1, 부산수산대, 1958, 83~97면.
이후 이경선 교수는 비교문학적 관점에서 병인양요 때 프랑스 함대에 참전했던 쥐베르의 기록물과 『병인양란록』을 비교 분석하였다(이경선, 「병인양란록과 강화도원정기의 비교 연구」, 『비교문학』 5, 한국비교문학회, 1980, 169~188면). 이후 조동일 교수는 『한국문학통사』에서 외세 대응의 문학적 형상화와 관련하여 이 작품의 개략적인 의미에 대해 언급하였다(조동일, 『한국문학통사』 4(4판), 지식산업사, 2005, 125면). 최근에는 이영태와 이민희가 지역문학사의 관점에 입각하여 강화문학사의 서술 구도 속에서 이 작품을 간략하게 소개한 바 있다(이영태, 『인천고전문학의 이해』, 다인아트, 2010, 1~244면; 이민희, 『강화 고전문학사의 세계』, 인천대 인천학연구원, 2012, 221~225면).

3 이주홍, 앞의 글, 83~97면. 원래 『병인양란록』은 이주홍이 1951년에 구입하여 『국제신보』(1954.6)에 처음 소개하였으며, 이후 학술지 『백경논집』과 수필집 『뒷골목의 낙서』(을유문화사, 1966)에 재수록하였다. 현재 『병인양란록』의 원본은 부산에 소재한 이주홍문학관에 소장되어 있다.

4 『승정원일기』 1865년 6월 22일 기록을 보면, 이정을 삼척부사로 임명하였다.

5 『나주임씨대동보』, 회상사, 1996 참조.

6 여흥민씨 청백리공파 족보를 살펴보면, 나주임씨 시댁의 집안사람들의 무덤 중에는 강화도 인정면(仁政面) 의곡에 묻힌 경우가 다수 보인다. 강화군 인정면은 지금의 인천광역시 강화군 불은면(佛恩面)에 속한다. 1914년 「강화군 외 2군면 폐합에 관한 건(경기도장관, 1914.2.26)」이라는 문건에 따르면, 불은면 및 인정면을 병합하고 불은면이라 하였다.

7 여흥회 편, 『여흥민씨세보』, 뿌리정보미디어, 2004. "公品資純厚, 至孝至德. 一門和睦, 兄弟五人, 友愛至極. 至見曾孫時, 不分戶. 世人稱之, 如張公家閥."

8 『여흥민씨세보』의 기록에 따르면, 나주임씨의 며느리 전주씨는 남편이 죽자 세 번에 걸쳐 음독 자살을 시도하였지만 그때마다 집안사람들에 의해 목숨을 구하였다. 그 후 시부모를 극진하게 봉양하여 효부로 일컬어졌다고 한다.

9 박능서 편, 『韓國系行譜』 天, 보고사, 1992, 569면.

10 이중규 편, 『韓山李氏良景公派世譜』에는 이승순(李承純)과 결혼한 인물이 여흥민씨 치정(致鼎)의 따님으로 기록되어 있다. 민치정은 민치승의 둘째 동생이다. 족보에 착오가 있었던 것이 아닌가 한다.

11 이중규 편, 『韓山李氏良景公派世譜』, 農經出版社, 1982. 이에 따르면 이봉직의 첫째 부인은 송근수의 따님이었고, 둘째 부인이 바로 민치승의 따님이다.

12 『여흥민씨세보』. "學文有餘, 事舅姑盡孝. 著洋亂記及內用醫書書二編."

13 여흥민씨 청백리공과 종중과 접촉을 해보았지만, 나주임씨가 남긴 여타 저술에 대한 정보는 얻지 못했다.

14 『병인양란록』은 프랑스 군대가 음력 10월 5일에 강화도에서 철수하였음을 서술하였고, 또한 양헌수가 정족산성전투에서 승리를 거둔 공로로 중군에 제수되었음을 밝혀 놓았다. 양헌수가 총융중군에 임명된 것은 1866년 음력 10월 23일이다. 그리고 『병인양란록』 표지에 '병인십이월긔'라고 명기되어 있다. 이를 통해 볼 때 『병인양란록』은 대략 1866년 12월경에 창작되었을 것으로 추정된다.

15 장동하, 「병인박해에 대한 프랑스의 대응과 강화점령사건」, 권희영 외, 『병인양요의 역사적 재조명』, 한국정신문화연구원, 2001, 84~85면.

16 한국전쟁 당시 여성에게 무서운 기억은 외국군에 의한 강간과 성폭력에 대한 소문이었다. 남성의 기억은 자신의 전쟁경험과 인생을 업적화하는 양상을 보인 반면, 여성의 기억은 가족의 굶주림과 피난, 이산에 초점을 맞추었다. 젠더별로 다른 유형의 전쟁 경험을 하였다. 이에 대해서는 이성숙, 「한국전쟁에 대한 젠더별 기억과 망각」, 『여성과 역사』 7, 한국여성사학회, 2007, 123~164면 참조.

17 앙리 쥐베르, 유소연 역, 『프랑스 군인 쥐베르가 기록한 병인양요』, 살림, 2010, 31~32면.

18 미상, 『丙寅洋亂錄』 권1, 고려대 소장. "當日午時, 量賊將騎馬率數百名, 分入東南門. 我軍發銃一放, 或中或不中. 彼亦發放, 遠及城內房屋船頭堡. 別將中丸而仆, 哨官一幷中丸而死, 邑民李再俊中丸而仆. 賊漢則致死者爲六名, 皆收屍而去."

19 이시원의 충절과 사의식에 대해서는 김용태, 「이시원의 사의식과 이용후생의 논리」, 『한국실학연구』 12, 한국실학학회, 2006, 213~239면 참조.

근대격동기 몰락 양반가 여성
양주조씨 노년의 삶과 '화병'

———————————◇◇◇———————————

문희순

◆◇ 가운家運이냐? 시운時運이냐?

양주조씨(1836~1919 후)는 근대기 한 몰락 양반가의 여성이다. 현재 조 씨의 생애를 살펴볼 만한 최소한의 자료인 행장이나 제문도 남아 있지 않다. 양주조씨의 생년은 남편 홍사철洪思哲(1839~?) 가문의 『남양홍씨세보』에 기해년(1839)에 출생[1]한 것으로 되어 있고, 몰년은 기록되어 있지 않다. 그리고 세보에는 아들 낙선樂善[2]과 딸 두 명은 각각 이정욱李廷旭과 강태봉姜泰奉에게 시집간 것으로 되어 있다. 그런데 낙선 이후의 후손에 대한 기록이 끊겨 있다. 실질적으로 절손되었거나, 후손의 행적을 찾기가 어려워 세보에 오르지 못한 것으로 보인다.

그런데, 조 씨의 삶이 이 글의 주요 텍스트인 한글편지 18건에 오롯하게 들어있다.[3] 역사 속에서 어떤 여성을 기억하는 기록물이 제3자에 의해 만들어질 때, 그 여성의 본 모습이 다소 윤색되는 경우가 있다. 특히 사후에 만들어진 기록은 망자에 대한 애도의 감정이 이입되기 마련이어서 일정 부분 칭양稱揚의 속성을 갖기도 한다. 이러한 면에서 조씨 부인의 자필 한글편지 18건은 진실하다. 18건의 편지는 그녀 자신의 노년기 삶에 대한 솔직한 고해요, 절박한 치유의 기록물이기 때문이다.

조 씨의 편지는 수신자 송교순(1852.5.20~1936.6.28) 후손가에 소장되어 있다. 조 씨는 송교순에게 많은 편지를 보냈을 것으로 생각된다. 현전 편지는 61~84세 전후에 보낸 것으로 근대 격동기에 대응하는 삶의 모습이 생생하게 기록되어 있다. 이 18건의 편지에 의하면, 조 씨는 급변하는 시대 상황과 가족사의 비운이 결합되어 그야말로 파란과 비참함으로 심리적 불안감을 느끼면서 노년기를 보낸 것으로 보인다. 조 씨는 개인사의 한없는 비운과 추락을 맞닥뜨리며 "가운家運이냐? 시운時運이냐? 알 수 없는 일이로다. 부모처자 내 버리고 도망들은 왜 하며 조상과 오륜도 모르니 이상하고 한심한 일이다"라고 자주 탄식하였다. 그리고 그러한 모든 과정을 조카 송교순에게 편지글로 호소하고, 편지 쓰기 과정을 통하여 어느 정도 마음의 위안을 얻기도 하였다.

편지 속에 드러난 노년기 조 씨의 가장 두드러진 심신상의 증상은 '화증火症'이다. '화증'은 오늘날의 병명으로는 '화병火病'으로 불린다. 한의학계에서 화병火病 · 화증火症 · 울증鬱症 · 울병鬱病 · 울화鬱火 등의 증후군을 화병이라는 독립된 질환명으로 연구하기 시작한 것은 1980년 이후이다. 『조선왕조실록』에 화병과 관련된 사례는 화병이 6예 · 화증火症·火證이 21예 · 울화鬱火·火鬱가 3예 · 화火·痰가 13예로 나타났다고 한다. '화병' 보다 '화증'이 더 보편적으로 사용되고 있음을 알 수 있다. 화병은 울화병이라고도 하며 우리나라 사람들 특히 여성에게 폭 넓게 회자되는 병명으로 울화가 쌓여서 발생하며, 그 증상이 화의 양상을 가지는 질환을 말한다. 여성들의 화병의 발병 원인은 남편과 시부모의 관계 등 고통스러운 결혼 생활, 가난과 고생, 사회적 좌절 그리고 개인의 성격 특성 등에 의한 속상함·억울함·분함·증오 등으로 대표되는 특징적 감정 반응이다. 화병의 증상은 신체 증상으로는 두통·얼굴의 열기·현기증·입 마름·가슴이 치밀어 오름·목이나 가슴속의 덩어리감·답답함·소화 장애 등이 나타난다고 한다.

조 씨가 61~75세까지 송교순에게 보낸 5건의 편지는 송교순의 편지에 답장한 것이다. 가족 구성원들의 안부와 생과 사, 자신의 질병 등을 쓴 것이 주요 내용이다. 76~84세 전후의 편지 13건은 자신의 삶이 원통하고 분하며 화증이 나서 눈물이 마를 날이 없다고 호소하는 내용이 주를 이룬다.

이 글은 송교순 가에 소장되어 온 양주조씨 18건의 한글편지를 통하여, 근대 격동기 한 노년 여성의 삶의 모습을 추적하고, 편지 쓰기를 통하여 노년기의 한 여성이 자신에게 불어 닥친 삶의 소용돌이와 회심의 화증을 어떻게 대응하고 해소해 나갔는지 보고자 한다.

◆◇ 양주조씨의 생애

조 씨의 아버지는 조병화趙秉和(1808~1885),[4] 어머니는 연안이씨(1806 ~1876)이다. 아버지 조병화의 벼슬은 양양도호부사, 할아버지 조종순趙鍾淳 (1777~1839)은 장성도호부사, 증조할아버지 조진순趙鎭順(1756~1809)은 이조참판을 역임하였다. 누대로 벼슬을 누린 집안이다. 어머니 연안이씨도 월사 이정구의 후손이다. 조 씨는 세 자매 가운데 둘째딸로 태어났다.[5] 큰언니 (1829~1860)는 송종오宋鍾五(1828~1904)에게, 동생은 이만하李萬夏에게 시 집갔다.[6] 조 씨의 편지 내용에 의하면 큰언니는 회덕에, 동생은 전의(전의, 현 세종시)에 살았던 것으로 보인다.

조 씨는 혼인 전에는 서울 송파구 삼전동에서 태어나 살았던 것으로 추정된다. 추정의 단서는 대전 회덕에 살고 있던 큰언니가 수신한 편지에 서 찾을 수 있다. 조 씨의 큰언니는 1남 2녀(족보상에 기록된 자녀)를 낳고 32세의 나이에 졸하였다. 그런데 큰언니는 혼인 후에도 계속 서울 친정에 머물며 살았다. 현전 송병하가 소장 한글편지에 큰언니의 시어머니 연안 이씨(1804~1860)가 며느리 조 씨에게 발신한 29건의 편지가 전해진다. 이 편지는 10건을 제외하고 발신연도가 적혀 있다. 연도가 적혀 있는 19 건의 편지는 계축년(1853) 9월 16일부터 무오년(1858) 9월 13일까지이 다.[7] 이 편지에 의하면 큰언니는 32세의 나이로 갑자기 세상을 뜨기 전까 지 친정에 살면서 임신과 출산을 하였고, 시어머니 연안이씨의 바느질 부 탁을 수행하였음을 알 수 있다. 조 씨의 큰언니가 친정살이를 계속하게 된 사연을 연안이씨는 '형세 소치形勢所致'라고 말하였다.[8]

그런데 연안이씨의 29건의 편지 가운데 위의 다섯 건의 편지 피봉

〈표 1〉 양주조씨의 가족사 중심 생애 일람[9]

나이	간지	왕조	서기	내용
1세	병신	헌종 2	1836.5.14	출생
4세	기해	헌종 5	1839.12.11	조부 조종순(趙鍾淳, 1777.12.13~1839.12.11) 졸
10세	을사	헌종 11	1845	큰언니(1829.9.11. 생) 송종오(1828.11.24~1904.8.3)와 혼인
미상	미상	미상	미상	혼인. 남편 홍사철(洪思哲, 1839.5.13~?)
〃	〃	〃	〃	딸 (이정욱(李廷旭) 부인) 출생
〃	〃	〃	〃	딸 (강태봉(姜泰奉) 부인) 출생
19세	갑인	갑인 5	1854.4.22	조모 기계유씨(1788.10.20~1854.4.22) 졸
21세	병진	철종 7	1856	남편 홍사철 졸
25세	경신	철종 11	1860.7.3	큰언니 졸
39세	갑술	고종 11	1874	제2 양자 며느리 출생
40세	을해	고종 12	1875	제2 양자 출생
41세	병자	고종 13	1876.3.17	모 연안이씨(1806.9.21 생) 졸
49세	갑신	고종 21	1884.2.10	제1 양자 며느리 능성구씨 출생
			1884.8.17	조카 조중구(趙重球, 1947.12.2 졸) 출생
53세	무자	고종 25	1888.11.3	조카 조중철(趙重喆, 1929.5.14 졸) 출생
				시모 해평윤씨(1826.7.10 생) 졸
50세	을유	고종 22	1885.11.17	부 조병화(趙秉和, 1808.8.11 생) 졸
52세	정해	고종 24	1887.9.27	제1 양자 홍낙선(洪樂善, 졸년 미상) 출생
66세	신축	대한제국 5	1901.4.4	동생 조단희(趙端熙, 1852.5.6 생) 졸
72세	무신	순종 2	1908.9.24	시부 홍식유(洪斌裕, 1824.2.8 생) 졸
76세	신해	일제강점기	1911.2.5	여동생 이만하 부인 졸
77세	임자	〃	1912.5.20	조카 송교순 회갑
82세	정사	〃	1917.1	수전증을 앓다
83세	무오	〃	1918.3	풍증(風症)을 앓다
84세	기미	〃	1919.1	이명증을 앓다

에 발신자와 수신자의 주소가 적혀 있다. 발신자인 시어머니 연안이씨는 '회덕(회천)'에 있고, 수신자인 며느리 조 씨는 '삼곡(삼전)'에 있음을 알 수 있다. 그리고 편지 내용 가운데에 "셔울셔 노사돈 환후 미령등 지니오

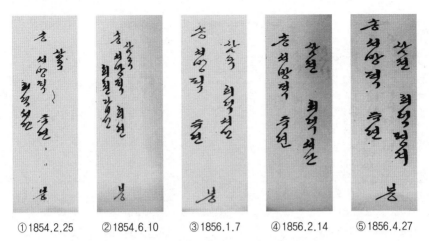

| ①1854.2.25 | ②1854.6.10 | ③1856.1.7 | ④1856.2.14 | ⑤1856.4.27 |

연안이씨(발신자)가 송종오 부인 조 씨(수신자)에게 쓴 편지 피봉의 주소

시다 말솜 듯줍고 넘녀 구이 업다 너도 당 셩치 못ᄒ다 ᄒ니"(7월 10일 편지)와 "셔울노 슈주 브치니 회편의 답장이나 보면 조켓다"(7월 7일 편지) 등에서 수신자인 며느리가 서울에 있음을 알 수 있다. 이로써 볼 때 수신지 삼전(삼곡)은 서울 송파의 삼전동으로 파악된다.

남편 홍사철은 조 씨가 21세 되던 해에 죽었다. 조 씨는 평생을 서러움으로 세월을 보냈다고 고백하였다.[10] 세보에 기록된 1남 2녀 가운데 1남 낙선은 조 씨가 52세의 나이에 들인 양자이다. 『남양홍씨세보』에는 홍낙선이 아들로 기재되어 있으나, 실질적으로는 홍낙선 뒤에 양자를 한 번더 들였던 것으로 보인다. 조 씨는 '편지 18'에서 두 번째 양자한 자식이 사십이 넘었다고 말하였는데[11] 1887년생 홍낙선이라고 가정한다면 편지 발신일이 적어도 1927년을 훌쩍 넘어서기 때문이다. 1927년은 조 씨가 92세를 넘은 해이기도 하고, 편지 내용상으로도 맞지 않다. 첫 번째 양자 홍낙선이 후사 없이 일찍 죽었거나, 알 수 없는 사연이 있었던 듯하다.

①1911.12.22
편지 피봉의 앞뒷면

②음력 이월 한식일
편지의 피봉

③1912.5.16
편지의 피봉(청동)

④1915.4.8
접어서 보낸 편지(수동)

양주조씨가 이질 송교순에게 보낸 편지 피봉의 주소

남편 홍사철도 계자이고 아들도 계자이다. 그런데 조 씨의 그 많던 재산을 탕진시킨 장본인이 바로 두 번째 양자한 자식이다. 조 씨는 이 아들에 대하여 '몹쓸 놈', '그 놈도 제 자식에게 받지'라고 말하며 분하고 서러운 감정을 억누르지 못하였다.[12] 이는 다음 절에서 자세히 언급하기로 한다.

혼인 후 특히 노년기에는 서울 종로구 삼청동·사동 일대에서 살았다. 조 씨의 이질녀 김홍규金弘圭 부인은 서울 계동에 살았는데 삼청동 옆동네이다. 노년기의 조 씨는 조카 송교순과 김퇴천딕(김집)[13]이라 불리는 이질녀 송 씨에게 크게 의지하였다. 송교순에게는 자신에게 벌어지고 있는 불행한 일과 신세한탄을 편지로써 호소하였고, 김퇴천딕과는 직접 얼굴을 맞대고 심신상의 위로를 받을 수 있었다. 조 씨는 그 이질녀를 '든든하고 기특하게' 여겼다.

조 씨는 두 명의 친정 자매들이 일찍 죽고, 양자로 들어온 남동생 조단희(1852~1901)마저 50세의 나이로 일찍 죽자 실질적으로 친정 집안의 대

소사를 주관하게 되었다. 친정 부모 묘의 이장 문제도 직접 관장하였다. 특히 공주 봉명동과 계룡면은 친정 조부를 포함한 윗대 조상들의 묘가 있는 선영이 있는 곳이다. 양주조씨는 아버지 조병화가 졸하자 양주조씨 세거지 인 서울 번동에 묘소를 썼는데, 선대 할아버지들의 묘가 있는 공주로 이장 하지 못한 것을 중압감으로 느꼈다.[14] 70대 중반의 노구를 이끌고 삼청동 에서 번동까지 10km를 다니며 묘를 살피기도 하였으나, "내가 며칠을 살 겠느냐? 사사로이 통곡 처로다"라고 탄식하기도 하였다.[15]

　　조 씨의 친인척은 호서 지역에 기반을 두고 서울에서도 거주한 것으로 보인다. 편지 속에 자주 등장하는 지역명은 부강 · 튱쥬(충주) · 공쥬(공 주) · 홍양(홍성) · 홍산 · 젼의(전의) · 은진 · 연산 · 회덕 등이다. 1911년 편지(편지 7)에는 "계동 고부 아들 중 완졍위도 월젼 과쳔으로 낙향ㅎ고 딕 감 셔ㅈ 참위 완희도 과쳔으로 가고 도ㅅ딕은 낙향ㅎ거든 공주 묘하로 나가 지 아니ㅎ고 은진으로 ㅈ여손을 다리고 갓스니"의 내용이 있다. 여기에서 도 친인척들이 낙향하는 곳이 과천 · 공주 · 은진 등이다. 죽음을 목전에 둔 조 씨는, 경제적 궁핍으로 서울 생활을 접고 줄줄이 낙향하는 친인척들 을 보며 심리적으로 매우 불안감을 느꼈다. 조 씨는 낙향하는 이들을 바라 보며 "싱계가 망창ㅎ니 졀박헌 일이로다"라고 탄식하며 홀로 남은 이의 상 실감을 기록하였다.

　　〈표 2〉는 조 씨의 삶을 읽어낼 수 있는 한글편지 18건을 발신일 별로 정리한 것이다.

〈표 2〉 양주조씨 한글편지 18건 일람 및 내용

번호	조 씨 나이	발신 일자	서기일월	발신 주소	내용
1	61세	병신 칠월 넘오일	1896.7.25		· 답장 편지 · 발수신 집안간의 안부
2	미상	칠월 초ㅅ일	7.4		· 답장 편지 · 수신자 송교순의 부실(副室)을 소개하는 문제가 쉽지 않음
3	66세	ㅅ월 넘뉴	1901.4.26		· 답장 편지 · 양주조씨의 질병(해소, 두통, 적기) · 태산 같은 빚 · 동생 조단희의 갑작스런 죽음
4	68세	계묘 삼월 회일	1903.3.31		· 송교순 부실의 병에 대한 안부
5	75세	경술 구월 십팔일	1910.9.18		· 답장 편지 · 송교순의 두 아들의 방문에 대한 반가움과 고마움 · 양자의 소실인 통영집의 태기
6	76세	신희 납월 초십일	1911.12.10		· 답장 편지 · 해소병으로 괴로움 · 여동생 이만하 부인의 죽음으로 인한 할반지통 · 딸과 함께 살고 있으나, 사위가 병객이어 정신이 불분명함 · 손자가 없고, 서손밖에 없어 서손후계가 한심함
7	76세	×	1911	청동	· 생계가 망창하여 절박함 · 친정 부모 묘소를 친산이 있는 공주로 모시지 못하여 서러움 · 죽음이 가까운 나이에 사사건건이 통곡임
8	76세	십이월 넘이일	1911.12.22	청동	· 보내 준 준시(蹲枾)에 대한 감사 · 서자의 처첩이 사글세로 떠돌아 살아가니 성가시고 화가 남 · 당전 이만여 냥에 기와집 네 간 집을 사서 듦
9	77세	임ㅈ 오월 십뉵일	1912.5.16	청동	· 송교순의 회갑 일을 경축 · 직접 방문하여 축하하고자 하였으나 심화(心火)로 병이나 서 가지 못해 섭섭함. 선물로 줄 것이 없어 두루 섭섭함 · 서자가 돈 문제로 평생 어미 근심을 돋우어 한탄임
10	79세	음 정월 넘ㅅ일	1914.1.24		· 답장 편지 · 담수병(膽嗽病)으로 괴로움 · 79세 만고풍상을 겪으면서 죽지 못하는 신세 한탄 · 자식은 있어도 근심이고 없어도 근심이라고 하나 당초에 없느니만 못함

번호	조 씨 나이	발신 일자	서기일월	발신 주소	내용
11	79세	×	1914.2 이후		· 보내준 김치에 대한 감사 · 서자의 돈 문제로 원통함 · 냉방에서 발이 시려 잠을 못 잠 · 분하고 서러운 신세 한탄
12	80세	수월 팔일	1915.4.8		· 답장 편지 · 송교순의 각통(脚痛) 걱정 · 아들내외 풍파를 치고 벼슬 없이 살 수 없어 한 집에 모여사니 빚쟁이들이 호랑이처럼 밀려들어옴 · 화증으로 눈물이 마를 날이 없음 · 요즘 자식들 조상과 오륜을 모르니 한심함 · 백석추수 다 어디가고 양식이 모자라 배고픈 걱정
13	82세	정ᄉ 일월 삼일	1917.1.3		· 답장 편지 · 이질녀는 이모에게 편지 한 통이 없음 · 동생댁(조중구 부인) 등 조 씨 성의 친족들이 죄다 낙향하여 외롭고 처량한 신세 한탄 · 평생 모아 놓은 돈 다 없어지니 화증 남 · 며느리가 딸 둘 낳고 아들을 못 나니 파족의 집이 분함
14	83세	×	1918.봄		· 수신자의 삼촌 송종휘의 죽음에 대한 위로 · 여자 형제 중 내 팔자가 괴이함
15	83세	무오 슴월 넘이일	1918.3.22		· 풍증으로 듣는 것이 갑갑함 · 손부가 태중이나 서자를 적자로 승적을 하니 분함
16	84세	긔미 원월 이십일	1919.1.20		· 답장 편지 · 서울의 곡가가 점점 올라 양식 없는 내 집부터 아사를 면치 못하겠음 · 이명증으로 고통스러움 · 서울은 감기로 한 집안에 몇 명씩 사망지환이 남 · 풍증을 괴로움 · 국상(고종 승하)이 나니 신민이 통곡함
17	미상	오월 초	5월 초		· 전염성 독감으로 고생함 · 행랑 종 여섯 명이 독감을 앓고 세 명이 죽음 · 손부가 아이를 낳았으나 서손승계가 분함
18	미상	음녁 이월 한식일	음력 2월 한식일	ᄉ동	· 기구한 팔자에 대한 회한과 날마다 죽기만을 원함

◆◇ 양주조씨는 왜 화병에 걸렸나?

남편과의 이른 사별

조 씨의 전 생애를 통하여 가장 충격적인 사건은 조 씨 21세에 남편이 요절한 사건일 것이다. 혼인을 하고 몇 해 살지도 않아 배우자가 요절한 사건은 조 씨 평생의 삶을 설움으로 점철되게 만들었다. 송교순에게 보낸 발신일을 기록하지 않은 한 편지에서는, "나는 무슨 전세의 죄악이 무거워서 이십일 세에 가장을 잃고 평생을 서러움으로 세월을 보내고"라는 자탄으로 서두를 꺼냈다.[16] 양자를 두 번 들인 일, 양자한 자식이 돈 문제로 속을 썩이는 일, 두 자매가 본인 보다 일찍 죽어 외로움을 느끼게 되는 일, 홀로 남은 자신이 친정 부모 제사와 산소 문제를 해결해야 하는 일, 질병으로 몸이 아플 때 등 노년기 인생 전반에 걸친 희로애락의 심연에는 배우자의 부재에 따른 팔자타령이 깔려 있다.

조 씨는 16세를 전후해서 혼인하였을 것으로 추측된다. 남편 홍사철은 시아버지 홍식유(1824~1908)에게 아들이 없어 계자로 들어왔으나, 그 역시 아들 없이 두 딸만을 남기고 죽었다. 결국 조 씨는 혼인 생활 5년여 만에 혼자의 몸이 된 것이다. 조 씨의 시어머니 해평윤씨(1826~1888)가 63세의 나이로 졸한 이후로 홀시아버지를 모시며 살았다.

조 씨는 강인한 생활력으로 가정 살림을 도모해 온 것으로 파악된다. 그러한 자신의 생애를 "혼자의 힘으로 취리取利, 곧 돈이나 곡식을 타인에게 빌려 주고 그 이자로 지탱해 온 삶"[17]이라고 토로하였다. 이자를 불려서 400~500백 섬의 자산을 형성해 놓기도 하였다. 그러나 양자로 들어

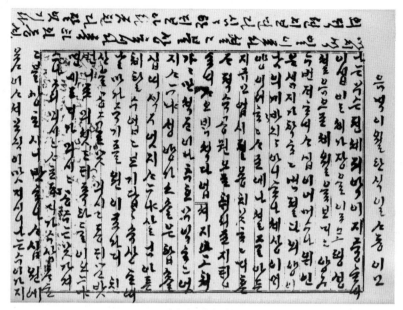

'편지 18'의 내용

온 자식은 절용할 줄 모르고 그 많던 재산을 규모 없이 다 써버린 상황에 직면하게 되었다. 이럴 때마다 조 씨는 "보기 답답하고 속상하여 날마다 빨리 죽기만을 바란다"는 자탄을 쏟아내게 되었다. 남편이 그렇게 일찍 죽지만 않았더라도 자식을 더 낳을 수도 있었을 것이고, 설사 아들자식이 없다 하더라도 배우자와 함께 그 모든 과정을 상의하고 대화로써 어느 정도 해소할 수도 있었을 것이다.

조 씨 화병의 동인에는 몇 가지가 있으나 제1차 요소는 남편과의 이른 사별이라 말할 수 있다. 특히 70세 전후의 시기부터는 '화병'이 점점 더 고조되어 삶의 질이 현저히 떨어졌다. 편지 가운데 '화증·심화·화'라는 표현을 빈번하게 쓰면서 자신의 팔자가 기박하다고 호소하였다.

가산의 탕진

조 씨가 남편이 일찍 죽어 평생 팔자 탓을 하였지만, 팔자 탓을 너머 화병을 앓게 된 가장 큰 물리적 동인은 '돈'과 '빚'의 문제이다. 가산을 탕진한 사람은 양자로 들어 온 아들이다. 조 씨의 친정과 시댁은 누대로 벼슬살이를 하였기 때문에 탄탄한 경제적 기반을 형성하였던 것으로 보인다. 『남양홍씨세보』에 의하면 시부 홍식유의 벼슬 기록은 없으나, 시조부 홍배후洪配厚(1803~1871)는 사마시에 합격하고(1834) 안주목사 벼슬까지 지낸 것으로 되어 있다. 아래 ⑥의 편지에 "닉집 형셰는 ᄉᆞ오빅셕 추수"라는 내용이 있다. 조 씨 집안의 소출 양이 매우 방대한 규모임을 알 수 있다.

그러나 조 씨는 돈이나 곡식을 타인에게 빌려 주고 그 이자로 지탱하면서 살았다. 아래 인용 편지 ④에서 "죽는 날을 몰나 못ᄊᆞ고"라고 말하였듯이 돈을 아끼고 함부로 쓰지 않으면서 노년을 대비하였다. ⑥에서 사오백 석씩 하는 추수도 먹지도 입지도 않으면서 평생 돈을 모아 집안의 모양을 만들어 놓으려 하였다고 하였다. 조 씨가 악착같은 내핍 생활을 유지하며 형성해 놓은 재산과 돈을 양자로 들어 온 아들이 탕진하기 시작하였다. 조 씨 노년기 삶에 있어서 가장 원통하고 분한 화증의 나날은 바로 여기에서부터 기인한다. 편지 18건에 드러난 내용을 살펴보면 다음과 같다.

① 져의도 쳐쳡이 삭월단니ᄂᆞᆫ 나는 셩가시고 화가나니 각거 십년이로다 (편지 8)

② 평싱에 ᄆᆞ음이 호탕ᄒᆞ여 어미 근심을 도드니 한탄이로다(편지 9)

③ 나는 어이 칠십구세를 만고풍상을 격그며 아니 죽느냐 큰 걱정되는 일이 나셔 작금년 오뉵만냥을 무러 주고 일을 페여주려니 일우 어듸셔 나느냐 블만 스십셕 연명ᄒ는 것 마즈 팔녀ᄒ니 늬가 아니 죽으면 어이ᄒ리 만스가 후회막급이나 이졔 엇지ᄒ느냐 즈식이 유탄무탄이라 ᄒ나 당초에 업느니만 못ᄒ다(편지 10)

④ 나는 돈으로 셩화 논을 늬노하스나 어느 쎠 흥졍이 될지 아득ᄒ고 변니는 믹 삭 일쳔빅냥식 믹 삭 원통ᄒ여 ᄒ로가 밧부니 이런 원통헌 일이 잇느냐 (…중략…) 이 고싱 죽는 날을 몰나 못스고 인제는 쓸 것도 업고 작금년 오뉵만냥을 쎅셔 가고 물니ᅌ 이런 몹슬 놈이 쏘 어듸 잇스랴 그리ᄒ고도 고맙다나 ᄒ느냐 그 놈도 제 즈식게 밧지(편지 11)

⑤ 아들 늬외 십여년 만에 풍파를 치고 벼슬 업스니 무어슬 ᄒ느냐 살 슈 업셔 블너드려 한집의 모이니 든ᅌ 가양은 되어시나 빗쟝이도 하 만ᄒ니 범드러온 것 갓다 수년지간에 칠빅환 빗슬 두 번이나 물니ᅌ 부즈는 견듸겟느냐 블만 스십셕 추슈 남은 것도 반을 파라와도 반도 못갑고 날마다 졍소한다 집힝온다ᄒ니 엇지 스느냐 셰간을 다 파라도 못 당ᄒ니 화증나 눈물이 마를 날이 업스나… 무슨 곡졀노 픠가 망신들을 ᄒ고 조셕거리도 업시되니 가운이냐 시운이냐 알 슈 업는 일일너라(편지 12)

⑥ 늬집 형셰는 스오빅셕 추수 입도 먹도 못ᄒ고 분지도 변ᅌ치 못 평싱 모하 집 모양을 믠드려 노랏드니 일 토직이도 업스니 어히 업고 화증난다 인긔는 못나지 안코 스람도 셩품과 힝셰가 무던ᄒ나 쓰면 쓰는듸로 싱긴다고 다 쎴스니 어듸셔 싱기느냐(편지 13)

⑦ 양즈 두 번 지 하여 스십이 너머스나 위인은 심지가 착ᄒ고 범졀과 의양이 남의게 쌔지ᅌ 아니ᄒ나 셰상이 믹양 이러ᄒ고 스로에 나셜 줄 아든지

규모업시 졀용치 못ᄒᆞ니 혼자 젹슉공권으로 취리로 지팅ᄒᆞ여 ᄉ오빅 셕 다 업셔지고 쳐가ᄂᆞ 만셕군이나 추호무익ᄒᆞ고 엇지ᄉᆞᄂᆞ냐 싱 양가 소솔은 합솔십여 식구 엇지 ᄉᆞᄂᆞ냐 살님 아른체 할 수 업고 보기 답ᄂᆞ 속상ᄒᆞ여 날마다 죽기를 원이로다(편지 18)

이상의 편지에서 파악되는 아들의 성격은, 호탕하여(②), 절용^{節用}하지 않고(⑦), 돈은 쓰면 쓰는 대로 생긴다고 생각하여(⑥) 조 씨의 근심을 돋우는(②) 그런 사람이다. 조 씨는 아들이 지은 빚으로 오륙 만 냥을 물어 주기도 하고(③, ④), 그도 모자라 매월 초하룻날 이자로 천백 냥씩 물어주는 사태까지 발생하였다(④). 아들은 처첩과 함께 사글세를 전전긍긍하기도 하였으나 패가망신한 살림살이에 살아갈 도리가 없게 되었다. 조 씨가 집으로 불러들여 함께 살아보기도 하였다. 그러나 빚쟁이 들이 너무 많아 집안에 호랑이가 들어 온 것 같고, 날마다 정소^{呈訴}한다, 집행^{執行}을 온다는 등의 소리에 세간을 다 팔아도 감당할 수 없는 지경에 이르렀다(⑤). 조 씨는 아들로 인해 거듭되는 당황스런 사건들을 겪으며 '몹쓸 놈', '그 놈도 제 자식에게 받을 것'(④), '당초에 없는 것만도 못한 성가신 자식'(③)이라는 강경한 말을 하는 데에 이르렀다.

아들의 빚 문제가 편지에 거론되기 시작한 것은 1912년 조 씨 나이 77세를 전후한 시기부터이다. 현전 조 씨의 편지는 84세 때까지 쓴 것이 마지막인데, 조 씨가 죽음을 맞이한 시점까지도 돈과 빚의 문제는 계속되었던 것으로 보인다. 조 씨 평생의 자산을 양자로 들어 온 아들이 탕진하기 시작하여 급기야 조석 끼니 걱정을 하는 처지로 전락하고 만 것이다.

조 씨는 만고풍상을 겪어 내고 있는 자신의 신세를 생각하며 눈에 눈물이 마를 날이 없다고 통곡하였다. 내 편지에 '한탄스럽다·답답하다·원통하다·후회막급이다·한심하다·속상하다·성가시다·분하다·서럽다·죽고 싶다·화증(화)난다'는 등의 단어를 쓰고 있다. 조 씨는 가산의 탕진, 돈과 빚의 문제로 생계의 위협을 받는 상황에 직면하여 불안하고 비참한 노년의 삶을 살았던 것이다.

서손자로 이은 가계

조 씨는 "자식이 유탄무탄이란 말이 옳다"라는 말을 자주하였다. 자식은 있어도 탄식이요, 없어도 탄식이라는 말이 옳다는 것이다. 노년기 조 씨가 자식을 바라보는 솔직한 생각이다. 조 씨는 무슨 사연인지 양자를 두 번씩이나 들였는데, 첫 양자 홍낙선 이후에 두 번째 양자한 자식이 조 씨의 편지에서 언급되고 있는 사람이다.

아래 인용 편지 ①에서 아들이 37세, ②에서 며느리가 44세라고 말하였다. ①의 편지는 조 씨가 76세, ②의 편지는 82세 때 보낸 것이다. 이 것으로 보면 아들은 며느리보다 한 살 아래다. 그리고 아들은 어머니 조 씨보다 39살이 아래임을 알 수 있다. 그런데 두 번째로 들어 온 양자도 딸 둘만 낳고 아들을 두지 못하였다. 다음 편지는 조 씨가 서손으로 집안이 이어질 것을 근심한 내용이다.

① 나는 아들이 삼십칠세예 참판이라 ㅎ나 손즈가 업고 셔손 십습셰 그나 다힝ㅎ나 작인은 쪽ㅈ 잘 삼겻다마는 이후 셔픽집이 될 닐 한심ㅎ다(편지 6)

② 며느리 쌀 둘만 나코 아들 못 나ㅎ니 필경 파족의 집 분ㅎ다 며느리 ㅅ

십ᄉ세 단산이로다(편지 13)

③ ᄌ식도 귀중한 거시 무어시랴 양ᄌ도 유탄무탄(편지 17)

위 ①의 편지에서 조 씨는 '서패庶敗집' 곧 적손자가 없고 서손자로 이어져 집안이 망쳐질 것이라고 한심스럽게 여겼다. 이때 조 씨 76세, 아들 37세, 서손자 13세이다. ②의 편지는 며느리 나이가 44세, 며느리의 단산을 걱정하며 딸 둘만 낳고 아들을 낳지 못한 것과 함께 후계가 정상적으로 이어지지 못할 일을 분하게 여기고 있다. 결국 ①과 ②는 며느리에게서 후손이 없고, 첩실 소생의 서손으로 후계가 이어질 일에 대하여 한심스럽고 분하다는 심사를 표현한 내용이다.

조 씨는 친가의 남동생 조단희도 양자, 본인의 남편 홍사철도 양자, 양자로 들어온 자식도 적손이 없어서 서손으로 내려가게 되었다. 그러나 조 씨는 시대가 급변하면서 제사를 제대로 지내지 않는 친인척 자식들에 대한 실망감, 자신에게 양자로 들어 온 자식에게 입은 상처를 통해서 ③ "자식이 귀중한 것이 무엇이냐? 양자는 있어도 탄식, 없어도 탄식"이라는 결론을 독백처럼 되뇌게 되었다. '자식이 유탄무탄', '자식이 없는 것만 못하다'라는 말은 '편지 10·16·17'에서도 자주 하였다. 서손 승적에 대한 불만과 분한 감정을 억누르지 못하였다.

질병과 고독

조 씨의 편지에 질병이 기록되기 시작한 것은 1912년(77세) 5월 16일부터이다. 병의 발발은 노심勞心과 심화心火로 인한 것이었다. 이 날 편지에 의하면, 조 씨는 수신자 송교순의 회갑일을 맞이하여 계동 거주 이질녀 김ᄐᆡᆨ쳔ᄃᆡᆨ(김집)과 함께 회덕 행차를 계획하였다. 그런데 조 씨의 아들이 조 씨의 생일인 5월 14일에 생일잔치 겸 낙성연을 연다고 엽 삼천 냥을 들여 손님을 초대할 계획을 세웠다가, 정작 생일잔치 하루 전날 경찰서에 잡혀 들어가 벌금을 내고 출소하는 일이 벌어진 것이다.

이 사건으로 인해 조 씨는 크게 낙심하고 창피해하여 식욕이 끊어지고 기운을 차리지 못해 결국 회덕 행차를 포기하게 되었다. 그리고 송교순에게 편지를 써서 "다시는 너를 못보고 죽게 되었다"고 탄식하였다.[18] 조 씨는 이때부터 아들 문제로 걱정이 끊이지 않았고 화증에 시달리게 되었다. 화증 이외에도 앓은 질병들은 다음과 같다.

① 작츄에 안ᄎᆡ셔 환두쌔를 쎄여 간신이 도로 드러 맛기 그만두니 압푸더니 무릅히 ᄯᅩ 압푸드니 블근 발이 피발이 셔고 긔거를 못ᄒᆞ게되니 ᄂᆡ ᄉᆡᆼ각으로 어름찜을 ᄒᆞ니 치운 헐닐이냐 더ᄒᆞ든 아니ᄒᆞ나 죵시 싀훤치 아니ᄒᆞ니 만ᄉᆞ가 한심 만ᄒᆞ고 회심 만ᄒᆞ다(편지 12)

② 나도 미간 부은 것 ᄒᆡ포 되고 근일 점〻이 부어 밤톨만 ᄒᆞ니 죵이라고 병원에셔 살 몽혼을 ᄒᆞ고 부은 살을 글거ᄂᆡ면 낫겟다 ᄒᆞ나 눈이 갓가우니 무셥고 몃 일헤 낫도록 엇지 게 가 누엇스며 돈은 부지기슈로 드니 엄두를 못 ᄂᆡ고 게셔 죽으면 ᄀᆡᆨᄉᆞ를 ᄒᆞ게스니 결단을 못ᄒᆞ고 근심 죽기나 ᄇᆞ란다 외인편 팔다리가 압푸고 수젼으로 간신 셧다(편지 13)

③ 점〻 정신이 운무중 갓흐나(편지 14)

④ 나ᄂᆞᆫ 풍증으로 ᄒᆡ포 면부와 귀가 어두어 가니 갑〻도 ᄒᆞ거니와 분헌 일도 만코(편지 15)

⑤닉 그럼즈 ᄒ나 싸라 단니는 듯 귀가 만강풍우가 요란한 듯 가마니 ᄒ는 소리 못 드르니 병신갓치 분ᄒ다 (…중략…) 나도 금년이야 아니 죽겟ᄂᆞ냐 풍으로 왼족 팔과 손이 썰니고 손이 챠며 블만 쬐니 손바닥이 타셔 압푸다 글시 꼴 보아라. 얼굴이 ᄉ면 다 부어 거북ᄒ고 작년브터 귀가 어두어(편지 16)

⑥금년 정월브터 탸국 감긔라고 머리골이 쑤셔 일홈이 관쳘통이라고 닉가 슘일 만 알코 니러난 후 식구가 다 알ᄒᆞ 소요한 즁 힝낭거슨 수삭 젼브터 힝낭거시 싀환을 속고 여셧 식구가 몰ᄂᆡ 알타가 세시 죽어 나가니 송구 손자가 석 달 만의 간신 ᄉᆞ라 나고 싱가 죡하 상직한미 죽고 힝낭 세 식구 성가 홀현 수 모도 뗘 여셧 송장 경항의 ᄎᆞ르나고(편지 17)

이상의 편지에서 읽히는 조 씨의 질병은 노인성 질병들이다. 환도뼈를 삐어 무릎이 아프거나(①), 손발이 떨리는 수전증(②, ⑤), 풍증으로 얼굴이 붓고 귀가 잘 안 들리는 증세(④, ⑤), 종기(②), 정신이 구름과 안개에 쌓인 듯이 몽롱해 지는 증세(③) 등이다. 조 씨는 이런 질병들로 고통을 당할 때마다 심리적으로 분노를 느꼈다. 그리고 "금년이야 아니 죽겠나"라고 되뇌면서 매번 죽음의 문제로 직결시켰다.

◆◇ 조카에게 털어 놓은 분노와 탄식

조 씨는 친정 형제 중 홀로 살아남은 자신의 처지를 자주 비관하였다. 큰언니와 여동생, 양자로 들어온 남동생도 모두 죽었다. 특히 남동생이 죽은 뒤로 더더욱 의지할 혈연이 없는 고로의 노년기를 맞았는데, 큰언니의 자녀인 송교순 형제들에게 자신의 몸과 마음을 크게 의지하였다. 특히 송교순은 노년기 조 씨의 삶에 크나큰 위안처를 제공한 인물이다. 송교순은 이모 조 씨에게 자주 편지를 썼고, 그 때마다 김치·준시·떡·엽초담배 등 간식거리를 보내 조 씨의 삶을 위로해 주었다.

조카 송교순과 빈번히 주고받으며 소통한 18건의 편지 가운데, 답장 편지로 보이는 편지 10건은 '참봉답·이질(딜) 참봉답·이질답'으로 서두가 시작된다. 반면에 조 씨가 먼저 보낸 편지는 8건으로 '참봉보소·참봉보아라·참봉 이딜의게' 또는 직접 편지 내용으로 들어간 경우이다. 이것으로 보면 조 씨도 송교순에게 편지를 썼지만, 송교순 측도 이모 조 씨에게 편지를 자주 썼음을 알 수 있다.

조 씨는 남편과 일찍 사별하고 양자로 들어온 자식이 돈과 빚의 문제로 고통을 안겨주자, 친정 혈육에 대한 본원적 그리움을 더욱 더 갖게 된 듯하다. 경제적 고통을 받을 때마다 일찍 죽은 큰언니를 떠올렸고, 큰언니의 부재를 대신한 사람이 바로 송교순이다. "너를 형님 대신하여 생전에 한번 보고 싶으나 못 만날 듯 그립다"[19]고 토로하였다. 늘 그립고, 마음속에 잊을 때가 없고,[20] 혼미했던 정신이 돌아올 때면 이질의 생각이 간절하여 마음에 잊지 못하겠다[21]는 간곡하고 아린 마음을 편지에 실었다.

니 손으로 먹도 입도 못ᄒ고 닝방에 주야 네 굽을 모흐고 밤의도 무릅히스리고 발이 스려 잠을 못 자고 두 손을 입에 다 틴고 잠이 오ᄂᆞ냐 잠을 못드러 ᄌᆞ정 ᄉᆞ오점에 속이 쓰리면 찬녑을 업드려 빈혀 끗흐로 민 밥을 써 너코 밤의 죽으려니 ᄒᆞ나 식전 쏘 ᄉᆞ라나며 헌옷슬 면치 못ᄒ이 고싱 죽는 날을 몰

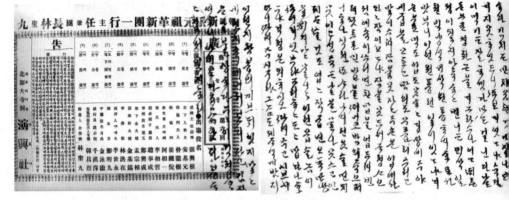

'편지 11'의 내용

나 못스고 인제는 쓸 것도 업고 작금년 오뉴만냥을 쎄셔 가고 물니 이런
몹슬 놈이쏘 어듸 잇스랴 그리ᄒ고도 고맙다냐 ᄒ느냐 '걱정은 외 ᄒ시오
싸려주고 시브시다니 싸려 주시구랴' 그 놈도 제 ᄌ식게 밧지 이 편지 참봉의
게 브듸 잇지 말고 네 편지 속에 너허 보ᄂ다고 김집은 날 불상ᄒ다 누 이
걱정ᄒ여시니 아비보다 조곰 낫다 분ᄒ고 셜워 엇지ᄒ리(편지 11)

이 편지를 요약하면 다음과 같다.

㉠ 내 손으로 먹고 입도 못한다.

㉡ 냉방에서 주야로 네 손발을 모으고, 밤에는 무릎이 시리고 발이 시려
잠을 못 잔다.

㉢ 자정 너머 새벽 네다섯 시 경에 속이 쓰리면 찬밥을 엎드려서 비녀 끝
으로 맨 밥을 떠 넣는다.

㉣ 밤에 죽으려 하나 이른 아침이면 또 사라난다.

ⓜ헌 옷을 면치 못하고 이 고생을 하고, 죽는 날이 언제인지 몰라 안 썼다.

ⓗ이제는 쓸 것도 없고, (아들이) 작년과 올 해 오륙 만 냥을 **빼앗아** 가 (빚을) 갚았다.

ⓢ이런 몹쓸 놈이 또 어디 있겠느냐? 그리하고도 고맙다고도 말하지 않는다.

ⓞ(아들이) "걱정은 왜 하시오? 때려주고 싶으시다니 때려 주시구랴"(라고 말한다.)

ⓩ그 놈도 제 자식에게 받을 것이다.

ⓒ이 편지 참봉에게 부디 잊지 말고 네 편지 속에 넣어 보내다오(라고 김 집에게 말한다.)

ⓚ김집은 나를 불쌍하다고 누누이 걱정한다.

ⓔ분하고 서러워 어찌 하겠느냐?

이 편지는 발신 일자가 미기록이나 편지의 내용상 1914년 2월 전후에 쓰여진 편지임을 알 수 있다. 이때 조 씨의 나이는 79세로, 겪어 내고 있는 삶의 무게는 처참하기까지 하다. 겨울 추위에 난방도 되지 않는 냉방에서 손발이 오그라들고 무릎과 발이 시려 잠을 못 잘 정도이다. 새벽 네다섯 시에는 빈속이 쓰려와 차디 찬 맨밥을 엎드려서 그것도 비녀 끝으로 떠먹는 극한 상황이다. 조 씨는 근검하고 절약하여 옷도 제대로 사입지 않아 평생 헌 옷을 입고 살았다. 죽는 날이 언제 인지 몰라 그 때를 대비하여 돈을 아끼고 쓰지 않았다는 것이다.

조 씨의 아들 홍 씨는 양어머니의 돈 오륙 만 냥을 **빼앗아** 자신의 빚을 갚는데 써 버렸다. 고맙다는 말은커녕 "때리고 싶으면 때리라"는 식이다. '편지 17'에서 "곡가ㅎ 믹 승 뉵십뉵 젼"이라고 한 것으로 볼 때, 자식이 빼앗아 간 오륙 만 냥이라고 하는 돈의 규모가 얼마나 컸을지 짐작할 수 있다. 조 씨는 그런 허랑방탕한 자식을 응징하여 "그 놈도 제 자식에게 받지"라고 저주하였다.

조 씨는 분노가 사그라지지 않고 치밀어오를 때, 조카 송교순에게 편지를 썼다. 상실과 회한의 통증을 편지로 호소하면서 일시적으로나마 분노의 해소와 치유 효과를 느낄 수 있었던 것으로 생각된다. 편지의 말미에서 "부디 잊지 말고 참봉(송교순)에게 편지를 보내 달라"는 절박한 요청에서 알 수 있다. 노년기 조 씨의 인생에서 편지 쓰기란, 자신의 가슴에 쌓인 '화병의 호소와 해소'라는 치유의 문학 행위였다고 말할 수 있다.

◆◦ 편지, 지친 인생의 해방구

근대격동기 몰락 양반가 여성 양주조씨의 삶에서 편지 쓰기는 지친 인생의 해방구였다. 지금까지 살펴 본 한글편지 18건에 담긴 조 씨의 모습은 다음과 같은 몇 가지 특징으로 결론지을 수 있다. 첫째, 정신력과 자존심이 강한 여성으로 파악된다. 친정 양주조씨 조상들이 누대로 고관 벼슬을 역임하였고, 외가가 월사 이정구 집안이었던 점이 그녀의 자존감 형성에 많은 영향을 주었던 것으로 생각된다. 아들의 참판 벼슬, 친정 조카의 면장 벼슬에 대해서도 "이름뿐인 참판 벼슬", "창피하다. 면장도 그게 벼슬이냐?"는 식의 발언이 그것을 대변해 준다 하겠다. 한글편지의 문장투식도 단호하고 강경한 편이다. 글씨체도 한결같다. 조 씨의 편지 가운데 '편지 13'을 예로 들면, 82세 고령에 수전증을 앓고 있던 상태에서 쓴 편지라고 믿기 어려울 정도이다. 조 씨가 편지 말미에 "만지장셔 간신 셨다"고 말하고 있지만, 60대에 쓴 편지와 비교해서 필체가 거의 흔들리지 않고 있음을 볼 수 있다.

둘째, 생활력과 경제적 수완이 탁월한 여성으로 파악된다. 조 씨의 말대로 '적수공권赤手空拳'으로 이자를 불려서 400~500백 섬의 자산을 형성해 놓을 정도의 재테크도 하였다. 그러면서도 정작 자신을 위해서는 먹지도 입지도 않으면서 근검절약하여 노후를 대비하였다. 21세에 청상이 되어 80여 세까지 질곡의 세월을 살아가면서 강인한 생활력으로 일구어 낸 재산의 축적과 형성. 그것은 조 씨가 자신의 삶을 지탱해 나갈 수 있었던 유일한 수단이자 희망이었다.

셋째, 노년기에는 극심한 화병에 시달린 삶을 살았다. 양자를 두 번이나 하여 후계를 잇는 과정에서 양자로 들어온 자식의 빚과 돈 문제에 기인하였다. 자식은 조 씨가 평생 일구어 놓은 경제적 토대를 일시에 무너뜨렸다. 그로인해 조 씨 노년기의 삶의 질은 크게 떨어졌고 극심한 화병에 시달렸다. 조석 끼니를 걱정하게 된 조 씨는 서러움에 떨었다. 분노를 참지 못하고 탄식 또 탄식하였다.

넷째, 조 씨의 친가나 시가는 19세기와 20세기 초의 격변기를 겪으면서 변변한 벼슬자리가 없어 삶의 기반이 크게 흔들리는 모습을 보여주고 있다. 조 씨가 거주하고 있던 삼청동 인근과 서울에 살고 있던 친인척들이 벼슬자리가 없거나 미관말직으로 전전긍긍하면서 서울 생활에 큰 어려움을 겪게 되었다. 결국 혈연적 근거가 있는 호서 지역 중심으로 뿔

뿔이 낙향하여 흩어져 살게 되었다. 조 씨는 이러한 친인척들의 낙향 행보에서 더욱 고독감을 느낄 수밖에 없었다.

다섯째, 조 씨는 이질 송교순에게 편지를 써서 자신의 기구한 처지를 호소하고 해소하였다. 조 씨의 현전 친필 한글편지 18건은 그러한 조 씨의 삶을 치유하기 위한 과정 중에 생산된 진실되고 절박한 기록물이다. 조 씨의 삶속에서 편지쓰기는, 불우한 노년기에 맞닥뜨린 현실을 지탱하고 살아내기 위한 최소한의 장치요, 독백으로 여겨진다.

여섯째, 현전 조 씨의 한글편지 18건은 조선시대의 모습이 점차 근대기로 이행되는 과정의 몇 가지 특징을 보여 준다. 편지 전달 방식이 인편에서 우체로 교체되고 있는 점, 자손들이 영국·미국 등지의 해외로 떠난 모습, 자손들이 서양식 학교교육을 받고 있는 점, 질병에 대처하는 방식이 병원과 수술에 의존하고 있다는 점, 고종의 승하와 같은 시대적 상황이 언급되어 있는 점, 젊은 자식들이 제사와 삼강오륜을 모른다고 자주 한탄하였다는 점, 쌀 값과 담배 값이 폭등하여 사람들이 소요하고 있다는 점 등이다. 이러한 내용들은 조선시대 여성들의 한글편지와 차별적인 내용이다.

이상에서 현전 양주조씨 한글편지 18건은, 근대격동기 한 몰락 양반가 노년 여성의 삶의 모습을 독해해 낼 수 있는 귀중한 자료로 평가된다.

1 『남양홍씨세보』에 "양주조씨는 기해(1839)에 생하다"라고 되어 있다. 그러나 이 글의 텍스트인 한글 편지 가운데, "나이 팔십 이세가 되니(졍亽 일월 삼일)"라고 하는 내용이 있다. 졍사년(1917)에 82세라고 한 것으로 볼 때, 조 씨는 1836년생 임을 알 수 있다. 홍사철의 생년도 다소 오차가 있을 수 있음을 배제하기 어렵다.

2 『남양홍씨세보』에 홍사철의 아들로 기록된 영션(榮善)은 계자라는 표시는 없으나 친자가 아닌 계자이다.

3 양주조씨의 편지 18건은 한국학중앙연구원에 MF필름으로 보관되어 있고, 친필 편지는 대전역사박물관에 기탁되어 있다.

4 생부는 조병목(趙秉穆)이다.

5 『양주조씨족보』에는 셋째로 기록되어 있다. 그러나 조 씨는 편지 속에서 이만하의 부인이 된 조 씨를 '젼의 동싱'이라 부르고 있다.

6 조 씨는 이 동생을 '홍녕딕'이라고도 불렀다. 1녀를 두었다. "홍녕딕도 계오 쌀 ᄒ나 두어스나"(편지 13).

7 편지는 싀모 연안이씨가 며느리 양주조씨에게 보낸 것으로 며느리의 편지에 답장을 하거나, 소식이 궁금할 때 먼저 보낸 편지로 되어 있다. 답장 편지일 경우에는 피봉에 '며ᄂ리 답셔'로 쓰여 있고, 그렇지 않을 경우에는 '며ᄂ리 보아라'로 되어 있다.

8 "집사름이 되여 거의 삼년이 되여 가니 굼ᄆ도 ᄒ고 형셰 소치로 ᄒ여 신녜를 이쩌 싯지 못ᄒ니 인정의 답ᄆ ᄒ다"(1854.12.9, 연안이씨 편지)

9 이 표는 『남양홍씨세보』·『양주조씨족보』·『은진송씨동춘당문정공파보』·'양주조씨의 편지 18건' 등을 통해서 재구한 것이다.

10 "나는 무슨 젼셰 죄악이 지중ᄒ여 이십일셰 가장을 일코 평싱 셜음으로 셰월을 보ᄂ고"(편지 18)

11 "양즈 두 번 지 하여 亽십이 너머스나"(편지 18)

12 "이런 몹슬 놈이 또 어딕 잇스랴 그리ᄒ고도 고맙다나 ᄒᄂ냐 걱정은 외ᄒ시오 싸려주고 시브시다니 싸려 주시구랴 그 놈도 제 ᄌ식게 밧지"(편지 18)

13 편지에 김홍규 부인은 '김틱쳔딕(김집)'으로 불린다.

14 "닉 친산을 공주로 못 뫼시고 동딕문 밧 번니로 뫼셧ᄂ딕 죡하들이 오ᄂ냐 면네도 닉가 뫼시고 공주는 못 가셔스나 그리 뫼시고 亽초도 닉가 수삼次 ᄒ고 불상ᄒ시니 밧 ᄒ나 亽십 원에 요亽이 셔셔 묘직이 맛겨시니"(편지 18)
"닉 친산은 구묘지하 공쥬로 못 가시고 번니 뫼셧다가 산지도 권조파도 고약헌딕 쓰와시니 닉가 불상ᄒ시고 셜워 그 ᄌ리보다 조혼딕로 면봉은 ᄒ와스나 공쥬로 이제는 뫼실 긔약이 업고 츈츄로 나가 뵈올 ᄌ손도 먼니가니 스ᄆ이 한심셜다 몃 히 만치 닉가 십니지ᄆ 니 나가 단녀 드러오나 나는 몃칠 스ᄂ냐 스ᄆ이 통곡쳐이로다"(편지 7)

15 "몃 히 만치 닉가 십니지ᄆ 니 나가 단녀 드러오나 나는 몃칠 스ᄂ냐 스ᄆ이 통곡쳐이로다"(편지 7)

16 "나는 무슨 젼셰 죄악이 지중ᄒ여 이십일셰 가장을 일코 평싱 셜음으로 셰월을 보ᄂ고,"(편지 18)

17 "닉 혼자 젹숙공권으로 취리로 지팅ᄒ여 亽오빅 셕 다 업셔지고,"(편지 18)

18 "걱정되ᄂ 일이ᄆ셔 수슘 일 노심 심화로 지닉더니 병이 나고 식념이 싄어져 긔운을 ᄎ리지 못 쎠날 싱의를 못ᄒ니 졍니々 셥々 ᄒ다 십스일 닉 싱일인딕 십슴일 오후 피착이 동부의

셔 삼일 만 작일 속밧치고 나왓스나 무슨 모양이냐 제가 날과 갓치 네 회갑의 간다ᄒ더니만 스가 화히요 시로 집을 짓고 싱일 겸 낙셩연 헌다고 엽 삼천 냥을 드려 ᄎ리여 청빈을 ᄒ고 공교이 그 날 그 모냥 챵피 어ᄃ업다 평싱에 ᄆ음이 호탕ᄒ여 어미 근심을 도드니 한탄이로다 싱젼 너를 다시 못보고 죽게시니 졍니의 니즐 ᄯ 업다 회갑 잘 지ᄂᆡ고 년ᄹ 익슈ᄒ여라." (편지 9)

19 "너를 형님ᄃᆡ신 싱젼 한 번 보고 시브나 못 만날 듯 그립다"(편지 6)

20 "싱젼 너를 다시 못보고 죽게시니 졍니의 니즐 ᄯ 업다 회갑 잘 지ᄂᆡ고 년ᄹ 익슈 ᄒ여라"(편지 9)

21 "셰젼 셰후 소식 젹조ᄒ고 춘일이 화챵ᄒ니 졈ᄹ 졍신이 운무즁 갓ᄒ나 졍신이 도는 ᄯᅥᄂᆞ네 싱각 간졀 ᄌ식들 다리고 몸이나 셩ᄒ냐 경ᄹ 잇지 못ᄒ겟다"(편지 14)

덴동어미가 걷던 길

김하라

◆◇ 「덴동어미화전가」에 남은 기억들

「덴동어미화전가」는『소백산대관록^{小白山大觀錄}』에 수록된 2편의 가사 중 하나다. 저본에 "화전가라"라고 제명^{題名}이 표기되어 있으나 1977년 '덴동어미화전가'로 학계에 소개된 이래[1] 여러 연구자들이 이 제목을 받아들였고, 근래에는 중등학교 교과서에도 같은 제목으로 수록되어[2] 보다 광범위한 독자층에 영향을 끼쳤다. 주인공 '덴동어미'의 곡절 많은 생애가 이 서사가사의 고갱이를 이룬다는 점에서, 그 명명법이 타당하다는 데는 이견이 없어 보인다.

그렇지만 '소백산대관록'이라는 작품집의 제목이 일반의 관심에서 멀어지고, 그 수록작 「화전가」가 오로지 저본에서 분리된 상태로만 다루어지게 된 데는, '덴동어미화전가'라는 제명과 그것이 표방하는 한 여성의 특별한 생애가 유독 부각된 탓도 없지 않으리라 본다. 이 작품이 알려진 지 40년이 지났으나 그 저본의 나머지 수록작이자 표제작인 「소백산대관록」에 대한 접근이 거의 이루어지지 않은 것은, 「덴동어미화전가」의 연구사에서 다소 아쉬운 점이다.

「덴동어미화전가」는 그 현실 반영과 문학적 성취라는 점에서 가사가 도달한 최고 수준을 보여주는 작품의 하나로 평가된다.[3] 이 작품은 서사와 주제의식의 측면에서 진정성과 보편성을 획득했을 뿐 아니라, 사소한 일상의 단서를 통해 인간의 상황과 심리를 묘파하는 형상화의 측면에서도 주제의식에 상응하는 성과를 거두었다고 판단된다. 이처럼 「덴동어미화전가」가 사람살이의 본질을 꿰뚫는 문학 본연의 임무를 훌륭히 수행하도록 한 중요한 힘 중의 하나는, 이 작품에 재현된 '덴동어미'의 삶이 내포한 현실성이며, 아울러 알려지지 않은 이 작품의 작가가 파지한 현실감각이 아닌가 한다. 그런 만큼 이 작품은 당시의 현실을 핍진하게 반영했다는 견지에서 종종 분석되었다.

그런데 초기의 연구에서 작품 가운데 언급된 '병술년(1886) 괴질'을 단서로 그 시대적 배경을 1886년을 전후한 19세기 후반으로 비정하고 창작 시기(즉 화전놀이가 이루어진 때)를 20세기 초로 추정한 이래[4] 그 '현실'에 상응하는 세부적 시기에 대해서는 그다지 진전된 논의가 이루어진 것 같지 않다. 그 결과 작품을 통해 재현된 현실이 관련 자료의 인용을 통해 분석되면서도 그 현실이란 '19세기', 혹은 '조선 후기' 일반의 그것으로 범칭되곤 했다. 심지어는 덴동어미의 경험에서 역사성을 소거하고 이 작품을 '상상적 화전가'로 간주한 경우까지 볼 수 있다.

이 글에서는 화전가라는 장르가 화전놀이의 경험을 기억하고 기록하는 성격을 지니고 있다는 점에 유념하여 「덴동어미화전가」의 기록문학적 성격에 주목할 필요가 있다는 입장을 취한다. 즉 '덴동어미'와 '병술년 괴질' 등 이 작품에 기록된 인명이나 지명, 사건의 대부분이 상상이 아닌 기억의 결과라는 것이다. 이에 따라 이 글에서는 작품의 텍스트에 대한 엄밀한 비평을 시도하고[5] 그 가운데 기록된 고유명사 등의 세부사항에 대한 고증을 수행하며, 나아가 이 작품이 저본에 함께 수록된 「소백산대관록」과 더불어 어떤 문맥을 구성하고 있는지에 대해 다가가고자 한다. 이로써 「덴동어미화전가」의 풀리지 않았던 구절을 이해하고 작품에 재현된 인물 군상의 생애와 경험에 역사적 구체성을 부여하는 데 도움이 되기를 기대한다.

◆◇ 19세기 중반부터 20세기 벽두까지, 덴동어미가 걷던 예순 해의 길

「덴동어미화전가」의 주인공은 이름이 밝혀져 있지 않다. 기실 이 작품 안에서 등장인물의 고유한 이름이 호명된 예는 극히 드물다. 주인공의 경우 '덴동어미'라 하여 자식의 이름과 관련한 호칭을 얻게 되며, 그 외 등장인물들은 '화령댁', '영춘댁', '안동댁' 등 출신지와 관련한 호칭법이나, '임 이방', '이 상찰', '이 승발', '조 등내', '조 첨지' 등 성씨와 직위가 조합된 식의 호칭법을 따른 것이 일반적이다. 반면 이름이 불린 예는 '상단이', '취단이', '삼월이' 등 노비로 추정되는 젊은 여성들에 한한다. 이름에 대한 이러한 태도는 전근대 조선에서 일반적이었던, 이름을 휘諱함으로써 대상을 존중하는 호칭 관습이 관철된 결과로 판단된다.

'덴동어미'가 되기 전의 주인공은 경상도 순흥順興 읍내에서 임 이방의 딸로 태어났으므로 '임 여인'이라 부를 수 있을 테지만, 성씨가 한자로 표기되어 있지 않으므로 '林'인지 '任'인지는 확정할 수 없다.

이처럼 중인 계급의 일원으로 태어난 임 여인은 16세 때 고향에서 40km 떨어진 예천醴泉 읍내로 시집갔다. 부친과 같은 계급인 장 이방의 며느리가 된 것이다. 그러나 혼인한 이듬해 5월 5일(음력)에 17세의 임 여인은 순흥에 근친覲親을 왔다가 별안간 과부가 됐다. 단오절 풍속의 하나인 그네뛰기를 하던 남편 장 씨가 추락하여 사망했기 때문이다.

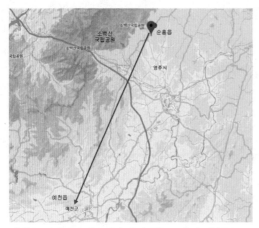

경상북도 순흥에서 나고 자란 임 여인은 16세 때 예천읍으로 시집갔다.

그 후 친정으로 돌아온 임 여인은 곧 재혼을 했다. 이번에는 순흥에서 90km 떨어진 상주尙州 읍내 이 상찰[6]의 며느리였다. 이 상찰의 아들 이 승발承發의 후취가 되었기에 중인 계급으로서의 지위는 그대로 유지했다.

이 승발과 혼인한 지 3년 되던 해 상주목尙州牧에 조 씨 성의 지방관이 부임해 왔다. '성 쌓던 조 등내等內(원님)'라 언급된 해당 지방관은 조병로趙秉老(1816~1886)가 확실해 보인다. 1871년 9월에 상주 목사로 부임한 조병로[7] 상주의 읍성 및 제방을 쌓은 것으로 알려져 있으며, 그가 지시하여 쌓은 제방이 '조공제趙公堤'라는 이름으로 아직 전한다.[8]

조병로는 본관이 양주楊州이고 자字가 유원孺元인 고위 관료이다. 그의 부친은 임피 현령臨陂縣令을 지낸 조이순趙頤淳이고 모친은 이조판서를 지낸 김상휴金相休의 딸이다. 그는 1886년 고종高宗의 하교로 특별히 발탁되어 호조참판에 임명됐으며 사후 이조판서에 추증되는 등 국왕의 인정을 받은 관료다. 그가 영남 암행어사 직무 중 사망하자 고종은 "평소 이 사람은 쓸 만한 인재임을 알고 있었기에 그가 복명하기를 기다려 크게 등용하려고 하였는데, 어찌 갑자기 이 지경에 이를 줄을 생각이나 했겠는가. 너무나도 슬프다. 귀와 눈 같은 중요한 직책에서 3년 동안 열심히 국가에 봉직하다가 죽었다"며 애석해 했다.[9]

반면『매천야록梅泉野錄』등 야사에서는 그가 인명을 해친 잔혹한 관리였던 점을 주목했고, 그의 최후에 대해 "조병로가 진주에 있다가 하룻밤 사이에 폭사暴死(갑자기 비참하고 끔찍하게 죽음)했다"고 냉정히 언급했다. 황현黃玹(1855~1910)에 따르면 조병로는 성품이 본디 잔혹한 인물로, 고종의 지시를 받아 영남우도에 암행어사로 나갔을 때 이근수李根洙라는 지사志士를 체포하여 상주의 감옥에서 대꼬챙이로 찌르고 불로 지지는 등의 고문을 하다가 살해한 적이 있다. 그리고 조병로 자신도 얼마 후 급사한 것으로 알려져 있다.[10] 참고로 조병로와 같은 '병秉' 자 항렬의 양주조씨 일족으로 조병갑趙秉甲(1844~1911)이 있는데, 그는 1894년 갑오농민전쟁의 원인 제공 관련자로 잘 알려진 탐관오리다. 이런 정황에 따르자면 조병로가 관직에 있으며 임무 이상으로 가혹한 처신을 한 점은 틀림없어 보인다.

위와 같이 '조 등내'의 신원이 조병로로 확정되면 우선 임 여인이 이승발의 후취가 된 시기를 그가 상주 목사로 부임하기 3년 전인 1869년으로 비정할 수 있다. 임 여인이 첫 남편 장 씨를 잃은 것이 17세 때의 일이고 관습에 의거하건대 그가 재혼을 하게 된 것은 그로부터 6개월에서 1

년가량 지난 후가 아닐까 하는데, 그렇게 본다면 1869년 당시 임 여인의 나이는 18~19세 정도가 아니었을까 조심스럽게 추정할 수 있다.[11]

그런데 고문살해를 자행하는 혹리酷吏 조병로의 부임과 더불어 임 여인의 시가媤家는 급속히 몰락했다. 조병로는 상주 목사로 부임한 후 일단 사람을 잡아 가두어 가혹한 체형體刑을 가하면서 수만 냥에 달하는 이포吏逋를 적발해 재산을 몰수했는데,[12] 경제적 여유가 있었던 이 상찰이 주요 표적이 되었다. 이와 관련해 『승정원일기』의 다음 내용이 참조된다.

> 전 목사 조병로는 상주(尙州)를 맡아 다스릴 적에 잡기(雜技)와 음행으로 죄안(罪案, 범죄 사실을 적은 기록)을 만들어 부민(富民) 48호(戶)로부터 몇만 금을 강제로 빼앗아 관정(官庭)에 몰수하였습니다. 그런데 이제 잘 다스렸다고 청주(淸州)로 이임하고, 암행어사 역시 칭찬하고 장려해야 한다고 아뢰니 잘 다스린다는 것이 과연 탐학(貪虐)을 장기로 삼는 것입니까?[13]

위 인용문은 이동영李東榮(1836~?)이 1875년에 올린 상소의 일부다. 이에 앞서, 조병로가 상주 목사로 부임한 지 2년이 지난 1873년 12월 27일 고종은 "이 사람은 잘 다스리는 수령이니 청주 목사와 서로 바꾸라"는 전교傳敎를 내렸다.[14] 그리고 1874년 10월 30일 '지방관 중 누구의 치적이 가장 뛰어난가' 하는 고종의 하문下問에, 충청도 암행어사 김명진金明鎭(1840~?)은 '현직 중에는 청주 목사 조병로가 가장 낫다'고 답했다.[15]

그런데 이동영은 조병로가 지방관으로 결격이므로 처벌을 받아야 한다는 취지에서 상소를 올린 것이다. 이동영은 상주 출신의 사족士族으로 1875년 1월 사헌부 장령掌令에 제수된 인물인바[16] 고향의 상황을 소상히 알아 조병로를 탄핵한 것으로 보이는데, 그의 상소문에 따르자면 임 여인의 시아버지인 이 상찰 외에도 조병로의 탐학을 혹독히 겪은 상주의 부유한 백성이 적지 않았을 듯하다.

전답과 집은 물론 소소한 가재도구까지 모두 팔고도 조병로의 요구를 채우지 못해, 임 여인의 시가에서는 일가친척에게 빚까지 내야 했다. 그 결과 이 집안은 회복할 수 없이 몰락했다. 가부장인 이 상찰은 상주 관아에서 매를 맞은 후유증으로 7개월 만에 사망했고, 그의 아내는 화병으로 그 3개월 뒤에 사망했다.[17] 스무 명이나 되던 노비들이 도주하고 이 승발의 남동생들까지 연이어 가출하고 나자 임 여인 부부는 그야말로 빈손으로 둘만 남겨지게 되었다.

이 승발과 임 여인 부부가 일가친척을 찾아가 거듭 손을 벌리는 모습을 보건대, 이들은 상주 지역에서 근근이 살아갈 수도 있었다. 늘 친절하지는 못해도 일가친척과 친구 등이 그럭저럭 사회안전망의 구실을 해 주었던 정황이 포착되기 때문이다. 그러나 조병로가 부임하기 직전까지 부유한 중인 계급의 상층 구성원으로 살았던 이 승발은 갑작스런 신분의 추락과 그에 따른 주변의 냉대, 자존감의 손상을 경제적 파탄보다 더 고통스러워했다. 예컨대 이 승발은 예전에 자신이 도와주었던 친구를 찾아갔다가 "무슨 신세를 많이 져서 그저께 오고 또 오는가" 하는 안면박대를 받고 "이녁 설움을 못 이겨서 / 그 방안에 궁글면서 가슴을 치며 통곡"했다. "이녁 설움"은 경북 북부지역 사투리로 '자기 설움'을 뜻하는데, 여기서는 화자인 임 여인이 남편의 서러운 심정을 가리켜 이른 말이다.[18] 이처럼 애초 속해 있던 상주의 인간관계 안에서 겪은 냉대와 그로 인한 자존감의 손상은, 이 부부가 자신의 근거지를 무작정 떠나게 된 중요한 이유가 되었다.

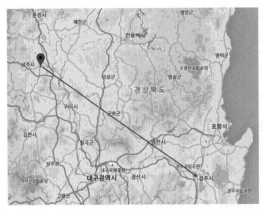

1871년 조병로가 상주 목사로 부임한 후 임 여인의 시가는 급속히 몰락했다. 이에 임 여인 부부는 타향인 경주로 떠났다.

임 여인 부부는 상주에서 150km 떨어진 경주까지 걸식을 하며 이동했고, 경주 읍내 손 군노의 여각에서 일자리를 얻었다. 친지의 경멸 어린 도움을 구걸해야 하는 처지로 전락한 설움을 견디지 못해 고향을 떠난 이 승발이 전직 군노의 후의에 기대어 그 고용인이 된 것은 퍽 아이러니한 일이었다. 위계상으로 보자면 군노는 관아에서 가장 비천한 계급에 속한 사령使令이므로, 이 승발은 자신이 지극히 하찮게 여겼던 무리의 사환使喚이 된 셈이다.

처음 이 승발은 이런 이유에서 망설였지만, 임 여인은 부부에게 합쳐 250냥의 새경을 주겠다는 손 군노 부인의 제안을 거부할 필요가 없다고 생각했다. 그래서 남편을 애써 설득하고, 200냥을 선금으로 요구하는 적극성을 보였다.[19]

이렇게 받은 200냥은 임 여인 부부가 재산을 증식하기 위한 종잣돈 구실을 했다. 이 승발은 이 돈을 일수와 월수, 체계놓이 등 이른바 돈놀이에 모두 투자했으며,[20] 어느 정도 성공을 거둬 만여 금을 모으기에 이르렀다.

애초에 임 여인 부부는 5년간 돈을 모은 후 상주로 돌아가기로 계획했었다. 그런데 예상보다 일찍 돈이 모여 3년 만에 큰 자금을 확보하게 되었으므로, 풀어둔 돈을 알뜰히 추심하여 이듬해에 귀향하기로 계획을 수정했다.[21] 병술년(1886) 괴질로 잘 알려진 전염병이 경주 읍내를 휩쓸고 간 때는 이 부부가 즐거운 계획을 세우고 있던 바로 그 시점이었다. 즉 1886년이 임 여인 부부가 손 군노의 여각에서 일한 지 3년 되는 때이므로, 이 부부가 경주에 도착한 해는 1884년경이 되고, 당시 임 여인은 30대 초반이었다고 볼 수 있다.

'병술년 괴질'로 알려진 전염병으로 남편 이 씨와 그 채무자들이 한꺼번에 사망하고, 빈털터리가 된 임 여인이 다시 혼자 남게 된 것은 1886년 6월에서 7월 사이의 일이었다.[22] 임 여인은 그로부터 얼마 지나지 않은 시점에 경주에서 40km 떨어진 울산 읍내에 가 걸식을 하다 황 도령을 만났다. 황 도령은 3~4세 때 부모가 돌아가시고 외조부모 손에서 자랐으나 14~15세에 외조부모까지 돌아가신 후 완전히 고아가 되어 3년상을 마치고 10여 년 동안 머슴살이를 해 장가 밑천을 마련했다고 스스로 말했다. 그는 이렇게 서른이 넘도록 머슴살이해서 받은 400~500냥을 참깨 무역에 투자하여 돈을 불리고자 했으나 참깨를 싣고 탔던 대동선이 난파하는 바람에 모든 것을 잃게 된 지 1년이 채 안 된 상황이었다.

『승정원일기』를 참조하면 임 여인이 황 도령을 만날 즈음인 고종 때 대동선이 언급된 기사는 16건인데[23] 그중 대부분이 배가 침몰하거나 파선되어 대동미의 운송에 차질이 생긴 사건을 다루고 있다. 예컨대 1875년 1월 22일조에는

지난번에 조선(漕船)을 파선시킨 사공(沙工)과 격군(格軍)을 사실을 조사해 효수(梟首)하여 경책한 일에 대하여 우러러 아뢴 바가 있습니다. 작년에 대동선이 바다에 침몰한 것이 모두 21척인데, 그 가운데 건지지 못한 곡식이 가장 많은 배가 성당창(聖堂倉)의 백자선(白字船)과 진도(珍島)와 해남 것을

함께 실은 배와 좌조창(左漕倉)의 지자선(地字船) 등 합하여 3척입니다[24]

라는 기사가 보이는데, 이로써 황 도령의 경우와 유사한 사건이 드물지 않았음을 알 수 있다. 혼자 겪은 불행은 아니었겠지만, 황 도령이 탄 대동선은 해남海南 근처에서 난파했고, 그는 간신히 목숨을 건져 제주도에 표류했다. 해변에 해당화가 피어 있었다는 언급으로 보아 당시 계절은 여름이었다. 제주도에서 본관사또의 선처로 돈 50냥을 얻게 된 황 도령은 3~4개월 기다렸다가 배편을 얻어 고향으로 돌아왔고, 50냥 중 남은 2냥으로 사기砂器를 사서 도붓장수 일을 시작했다. 이 일을 3~4개월 하여 15냥을 모았다고 당시 상황을 언급했으므로, 황 도령이 제주에 표류한 것은 임 여인을 만나기 6~8개월 전의 일이 된다.

이러한 정황상 당시 황 도령의 나이는 30대 중반으로 추정되는데 "삼십 넘은 노총각과 삼십 넘은 헌 과부"라는 본문의 구절이 이에 상응하며, 임 여인이 당시 황 도령과 나이가 비슷했다는 점도 아울러 확인할 수 있다. 요컨대 1886년을 전후한 시점에 임 여인은 30대 중반이었다.

서로 간의 필요에 따라 30대 중반에 부부가 된 임 여인과 황 도령은 이후 10년간 일정한 거처 없이 도붓장사로 생계를 간신히 유지했다.[25] 그들은 울산에 정착해 있지 않고 동해안을 따라 북상하기도 했던 듯한데, 40대 중후반의 황 도령이 산사태에 휩쓸려 세상을 떠나던 날 묵었던 주막 역시 포항이나 영덕 같은 동해안의 어떤 고을에 있었던 것으로 보인다. 임 여인이 남편의 죽음에 대해 "주막 뒷산이 무너지며 주막터를 빼가지고 / 동해수로 달아나니 살아날 이 뉘길넌고", "남해수에 죽을 목숨 동해수에 죽는구나"라고 말하고 있는 점이 참조된다. 울산은 동해와 남해의 경게 지역에 해당하므로 당시 이 부부는 그곳에 머물러 있지는 않았다.

또한 40대 중후반에 다시 과부가 된 임 여인이 이내 조 첨지를 만난 정황 역시 그가 애초에 북상해 있었다고 볼 근거가 된다. 남편 황 씨를 잃은 후 굶어 죽으려던 임 여인에게 "죽지 말고 밥을 먹게"라며 다시 살아갈 힘을 불어넣어 주었던 이웃 여인은, 자신의 뒷집에 사는 홀아비 조 첨지를 남편감으로 소개해 주었다.[26] 그런데 엿장수 일을 생업으로 삼은 조 첨지의 활동 반경을 언급한 구절은 다음과 같다.

> 의성장 안동장 풍산장과 노루골 내성장 풍기장에
> 한 달 육 장 매장 보니 엿장사 조첨지 별호 되네.

이에 따르면 조 첨지는 한 달에 여섯 군데의 장터를 돌아다녔다. 여기 거명된 의성장, 안동장, 풍산장, 내성장, 풍기장 및 '노루골'이라 일컬은 장동장 등 여섯 곳은 모두 경북 북부 지역에 위치한 장터이며 임 여인의 고향인 순흥 읍내에 인접해 있다.[27] 이로 볼 때 40대 중

임 여인의 넷째 남편 조 첨지가 활동하던 장터 여섯 군데

후반에 조 첨지와 부부가 된 임 여인은 이미 고향 어귀에 돌아와 있었던 것으로 추정된다.

임 여인은 조 첨지와 혼인한 지 3년 되던 해에 태기가 있었고 그 열 달 뒤에 옥동자를 낳았다고 술회했다. 1890년대 말엽에 해당하는 이때

임 여인의 나이는 대략 50세에 근접했을 것으로 추산되는데, "영감도 오십에 첫아들 보고 나도 오십에 첫아이라"라고 한 구절이 그에 부합한다.

쉰 살에 처음 자식을 얻은 임 여인 부부는 행복해하며 아기를 어르는 노래를 했다. "섬마둥기"라는 구절로 보건대 이 아기는 두 살이었을 것이다.[28] 그때 조 첨지의 친구 한 사람이 찾아와 '수동별신'이라는 행사에서 한몫 잡을 수 있다는 정보를 전해 주었고, 조 첨지는 그 말대로 큰돈을 벌기 위해 대규모로 엿을 고았다. 그렇게 70~80냥어치의 재료를 사다가 사나흘 동안 엿을 고느라 계속 불을 지핀 것이 화근이 되어 화재가 발생했

풍산읍 수곡리 국신당에 모셔진 공민왕 부부의 목신상
(2018.10.15 필자 촬영)

는데, 이 때문에 임 여인의 마지막 남편은 목숨을 잃게 되었다. 그는 아내가 아기를 안고 불더미를 뒹굴며 나왔다는 것을 알지 못한 채 아기를 구하려 불타는 집으로 도로 들어갔던 것이다.

조 첨지가 두 살배기 아들을 두고 사망한 시기를 추정하는 데는 앞서 언급한 '수동별신'이 단서

가 된다. '수동별신'이란 조 첨지의 활동장소 중 하나인 풍산장터와 멀지 않은 안동시 풍산읍 수곡리(=수동)에 전승되던 별신굿이다. 이 행사는 과거 홍건적 침입 때 안동까지 몽진蒙塵한 적 있던 공민왕 부부를 신으로 모신 동제洞祭로서, 3년에 한 번 정월 대보름에 수동 외 다섯 개의 마을 주민이 모여 개최한 성대한 행사였다. 이 인근 지역에서 이루어진 별신굿이 여럿 있었는데, 하회별신굿과 병산별신굿, 수동별신굿 등이 서로 연

계되어 3년 터울로 진행되었다고 한다. 특히 수동별신굿은, 짝수 해에 연행된 병산별신굿과 번갈아 가며 만 2년에 한 번씩 홀수 해에 이루어졌으며, 마지막으로 연행된 것은 1903년의 일이라고 보고되고 있다.[29]

그런데 수동별신굿이 3년 터울로 홀수 해에 이루어졌으며 1903년 이후 연행되지 않았다는 사실은, 조 첨지의 사망 시기 및 임 여인이 '덴동어미'라는 이름을 얻은 시기의 상한선을 비정하는 것과 관련하여 주목을 요한다. 조 첨지의 목숨을 앗아간 계기가 된 그 수동별신은 그것이 마지막으로 연행된 1903년으로부터 먼 과거에 이루어진 행사는 아니었을 터이며, 임 여인 가족의 불행과 별 상관없이 1890년대 말엽 어느 홀수 해의 정월대보름에 그럭저럭 이루어졌을 것이다. 다만 조 첨지는 수동별신에서 팔 물건을 서둘러 준비하던 중이었으므로, 그가 걸음마를 시작한 아들과 늙은 아내를 남겨두고 세상을 뜬 것은 정월대보름이 임박한 그 해 정초正初의 일이었다.

임 여인은 20세기의 전야前夜에 남편을 잃고 '덴동어미'라는 이름을 얻었다. 50줄에 접어든 그는 고향 근처에서 남편의 생업을 계승하며 아픈 덴동이를 키웠다. 그리고 예순 살 무렵 비로소 고향을 대면할 용기를 냈다. 덴동이를 업고 순흥에 돌아온 덴동어미는 친정의 폐허를 보고 울었지만 이제는 어떤 일도 그를 흔들지 못할 것이었다. 그런 덴동어미가 엿고리를 이고 순흥 비봉산의 화전놀이에 따라가 긴 이야기를

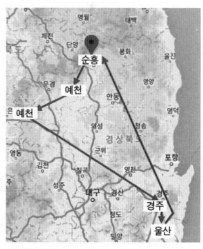

덴동어미의 이동경로(19세기 중반에서 20세기 초까지)

시작한 것은 20세기의 벽두에 있었던 일이다.

19세기 중반, 순흥에서 태어난 덴동어미는 16세에 예천으로 시집간 이래 반백 년 동안 상주, 경주, 울산 등 객지를 떠돌다 환갑이 다 되어서야 고향으로 돌아와 20세기 벽두에 순흥 비봉산의 진달래를 보며 봄을 맞았다. 이와 같은 덴동어미의 삶을 다음과 같은 연보로 정리해 볼 수 있다.

〈표 1〉 덴동어미 임 여인의 연보

나이(시기)	지역	행적과 사건
1세(19세기 중반)	순흥	순흥 읍내 임 이방(임 상찰)의 딸로 태어나다
16세	예천	예천 읍내 장 이방의 며느리가 되다
17세	순흥	남편 장 씨가 그네에서 추락하여 사망하다
18~19세	상주	상주 읍내 부유한 이 상찰의 며느리가 되다(이 승발의 후취)
20대 초(1871)	상주	시집간 지 3년째 되던 해(1871)에 조병로가 상주 목사로 부임하고 그 이후 몇 년 사이 시가가 급속히 몰락하다
30대 초·중반(1884)	경주	남편 이 승발과 함께 경주 읍내 손 군노의 여각에 고용되다
30대 중반(1886)	경주	병술년(1886) 여름, 괴질로 남편 이 씨가 사망하다
30대 중·후반	울산	울산 읍내에서 비슷한 나이의 도부장수 황 도령을 만나 같이 살다
40대 후반(1890년대 후반)	동해안 일대	함께 산 지 10년 되었을 때 남편 황 씨가 산사태로 사망하다
40대 후반	경북 북부	엿장수 조 첨지와 재혼하고 그 무렵부터 순흥 인근에 거주하다
50대 초(19세기 말엽)	경북 북부	조 씨와 재혼한 지 4년째 되던 해 아들이 태어나 첫돌 무렵까지 귀엽게 키우다
50대 초	풍산 수동	19세기말의 어느 홀수 해 정월대보름에 수동별신굿이 열리다 그 며칠 전 정초에 남편 조 씨가 화재로 사망하고 아들은 큰 화상을 입어 '덴동이'가 되다 이에 '덴동어미'라는 이름을 얻다
60세(20세기 벽두)	순흥	덴동이를 업고 고향 순흥으로 돌아가다 3월, 엿고리를 이고 순흥 비봉산 화전놀이에 참석하다

◆◇ 「덴동어미화전가」의 바깥 액자와 「소백산대관록」

이상에서 살펴본 임 여인의 생애는 「덴동어미화전가」라는 작품 안에서 중심이 되는 그림에 해당하며, 그 테두리는 20세기 초의 3월, 60대의 임 여인이 참석한 순흥 비봉산 화전놀이의 자리가 된다. 이런 점에서 「덴동어미화전가」의 구성을 '액자식'이라 할 수 있을 것이다. 앞 절에서는 전체의 액자 가운데 임 여인의 생애라는 그림에 재현된 역사적 사실들을 주로 살펴보았는데, 이 절에서는 그 그림의 테두리가 또 어떠한 구체성을 지니고 그림과 맞물려 있는지 검토해 보고자 한다.

보통 구한말로 일컬어지는 조선의 19세기 말과 20세기 초는 망국을 앞둔 격동의 시기로 평가된다. 예컨대 1895년 이래 전국적으로 일어난 의병의 물결은 순흥을 비껴가지 않았던바, 이 지역의 토호土豪인 김교림金敎林(1865~1938)이라는 인물의 생애를 통해 그 점을 확인할 수 있다.[30] 김교림은 만석꾼으로 일컬어지는 가문의 계승자였으나, 부친 김우영金羽永은 순흥 지역에서 을미의병을 이끌다 1896년 7월 3일 일본 헌병에게 총살당하는 비극을 겪었다. 이후 정미의병이 일어난 1907년 11월 순흥에서는 의병과 대치하던 일본군이 읍내에 불을 질러 180여 호가 전소되는 일이 있었는데, 이때 김교림은 자기 소유의 산에 있는 나무를 무상 제공하여 읍민들이 새로 집을 짓도록 했다.[31]

이런 사실들에 비추어 본다면 20세기 초의 어느 3월 순흥 읍내에서 멀지 않은 비봉산에서 이루어진 평화롭고 유쾌한 화전놀이를 역사를 초월한 상상적이고 추상적인 시공간에 위치시키는 것이 일면 타당해 보이고, 그 가운데 어떤 역사성을 추출하려는 시도는 하릴없는 것으로 여겨

질지도 모른다.

그처럼 「덴동어미화전가」의 액자에는 이른바 격동의 역사가 흔적을 남기고 있지 않다. 그 후반부를 구성하는 '봄 춘 자 노래'에서 '금지옥엽 구중춘 우리 금주님 봄 춘 자'라 하고, '꽃 화 자 노래'에서 '춘당대의 선리화仙李花는 우리 금주님 꽃 화 자요'라 하여 고종으로 추정되는 '금주님'을 두 번 일컬었으나, 여기에는 화자 자신을 구성하는 광범위한 사회적 관계에 대한 긍정과 축복의 심정이 담겨 있을 뿐, 당시 조선 국왕이 처했던 곤경에 대한 어떤 우환의식 같은 것은 개입해 있지 않다.

그렇다고 하여 이 작품에서 역사가 소거되어 있다고 볼 수 없다는 점은, 앞서 주인공 임 여인이 구술한 생애에서 확인한 바와 같다. 더 심화된 논의가 필요하겠지만 「덴동어미화전가」의 액자에 구현된 것은 기존의 왕조사나 정치사와는 성격을 달리 하는 장기지속의 역사가 아닐까 한다.[32] '장기지속의 역사'가 지리학과 밀접히 연관된 방법론인 만큼, 「덴동어미화전가」의 액자에 구현된 역사에 대해서는 우선 그 가운데 숱하게 언급된 지명을 단서로 접근해 볼 수 있다. 이 액자에는 본 그림에서보다 더 많은 구체적 지명이 포함되어 있어 주목되는데, 이를테면 화전놀이의 자리에서 임 여인은 청춘과부의 재가를 만류하며 자신이 아는 여러 불행한 여성들의 생애를 그들의 출신지 및 거주지와 함께 언급한다.

> 아무 동네 화령댁은 스물 하나에 혼자되어
> 단양으로 갔다더니 겨우 다섯 달 살다가서
> 제가 먼저 죽었으니 그건 오히려 낫지마는
> 아무 동네 장임댁은 갓 스물에 청상되어

제가 춘광 못 이겨서 영춘으로 가더니만

몹쓸 병이 달려들어 앉은뱅이 되었다데.

아무 마을의 안동댁도 열아홉에 상부하고

제가 공연히 발광 나서 내성으로 간다더니

서방놈에게 매를 맞아 골병이 들어서 죽었다데.

아무 집의 월동댁도 스물 둘에 과부되어

제 집 소실을 모함하고 예천으로 가더니만

전처 자식을 몹시하다가 서방에게 쫓겨나고

아무 곳에 단양이네 갓 스물에 가장 죽고

남의 첩으로 가더니만 큰어미가 사무라워

삼시 사시 싸우다가 비상을 먹고 죽었다데.

위의 인용문에서 여성들은 화령댁, 장임댁, 안동댁, 월동댁,[33] 단양
이네 등으로 호명되고 있는데 이는 그들의 고향 지명을 딴 택호[34]다. 경
북 상주와 충북 단양, 경북 안동 일원을 지칭하는 이 지명들은 19세기 말
20세기 초 혼인을 통해 순흥 지역에 이주한 여성들의 출신지를 알려주기
도 하지만, 이것이 단지 순흥 지역 주민들의 통혼권通婚圈에 대한 정보를
제공하는 데 그치지는 않는다.

경북 상주에서 온 화령댁은 21세에 과부가 된 후 단양으로 재가했
으나 다섯 달 후에 사망했고, 충북 단양에서 온 장임댁은 20세에 과부가
된 후 영춘으로 재가했으나 병이 나서 걷지 못하는 몸이 되었다. 경북 안
동에서 온 안동댁은 19세에 과부가 된 후 내성으로 재가했다가 남편에게
매를 맞아 사망했고, 경북 안동 녹전면에서 온 월동댁은 22세에 과부가

된 후 경북 예천으로 재가했으나 전처 자식과 불화하여 남편에게 쫓겨났으며, 단양에서 온 단양이네는 20세에 과부가 된 후 남의 첩이 되었으나 본처와 싸우다가 음독자살했다. 여성의 열악한 지위와 폭력을 수반한 가부장제가 맞물린 결과로서의 낯익은 비극이 이 예들을 관통하고 있는바 이 불행한 여성들의 생애는 역사적 보편성을 담지하게 된다.

그런 한편, 이 여성들은 고향과 거주지를 가지고 있다는 점에서 개별적인 인물로서 구체성을 갖는다. 즉 이 화전가의 작가는 자신이 들어 알고 있는 실존인물의 생애를 문자화한 것이지 비극적인 인물을 허공에서 창조해낸 것은 아니라고 볼 근거를 이 여성들의 호칭과 연루된 고유명사로서의 지명으로부터 찾을 수 있다는 것이다.

이처럼 등장인물들의 고유성과 실재성의 근거가 되는 구체적인 지명들은, 덴동어미의 말씀을 듣고 크게 깨달은 청춘과부가 '봄 춘 자 노래'를 부르는 가운데 봇물처럼 터져 나오게 된다. 그 노래 중에서 실제로 화전놀이에 참석한 여성들을 주로 택호로써 하나하나 호명하고 있기 때문이다. 청춘과부는 "가련하다 이팔청춘 내게 당한 봄 춘 자 / 노년에 갱환고원춘 덴동어미 봄 춘 자"로 시작되는 '봄 춘 자 노래'에서 홍정골댁, 골내댁, 새내댁, 도화동댁, 행정댁, 도지미댁, 희여골댁, 오양골댁, 연동댁, 홍다리댁, 안동댁, 소리실댁, 놋점댁, 청다리댁, 남동댁, 영춘댁, 질막댁, 우수골댁, 단양댁, 청풍댁, 덕고개댁, 풍기댁 등 화전놀이에 참석한 여성 22명의 택호를 모두 노래로 불렀다. 그 다음에 "비봉산의 봄 춘 자 화전놀음 홍이 나네"라며 화전놀이의 장소까지 거명하였다. 이처럼 청춘과부는 '봄 춘 자 노래'에서 '가련한 이팔청춘'인 자신과 늘그막에 고향에 돌아와 봄을 맞은 덴동어미를 먼저 언급한 후 홍을 내어 다른 모든 사람들의 봄까지 노래했는데, 그 가운데 이 노래를 구성하는 실존인물 덴동어미 및 청춘과부 외 22인과 공간적 배경 비봉산이 구체적으로 제시되게 된다.

따라서 이 '봄 춘 자 노래'에 나타난 24건의 고유명사 중 택호에 해당하는 22건은, 그 날 화전놀이가 엄연히 실재한 것이었음을 증명하는 참석자의 구체적인 명단 구실을 한다는 점에서 간과할 수 없다. 아울러 택호에 언급된 지명의 소리나 의미와 관련된 시구가 이 이름을 하나하나 수식하고 있는데, 그 방식이 무척 재치가 있을 뿐 아니라 해당 지역에 대한 밀착된 정보를 담고 있어 주목을 요한다. 이에 화전놀이의 참석자들을 호명한 '봄 춘 자 노래'를 이해하기 위해서는 역사지리적 접근법이 필수적일 것으로 여겨지는데, 각각의 택호에 따라 노래에서 호명된 참석자들의 고향을 추적하고 해당 지명과 노래 구절 사이의 의미상 관련에 대해 분석한 결과를 제시하고자 한다.

지명의 성격에 따라 22건의 택호를 두 부류로 나누어 볼 수 있는데, 그중 현재도 통용되는 행정구역 명칭에 해당하여 파악이 비교적 쉬운 5건을 먼저 제시하면 다음과 같다.

〈표 2〉 '봄 춘 자 노래' 중 읍면 단위 이상의 행정구역 명칭이 반영된 택호 5건

	택호	현재 지명	관련사항
1	안동댁	경북 안동시	融融和氣永嘉春 / '永嘉'는 안동의 옛 이름 중 하나
2	영춘댁	충북 단양군 영춘면	映山紅於花迎春 / '영춘화'라는 꽃 이름 인용
3	단양댁	충북 단양군	十里長林華麗春 / '십리장림'은 단양군 대강면 장림리와 관련
4	청풍댁	충북 제천시 청풍면	맑은 바람 쫠쫠 불어 / '맑은 바람'(淸風)
5	풍기댁	경북 영주시 풍기읍	바람 끝에 봄이 온다 / '바람 풍'(風)의 한자음 관련. 실제로는 '豊基'

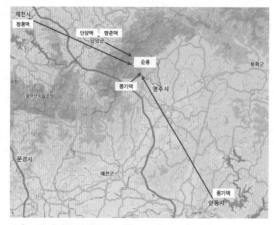

순흥으로 시집온 여성들의 고향(청풍, 단양, 영춘, 풍기, 안동)

노래를 만든 방식은 주로 한 자음과 훈의 유사성에 착안한 언어유희에 해당하며(영춘, 장림, 청풍, 풍기) 안동의 경우는 '영가'라는 안동의 옛 지명을 언급한바 일종의 역사지리적 지식이 반영된 결과다. 이로써 19세기 말 20세기 초의 시점에, 경북 안동시(50km), 영주시 풍기읍(8km), 충북 단양군 영춘면(40km), 단양군 대강면(30km) 등 반경 50km 이내의 인접지역에서 순흥으로 시집온 여성들이 적지 않았음을 파악할 수 있다.

다음으로, 현재 공식적 행정구역 명칭으로 사용되지 않는 지명이라 상대적으로 파악이 쉽지 않은 택호가 17건 있다. 이처럼 홍정골, 골내, 새내 등 자연부락의 명칭에 해당하는 택호가 '봄 춘 자 노래'에서 압도적으로 큰 비중을 차지한다.

아래에 인용한 17건의 자연부락 명칭들을 단서로 만들어진 노래 구절은, 앞서 읍면 이상의 행정구역 명칭이 사용된 5건에 비해 많은 비중을 차지할 뿐 아니라 내용도 풍부하다는 특징을 보인다. 예를 들어 '명사십리 해당춘 새내댁네 봄 춘 자'에서 '새내댁'의 고향 '새내'는 지금의 경북 영주시 단산면 사천리다. 이 마을을 흐르는 하천에 흰모래가 많았다는 지명 유래를 보건대 '새내'는 '사천沙川'을 달리 부른 이름으로 앞 구절의 '명사십리明沙十里'와 의미상 긴밀히 연결됨을 알 수 있다. 또한 '제월교편 금성춘 청다리댁 봄 춘 자'에 언급된 '청다리댁'의 고향은 영주시 순흥면

〈표 3〉 '봄 춘 자 노래' 중 자연부락 명칭이 반영된 택호 17건

	택호	현재 지명	관련사항
1	홍정골댁	경북 영주시 봉현면 두산리	山下山中紅紫春 洪井골. 첫글자의 음이 '紅'과 같음
2	골내댁	경북 봉화군 춘양면 서벽리	一川明月夢和春 골내(谷內, 曲川)와 一川이 관련
3	새내댁	경북 영주시 단산면 사천리	明沙十里海棠春 새내(沙川)와 明沙가 관련
4	도화동댁	경북 영주시 단산면 마락리	灼灼桃花滿點春 桃花洞과 桃花 관련
5	행정댁	경북 영주시 부석면 노곡리	牧童이 遙指杏花春 銀杏亭과 杏花 관련
6	도지미댁	경북 봉화군 봉화읍 도촌리	紅桃花發家家春 도지미(都村)의 '도'와 '桃'의 음이 같음
7	희여골댁	경북 영주시 풍기읍 백리	梨花滿發白洞春 희여골(白谷)의 '白'과 배꽃의 흰 색 관련
8	오양골댁	경북 영주시 봉현면 오현리	垂楊洞口萬絲春 梧養谷의 '養'과 '楊'의 음이 같음
9	연동댁	경북 영주시 단산면 좌석리	煙火洞口二月春 蓮花洞의 蓮花와 煙火의 음이 같음
10	홍다리댁	경북 영주시 안정면 단촌리	虹橋雨霽和春 홍다리(虹橋)가 있어 지명 유래함
11	소리실댁	경북 영주시 단산면 옥대리	啼鳥嚶嚶聲谷春 소리실(聲谷)
12	놋점댁	경북 영주시 순흥면 청구리	採蓮歌出玉溪春(채련가 부르는 옥계의 봄) 놋점마을 앞에 옥계(玉溪) 흐름
13	청다리댁	경북 영주시 순흥면 청구리	霽月橋邊錦城春 청다리의 다른 이름이 제월교이고 근방에 금성대군 신단 있음
14	남동댁	경북 영주시 단산면 병산리	江之南의 採蓮春 남동(南洞, 남안골)의 南
15	질막댁	경북 영주시 단산면 단곡리	萬化方暢丹山春 질막 뒷산 중턱에 丹谷 郭璿의 묘가 있는 것과 '丹山'이 관련
16	우수골댁	경북 영주시 부석면 우곡리	江天漠漠細雨春 우수골(愚谷里)의 '愚'가 '雨'와 음이 같음
17	덕고개댁	경북 영주시 순흥면 덕현리	雨露덕에 꽃이 핀다 덕고개의 '덕'

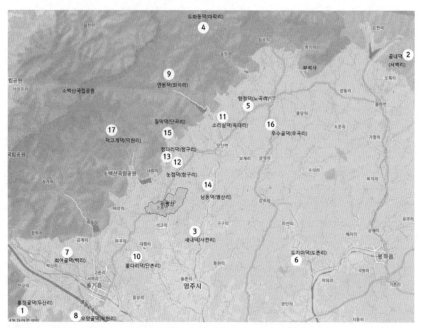

도화동댁, 연동댁, 질막댁, 소리실댁, 행정댁, 우수골댁, 덕고개댁, 놋점댁, 청다리댁, 남동댁, 새내댁, 희여골댁, 홍다리댁, 홍정골댁, 오양골댁(이상 영주시), 골내댁, 도지미댁(이상 봉화군)

청구리다. 이 마을의 소수서원 곁을 흐르는 죽계수竹溪水 위에 놓인 다리가 바로 청다리로, 일명 '제월교'霽月橋다. 한편 '금성'은 단종복위운동으로 강등되었던 순흥부의 역사와 관련된 인물 금성대군錦城大君으로, 그가 흘린 피가 청다리까지 흘렀다는 전설이 있고 그의 신단인 금성단이 그 근처에 있다. 즉 '새내'와 '청다리' 같은 자연부락의 명칭에서 따 온 택호와 연관된 노래 구절은 해당 마을의 풍경과 역사를 상당히 구체적으로 재현하고 있다.[35]

한편 이와 같이 공식적인 행정구역명을 따르지 않고 자연부락의 명칭에 따라 어떤 마을을 일컫는다는 것은, 그 이름을 부르는 사람이 해당

순흥부 지도(규장각 소장 廣輿圖 古4790-58)

마을에 대해 잘 알고 있음을 방증하기도 하는 일이다. 위에서 든 17건의 자연부락 명칭에 따른 택호 역시 그런 경우에 해당하며, 그 택호를 단서로 만든 노래 구절에 역사지리적 교양이 더 풍부하게 반영되어 있는 점도 같은 식으로 볼 수 있다. 요컨대 '봄 춘 자 노래'를 지은 사람은 홍정골, 골내 이하 유서 깊은 자연부락들을 잘 알고 있었으며, 그 마을이 합쳐진 지역을 여타 안동이나 단양, 풍기와 구별되는 '우리 고을'로 여겼을 가능성이 높다.

그런 견지에서 17건의 자연부락 명칭이 합쳐진 지역의 범위를 파악할 필요가 있다. 현재의 행정구역 명칭에 따르자면 이 마을들 중 15건이 경북 영주시에 속하고 나머지 2건은 경북 봉화군에 포함되지만, 19세기 말 20세기 초에는 상황이 달랐다.

과거 순흥부는 충청도 단양과 영춘, 강원도 영월, 경상도 영천榮川(현 영주)과 안동, 봉화 등에 인접한 행정구역이었다. 읍치 근방의 비봉산飛鳳山이 바로 화전놀이의 장소로서 작품의 중요한 공간적 배경이 되는 곳인데, 이 산은 고을의 진산鎭山이기도 하다. 앞서 '청다리댁'의 택호와 관련해 언급했거니와, 순흥은 금성대군을 주축으로 한 단종복위운동의 배경이 된 곳이기도 하다. 순흥부는 그 운동이 실패한 후 풍기, 영천, 봉화로 나뉘어 혁파되었다가 1683년에 다시 원래의 행정구역을 회복했다는 역사를 갖고 있으므로, 〈광여도廣輿圖〉가 제작된 19세기 당시에는 현 영주시 순흥면, 단산면, 부석면, 안정면, 풍기읍의 수철리, 창락리 및 봉화군의 봉화읍, 물야면, 봉성면, 법전면, 춘양면 일부 지역까지가 이 지역에 속해 있었다. 이는 위에 언급한 17개의 자연부락을 빠짐없이 포괄하는 권역이 된다.

따라서 '봄 춘 자 노래'를 만든 사람이 상정하고 있었을 '우리 고을'이란 순흥부에 다름 아닌 것이며, 이 사실은 「덴동어미화전가」를 역사지리적 관점에서 접근할 때의 입각점에 대해 시사하는 바가 있다.

한편 순흥의 진산 비봉산이 소백산小白山의 동쪽 지맥을 이룬다는 점은, 「뎬동어미화전가」가 필사본 『소백산대관록小白山大觀錄』에 수록된 것도 우연의 소치는 아닐 것이라는 추정의 한 단서가 된다.

『소백산대관록』은 경북대학교 도서관에 소장된 1책의 필사본이다. 그 앞표지에는 '小白山大觀錄'과 '昭和十三年十月日'이라는 한문 글씨가, 뒤표지 안쪽에는 '소빅산듸관녹'과 '무인연구월초삼일 갑슐'이라는 한글 글씨가 있다. '小白山大觀錄'과 '소빅산듸관녹'은 이 책의 제명題名에 해당하고, '昭和十三年十月日'과 '무인연구월초삼일 갑슐'은 이 책이 이루어진 시기와 관련된다. '昭和十三年'과 '무인연戊寅年'이 모두 1938년에 해당하므로 책이 필사된 시기를 이때로 보아도 무방하다. 즉 20세기 초에 창작된 「뎬동어미화전가」는 30년가량 전승되다가 1938년 가을에 필사되었다.

알려진 바와 같이, 『소백산대관록』에는 「뎬동어미화전가」 외에 '소빅산듸관녹 언희라'라는 제목이 붙은 가사 한 편이 더 수록되어 있다. 이 작품이 앞에 실려 있는 데다 그 제목이 책의 제명으로 사용된 것을 보면 필사자는 '소빅산듸관녹 언희라'를 둘 중 더 중요하게 받아들였을 지도 모른다. 그럼에도 「소백산대관록」은 아직까지 본격적인 연구의 대상이 되지는 않은 듯하다. 해당 작품을 포함하여 다룬 주석본이 1종 출간되었으나,[36] 이 작품이 「뎬동어미화전가」와 어떤 연관을 가지며 왜 같은 책에 수록되었는지에 대해서는 아직 알려진 바가 적다.

그런데 제목과 내용으로 보건대 이 작품 「소백산대관록」은 「뎬동어미화전가」와 지리적 기반을 공유하고 있다. 즉 두 작품은 넓게 보아 소백산 기슭을 문화적 토양으로 삼아 이루어졌으며, 그런 견지에서 비교 검토가 이루어질 필요가 있다.

「소백산대관록」은 소백산 일대를 공간적 배경으로 삼아 지어진 가사다. "달밭골에 안개 걷어 소백산이 새로워라"[37] 같은 한 구절만 들어도 이 작품이 경험에서 우러나온 실경화實景畵에 가까움을 짐작할 수 있다. 풍기읍 삼가리 소재의 달밭골은 바로 소백산 비로봉과 비로사 사이에 있는 골짜기이기 때문이다. 또한 그 내용 중에는 "순흥예악백대흥順興禮樂百代興"[38]이라 하여 순흥이 유서 깊은 예악禮樂의 고장임을 자부한 구절도 있거니와, 지명을 사용하여 시구를 구성한 예가 허다하며 그중 "덕고개가 높고 높아 홍정골의 민심 좋고"[39]와 같은 구절에는 「덴동어미화전가」 중의 '봄 춘 자 노래'에서 언급된 지명이 동일하게 인용돼 있다.

이런 점은 「소백산대관록」이 「덴동어미화전가」와 같은 작가의 손에서 나온 작품이라는 추정의 출발점이 될 수 있다. 필체로 보아 이 두 작품이 같은 사람에 의해 필사되었음은 확실해 보인다. 물론 그 필사자가 작가일 가능성은 그리 높지 않지만, 두 작품 사이에는 지리적 연관성 외에 내용상 연결고리가 적지 않게 발견된다.

먼저 「소백산대관록」은 「덴동어미화전가」와 시공時空을 공유하고 있다. 앞서 「덴동어미화전가」가 19세기 후반부터 20세기 초까지 순흥을 중심으로 한 경북 일대를 주요 배경으로 삼는다는 점을 고증한 바 있는데, 「소백산대관록」 역시 소백산 인근 지역의 세세한 자연지명을 주로 다루고 있으므로 「덴동어미화전가」와 공간적 배경이 겹친다. 그뿐 아니라 「소백산대관록」에는 이 작품이 「덴동어미화전가」와 비슷한 시기에 창작되었음을 알려주는 단서가 여럿 보이는데 그중 일부를 다음에 제시한다.

① 저기 저 산천 다시 보아라 웅장하고 장할시고

대궐터[40]에 대궐 지어 우리 대황제 전좌(殿座)하사[41]

② 왜둔지의 왜(倭)를 치고 아주골의 아(俄)를 막고

영월 가서 영병(英兵)을 잡고 미름이 가서 미병(米兵)을 쫓고[42]

③ 상호문(上好文) 하호문(下好文)은 학자 선비 찾아가고

상사문 하사문에 남중 여승이 모여든다.[43]

①에서 가장 먼저 눈에 띄는 것은 '우리 대황제'라는 칭호이다. 이는 1897년 고종이 조선의 국호를 대한제국으로 바꾼 뒤 스스로 황제라 칭한 역사적 사실이 반영된 말로, 이 작품이 그 이후의 시점에 씌어졌다는 근거가 되어 준다.[44]

한편 소백산 기슭의 '대궐터'에 대궐을 지어 고종 황제를 모시고 싶다는 ①의 구절은 「소백산대관록」 작가의 특장特長 중 하나인 지명 연상을 통해 이루어진 것이지만, 위기에 처한 나라를 일신했으면 하는 어떤 역사의식의 소산으로 볼 수 있는 측면이 있는데, ②는 그와 같은 의식을 한층 적극적으로 반영한 구절이다. 여전히 인근 지역의 지명을 인용한 언어유희처럼 구성되어 있기는 하지만, 왜倭와 아라사俄羅斯(러시아), 영국과 미국의 군대를 몰아내고자 하는 이 구절을 읽고 제국주의 열강의 틈바구니에서 고전하던 구한말 조선의 현실을 읽어내기란 어려운 일이 아니다.[45]

다음의 ③은 구한말에 해당하는 시점을 좀 더 구체화해 보여주는데, 인용된 네 개의 지명이 그 단서가 된다. '상호문'과 '하호문'은 조선 후기에 삼부석면三浮石面 호문단리好文丹里였던 지역인데 1896년에 상호문리와 하호문리로 분리됐고, 1914년 조선총독부의 행정구역 개편으로 다시 노곡리로 통합됐다.[46] '상사문'과 '하사문'도 마찬가지로 원래 사문단리였

던 것이 1896년에 둘로 분리되었다가 1914년에 소천리로 통합되었다.[47] 그러므로 이 네 지명이 사용된 시기는 1896년에서 1914년 사이라 하겠으며, 이때를 창작시기와 일치하는 것으로 본다면 「소백산대관록」은 「덴동어미화전가」와 유사하게 20세기의 벽두에 지어졌다고 보아도 무방하다.

배경이 되는 시공을 공유하고 있다는 것 외에 두 작품이 한 사람의 손에서 나왔다는 근거로 비슷한 문체와 어휘 구사를 들 수 있다. 그중 하나가 앞서 언급했듯 지명을 이용해 시구詩句를 구성하는 방식이다.

> 산이 돌아 감살미요 물이 돌아 무도리라
> 실실 감아 감실이요 뽈뽈거려 뽈바위라[48]

인용한 구절은 '감살미'와 '무도리', '감실', '뽈바위' 등 현 영주시에 속한 지명을 다양하게 포괄하고 있는데, 이는 「덴동어미화전가」의 '봄 춘 자 노래'와 유사한 인상을 준다.

또한 「덴동어미화전가」에는 생동감 있는 형용사나 부사가 자주 쓰이는 편인데 그중 '어리장고리장'이나 '시실새실' 같은 의태어는 사전에 등재되어 있지는 않지만, 문맥을 통해 '아기를 귀애貴愛하는 모양'이라든가 '모르는 사이에 조금씩 슬금슬금' 같은 그 의미를 충분히 표현하고 있다. 이처럼 형용사나 부사를 적절하게 활용하는 양상은 「소백산대관록」에서도 동일하게 나타나고 있는데, 그중에는 「덴동어미화전가」에 나온 것과 일치하는 어휘도 적지 않아 서로 중요한 참조대상이 된다. 일례로 「덴동어미화전가」의 한 구절을 들어 본다.

저기 저 새댁 이리 오게 고와 고와 꽃도 고와
오리볼실 고운 빛은 자네 얼굴 비슷하이[49]

함께 화전놀이를 하던 새댁의 얼굴이 진달래처럼 곱다고 칭찬하는
이 구절은 「덴동어미화전가」의 난해구 중 하나로 꼽힌다. '오리볼실'이
라는 어휘가 제대로 풀리지 않았기 때문이다. 오리볼실은 비단의 일종인
'도리불수桃李佛手'의 오기이거나, 혹은 '오래 보실'이라는 의미로 해석되
었으나 미심한 점이 남아 있다. 이 말은 「덴동어미화전가」 후반부의 '꽃
화 자 노래' 중에도 "오리볼실 앵도 볼은 홍도화가 빛이 곱다"라 하여 더
나오거니와, 「소백산대관록」에서도 찾아볼 수 있어 주목을 요한다.

오리볼실 모매꽃과 울긋불긋 참꽃이라[50]

위 인용문은 소백산에 핀 갖가지 꽃들을 호명하는 것으로 구성된 단
락의 일부이다. 「덴동어미화전가」에서와 유사하게 「소백산대관록」에서
도 '오리볼실'이 꽃과 관련되어 있음을 이로써 알 수 있는데, 인용된 '모
매꽃'은 '메꽃'의 경북 방언에 해당한다.

'모매꽃'은 사전에 등재돼 있지 않으나, 안동 출신 시인 이육사李陸史
(1904~1944)의 「초가草家」에서 용례가 확인된다. "앞밭에 보리밭에 말매
나물 캐러 간 / 가시내는 가시내와 종달새 소리에 반해 / 빈 바구니 차고
오긴 너무도 부끄러워 / 술레짠 두 뺨 위에 모매꽃이 피었고"[51]라는 그 구
절에서는 수줍어하는 소녀의 낯빛을 표현하는 시어로 모매꽃이 사용됐
다. 이육사의 시 「초가」는 1938년 4월 사회주의 계열의 잡지 『비판』에 발

표됐는데, 이때는 「소백산대관록」이 필사된 '소화 13년' '무인년'과 같은 해이므로 이 현대시는 시기적으로도 「소백산대관록」의 참조대상이 되기에 충분하다.

이렇게 '오리볼실'의 용례가 3건 확보된바, 이 말이 진달래와 복사꽃, 메꽃 등 분홍빛의 꽃과 관련되어 있으며 특히 사람의 얼굴빛을 형용할 때 사용됨을 파악할 수 있다. 이 정보를 조합하면 '오리볼실'은 '사람의 얼굴에 도는 분홍빛'을 표현하는 말로 이해되는데, 실제 이 말을 사용한 적이 있는 분으로부터 '얼굴이 발그레한 모양, 화색이 도는 모양'을 의미한다는 제보를 얻어[52] 파악한 문맥적 의미에 잘못이 없음을 확인했다.

이상과 같이 「소백산대관록」과 「덴동어미화전가」는 비슷한 시공을 배경으로 창작되었고, 문체나 어휘 등에서 유사성을 갖는 것으로 확인된다. 이에 두 작품을 함께 읽었을 때 더 풍요롭고 정확한 독서로 이어질 수 있다고 기대되고, 「덴동어미화전가」의 어려운 구절을 해석하는 데도 큰 도움이 될 것으로 여겨진다. 즉 「소백산대관록」은 어휘의 측면에서 「덴동어미화전가」와 상보적으로 읽히며 참조대상이 될 만한 자료로서 본격적 검토 대상이 되어야 할 듯하다.

또한 이 두 가사를 구성하는 언어는 작품 가운데 언급된 지명을 대부분 포괄한 권역에서 구사된 방언이라는 점에서 일치하는데, 그 권역은 경북 북부의 문경, 예천, 안동, 영주, 봉화, 울진, 영양, 영덕 전역 및 청송과 의성의 일부로 구성되어 있다.[53] 따라서 향후 두 작품에 대한 주석 작업이 완벽을 기하기 위해서는 이 지역 방언 사용자의 문학적 성과를 눈여겨 볼 필요가 있다. 안동 출신 시인 이육사의 작품이 '모매꽃'과 관련하여 거의 유일한 참고문헌이 되었던 점을 앞서 확인했거니와, 같은 지역 작가 권정생權正生(1937~2007)의 장편소설『한티재 하늘』역시 적극적인 비교 검토의 대상이 되기에 충분하다는 점을 밝혀 두고 싶다.

『한티재 하늘』은 위에 언급한 경북 북부의 방언을 쓰는 지역을 공간적 배경으로 삼고 있는데, 그 가운데 인용된 대화는 물론 작가의 서술 부분에서도 방언 표현이 일관되고 있다는 점에서 특이한 자료다. 뿐만 아니라『한티재 하늘』은 배경이 되는 시기도 19세기 말에서 출발하므로「덴동어미화전가」와 상당 부분 겹친다. 그리고『한티재 하늘』의 주요 등장인물은 대부분 여성인데, 여러 계기로 과부가 되어 먹고살기 위해 쉼없이 노동을 해야 하는 그들의 생애는 덴동어미와 대단히 유사하다.

권정생은 어머니로부터 들은 이야기를 기억하여 이 작품을 썼다고 한 바 있는데, 소설 중 작가의 모친을 모델로 한 등장인물인 '이순'은 1898년에 태어났고, 여섯 살 때 어머니 '정원'(1874년생)과 함께 고향 순흥을 떠나 안동 삼밭골의 외조모 곁으로 온 것으로 서술되어 있다. 이순의 외조모 '수동댁'은 그 택호에서 드러나듯 고향이 풍산 수동인데 이곳이 앞서 조 첨지가 사망한 계기가 된 수동별신의 연행 장소임을 환기할 필요가 있다. 이에 소설 가운데 1848년생으로 설정되어 있어 덴동어미와 동년배가 될 법한 등장인물 수동댁이 덴동어미와 유사한 지역적 기반까지 지닌다는 점을 발견할 수 있기 때문이다. 게다가 수동댁은 과부가 되어 곱사등이 아들을 키우는 그 모습까지 덴동어미와 몹시 닮아 있다. 이렇게 볼 때『한티재 하늘』은 19세기 말 20세기 초 경북 북부 지역 하층여성들의 생애를 담고 있다는 점에서「덴동어미화전가」와 비교할 여지가 많다.

마지막으로,「덴동어미화전가」와「소백산대관록」의 내용상 관련성에 대한 한 가지 언급을 덧붙이고자 한다. 당시의 임금을 '우리 대황제 폐하'로 일컫고 외세에 짓밟힌 조선의 현실을 근심하는 「소백산대관록」의 말투는, 「덴동어미화전가」에서 '봄 춘 자 노래'를 부르며 '금지옥엽 구중 춘 우리 금주님'을 칭할 때와는 일견 달라 보이지만 이 점이 두 작품의 작가를 달리 보아야 하는 이유가 될 것 같지는 않다. 「덴동어미화전가」는 여성의 봄꽃놀이라는 하루의 경험을 담은 화전가로서 장르적 특성을 가지고 특유의 세계관을 구현하고 있으며, 「소백산대관록」은 「덴동어미화전가」와 유사한 시공에서 출발하지만 형식적으로 그보다 넓은 권역으로 확장되는 구성을 취하고 있고, 내면적으로도 사적私的 인간관계보다는 지역사회와 국가까지 널리 포괄하는 세계관을 보이고 있는데, 이 둘은 같은 사람이 다른 국면에서 상이한 태도를 취하고 있는 것이라고 이해된다. 어떤 견지에서 「덴동어미화전가」는 「소백산대관록」의 가운데에 놓인 하나의 그림이라고 볼 수 있다.

◆◦ 소백산 자락, 순흥으로 돌아온 덴동어미

이 글에서는 「덴동어미화전가」에 나온 인명과 지명 등의 고유명사를 단서로 임 여인의 생애와 관련된 역사적 사실들을 고증했다. 그에 따르자면 19세기 중반 경상도 순흥에서 태어난 임 여인이 장 씨, 이 씨, 황 씨, 조 씨 등 네 사람의 남편을 만나 결혼 생활을 한 것은 각각 그의 10대와 20대, 30대, 40대에 있었던 일이다. 그는 50대에 '덴동어미'가 되어 아픈

아들과 함께 남겨졌고, 60대가 되자 아들과 함께 고향으로 돌아왔으며, 20세기 벽두의 좋은 봄날에 순흥 비봉산의 화전놀이에 즐거이 참석했다.

익히 알려져 있듯 임 여인의 네 남편은 저마다 불의의 사고로 일찍 목숨을 잃었다. 그런데 그중 '이 승발'과 관련하여 1871년 상주 목사로 부임한 조병로의 가렴주구 및 1886년 조선에 유행한 콜레라, '황 도령'과 관련하여 19세기 후반에 자주 발생했던 대동선 침몰 사고, 그리고 '조 첨지'와 관련하여 1903년까지 풍산 수곡리에서 연행된 수동별신굿 등이 각각의 생애에 깊은 영향을 끼친 사실을 목도하게 되는바, 개인의 삶과 죽음이 역사의 흐름에서 비껴나 있기 어렵다는 자명한 진리를 확인할 수 있었다.

다음으로 작품 후반부의 '봄 춘 자 노래' 등에 언급된 택호를 통해 「덴동어미화전가」의 바깥 액자에 해당하는 시공時空이 20세기 초 순흥의 비봉산이며, 화전놀이 참석자로 언급된 22인 중 5인이 안동, 단양, 풍기 등 인근 지역에서 온 여성들인 반면 17인이 순흥부를 고향으로 둔 여성들이라는 점을 고증했다. 이로써 「덴동어미화전가」의 작가로 추정되는 이 역시 순흥 출신으로 이 지역과 관련한 해박한 역사지리적 교양을 지닌 인물이라고 추론할 수 있었다.

나아가 순흥을 중심으로 한 소백산 인근 지역의 역사지리와 관련된 내용을 풍부하게 담고 있는 「소백산대관록」 역시 「덴동어미화전가」와 자매편으로 논의될 필요가 있다는 데 대해 두 작품의 창작시기와 문체, 사용된 어휘의 유사성을 들어 간단히 언급했다. 이런 점에서 이 글은 「소백산대관록」과 「덴동어미화전가」의 작가가 동일인물임을 밝히기 위한 시론에 해당하는바 향후 두 작품에 대한 전면적 비교 검토가 이어지기를 희망한다.

◇　주석

* 필자는 1996년 박혜숙 선생님의 「여성문학의 시각에서 본 「덴동어미화전가」」(『인제논총』 8, 인제대, 1992)를 읽고 비로소 이 작품을 알아 지금껏 품게 되었다. 「덴동어미화전가」를 가르쳐 주신 박혜숙 선생님께 오랜 감사의 말씀을 올린다.

1 유탁일, 「조선 후기 가사에 나타난 서민의 의향」, 『연민이가원박사 육질송수기념논총』, 범학도서, 1977.

2 김윤식 외, 『고등문학』, 천재교육, 2014.

3 박혜숙, 「주해 「덴동어미화전가」」, 『한국 고전문학의 여성적 시각』, 소명출판, 2017.

4 김종철, 「운명의 얼굴과 신명」, 『한국고전시가작품론』 2, 집문당, 1992, 208면.

5 이 글에서는 박혜숙 교수의 주해본 「주해 「덴동어미화전가」」(『한국 고전문학의 여성적 시각』)의 성과를 주로 계승하며, 이정옥 교수의 『경북대본 소백산대관록·화전가』(경진출판, 2016)도 간혹 참조했다. 이 글에서 출처를 제시하지 않고 인용된 작품 구절은 모두 박혜숙 교수의 『한국 고전문학의 여성적 시각』 수록본을 따랐다.

6 '상찰'에 대해서는 용례를 찾아보기 어려우나, 작품 안에서 애초에 '임 이방'이라 했던 덴동어미의 부친에 대해 후반부에서는 '임 상찰'이라고 일컬은 것으로 보아 이방과 유사한 직위였다고 추정된다.

7 "再政, 趙秉老爲尙州牧使."(『승정원일기』, 1871.8.21)

8 박윤성, 『상주 문화유적—연혁·산천·지정문화재·성곽·역원·누정』, 상주문화원, 1997. 한편 조병로의 일족 조병갑은 1892년 고부 군수 재직 시 농민들을 동원하여 만석보(萬石洑)를 쌓은 것으로 알려져 있다.

9 "此人素知其可用, 故待其復命, 擬將大用, 豈意遽至斯乎? 慘矣慘矣. 以若耳目之重寄, 三載勤勞, 死於王事."(『승정원일기』, 1886.5.17)

10 "及御史趙秉老陛辭, 上屬之, 俾无滋蔓, 秉老素殘酷, 捕根洙等, 囚尙州, 鞫其黨, 竹籤火烙, 五毒備至, 根洙大呼曰: "士各有志, 或時廢業, 不須問也, 我非謀逆, 何有於黨? 死便死. (…後略…)" 因結舌不言, 縊殺之, 檢其尸籤出者五六枚. (…中略…) 秉老至晋州, 一夕暴死." 임형택 외역, 『매천야록』 상, 문학과지성사, 2005, 199~201면. 한편 1886년 이근수가 고문을 당하다 죽은 '상주의 감옥'은 그 일이 있기 10여년 전 임 여인의 시아버지 이 상찰이 수금(囚禁)되어 있던 곳과 같은 장소로 추정된다.

11 이로부터 25년이 지난 고종 31년(1894) 6월 28일, 의안(議案, 갑오개혁기에 군국기무처가 제정한 법령)으로 '과녀(寡女)의 재가를 그 자유에 맡기는 건'을 공포하여 여성의 재혼을 허용하는 동시에 재혼을 하려면 일정한 기간이 경과하여야 할 것으로 규정하고, 이를 위반하는 경우에는 처벌하도록 하였다(경기도향토사연구협의회, 『전통시대 법과 여성』, 경기도가족여성정책국, 2005, 330면). 성문법이 기존의 관습법을 반영하는 점을 감안한다면 임 여인이 재혼하던 시기에 이미 '재혼을 하려면 일정한 기간이 경과하여야 할 것'이라는 관습적 규정이 있지 않았을까 한다.

12 "엄형중장(嚴刑重杖) 수금(囚禁)하고 수만 냥 이포를 추어내니"

13 "前牧使臣趙秉老之任尙州也, 以雜技淫行, 爲罪案, 富民四十八戶, 勒奪幾萬金, 沒入官庭矣, 今以善治, 移任淸州, 繡衣亦奏啓, 則善治者果以貪虐爲長技乎?"(『승정원일기』, 1875.8.12)

14 "傳曰: '尙州牧使趙秉老, 此是善治守令也. 淸州牧使相換."(『승정원일기』, 1873.12.27)

15 　上曰：“其中治蹟, 孰爲居首乎?”明鎭口：“(…上略…)以時仁言之, 淸州牧使臣趙秉老, 爲最 優矣.”(『승정원일기』, 1874.10.30)

16 　“以李建膺爲尙瑞直長, (…中略…) 白義行·李東榮爲掌令”(『승정원일기』, 1875.1.28)『경 국대전』에 따르면 사헌부는 시정을 논집(論執)하고, 백관을 규찰하며, 풍속을 바로잡고, 원억(寃抑)을 풀어주며, 남위(濫僞)를 금하는 등의 일을 맡는다고 되어 있다. 장령은 사헌 부의 기간요원에 해당하는바 백관의 비위사실에 대한 탄핵감찰권과 일반범죄에 대한 검찰 권을 아울러 행사하는 직책이었다.

17 　“시아버님은 장독이 나서 일곱 달 만에 상사 나고 / 시어머님이 앳병 나서 초종 후에 또 상사 나니”

18 　‘이녁’의 사전적 의미는 ‘듣는 이를 조금 낮추어 가리키는 말’이지만, 이 용례에서는 ‘그 자신’이라는 뜻에 가까우므로 3인칭 재귀대명사로 쓰였고 특별히 낮추는 태도는 없어 보 인다. ‘이녁’의 이러한 용례는 권정생, 『한티재 하늘』(지식산업사, 1998)에서 보편적으로 나타난다. 이 책에서 ‘이녁’은 ‘당신’이라는 뜻의 2인칭으로도, ‘그 자신’이라는 뜻의 3인칭 으로도 쓰이고 있다.

19 　“이백 냥은 우선 주고 쉰 냥을랑 갈게 주오 / 주인이 웃으며 하는 말이 심바람만 잘하고 보면 / 칠월벌이 잘 된 후에 쉰 냥 돈을 더 주오리” 이 중 ‘갈게 주오’라는 구절을 기존 2종의 주석본에서는 “갈 제(갈 때) 주오”라 보았으나 원문을 반영하여 수정한다. “갈게”는 ‘가을 에’의 경북 북부 방언식 발음으로 뒤에 나온 ‘칠월벌이 잘 된 후에’라는 손 군노 부인의 말과 호응한다. 임 여인 부부가 손 군노의 여각에 도착한 시점은 한데서 잘 수 없어 아궁이 곁에서라도 자야 하는 추운 계절이고 음력 칠월은 가을에 해당한다.

20 　“우리 서방님 거동 보소 돈 이백 냥 받아 놓고 / 일수 월수 체계놓이 내 손으로 서기하여” ‘체계놓이’는 원문에 “체게노이”로 되어 있다. ‘체계’는 장체계(장에서 비싼 이자로 돈을 꾸어 주고 장날마다 본전의 일부와 이자를 받아들이는 일)이다. ‘체계놓이’는 ‘체계를 놓는 일’이라는 뜻의 명사인데, ‘변놓이’, ‘빚놓이’ 등 비슷한 용례가 보인다.

21 　“삼년을 나고 보니 만여 금 돈 되었구나 / 우리 내외 마음 좋아 다섯 해까지 갈 것 없이 / 돈 추심을 알뜰히 하여 내년에는 돌아가서”

22 　덴동어미가 겪은 병술년의 괴질은 1886년 음력 6월 초에서 7월 초에 걸쳐 성행한 콜레라로 추정된다.

23 　『승정원일기』에 대동선이 언급된 기사는 총 145건이며, 고종 외 현종 2건, 숙종 7건, 영조 41건, 정조 25건, 순조 40건, 헌종 5건, 철종 9건이다.

24 　“向以漕船致敗, 沙格査實稟警事, 有所仰奏矣. 昨年大同船臭載, 合爲二十一隻, 其中未拯穀 最多者, 卽聖堂倉白字船, 珍島·海南竝載船, 左漕倉地字船, 合三隻也.”

25 　“도부장사 한 십 년 하니 장바구니에 털이 없고 / 모가지가 자라목 되고 발가락이 무지러졌네” 여기서 ‘장바구니’는 ‘정수리’를 뜻한다. 임을 많이 이어서 정수리의 머리칼이 훵하게 비었다는 뜻이다.

26 　“뒷집의 조 서방이 다만 내외 있다가서 / 먼젓달에 상처하고 지금 혼자 살림하니”

27 　이 6개의 장은 모두 경북 북부에 있다. 의성장은 의성군 의성읍, 안동장은 안동시 서부동, 풍산장은 안동시 풍산읍 하리리, 내성장은 봉화군 봉화읍, 풍기장은 영주시 풍기읍에서 명맥을 유지하고 있다. ‘노룻골’은 봉화군 법전면 어지1리에 있던 마을로 고려 때 춘양현 장현촌(獐峴村)이었는데, 여기서 장동장이 열렸다. 그중 내성장은 19세기 말에 크게 번성 한 장터로서 경북 북부지역에 전승되는 민요에 ‘들락날락 내성장’이라는 구절이 보인다.

해당 민요는 권정생, 『한티재 하늘』 1, 194~195면에 인용된 「장타령」 참조.

28 '섬마섬마'는 아기가 따로 서는 법을 익힐 때, 어른이 붙들었던 손을 떼면서 내는 소리인데, 아기들은 대체로 첫돌 즈음에 걸음마를 시작한다.

29 수동별신굿은 현재 전승되고 있지 않으나, 공민왕 부부의 신위를 모신 국신당이 수곡리에 남아 있다. 조정현, 「안동지역 마을공동체 신앙의 성격과 별신굿의 위상」, 『민속연구』 19, 안동대 민속학연구소, 2009, 221~257면.

30 김교림의 가옥은 순흥면 읍내리에 남아 있다가 1976년에 헐리었다고 한다. 김교림은 부유한 사대부 남성이라는 점에서 몰락한 중인 계층인 임 여인과 현격한 차이가 있으나, 19세기 말 20세기 초 순흥이라는 시공간을 공유하고 있었다는 점에서는 참조대상이 될 만한 인물이다.

31 배영동, 「근대시기 '순흥초군청(順興樵軍廳)' 결성의 배경과 의의」, 『실천민속학연구』 22, 실천민속학회, 2013, 41~68면.

32 여기 언급한 '장기 지속의 역사'는 페르낭 브로델의 개념에 착안한 것이다. 그는 "지리학을 이용하여 우리는 지극히 느리게 움직이는 구조들을 재발견할 수 있고, 장기 지속의 원근법을 통한 고찰을 시도할 수 있다. 지리학은 역사학과 마찬가지로 많은 문제들에 답할 수 있으며, 거의 움직이지 않는 듯한 느린 역사에서 특별히 장점을 발휘한다"고 자신의 역사서술 방법론에 대해 말한 바 있다. 이 점에 대해서는 페르낭 브로델, 주경철 역, 『지중해ー펠리페 2세 시대의 지중해 세계』 1, 까치, 2017, 31~32면 참조.

33 화령댁의 고향 '화령'은 상주시 화서면으로, 순흥에서 약 100km 떨어진 곳이다. 장임댁의 고향 '장임'은 단양군 대강면 장림리다. 영주시 풍기읍에 인접한 '장임'은 순흥과 30km 거리다. 월동댁의 고향 '월동'은 안동시 녹전면 신평리 너머골로 추정된다. 영주시 평은면과 인접한 너머골은 순흥에서 38km 떨어져 있다.

34 여성의 출신지를 따른 택호에 대해서는 김미영, 「안동 동성마을의 택호(宅號) 연구」, 『비교민속학』 22, 비교민속학회, 2002, 337~364면 참조.

35 이 글에서 언급한 여러 자연부락의 자연지리 및 인문지리와 관련해서는 『영주시민신문』의 「우리 마을 탐방」을 주로 참조했다. 「우리 마을 탐방」은 현지를 답사하고 그 지역에 50년 이상 거주한 인물들을 인터뷰한 결과를 충실히 반영한 연재물이다.

36 이정옥, 「문헌 해제」, 『소백산대관록·화전가』, 경진출판, 2016.

37 "달빗골의 안기거더 小白山이 시로워라" 이하 인용한 원문은 경북대 소장 필사본 자료 『소백산대관록』을 찍은 사진자료를 참조한 결과다. 사진을 제공해 주신 최지녀 교수와 임재욱 교수께 깊이 감사드린다.

38 "순흥예약빅티홍이요 봉화인밀반셰化라" 첫 구절은 순흥을, 둘째 구절은 봉화를 언급했다.

39 "덕고기가 놉고놉파 홍경골의 민심조코"

40 대궐터 : 소백산 기슭 충북 단양군 영춘면 남천리와 경북 영주시 단산면 마락리의 접경지역에 '대궐터골'이라는 곳이 있다. 「우리 마을 탐방 2」, 『영주시민신문』, 단산면 마락리 편.

41 "겨긔겨산천 다시보아라 웅장ᄒ고 장홀시고 / 디권터의 디궐지여 우리大황제 전좌ᄒ사" 한편 '대궐터'는 전국 각지에서 종종 발견되는 지명인데 그중에는 인용문에서처럼 '대권터'로 표기된 경우도 간혹 보인다.

42 "왜둔지의 왜乙 치고 아쥬골의 아乙막고 / 영월가셔 영병乙 잡고 미름이 가셔 미兵乙 쫓고"

43 "上호문 下호문은 학자션빅 차자가고 / 上사문 下사문의 남중여승이 모여든다"

44 예컨대 장지연(張志淵)은 1905년 11월 20일 『황성신문』의 논설 「시일야방성대곡」에서 고종을 "우리 대황제 폐하(我大皇帝陛下)"라 칭하고 있다.

45 영국과 미국, 일본, 러시아 등 열강의 개입이 맞물려 한일합방으로 이어지게 되는 상황에 대해서는 최문형, 『한국을 둘러싼 제국주의 열강의 각축』(지식산업사, 2001) 참조.

46 「우리 마을 탐방 165」, 『영주시민신문』, 부석면 노곡1리 편.

47 「우리 마을 탐방 136」, 『영주시민신문』, 부석면 소천4리 편.

48 "산니 도라 감살미요 무리 도라 무도리라 / 실〃 가마 감실이요 쑬〃거려 쑬바우라" 인용된 감살미 등은 각각 영주시 부석면 상석리, 문수면 수도리(무섬마을), 부석면 감곡리, 부석면 보계리 소재의 자연지명이다.

49 "겨긔 져 식듸 이리 오게 고예고예 곳도 고예 / 오리볼실 고은 빗튼 자늬 얼골 비싯ᄒ의"

50 "오리볼실 모밀곳과 울긋불긋 창곳치라"

51 이동영 편저, 『이육사』, 문학세계사, 1992, 42~43면.

52 제보자 이영이(63세) 씨는 경북 안동시 풍산읍 매곡리 태생으로 현재 안동시에 거주하는 분인데, 필자의 어머니다.

53 김덕호, 「경상북도의 방언 분화」, 『경북 방언의 지리언어학』, 월인, 2001) 219·319면 '경상북도 방언 구획 지도' 참조.

20세기 초 강릉김씨 부인의 여행기,
『경성유록』

———————◆◇◆———————

김경미

◆◇ 여성들의 여행 기록과 『경성유록』

공간의 안과 밖을 가리키는 '내외內外'가 곧 남녀라는 말로 통용될 만큼 조선 사회는 공간을 성별화함으로써 남녀를 구분하고 위계화했다. 신분이나 시기에 따라 규제의 강도는 달랐으나 외출이나 여행이 허용되지 않았던 조선시대 여성에게 여행은 쉽지 않은 일이었고, 여행 기록을 남긴다는 것은 더욱 어려운 일이었다. 그럼에도 불구하고 여성들의 바깥세상에 대한 열망은 강렬해서 『을병연행록』과 같이 국문으로 번역된 연행록을 읽으며 호기심을 채우기도 하고, 의령남씨나 김금원처럼 기어이 여행을 감행하고 여행기를 남기기도 했다. 『의유당 관북 유람일기』, 『호동서락기』, 기행가사 등이 조선시대 여성의 대표적인 여행 기록으로 남아 있지만 분량면에서 남성들이 기록한 유산기나 연행록과는 아예 비교조차

할 수 없다. 그러나 20세기를 전후하여 이루어진 사회 변화와 더불어 여성의 삶에도 많은 변화가 초래되어 여성들의 여행이 비교적 자유롭게 이루어지면서 여행 기록도 늘어나기 시작한다. 또 1920년대가 되면 신교육을 받은 신여성들이 국내여행은 물론 외국여행까지 하고 그 여행 기록을 남기게 된다.

20세기를 전후한 시기의 두드러진 현상 중 하나는 여행 기록의 주요 작자층으로 향촌 여성들이 등장한다[1]는 점이다. 이들은 가사와 신문의 형태로 여행 기록을 남기고 있는데, 이러한 현상은 여성 지위의 변화, 신문물을 체험하고자 하는 욕망의 확대, 그리고 그것이 가능하게 된 교통의 발달과 관련이 있을 것으로 보인다. 이 시기에 남아 있는 산문 여행 기록으로는 광산김씨(1842~1917)의 「계룡산유산록(겨룡산유산녹)」과 「온양온수노정기(온양온수노졍긔라)」, 강릉김씨의 「서유록」을 들 수 있고, 기행가사로는 「금강산유산가」(1917), 최송설당의 기행가사(1922), 조애영의 「금강산기행가」(1930), 「종반송별」(1935), 「경성노정기인력거」(1935) 등을 들 수 있다.

「계룡산유산록」과 「온양온수노정기」는 『계룡산유산록』이라는 제명하에 한 책에 수록되어 있는 한글필사본 여행기이다. 기록자인 광산김씨는 예조참판을 지낸 김기현金琦鉉의 외동딸이며, 송국로宋國老의 부인이다. 「계룡산유산록」은 광산김씨가 62세 되던 1903년 5월, 3박 4일에 걸쳐 계룡산을 유람한 것을 기록한 것이고,[2] 「온양온수노정기」는 2년 뒤인 1905년에 기차를 타고 4박 5일에 걸쳐 온양온천을 여행하고 온 기록이다.[3] 「계룡산유산록」은 21장 42면, 「온양온수노정기」는 7장 14면 분량이다.[4]

이 글에서 다룰 「서유록」은 1913년 강릉김씨가 강릉을 출발해서 서울을 여행하고 돌아와서 쓴 여행 기록으로, 『경성유록』이라는 책에 포함되어 있다. 「서유록」은 한글 필사본으로 분량은 총 73면, 200자 원고지 110매 정도의 분량이며 장서각에 소장되어 있다. 표지 제목을 '경성유록'이라 한 이 책은 크게 두 부분으로 이루어져 있다. 한 부분은 '셔유록'이라는 제목하에 실린 서울 여행 기록이고, 또 한 부분은 '황성신문'이라는 제목하에 실린 37쪽 분량의 『황성신문』 기사 번역문 등이다. 『황성신문』 번역문은 "을사년에 자당께서 병환 중이시어 시병하던 중 황성신문을 번역하여 자당 앞에서 읽어 파적한 것"이라는 말로 미루어 아들이 번역한 것으로, 분량은 37면이고 「다섯 조약이라」, 「영국사람의 몽천록이라」 등의 기사로 이루어져 있다.

강릉김씨는 1862년 6월 15일, 강릉에서 태어나 인근 장현마을 강릉 최 씨에게 시집가서 7남매를 낳고 80세까지 살았던 인물로 책상 주변에는 항상 책이 있었으며 책을 즐겨 읽었다고 전해진다.[5] 「서유록」을 통해 볼 때 강릉김씨는 교양과 지식, 당대 사회에 대한 관심, 글쓰기 능력을 갖추고 있었던 것으로 보인다. 강릉김씨는 52세가 되던 해 장손이 죽고 잇달아 손부도 순절하는 일을 겪은 뒤[6] 그 원통하고 분함을 견디기 어려워하던 중 남편에게 서울 구경하기를 청하여 허락을 받고 남편, 딸과 함께 1913년 8월 3일부터 9월 8일까지 서울·인천 지역을 여행하였다. 강릉김씨는 여행하면서 틈틈이 노정기를 기록하였으며, 집에 돌아간 뒤 빠진 부분을 채우고 다시 기록하여 1915년 「서유록」을 완성했다.

「서유록」은 여정과 견문을 기록하면서 당대 역사나 사회에 대한 자신의 생각을 직접 드러내고 있다. 강릉김씨는 새로운 문명에 대해 적극적인 관심을 표하고 일제 지배에 대해서도 적대감을 표출하는 등 자신의 생각이나 감정을 분명하게 드러낸다. 근대문명의 현란함 앞에서는 그 적대감이 다소 무뎌지고, 때로는 그 압도적인 힘 앞에서 체념 비슷한 감정까지 보이는 복합적인 감정을 드러내는 데서도 보듯이, 애국계몽의식과 여성교육에 대해 한계는 있지만 「서유록」은 대한제국기의 문명개화론 또는 문화계몽운동론의 정신사적 연장선상에 있다.[7] 또한 「서유록」은 처음부터 여성 독자를 염두에 두고 쓴 계몽 자료의 성격을 지니며 그 성과를 개인에 그치지 않고 전체 여성으로 확대시키고자 하는 목적에서 쓰여진 것으로 실증적 사회의식, 여성과 사회의 소통 지향, 지배층 남성 관점의 사회상 극복의식을 보여준다.[8] 즉 「서유록」은 20세기 초 향촌 여성의 문명의식, 국가의식, 자기재현의 양상을 구체적으로 보여준다는 점에서 중요한 의미를 갖는다.

신여성이 부각되면서 신여성 부류에 속하지 못하는 여성은 '구여성'으로 지칭되었다. 그런 의미에서 본다면 19세기 후반에 태어나 여성에 대한 근대교육이 본격적으로 시작된 19세기 말에는 이미 중년의 나이로 근대교육을 받지 못한 강릉김씨는 구여성에 속한다. 구여성은 자립적으로 생겨난 말이 아니고 근대에 들어 새로운 여성상을 지칭하는 신여성에 대비되면서 등장한 용어[9]이다. 구여성에 대한 개념이 명확하게 정리되어 있지는 않다. 그러나 기존의 구여성에 대한 언급을 보면,[10] 구여성은 신여성과 같은 시대를 공유했지만 전혀 다른 감각과 윤리와 습관을 체화시키고 있는 존재, 도시 중심의 근대적 화제에서 소외될 수밖에 없었던 존재, 20세기 초 전통적인 삶을 유지하면서 유교 이념을 내면화하고 있었던 향촌 여성, 신여성에 비해 상대적으로 보수적인 성향을 갖는 존재, 근대적 변화와는 무관한 삶을 살았던 시대의 낙오자로서의 이미지를 벗어나지 못하는 존재로 이해되고 있다. 한편 어머니나 부인의 이름이 아니어도 여성으로 공동체에 설 수 있는 여성상으로 재현된 구여성상이 보고되기도[11] 했지만 구여성은 신여성에 대비되는 '구식의, 전통적인, 향촌의, 신식교육을 받지 못한, 유교적'이라는 의미를 내포하는 것으로 보인다. 구여성에 대한 이러한 이미지는 근대 여성 담론 연구가 신여성을 중심으로 이루어졌기 때문에 구여성의 존재 양상이 적극적으로 해명되지 못한 것과도 관련이 있을 것이다. 신여성의 존재는 여성사의 새로운 단계를 보여주는 것이 사실이지만 과잉 해석되어 온 측면이 있으며, 이 시기 여성을 신/구여성으로 나누어 이해하는 것도 이 시기 여성의 삶을 단순화하는 문제가 있다. 이 글에서는 신식교육을 받거나 도시적인 삶과 거리가 있었던 한 여성이 여행을 통해 자신과 세계를 어떻게 의식했는가를 보면서 신/구여성의 단선적 구분을 넘어 20세기 초 여성의식의 다양한 스펙트럼을 드러내고자 한다.

◆◦ 노정과 구성 방식

「서유록」은 여행 기록을 시간 순으로 엮었지만 단순한 보고로 이루어지지 않고, 당대의 상황을 의식하면서 자신이 하고 싶은 이야기를 전달하기 위해 구성한 흔적을 보인다. 그 내용은 크게 우리나라의 역사, 서울, 강릉을 소개한 부분, 서울 여행을 결심한 동기, 여행 과정(노정), 여행기를 남기게 된 이유, 여행에 대한 총평 등으로 이루어져 있다. 다음 예문에서 보듯 강릉김씨는 조선의 역사를 약술하는 것으로 여행기를 시작한다.

화설 조선은 사천여 년 오래된 나라이다. 단군이 신성하신 도덕으로 비로소 개국하시어 평양에 도읍하였다. 그 후 일천 이백여 년을 지나 기자께오서 중원 은나라 사람으로 동쪽으로 내려오시어 임금이 되어 또 평양에 도읍하시고 그 후 천여 년을 지나 삼한이 되었다. 신라가 또 통일하여 경주에 도읍하고 그 후 천 년을 지나 고려왕이 옮겨 송도에 도읍하고 사백 팔십여 년을 지난 뒤 우리 태조 고황제께오서 등극하시고 한양에 도읍하시니 (…중략…) 십육 년 전에 태황제폐하께옵서 국호를 대한이라 하시고 연호를 광무라 하시며 팔도를 다시 십삼도로 정하셨다. 그중 강원도는 동해 바다가로 이십오 군인데 강릉은 이십오 군 중 제일 큰 도회로 서쪽으로 한양과 거리가 오백오십 리다.[12]

강릉김씨는 고소설에서 흔히 보듯 '화설'이라는 말로 서두를 연 뒤, 시대 배경과 공간을 소개하듯 기자조선, 삼한, 고려, 조선, 대한으로 이어지는 역사를 나열하고 강원도, 강릉 지역을 소개하고 있다. 이어서 자신에 대한 소개가 나온다.

각설 남녀를 물론하고 그 나라에 태어나 자라서 늙도록 서울 구경 한 번 못 하고 보면 부끄러운 일이다. 항상 구경하기를 기약하였으나 여자 몸이 되어 쉽지 못함을 한탄하였는데 어언간 나이가 오십 두 살이 되었다. 계축 년을 당하여 삼월 초십일에 천지가 아득하고 일월이 무광한 변고로 가운(家

運)인지 문운(門運)인지 맏손자를 지하에 영결하니 심장이 녹는 듯 가슴이 막혀 있던 중 오월 초칠일에 맏손부를 마저 잃으니 저의 내외 천정연분으로 그러하냐 오호 통재라 나의 가슴에 맺힌 못이 어느 때에 녹을꼬. 원통하고 분한 심회를 이기지 못하여 한심으로 세월을 보내자니 하루가 일년같고 미친 듯 취한 듯 진정하기 어려웠다. 하루는 가군을 향하여 서울 구경하기를 청하니[13]

강릉김씨는 남녀를 물론하고 서울 구경을 못 하는 것은 부끄러운 일이라고 하며 서울 구경을 꼭 해야 할 일로 내세운다. 그렇지만 자신은 지금까지 서울 구경을 하지 못했다고 하면서 그 이유로 여자 몸이 되어 쉽지 않았다고 밝힌다. 강릉김씨는 서울 구경을 늘 하고 싶었으나 결행하지 못하다가 맏손자 부부의 죽음으로 원통하고 분한 심회를 이기지 못해 남편과 함께 서울 구경을 결행한다. 강릉김씨는 딸 연아를 데리고 남편을 따라 나귀에 짐을 싣고 도보 여행을 떠나는데, 딸을 데리고 나선 것은 병을 고치기 위해서였다. 강릉김씨의 서울 여행은 서울 구경, 심회 풀이, 그리고 딸 연아의 병을 치료하기 위한 것이었다.

위 인용문은 8월 3일 서울로 가기 위해 대문을 나서는 장면과 바로 이어진다. 1913년 8월 3일에 출발해서 9월 8일에 돌아온 37일 간의 여행 기록은 세 부분으로 나뉜다. 강릉김씨는 강릉에서 서울까지의 노정 기록에 약 20면, 서울에 머물며 구경한 기록에 38면, 서울에서 강릉으로 돌아가는 노정에 10면 정도를 할애하고 있다. 첫째 부분에는 8월 3일 장현마을을 출발해서 열흘 뒤인 8월 12일에 서울에 도착하기까지 열흘 간 오백오십 리 노정이 자세하게 기록되어 있다.[14] 강릉김씨는 안구산 성황당, 제민원, 솔정이, 대관령초입, 반정이 주막, 원울고개, 마루 주막, 상상봉, 국사성황당, 가시머리, 술바우, 횡계 주막 등 지나치는 곳의 지명을 열거하고 지명과 관련된 이야기가 있으면 함께 서술한다.

잠깐 쉬었다가 원울고개 다다르니 이곳은 강릉 원이 우는 고개라. 처음으로 내려오다가 이곳에 다다라 울고 하는 말이 이러한 험한 땅에 원 노릇 어이 할고, 또 도로 갈 때는 울고 하는 말이 제일 좋은 강릉 땅을 버리고 간다 하므로 이 고개 이름을 원울고개라 한다더라. 그 고개 얼른 지나 마루 주막 다다라 잠깐 쉬고 상 〃 봉에 올라서니 강릉 일경이 눈 아래 늘어서매 헤아릴 수 없이 높은 고개로다.[15]

원울고개에 대한 설명이다. 또 산과 강을 보면서 짧게라도 감상을 쓰고, 순사주재소나 헌병파견소를 보며 분개한 것을 쓰고 있으며, 하루 일정이 끝나면 "숙소를 정하니 온 길이 오십 리였다"[16]고 정리한다.

여행의 목표지인 서울에 대한 기록은 더 자세한데 궁궐, 병원, 종로, 예배당, 관왕묘, 상점, 우미관, 학교, 연흥사, 전차를 타 본 경험, 기차를 타고 인천까지 갔다 온 경험에 대한 것이 주를 이룬다. 강릉김씨는 양옥집, 상점, 화륜거, 전차, 돌을 깐 도로, 은행소, 자동차, 자전거, 인력거를 보면서 "시골 안목에 놀라워"[17]하고 "기가 막혀 말을 할 수 없을" 정도라고 감탄하고 놀라워하면서 자신이 본 것들을 하나하나 기록한다.

남대문 밖 정거장에 다다르니 인산인해로 신의주, 원산, 부산, 인천항에 왕래하는 화륜차가 들락날락 끊이지 않고 이어지는데 화통 소리는 벽력같고

빠르기는 번개 같아서 정신이 어지러워 어떻다 말을 할 수 없었다. 조화도 무궁하다 눈으로는 분명하게 보여도 형언하여 이야기하기 어려웠다. 남대 문으로 들어오니 길바닥도 돌을 때려 이 맞추어 깔았으니 비 와도 질지 않고 바람 불어도 먼지가 없었다. 남대문 좌우 성을 헐어 전차 다니는 길을 만들고 남대문은 뚜렷이 공중누각과 같고 문안 문밖 좌우로 양옥집이 즐비하여 구름 밖에 있는 것 같았다. 그중에 은행소는 전통 돌로 지었는데 웅장하고 기려하여 시골 안목에 놀라웠다. 종로에 와 보니 자동차며 자전거며 인력거며 전차가 끊임없이 오가고 상점을 살펴보니 형형색색 기기괴괴 기가 막혀 말을 할 수 없었다. 사관에 돌아와서 구경한 것 생각하니 저승인지 인간세상인지 아득하여 형용할 수 없었다.[18]

남대문 부근에서 사람, 기차, 자동자, 전차, 은행, 양옥 등 새로운 문물이 뒤섞인 풍경을 보고난 뒤의 놀라움을 속도감 있게 묘사한 것이다. 물론 속도감 있는 묘사는 도회 묘사에서만 나타나는 것은 아니다. 강릉에서 서울로 가는 노정도 속도감 있고 경쾌한 묘사로 이루어진다. 노정은 서울 구경을 한 뒤 인천까지 갔다가 강릉으로 돌아가는 것으로 마무리된다. 강릉김씨는 서울에서 일본에서 공부하고 온 교동의 안상호라는 의사를 찾아가고, 연동 대한의원 외과부로 가서 딸을 진찰받게 하지만, 치료 방법이 위험하다고 해서 치료를 받지 못하고 그냥 돌아온다. 강릉김씨는 돌아오는 길에 이를 분하게 여기고, 심회 풀이도 된 것 같지 않다고 한다. 그러나 마지막 부분에서 강릉김씨는 여행을 통해 새롭게 깨닫게 된 것을 강조하면서 여행 자체가 중요한 목적이었음을 드러낸다.

노정 부분에 이어 강릉김씨는 여행기를 남기게 된 이유와 여행에 대한 총평으로 여행기를 마무리한다. 이는 단군 이후의 역사를 이야기하면서 여행기를 시작한 것과 짝을 이룬다.

단군께서 창업하신 삼천리강산 사천 년 국가 오늘날 없어졌소. 아시오 모르시오 아무리 여자인들 국민이 아니라면 분하지 아니하오. 서양 강국 영길이 얘기 잠깐 들어보니 여자의 왕 노릇 한 일 많고 지금은 그 나라 여자가 나라 정사 다스리는 권리에 참여하겠다고 남자 사회와 다툰다니 그 나라 여자계가 여북이나 발달하였겠소. 우리도 정신 좀 차려보면 그러한 일 하여 볼까. 무식하니 답답하다 여자학교 아니하면 후진 여자 말 못되오. 남대문 정거장에 가보니 일본 여자 수삼 명이 지필연묵 글상 위에 사무 보려고 앉았더라. 동양 삼국 중에 일본이 제일 문명한 건 그것 보면 대강 알 일. 부럽고도 부끄럽데. 어서어서 잠을 깨고 이전 풍속 생각 마오. 이런 말 듣는 이나 보는 이나 괴이쩍게 알지 마오. 할 말은 무수하나 다 기록하기 어렵도다.[19]

서두에서 강릉김씨는 조선은 사천여 년 된 오랜 나라라고 단군이 개국한 뒤의 역사를 서술한 뒤 국호를 대한이라 하고 연호를 광무라 하였으며 팔도를 십삼도로 나누었다고만 하고 나라가 없어졌다는 말을 하지 않았다. 그런데 마지막에 와서 단군이 창업한 나라가 오늘날 없어졌다고 한 이유는 무엇일까? 이는 여행을 마친 뒤에 알게 된 새로운 사실도 아닐 터이다. 그런데도 이렇게 강조한 것은 나라를 찾기 위해 무엇을 할 것인지 묻고, 여자도 국민의 한 사람으로 참여해야 한다는 것을 강조하기 위한 것으로 보인다. 강릉김씨는 서양의 여왕, 여성 참정권 운동을 예로 들고 우리도 정신을 차려야 한다고 강조하고 여학교의 필요성을 제기하는 것으로 여행기를 마무리한다.

강릉김씨는 여자교육, 여학교의 필요성을 강조하기 위해 자신의 여행기록을 이렇게 의도적으로 구성한 것으로 보인다. 「서유록」은 이전 풍속에서 벗어나 세상 구경을 통해 지금 세상을 깨닫고 무엇을 해야 문명한 나라로 나갈 것인가를 찾아나서는 깨달음의 구조로 이루어져 있다고 할 수 있다. "나도 이 구경 아니하였더라면 세계가 무엇인지 여자계가 무엇인지 동포가 무엇인지 몰랐을 터인데 구경한 효험으로 이것저것 아는 것 어찌 별 수 없다 하리오"라는 언급은 강릉김씨에게 여행은 다른 것이 아니라 새로운 것을 깨닫게 된 과정이었음을 확인하게 해 준다.

◆◦ 신문물에 대한 관심과 문명의식

개항 이후 서울은 철도가 놓이고 전기, 수도 같은 시설이 갖추어지고, 상공업과 교통이 발달하면서 근대 도시로서의 면모를 갖추어가고 있었다. 20세기 초 서울의 변화한 모습은 시골 사람들의 호기심을 끌어 여행을 나서게 하면서, 산수자연을 찾아다니던 여행에서 서울 등 도시로의 여행이 늘어났다. 20세기 초 기행가사가 신문물의 유입과 근대적 관광의 출현을 창작 배경으로 삼고 있고, 따라서 신문물과 새로운 여행문화 및 근대적 생활 방식이 중요한 내용을 차지하고[20] 있는 것은 서울을 비롯한 도시들의 변화와 무관하지 않다.

「온양온수노정기」를 쓴 광산김씨의 경우, 육십 평생 집안 살림만 하던 시골 부인이 기차가 운행된다는 소식을 듣고 "어언지간에 백발이 되었으니 인제는 마음대로 할지라"[21] 마음먹고 64세 되던 해에 온양으로 온천 여행을 떠난다. 광산김씨는 이전에는 마음먹지 못했으나 생각하니 지금 세상은 전과 달라 무례하기가 이와 같아서 서울 부인네, 시골 부인들이 다 노소 없이 기차를 탄다 하니 한번 타보고 싶어서 예전에 말도 못 들었던 기차를 타고 가기로 정[22]했다고 하며 기차에 대한 호기심을 드러낸다. 광산김씨는 계속해서 온천 시설을 자세히 보고 묘사하고, 신식 여관의 모습도 신기해하며 기술한다.

『경성유록』의 강릉김씨는 이런 관심을 직접 표하지는 않지만 홍릉 거리에 와서 쉬다가 "번갯불이 번득하며 수 칸 되는 유리집이 노상으로 굴러오"는 전차를 보고 정거장을 구경한 뒤에 남편은 나귀 몰고 행로로 오라고 약속하고 딸만 데리고 전차를 타고 동대문으로 갔다[23]고 하여 전차에 대한 관심을 드러낸다. 강릉김씨는 계속해서 돌을 다듬어 이를 맞추어 깔아놓은 도로, 번개 같이 빠른 화륜차, 즐비한 양옥집, 전통 돌로 지은 은행소, 자동차, 자전거, 인력거, 전차, 상점 등을 보고 놀라움을 금치 못한다. 또 우미관 활동사진을 보고, 학교 구경을 한 뒤 화륜차를 타고 인천에 가서 항구를 보고 돌아온다. 그래도 미진했는지 "부산 정거장은 남대문 밖 정거장보다 더 나을 뿐 아니라 세계에서 제일이라 하니 그 정거장은 어떠한지" 궁금해하다가 "서울 구경도 못한 시골 부인이 전부인데 나는 구경 욕심이 너무 대단한 듯"하다[24]고 자평하기도 한다.

종현 천주교당 뾰족집에서 성안을 굽어보며 "즐비한 궁궐은 옛날 제도가 웅장하고 층층이 올린 양옥집은 문명한 모습이 분명"하다고 하고, "종남산 오포 소리에 종각에 인경이 울고 뾰족집 종이 울며 남대문 밖 화통 소리와 동대문 안 석탄 연기와 북악 남산의 푸른 소나무와 대나무는 이목이 눈부시다"고 하면서 "서울 구경은 오늘 모두 한 듯 정신이 유쾌하고 형용은 말로 할 수 없었다"[25]고 좋아하고, 우미관에서 활동사진을 보러 가는 길에 밤인데도 대낮같이 환한 거리를 신기해한다. 영화를 보고 나서는 몹시 신기해하며 외국 사람의 재주와 조화는 정말 신기해서 이야기하려 하니 거짓말 같다고 쓰고 있다. 밤이 깊은 뒤에 여관에 돌아와서는 구경한 것들을 차례로 떠올리며 "오늘 저녁 구경이 제일인 것처럼 신통하고 기묘하니 그런 재주 또 있을까"라고 음미하기도 한다.[26] 영화는 석수장이가 돌을 싣고 왕래하는 것, 러일전쟁, 서양국에 흰 눈이 내리는 모습을 찍은 것이었는데 그 내용에서 어떤 의미를 찾기보다는 영화라는 볼거리 자체를 더 신기해하는 것으로 보인다.

신문물에는 학교도 포함된다. 강릉김씨는 학교에 대해 특별한 관심을 표한다. 강릉김씨 일행은 서울에 도착한 첫날 여관에 묵지만 불편해서 그 이튿날 중학동에 있는 시집으로 친척이 되는 김해진이라는 사람의 집에 머무는데 그 집 처녀가 학교에 다닌다는 말을 듣고 '학교에서 무엇을 공부하며 학도는 몇이나 되는지, 배우기는 것이 쉬운지 어려운지' 질문한 뒤 그 대답을 자세히 기록하고, 글자도 써 보게 하면서 깊은 관심을 보인다.[27] 또 다음날 경복궁에 가서 구경하고 경회루가 운치 있다고 느끼면서 궁궐 안을 모범장으로 만들어 실과나무를 심어 놓은 것을 보고 분개하다가 문득 여학교 이야기를 한다.

남녀를 물론하고 국민 되기는 일반이다. 남자 사회 아무리 문명한들 여자 사회 미개하면 중흥사업 어려울 것이다. 아무쪼록 열심히 여자교육 하여볼

까. 강릉 일 생각하니 남학교도 드문데 여학교를 어찌하여 실립할 것인가. 참담하고 원통하고 분하다.[28]

강릉김씨는 남자나 여자나 모두 국민이니 남자사회가 문명해도 여자사회가 미개하면 나라를 일으키기 어렵다고 하며 여자교육이 필요하다고 생각한다. 그러나 아직 남학교도 많지 않은 강릉의 현실을 떠올리며 여학교를 어떻게 세울 것인지에 생각이 미치자 참담해하고 분하다고 한다. 강릉김씨는 관립학교, 사립학교를 둘러보고 학생들의 모습에 뿌듯해하고, 서울 구경 중에서 학생들이 다니는 모습이 제일 귀하고 반갑다고 하며 교육에 대한 관심을 적극적으로 드러낸다.

아침 후면 이 골목 저 골목에 둘씩 셋씩 넷씩 다섯씩 줄줄이 쌍쌍이 패를 지어 학교로 상학하러 가는 학도 모두 다 청년인데 그중에 건국영웅도 있을 듯하여 기쁜 마음 측량없었다. 저녁때면 하학하고 오는 모양도 아침때와 한가지였다. 서울 구경 중 학도 다니는 모양이 제일 귀하고 반갑더라[29]

강릉김씨는 학교교육 중에서도 여자교육의 필요성을 더욱 절감한 것으로 보인다. 「서유록」을 여자교육으로 끝내는 것으로도 이를 확인할 수 있다.

강릉김씨는 신구의 문물이 섞여 있는 서울을 구경하면서 궁궐, 관왕묘 등 옛 문물과 제도도 보고 학교, 상점, 영화관, 기차, 항만 등 신문물도 본다. 궁궐에 동물원, 식물원을 들이고, 모범장을 만들어 황폐해진 것을 보고 일본에 대해 분개하고, 신문물을 보면서는 신기해하고 찬탄한다.

강릉을 떠난 뒤 도처에 순사주재소, 헌병파견소가 있는 것을 보고 불편해하면서 "일본 사람의 위풍과 세력이 저렇듯이 대단한가 심중이 자연 불편"[30] 하다고 토로하고, 서울에 와서 총독부를 보고 마음에 분하게 여기지만, "일본 사람의 세력과 권리며 장사하는 방법이며 제도는 한량없이 굉장하다"[31] 고 인정한다. 그런데 이러한 인정이 곧 일본의 침략을 받아들인다는 의미는 아니다. 강릉김씨는 "우리나라 사람도 얼른 개명해서 저와 같이 하여야 국가의 독립권도 찾을 것 같다. 분하고도 바쁘도다 한탄하여 무엇하리 실시하면 그만이지"라고 한다. 이처럼 문명개화라는 당시의 시대의식과 궤를 같이하면서 이전 풍속을 넘어서고자 하고, 특히 여성교육을 강조하고 있는 강릉김씨의 논리와 어조는 당당하고 적극적이다. 그런 점에서 강릉김씨는 남성 혹은 신여성에 의해서 구축되어 온 타자화된 여성상이 지배적이었던[32] 이 시기 구여성의 이미지를 넘어선다. 이는 강릉김씨의 자기 재현을 통해서도 확인된다. 그러나 그 양상은 다소 복잡하다.

◆◇ 강릉김씨의 자기 재현과 여성의식

강릉김씨는 항상 서울 구경을 하고 싶어 했으나 여자 몸이 되어 쉽지 못함을 한탄하다가 맏손자 부부를 잃은 슬픔을 당한 뒤 서울 구경을 떠난다. 막상 길을 떠나자 하루가 못 되어 집 생각이 간절하고, 여자는 먼 길 출입이 본래 없어서 주막집이 처음이라 불편해하기도 한다. 길을 가며 시댁, 친정 여러 어른들이 과거보러 다니던 일을 생각하며 비창해하기도 하지만 집안이나 같이 간 남편, 딸에 대해 크게 매이지 않는 모습을 보여준다. 멀리 떨어져 있는 가족의 안부를 궁금해하기도 하고, 여행 중 추석을 맞아 집안 식구를 떠올리다 죽은 손자 부부를 떠올리며 슬퍼하기도 하고, 조모와 시어머니 기일을 맞아 객지에 와 있어서 제사에 참여 못해 죄송해하기도 한다. 그러나 이런 기조가 지속되지는 않는다. 딸 연아의 병을 고치고자 했으나 위험해서 치료하지 못하게 된 것을 안타까워하지만 계속 그 문제에 매여 있지 않은 것으로 보인다. 요컨대 여행에 집중해서 구경을 통해 즐거워하고, 신문물에 대한 관심을 드러내며, 어떻게 하면 우리나라가 문명한 나라가 될 것인지 고심한다. 그래서 서울 구경도 못한 시골 부인이 전부인데 나는 구경 욕심이 너무 대단한 듯하다고 스스로 평가한다.

그런 가운데 강릉김씨는 자신이 여자임을 계속 상기한다. '여자 몸이 되어', '여자의 마음에도', '여편네 되어', '여자는 먼 길 출입이 없어' 등의 표현에서 보듯 여자라는 자신의 위치를 잊지 않고, 스스로를 제약 많은 여자처럼 재현한다. 그런데 강릉김씨는 스스로를 이렇게 제약 많은 여자로 호명하지만 대부분의 경우 그 제약을 넘어서는, 혹은 넘어서려고 하는 존재로 자신을 재현하고 있다. 여자 몸이 되어 구경을 쉽게 못 했지만 지금은 하고 있고, 여자의 몸이지만 일본에 분노하고, 여편네 되어 서울 구경 어려운 일을 한, 즉 제약을 넘어선 여자로 재현하는 것이다.

여편네 되어 오백 오십 리 서울 구경 어려운 일을 혼자 한 듯 도리어 참람하다는 다른 사람의 비평을 들을 터인데 여아는 더구나 편발 아이로 할 말 있을까마는 그 나라에 나고 자라 그 나라 서울 구경 아니 할 수 없는 것인데 모두 엄두를 내지 못하여 오지 못하는 일 안목 이전 풍속이니 그 아니 답답한 가. 나의 생각에도 서울 구경하여 별수도 없고 효험도 없다고 말할 터이나 시방세계에 이전 풍속만 생각하고 들어앉으면 더구나 여자계의 암매함을 면치 못할 듯하다. 우리나라 이천만 동포의 일천만은 여자인데 여자계가 어두우면 나라 앞 길 어이할까. 나도 이 구경 아니하였더라면 세계가 무엇인지 여자계가 무엇인지 동포가 무엇인지 몰랐을 터인데 구경한 효험으로 이것저것 아는 것 어찌 별 수 없다 하리오.[33]

그리하여 강릉김씨는 여행을 통해 세계와 여자계와 동포가 무엇인지 알게 된 존재, 깨달은 존재로 변화한 것으로 스스로를 재현하고 있다. 이를 통해 가족이나 공동체에 속해 있기는 하지만 명절, 제사가 끼어 있는데도 여행을 떠나고, 자신을 가족의 일원으로만 생각하지 않고 일천만 여자계의 한 사람으로 인식하는 의식의 확장이 이루어지고 있는 것을 볼 수 있다. 이는 「온양온수노정기」의 작자 광산김씨가 가족과 가사를 벗어나서 기차 여행을 감행하는 의식과 일정 부분 궤를 같이하는 것으로 보인다.

강릉김씨의 이러한 의식이 어떻게 형성되었을까? 필자는 「서유록」 뒤에 덧붙여져 있는 『황성신문』 번역이 하나의 실마리를 제공할 수 있을 것으로 본다. 현재 「서유록」 뒤에 번역되어 남아 있는 『황성신문』 기사는 을사조약(1905) 이후의 것들로 을사조약의 내용, 충절을 지키다 죽은 인물, 북촌 아무 대신의 부인이 남편이 절사하지 않은 것을 통곡했다는 기사, 배설(베델)이 이천만 동포에게 고하는 글 등이다. 이 글들은 대부분 국민으로서의 각성을 요구하는 글들로서 여성의식을 확장시킬 만한 것으로 보이지는 않는다. 그러나 여기 번역되어 실린 것은 일부이고 계속해서 『황성신문』을 구독해 왔다고 가정하면 이후 신문에 실린 여성교육 관련 글들을 계속 접해 왔을 가능성이 있다. 1898년 9월 5일에 창간된 『황성신문』은 제4호인 9월 8일 자 별보에 서울 북촌 부인들이 쓴 「여학교통문」을 실어 여성교육에 대한 관심을 보였다. 이후 남녀의 평등에 대한 생각을 기반으로 교육의 필요성을 주장한 글들이 지속적으로 실렸다. "女子普學院에서 繼續維持를", "대저 인생이 시작할 때 한 남자, 한 여자는 똑같이 상제의 자녀라 그 성분상 지각은 받은 것이 원래 차별이 없는데 직분상의 권능에 어찌 우열이 있으리오" 등이 그 예이다.[34]

이외에도 근대 계몽기의 변화 속에서 여성들은 자연스럽게 시국이나 여성문제에 관심을 가졌을 것으로 보인다. 당시 여성들이 신문의 독자 투고나 연설, 토론을 통해 이러한 관심을 토로한 것을 그 증거로 들 수 있다. 『황성신문』의 경우 여성 독자 투고는 1898년부터 시작해서 1910년에 이르기까지 총 11건, 『제국신문』의 경우 1898년부터 1908년 사이에 총 36건, 『대한매일신보』의 경우 1906년부터 1909년 사이에 총 24건 이루어졌다. 투고자는 서울 북촌의 중인 여성으로 보이는 이 소사, 김 소사를 비롯해서 양반 부인, 진주 기생, 시골 여노인에 이르기까지 다양하게 분포되어 있다.[35] 신문에 실린 여성의 글들은 대체로 산문이며 당대의 가장 민감한 사회적 이슈와 공적인 주제들에 대한 관심을 보인다. 신문 독자 투고나 연설, 토론은 자신이 대사회적 발화를 할 수 있는 주체임을 확인하는 행위로 이 시기 여성들에게 낡고 완고한 구습에서 벗어난 존재라는 구별된 정체성을 깨닫게 해주는 역할을 했다. 이를 통해 과거와 단절하고 새로운 시대를 열어가는 역사적 주체로서 자신을 느끼게 하는 경험이었을 것으로 보인다.[36] 여행 기록 역시 가족, 일상을 떠나 새로운 문물을 접하고 그 경험을 기록하면서 새로운 문명을 경험한 주체 형성을 가능하게 해 주었을 것으로 보인다. 강릉김씨는 자신의 시대를 "천하만국이 교통하는 이 시대"라 명명하고 여자계가 아직 어두운 것을 개탄한다. 이로 미루어 「서유록」은 새로운 시대에 이전 풍속을 버리고 여자계를 일깨우기 위해 기록된 것으로 전통적인 여성상에서 벗어나 새로운 여성상을 재현한 한 예를 보여준다. 이는 더욱 근대화된 서울을 구경하고 쓴 여성 기행가사가 산수유람 문화의 전통을 유지하고 있는 것과도 차이를 드러낸다.[37]

강릉김씨는 여행 기록을 통해 스스로를 가족의 일원으로만 생각하지 않고 일 천만 여자계의 한 사람으로 인식하는 의식의 확장을 보여준다. 이러한 면모는 김금원이 『호동서락기』에서 한미한 여성이니까 그대로 울울하게 살아야 하느냐고 반발하면서 여행을 떠났다가 서울에 이르러 자신의 한계를 깨닫고 다시 여성으로 돌아온 것과 대비할 때 확실한 차이를 드러낸다. 또한 이는 보수적이거나 근대적 변화와 무관한 삶을 살며 시대에 뒤떨어진 이미지로서의 구여성에 대한 이미지를 벗어난다. 강릉김씨는 향촌에 살면서 전통적인 삶을 살지만 추석을 앞두고 길을 떠난다든지 근대의 산물인 신문을 구독하고, 학교교육에 깊은 관심을 보이는 등 전통적인 삶의 방식에서 벗어난 면모를 보인다. 강릉김씨의 여행기는 향촌 여성의 의식 속에 전통성과 근대성이 교차하는 면모를 드러낸다. 따라서 강릉김씨의 여행기는 20세기를 전후한 시기 이른바 구여성으로 호명되는 여성들에 대한 이해가 달라져야 함을 보여주는 중요한 예라고 하겠다.

1　20세기 들어서 기행가사의 주요 작자층이 향촌의 유교 지식인들과 향촌 여성들로 중심이 이동하기 시작한다는 지적을 통해서도 이를 확인할 수 있다. 유정선, 『근대 기행가사 연구』, 보고사, 2013, 318면.

2　강현경, 「「겨룡산유산록」 연구」, 『한국언어문학』 42, 한국언어문학회, 1999, 234면.

3　강현경, 「「온양온수노정긔라」의 연구」, 『한국언어문학』 53, 한국언어문학회, 2004, 287면.

4　강현경, 「「겨룡산유산록」 연구」, 238면.

5　위의 글, 171면.

6　최서영, 「할머니의 서울 구경 – 강릉의 여인」, 『내가 본 현장 여울목 풍경』, 선, 2009.

7　서인석, 「1910년대 강릉 여자의 서울 구경 – 「서유록」의 경우」, 『우리말연구』 23, 우리말글학회, 15~22면.

8　박미현, 「江原女性史 研究」, 강원대 박사논문, 2008, 182~189면.

9　김수진, 「'신여성', 열려 있는 과거, 멎어 있는 현재로서의 역사쓰기」, 『여성과사회』 11, 한국여성연구소, 2000, 15~16면. 이 글에서 김수진은 신여성은 신남성에 짝이 되는 단어가 아니라 괄호쳐진 구여성과의 대조에서 생성되었으며, 신여성과 구여성은 식민지 조선의 주체, 남성 지식인이 자신을 발견하는 거울이었다고 지적했다.

10　순서대로, 권보드래, 「신여성과 구여성」, 『오늘의문예비평』 46, 세종출판사, 2002.가을, 193·198면; 유정선, 「1930년대 여성 기행가사와 구여성의 여행 체험」, 『한국고전연구』 33, 한국고전연구학회, 2016, 344면. 유정선은 향촌 여성을 구여성으로 호명되는 존재로 보며 향촌 여성은 전통적인 삶을 유지하면서 유교이념을 내면화한 삶을 산 여성으로 본다. 소현숙, 「강요된 '자유이혼', 식민지 시기 이혼 문제와 '구여성'」, 『사학연구』 104, 한국사학회, 2011, 125면.

11　조혜란, 「한성신보 소재 「조부인전」 연구 – 구여성의 자기 각성과 현실 대응 양상을 중심으로」, 『고전문학연구』 45, 한국고전문학회, 2014, 79면.

12　강릉김씨, 『경성유록』, 장서각, 1~2면. "화설 조션은 ᄉ쳔여 년 고국이라 단군이 신셩ᄒ신 도덕으로 비로쇼 기국ᄒᄉ 평양에 도읍ᄒ엿더니 그 후 일쳔 이빅여 연을 지ᄂᆡ미 기ᄌ게오셔 즁원 은나라 ᄉ람으로 동ᄂᆡᄒᄉ 임군이 되어 ᄯᅩ 평양에 도읍ᄒ시고 그 후 쳔여 년을 지ᄂᆡ 슴ᄒᆫ이 되엿더니 신라가 ᄯᅩ 통일하야 경쥬에 도읍ᄒ고 그 후 쳔년을 지ᄂᆡ 고려왕이 옴겨 송도에 도읍ᄒ고 ᄉ빅 팔십여 년을 지ᄂᆡ미 아ᄐᆡ조 고황졔게오셔 등극ᄒ시고 ᄒ양에 도읍ᄒ시니 (…중략…) 십륙 년 젼에 ᄐᆡ황졔폐ᄒ게옵셔 국호를 듸ᄒᆞ라 ᄒ시고 년호를 광무라 ᄒ시며 팔도를 다시 십슴도로 졍ᄒ시니 그즁 강원도난 동ᄒᆡ 바다가으로 이십오 군인ᄃᆡ 강릉은 이십오 군 즁 졔일 듸도회라 셔으로 한양과 승거가 오빅 오십 리너라." 이하 『경성유록』 인용의 경우, 면수만 제시.

13　『경성유록』, 2~3면. "각셜 남녀를 물논ᄒ고 그 나라에 싱즁ᄒ여 늘도록 셔울 구경 ᄒᆫ 순 못 ᄒ고 보며 붓그러운 일이라 ᄒᆞᆼ상 구경ᄒ기을 기약ᄒ되 녀ᄌ 몸 되야 용이치 못홈을 흔탄ᄒ엿더니 어언간 나이 오십 이셰라 계축년 당ᄒ야 슴월 초십일에 쳔지가 아득ᄒ고 일월이 무광ᄒ 변고로 가운인지 문운인지 맛손ᄌ을 지ᄒ에 영결ᄒ니 심즁이 녹난 듯 가심이 억쇠ᄒ 즁 오월 초칠일에 맛손부를 마조 이르니 져의 ᄂᆡ외 쳔졍년분으로 그러ᄒ냐 오호 통지라 나의 가심에 밋치인 모시 어느 ᄯᆡ에 노글고 통분ᄒ 심회를 이기지 못ᄒ야 훈심으로 셰월을 보ᄂᆡᄌᄂᆡ

흐루가 일연 갓치 여광여취호여 진정호기 어렵도다 일∥은 가군을 향호야 셔울 구경호기를 청호신.”

14 여정에 대해서는 박미현, 「江原女性史 硏究」, 177면에 일자별로 자세하게 정리되어 있다.

15 『경성유록』, 5면. “원울고기 다∥르니 이곳은 강릉 원우난고기라 처음으로 느려오다가 이곳에 다달나 울고 흐난 마리 이러흔 흠흔 쌍에 원 노룻 어이호고 또 도로 갈 씨는 울고 흐는 말이 제일 조흔 강릉쌍을 버리고 간다 흠으로 이 고기 일흠을 원울고기라 흔다더라.”

16 『경성유록』, 7면.

17 『경성유록』, 41면.

18 『경성유록』, 40~41면. “그 길로 남디문 밧 향히 가니 좌우에 양옥이며 승점은 문안이나 다름읍다 남디문 밧 정거즁에 다∥르니 인순인히 되여 신의쥬 원순 부순 인천항에 왕니흐는 화륜거가 들낙날낙 연낙부절호는디 화통 소리 벽역갓고 쌔르기는 번기갓호여 정신이 어즈러워 엇더타 말 못호깃더라 조화도 무궁호다 눈으로는 분명호게 보여도 형언호여 야기호기 어렵도다 남디문으로 드러오니 길바닥도 돌을 씨려 이 맛추어 스러씨니 비가 와도 지∥안코 바람부러도 문지 읍데 남디문 좌우 셩을 허러 젼차 닝기는 길을 믿들고 남디문은 두렷흔 공즁누각과 갓고 문안 문밧 좌우로 양옥집이 질비호여 구름 밧게 이러는 듯 그 즁에 은힝소난 젼통 돌노 지엇난디 웅즁호고 기려흠은 시골 안목 놀납더라 종노에 와 당호니 즈동거며 즈힝거며 인력거며 젼거는 늬역부절호고 승점을 살펴보니 형∥식∥기∥괴∥기 막켜셔 말 못 호깃더라 스관에 도러와셔 구경흔 것 싱각호니 져셩인지 인간인지 아득호여 형용 못 호깃네.”

19 『경성유록』, 72~73면. “단군게셔 충업호신 슴쳔리 강순 스쳔연 국가 오날∥ 읍셔졋소 아시오 모르시오 아무리 녀즈인들 국민이 아니라면 분호지 아니호오 셔양 강국 영길이 얘기 즁간 드러보니 녀즈의 왕 노룻 흔 일 만코 지금은 그 나라 녀즈가 나라 졍스 다시라난 권리에 춤여호깃싸고 남즈 스회와 닷툰다니 그 나라 녀즈게가 여북이나 발달호엿깃소 우리도 졍신 좀 치려보면 그러흔 일 흐여 볼가 무식호니 답∥흐다 녀즈흑교 아니호면 후진 녀즈 말 못되오 남디문 졍게즁에 가보니 일본 녀즈 수슴명이 지필연묵 글상 우에 스무 보며 안졋더라 동양 슴국 즁에 일본이 제일 문명흔 근 그것 보면 딍강 알 일 부룹구도 붓그럽데 어셔∥∥ 좀을 씨고 이젼 풍속 싱각마오 이런 말 듯넌 이나 보넌 이나 괴이젹게 아지마오 홀 말은 무수호나 다 기록키 어렵도다.”

20 장정수, 「20세기 기행가사의 창작 배경과 작품세계」, 『어문논집』 47, 민족어문학회, 2003, 433면.

21 강현경, 「『온양온수노졍긔라』의 연구」, 291면.

22 위의 글, 291면에서 재인용. “젼의는 싱의치 못호엿더니 싱각호여 지금 세상은 젼과 달느라고 무례∥ 여츠호여 셔울 부인네 시골 부인들이 다 노소읍시 윤거를 탄드호니 분인의 마음의 흔번 타보고 십기로 윤거∥ 젼고의 말도 못드럿던 걸 타고 가기을 증호고.”

23 『경성유록』, 25~26면. “그 집에 드러가 구경호고 썩젼거리 바로 가셔 졈심 요기 잠간 흐고 흥능거리 다∥르니 동디문 이십 이러라 그곳에 쉬여 구경호니 원산으로 왕니흐는 화륜거는 번기갓치 다라나고 인력거며 즈힝거는 북갓치 왕니흐고 나무바리 황아짐은 쎄을 모어 추립호고 구경호던 남녀더른 련락부절호는 즁에 번기불이 번득호며 수칸 되는 유리옥이 노승으로 구러오니 그거슨 젼거로다 졍거즁을 구경 후에 가군은 나구 몰고 힝노로 오게 승약호고 연아을 더리고 젼츠 우에 올나 안지니 번기 갓치 구난 박쿠 편시간(片時間)에 머무거늘 젼츠에 네려셔니 동디문 안 발셔 왓네.”

24 『경성유록』, 60면. "부슨 졍거즁은 남딕문 밧 졍거즁버덤 더 나을 쑨 아니라 세게에 졔일이
라 ᄒ니 그 졍거즁은 엇더ᄒᆫ지 도로혀 굼 ″ ᄒ나 다시 싱각ᄒ니 셔울 구경도 못ᄒ 실골부인
젼수어ᄂᆞᆯ 나난 구경 욕심 너무 되단ᄒᆫ 듯."

25 『경성유록』, 50면.

26 『경성유록』, 51면.

27 『경성유록』, 30~33면.

28 『경성유록』, 38면. "남녀을 물논ᄒ고 국민 되기 일반이라 남ᄌ 스회 아무리 문명ᄒᆫ들 녀ᄌ
스회 미기ᄒ면 즁흥스업 어렵깃네 아모조록 열심ᄒ여 녀ᄌ교육ᄒ여볼가 강능 일 싱각ᄒ니
남ᄒ교도 영셩ᄒᆫ딕 녀ᄒ교을 엇지ᄒ여 셜입ᄒ고 춤묵ᄒ고 통분ᄒ다."

29 『경성유록』, 54면. "아침 후면 이 골목 져 골목 둘식 셋식 넷식 다서식 쥬 ″ 리 쌍 ″ 이 픽을
지어 ᄒ교로 승ᄒ훅ᄒ러 가넌 ᄒ도 모도 다 쳥연인딕 그즁에 건국영웅도 잇실 듯 깁분 마음
측양읍네 져녁셕면 ᄒ훅ᄒ고 오난 모양 앗침셕와 일반이라 셔울 구경 즁 ᄒ도 딩기난 모양
졔일 귀ᄒ고 반갑(글자 안 보임)"

30 『경성유록』, 10~11면.

31 『경성유록』, 59면.

32 유정선, 『근대 기행가사 연구』, 338~339면.

33 『경성유록』, 63~64면. "녀편닉 되여 오빅 오십 리 셔울 구경 어려온 일 혼져 ᄒᆫ 듯 도로혀
춤남ᄒ다ᄂᆞᆫ 다른 스람의 비평을 드를 터인딕 여아난 더구나 편발 아히로 홀말 잇실가마ᄂᆞᆫ
그 나라에 싱즁ᄒ여 그 나라 셔울 구경 안니ᄒᆯ 수 읍난 것인딕 모도 엄두을 닉지 못ᄒ여
오지 못ᄒ넌 일 안목 이젼 풍속이니 그 안니 답 ″ ᄒ가 나의 싱각에도 셔울 구경ᄒ여 별수도
읍고 효홈도 읍다구 말ᄒᆯ 터이나 시방 세게에 이젼 풍속만 싱각ᄒ고 드러안지면 더구나
녀ᄌ게에 암민흠을 면치 못ᄒᆯ 듯 우리나라 이쳔만 동포에 일쳔만은 녀ᄌ인딕 녀ᄌ게가
어두우면 나라 젼도 어이ᄒ고 나도 이 구경 아니 ᄒ엿더면 세게가 무어신지 녀ᄌ게가 무어신
지 동포가 무어신지 몰넛실 터인딕 구경ᄒ 효홈으로 이것져것 아난 것 엇지 별수읍다 ᄒ리오."

34 『황성신문』, 1908.5.9, '별보'.

35 홍인숙, 『근대계몽기 여성 담론』(혜안, 2009)에서 정리한 독자투고를 참조하면서 다시
정리한 결과로 수치면에서 약간 차이를 보인다.

36 위의 책, 219~222면.

37 유정선, 「1930년대 여성 기행가사와 구여성의 여행 체험」, 「경성노졍기인력거」, 「종반송
별」 등 경성유람을 기록한 가사에서 산수유람 체험과 관광 체험이 교차하고 있는데, 「종반
송별」은 산수유람 체험이 더 우세하게 나타난다고 보았다. 367~368면.

만주로 망명한 여성,
가사문학 「위모사」를 쓰다

───────────◈◇◈───────────

고순희

◆◇ 만주에서 창작된 만주 망명가사

경술국치는 대한인에게 엄청난 충격으로 다가왔다. 사실 대한의 애국지사들은 이미 그 이전부터 해외에서의 독립운동을 기획하고 있었다. 그리하여 경술국치를 당하자 많은 애국지사들은 미리 정해둔 서간도로 망명을 하여 독립운동의 초석을 다졌다. 만주로 망명하여 해외 독립운동의 초석을 다진 층은 혁신유림이 담당했다. 혁신유림이란 19세기 중엽 즈음에 태어나 성장한 정통유림이면서 19세기 말과 20세기 초에 의병운동이나 애국계몽운동을 하고 1910년 이후에도 독립운동에 참여함으로써 전통에서 근대로의 혁신을 꾀한 유림을 말하며,[1] 전통적인 명문대가 출신이 많았다.

경술국치 직후 해외 독립운동의 근거지는 만주 서간도였다. 대다수의 혁신유림은 만주로 망명해 갈 때 문중인 전체를 이끌고 가는 경우가 많았다. 자신의 아내, 아들 내외, 손자, 동생 내외, 조카, 문중 내 친척 등은 물론 마을민도 지도자 혁신유림의 행보에 동참하여 만주로 망명했다. 이때 혁신유림은 반드시 여성들을 동반해서 만주로 망명하는 경우가 많았다.

만주 망명자 중에는 만주에 살면서 고국에서 그랬던 것처럼 가사문학을 창작하고 향유한 작가들이 있었다. 그리하여 오늘날 「분통가」, 「해도교거사」, 「정화가」, 「간운사」, 「조손별서」, 「정화답가」, 「위모사」, 「원별가라」, 「신세타령」, 「눈물 뿌린 이별가」 등의 만주 망명가사가 전해질 수 있게 되었다.[2] 만주 망명가사는 「분통가」를 제외하고 모두 여성이 창작했다.

「분통가」는 독립운동가 김대락이 만주에서 사망하기 한 해 전에 썼다. 「해도교거사」, 「정화가」, 「간운사」, 「조손별서」는 독립운동가 이상룡의 부인이자 독립운동가 김대락의 여동생인 김우락이 썼다. 「정화답가」는 「정화가」에 대한 화답가로 당시 만주에 같이 가 있었던 김우락의 올케 영양남씨가, 「위모사」는 김대락 문중의 이호성이, 「원별가라」는 독립운동가 황만영 문중의 며느리가, 「신세타령」은 독립운동가 윤희순이, 「눈물 뿌린 이별가」는 독립운동가 권준희 문중의 며느리인 김우모가 썼다. 만주에서 창작한 만주 망명가사는 문중의 인편을 통해 고국의 문중인에게 전해져 향유되기도 했다.

그런데 주목할 만한 점은 만주 망명가사 가운데 「원별가라」와 「신세타령」을 제외하고 모두가 안동 명문대가의 일원이 썼다는 것이다. 주지하다시피 안동은 퇴계 이황의 고장으로 명문대가가 많은 지역이었다.

가사문학을 쓴 작가는 대부분 양반가 남성과 여성이었으므로 명문대가가 많은 안동에서 가사문학의 창작이 많은 것은 어쩌면 당연한 일이었을 것이다. 현대에 와서 19세기에 창작되었을 것으로 추정하는 규방가사 필사본이 대부분 안동을 중심으로 하는 지역에서 수집되고 있는데, 그만큼 안동이 19세기 이후 일제강점기까지 가사 창작의 중심지였다. 안동에서 가사를 꾸준하게 창작하고 향유했던 작가들이었기 때문에 만주에 가서도 가사를 창작하여 만주 망명가사가 다수 창작될 수 있었던 것이다.

위에서 간략하게 소개한 바와 같이 만주 망명가사가 많이 있지만, 여기에서는 젊은 여성이 쓴 「위모사」를 소개하고자 한다. 「위모사」의 작가는 안동에서 명문대가로 손꼽히는 안동 내앞김씨 문중의 며느리이다. 독립운동가 김대락의 뜻에 따라 거의 모든 내앞김씨 문중인이 만주로 망명할 때 작가도 남편과 동반하여 망명했다. 그런데 흥미롭게도 이 여성은 「위모사」에서 당차게 남녀평등론을 주장하고 독립운동가의 면모를 유감없이 발휘했다. 명문대가의 며느리로만 살았던 한 여성이 역사의 격동기를 만나 안주해 살던 안동의 세거지를 떠나 이역만리 만주로 망명하면서 전폭적인 자기 변화를 겪은 것이다.

흥미로운 작품세계를 지니고 있는 「위모사」는 현재 필사본 한 편만 남아 전한다. 그런데 이 한 편마저 하마터면 발굴되지 못하고 묻힐 뻔했다. 원래 「위모사」의 동일한 필사본이 『역대 가사문학 전집』과 『한국 가사 자료집성』에 실려 있었다. 그런데 『역대 가사문학 전집』 제50권의 작품번호 2412번은 「환선가」라는 작품으로 정리되어 있었다. 그러나 2412번 「환선가」는 「환선가」만 적혀 있는 것이 아니었다. 「환선가」에 뒤 이어 「송교힝」과 「위모ᄉ」가 연달아 적혀 있었던 것이다. 그동안 「환션가」를 자세히 읽어본 연구자가 없어 뒤에 붙어 있는 작품의 존재를 몰랐던 것이다.[3] 최근에야 이 작품이 발견되었지만 그나마 얼마나 다행인지 모르겠다.

일제강점기에 창작된 가사 필사본은 「위모사」처럼 다른 가사의 뒤에 슬쩍 껴 있거나, 악필이어서 내용을 파악하기가 힘들거나, 뻔한 내용일 거라 생각하여 버려두거나 하는 등의 이유로 아직 읽혀지지 않은 것들이 많이 있다. 더 이상 이러한 필사본들이 방치되지 않도록 필사본을 면밀하게 읽어 이들 가운데 보석 같이 의미 있는 작품들을 발굴해낼 필요가 있다.

그리고 「위모사」와 같이 실려 있는 「송교행」은 「위모사」를 쓴 작가의 친정어머니가 딸이 만주로 가게 되자 딸을 이별하며 써준 가사이다. 작가 추정을 위해, 그리고 경술국치의 충격으로 왜곡된 삶을 살아야 했던 한 집안의 예를 살피기 위해 여기에서 간단하게나마 살펴보는 것도 좋을 것이다.

「위모사」의 한글 필사본 표기는 문법에 구애받지 않고 소리나는 대로 그대로 적었다. 창작 후 100년이 넘은 시점에서 「위모사」를 소개하는 것이기 때문에 가능하면 현대 표기로 고쳐 소개하는 것도 좋을 것이지만, 당시 여성이 쓴 가사문학의 일반적인 한글 표기의 실상을 그대로 보여주는 것도 가사의 맛을 전달하는데 좋을 것같아 원텍스트의 고어만 현대표기로 고쳐 소개하고자 한다.

◆◇ 남편과 함께 만주로 망명한 이호성

「위모사」에는 작가에 대한 단서가 나타나 있지 않다. 그런데 친정어머니가 만주로 떠나는 작가를 이별하며 쓴 가사 「송교행」에서 작가에 대한 단서를 찾을 수 있었다.

> 딸나하 남쥬기난 천만사 대륜이라
> 성문화벌 내앞김씨 영남의 대성이요
> 우리사회 김문식은 장부영웅 골격이라
> 인물풍채 거록할사 학식도 조명하고
> 복기가 만면하니 제계공명 재제복이라
> 삼생년분 응기해난 우리딸 배필일새
> 협동학교 졸업하여 명이가 자울하니
> 아해야 비곤집아 잘가서 잘잇거라

위의 강조한 구절에 의하면 사위, 즉 「위모사」 작가의 남편은 이름이 "김문식"이고, 영남의 대성으로 알려진 "내앞김씨" 문중인이다. 내앞김씨는 의성김씨 가운데 특별히 안동군 임하면 천전리(내앞)에 세거하고 있는 문중을 말한다. 그리고 사위는 협동학교를 졸업했다고 한다.

필자는 위의 구절을 단서로 하여 「위모사」의 작가가 누구인지를 밝히기 위해 내앞김씨의 본거지인 안동시 임하면 천전리를 방문했다. 천전리는 안동독립운동기념관(현 경북독립운동기념관)과 독립운동가 김대락金大洛(1845~1914)의 생가인 '백하구려'가 있는 곳이다. 여기서 백하구려에 기거하시는 내앞김씨 문중의 후손인 김시중 선생을 만나 「위모사」를 쓴 작가의 남편 김문식에 대한 정보를 얻을 수 있었다.

　작가의 남편 김문식金文植(1892~1972)은 호가 치경致敬이고, 독립운동가 김대락의 종질로 김대락의 옆집에서 살았다. 협동학교를 1회로 졸업하고, 김대락이 만주로 망명하자 그의 뒤를 따라 만주로 망명했다. 김대락이 서간도로 망명한 1911년부터 1913년까지 겪었던 일을 일기 형식으로 쓴 『백하일기白下日記』가 있다. 이 『백하일기』에는 만주의 김대락을 찾아왔던 방문객도 다 기록되어 있다. 김문식은 1912년 5·6·8·10·11·12월과 1913년 1·3·8·10·12월 등에 기록되어 있다. 이런 기록으로 볼 때 김문식이 만주로 망명하여 독립운동에 헌신했던 것은 분명한 것 같다. 김시중 선생의 증언에 의하면 김대락이 만주로 망명한 이후에 독립운동 자금을 마련하기 위해 고향의 재산을 처분해야 했는데, 그때 고향 재산을 정리하고자 만주에서 안동을 오고간 사람 중에 김문식이 있었다고 한다.

　하지만 김문식은 공식적인 독립운동가로 추서되지는 못했으며, 『안동 독립운동가 700인』에도 이름이 기재되지 못했다. 「위모사」에 관한 필자의 논문이 발표되고 난 후 후손은 다시 김문식의 독립운동가 추서를 도모했다. 그때 김문식의 아내가 쓴 「위모사」의 내용을 참고 자료로 첨부해 제출하기도 했다. 그렇지만 일제에 의해 구속을 당한 결정적인 증거가 없어 끝내 독립운동가로 추서되지는 못했다.

　「위모사」의 작가는 김문식의 아내인데, 족보에는 다만 "진성이씨"로만 기록되어 자세한 생애를 알 수 없었다. 그런데 필자는 김시중 선생을 통해 대구로 나와 살고 있는 작가의 후손을 만날 수 있었다. 작가는 소생으로 김승대·필대·광대 및 1녀를 두었다. 김승대의 아들이자 작가의 장손인 김시조선생에게서 조모에 대한 이야기를 들을 수 있었다. 당시 김시조 선생님은 초등학교 교장선생님을 지내다 은퇴하시고 대구시에 살고 계셨다.

후손은 할머니께서 가사 두루마리를 많이 읽곤 했지만 당신의 작품이 존재하는 줄은 몰랐다고 했다. 그리고 평소 할머니께서 예전의 이야기를 잘 하지 않으셔서 당신이 살아온 삶을 자세히는 알지 못한다고 하면서 할머니에 대한 이야기를 들려주었다.

작가의 이름은 이호성李鎬性(1891~1968)이다. 이호성은 이황의 후손으로 김문식과 결혼하여 내앞마을에서 살았다. 남편과 함께 만주로 망명했는데, 그러나 만주에 그리 오래 있지 못하고 얼마 지나지 않아 다시 안동 내앞마을로 돌아왔다. '닭실 할매(친정이 봉화 닭실마을이다)'로 불리는 시어머니를 모시고 3남 1녀를 두고 살았다. 그러다가 1941년경에 다시 만주 안동현으로 온가족이 이주해 살았지만, 이것도 얼마가지 않아 해방 직전에 다시 내앞마을로 돌아왔다. 사망 전까지 줄곧 내앞마을에서 살았는데, 마을에서는 '원촌 할매(친정이 안동 도산면 원촌마을이다)'로 알려져 있었다. 인품이 '여중군자'라 할 정도로 덕이 많아 동네 대소사가 있으면 동네 분들이 '원촌 할매'를 찾아 의논을 하곤 했다고 한다.

작가의 삶은 그리 순탄하지 않았다. 아들 셋 가운데 두 아들을 병으로 먼저 보내야 했다. 무엇보다도 맏아들인 김승대金承大(1916~?)가 사회주의 노선을 지녔던 까닭에 6·25전쟁 중에 월북하여 생사를 알 수 없었다. 작가의 말년은 아들들이 두고 간 손자, 손녀들과 함께 회한의 세월을 살았다고 한다. 맏아들의 생사를 알 수 없는 개인적인 아픔 외에도 월북

자 가족에 대한 냉대 분위기 속에서 말도 못하고 살아야 했던 고통이 말년을 괴롭혔다. 작가가 세상을 떠난 후 손자가 월북한 부친(김승대)을 만나보기 위해 남북 이산가족 상봉자 명단에 지원을 했는데, 북쪽에서 김승대의 흔적을 찾을 수 없다는 답변을 들었다고 한다. 그래서 후손들은 김승대가 6 · 25 당시 북으로 넘어가던 중에 사망한 것으로 생각하고 있다.

작가와 남편의 만주행은 문중의 어른이었던 독립운동가 김대락의 만주 망명에 동참한 행보였다. 안동 천전리의 내앞김씨 문중은 유림 명가였다. 1910년 경술국치로 나라를 잃게 되자 안동에서 순국의 길을 선택한 사람들이 있었지만, 문중의 어른인 김대락은 만주로 망명하여 서간도에 터를 잡고 독립운동기지를 건설하는 길을 선택했다.

김대락은 66세의 노구를 이끌고 아직 매서운 추위가 맹위를 떨치고 있었던 1911년 1월에 만주 망명길에 올랐다. 만삭 임산부인 손부와 손녀까지 긴 집안 식구 모두를 거느리고서였다. 이후 천전리 내앞김씨 문중에서는 1911년부터 13년까지 50명이 넘는 인원이 김대락을 따라 만주 망명길에 올랐다.[4]

동생 효락(1849~1904) · 소락(1851~1929) · 정락(1857~1881)이 있었는데, 정락은 출계하였다. 효락은 만식 · 제식 형제를 두었고, 소락은 조식 · 홍식 · 정식 3형제를 두었고, 정락은 규식을 두었다. 그 조카들이 백하의 망명을 도왔고 망명 후에도 그를 따라 서간도에서 활동하였다. 백하에게는 화식 · 문식 · 녕식 등 종질(당질)들도 적지 않았는데 그들도 만주로 망명하여 백하를 도왔다. 손자인 창로 · 정로와 문로 · 성로 등의 종손자도 백하를 따라 망명하였다. 그 외에도 뒤에 소개하는 바와 같이 백하를 추종한 문중

청장년들이 궁식·성로 등 수십 명이고 보면, 문중 내에서 백하가 남달리 추앙받았다는 것을 알 수 있다.[5]

위의 글은 얼마나 많은 내앞김씨 문중인이 백하 김대락을 따라 만주 망명길에 동참했는지를 잘 말해준다. 김대락의 형제, 아들, 손자, 종질 등 가까운 혈육에서부터 먼 친척에 이르기까지 만주로 망명한 인사는 수십 명에 달했다. 강조한 부분에서 나열한 김대락의 종질(당질) 가운데 작가의 남편 '문식'의 이름이 있다. 이렇게 「위모사」의 작가와 그 남편은 당시 문중에서 남달리 추앙을 받고 있었던 김대락을 따라서 만주 망명길에 오른 것이다.

문중인 모두가 만주로 망명한 김대락 가문은 서간도에서의 생활자금과 독립운동 자금을 마련하기 위해 가산을 정리하는 것은 물론 조상 전래의 전답을 하나하나 처분할 수밖에 없었다. 연구에 의하면 일제강점기를 거치면서 내앞김씨 문중의 재산은 현저히 축소되고 동성촌락 또한 쇠락해 갔다고 한다. 천전리가 안동 독립운동의 본거지로 알려져 바로 그 마을에 안동독립운동기념관이 건립된 것은 어쩌면 당연한 일일 것이다.

작가는 1912년 봄에 고향을 출발해 초여름에 만주에 도착했다. 당시 작가의 나이는 21살로 아이는 아직 없었다.

고국고향 이별하고 허위허위 가서보새

경부선 잡아타고 남대문애 정기하여

한양도성 구경하니 오백년 사직종묘

예의동방 우리나라 본면목은 어대가고

호빈작쥬 어인일고 전화쥴 전긔등은

천지가 휘황하고 자행거 자동차난

이목이 현요하고 삼층양옥 각국전방

물희재산 능난하다 굼난거산 우리백성

죽난거산 우리동포 가난거신 우리동행

내비록 녀자라도 이지경을 살펴보니

철셕갓한 간쟝애도 눈물이 절노난다

예안안동 우리집은 몃철이나 머럿난고

경의선 지차타고 의쥬를 네리셔이

압녹강 만경창파 후탕후탕 흘너가고

십삼도 고국산천 도라보고 도라보니

부생의 이별회포 이지경예 어럽또다

예안안동 우리집은 몃철이나 머럿난고

날갓치 어린간쟝 부모동긔 원별하고

바람바든 낙입갓치 이곳애서 생각하니

운산은 회포갓고 쟝강은 눈물갓다

요동애 화표쥬난 일모향관 어대런고

황학은 불반하고 백운만 뉴뉴하다

하날이 일천이라 소견이 생소하니

뉴○런 통화현니 안동예안 녀기런가

　　위는 작가가 고향을 떠나 서간도 통화현에 도착하기까지의 과정을
서술한 것이다. 고향을 떠난 작가 일행은 일단 경부선을 타고 한양에서

내렸다. 한양에 내린 작가는 오백년 사직종묘가 주인이 "왜"로 바뀐 현실을 개탄했다. 그리고 전기등·자동차·삼층양옥 등을 처음으로 보게 되자 '굶는 것은 우리 백성, 죽는 것은 우리 동포, 가는 것은 우리 동행'이라고 하며 울분의 심정을 토로했다. 작가는 안동에서만 살다가 만주 망명을 기회로 생애 처음으로 기차를 타보고 한양을 구경한 것이었다. 그러나 경술국치로 이 땅에서는 살 수가 없어 독립운동을 위해 모든 것을 버리고 만주로 망명하는 처절한 처지였기 때문에 단순한 여행객의 시선으로만 한양을 바라볼 수는 없었다.

작가는 다시 경의선을 타고 신의주에서 내렸다. 그리고 일단 압록강을 건너 중국 안동으로 넘어갔을 것인데, 이 사실이 가사에서는 생략되었다. 중국 안동에서 '장강'을 '화표주'에 몸을 싣고 올라갔다고 했으므로 통화현까지 압록강을 따라 배를 타고 올라갔음을 알 수 있다. 통화현은 김대락이 독립운동기지로 결정한 지역이었다. 그래서 만주 망명길에 오른 내앞마을 문중인은 모두 이곳을 목적지로 삼아 길을 나선 것이다. 그리고 마지막에 고향을 그리워하는 마음과 더불어 새로운 정착지인 그곳을 자신의 고향이나 마찬가지로 알고 살겠다는 의지를 표현했다.

「위모사」는 여기서 끝난다. 그러므로 작가가 「위모사」를 창작한 시기는 통화현에 정착한 직후인 1912년 초여름경이다.

◆◇ 작가의 어머니, 고국에 남은 자의 고통

경술국치를 당한 후 어떤 사람은 순국하고, 어떤 사람은 독립운동을 위해 만주로 망명하고, 어떤 사람은 일제가 지배하는 세상에서 살기 싫어 안락한 고향을 떠나 궁벽지에서 은거의 삶을 살았고, 또 많은 사람들은 죽지도 떠나지도 못하고 고향에 남아 살았다. 딸을 포함하여 안동의 주변인들이 속속 만주로 떠날 때 고국에 남아 있었던 자들의 삶은 어떠했는지 그 한 예를 「송교행」 작가의 삶을 통해 간단히 들여다 보자.

「송교행」의 작가는 안동권씨(1862~1938)로 이황의 후손인 이중우李中㝢(1861~1940)와 결혼함으로써 원촌마을에서 살게 되었다. 안동시 도산면의 '원촌마을'은 퇴계 이황의 후손인 진성이씨 원촌파가 모여 사는 집성촌인데, 우리에게는 이육사의 고향으로 잘 알려진 마을이다. 남편 이중우는 이육사의 조부와 사촌 간이다. 안동권씨는 이중우와의 사이에 2남 1녀를 두었는데, 「위모사」의 작가 이호성은 맏딸이었다. 이 맏딸이 독립운동을 위해 남편과 함께 이역만리 서간도로 떠나게 되자 「송교행」을 지어 딸에게 준 것이다.

여기서 잠깐 「송교행」의 내용을 엿보고 가겠다. 전반부는 규방가사에서 흔하게 나타나는 내용, 즉 어머니의 입장에서 딸을 낳아 시집보낸 일을 읊었다. 후반부는 딸이 서간도로 떠난다는 말을 들은 후 이별의 안타까움을 서술했다. 처음에는 이역만리 서간도로 떠나는 딸을 걱정하다가 나중에는 이왕 서간도로 떠나기로 작정하였으므로 애써 좋은 쪽으로 생각하여 떠나는 딸을 위로하고 격려했다.

그러면 딸은 서간도로 갔지만 안동권씨는 고국에 남아 어떻게 살았을까? 경술국치 후 남편 이중우는 족숙 이만도와 족형 이중언이 순국했다는 소식을 듣게 되었다. 그러자 이중우는 더 이상 고기古基를 지킬 뜻이 없다고 하면서 고향을 떠나 세상을 피해 살기로 결심했다.

남편의 뜻에 따라 안동권씨는 가족 모두와 함께 연곡을 거쳐 춘양의 학산으로 들어가 살았다. 이즈음 1912년 봄에 시집 간 첫딸이 사위와 함께 서간도로 망명해 간다는 소식을 듣고 「송교행」을 지은 것이다. 그러다가 아래 사람들이 벽지 생활을 감내하지 못하는데다가 장남의 체증이 심해져 부득이 의양으로 옮겨 집을 빌려 살았다. 그러나 생계가 점점 막막해지고 아들의 병에 쓸 약을 구하지 못해 다시 대구 봉산정으로 옮겨 살게 되었다. 그러나 그것도 잠시, 1년이 지나자 남편은 도회지의 혼잡함을 견디지 못해 병든 아들을 이끌고 다시 의양으로 들어가 살았다. 작가는 이렇게 경술국치 이후 고향집을 떠나 28년을 객지를 전전하며 살다가 1938년 의양에서 77세를 일기로 세상을 떠나고 말았다.

남편 이중우의 삶은 더 파란만장했다. 작가가 사망한 이후 이중우는 세상을 등지고 살면서 울분의 심사를 더욱더 주체하지 못했던 것같다. 그리하여 78세의 쇠약한 노구에도 불구하고 가족을 이끌고 압록강을 건너 만주로 건너가 장손자의 공무소에 의탁해 살았다. 그리고 얼마 지나지 않은 1940년에 만주 안동시에서 80세의 나이로 사망하고 말았다.

이렇게 이중우와 안동권씨는 경술국치 후 만주로 망명해가진 않았으나 일제의 강점 현실에 저항하여 스스로를 학대하며 고통스럽게 일생을 살았다. 경술국치 후 일제의 강점에 저항하는 방법으로 이만도의 선택처럼 순국하는 것, 김대락의 선택처럼 만주로 망명해 독립운동을 하며 사는 것이 있었던 반면, 이중우의 선택처럼 일제가 강점한 세상에서 예전처럼 편하게 살지는 못하겠다고 하며 고국에서 방랑하며 사는 것도 있었던 것이다.

부모가 세상을 등지고 사는 동안 막내아들 이열호李烈鎬는 독립운동에 가담했다. 3·1운동 때는 예안 장터에서 군중들에게 태극기를 배포해 시위를 주도했다. 1920년에는 군자금을 모금하던 중 체포되어 40여 일간 모진 고문을 당하기도 했다. 여기에서 멈추지 않고 모집활동을 계속해 1921년에 다시 일경에 체포되어 1922년에 징역 5년형을 언도받고 옥고를 치렀다. 출옥한 후에는 신간회 예안지회의 조직에 힘을 쏟았다. 1942년부터는 수운교의 간부로서 조국독립과 포교를 위해 일하다가 1944년 일경에 피체되어 5개월간 구금당했다. 이러한 공로를 인정받아 이열호는 공식적으로 독립운동가로 추서되었다.

◆◇ 만주 망명 여성 이호성의 당찬 남녀평등론

「위모사」는 2음보를 1구로 계산하여 총 269구이다. 작품세계는 크게 두 부분으로 나눌 수 있다. 전반부는 친정어머니가 쓴 「송교행」에 대한 실질적인 답가로 친정어머니의 걱정과 우려를 불식시키는 내용으로 구성되었다. 일제의 강점 현실이 닥쳐 서간도로 떠날 수밖에 없다는 점, 난세를 당해 타관으로 이주해 살았던 과거의 예가 있다는 점, 서간도가 걱정하는 것처럼 살기 어려운 곳이 아니라는 점, 그리고 이제는 남녀평등의 시대가 와서 아녀자도 여행을 하고 자신의 일을 할 수 있다는 점 등을 내세워 어머니의 걱정을 불식시키려 했다.

이렇게 작가는 전반부에서 자신이 아는 지식을 총동원하면서 네 가지를 논리적으로 내세워 어머니를 설득하려 했다. 작가가 비록 어설프긴 하지만 감성보다는 자신의 논리를 통해 자신이 처한 상황과 세계를 설명하려고 하는 주체적인 인식을 지녔음을 알 수 있다.

부모님요 드러보소 위모사 한곡조로
송교행 화답하여 이별회포 말흐리다
북격성이 놉하시니 우쥬가 삼겨잇고
지구성이 회젼하니 동식물이 거셥하고
생존경쟁 하온후애 유인이 취귀하다
건칭부 곤칭모난 고성인애 말삼이라
아람소미 강생한후 생자생녀 오날까지
십이형제 만팔여애 시대로 발단대이
녕웅호걸 만흘시고 셩쥬현신 만을시고
우리나라 조선국도 해동애 반도강산
단군성조 개긔하와 사쳔녀연 유젼한니
국가애 홍망하문 운긔쇠왕 따라가니
약육강식 공예대로 역사가 송년하고
이쳔만 남녀노소 신셩민국 자재하니
셰계를 살펴보소 바다문 여러노코
젼긔승 번개불이 육쥬오양 연낙하와

위는 「위모사」의 시작 부분으로, 먼저 인류의 역사와 조선의 건국을 단계적으로 서술했다. 우주가 생기고 다음으로 동식물, 인간, 부모, 자녀가 차례로 생긴 것을 읊었다. 그리고 이들이 대대로 이어져 영웅호걸과 성주현신(성군과 현명한 신하)도 많아지게 되어 드디어 단군이 조선을 건국하고 사천여 년이 내려 왔다고 했다.

위의 서술에는 단편적이긴 하지만 지구가 회전한다는 자연과학적 사고, 동식물의 생존경쟁 속에서 인간이 최고로 귀한 존재가 되었다는 진화론적 사고, 약육강식의 공례公例에 따라 세계의 역사가 진행되었다는 사회진화론적 사고, 전기 문명에 의해 육대양 오대주가 서로 소통한다는 문명개화사상 등이 내비치고 있다. 명문대가의 며느리였던 작가가 근대 계몽주의사상의 자양분을 흡수하여 자신의 시각으로 세계를 바라보고자 하는 주체적인 인식을 형성하고 있었던 것이다.

작가의 주체적인 인식은 남녀평등사상을 주장하는 데까지 이른다.

    하물며 신평심애 남녀가 평등대니
    심규애 부인네도 금을 버셔뿔고
    이목구비 남과갓고 지각경뉸 마챵인대
    재분대로 사업이야 남여가 다르개소
    극분할사 이젼풍속 부인내 일평생은
    선악을 물논하고 압재밧고 구속하미
    견즁살이 그안니요 사람으로 삼겨나셔
    흥낙이 무어시오
    셰계을 살펴보니 눈꾸억이 변쳑하고
    별별이리 다잇구나 구라파 주열강국

예여도 만흘시고 법국애 나란부인

대쟝긔을 압셰우고 독입전쟁 성공하고

○○○○ ○○○○ ○○애 집을떠나

동서양 뉴람하고 대학교애 졸립해서

천한월겹 봉식하니 여학교을 살펴보면

긔절한 재화들이 남자보다 ○○○○

○○○○ ○○이야 말할긋도 업지마난

발고발근 이셰상애 부인예로 생겨나셔

이전풍속 직히다가 무산죄로 고샹할고

위에서 작가는 남녀평등론을 역설했다. 이제는 남녀가 평등한 시대
가 되어 깊은 규방에만 있었던 부인들도 금(쓰개치마나 장옷)을 벗어 던졌
다고 했다. 이어 부인네도 남자와 마찬가지로 이목구비가 다 있고 지각
경륜도 다르지 않기 때문에 자기 분수대로 사업을 할 수 있다고 했다. 그
리고 이전 여자의 일평생은 선악을 막론하고 압제받고 구속받는 감옥살
이였기 때문에 사람으로 태어나 흥낙을 누릴 수 없었으니 극분할 일이라
고 역설했다. 세계를 살펴보면 법국(프랑스)의 나란 부인은 여자지만 집
을 떠나 동서양을 유람하고 대학교를 졸업했으며 독립전쟁에 앞장섰다
고 했다. 마지막으로 여학교에는 남자보다 뛰어난 재원들이 많은데, 개
명한 이 세상에 부인네로 태어나서 왜 이전 풍속을 지키며 고생을 할 것
이냐고 거침없이 자신의 남녀평등론을 주장했다.

나란 부인은 프랑스 혁명가 마리 잔 롤랑(1754~1793)을 말한다. 마
리 잔은 유복한 가정에서 태어난 부모의 사랑 속에 교육을 받고 자의식

이 강한 여성으로 성장했다. 그리고 25세의 나이에 45세의 공화주의자이자 관료였던 장 마리 롤랑과 결혼하면서 프랑스 혁명기의 가장 영향력 있는 여성 중 한 사람이 되었다. 그러나 자코뱅당과의 권력다툼으로 혁명재판소에서 사형 판결을 받고 단두대에서 처형되었다.

엄격히 말하면 나란 부인은 프랑스 혁명기의 혁명가였지 독립운동가는 아니었다. 작가가 나란 부인을 독립운동가로 여기고 있는 것은 나라의 '역사적 중대사'라는 관점에서 혁명가와 독립운동가를 같이 본 것이라고 할 수 있다.

전통유림 문중의 며느리인 작가가 위와 같은 남녀평등론을 주장한 것은 매우 놀랍다. 근대전환기에 시대정신이 급속하게 변화해 가면서 전통 여성 가운데서도 이와 같은 사고를 지닌 여성이 있게 된 것이다.

사실 당시 개화 지식인이 주장하던 남녀평등론은 선언적인 주장에 불과하였다. 이 당시의 남녀평등론은 교육의 현장과 구국의 대열에 여성을 끌어들이는 데에 매우 유효하게 작용했다. 하지만 본질적인 남녀평등의 의미에 걸맞게 여성에 대한 사회적 인식의 변화를 이끄는 데까지 나아간 것은 아니었다. 당시 내앞김씨 문중의 남성들도 독립운동에 여성의 참여를 강조했다. 이 문중에서 만주로 망명하는 길에 모두 여성을 동반해 간 것은 바로 이러한 사고의 소산이었다. 그러나 내앞김씨 문중에서 남녀평등론의 본질적인 의미까지를 완전히 수용한 것은 아니었다. 말하자면 당시의 남녀평등론은 구국의 대열에 여성의 참여를 강조하고자 한 것으로 여성에게는 장밋빛 환상에 불과했다.

어쨌든 남녀평등론은 당대의 많은 여성들에게 급속하게 흡수되었다. 당시 남녀평등론의 실질적인 내용에도 불구하고 많은 여성들은 본질적인 의미에서 남녀평등론을 전폭적으로 받아들였던 것같다. 많은 여성들은 이제 말 그대로 남녀평등의 시대가 왔으므로 여성은 집안에만 갇혀 구속받는 삶을 살지 않아도 되고 사회에 나아가 자유롭게 자신의 일을 할 수 있다는 희망을 품었다.

명문대가의 며느리였던 이호성도 남녀평등론을 전폭적으로 받아들였다. 작가가 실제로 대한매일신보사에서 1907년에 발행한 『나란부인전』[6]을 읽었는지는 알 수 없다. 작가는 나란 부인이 여성으로서 가정살림만 하지 않고 구국을 포함한 사회적인 활동에 주체적으로 참여한 점에 주목했다. 그리하여 만주로 망명해 가면서 작가는 나란 부인과 같은 여성이 되고 싶어 했다. 작가가 생각한 남녀평등론은 여성도 구국의 대열에 참여해야 한다는 정도의 소극적인 의미가 아니라 삶의 양식 전체가 변하는 본질적인 의미를 지닌 것이었다.

작가의 이러한 당찬 주장이 실제로 친정어머니에게 위로가 되었을지는 의문이다. 작가의 친정어머니는 「송교행」에서 만주에 가더라도 딸이 대를 이어줄 자식을 생산하기만 한다면 안심이 되겠다는 입장이었기 때문이다. 작가의 내면은 남녀평등이 실현된 사회에서 자유롭게 자신의 사회적 자아를 펼치고 싶은 욕망으로 가득 차 있었다. 그리하여 작가의 내면에 응축된 내재적 힘이 너무나 강렬하여 친정어머니의 속내를 살필 여유가 없었던 것이라고 할 수 있다. 작가가 품고 있는 남녀평등론은 사실 당시에 매우 위험한 사고였음이 틀림없다.

이렇게 작가는 「위모사」를 쓸 당시만 해도 남녀평등론을 진정으로 내면화하고 있었다. 독립운동의 사명을 품고 서간도로 떠나는 인생 최대의 경험을 겪으면서 새로운 남녀평등론을 스펀지처럼 빨아들이고 있었다. 작가는 만주에 도착하기만 하면 독립운동의 현장에서 남성과 마찬가지로 자신도 역할을 수행할 것이라는 사회 참여 의식을 가득 지니고 있었던 것이다.

그런데 작가가 만주에 도착했을 때 기대한 것만큼 남녀평등의 실질적인 구현은 이루어지지 않았던 것으로 보인다. 독립운동의 현장에서 주체적으로 자신의 활동을 할 수 없을 것이고, 고국에서와 마찬가지로 여전히 남성의 활동을 내조하는 선에서 참여가 이루어졌을 것이다. 어쩌면 작가는 남녀평등론의 장밋빛 환상이 깨지면서 큰 갈등을 겪었을 것이지만, 어쨌든 작가는 남녀평등론의 장밋빛 환상에서 서서히 벗어났을 것이다. 후손이 본 작가 이호성은 철저하게 여필종부의 삶을 살았다고 한다. 아직은 남녀평등을 실질적으로 허용하지 않은 시대적 한계에 부딪쳤던 것이다. 그러나 이 세대의 여성이 한때나마 남녀평등론을 마음으로 받아들인 것은 아무런 의미가 없는 것은 아니다. 최소한 다음 세대의 남녀평등론을 이해할 수 있는 가능성의 여지를 남기고 있는 것이기 때문이다.

◆◇ 이름 없는 독립운동가, 여성

작가는 남녀평등론에 거는 기대가 매우 컸는데, 그 기대의 핵심에는 '바깥세상에의 참여'가 있었다. 작가는 만주 망명이 바깥세상으로의 통로를 제공해 줄 것이라고 생각했다. 만주 망명에 즈음하여 자신도 남성과 마찬가지로 독립운동에 적극적으로 참여할 것이며, 반드시 그렇게 되야 한다는 욕망을 지니고 있었다. 구속받지 않고 자유롭게 자신의 의지대로 사회에 참여하겠다는 욕망으로 가득 찬 작가의 내면은 '힘'으로 가득 차 있었다.

오백연 녜의풍속 일조애 업서지고
우리나라 종묘사직 외인애게 사양하고
강산은 의구하대 풍경은 글너시니
불상할사 우리동포 사라날길 전혀업소
가배안예 고기갓고 푸됴깐예 희성굿치
살시리고 배골파도 세금독촉 성화갓고
아니해도 증녁가고 다하자니 굴머죽고
학경이 니러하니 살사람 뉘가잇소
집집애 ○○계견 겨이라도 쥬제마난
져눈애 우리사람 즘생만 못하여셔
겨됴차 아니쥬고 부리기만 엄을내이
수비대 한소래예 샹혼실백 놀나죽고

위는 일제강점의 현실을 읊은 부분이다. 오백년 예의풍속이 하루아침에 없어지고 종묘사직을 왜인에게 **빼앗겨** 강산은 의구한데 풍경은 글렀으며, 우리 동포는 살아 날 길이 전혀 없어 가배(?)나 푸줏간의 고기와 같아졌다고 했다. 우리나라 사람은 살이 시리고 배가 고픈데 일제의 세금 독촉은 성화와 같아 세금을 내지 못하면 징역살이를 하게 되고 다 내자니 굶어죽으니 살 사람이 없다는 것이다. 집에서 키우는 닭과 개에게는 겨라도 주는데 저 일본인은 우리나라 사람을 짐승만도 못하게 여겨 겨조차도 주지 않고 부리기만 한다고 하면서 수비대가 엄포를 놓으면 우리나라 사람들은 놀라서 죽는다고 했다.

위에서 작가의 어조가 매우 격앙되어 있음을 알 수 있다. 그래서 점잖은 문어체식 표현은 사라지고 일상어로 이루어진 구어체식 표현이 적나라하게 튀어 나오고 말았다. 당시 경술국치 후 나라의 현실을 읊은 남성들은 한자어를 포함한 문어체식 표현을 사용했다. 그런데 「위모사」의 경우 적나라한 구어체식 표현으로 일제에 대한 분노의 표출 면에서 남성보다 더 급진적인 면을 드러내고 있어 매우 흥미롭다.

「위모사」의 후반부는 고국을 떠나면서 부르는 이별가와 서간도에 도착하기까지의 과정을 읊었다. 작가는 고국을 마지막으로 바라보며 주체할 수 없는 감회에 휩싸였다. 그리하여 고국의 이별할 대상을 하나하나 호명하면서 이별의 정서를 토로했다. "부모님요 잘계시요"라 하면서 만수무강을 기원하고, "동긔친척"과 "동포"를 부르면서 계몽을 이어 나갔다. 이어서 "산아산아 잘잇거라", "물아물아 줄잇거라", 그리고 "초목금슈 잘잇거라"라고 처절하게 고국의 산하를 호명하며 환국하는 날까지 잘 있다가 자신을 환영해 줄 것을 기원했다. 이 가운데 동기친척과 동포들을 향해 부른 이별가 대목을 인용해 본다.

> 동긔친척 잘계시오 다각각 본심대로
> 재리실화 마르시고 자졔을 교양하여
> 조국정신 배양하면 독닙긔휘 두른때
> 졔셰국민 그안니요

동포들아 이전관습 계혁하고

신공긔을 흡슈하여 영웅자여 산생하며

학교졸립 시긔시요 타국풍도 살펴보면

일산문명 진보대야 우승열매 저공예가

거울갓치 발가이소 잠시라도 노지말고

차차로 전진하오 무사한 져천운이

인심을 따라가이 우리나라 이광경이

모도다 자취로다 회과하고 계량하면

하날인들 엇지하리

동기친척들에게는 재물이나 이득을 탐하지 말고 자제를 교육해야 하는데, 조국정신을 배양하게 되면 조국이 독립하게 될 때 국민을 위해 일하는 사람이 될 것이기 때문이라고 했다. 동포들에게는 이전 관습을 개혁하고 새로운 공기를 흡수하자고 했다. 영웅자녀를 낳으면 학교를 졸업시켜야 하는데, 타국의 예를 보면 문명이 진보되어 우승의 열매를 맺은 것이 거울 같이 드러난다고 했다. 그리고 잠시라도 놀지 말고 차차로 전진하자고 했다. 천운은 반드시 인심을 따라가니 지금 우리나라의 현실이 모두 인심의 자취가 될 것이니, 잘못을 뉘우치고 고치면 하늘도 어찌할 수 없을 것이라고 했다.

위에서 애국계몽주의와 독립운동의식이 강하게 감지된다. 작가의 현실적인 처지는 문중의 며느리로서 남편과 문중 어른이 가는 망명길에 동반한 것에 불과하였을지 모른다. 그러나 작가의 애국계몽주의와 독립운동의식만큼은 쟁쟁한 혁신유림들이 지니고 있었던 것과 조금도 다르지 않았다. 이렇게 작가는 고국을 등지고 서간도로 떠나는 마당에 이미 독립운동가가 되어 있었다. 독립운동가로서의 정체성은 작가가 서간도에 도착해서도 마찬가지로 나타난다.

> 이다음 순풍부러 환고국 하올적애
> 그리든 부모동생 악슈상환 할거시이
> 이밧게 다못할말 원근간 붕우남내
> 내입만 처다보소 독닙연회 게설하고
> 일장연설 하오리라 숫

위는 「위모사」의 마지막 부분이다. 이 다음에 순풍(조국의 독립)이 불면 고국에 돌아가 그리워하던 부모와 동생을 서로 만나볼 수 있다고 했다. 당시 만주 망명인들은 조국이 독립이 되지 않는 한 살아서는 고국에 돌아오지 않을 것이라는 각오로 망명했다. 작가는 만주에 와 있는 여성들을 향해 참고 견뎌 독립을 하는 날 같이 고국에 돌아가자고 한 것이다. 그리고 작가는 가사에서 못다 한 말은 독립하여 독립기념 연회를 열 때 자신이 일장연설을 할 것이니 자신의 입만 바라봐 달라고 하면서 끝을 맺었다. 붕우들 앞에서 일장연설을 하겠다고 하여 작가가 독립투사로서의 자아 정체성뿐만 아니라 지도자로서의 정체성까지 지니고 있었음을 알 수 있다.

작가의 시댁인 내앞김씨 문중은 근대 계몽주의의 영향을 받아 혁신 유림으로 전화하고 독립운동의 선봉에 섰던 대표적인 문중이었다. 내앞 김씨 문중은 김대락을 중심으로 1895년부터 일어난 안동의병봉기에 직간접으로 관여하여 항일의지를 다지고 있었다. 이러한 내앞김씨 문중이 근대적인 변용을 겪게 된 것은 협동학교를 설립하고서부터였다. 안동에서는 유인식이 1904년부터 개화 계몽주의를 제창하여 1907년 봄에 천전리(내앞)에 협동학교를 설립하여 신문화를 수용하고 애국계몽운동을 본격화했다.

내앞김씨 문중의 어른인 김대락도 신교육에 찬성하고 자신의 저택을 협동학교 교실과 기숙사로 내놓고 자신은 소옥으로 물러날 정도로 신교육에 적극적이었다. 의병당사자가 방략을 바꾸어 계몽운동을 전개하게 된 것이다. 이후 협동학교는 내앞마을은 물론 안동 향중의 자제를 교육하였다. 1910년 나라가 망하자 안동의 김대락을 포함한 혁신유림들은 일본 신민이 되는 것을 거부하고 서간도로 망명하는데, 협동학교 학생들의 망명 동반이 줄을 이었다. 협동학교가 독립운동의 산실이 된 것이다. 근대적 독립운동의 논리는 선비의식에서 얻은 바도 있었겠지만 협동학교의 근대적 계몽주의 교육 속에서 얻은 바가 적지 않았다.

협동학교를 졸업한 작가의 남편도 내앞김씨 문중의 사상적 영향을 절대적으로 받았다. 작가는 정식으로 학교교육을 받지는 않았지만, 이러한 내앞마을 문중의 사상적 그늘 속에서 애국계몽주의와 독립운동의식을 자연적으로 흡수할 수 있었기 때문에 주체적인 인식 하에 독립운동가로서의 자아 정체성을 확립할 수 있었다.

당시 혁신유림 문중이 대부분 여성을 동반하여 망명했기 때문에 만주의 독립운동 현장에는 이호성과 같은 여성이 매우 많았다. 그런데 이들 여성이 아무리 투철한 독립운동의식을 지녔다 하더라도 독립운동의 현장에서 남성과 마찬가지의 역할이 주어지거나 지도자로 활약할 기회가 주어진 것은 아니었다. 이들 여성은 대부분 남성을 내조하면서 겉으로 드러나지 않는 독립운동을 했다. 이들 여성들은 없는 살림 속에서도 독립운동가의 조석을 해결해 주어야 했다. 그리고 남성의 이동 경로를 따라 어린 아이들을 데리고 만주 벌판을 여기저기 떠다녔다. 급박한 경우에는 독립운동가들의 연락 임무를 수행하기도 하고 총기를 손질하고 보관하는 일을 하기도 했다. 이렇게 겉으로 드러나지 않은 수많은 일을 한 이들 여성이 없었다면 독립운동 자체가 불가능했을 지도 모를 일이다.

그런데 해방 이후 이들 여성의 독립운동 업적은 철저하게 무시되었다. 현재까지 수많은 독립운동가가 추서되었지만 극히 일부 여성을 제외하고 모두 남성으로 채워졌다. 독립운동가와 동반하여 망명한 여성은 독립운동가의 추서 대상으로 전혀 고려되지 못했다.

필자는 「위모사」를 연구하면서 작가 이호성에게 '만주 망명 여성'이라는 용어를 과감하게 붙였다. '만주 망명'이라는 용어를 붙일 수 있으려면 만주로 가는 당사자의 '독립운동의 신념과 의지'가 있어야 한다. 그런데 이제까지 독립운동가와 동반하여 만주로 간 여성들에게 '만주 망명 여성'이라는 용어를 붙이지는 않았다. 이들 여성의 만주행은 어디까지나 문중 어른이나 남편의 신념과 의지에 따른 것이었기 때문이다. 이 당시 여성이 만주로 가서 독립운동을 하고 싶어도 집안의 남성이 가지 않는다면 절대로 혼자서는 갈 수 없었다.

그런데 「위모사」의 작품세계에서 살펴본 바와 같이 작가 이호성은 22살의 나이로 독립운동에 대한 강한 신념과 의지를 지니고 있었다. 작가의 만주행은 남편이 망명했기 때문에 가능한 것이었지만, 작가는 주체적으로 독립운동의식을 내면화하고 있었다. 따라서 작가는 '만주 망명

여성'에 당당히 해당한다고 할 수 있다.

독립운동가 이상룡의 부인이자 김대락의 동생인 김우락 여사[만주에서 가사문학 「해도교거사」, 「정화가」, 「간운사」, 「조손별서」를 썼다]는 노령의 나이임에도 불구하고 만주 벌판을 누비며 남편을 내조하고 손자손녀들을 키웠다. 해방 이후 남편, 오빠, 아들, 손자 등은 독립운동가로 추서되고 역사에 길이 남아 후대인의 존경을 받았다. 하지만 김우락 여사는 그 동안 역사에서 자취가 사라져 버려 아무도 알아주는 사람이 없었다.

그런데 너무나 반가운 소식은 지극히 최근인 2019년 3월 1일에 김우락 여사가 공식적으로 독립운동가로 추서되었다는 것이다. 김우락 여사가 만주에서 쓴 네 편의 가사들에도 독립운동가의 의식이 잘 드러나 있다. 그러므로 이 네 편의 가사들이 김우락 여사의 독립운동가 추서에 영향을 미쳤을 것임이 분명하다. 만주로 동반하여 망명한 여성들 가운데 김우락 여사라도 독립운동가로 추서되었다니 참으로 반가운 일이 아닐 수 없다.

그러나 안타까운 일은 아직도 거의 대부분의 만주 망명 여성들이 독립운동의 업적을 인정받지 못하고 있고, 특히 독립운동가로 추서되지도 못한 남편을 둔 이호성과 같은 여성들은 더더욱 독립운동의 업적을 인정받지 못할 것이라는 점이다. 이들 여성들은 만주 독립운동의 현장에 있었으나 역사에서 아예 자취가 사라져 버릴 처지에 놓여 있다. 이들 여성들이 그야말로 '이름 없는 독립운동가'가 되고만 현실이 안타까울 따름이다.

◆◇ 여성 독립운동가를 기리며

2018년 독립기념일을 맞아 모 방송국에서 독립운동의 현장에 있었던 여성들을 집중 취재하여 8월 15일에 방송을 내보낸 적이 있다. 늦었지만 지금이라도 나라의 독립운동을 위해 헌신했던 여성들에 대한 관심이 일어나 반갑기 그지없다. 그런데 이러한 관심이 한때의 관심으로 사라져 버리는 것은 아닐까 걱정이 앞선다. 이들 여성의 헌신은 두말 할 것도 없이 남성의 것과 다를 바 없는 것이었다. 이들 여성에 대한 관심이 계속 이어져 이들 여성의 역사적 의미가 재평가됨과 동시에 이들 여성의 독립운동 업적도 인정될 날이 오기를 기대하며 이 글을 마친다.

1 고순희, 「일제강점기 만주 망명지 가사문학—담당층 혁신유림을 중심으로」, 『한국시가문화연구』 27, 한국시가문화학회, 2011, 44~48면.

2 만주 망명가사는 고순희의 『만주 망명과 가사문학 연구』(박문사, 2014)와 『만주 망명과 가사문학 자료』(박문사, 2014)를 참고할 수 있다.

3 임기중 편, 『역대 가사문학 전집』 50, 아세아문화사, 1998, 74~87 · 59~67면까지 「환선가」, 67~74면까지 「송교힝」, 74~87면까지 「위모스」가 실려 있다. 단국대 율곡기념도서관, 『한국가사자료집성』 9, 1997, 526~539 · 511~519면까지 「환선가」, 519~526면까지 「송교힝」, 526~539면까지 「위모스」가 실려 있다. 「환선가」는 선적 취향이 물씬한 가운데 은거지를 읊은 내용이다. 「환선가」와 「송교힝」 사이에 작품 제목이 없는 가사가 필사되어 있는데, 「송교힝」의 일부 구절과 타 가사 작품의 일부 구절을 베끼다가 만 형태여서 독립된 가사 작품으로 보이지는 않는다. 원래의 작품명은 「송교힝」과 「위모스」이나, 현대어인 「송교행」과 「위모사」로 대표 제목을 적고자 한다.

4 조동걸, 「전통 명가의 근대적 변용과 독립운동 사례—안동 천전 문중의 경우」, 『대동문화연구』 36, 성균관대 대동문화연구원, 2000, 373~415면.

5 조동걸, 「백하 김대락의 망명일기(1911~1913)」, 『안동역사의 유교성향』(우사 조동걸 저술 전집 12), 역사공간, 2010, 154면.

6 『나란부인전』은 1907년 대한매일신보사에서 발행했다. 총 41면의 순한문본인데, 청나라 양계초의 『근세제일여걸 나란부인전(近世第一女傑 羅蘭婦人傳)』을 번역한 것으로 보인다. 본문 마지막에 '부인은 법국에셔 불과시 한낫 시졍의 녀인이로되 오히려 큰 사업을 천츄에 세윗스니 하믈며 이때 이 나라의 션배와 녀인들이랴' 라 하여 우리나라 여성들의 각성을 촉구했다(김봉희, 「개화기 번역서 연구」, 홍선표 외, 『근대의 첫경험—개화기 일상 문화를 중심으로』, 이화여대 출판부, 2006, 73면).

근대기 반가 출신 옥성댁의
생애 경험과 기록

천혜숙

◆◇ 근대기 여성가사의 자리

근대 이후 시나 소설과 같은 문학의 창작은 전문 작가의 몫이 되었다. 미디어 혁명과 더불어 누구나 작가가 될 수 있는 시대가 열리기까지, 오랫동안 대중은 문학을 감상하고 소비하는 타자의 자리에 머물러 있었다. 그에 비해 일부 여성들은 근대 이후까지도 가사라는 장르를 통해 문학적 주체의 자리를 지켜 왔다. 비록 택호나 익명으로 쓴 것이었지만, 그들의 가사 작품은 그들이 속한 작은 공동체 내에서 수용되고 소통되었다. 그 가운데는 다른 지역까지 널리 유포될 정도로 반향이 큰 작품도 있었다.

그럼에도 여성가사는 구시대의 낡은 장르로 치부되어, 새로운 근대적 장르의 출현을 주목하고 전문 작가가 쓴 텍스트를 정전으로 삼는 거시적 문학사에서는 소외되었던 것이 사실이다. 여성가사의 상당수가 근대기에 이루어졌다는 점, 일부 지역에서는 지금도 가사 창작이 지속되고 있다는 점에서, 이 익명적 소수들의 문학적 발언에 대한 정당한 자리매김이 필요하다.

'근대'의 바람은 한국의 대다수 보통 여성들을 비켜 간 측면이 없지 않다.[1] 도시를 중심으로 근대라는 신세계가 열렸지만, 그 변방에서 주변적 존재로 살아가야 했던 평범한 여성들이 더 많았기 때문이다. 이들에게 근대는 과연 어떤 모습과 의미로 다가왔던 것일까? '신식' 또는 '양식洋式'의 생활문화 외에도, 근대식 학교교육, 남편의 일본 유학과 신여성, 이방인과 이방의 언어 같은 것들이 그녀들에게는 '근대'의 표상으로 다가왔을 수도 있다. 근대에 대한 이러저러한 경험들이 당연히 그녀들이 창작한 가사문학에는 담겼을 것인데, 그러한 국면들에 대해서는 그동안 큰 관심이 주어지지 않았다.[2]

이것이 구여성으로 근대를 살았던 옥성댁의 가사를 주목하려는 이유이다. 옥성댁(정명현)은 1995년 고희를 맞아 자신이 소장하고 창작해 온 가사 및 제문들을 모아서 『고금시가집』(3책)과 『무변심가사집』(1책)을 묶었다. 『고금시가집』은 경북 유명 종가의 종부나 종녀가 쓴 가사와 제문 등을 영인·제책한 것으로, 일부 미발굴 가사도 있는 데다 몇 작품의 말미에는 작자, 입수 및 필사 경위, 감상 등이 짧게 첨기된 것이 특징이다. 『무변심가사집』은 옥성댁의 창작가사만을 한 책으로 묶은 것인데, 양과 질에서 그녀를 근대기 가사 작가로 평가해도 손색이 없는 수준이다.[3]

이 글에서는 특히 옥성댁이 자신의 삶을 회고하여 쓴 생애가사 네 편을 주목한다. 생애가사는 '생애 경험을 중심으로 자신의 삶을 기록한 서사적 가사'를 의미한다.[4] 네 편이나 되는 생애가사를 쓴 것부터 남다르지만, 무엇보다 이 가사들이 담고 있는 생애 경험과 표현들이 범상치 않다. 50세 되던 해(1975)에 첫 생애가사 「회고록」을 쓴 그녀는 2년 후에도 「정명현소회가」라는 생애가사를 창작하였으며, 회갑을 맞이하여 「회한가」를, 고희를 앞두고 「칠십평생허사가」를 더 보탰다.

옥성댁의 생애가사들은 근대의 변방에서 살아간 구여성의 생애 기록이다. 곧 반가 출신으로서는 몰락에 가까운 삶을 살았던 그녀가 일제강점기, 해방, 6·25전쟁, 그리고 근대화로 이어지는 격변의 근현대사를 몸으로 살고 성찰한 자전적 기록이라 할 수 있다.

근대기 구여성이자 반가 출신 여성의 작품인 점에서 옥성댁의 생애가사는 문학사적으로도 일종의 전형성을 갖는다. 이 글에서는 옥성댁이 그토록 힘든 자신의 삶에 대해서 무엇을, 어떻게, 그리고 왜 기록했을까에 대한 의문으로 그녀의 생애와 가사를 함께 읽을 것이다. '무엇을' '어떻게' 기록했는가는 일차적으로는 문학적 형상에 대한 관심이지만, '근대'라는 새 시대와 '가사'라는 구 장르의 만남이 그녀의 작품에서 어떻게 조화 또는 길항하는가의 문제와도 만나게 된다. 그리고 '왜' 기록했는가의 의문은 곧 옥성댁에게 생애가사의 창작이 지닌 의미가 무엇인가의 문제로, 그녀의 창작의도와 작가성을 평가하는 작업이 될 것이다.

◆◇ 옥성댁의 생애가사와 생애 경험

옥성댁은 상주 외서면 우산리 우산정씨愚山鄭氏 집안에서 무남독녀로 생장하였다. 가사 말미에 기록된 연대로 미루어 1925년생일 것으로 추정된다. 그녀는 19세 되던 해인 1944년, 문경 B마을의 인천채씨蔡氏와 혼인하였다. 시가곳은 인천채씨 동성반촌으로 대소가가 한집처럼 모여 사는 마을이었다. 집안의 며느리들도 모두 한 동서지간처럼 자연스럽게 어울렸다. 큰집의 시백모가 자주 옥성댁에게 가사나 책을 읽으라고 했으며, 그때마다 그녀는 빼어난 목소리로 가사나 천수경 같은 것을 낭송했다고 한다. 여러 차례 그것을 들었던 경험이 있는 봉대댁은[5] 옥성댁이 그렇듯 뛰어난 재주와 인품을 가졌음에도 불우한 삶을 산 것에 대해 무척이나 안타까워했다. 옥성댁과 종동서지간인 봉대댁이 들려준 기억이다.

달밤에 바늘을 끼면(꿰면) 좋다 캐서 나가시가주고 바늘을 끼가(꿰어) 오시고. 그리고 또 우리 형님 참 바느질도 잘하시고. (…중략…) 이런 분이 사 학교를 했나 뭐. 워낙 머리가 좋으신께. 우리 형님이 또 무남독녀라. 그리고 아버님이 또 일본으로 가셔가주고, 삼촌 밑에 열열히 크셨는데, 또 시집 오시가주고 그런 고난을 또 당했은께.

손윗동서라. 내가 맨 처음에 시집 와서 본께 우리 형님이 너무 너무 인물이 좋더라고. 인제는 뭐 늙은께, 그 인물이 어데 가고 없어. 당신이나 내나. 마구 초성이 좋아여. 참 막 책을 이르면(읽으면) 참 초성이 좋아여. 이 양반은 외우는 거는 후딱걸어(후딱이야). 금강경이고 천수경이고 뭐고 싹 다 외워나요, 머리

속에 다 들어앉았어. 우리들 삼 종동서가 전부 다 한 집에 하나씩 종동서, 내, 큰집 형님. 그런데 하늘을 찌를 것 같아요. 내가 제일 못해요. 그래도 발 뻗고도 못 따라가여, 그 삼(사람)들은.

아래는 옥성댁이 창작한 네 편의 생애가사 제목과 창작된 시기이다.

　　㉠「회고록」(50세, 1975)
　　㉡「정명현소회가」(52세, 1977)
　　㉢「회한가」(60세, 1985)
　　㉣「칠십평생허사가」(68세 추정, 1993)

후대의 두 작품(㉢, ㉣)이 서사보다 '자탄自嘆' 위주로 흐른 것은 중요한 생애 경험들을 50대에 쓴 두 편(㉠, ㉡)의 가사에 이미 담았기 때문일 것이다. 네 편 모두 『무변심가사집』에 실려 있다. 같은 책에 실린 「잠실가」, 「기행문」, 「제문」 등에도 그녀의 생애담 단편들이 들어 있어서 아울러 참고할 만하다.

옥산댁의 생애는 대체로 가사 「회고록」과 「정명현소회가」에서 길고 풍부하게 서술되고 있다. 가사 작품을 통해 확인된 생애 연보를 정리한 후, 대체로 큰 비중으로 나타나는 생애 경험들을 중심으로 그녀의 삶을 따라가 보자.

1925년		상주군 외서면 우산리 출생
1942년	(17~18세)	외가에서 생활
1944년	(19세)	귀가·조모와 사별
1944년	(19세)	혼인(10월)과 신행(12월)
1946년	(21세)	시가곳 화전놀이(3월)(「화전가」지음)·친정 부친의 귀국(3월)·친정 조부 별세(6월)·장남 출산(7월)
1950년	(25세)	남편의 실종과 귀환·남편 득병
1956년	(31세)	친정행(남편과 별거)(10월)·대구 이주(12월)
1959년	(34세)	남편 별세(12월)
1960년경		친정 부모와 대구에서 합가
1962년경		친정 부친 득병·친정 부모 귀향
미상(?)		친정 부친 별세·친정 노모와 합가
1975년	(50세)	시가곳으로 귀향·「회고록」, 「잠실가」지음
1977년	(52세)	「정명현소회가」지음
미상(?)		다시 대구로 이주
1985년	(60세)	「회한가」지음
1993년	(68세)	「기행문」, 「칠십평생허사가」지음·이주(미상)
1995년	(70세)	고희연·가사집 엮음

생장기와 조모의 죽음

옥성댁은 일제강점기 상주 우복정씨 집성촌의 반가에서 무남독녀로 태어났다. 생후 백일 되어 아버지가 일본으로 떠난 후로 그녀는 조부모와 자모의 사랑을 받으며 귀하게 자랐다. 정우복 선생의 후손으로 집에는 '만 권 서적'으로 표현할 정도로 책이 많았지만, 정작 그녀는 한문교육도 근대 식 교육도 받지 못했다.

> ㉠-1
> 완고사상 벽촌안목 집에있는 만권서적
> 한문교육 안시키고 신학문은 더욱무지
> 규문안에 갇혀있어 세상변천 어찌된지
> 모르는게 상팔자로 삼종지도 낡은유습
> 그법만 숙습하고 선비집 생장으로
> 국문은 배웠으나 대관절 으뜸되는
> 신학문이 까막이니 곤닛지와 곤방와
> 그소리만 듣고서도 하늘같이 돋보인다
> 영세한 살림살이 방적치산 가계도움
> 그일이 더급하니 글자배울 가급없어

반가에서 태어난 여느 딸들처럼 그녀는 세상의 변천이나 신학문에 대한 것을 모르고 자랐다. 그래서 '곤닛지와 곤방와'를 '으뜸되는 신학문' 으로 알았고, 그 소리만 들어도 하늘같이 돋보였다. 신문화가 주로 일본을 통해 들어왔던 시절, 소학교도 가지 못했던 그녀로서는 일본말을 곧 신학문으로 인식하여 선망했을 수도 있다. 대신 옥성댁은 집에서 국문을 깨쳤고, 혼인 전 이미 가사 짓는 실력이 상당한 수준에 이른 것으로 보인다.

17세 때는 일제의 위안부 모집을 피해 외가로 가서 일 년 반 정도 살았다. 그곳에서 외종남댁으로부터 길쌈일을 배우기도 했다. 그러다가 조모의 환후가 위중하다는 연락을 받고 집으로 돌아왔고, 결국 몇 달 후에는 조모상을 당하였다. 그녀로서는 처음으로 경험한 가족의 죽음이었다. 그것도 그녀를 전폭적인 사랑으로 안아주었던 조모의 죽음이었던 만큼, 그 지극한 슬픔에 대한 기억이 가사에도 담겨 있다.

ⓛ-1
갑신년 유사월은 나와무슨 원수기애
사랑하신 우리왕모 한많은 이세상을
뒤로하고 가시었소 구원은 어디이며
황천은 어디온지 선경은 무엇이요
천애 고아처럼 불러봐도 소용없고
통곡해도 소용없네 홀홀광음은 창파지행이라

혼인 후에도 늘 친정에 대한 그리움의 중심에 자리잡고 있었을 정도로, 생장기 그녀의 삶에서 조모는 중요한 존재였다. 그래서 그녀는 초상 당시 조모의 죽음을 애도하는 제문도 지었다.

혼인과 시집살이

옥성댁은 1944년 10월, 나이 19세 되던 해에 중매를 통해 문경 B마을의 인천채씨와 혼인하였다. 그녀가 외가에 가 있는 동안 한 마을의 또래 처녀들이 모두 시집을 가버리자, 집안에서는 딸의 혼인을 서둘렀던 것 같다. 이렇듯 갑작스럽게 정해진 자신의 혼인에 대해서는 특별한 감상이 없고, 기록도 간단하다. 오히려 이 혼인을 불행의 시작이었다고 말하고 있는 것은 혼인 이후 그녀의 삶이 불행의 연속이었기 때문일 것이다.

그녀가 혼인했을 때 시부는 이미 작고하였고, 시모는 부재한 상태였다. 혼인한 지 몇 년 후 시모의 소식을 알게 되어 합가를 고려한 것을 보면, 시부 사후에 시모가 다른 곳으로 가서 살다 온 것이 아닌가 짐작된다. 따라서 옥성댁은 직계 시부모의 시집살이 경험이 없다. 다만 동성반촌에서 대소가가 한집처럼 모여 살았고, 같은 집안으로 시집 온 종동서들과도 한식구처럼 어울려 살다 보니, 친족 문중 내의 시집살이가 수월치는 않았던 것 같다. 아래 인용에서, 큰집의 종동서가 자신을 꺼려 놀이에 참석하지 않았다고 한 것이나, '구고舅姑없는 시집살이', '천만인 눈치 속' 등의 표현들이 그것을 짐작케 한다.

ⓛ-2

전세의 인연인가 후세의 인연인가

구고(舅姑)없는 시집살이 험도많고 흉도많다

천만인 눈치속에 일년이년 가는세월

병술년이 되었구나 때는가히 상춘이라

각처에서 귀향한 따님들이 화전놀음 실시하니

노소동락 놀음이라 우리형님 사양하니

나와동행 꺼림이라 대강눈치 짐작하나

원한가득 내마음 상심한들 무엇하리

같은 작품에서 그녀는 시댁 문중의 화전놀이에 대한 기억을 길게 이야기한다. 문중의 며늘네들, 출가한 딸네들, 그리고 집안의 남성들까지도 참여했던 화전놀이에 참여한 후, 옥성댁은 「화전가」를 지어 문중의 남자 어른으로부터 칭찬과 함께 답가를 받기도 했다. 그녀가 시집 생활에서 밝게 기록한 몇 안 되는 부분이다.

ⓛ-3

온갖새 우지지는 소리 심회를 자아내니

우리심정 이내마음 갱가일성 심난하다

고가명문 정문대가 혹이나마 되었던들

일일편명 쾌락하여 활발지연 되련만은

전차낭생 무슨죄로 아녀자로 생겼던고

심신이 울적하여 두어줄 화전가를

된듯만듯 지었더니 이십세 어린나이

대단하다 칭송받고 감사할손 희국씨가

답가하여 주었으니 그아니 감송할가

부친의 귀국과 장남 출산

해방은 그녀에게 부친의 귀국을 선물로 주었다. 시댁 문중의 시집살이에 지쳐 있던 1946년, 일본에 갔던 부친이 돌아왔다는 소식을 듣고 '반갑고도 황홀하'여 '천만사 다 버리고 비호같이' 달려가서, 마침내 20년 만에 부녀 상봉을 한다. 더 오래 회포를 나누고 싶었지만 병석에 계시던 조부가 '더한 고생하지 말고 빨리 시댁으로 돌아가라'고 재촉하여, 그녀는 눈물을 머금고 돌아온다. 그리고 같은 해 유월 조부의 별세 소식을 듣게 된 옥성댁은 20년이나 떨어져 있던 아들이 돌아오자 마자 먼 길을 떠난 조부의 죽음을 애통해 한다. 같은 해 칠월에는 장남을 출산하였다.

남편의 실종·귀환·병고

6 · 25전쟁은 옥성댁의 인생을 크게 바꾸어 놓았다. 시댁 마을까지 공산군이 들어와 마을의 젊은 남자들을 데리고 갔는데, 면장을 하던 큰집의 종시숙(종손)이 표적이 된 상황에서, 옥성댁의 남편이 가문을 위해 대신 공산군을 따라나섰다가 실종되고 만 것이다.

ⓛ-4
원수의 육이오가 생지옥을 만들었나
편편약질 부군께선 오문을 위하여서
공산군과 손을잡고 어디론가 가버렸네
서로 살려고 아우성인 아귀소굴

어린남매 옆에끼고 동서남북 갈곳없어 방황한들

동기없는 내한몸이 의지할곳 어디이며

상의할곳 누가있나 광활한곳 이천지에

외롭기 그지없다

사라진 지 여러 날 만에 남편은 걸인의 행색을 하고 돌아왔다. 약골이던 남편은 이 사건으로 인해 병을 얻었고, 이후 남편의 힘겨운 와병 생활이 9년 동안 이어지게 된다.

부부 별거와 이주

다섯 자녀를 두었던 옥성댁은 남편의 득병 후 어린 두 남매만 데리고 친정으로 돌아온 것으로 보인다. 봉대댁은 그 남편이 결핵을 앓는 바람에 어린 아이들에게 전염될 것을 염려하여 친정으로 간 것이라고 했지만, 옥성댁은 가사에서 남편의 불같은 성정 때문에 내쫓긴 것이라고 말하고 있다.

ⓛ-5

구사일생으로 돌아온 가군은 사병(死病)의 신음이라

구년동안 와병신음 약차하면 친정가라

청천벽력 불호령에 다소곳이 물러나와

가고오고 이삼차에 흘리고 흘린눈물

한강수를 이룰지라 우리조상 여음은덕

어느곳 사라지고 가련신세 되었는고

자신을 '사세부득 쫓긴 몸'으로도 묘사한 것을 보면, 별거는 부부의 합의가 아니었던 것이다. 거기다가 이제는 친정도 유족한 형편이 아니어서 옥성댁은 나름대로 살길을 도모해야 했다. 그래서 대구로 이주를 감행한다.

ⓛ-6
뜻과같지 않은것은 인생살이 근본인가
사세부득 쫓긴몸이 되었구나
병신년 시월십일 사랑하던 삼남매를 뒤로하고
어린자식 두형제를 등에업고 품에안고
오가로 돌아올때 철장아심인들 어찌 여상하리
쌍친좌하 돌아오니 일희일비 안접못해
동서남북 돌아봐도 탄탄대로 내갈길은
몽(夢)에도 볼수없고 암담히 눈을감고
어린자식 젖을물려 양쪽에 부여안고
앞일을 생각하니 막연하기 한없어라
완력으로 힘을내어 대구땅을 밟아보자

남편의 죽음

대구에서의 삶도 결코 순탄치 않았다. 위로 삼남매는 시댁에, 어린

두 형제는 친정에 맡겨두고 홀로 대구로 와서 생활전선에 뛰어든 옥성댁은 1959년 결국 남편의 별세 소식을 듣게 된다. 미망인이 된 옥성댁의 망연자실한 심정, 며칠을 망설이고 망설이다 결국 시댁으로 향하는 모습이 처연하기 그지없다.

ⓛ-7

동거생활 십여년에 소천이 무너지고
별거한지 사년만에 삼십광음 청춘시절
미망인이 되었구나
앞일을 생각하니 천지가 덮히는듯
답답한 이심사를 어느곳 접할소냐
한분남은 어머니를 합권도 못할형편
뜻칠(?)수도 더욱없네 갈까말까 망설이다
십칠일간 생각끝에 가는것이 현명할듯
엄동설한 첩첩이 쌓인눈이 천지를 덮었는데
정든집을 뒤로하고 일보일보 옮길적에
삼십사년 썩은루(涙)가 일시에 폭발하여
지척분별 어렵구나 무정한 버스안에
내일신 던져놓고 너갈대로 가보아라
생에애착 전혀없어 눈을감고 함구무언 앉았더니
어린자식 눈에아롱 새정신 버쩍차려
어미마저 이리되면 부은모혜 없게되니
어린장래 어찌될까 이를물고 살아가자

마음과 마음으로 단단히 약속하고
대구역 도착하니 마음은 앞에가고
신발은 뒤에오네 대문안 들어서니
어린남매 반기는양 어찌다 형언할고

위 인용의 '한 분 남은 어머니'란 시어머니이다. 옥성댁이 친정으로
간 후에는 시모가 병든 남편과 삼남매를 돌보고 살았던 것으로 보인다.
남편상을 당하여 시댁으로 돌아온 옥성댁은 4년 여 동안 헤어졌던 삼남
매와 마침내 상봉하지만, 이제 다섯 자녀와 친정 모친, 시어머니까지 모
두 책임져야 하는 막막한 처지가 되었다.

생활고와 잦은 이사

「정명현소회가」(ⓛ)에는 남편 사후 시가로 왔다가 새해를 맞은 옥성
댁이 친정에 두고 온 어린 형제를 꿈 속에서 만나고 화기충천하는 모습
이 있다. 결국 시가와 친정으로 흩어놓은 자식들을 모두 데리고 대구로
돌아간 것으로 보이는데, 아래에서 보듯이 여전히 혹심한 생활고에서 벗
어나지 못하였다.

ⓛ-8
십년이면 강산도 변하건만 나의생활
이십년이 지나가도 조금도 다름없다
한때는 솥하나 붙일곳이 없어

남의집 처마밑에 세간살림 세워놓고

칠순노모 손을잡고 몇집이나 사정했나

달세 두평짜리 단칸방에

장신자식 사형제를 잠자리 덜게하고

벽을지고 앉아샘이 몇삼일이 되었던가

여기서 '칠순 노모'는 친정어머니이다. 「칠십평생허사가」와 「제문」에는, 남편 사후 친정 부모가 대구로 와서 그녀와 함께 살다가 형편이 여의치 않아 다시 고향으로 되돌아갔는데, 부친이 타계한 후 홀로 된 노모를 다시 대구로 모셔와서 93세로 세상을 떠나기까지 모셨다는 내용이 있다. 게다가 친정어머니가 20여 년 동안 안맹 상태였다고 하니, 혹독한 생활고에 겹쳐진 이중고가 짐작되고도 남음이 있다.

ⓛ-8에서 보았듯이, 옥성댁의 대구 생활은 이십 년이 지나도 조금도 더 나아지지 않는다. '이십 년 객지살림 이사도 이십 회라 / 자식 키울 곳을 찾아 예도 가고 저도 가고 / 인심적간 많이 했네'(ⓒ)라고 한 데서도 단칸 셋방살이로 떠돌아야 했던 힘든 상황이 여실하게 나타난다.

아래의 「잠실가」를 보면, 다시 시가곳으로 돌아와 잠깐 살기도 했던 것 같다. 1975년경으로 추정된다.

병신년 십이월 십사일에

타향객지 대구땅에 돌맹이처럼 이몸이 던저져

십구년만 갑인년에 파란많은 생활 청산하고

고향땅을 다시밟아 쌀한톨 날데없고

우리희도 치로사업 한푼두푼 벌어오고

이십리길 점촌가서 삯바느질 얻어다가

근근생명 유지하며 봄이면 춘잠치고

가을이면 추잠치고 한푼두푼 모을적에

아들은 치로사업 현장에서 노역을 하고 자신은 삯바느질에다 양잠까지 했지만, 결국 다시 이향한 것을 보면 형편이 더 나아지지 않았던 것이다. 「칠십평생허사가」(ㄹ)에는 그녀가 자식들을 떠나서 고용살이를 한 것이 아닌가 짐작되는 부분도 보인다.

ㄹ-1

임신칠월 이십일은 생애제일 서글픈 날인가 보다

귀양아닌 귀양을 가야되는 내심사

고회를 눈앞에두고 다시금 정구지역(井臼之役)

아아 서글퍼라 답답한 이심사를

누구한테 하소하나

지하실 깊숙이 들어앉아

앞창을 열고보니 앞집이 이마받고

뒷문을 열고보니 뒷집이 들미눌러

숨통이 막히는듯 광명천지 안보이니

기구한 운명이라

'귀양 아닌 귀양', '다시금 정구지역井臼之役'의 등의 표현을 보면, 당시 고용살이를 위한 이주를 앞두고 쓴 것이 아닌가 짐작된다. 또한 50대 초반에 썼던 가사에서는 '이십 회'라고 했던 이사 횟수가 70대 전후에 쓴 이 가사에서는 '삼십육 회'로 늘어나 있다.

ⓛ-2
고향떠나 사십여년 삼십육회 이사해도
아직도 내자리는 미지수로 남아있네
백년안인 인생살이 헛부기 한이없다

친정으로 돌아온 그녀가 대구 땅을 밟았던 것이 1956년이니, 고희를 맞은 1995년까지 39년 동안 36회 이사를 했다면 거의 매년 이사를 한 셈이다. 그녀와 가족이 겪은 생활고가 어느 정도였던가 짐작할 만하다.

자녀들 이야기

회갑이나 고희 기념으로 창작된 여성가사들은 그 결미 부분에서 자식 자랑을 늘어놓는 것이 관행이다.[6] 잘된 자식이 많을수록 자랑이 길어진다. 「자녀훈계록」에서 보듯이,[7] 자식에다 손자 자랑까지 덧붙여야 할 경우에는 그 부분이 더 늘어난다. '내가 시집 와서 책무를 잘 이행했음'을, 또는 '내가 자식들을 이렇게 잘 키워냈음'을 은연중 자화자찬하는 뉘앙스가 다분하다.

옥성댁은 4남 1녀의 자녀를 두었지만, 자신의 가사 어디서도 자식 자랑을 하지 않는다. 며느리가 옥동 손자를 안겨 준 것에 대해 기쁨을 표하는 외에는, 자녀들이 일류대학 못 나오고 특출한 명성을 얻지 못했지만 건강한 생활인으로 살아 준 것에 대해 자족하고 고마워할 뿐이다. 오히려 자식들이 조상답을 팔아서 벌인 사업이 번번이 실패하고, 하나 있는 딸이 시집 가서 구박받고 고생하는 것을 자신의 탓인 양 자책한다.

ⓒ-9
자식장래 생각하여 유원하던 조상답을
남의손에 넘겨주고 어리고 철부지가
형제간 상의하여 사업을 시작하나
사사에 실패하고 머쓱한 그모양들
모든것이 부모죄로 알뜰이도 고생시켜
엄부의 훈기없이 못먹이고 못입히고
철장같은 어미지만 어찌 여상하리 (…중략…)
하나밖에 없는내딸 연경을 두곳도 아니보고
남의집 보낼적에 오장이 끊어질듯
이세상 부모들아 나와같이 아팠는가
고사리같은 그손으로 밥짓기 빨래하기
몹시도 부려먹지 동네북을 짊어졌나
모진매는 혼자맞고

말년의 심회와 희원

옥성댁은 회갑을 맞았지만 회갑연을 못하는 자신의 처지를 「회한가」에서 아래와 같이 서술하고 있다.

ⓒ-1

병인년 십이월 초칠일은 차인의 갑일이라
육십년 일기로서 인생의 일회전을
갑년으로 지정하여 자아현서 다모아서
담소화락 즐길거나 차인의 기구운명
소천이 무너지고 혈혈이 키운자식
동서남북 흩어놓고 육십년 종말까지
방황객이 되단말가 어찌이리 억색(臆塞)한고
심신이 억색하여 누수가 절로난다

그러나 회갑 전에 자녀들이 모두 혼인한 것과 주옥같은 손자들이 태어난 것을 다행으로 여기면서, 부디 장남이 안정되기를, 남은 생은 편하게 보낼 수 있기를 희원하는 내용을, 어쩌면 회갑연 대신 지은 것으로 보이는 가사 「회한가」에다 담아내고 있다.

ⓒ-2

그중에 다행한건 갑전에 필혼하여
십일종반 손아들이 개개이 주옥이니
만분다행 즐거우나 빈곤은 당연지사
장아만 안정되면 채씨가정 내앞에도
광명이 비치련만 일구월심 소원성취

부처님전 비옵니다 가사전장 하온후에

노폐허약 이내몸은 은퇴한 태평세월

명성고적 관광지를 이리저리 구경하고

남은여생 보내기를 고소원 비나이다

인생행락 다시찾고 효자현부 봉효받아

평생고해 춘설같이 효손을 업고안고

둥기여생을 즐거웁게 꽃그늘 찾아가며

춤추며 즐기리라

위의 인용에도 있지만, ㉣-1의 지하실 셋방에 대한 묘사를 보더라도 고희를 앞둔 시점에서는 빈곤한 상황이 크게 달라지지 않았던 듯하다. 그러나 칠순을 맞아서 그녀는 시댁 문중의 딸네들과 함께 동남아 및 하와이 여행을 다녀온다. 그녀가 쓴 「기행문」은 문중 여성들이 동행한 해외여행 경험을 기록한 기행가사이다. 봉대댁에 의하면 시댁 마을의 친지들을 대구의 집으로 초대해서 칠순잔치도 했다고 한다. 이때 가사집을 엮어서 시댁 마을에 배포하였으며, 그 후로도 몇 년간은 시댁 마을을 내왕했다고 한다. 봉대댁의 기억을 더 들어보자.

봉대댁	찾아가도 집도 어데 갔는 줄도 몰라여. 이사도 열두 번도 더 가여.
조사자	전화번호도 없습니까?
봉대댁	몰라. 집은 뭐, 그 전에 이층집 좋았는데, 인자는 뭐. 이사도 뭐, 그 많은 세간 다 내버리고 어데로 이사를 가던동 만날

가여.

조사자　　　　그 칠순잔치할 때보다도?

봉대댁　　　　칠순날 할 때 글 때는 좋았지. 그때는 이층집에 좋았는데.
　　　　　　　맏이가 잘 살아야 되잖아. 맏이가 다 뜯어먹고, 뜯어먹고.
　　　　　　　지차가 자꾸 대줄라 그러는가? 어데 사는 줄도 몰라여. 집도
　　　　　　　좋은 데 사고 그랬는데, 저게, 부도가 났잖애.

　　그녀의 칠순 즈음, 가정 형편에 급격한 부침이 있었음을 짐작케 한
다. 봉대댁의 기억은 옥성댁이 앞의 인용(ⓒ-2)에서 아무쪼록 맏이가 안
정되기를 비는 것과도 상통하는 내용이다. 그렇게 되면 좋은 곳을 여행
하고 손자 손녀의 재롱을 보면서 여생을 즐기리라고 소망했지만, 그 후
로 시댁 친척들과도 연락이 끊어진 것을 보면 그런 인생 행락이 그녀에
게는 끝내 허여되지 않았던 것같다. 다른 가사에서는 구십이 넘은 친정
노모와 함께 빨리 부처님 앞으로 갈 수 있기를 희원하는 내용도 보인다.
한편으로 '내 떠나갈 때 수의 한 벌 관 한 개면 족하지 않으랴. 땀 흘리고
모은 재물 안고 가나 지고 가나'(ⓔ)라고 쓴 것처럼, 고난의 현실에서 비
상하여 마지막을 준비하고자 하는 바람이 여러 편의 가사 작품들에서 거
듭 확인된다.

◆◇ 생애가사의 서술 방식과 특징

생애 경험의 선택과 순차적 서술

옥성댁의 생애가사 가운데 일대기 서사가 제대로 갖추어진 「회고록」과 「정명현소회가」 두 작품에서는 생애 경험들이 대체로 통시적이고 순차적 구조를 취하고 있다. 「회고록」은 '생장기-일제강점기-해방기-6·25전쟁기-박정희 시대'의 순차로, 각 시대마다 중요한 생애경험을 선택하여 서술한 것이 특징이다.

- 서두　　　　여자로 태어난 한, 미망인이 된 심회, 생애 기록의 동기
- 생장기　　　생장기 경험, 전근대 시대 여성 문제와 비판
- 일제강점기　일제강점기 비판, 처녀시절과 혼인
- 해방기　　　해방을 맞은 기쁨, 부친 귀향과 상봉, 조부 별세, 장남 출산
- 6·25전쟁기　현실 비판, 남편의 실종과 귀환, 남편의 병고와 죽음
- 박정희 시대　장남의 월남 파병과 무사 귀환, 귀향과 가난
- 결사　　　　가난의 현실과 신세타령

사건이 일어난 시대를 중심으로 순차적으로 서술하는 방식과 시대 현실에 대한 비판적 묘사도 특징이다. 6·25전쟁기의 '남편의 실종과 귀환, 병고와 죽음'에 대해서는 특히 기억과 묘사가 세밀하다.

그로부터 2년 후, 현실에 대한 비판을 대폭 걸어내고 자신에게 일어

난 일과 경험을 중심으로 재구성한 작품이 「정명현소회가」이다. 그런데 이 작품에서는 대체로 사건의 시기를 구체적으로 밝히고 있어서 연대기를 의식한 서사적 글쓰기를 한 것을 알 수 있다.

- 갑신년 유사월은 나와무슨 원수기에
  사랑하신 우리왕모 한많은 이세상을
  뒤로하고 가시었소
- 병술년이 되었구나 때는가히 상춘이라
  각처에서 귀향한 따님들이 화전놀음 실시하니
- 구영신 가는세월 기축년이 되었구나
  원수의 육이오가 생지옥을 만들었나
- 존고의 거처소식 오매불망 하던중에
  갑오년 갑월이십일 소원을 성취했네
- 병신년 시월십일 사랑하던 삼남매를
  뒤로하고 오가로 돌아올 때

대부분 월일까지 밝힌 것을 보면, 정명현은 평소 일상의 삶에 대한 기록을 생활화하고 있었던 것이 아닌가 생각된다. 이러한 순차적 서술의 정교함은 인상적인 사건 위주로 시점을 자유롭게 이동하는 구술생애사와 차별화되는 점이다. 물론 가사는 문자로 기록하는 장르인 만큼 지은이가 구상과 편집을 거칠 수 있는 것이지만, 옥성댁의 연대기는 다른 생애가사들과 비교해도 지나치게 정교한 편이다.

시대 현실의 비판

생애 경험을 이야기하기에 앞서서 시대 현실에 대한 논변과 신랄한 비판이 이어지는 것도 옥성댁 가사의 특징이다. 아래와 같은 서술이 여러 군데서 반복되는데, 그녀의 명징한 역사 현실인식을 보여주는 부분이다.

　㉠-2
　그세상 모든사람 십여세면 조혼하여
　문서없는 노예신세 헤어날길 있을손가
　일자무식 죄책으로 불감앙시 되었으니
　우물밑 개구리가 앙관천상 못하듯이
　생불여사 다름없이 가석하고 비참한들
　어디가 설원하리 아녀자들 짓밟히며
　살던세상 생각기도 언선하다

　㉠-3
　우리네 출가시절 신혼한 어린신부
　어제아래 시집온데
　징병영장 받은사람 수도없이 많은시절
　인생오생 찾아다니며 일본어로 샌니바리
　한바늘씩 떠달라 앞앞이 사정하여
　수건을 만들어서 새신랑 원별할때
　무운장구 기원하며 목에다 걸어주나

어느귀신 도와줄까 대신에 허울좋게
총탄에 앞잡이로 전사통지 날아오면
애호통재 그신세를 누구믿고 살아갈까
어찌하면 위로되리

　박정희 시대에 관한 서술은 상대적으로 소략한 편이다. 당시 시댁
마을은 새마을운동의 선봉에 서서 나라로부터 표창을 받기도 했다. 특히
마을의 여성 지도자가 주도한 '부강부녀회' 활동으로 영부인 육영수 여
사로부터 하사품과 편지를 받은 사실이 신화처럼 전해지는 마을이다. 그
러나 그 시절에 귀향하여 살았던 옥성댁의 가사에는 위의 사실에 대한
언급이 일절 없다. 박정희 시대를 긍정적으로 평가하면서도 스스로 빈자
로 자처함은, 당시 마을의 부강부녀회 활동에서 소외된 처지에 대한 자
조적 표현인지도 알 수 없다.

　　㉠-4
　　국가사 일반으로 박대통령 정치하니
　　잘살아 보겠다고 후진교육 열심하나
　　한재수재 극심하여 해마다 흉년이요
　　빈자는 살아가기 더거북한 시절

　특히 가사 「회고록」에서는 근대 이후의 역사적 현실을 적시摘示하는
동시에 그렇게 개명한 시대가 되었음에도 몰락 일로를 걸어야 했던 자신
의 신고辛苦를 진술하게 드러낸다. 사회 현실에 대한 관심은 비중의 차이

가 있을 뿐 다른 가사작품들에서도 확인되는데, 이는 옥성댁의 가사가 지닌 현실인식과 근대성으로 평가될 수 있는 부분이다.

다양한 공간 기억의 대립적 병치

시집살이 혼속 전통에서 여성은 혼인을 거치면서 거주 공간을 옮겨가는 존재이다. 옥성댁은 그러한 혼입으로 인한 이주 외에도, 당시 반가 여성으로서는 이례적인 별거와 객지 생활을 하느라 특히 거주 공간의 이동이 잦았다. 그래서 이 분의 생애가사에는 다양한 삶의 공간에 대한 기억이 공존한다. 우선 친정곳은 그녀에게 자애와 사랑이 넘치는 그리운 공간으로 묘사된다.

ⓛ-10
가이없으신 조상자모 슬하를 작별하고
발길을 돌리는 내심정
인비목석 아니어든 어찌 여상하리
무정한 거관일성이
사정없는 시간을 따라 박호를 돌릴적
오직 무상한 창천만 바라보고
뼈끝에 사무친 나의유한 생장고가
산천초목이 다시 그리워라

ⓛ-11

이십년 그린부주 귀향소식 전해온다

반갑고도 황홀하다 칠루방방 갈곳없어

기쁘다 차일신도 양친좌하 돌아가서

번화친척에 화수담락 하여볼까

오오장장 가석이야 천만사 다버리고

비호같이 달려가서 무릎꿇고 원별지회 고할적에

소녀등을 어루만져 인자하신 그말씀이

수십년을 지나가도 귓전에 머무를듯

병석의 우리왕부 소손의 손을잡고

너의몸이 두중하니 더한고생 하지말고

시댁으로 돌아가라 하신말씀

청천의 벽력이라

친정과 친정 마을은 뼈 끝에 사무치게 그리운 생장 고가가 있는 공간이며(ⓛ-10), 번화한 친척들이 화수담락하는 공간이며(ⓛ-11), 조부모와 자모의 자애와 사랑이 충만된 공간이며, 기쁜 일이 있으면 '천만사 다 버리고 비호같이' 달려가고 싶은 공간이다(ⓛ-11).

ⓛ-12

존고의 별세흉보 일일이도 포부지네

이십년만 고향땅을 다시밟게 되었구나

동구안만 들어서면 걸음은 뒤로가고

콧날이 시어오니 이것이 무슨일고

　그런 데 비해 옥성댁에게 시가 또는 시가곳은 그 곳으로 돌아가라는 말이 청천벽력처럼 느껴지는 공간이며(ⓛ-11), 갈까 말까 늘 망설여지는 공간이며(ⓛ-7), 이십 년만에 밟아도 '걸음은 뒤로 가고' 콧날이 시큰해 오는 공간이다(ⓛ-12). 친정과 시집 공간에 대한 기억의 대립적 병치라고 할 만하다.

　그런 한편 친정곳과 시가곳에 비하면 그녀가 생계를 위해 찾아든 도시 대구는 더 낯선 객지 공간이다. 옥성댁은 이 곳에 사는 자신을 유배된 죄수에다 비유한다.

　　ⓛ-13
　　낙낙한 대구땅의 비산동을 찾아드니
　　그누가 날반기나
　　삼칸초옥 단칸방에 밀가루죽 호구포식
　　그럭저럭 십여일에 지향을 생각하니
　　관산이 중첩하고 초수가 양석이라
　　병상에 있는부군 어린자식 낙낙히 분리하고
　　피차간 불망정회 전전반측 이아닌가
　　멀리가던 기적소리 객회를 자아내니
　　철장오심이야 적거죄수 분명하다

　타향 객지 대구땅은 옥성댁이 40여 년 동안 이사를 무려 서른여섯

번이나 하며 떠돌았던 공간(ㄹ-2), 노모와 다섯 아이들의 손을 이끌고 사정사정해서 겨우 단칸 셋방을 얻어 살았던 공간(ㄴ-8) 등으로 묘사되면서, 다시 두 곳의 고향과 대립적 의미로 병치되고 있다.

그러나 중년 이후로는 그녀에게 딱히 돌아갈 고향이 있는 것도 아니었다. 부친 사후 고령의 모친을 모시고 나온 후로는 친정 공간도 더 이상 그녀가 돌아갈 곳이 아니었고, 쫓기듯 떠나온 시가곳도 더 이상 그녀를 품어주지 못하였다. 1959년 떠났다가 19년 만에 돌아간 시가곳에서 그녀는 '반겨주는 이 하나 없는' 타자임을 느끼고 결국 그 곳을 다시 떠나고 있다.

자신을 늘 '길 위의 존재'로 느낀 것일까. 그녀는 '적거죄수'(ㄴ-13), '방황객'(ㄷ-1) 등과 같은 말로 외로운 삶의 행보를 표현한다. 어린 남매 둘만 데리고 친정으로 '쫓겨나기' 전에도 병중의 남편이 '약차하면 친정가라'고 '불호령'을 내려서, 이미 몇 차례나 눈물바람으로 친정과 시가를 오간 경험이 있었다(ㄴ-5). 그것이 결국 별거로 이어지면서 대구에서의 객지 생활이 시작되었는데, 그 길 위에서의 삶이 고희 때까지도 크게 달라지지 않았던 것이다. 그래서 '나의 길이 무슨 길'인가를 거듭 묻고 있다.

ㄴ-14

나의길이 무슨길고 풍풍우우 분분시태
무릉도원 찾는길가
춘흥이 도도하여 강산유람 가는길가
눈위의 서리옴이 십상팔구 아닐는가

길이란 어딘가를 향한 도정이므로 끝이 있을 터인데, 옥성댁의 경우는 그 끝이 보이지 않는다. 자신의 길을 무릉도원을 향한 길도, 강산유람의 길도 아니고 '눈 위의 서리 옴'이라고 말하는 것을 보면, 옥성댁에게는 자신의 삶이 눈과 서리가 덮힌 길 위의 삶이라는 인식이 있었던 것 같다. 그래서 안착을 소망했으나 '육십년 종말까지 방황객'(ⓒ-1)으로 살았고, 고희가 되어서도 '귀양 아닌 귀양'을 가야 했던 자신의 처지를 한탄한다. 이렇게 옥성댁의 가사에서는 평생을 친정과 시가를 오가고, 고향과 객지를 오가며 길 위에서 살았던 신고辛苦의 삶이 각 공간이 지닌 의미의 대립적 병치를 통해 더욱 극명하게 드러나고 있다.

선택적 기억의 확장과 리얼리티

옥성댁의 생애가사는 비교적 정연한 연대기적 특징을 보이지만, 중요한 고비가 되는 기억들을 중심으로 선택과 확장이 이루어지고 있다. 구체적으로는 6·25전쟁과 남편의 실종, 남편의 와병과 죽음이 그녀의 삶을 결정적으로 어렵게 만든 고비로 보이는데, 생애가사에서도 이 부분이 크게 확장되어 나타난다.

시대를 중심으로 생애를 기술한 가사, 「회고록」에서는 특히 전쟁의 기억이 상세하고, 서술도 큰 비중으로 나타난다. 전쟁 당시 실종된 남편을 찾아 헤매던 모습, 남편의 무사함에 대한 안도, 남편의 귀환, 득병, 죽음 등에 관한 묘사가 특히 상세하다. 아래는 극히 일부이지만, 부분의 확장과 묘사의 핍진성을 실감할 수 있다.

○-5

아침밥 빨리지어 삼일이나 굶은몫을

한꺼번에 눌러먹고 큰댁에 내려가니

큰어머님 오며가며 우시는데 괴롭기 한정없어

만단위로 하온후에 그럭저럭 이삼일 지났는데

동로에서 전투가 치열하여

미군이 팔명이나 전사를 하였다니

남의나라 위하여 억울하게 죽었으니

그부모 처자 어떠할까

우리군은 얼마나 상했을까

아주버님 하신말씀 높은데는 위험하니

만일에 약차커든 봇도랑 내려오라

어린남매 업고안고 우리만 살겠다고

어디를 움직이리

죽어도 앉아죽고 살아도 앉아살지

이틀후 십사일날 국군이 복귀하여

갈가마귀 떼같이 서중길을 메웠는데

화약내음 코를찔러 질식을할 지경인데

어린것들 콩삶아라 졸라대니

저희아빠 어찌된지 저것들이 무엇알까

삼사일 지나가도 소식은 종무소식

대소가 어른분은 이것은 탈이났다

애쓰시니 그시(時)광경 어찌다 기록할까

집떠난 십일만에 부러튼발 절며뛰며

추석차례 지난음식 집집마다 전전걸식

십구일날 도착이라

새벽빛이 밝아오고 새세상을 만났으나

십여일 태운가슴 무연탄이 다되었네

그때일을 생각하면 모골이 송연하다

그때에 놀랐던지 편편약골 놀란질병

구년을 고통속에 내운명도 기구하지

약차하면 친정가라 오고가고 사오차에

결국은 가고말걸 차라리

국군에 입대하여 전사나 하였으면

연금이나 타가지고 자식이나 가르칠걸

객지에서의 가난한 생활에 관한 기억도 비중이 높은 편이다. 그리고 고공살이를 떠나야 하는 처지에서 지하 단칸방에 앉아 느낀 심정을, "앞창을 열고 보니 앞집이 이마 받고 뒷문을 열고 보니 뒷집이 들미 눌러"라고 한 부분에서 보듯이, 형상화와 묘사도 탁월하다.

㉠-6

옥양목 명주의복 일일이 세탁할때

비누세제 귀한시절 손가락이 벗어져도

콩깍지 잿물받아 몰아치는 비바람에

얼음구멍 뚫어놓고 고드름 얼음물로

다행귀 짜다보면 벌써얼어 장작같고

풀이타면 또어떤가 생쌀같아 풀을끓여

옷감마다 주물러서 말리자면 얼어붙고

다듬이로 광택내여 호롱불 석유등잔

컴컴한 불빛아래 일심고적 하던침선

인도불 꺼질세라 손등터진 피방울에

얼룩질까 조심하며 섬섬옥수 나의손이

고목껍질 변하였네 우리같은 서민생활

양말이나 고무신을 어느천지 얻어볼까

다피어 떨어진 색음버선 기워신기

재봉틀에 대신으로 쪼각쪼각 모을적에

삼사월 짧은밤에 졸다가 손찔리고

위의 인용은 민요 〈시집살이 노래〉와도 방불한 민중적 삶의 리얼리
티를 보여준다. 일반적으로 반가의 내방가사에서는 보기 어려운 내용과
표현이다. 일상과 경험에 입각한 여성의 삶이 부각되면서, 도덕과 규범
에 입각한 여성의 책무가 중심이 된 다른 내방가사들과 차별화되고 있다.
옥성댁의 가사는 전자의 세계를 리얼리티와 진정성으로 그려내어, 감동
적인 울림을 준다.

◆◇ 옥성댁의 생애가사 창작이 가지는 의미

옥성댁의 불행은 6·25전쟁으로 인한 남편의 병고와 죽음, 그리고 남편 사후 헤어날 수 없었던 생활고로 인한 것이었다. 생장기와 혼인 초에는 그리 풍족하지는 못해도 문중과 토지의 기반이 있어 큰 고생은 없었던 듯한데, 남편의 긴 와병 생활로 인해 그 기반이 송두리째 흔들리면서 그녀 몸소 생활 전선에 뛰어들지 않을 수 없게 된다. 그 와중에서 그녀는 '객지 생활 40년에 36회 이사'를 하고, '일곱 식구가 두 평짜리 단칸 셋방에서 새우잠을 자야' 했을 정도로 뿌리뽑힌 삶과 혹독한 가난을 경험한다. 네 편의 생애가사에서 한결같이 생활고에 대한 한탄이 이어지고, 고희를 앞두고도 고용살이를 위한 '귀양 아닌 귀양'을 가야 하는 신세를 탄식하고 있는 것을 보면, 지긋지긋한 가난이 평생 동안 그녀를 따라다닌 것이다. 친정과 시댁 양가 모두 고성高姓으로 녹녹치 않은 집안이라는 자긍, 또는 양가 모두 적선지가積善之家로 조상의 공덕이 있으리란 기대가 무색할 만큼 힘들고 곤궁한 삶을 살았던 그녀는 자신과 자신의 삶을 '돛 없는 조각배', '가련 신세', '불초막대 이 한몸', '버러지 같은 인생', '갈수록 산' 등으로 표현하고 있다.

그런데 단칸 셋방을 전전하는 정처 없는 삶이었음에도 그녀로 하여금 평생 동안 가사를 손에서 놓지 않게 했던 그 향념의 실체는 과연 무엇이었을까. 옥성댁의 창작가사는 더러 맞춤법이 틀리고 오탈자가 있긴 해도, 뛰어난 문학적 재능을 보여주고 있다. 신식교육을 받지 않았을 뿐, 그녀는 가사 문학의 전통에 대한 독실한 학습과 숙련의 시간을 가졌고, 그것이 가사 창작까지 이어졌던 것이다. 『고금시가집』 3책에 실린 가사들을 모두 자신이

베껴서 소장해 온 것을[8] 보더라도 알 수 있다. 어쩌면 반가 출신의 그녀로서는 '가사'야말로 그녀의 마지막 자존과 같은 것, 몰락한 삶 때문에도 결코 포기할 수 없었던 자기 정체성의 상징과도 같은 것이었다고 생각된다.

50대, 60대, 70대에 각각 이루어진 옥성댁의 생애가사 창작은 그러한 자기 정체성을 확인하고 구축하는 과정이기도 했다. 결국 생애가사의 기록은 중요한 주기에서 삶을 되돌아보고 정리하면서 자신과 대면하는 과정이었던 것이다. 아래에서 보듯이 그녀가 문반 조상의 여음은덕을 되뇌이고, 친정과 시가 양가가 모두 명문거족임을 강조하는 것은 현실적으로 무너지는 자신을 곧추세우려는 안간힘이었을지도 모른다.

ⓛ-15

동방의 명문거족 우복선조 여음으로
대대로 문한이니 장할시고 우리가계
영남에 유명하다 세도가 변환하고
시운이 불리하여 동분서주 하게되어
혈심성덕 우리조상 설원을 못하시고
세상을 떠나시니 유한은 만첩이라

옥성댁이 그렇듯 신산했던 자신의 삶을 네 번에 걸쳐 기록한 이유도 그러한 정체성의 확인을 위한 나름의 절박함이 있었기 때문이다. 그리고 이 절박함은 자연스럽게 자녀들에게로 전이된다. 명문대가의 후손인 자신의 자녀들이 부모 대(代)에서 '시대의 풍운과 어긋나는' 바람에 '살뜰한 고생'을 했다고 여기면서, 옥성댁은 애처롭고 안타까운 마음을 수시로 내비친다.

ⓐ-7

희룡이 혼인날은 차차로 다가오고
패물하나 혼수한벌 할수없는 처지
네어미 아픈가슴 너희들 알수있나

위에서 보듯이 옥성댁은 가사에서 자식들에게 자주 말을 건넨다. 가사를 통해 자식들과 대화를 시도하는 것처럼 보인다. 자식의 사업이 망한 것도 어미의 책임인 양 머쓱해하고, 딸이 고생하는 것도 가난 때문에 서둘러 혼인시킨 자신의 잘못이라고 자책하면서, 뒷바라지를 다하지 못한 미안감과 어미의 삶을 반분이나마 이해해 주기를 바라는 마음을 가사를 통해 전하고 있다. 최선을 다했노라는 해명의 욕구도 있었을 것이다. 옥성댁의 생애가사 기록은 이렇듯 자녀들을 향한 말 건네기이자, 자녀들에게 주는 교훈 또는 유언의 의미가 강하다.

ⓐ-8

홀연본심이 왕왕 발할적 창연수루하여
두어줄씩 모은것이 소회가가 되었구나 (…중략…)
오남매를 동서남북 흩어두고 광풍에 날려
차처에 앉아 한심철장(寒心鐵腸)에도
오히려 천륜이 남았던가
아무려나 고초궁협의 인생고락을 갖추 맛보고
마음을 가다듬어 소회한곡을 기록하노니
너희등이 어마필적이라 두고아껴 보아라

어미소회가 이뿐이랴 모으려면 산고태산
만언인들 만권지가 부족하다
식견도 고루할뿐 너희들 마음에
상처를 줄까 두려워
이만하고 끝을 맺는다

나아가 옥성댁은 자신이 쓴 가사가 가족의 범위를 벗어나 '후진들'
에게도 읽혀질 것을 의식하고 있었다. 아래는 가사 「기행문」의 일부로,
문학의 사회적 효용과 기능에 대한 그녀의 생각을 보여주는 부분이다.

지루한 소감사연 다쓰고 읽어보니
시작으로 막장까지 목적이 무엇이며
표준이 무엇인가
누가보려 원했으며 누가보아 유익할까
당연한 자취이나 반세기도 더된세월
이나라 풍운변환 조상님네 생활이 어떠했나
후진들이 알게된들 손해될것 없잖을까
누구라도 보게되면 맞다고 할것이라

이러한 문학적 고민과 성찰이 있었기에 옥성댁은 그토록 어려운 상
황을 견뎌낼 수 있었을 것이다. 동시에 이 성찰은 자신과 가족을 벗어난
더 넓은 독자층을 의식한 단초로서, 그녀의 가사 창작을 사적이고 개인
적인 의미로부터 공적이고 사회적인 의미로 고양시킨다. 그래서 옥성댁

은 자신의 소장 가사 또는 제문을 모은 자료집과 함께 자신의 창작가사집을 제책본으로 엮었던 것이다. 그리고 창작가사집 『무변심가사집』은 양적 질적으로 옥성댁을 근대기 가사 작가로 자리매김하기에 충분한 수준을 보여주고 있다.

◆◇ 옥성댁의 가사가 주목되는 이유

옥성댁의 생애가사들은 비록 개인의 자전이지만 근대의 변방에서 살았던 구 여성의 사회적 문화적 정체성에 근거하여 일종의 전형성이 확보될 수 있다는 점에서 문학사, 나아가 여성사에서 중요한 의미를 지닌다. 그녀의 생애가사는 선택된 기억들을 한편의 서사로 구조화하는 방식에서, 전대는 물론이고 당대의 동류 여성들과도 적지 않은 차이를 드러낸다. 이러한 거리는 그녀의 생애 경험 자체가 독특한 이유도 있겠지만, 무엇보다 그녀 나름의 독실한 가사 학습, 남다른 현실 인식, 문학적 재능, 삶과 글쓰기에 대한 깊은 성찰에서 연유된 것이다. 그토록 힘든 삶 속에서도 옥성댁이 끝내 가사를 손에서 놓지 않았던 것은 반가 여성으로서의 일종의 자존 또는 정신적 구심求心의추구와도 무관하지 않다. 거기다가 생애가사를 네 번이나 거듭해서 기록한 것은 자기 정체성의 확인에서 나름의 절박함이 있었기 때문이다. 그 절박함은 자녀들과의 관계에서도 확인된다. 그녀가 생애가사 작품 속에서 수시로 자녀들과 대화를 시도하는 것은 어머니로서의 삶을 해명하고 이해받고자 하는 욕구가 있었기 때문이다. 따라서 옥성댁의 생애가사는 가모家母로서의 자기 성취에 대한 자긍으로 마무리되곤 하는 다른 여성들의 생애가사와는 거리가 있을 수 밖에 없다.

　그녀의 생애 기록과 가사 창작이 문학의 사회적 효용과 기능에 대한 성찰을 전제로 이루어진 점도 주목된다. 자신과 가족을 벗어난 더 넓은 독자층을 의식하고 있었던 것이다. 자신의 창작가사집을 제책본으로 엮어 주변에 배포한 것도, 소박하지만 사회적 독자층을 의식한 행위이다.

　무엇보다 옥성댁의 창작가사들은 그녀를 근대기 가사 작가로 자리 매김하기에 충분한 수준을 보여준다. 특히 이 글에서 다룬 생애가사들은 통시적 순차적 서사의 정교성, 다양한 공간 기억의 대립적 병치, 신랄한 현실 비판, 경험의 선택적 확장과 리얼리티 등의 서술전략을 지닌 점에서 작품성과 근대성을 담보한 것으로 평가될 수 있다. 따라서 이 작품들은 한국 근대문학사에서 다루어야 할 소중한 문학적 자산임에 틀림없다. 이는 '근대'라는 새 시대와 '가사'라는 구 장르의 만남이 어떤 길항 또는 조화를 보이는가의 문제와도 연관된다.

　또한 옥성댁의 가사에는 "임신 칠월 이십일은 생애 제일 서글픈 날인가 보다", "아아 서글퍼라 답답한 이 심사를 누구한테 하소하나"와 같이 가사 형식을 벗어난 구절들이 적지 않게 나타난다. 일상적 경험과 고난의 현실이 주는 무게를 4음보라는 가사의 틀이 견뎌낼 수 없었기 때문일 것이다. 평시조의 틀을 깨고 사설시조가 분출되었듯이, 가사의 소설화 또는 다른 새로운 장르의 출현을 향한 일종의 징후 같은 것들이 옥성댁의 가사에서는 감지된다. 이런 점들이 옥성댁의 가사와 같은, 근대의 변방에서 이루어진 문학적 발언들을 주목해야 하는 이유이다.

1 성균관대 동아시아유교문화권교육연구단 편,『동아시아와 근대, 여성의 발견』, 청어람미
  디어, 2004, 14면.
2 근대기의 여성가사로는 대개 여성의 지위와 의식 신장을 위한 계몽적 담론에 복무한 가사
  들이나 최송설당과 조애영처럼 신교육을 받은 여성이 쓴 가사들이 주목된 편이다.
3 '무변심(無變心)'은 그녀의 불명(佛名)이다. 필자는 이 책들을 2002년 8월 문경 B마을의
  현지답사에서 그녀의 종동서인 봉대댁(당시 72세)으로부터 입수했다. 대구에 살았던 옥성
  댁이 고희 기념으로 이 제책본을 만들어서 문중에 배포하였다고 한다. 옥성댁이 50세에
  쓴「회고록」(㉠)의 연대가 1975년이라고 하니, 그녀의 고희는 1995년이었음을 알 수 있다.
4 생애 경험을 담고 있는 가사들에 대해서는, 자전(적) 가사, 자기서사, 자술(自述), 일대기
  가사 등의 용어들이 사용되어 왔다. '자기서사'나 '자전적 가사'는 생애사, 단편적 생애 경험,
  자탄적 술회를 포괄하는 개념으로 이미 통용되어 왔다. '자술'은 자탄과 구별하고자 백순철이
  제안한 것인데(「규방가사의 작품세계와 사회적 성격」, 고려대 박사논문, 2000, 20~21면
  참조) 가사를 넘어선 명명이고, 서영숙이 제안한 일대기 가사는(「여성 일대기 가사의 구조와
  의미」,(『개신어문연구』12, 개신어문연구회, 1995)는 생애 경험 단편을 담은 가사들이 배제되
  는 것이 문제이다. 따라서 단편이든 일대기든, 일단 생애 이야기를 가사 장르를 빌어서 쓴
  것을 '생애가사'로 범주화할 필요가 있다. 이에 대해서는 천혜숙,「근작 여성 생애가사의
  담론 특성과 여성문화적 의미」,『실천민속학연구』23, 실천민속학회, 2014 참조.
5 2005년 조사 당시 72세. 당시 B마을에서 그녀와 가장 가까운 친척이었던 봉대댁은 옥성댁
  에 대한 기억을 뚜렷이 가지고 있었다. 그러나 고희 후에 그녀의 사정이 더욱 나빠졌다는
  것 외에는 봉대댁도 근황에 대해 잘 알지 못하고 있었다. 2017년 B마을을 다시 방문하여,
  옥성댁이 대구의 한 요양원에 계신다는 것을 들었다.
6 천혜숙, 앞의 글, 25~30면.
7 임기중,『한국 역대 가사문학 집성』(누리미디어 http://krpia.co.kr), 2005.
8 소장 가사가 대부분 상주 지역의 반촌, 반가와 관련된 것으로 미루어, 가사의 수집과 수련
  은 혼인 전에 이루어졌을 것으로 짐작된다.

제2부

여성에 대한 근대적 시선과 재현

기생, 전통과 근대를 횡단하는 여성

박애경

◆◇ 기생과 근대 그리고 신문이라는 공론장

　　기생과 근대라는 조합은 낯설고도, 익숙하다. 이는 상당 부분 '기생'과 '근대'라는 두 문제적 대상이 지닌 다층성 때문이라 할 수 있다. 이 글의 관심은 이질적 가치가 혼류하던 근대 초기 기생이 서 있던 자리를 재구하고, 기생이라는 특수 집단을 바라보는 당대 지배적 시선을 살피는 데 있다. 이를 위해 이 시기 신문에 나타난 기생 관련 기사를 통해 기생의 지위와 기생 조직 안팎에 불어 닥쳤던 변화를 짚어 보려 한다.

　　먼저 이 글에서 말하는 '근대 초기'란 신분제 혁파를 통해 법제적으로 기생이 공천의 지위에서 벗어난 갑오개혁(1894)부터 한일합방(1910)에 이르는 시기라는 것을 밝혀두고자 한다. 범박하게 '개화기'라고 불리던 이 시기를 주목한 이유는 왕조에서 반식민지를 거쳐 식민지로 국가의 운명이 바뀌는 격변기였을 뿐 아니라, 옛것과 새것의 대립과 길항이 첨예하게 제기된 시기였기 때문이다. 기생 역시 이러한 변화의 소용돌이에서 자유로울 수 없었다. 관기제도를 근간으로 유지되어 왔던 전통적 기생 조직은 그들을 관리하고 통제하던 왕조의 불안정성에 직접적으로 노출될 수밖에 없었고, 봉건잔재 청산이라는 시대 요구에도 직면해야 했다. 기생 조직 내부로 시선을 돌려보아도 변화의 움직임이 뚜렷하게 포착된다. 기생의 집단적 면천, 관기제의 점진적 혁파, 기생의 조직화 등 주요한 움직임이 포착된 시기가 바로 이 시기였기 때문이다.

격변의 시기를 거쳐 온 기생의 자취는 관광엽서의 피사체로 혹은 음원의 목소리로 박제되기도 하였다. 그리고 기생의 이러한 움직임은 '근대를 선취한 여성'의 모습으로 각인되기도 하였다. 하지만 근대 초기 기생은 기본적으로 조선시대 관기를 계승하는 집단의 일원으로 신분제 철폐와 관기제 해체 이후에도 그 구조적 변화를 감내하면서 오락과 향락을 제공하여 왔다. 말하자면 전대로부터 상속받은 모순과 질곡을 고스란히 물려받은 채, 근대 공적 사회와도 새롭게 대면해야 했던 것이다. 이러한 전환은 관의 지배를 대신해 등장했던 근대 규율, 제도, 가치와의 조우를 의미하는 것이다. 뿐만 아니라 그 전환은 관기제를 낳은 가부장적 통제에 대한 집착이 여전히 잔존하는 가운데 이루어졌다는 점에서 전통과 근대 논리의 길항을 대표적으로 살필 수 있는 지점이기도 하다.

기생이라는 존재 자체가 이렇듯 전통과 근대의 경계에 위치하며, 이질적인 시기를 거쳐 온 만큼, 근대기생을 바라보는 시선 내부에도 두 시대의 가치가 착종될 수밖에 없다. 기생을 둘러싼 이질적인 시기의 역동을 살피기 위해 이 글에서는 신문매체를 주 분석 대상으로 삼았다. 신문

은 근대를 향한 열망이 다종다양하게 펼쳐진 이 시기 대표적 공론의 장
이었다. 따라서 신문에서 기생을 바라보고 배치하는 방식은 기생을 바라
보는 곧 근대의 시선, 그리고 신문의 논조를 만들어 낸 지식인 남성의 시
선이라고 해도 무방하다. 특히 기생을 청산해야 할 구악舊惡으로 보면서
도, 이들의 존재나 공적 활동 자체는 부인할 수 없었던 매체의 이중적 태
도를 통해, 매체를 주도하던 이들의 포섭/배제의 기저를 파악할 수 있다.
말하자면 근대 초기라는 시기와 신문매체는 기생과 그를 둘러싼 제도와
담론적 질서가 (재)구축되는 장이라고 볼 수 있다.

　물론 이러한 방식의 접근에는 분명 한계가 존재할 수 밖에 없다. 매
체, 특히 지식인 남성이 주도하고 있던 신문매체를 통한 접근은 기생 집
단을 그들 스스로의 입장이 아닌, 관찰자의 시선으로만 파악해야 하는
원천적 한계에서 자유로울 수 없다고 할 수 있다. 그럼에도 불구하고, 변
화에 대처하는 기생의 조직적 반응, 주류 담론에 전적으로 포섭되지 않
은 기생들의 내적 의지를 읽어내기 위해서는, 당대 기생에 대해 가장 풍
부한 정보를 담고 있을 뿐 아니라, 드물게는 기생 자신의 목소리도 실린
신문매체의 분석이 여전히 유효하리라 생각한다. 비난의 표적이 되었던
기생 중 일부는 '독자'의 자격으로 신문이라는 공론장에 입문하면서, 남
성 지식인이 주조해낸 공적 담론을 수용하면서도도 전적으로 이에 포섭
되지 않는 '틈새'를 만들어 내기도 하였다. 그리고 이러한 '틈새'를 응시
하는 것은 근대와 기생이라는 문제적 대상의 실체에 접근하는 한 방법일
수도 있다. 신문이라는 매체는 이러한 가능성에 접근하고, 유의미한 결
과에 도달하기 위한 하나의 관문인 것이다.

◆◇ 기생 그리고 기생조직을 둘러싼 변화

근대 기생을 이해하려면 그 전신인 조선시대 기생에 대한 이해가 필요하다. 조선시대 기생은 약방과 상방 혹은 각 지방 관아에 소속된 공노비 신분으로, 관청의 공적 업무를 보조하는 기능인으로, 국가의 전례에 동원되는 관변 예능인으로 활동했다. 이 밖에 외교 사신 접대, 변방 관리나 군사의 현지 생활 정착을 위한 역할까지 담당하여, 기예와 접대라는 임무를 동시에 수행해 왔다. 가무악에 대한 민간의 수요가 많아진 18세기 이후에는 시정의 오락적 요구에 부응하는 민간 연예인으로 활동하면서, 좌상객들에게 가무와 성적 향락을 제공하였다. 기생에게 부과된 '기예'와 '접대'라는 직역의 이질성은 여악女樂, 여영女伶, 기녀妓女, 여기女妓, 창기娼妓 등 명명의 다양함에서도 확인된다. 물론 기생을 표상하는 '기妓'라는 것은 다름 아닌 그들의 기예를 초점화한 것으로, 기예야말로 기생을 기생답게 하는 필요조건이라 할 수 있다.[1]

이처럼 기생은 재색과 예술적 전문성을 갖추고 공적 영역에서 활동한 유일한 여성 집단이었지만, 신분제와 부권 중심의 사회, 양면으로부터 모두 소외된 이중의 타자였다.[2] 뿐만 아니라 이들은 미천한 관비의 몸으로, 예악禮樂의 이념을 구현하는 고귀한 국가 전례에 참여하면서도, 이를 최종적으로 통어한 지배 담론으로부터도 배척된 채, 음란한 존재라는 비난을 감수해야 했다. 기생을 바라보는 혼란스러운 시선은 기생의 존재적 모순에서부터 출발한다. 가곡과 정재무呈才舞 등 기생이 담당했던 예능은 본류적 정통성을 지닌 당대 최고의 고급예술이었지만, 기녀의 작명과 복식에서는 섹슈얼리티의 담지자이자 성적 욕망의 대상이었던 기생의 면모만이 명징하게 드러나고 있을 뿐이다. 다양한 층위의 기생을 포괄하는 '창기娼妓'라는 명명은 전통적인 기생의 위상을 단적으로 드러내는 것이다.

'천민의 신체로' 고귀한 예악의 이념을 실현해 왔던 기생과 기생 조직의 변화는 관기제의 점진적 해체로 인해 촉발되었다. 1894년 갑오개혁을 계기로 집단적 면천이 이루어지면서, 관기들은 비로소 관노비라는 신분에서 벗어날 수 있었다. 기생은 관비 중에서도 가장 늦게 신분 해방이 이루어진 편이었다. 1897년 지방관기의 혁파를 시작으로 해체되어 가던 관기제는 1908년 상방기의 해체와 함께 제도적으로 철폐되었다.

그러나 관기제의 점진적 해체가 곧 기역妓役으로부터의 해방을 의미한 것은 아니었다. 기생들은 여전히 국가 전례에 동원되고 있었고, 각 지방 관아에서도 기생안을 철폐하지 않았던 것이다. 즉 그들은 관비의 신분에서는 벗어났다고는 하나 관이 부과하는 의무로부터 완전히 벗어나지 못하였다. 기생의 기예를 여전히 필요로 하는 국가 권력과 풍류문화의 잔존, 기생을 구 시대의 잔재 나아가 구악舊惡으로 보는 근대 담론 사이에는 분명 간극이 존재하고 있었다. 뿐만 아니라 관기와는 달리 시정의 공연계에서 활동하고 있던 삼패牌三(한말 기생의 계급을 구분하면서 가장 하급의 기생을 일컫는 말. 일패기생인 관기와 달리 체계적인 교육과정과 조직을 갖추지 못하였고, 매춘 여성 취급을 받기도 하였다)들이 관기들과 무대를 공유하면서, 양자 간의 역할과 명명을 둘러싼 혼란 역시 노정되기 시작하였다. 따라서 기생에게 전통적으로 요구되던 재색, 즉 기예와 섹슈얼리티의 의미 역시 흔들릴 수밖에 없었다.

관기와 삼패 혹은 예인과 창기 사이

집단적 면천을 통해 기생들은 관비라는 신분에서 해방되었지만, '궁내부'로 대표되는 국가 권력이 부과하는 의무로부터 완전히 벗어나지는 못하였다. 그들은 기생의 기예를 필요로 하는 국가 전례에 여전히 동원되고 있었다.

지난 날 진찬도감에서 평남 관찰부에 명령을 내려 기녀 20명을 선상하라 하였더니 10여 명이 더 온지라 어제 그 삼십 명 중 9명을 환송하였는데, 반전(盤錢)을 지급하여 인천항을 통해 평양으로 보냈고 그 전날 진주 기녀 6명이 먼저 서울에 도착하였는데 경향 기녀들 매일 정동 습악 처소로 가서 연습하더라

— 「鄕妓來往」(잡보), 『황성신문』, 1901.7.31

『황성신문』에 실린 위 기사는 기생들의 기예를 여전히 국가적으로 관리하고 있음을 보여주고 있다. 특히 외방기外方妓(서울이 아닌 지방 관아 소속의 관기)의 선상 등 조선조 관기 관리의 전통이 이루어지고 있음을 알 수 있다. 기녀의 선상은 고종 탄신 50주년을 기념하는 진연을 위한 것으로, 이를 위해 평양과 진주에서 관기를 선상한 사실을 기록하고 있다. 진연을 위해 필요한 인원을 외방기로 충당하고, 행사 후 선상한 기생을 본읍으로 송환하는 규정은 조선시대부터 지속된 것으로, 대원군 집권기에 일시적으로 중단되었다.[3] 그런데 고종이 전면에 등장하면서 다시 향기들을 선상하여 진연을 치루고 있다는 것을 확인할 수 있다. 실제로 갑오개혁 직전인 1893

협률사 무대에 선 기생

년(고종 30)부터 다시 외방기를 대거 선상한 기록이 보인다. 고종조 궁중의
례를 기록한 『정재무도홀기呈才舞圖笏記』에 의하면, 이때 참여한 외방기는
33명이고, 이 중 평양 출신이 23명, 선천 출신이 10명이었다.[4] 향기들의
선상은 기사가 나온 그 다음 해(1902)에도 이루어졌고, 이때에는 평양, 진
주 뿐 아니라 선천 기생들도 참여하였다.[5]

　향기들의 선상과 습악은 말할 것도 없이 조선시대부터 지속된 경기京
妓의 운영 방식을 계승한 것이라 할 수 있다. 또한 평양이나 선천 등 서도
의 기생들이 대거 상경한 데에서, 정재무나 가창에서 탁월한 기량을 보였
던 서도기생을 선호했던 조선 후기 이래의 문화적 분위기를 짐작할 수 있
다.[6] 요컨대 관기제 해체기라고 하는 시기에도 외방기의 동원과 습악이라
는 제도는 유지되고 있음을 알 수 있다.

　이처럼 기생의 기예에 대한 국가적 요구가 있는 한, 기생은 여전히 관의 의식에 동원되었다. 즉 관기라는 신분은 사라져도 관기라는 상징성과 의무는 남아 있었던 것이다. 봉건 잔재 청산이라는 명목으로 해체되고 있던 관기제도와 관기라는 상징성의 유지는 전근대와 근대의 경계에 선 기생의 위치를 단적으로 보여준다고 할 수 있다. 이들은 관노비 신분에서 해방된 뒤에도 황실의 위엄을 대내외적으로 과시하는 전례에 참여함으로써 전통의 담지자라는 임무를 수행해야 했던 것이다.

국가 전례 외에도 가악의 담당자이자 풍류방 예능인으로서의 기생의 역할도 여전히 지속되고 있었다.

지난 날 저녁 9시에 동현 모가에서 내부 관인 몇 명과 유지신사들 몇 명이 일전 민충정공기념 필통 및 술잔을 보고 기념연을 열기 위하여 발기인 이면근씨를 초청하여 동석하는데 대한의 술과 안주와 기생 2명을 초청하여 그날 밤 1시까지 주흥이 도연하는데 신사 강위사가 시조 일편을 제작하여 기생으로 하여금 불러 전하게 하였는데

— 「歌曲新唱」(잡보), 『대한매일신보』, 1906.2.6

위 기사는 민영환閔泳煥(1861~1905)의 우국충정을 기리는 시조가 창작된 내력을 보여주는 동시에 기생의 전통적 레퍼토리였던 가곡과 시조가 창작되고, 향유되던 양상을 전형적으로 보여주고 있다. 고관대작들이 주도한 연회에서, 즉석에서 제작한 창사를 기녀에게 부르게 하는 방식은 풍류방 문화의 전통을 계승한 것이라 할 수 있다. 풍류방을 중심으로 고관대작들과 기생들이 어울려 가무가 전승되는 것이나 여기에 우국충정의 주제의식을 담아내는 것은 전통적인 방식을 따르고 있음을 알 수 있다.

그런데 다음 기사에서는 국가 전례와 선상이라는 제도의 근간은 유지하되, 기녀 조직을 둘러싼 환경, 조직 내부 구성에 변화가 생겼음을 보여주고 있다.

금번 칭경예식에 여영을 불가불 준비할지라. 삼패의 도가를 봉상시 근처로 설시하고 어느 참령이 주간하여 각처 삼패를 모집하여 노래하는 삼패는 기생으로 삼고 노래 못하는 삼패는 여영으로 마련 한다더라

— 「三牌都家」(잡보), 『제국신문』, 1902.8.15

위 기사는 고종 즉위 40주년을 기념하는 칭경예식에 관기 뿐 아니라, 관기보다 격이 떨어지는 존재로 취급되었던 삼패도 여악女樂과 여영女伶의 자격으로 동원되고 있다는 것을 보여주고 있다. 고종 황제의 칭경예식을 위해 협률사를 설시한 데에서도 보이듯, 이 시기부터 국가 전례는 극장무대화하기 시작하였다. 말하자면 전례의 장이 달라진 것이다. 극장무대화한 전례는 독립국가이자 황제국인 대한제국의 위엄을 만방에 보여주려는 의지에서 비롯된 것이라 할 수 있다. 이러한 자리에 삼패가 전통적 관기와 무대를 같이한 것이다.

민간 영역에서 기생과 삼패가 한 자리에서 어울려 공연하는 현상은 전대에서도 이미 나타나고 있었다. 또한 경복궁 중건 행사 시, 역부들을 위로하기 위해 기생, 삼패, 광대, 날탕패 등 각색의 예능인들이 자신들의 레퍼토리를 선보인 바 있다. 그러나 위 기사에서는 황실의 주요 전례인 칭경예식에까지 삼패가 관기가 하던 여악과 여영의 역할로 참여하고 있다는 것을 보여주고 있다.

이러한 변화의 기저에는 '신음률'로 대표되는 새로운 기예에 대한 수요가 있었던 것으로 보인다.

> 들리는 말에 의하면 최근 협률사에서 각색 창기(娼妓)를 조직하는데 태의원 소속 의녀와 상의사 침선비 등을 소속을 옮겨 이름하여 관기(官妓)라 하고 무명색 삼패 등을 합하여 예기(藝妓)라 하고 신음률을 교습하는데 또 근일 스스로 원하여 관기로 새로 들어오는 자가 있으면 이름하여 예기(預妓)라 하고 관기와 예기(藝妓) 사이에 두고 무부처녀를 허락하는데 물론 모인하고 십인, 이십인이 결사하고 예기(預妓)에 들어가길 원하는 여자를 청원하면 협률사에서 허락할 것이라 정하였다더라
>
> ─「妓司新規」(잡보), 『황성신문』, 1902.8.25

위 기사에서는 협률사 무대에 선 관기와 예기를 각색 창기라 통칭하고 있는 점이 특기할 만하다. 의녀, 상방기 등 전통적으로 관기의 역할을 한 기생은 여전히 관기로 불리고 있지만, 관기보다 엄연히 격이 낮은 존재로 취급되었던 삼패는 '예기藝妓'라는 칭호를 새롭게 얻게 되었다는 점을 알 수 있다. 이는 삼패가 예인으로 대우받기 시작하였다는 점에서 삼패의 약진으로 볼 여지가 있다. 하지만 관기와 삼패를 싸잡아 각색 창기로 명명하는 것은 삼패에 비해 배타적 우위를 확보하고 있던 관기의 입장에서는 '격하'로 비춰졌을 것이다. 이 이후 관립극장인 협률사에 기생과 삼패가 함께 무대에 오르는 일이 빈번해졌다.

삼패와 관기와 무대를 공유하는 현상은 예인으로서 기생의 역할 변화를 의미하기도 한다. 민간 예능에 대한 수요가 높아지고, 그에 비례하여

인기 또한 높아지면서 기생 역시 관변 예능인의 역할에서 벗어나 '홍행'을 위한 공연에도 참가해야 했다. 물론 기생이 기방 등 상업적 유흥공간을 중심으로 한 민간예능의 현장에서 활동하고, 정가와 정재무로 한정된 레퍼토리의 엄격한 질서가 무너지고 있는 것은 전 시대에도 목도되는 바였지만, 20세기로 들어서면서 이러한 변화는 점점 뚜렷하게 가시화되었다.

> 협률사에서 기생 삼패 광대 등을 모집하여 희학하여 관광자에게 돈을 받더니 엊그제부터 광대는 영영 볼 수 없어 관광하는 자가 없는 고로 사무가 정지되었다더라
>
> —「律社自廢」(잡보), 『제국신문』, 1903.2.17

협률사 폐지를 알리는 위 기사는 짧지만, 이 시기 기생과 예능인 조직을 둘러싼 변화를 함축적으로 보여주고 있다. 협률사는 국가 전례 외에 홍행을 위한 공연을 시작하면서 극장 공연이 풍속을 해친다는 비판에 늘 직면했고, 이에 따라 폐지론이 제기되기 시작하였다. 비판적 여론에 재정난까지 겹치자 1903년 협률사는 폐관하였다. 협률사 폐지를 둘러싼 정황을 보여주는 위 기사는 칭경예식 이후 기생과 삼패과 함께 상시적으로 공연해 왔다는 것, 홍행을 위한 공연을 주도했던 것은 광대 무리였음을 보여주고 있다. 이는 기생 조직의 변화가 민간 예능의 인기와 홍행 몰이라는 요인에 있었음을 보여주는 것이라 할 수 있다. 요컨대 위 기사는 민간 예능의 인기를 배경으로 성장한 삼패의 괄목할만한 성장을 의미할 뿐 아니라, 관기를 중심으로 한 기생과 삼패 간의 위계질서에도 변화가 생기기 시작하였다는 것을 암시한다고 할 수 있다. 삼패들의 위상이 높

아지면서, 삼패들 역시 상화실을 중심으로 공익적 공연을 조직하고, 참여하기 시작하였다. 이들의 공적 활동은 관기가 참여했던 공공 영역에 진출하여, 기생으로서 전문성을 인정받고 싶은 욕망, 즉 승인에 대한 욕망의 발로라 할 수 있다. 무대를 넘어 칭경예식 나아가 각종 공적 활동에까지 등장한 삼패는 기생 조직 내부의 변화를 명백하게 보여주는 것이라 할 수 있다. 예인으로서 기생의 배치가 달라지면서, 기생 계급 간의 혼란이 노정되기 시작한 것은 근대 초기 기생집단이 대면한 중대한 도전이었다고 할 수 있다.

문명사회와 그 적들

기생 조직 안팎을 둘러싼 이러한 변화는 관변 예능인이었던 기생과 민간 오락의 장에서 활동하며 예능인 겸 매음부로 취급받았던 삼패 간의 위계 질서에도 영향을 미치게 되었다. 앞서 살펴보았듯이 이들이 예능활동을 통해 관립 공연무대를 공유하고, 점차 레퍼토리까지 공유하면서 기생 간의 계급질서에도 변화가 생기게 되었다. 이는 기생과 창기 간의 명명의 혼란으로 나타나거나, 전문 예능인이었던 기생이 삼패와 같은 창기의 부류로 취급되는 등 기생의 정체성을 둘러싼 혼란은 더욱 가중되기에 이른다.

기생과 삼패의 혼란과 착종은 점차 기생 조직 전체에 대한 혐오와 배제로 이어지고 있다. 시차를 두고 나온 아래 기사를 보면 배경이나 정황은 조금씩 다르게 나타나지만 기생과 기생 조직을 둘러싼 싸늘한 태도가 보이고 있다.

인천항 화개동 상봉루에 있는 기생을 각기 수백원씩 주고 사다가 화류장
을 벌여 생애하는 주인은 김윤복, 김봉의라 각각 기생 여섯씩을 차지하고 있
더니 일전에 김봉의가 자기가 차지한 기생을 다 보내는데 소위 몸값을 한푼
도 아니 받으며 겸하여 노자까지 주니 그 가는 기생들이 그 속신함을 백배
치하하였다더라

— 「解放娼妓」(잡보), 『매일신문』, 1898.9.23

요 며칠 들리는 말에 의하면 한성에 창기회사를 창설하여 십삼도 기녀 중
백오십명을 선취하여 일대 집들을 넓게 건축하고 나눠 둔 후에 각기 분류하여
방문에 패를 내걸되, 노래를 팔되 몸은 팔지 않는다 몸은 팔되 노래는 팔지
안는다 얼굴을 팔고 미소를 판다 몸을 팔고 노래를 판다 한다는데 그 실행
여부는 아직 알지 못한다더라

— 「娼妓會社」(잡보), 『황성신문』, 1901.10.25

우리나라 경성에 소위 창기가 두 종이 있으니 첫 번째는 관기요, 두 번째
는 삼패인데 서방이 있고, 매음하는 것은 한가지라 그 화대가 고가인 즉 이는
세계 각국에 없을 뿐 아니라 한국 십삼도에도 없는 자들인데 유독 경성에서
이러한 사례가 있음으로 내부에서 이를 혁신하고자 창기의 장정규칙을 제정
한다는 전설이 있더라

— 「娼妓革新」(잡보), 『황성신문』, 1908.7.16

1898년부터 1908년까지 기생 조직 안팎의 변화를 포착한 세 건의
기사는 공통적으로 기생을 '창기'로 명명하고 있다. 첫 번째 기사에서는

김준근, 〈색주가 모양〉, 독일 함부르크 민족학박물관 소장

기녀의 속신을 다루면서, 기생의 활동 공간을 화류장으로 지칭하고, 기사 제목에는 「창기해방解放娼妓」라고 명시하여, 기녀와 창기를 동일시하고 있다. 두 번째 기사에서는 기생의 품행에 따라 등급을 정하는데, 이들을 관장하는 조직을 '창기회사'라 하여 기생 일반을 창기로 지칭하고 있음을 알 수 있다. 마지막 기사에서는 관기와 삼패가 서방을 두고 매음 행위를 한다는 점에서는 동일하다고 하여, 창기로 규정하고 있다. 특히 이 기사는 두 달 후인 1908년 9월 30일 발표·시행된 '창기단속령'과 '기생단속령'

의 전조가 되었다고 할 수 있다.

위 기사들에서 공통적으로 드러나듯, 당대 언론에서는 관기, 은군자, 삼패 등을 포괄하는 상위 개념으로 '창기'라는 용어를 통용하고 있었다.[7] 그리고 '창기'라는 기표 이면에는 기생을 문명사회로 나아가는 데 장애가 되는 '유해 세력'으로 배제하려는 의도가 내재되어 있다고 할 수 있다. 멀리 갈 것도 없이 기생과 창기 간의 혼돈은 세금 수취나 매음부 검진 등에서 기생과 삼패류를 차별화한 기생 관련 법제에도 위배될 뿐 아니라, 의복이나 치장에서도 삼패와 구분하고자 했던 기생 자신들의 인식과도 괴리되는 것이었다. 이런 문제는 종종 기생과 삼패 간의 알력으로 비화되기도 하였다. 원래 기생만 홍우산을 써 자신을 삼패와 구분하였는데 삼패가 기생을 따라 홍우산을 쓰자 관기 출신 기생들이 우산에 금박으로 '기妓' 자를 새기는 등 삼패와의 '구별짓기'를 끊임없이 시도하였다. 그리고 이러한 '구별'은 기생 조직을 관리하던 경시청의 태도에서도 뚜렷이 드러나고 있었다. 기생과 같이 반양복을 착용하게 해달라는 삼패들의 청원을 '기생과 삼패는 등분이 있다'는 이유로 묵살 한 것이 단적인 예라 할 수 있다. 요컨대 기생과 삼패 간의 계급 차이는 그들 내부에서 엄연히 존재하고 있었던 것이다.

이러한 기생 간의 계급 차이는 통감부 정치 이후 실질적으로 기생을 관리하고자 의도한 식민 권력도 인지하고 있었던 것으로 보인다. 1908년 공표된 '기생단속령', '창기단속령'이 조합의 설립, 기부의 폐지 등 실질적으로 같은 내용을 담고 있음에도 불구하고, 각호를 구분하여 공표한 것도 이러한 인식의 소산이었다. "기생과 창기는 계급을 달리하기 때문에 제각기 단속령을 발행했다"는 기록[8]에서 보이듯, 식민 권력도 기생과 창기의 차이, 기생이라는 말의 상징성은 인지하고 있었던 것이다.[9]

그렇다면 기생과 창기의 명명상의 혼란은 어디에서 비롯되는 것일까? 물론 그 배후로는 통감부 체제 이후 기생 조직을 '치안'의 차원에서 관리·감독하기 시작한 식민 권력의 존재를 거론하지 않을 수 없다. 1908년 10월 발표된 '창기단속령'과 '기생단속령', 관기까지 검진의 대상에 포함시켜 '매음부'의 일원으로 관리하기 시작한 경무국의 후속 정책,[10] 기생, 창기, 상화실 삼패 등을 단일 조직으로 통합하라는 명령[11]은 기생을 관리하는 식민권력의 정책 방향을 보여주고 있다.

그러나 위 기사에서 보듯 이미 우리 안에서도 기생을 창기의 무리로 보는 시각이 존재하고 있었다는 것 역시 간과해서는 안 될 듯하다. 그리고 이것이 서방이 있는 유부기를 문제 삼으면서 제기되었다는 것 역시 서울 기생 즉 경기京妓의 운용에서 이러한 혼란이 이미 배태되기 시작했다고 볼 수 있다. 조선 후기 들어 기녀를 포함한 관노비에 대한 중앙 정부의 장악력이 약해지고 기녀가 기부妓夫들의 관리 체제로 들어가면서, 기녀의 작첩 문제나 기부들의 횡포와 같이 문제가 빈번하게 드러나기 시작했던 것이다.[12] 특히 기녀의 서방 노릇을 하는 기부가 기방 등 유흥공간의 막후 운영자 내지 후원자로 영향력을 발휘하면서, 관의 기강이 흔들리고 습악에 차질이 생기는 등[13]의 문제가 발생하게 되었다.

이렇듯 기부에 의해 기녀가 장악되고 사적으로 점유되면서 기녀의 사창화 문제가 불거지기 시작하였다. 기녀와 창기의 역할이 점차 혼란스러워지자 대원군 때에는 기녀 개혁을 단행하였다. 개혁의 내용은 크게, 기생의 계급을 나눠 관기와 창기를 엄격하게 구분하는 것, 기부의 존재를 양성화하고 기부의 자격을 제한하는 것, 기녀에 대한 전두를 제한하는 것으로 요약해 볼 수 있다.[14] 대원군의 개혁정책으로 기생과 창기의 구분은 법제화되었지만, 이는 기생과 창기의 역할이 혼란스러워진 상황을 역설적으로 반영한다고 할 수 있다.[15] 통감부 통치가 시행되기 전인 1905년 이전에도 기생을 창기와 동일시하는 기사가 발견되는 것은 그 이유라 할 수 있다. 이는 기생의 기예를 공적으로 관리하고, 이용하면서도 이를 실질적으로 수행하는 기생을 '음부淫婦'라 하며 윤리적 비난을 가하던 지배권력의 이중성을 드러낸 것이라 할 수 있다.

여성의 성을 '풍속'의 차원에서 바라보고, 계도와 훈육의 대상으로 삼는 근대의 시선은 이 지점에서 기생을 전통적으로 '음란하고 탕잡한 무리'로 보는 전대의 시선과 중첩되고 있다. 뿐만 아니라 근대에 대한 논의를 주도하던 이들은 기생을 애초에 문명화된 국가의 국민에서 배제하였다. 신문매체에서 기생을 창기와 같은 부류로 바라보는 태도의 이면에는 기생은 '음란함'의 상징이라는 시각이 기본적으로 개입되어 있다고 할 수 있다. 기생에게 각인된 '음란함'이란 근대로 접어들면서 윤리적 일탈, 풍속의 괴란을 넘어서는 반사회적인 범죄로 치부되기 시작한다.

소위 기생이라 것은 관부에 매였거나 그 외 음녀들이 각처에 많이 있어 빈부를 막론하고 어리석은 사나이들을 유인하여 돈들을 뺏으며 혹 돈을 지체하면 패유를 결연하여 무수히 곤욕을 보이고 때려서 몸이 상하는 지경에 이르면 또 무뢰지배들이 남의 계집 아이들을 사다가 오럽을 가르친다니 이런 일은 경무청에서 엄금할 일이더라

─ 「宜禁賣淫」(잡보), 『독립신문』, 1896.7.11

근대국가를 향한 열망과 상상력이 발흥하던 때 나온 위 기사는 기생

을 바라보는 계몽언론의 시선을 단적으로 보여주고 있다. 기생에 대한 관의 실질적 통제력이 약하기는 하나 유지되고 있던 시기였던 만큼, 기생과 음녀의 차이는 확실히 인지하고 있으나, 「의당 매음을 금할 것」이라는 기사 제목에서 보이듯, 은연중 기녀를 매음에 종사하는 음녀들과 동일시하려는 의도가 나타나고 있다. 뿐만 아니라 매음의 궁극적 책임을 매음녀에게 돌리고, 이들의 행위를 경무청에서 엄금할 것을 촉구하고 있어, 이들을 범죄자로 바라보는 시선까지 드러내고 있다. 신문매체에 나타난 이러한 시선은 기생을 '음란한 존재'로 규정하고, 윤리적인 비난을 가하던 전통적 관점보다 한결 더 배타적인 태도라 할 수 있다.

'음란함'이 윤리적 파탄을 넘어선 범죄로까지 규정하는 이유는, 이것이 일부일처제에 기초한 문명화된 가족 관계에 위반되기 때문이다. 물론 세습이나 신분에 의해 기생이라는 신분이 결정되던 전근대에 비해, 면천 이후에는 기업을 자의로 택할 수 있다는 정황도 기생 집단을 범죄자로 보는 한 이유가 되었다고 볼 수 있다. 그렇지만 기생이 가진 원죄는 어디까지나 '음란함'에 있었다고 할 수 있다. 음란함의 화신인 기생은 결코 '국민의 모친'이 될 수 없는 야만의 존재로 규정되었던 것이다.

그런데 마땅히 일남일녀가 청결한 덕과 단정한 행실로 평생을 짝을 하여 백년을 해로하고 서시의 경국지색이나 두목지의 남중일색을 옆에 두고라도 눈을 엿보지 말고 내외가 다 같이 행실에 지킴이 옳다 하겠거늘 어찌 방탕음란하여 윤리를 흐리게 만들리오 우리나라에도 국법이 차차 밝아지면 각 대도회처에 음란한 것으로 생애하는 계집들을 한 지방에 허락하여 그 지방에서만 살게하고 차차 그 폐단을 막아 수효가 늘지 못하도록 만들려니와 지금은 괴악한 계집들을 국중에 상등으로 대접하며 혹 노성한 사람도 침혹하니 어찌 더욱 소년들이야 허랑방탕함을 본받지 않으리오 (…중략…) 지금은 일본에서도 해마다 법률을 속히 마련하여 힘쓰는 것이 아무쪼록 국중에 매음 행창하는 더러운 계집이 차차 없어지고 다 학식 있고 재주 있는 부인네가 되어 옳은 사업을 힘써 왕화를 찬조하는 백성이 되기를 위주로 하는 바이어늘 어찌 우리나라는 도리여 이렇듯 권면하여 추한 계집이 늘며 국중 청년들을 모두 화망의 재로 인도하며 장차 국민의 모친 될 여자들을 모두 이렇게 망하게 만들리오 차차 이런 풍속도 없어져야 하겠고 이런 여자도 없어져야 하려니와 특별히 소년동포들을 권하노니 음란한 화류 마당을 가까이 하지 말지어다

— 「음란흐거시 사롬의 큰죄」(논설), 『제국신문』, 1903.1.24

이 글에서는 여성을 국민의 모친이 될 부인네와 화류계 여성으로 나누고, 화류계 여성을 을 '괴악한 계집'이라 하여 싸잡아 음란한 존재로 규정하고 있다. 이들의 거주지를 제한하여, 매음녀의 수를 줄이자는 주장은 조선에 유곽의 도입을 꾀하고, 매음부의 위생 검진을 통해 화류계 여성을 통제하려 했던 식민권력의 의도와 궤를 같이 하는 것으로 보이기도 한다.[16] 이러한 주장은 다음해(1904) 삼패를 수표교 근방의 시동詩洞으로 집단 이주케 하는 정책으로 실현되었다.[17] 그 이유는 화류계 여성을 법적으로 통제함으로써 풍속의 괴란을 효과적으로 방지할 수 있다고 보았기 때문이다.

이 주장은 궁극적으로 남녀 공히 음행을 중지하고, 건전한 국민의 일원이 되자는 것으로 귀결되고 있어, 매음녀만을 단죄하는 논조와는 차별

을 보이고 있다. 그렇지만 기생, 삼패와 같은 화류계 여성이 국민화·문명화에 장애가 되는 존재라는 점은 분명히 하고 있다. 이로보아 '음란함'이란 윤리적 선악을 넘어, 전근대적 미개함을 상징하는 '구악舊惡'으로 재정립되기에 이르는 것이다. 말하자면 기생은 문명화될 수 없는 '문명사회의 적'이었던 것이고, 그것을 최종적으로 확정한 명명이 '창기'였던 것이다.

◆◇ 기생이 근대와 대면하는 방식, 그 명과 암

기생은 이렇듯 관기제 폐지 이후에도 전통적으로 부과되었던 직무를 이행하는 한편, 다양한 방식으로 '근대'라는 새로운 시대와 대면하기 시작하였다. 기생들은 극장, 박람회, 요리점 등 근대적 공간에서 자신의 기예를 선보이면서, 공적 사회와의 접촉면을 넓혀 나갔다. 이는 기생이 자신들을 바라보는 따가운 시선에도 불구하고, 점차 공적 사회의 일원으로 참여하기 시작하였다는 의미일 것이다. 다음 기사는 기생이 공적 사회와 본격적으로 대면한 사례를 보여주고 있다.

종로 근처에 사는 아해 등이 독립협회 혁파한다는 말을 듣고 지난 17일 밤에 회를 만들어 한득신이란 신랑으로 회정을 선정하고 각 아해들이 연설하되 언사가 격절비창하여 천인이 공감한 듯하며 보조금을 각히 출연하여 황성 만민공동회로 보내려 할 때에 청인 서익천씨가 은화 일원을 내고 기생 옥희가 십이전을 내고 처녀 김보비가 이전을 내고 성천인 장기복씨가

이십전을 내고 기타 80여 아이들이 출연하여 합 4월 40전을 황성으로 보 냈다더라

— 「小子敬之」(잡보), 『황성신문』, 1898.12.6

독립협회가 혁파된다는 말을 듣고, 만민공동회에 성금을 보낸 이들 중, 기생도 참여한 것이 눈에 띈다.[18] 만민공동회에 성금을 보낸 행위는 기생이 (일부이지만) 시사 문제에 대해 높은 관심을 가지고, 이에 동참하 고픈 의지를 드러냈다고 할 수 있다. 만민공동회를 통해 공공의 장에 진 입한 기생은 여학교를 설시하기 위한 움직임마저 보이고 있다. 동래부 기생 비봉, 류선, 소춘 3인이 여학교 설시를 위해 자본금과 장소를 구한 일에 앞장 선 후일담은 '기이한 일'이라 하여 기사화되기도 하였다.[19] 이 들이 학교 설시를 위해 움직인 시기는 계몽의 필요성이 증대하면서 여성 교육에 대한 움직임이 부상하던 시기였다.[20] 이러한 흐름에 맞춰 평양에 '애국여학교'가 설시되고, 관립여학교의 필요성을 촉구하는 목소리가 높 아지기도 하였다. 여학교 설시를 위한 기생의 실천은 '문명화'를 위한 기 생 스스로의 움직임을 보여준다는 점에서 의미심장하다고 할 수 있다.

기생이 근대와 대면하는 일반적인 방식은 예능인으로서 자선 무대나 박람회 등 공공의 장에 노출되는 것이었다. 이들이 공공의 장에 노출될 수 있었던 주 요인은 기생을 기생답게 하는 자질, 즉 기예 때문이었다. 기생이 예능인으로서 조직적으로 공적 사회 활동에 참여하는 방식은 극장무대의 자선공연이었다. 경성고아원 경비를 마련하기 위한 자선연주회에 궁내부 행수기생, 태의원 행수 기생 등이 대거 참여한 것[21]은 그 예라 할 수 있다. 이 공연을 홍보하기 위해 궁내부 행수 기생 연옥을 비롯한 9인의 관기들은

신문에 광고를 게재하기도 하였다.[22] 기생들은 이 무대에서 관기들의 전통적 레퍼토리였던 정재무를 공연하였는데, 흥을 돋우기 위해 당시 대중들에게 인기가 높았던 평양 날탕패가 찬조 출연하기도 하였다.[23]

기생이 근대의 장에 진입하는 가장 문제적인 방식은 박람회와의 조우라 할 수 있다. 그만큼 박람회는 이 시기 기생이 놓인 위치를 상징적으로 보여주는 장이라 할 수 있다. 기생은 1903년 오사카에서 개최된 '제5회 내국권업 박람회'와 1907년 개최된 경성박람회에 참여하였다. 그보다 앞서 1900년 개최된 파리 박람회에도 기생 홍옥紅玉, 유색柳色, 연화蓮花, 도색桃色을 파견하려는 시도가 있었으나, 경비 문제로 좌절되기도 하였다.[24] 1907년 9월 1일부터 11월 15일까지 거행된 경성박람회에는 한일 양국의 기생들이 참여하였다. 이들은 박람회장에 별도로 설시한 연회장에서 일비 5원씩을 지급받고 관람객들에게 잡가 등을 불러 흥을 돋우는 역할을 했다.

> 京城 博覽會 會期는 올해 9월 1일에 시작하여 같은 해 11월 15일까지였는데 입장료는 5전으로 정하고 여흥으로 한일 양국 기생의 도무와 군악이 있고
>
> ─「博覽會況」(잡보), 『황성신문』, 1907.8.31

극장과 박람회는 근대적 시각의 장이 펼쳐진 대표적인 공간이라 할 수 있다. 세기 전환기 고종을 비롯한 대한제국의 지배층과 개화 논의를 주도한 지식층들은 박람회 참여가 곧 문명화의 길이라 생각했다. 1902년 임시박람회 사무소를 개소하고, 시행 규칙을 마련하는 등 활동을 개시한 것[25]은 이러한 인식의 발로로 보인다. 박람회에서 기생이 기예를 전

통적 기예를 선보인 것은 신구가 충돌하는 광경을 전형적으로 보여주는 동시에 공적 영역에서 활동할 기회와 방식이 많아진 근대 기생의 단면을 보여주기도 한다. 이는 관변 예능인, 풍류방 예능인이라는 역할에 국한되었던 기생이 보다 대중적인 시민문화와 직접적으로 접촉[26]하기 시작했다는 의미로도 읽을 수 있다.

그러나 기생과 근대라는 새로운 시·공간과의 조우는 그다지 매끄럽게 이루어지지는 않았다. 이러한 균열은 해외 박람회에서부터 보이기 시작하였다.

일본 대판 박람회에 대한 기생도 출품물로 갈 터인데 엊그제 우선 두 명이 인천을 떠나 갔다더라

― 「麗妓渡日」(잡보), 『제국신문』, 1903.2.21

1903년 오사카에서 열린 내국권업 박람회에 출품물로 떠나는 기생의 근황을 전한 기사는 한 달여 전 같은 신문 지면에 게재된 논조와 괴리를 이룬다. 1월 같은 신문 지면에서 오사카 박람회가 문명진보를 위해 중요한 전기가 되리라는 기대감을 논설을 통해 이미 피력했던 것이다.

박람회라 하는 것은 각국에서 대단히 중히 여기는 바 한 도성 안만 모이기도 하며 온 나라 안에서만 모이기도 하며 각국이 다 모이기도 하여 매양 힘써 설시하는데 (…중략…) 셋째는 각국에 인민이 일제히 모인 즉 교제가 더욱 친근하며 내 백성은 외국인의 정형과 풍속을 자세히 알며 외국인은 내 나라 정형과 풍속을 더 알아 서로 좋은 것을 배우며 본 받을 것이니 문명의 효험이

1903년 오사카 내지권업박람회 학술인류관에 전시되었던 조선의 기생 (두번째 줄 오른쪽 2인)

작지 않으며 넷째는 그중에 각국 물건을 비교하여 만국인에 권점을 받아 우열
에 등분을 가리어 훈장과 상급을 줌에 만국 박람회에 상등 훈장을 얻은 상회
는 곧 세계에 영광이라 인하여 그 나라에 큰 영광인 고로 각국이 다투어 물건
을 잘 지어 박람회에 제일 되기를 힘쓰는 터이니 문명진보에 크게 유조함이라

— 「박람회에 물화를 실어보내는 것이 본국 상조에 유조함」(논설), 『제국신문』, 1903.1.12

기대에 걸맞게 오사카 텐노지天王寺에서 열린 제5회 내국박람회는,
총 12만 명의 인원이 참여한 대규모 박람회였다.[27] 산업을 일으키고 근
대화·문명화를 위한 의미 있는 행사라고 기대를 모았던 박람회에 구 시
대의 산물이자 야만의 상징인 기생이 출품되는 아이러니가 연출된 것이
다. 물론 기생이 박람회에 출품되었던 것은 기생을 근대적 시각의 장에
포섭하려는 시도의 연장으로 보인다. 그런데 간과할 수 없는 사실은 박
람회는 산업의 디스플레이인 동시에 제국의 디스플레이[28]라는 것이다.

따라서 박람회와 기생이라는 조합은 근대적 장에 진입한 기생이라는 상징성과 제국의 시선에 노출된 존재로서의 기생이라는 이미지가 중첩된다고 할 수 있다.

1903년의 오사카 박람회는 러일전쟁 개전과 함께 제국의 길로 접어든 일본이 제국의 위엄과 문명에 대한 차별적 시선을 드러낸 행사였다. 실제로 '출품'된 기생은 박람회 학술인류관에 '이인종'으로 전시되었다. 이 인종 전시회에는 조선인 기생 2인 외에도 이미 일본의 식민지가 된 대만인, 유구인 등이 전시된 기록이 보인다. 이들은 정해진 구획 내에서 일상의 거동을 보여줄 뿐 아니라, 장내 별도로 설치된 무대에서 자국의 가무와 음곡을 연주시켜, 주최측에서 이들을 구경거리로 삼았음을 알 수 있다.[29]

'인종 전시'라는 광경은 1870년 파리 박람회에서부터 시작되어 20세기 이후에도 지속되었다. 이는 말할 것도 없이 서구세계와 비서구세계, 문명과 야만을 '가시적으로' 위계화한 사회진화론의 장치였던 것이다.[30] 이러한 인종전시는 1907년 개최된 도쿄 권업박람회에도 이어져, 당시 대표적 계몽언론이었던 『대한매일신보』에서는 조선인 전시를 개탄하는 기서를 1면에 대대적으로 게재하기도 하였다.[31] 도쿄 권업박람회의 폭력적인 인종 전시는 2018년 방영되었던 TVN 드라마 〈미스터 션샤인〉의 에피소드로도 재현된 바 있다.

이렇듯 '제국을 전시하는' 박람회에 끼어든 기생은 근대적 공간에 진출하였지만, 여전히 그 타자로 치부되었던 기생의 위상을 보여준다고 할 수 있다. 그리고 이러한 모습은 관광엽서의 피사체로 등장한 기생의 모습과 중첩된다고도 할 수 있다.[32] 외부의 시선에 '명물' 혹은 '풍물'의 일부로 포착된 기생의 모습은 조선의 정체된 모습 혹은 오리엔탈리즘을 내면화한 존재로서의 상징성을 더 확고히 한다고 할 수 있다. '박람회에 전시된' 기생은 오리엔탈리즘으로 박제화된 피사체를 넘어 제국과 식민지를 폭력적으로 위계화하는 쇼케이스였던 것이다. 이렇듯 박람회에 출품되어 전시된 기생은 비록 근대적 시각의 장에 진입하기는 하였지만 제국의 시선에 노출된 타자라는 이미지에서 자유로울 수 없었다는 것을 보여준다.

> 일본 산구현 사람 산본미칠이란 사람이 대판 성내에 조선 요리점이라고
> 설시하고 대한 기생 오명과 통변 손원식을 고용하여 영업한다더라
>
> ―「五妓日賣」(잡보), 『제국신문』, 1903.3.11

오사카 박람회(1903)와 거의 같은 시기, 조선의 기생이 일본 요리점에서 활동하였음을 알리는 기사이다. 1901년 6월 14일 『황성신문』에 실린 「요리장기料理粧妓」란 기사를 보면 "전 감리 남명직 씨가 근일 서문 밖 정거장 부근에 요리점을 하나 신설하였는데 기생을 단장하여 두고 객차를 몰래 유인한다더라"라 하여 요리점 영업을 위해 기생이 동원된 사례를 짐작할 수 있다. 요리점이라는 근대적 유흥공간에 등장하기 시작한 기생은 몇 년 지나지 않아 일본 요리점으로 진출하기에 이른 것이다. 일본인들이 기생이나 창기를 상업적으로 이용한 사례는 유곽 등 매음에 관련된 사례가 간헐적으로 알려져 있었는데, 이처럼 요리점에서 기예를 제공하는 접대부 형태로 기생의 해외활동이 이루어지고 있다는 것도 알 수 있다.[33]

그런데 여기에서도 전통과 근대의 제도와 관행은 겹치거나 충돌하고 있다. 즉 기생의 면천으로 명목상 관기라는 제도는 없어졌지만 기생에 대한 실질적 관리가 엄연히 이루어지고 있던 시점이므로 기생들의 해

외 진출은 일종의 탈법 행위라 할 수 있다. 따라서 이들의 해외 진출 시도는 곧 범죄로 치부되기도 하였다. 실제로 1896년 서울의 약방 기생을 상해로 빼돌려 돈벌이를 하려던 기부가 밀항 직전에 발각된 사건이 일어나기도 하였다.

이렇듯 '전근대'의 표상으로서 공고화되던 기생 이미지는 근대적 시공간에 진입하는 순간, 식민지 문화상품으로 물신화되었다.[34] 근대와 대면하는 순간 또 다시 근대의 타자로서 배제되는 아이러니가 연출된 것이다. 이것은 기생이 대면한 근대의 명과 암, 양면이었다고 할 수 있다.

◆◇ 근대국가 기획의 국외자, 기생

야만의 몸, 보균자

근대와 문명이라는 가치로 기생을 타자화했던 근대매체의 시선은, 매음부 검진을 계기로 보건정책과 결합하여 구체화되어 나타난다. 매음부의 검진은 1906년 초부터 광제원에서 실시되었다. 검진 실시 주체에서 드러나듯, 매음녀와 창질은 국가적 관리의 대상이었던 것이다. 창질을 국가적으로 관리해야 한다는 주장은 1902년 지석영의 상소에서부터 보이고 있다. 그의 상소에 의하면, 창질이 급격히 늘어, 해당 의약품 소비가 늘어나고 있는데 그 이유는 병에 무지하고 감추기에는 급급한 매음녀와 외형상 별다른 증세만 보이지 않으면 매음녀를 찾는 부호자제들에 있다 하여, 무절제한 매음 행위가 창질의 원인이라 하였다.[35] 지석영은 창질의 증가를 막기 위해 다음과 같은 정책을 제시하였다.

각국의 법을 써서 기적을 편성하여서 날을 택해 검사하여 싹이 시작될 때 뿌리를 뽑으면 기 우환을 떨칠 것이니 신체를 염려하고 자제를 염려함은 사람이면 같은 심정이라

— 「楊梅瘡論」(기서) 醫學校長池錫水, 『황성신문』, 1902.11.17

그는 1905년 다시 상소를 올렸다. 상소에 따르면 창질이란 전염력도 강하고, 목숨을 잃거나 병신이 될 수 있으며, 대부분의 사람들이 가지고 있는 병이니 예방책 마련이 시급하다고 하며, 창질 있는 여성을 검사하자고 주장하였다.[36] 그가 상소를 올린 일차적 이유는 창질이 급격히 증가하고 있다는 상황의 심각함에서 출발한다. 그런데 그는 창질을 풍속의 문제가 아닌 공중보건의 입장에서 바라본다는 점에서 근대적 의료관의 단초를 보여주고 있다. 그런데 그 대책으로 기적妓籍 조사와 이들에 대한 검진을 제시한 것은, 기생을 비롯한 화류계 여성을 잠재적 보균자로 보고 있다는 것을 의미한다.

이후 경시청에서는 밀매음에 대한 단속과 매음녀 수 파악에 나서기 시작하였다.[37] 그리고 1906년부터 매음녀에 대한 검진을 시작하였다. 이때 삼패는 매음부의 부류로 취급하여 검진의 대상이 되었지만, 기생은 검진의 대상에서 제외되었다. 이는 적어도 법제상으로는 기관기 출신 기생의 상징성을 인정해 주고 있다는 것으로, 기생과 삼패 간의 계급 질서가 여전히 남아 있는 현실을 반영한 것이라 할 수 있다. 이러한 계급 질서는 삼패의

입장에서 술회한 4 · 4조의 '팔자타령'류의 탄식가에서도 보이고 있다.

　　없는 병을 있다 하고 의원들이 검사할 때 부끄러워 몸 떨려도 매인 목숨
할 수 없어 생전 수치 당코 보니 누구에다 설원할까 애고애고 내 팔자야 연회
중에 참례하면 관기에게 압제받아 부득자유하는 모양 노례비와 일반되니 창
녀 명색 일반으로 등분 어찌 판이한고 애고애고 내 팔자야

　　　　　　　　　　　　—「紗窓花淚」(시사평론), 『대한매일신보』, 1908.8.5

　　이들이 좌절한 이유는 검사 자체가 성적 수치심을 자극할 뿐 아니
라, 이를 통해 관기와의 차별을 적나라하게 체험했기 때문이다. 실제 당
시 검진은 기계를 가지고 하문을 직접 검사하는 방식으로 취해졌는데,
그런 일을 처음 당하는 삼패들은 처음 당하는 검사에 크게 놀라 동요했
던 것으로 보인다.

　　기계를 가지고 하문을 검사하는데 이 일이 처음이라 계집들이 대경실색
하여 우는 자 많았다더라

　　　　　　　　　　　　—「娼婦調査」(잡보), 『제국신문』, 1906.2.8

　　이렇듯 검사 자체가 낯설었을 뿐 아니라, 그 방식이 매우 강압적이
었기 때문에, 자살 기도, 영업점 폐쇄 등 삼패들의 집단적 반발을 불러 일
으켰다.[38] 이후 시동의 삼패들은 광제원으로 불려 다니며 검사를 하는 것
이 불편하다는 이유로, 사설 검진소를 설치하기도 하였다.[39]
　　삼패와 매음녀의 집단적 반발과는 대조적으로 당대 언론에서는 검

진에 찬동하는 논조를 보였다.

> 이 말을 듣고 눈 씻고 자세히 보니 각서 매음녀의 병독 유무를 검사하는지다
> 병이 없으면 건강진단장을 발급하고 병독이 있으면 약으로 치료 완전케 하니
> 상화실은 검사일에 한명도 빠짐 없이 와서 일시에 검사하면 일신상 위생도
> 되려니와 상화 풍류랑은 오희장에 자그마한 의심이나 염려도 없겠으니 어찌
> 좋은 일이 아니리오
>
> — 「廣院花發」(잡보), 『황성신문』, 1906.4.28

이 글은 매음녀의 검진을 공중위생의 차원에서 접근하고는 있으나,
궁극적으로는 매음녀를 찾는 남성의 '편의성'과 '수월성'을 강조하고 있어
이채롭다. 이러한 논조는 개개인의 도덕적 각성을 통해 성을 관리할 수 있다
는 계몽언론의 주된 논조에서도 벗어나 있다고 할 수 있다. 근대적 위생관과
음부에 대한 경계, 매음녀의 성에 대한 무의식적 욕망이 혼재된 기사의 논조
는 기생을 바라보는 시선의 착종을 여지없이 보여준다고 할 수 있다.

그런데 엄연히 삼패를 대상으로 실시된 검진을 당시 언론에서는 다
음과 같이 보도하고 있다.

> 엊그제 경무 각서에서 성내 각처에 기생과 더벅머리를 불러다가 몸에 병
> 있고 없는 것을 검사하였는데 (…후략…)
>
> — 「娼婦調査」(잡보), 『제국신문』, 1906.2.8

위 기사를 보면 일단 두 가지 사실이 눈에 띈다. 먼저 검사의 주체를

경무청으로 하여 기생과 삼패 집단이 '치안'의 차원에서 관리 대상이 되고 있다는 점을 들 수 있다. 또한 검사 대상을 '기생과 더벅머리'라 하여 '더벅머리'로 불리는 삼패 외에 기생 역시 검진의 대상이 된 듯한 오해를 불러일으키고 있다는 점이다. 이러한 혼돈은 다음 기사에서도 발견된다.

> 어제 광제원에서 성내 기생 및 상화실 음부를 일체 초치하여 신병유무를 검사하였더라
>
> ─「娼妓檢査」(잡보), 『황성신문』, 1906.4.27

상화실 음부는 삼패를 지칭하는 말이나, 기생은 검진의 대상이 아님에도 굳이 '성내 기생'을 삼패와 나란히 적시하고 있다. 그런데 굳이 검진의 대상이 되지 않는 '기생'을 명명한 것은 기생을 검진의 대상이 된 매음녀들과 동류의 집단으로 보아왔던 시각이 은연중 반영된 것이라 할 수 있다. '기생과 삼패'를 검진 대상으로 적시한 이러한 혼돈은 이후 기사에서도 계속 보이고 있다.

> 어제 각서에서 기생과 삼패 등 여성을 일제히 모아 검사하였다더라
>
> ─「淫女檢査」(잡보), 『대한매일신보』, 1906.11.7

계속되는 이러한 (의도적) 혼돈은 기생을 은연중 '매음녀'와 동일시하거나, 매음녀의 이미지를 투사하려는 의도가 개입되고 있다고 할 수 있다. 그리고 이러한 의도의 이면에는 앞서 살펴보았듯이 기생을 '창기'류로 싸잡아 배제해 왔던 누적된 관행이 자리하고 있다는 점을 짐작할 수

있다. 이어 통감부의 지배가 노골화되면서 아예 기생의 정체성을 '매음녀'로 규정하려는 시도가 점차 노골화되기도 하였다. 이것이 근대화와 동시에 상업화·식민화의 길로 내몰렸던 기생 집단의 딜레마이기도 했다.

> 협률사장 최상돈 씨가 경무청에 청원하기를 경향에 있는 기생을 모두 그 서방을 없이 하고 자유로 매음케 하되 그 매음하는 규례를 작정하여 일정이 시행케 하자 한지라 경무청에서는 최 씨의 청원이 적당하다 하여 장차 그대로 시행한다더라
>
> —「自由賣淫의 請願」(잡보), 『제국신문』, 1907.2.28

협률사장은 기생과 삼패의 공연을 조직하고, 관리할 뿐 아니라 기부의 역할을 대신하기도 하였다. 그의 상소의 내용 중 주목할 것은 크게 세 가지인데, 하나는 기생의 영업을 '매음'이라 규정하고 있다는 것이고, 둘째는 기생의 영업을 규례를 만들어 제도적으로 통제하자는 것이고, 마지막으로 기부를 없애고, 기생에게 자유 영업을 허락케 하자는 것이다.

최상돈의 상소 취지는 다음 해, '창기단속령'과 '기생단속령'으로 구현되었다. 기생과 창기를 조직적으로 통제하기 시작한 식민권력은 애초에 매음녀 검진 대상에서 빠진 관기를 여기에 추가함으로써, 기생을 제도적으로, 명시적으로 매음녀로 규정하기 시작하였다. 그리하여 근대적 주체에서 배제되었던 기생의 몸은, 다시 식민권력에 의해 창질을 가진 잠재적 보균자, 즉 매음부로 명명되기에 이르게 되었다.

국민으로 호명되는 '선별된' 기생

　기생의 공익적 활동에도 불구하고, 안과 밖 즉 신문매체와 식민권력
은 여전히 이들을 관리와 통제의 대상, 음란한 존재로 규정하였다. 이들
이 이러한 혐의를 벗고 '국민'의 대열에 가담하게 된 계기는 민영환의 자
결로 촉발된 추모정국과 국채보상운동이었다. 1905년 을사조약 체결 후
자결한 민영환의 추모 행렬에는 남녀노소 내외국인을 불문한 다양한 사
람들이 가담하였다고 한다. 특히 대외적 활동이 제한되었던 여성들이 대
거 참여하기 시작하였다. 이러한 열기를 보고, 당시 언론에서는 "忠義는
男女가 無異홈을 可知로다"[40]로 촌평하였다. 부인사회에서는 여성들의
참여 열기를 수용하고, 나아가 이를 독려하기 위해 미동에 부인조회소를
설치하기도 하였다.[41] 분향소에는 특히 첩이나 기생 등 소외된 여성들의
참여가 활발했다고 한다. 이들은 전통적으로 유교적 가족 질서에서 일탈
한 음란한 존재로 낙인 찍혔고, 계몽 담론의 장에서도 근대적 가족제도
의 외곽에 존재하는 야만적인 타자로 취급되었다. 따라서 기생들은 별례
에 의해 조문이 허락되었다.

　　부인사회에서 부인조회소를 설립하고 조충정 민충정 양공 영정에 치제하
　　였다 함은 일전 지상에 게재한 바어니와 어제 한성 내 기생 등이 부인조회소
　　사례에 의하여 민, 조 양공 영정에 치제하였다더라

　　　　　　　　　　　　　　　— 「妓亦知義」(잡보), 『대한일보』, 1907.12.7

　기생의 조문 참여는 이들이 마침내 '국민'의 대열에 가담하였다는

상징적인 의미로 볼 수 있다, 요컨대 민영환의 죽음은 이들의 '국민됨'을 일깨우는 주요한 계기로 작용하였다. 계몽언론은 이들의 참여를 보도함으로써, 남녀노소뿐 아니라 귀천을 막론한 추모 열기를 드러내려 하였다. 기생을 근대적 주체에서 배제하고자 하는 태도를 분명히 했던 언론에서는 이들이 국민의 의무를 성실히 이행하는 순간, 이들의 관련 동태를 적극적으로 보도함으로써, 독자들에게 국민의 의무를 일깨우려 하였다. 이는 공적 영역에서 자신의 존재를 승인받으려는 기생의 욕망이 국가주의 담론으로 포섭되는 양상을 보여준다고 할 수 있다.

이들의 참여는 '혈죽'의 현현으로 민영환 추모 열기가 재점화되면서, 다시금 조직화되기 시작하였다. 여기에서 주목할 만한 점은, 기생 스스로 금욕적 윤리를 실천하고자 다짐하는 것이다. 예수 그리스도의 수난과 민영환의 순국을 겹쳐 바라보는 그들의 내면에는, 기독교 신앙을 통해 금욕을 실천하고, 건전한 국민으로 재탄생되었다는 자기 선언이 담겨 있다고 할 수 있다.

> 경계자 예수 그리스도는 십자가에 못 박혀 보배로운 피를 흘려 우리의 죄를 대신하셨고 계정 민충정공은 애국성 더운 피로 우리 두뇌에 부었는데 하물며 칼과 옷을 두었던 방에서 네 떨기마다가 솟아나서 만세에 청청불개하겠더니 우리도 옛적의 썩어지고 음란한 노래는 부르지 말기 위하여 혈죽가 십절을 지여 보내오니 귀 신문에 기재하여 일반 동포로 하여금 이같은 노래를 불러 충절의 만분의 일이라도 효측케 하심을 바라오
>
> —「女學徒愛國歌」(잡보), 『제국신문』, 1906.8.13

'여학도'라고 적시하고는 있지만, 집단 창작에 가담한 이들 모두 적어도 일부는 기생 출신으로 보인다. 이들이 기생 출신 여학생이라는 단서는 기고의 변에서부터 보이고 있다. 이들은 "옛적의 썩어지고 음란한 노래는 부르지 말기 위하여 〈혈죽가〉 십절을 지어 보내오니"라고 창작 동기를 밝히고 있다. 모두에 예수의 수난을 거론하면서까지 금욕적 자기 다짐을 유난히 강조한 것은 물론 종교적 신심의 발로일 수도 있다. 그러나 기고한 여학도 모두가 실명이 아닌 필명을 쓴 점은 내외의 규정을 감안하더라도 범상한 일은 아니다. 결정적으로 기고한 〈혈죽가〉 십절 중 19세기부터 시정의 풍류방에서 애창되던 『남훈태평가』 수록 작품을 정확하게 패러디한 시조가 섞여 있는 것은 이들이 시정문화권에 접근할 수 있는 여성, 즉 기생 출신이었을 것으로 추정된다. 그만큼 20세기 이전의 시조란 풍류가 동반되는 가창문화권에서 불리는 노래로 기생 이외의 여성에게는 원천적으로 접근을 허용하지 않는 양식이었던 것이다.

민영환 국상을 통해 근대적 공적 사회와 대면하기 시작한 기생과 삼패는 1907년 국채보상운동에도 참여함으로써, 국민적 주체로 거듭나게 되었다. 이들이 국민의 의무를 자발적으로 수용하기 시작하자, 언론의 논조는 우호적으로 바뀌기도 하였다. 이들의 참여는 '국민 최후의 일인까지' 참여하였다는 상징성을 보여줄 수 있기 때문이었다.

근일 국채 상환금 보집하는데 대하여 사람마다 의연금 걸어 오는 이가 날로 늘어서 (…중략…) 약방 기생 39인이 이십여 환을 걸어가지고 와서 비록 여자 중 천인이나 국가의무를 저버릴 수가 없다 하니 전후 근경을 살피건대 이것은 인심의 화합함이 아니면 어찌 이 지경에 이르렀으며 인심이 화합하

고 나라가 흥하지 않는 자 어디 있으리요

― 「國債報償」(잡보), 『제국신문』, 1907.2.25

　　그러나 화류계 여성에게까지 국민의 의무를 부과하려 했던 계몽 지식인의 기획은 자유로운 공적 활동을 보장받고, 사회의 일원으로 인정받기를 원했던 기생에게는 사회적으로 공인된 음녀의 혐의에서 벗어날 수 있는 기회가 되기도 하였다. 음란한 존재로 낙인 찍혔던 여성이 자발적으로 국민의 의무를 수용하고, 국채보상운동에까지 참여했던 데에서, 사회적 승인에 대한 이들의 욕망을 읽을 수 있다. 그리고 사회적 승인에 대한 기생의 욕망은 늘 있어어왔다. 정절의 의무가 없는 기생이 열행을 수행함으로써, '기생 열녀'라는 이름을 얻었던 것 역시 시대는 달라도 '사회적 승인에 대한 욕망'의 발로로 보인다. 이렇듯 면천을 통해 관비 신분에서 벗어나 전문 예인의 자격으로 공적 활동에 참여하기 시작한 기생은 공익적 활동과 국가적 대사에의 참여를 통해 국민의 의무를 자발적으로, 혹은 타의로 수용하면서 그들을 끊임없이 배제해 왔던 주류적 시선의 승인을 획득하기 위한 지난한 노력을 해왔던 것이다. 바로 이 지점에서 국민화를 위한 언론의 계몽과 기생의 승인 욕망은 조우할 수 있었다.

◆◇ 기생이 근대와 대면하는 법

기생은 전통적으로 신분제의 최하층에 위치한 천민 여성 집단이었지만, 이들의 존재 방식은 철저히 지배 담론과 정책에 의해 조율되어 왔다. 따라서 기생을 바라보는 시선 안에는 당대 지배 담론의 동향, 지배권력의 이동이 개입되게 마련이다. 근대 초기는 '신민에서 국민으로' 대대적인 정체성 전환이 요구되는 시기였다. 기생 역시 이러한 파고에서 자유롭지 못했다. 이들은 국가 전례에 여전히 그들의 재능을 제공하는 동시에 공적 사회와도 낯선 형태로 대면해야 했다.

기생은 전통적으로 '음녀' 혹은 '창류娼流'라는 낙인이 찍혀 있었기 때문에 기생에 대한 담론의 기저에는 전통적 관행과 근대의 논리가 착종되어 있다고 할 수 있다. 기생에게 각인된 '음란함'이란 족쇄는 윤리적 주체를 강조하는 조선에서나, 문명국가에서나 함께 할 수 없는 '불가촉천민'의 표식이었던 것이다. 근대 이전 기생은 신분적으로나 법제적으로 '공천公賤'의 굴레를 벗어나지 못했고, 근대에는 구악舊惡과 미개함을 상징하는 야만의 몸이라는 낙인이 덧씌워졌다. 기생의 재능과 섹슈얼리티를 제도적으로 관장하는 관기제를 청산되어야 할 폐습으로 본 근대 언론은 관기제의 실질을 구성하던 기생 역시 야만의 존재로 명명하였다. 그리고 바로 이 점 때문에 기생은 계몽언론이 상상하던 '국민'의 대열에서도 당연하게 배제되었다.

기생의 국민화는 이렇듯 강고한 편견과 지위의 열악함을 뚫고 기생 집단이 어떻게 사회적 승인을 위해 분투해 왔는지를 보여준다. 일제의 침략의도가 점차 노골화되고, 최후의 일인까지 '국민'으로 전환하려는 계몽언론의 갈급함이 극에 달했을 때, 비로소 기생은 (비록 일부이지만) '국민'이라는 근대적 주체로 호명될 수 있었던 것이다. 따라서 이 글은 근대 기생에 대한 풍속사적 독해인 동시에 신과 구, 안과 밖 모두에게 편견과 질타의 대상이 되었던 천민 여성 집단의 분투기이기도 하다.

1   정병설, 「조선의 기생」, 『나는 기생이다―『소수록』 읽기』, 문학동네, 2007, 365면.
2   박애경, 「기생-가부장제의 경계에 선 여성들」, 『여/성이론』 4, 여성문화이론연구소, 2001, 221면.
3   신경숙, 「19세기 일급 예기의 삶과 섹슈얼리티」, 『사회와역사』 65, 한국사회사학회, 2004, 53~54면. 이 연구에 따르면, 대원군이 집권기였던 고종 연간 전반기에 향기를 동원하지 않은 이유는 운현궁 대령기생만으로 진연을 진행할 만큼 경기의 가무 수준이 높았고, 외방기를 동원하는 데 따르는 비용 등을 고려한 개혁책이 복합적으로 작용한 결과라고 하였다.
4   김종수, 『조선시대 궁중연향과 여악 연구』, 민속원, 2001, 270~272면.
5   「八十名妓生」, 『황성신문』, 1902.4.26, 잡보.
6   영조 20년인 1744년에 열린 내진연을 기록한 『진연의궤』에 따르면, 진연에 참여한 외방기 52명 중 평양 출신 4명, 안주 출신 10명, 성천 출신 10명, 해주 출신 4명, 황주 출신 2명, 안악 출신 1명, 함종 출신 1명 등 32명이 평안도, 황해도 출신 서도기생이었다(김종수, 『조선시대 궁중연향과 여악 연구』, 226~227면). 고종조 평양 기생의 명성은 다음 기사로도 확인된다. "평양 사람의 편지를 본즉 평양 사는 아모가 쏠을 갈너 기싱 노릇 식혀서 셔울 엇더흔 권력 잇는 직상의게 쳡으로 주엇더니 그 쳡의 친쇽들이 벼슬을 흐여 가지고 나려왓스니 이졔브터는 평양 사룸들이 쏠을 낫커던 모도 기싱 노릇을 식혀 셔울 유권력흔 직샹의 쳡을 주고 벼슬들 흐즈 흐고 기싱 기르기로 작졍들 흔다고 한탄흐엿더라." 「平俗爲靡」, 『독립신문』, 1897.10.26, 잡보.
7   서지영, 「식민지 시대 기생 연구(1)―기생집단의 근대적 재편 양상을 중심으로」, 『정신문화연구』 28-2, 한국학중앙연구원, 2005, 274면.
8   한국내무경무국, 『한국경찰일반』, 1910, 298면. 송연옥, 「대한제국기의 '기생단속령', '창기단속령'―일제 식민화와 공창제 도입의 준비 과정」, 『한국사론』 40, 서울대 국사학과, 1998, 260면에서 재인용.
9   이후(1909.3) 내부경무국에서는 관기까지도 검진 대상에 포함하여, 기생과 삼패 간의 구분을 무력화하고 있다.
10 「官妓亦檢」, 『대한매일신보』, 『황성신문』, 1909.3.13, 잡보.
11 「妓倡團合」, 『황성신문』, 1909.8.19, 잡보. "警視廳에셔 日昨에 組合所妓生 四名을 代表로 招待ᄒ야 生說喩ᄒ기를 妓生唱妓三牌賞花室 等 各種 名稱을 混合團体ᄒ야 營業ᄒ라 ᄒ얏다더라"
12 조광국, 「기녀담―기녀 등장 소설의 기녀 자의식 구현 양상에 관한 연구」, 서울대 박사논문, 2000, 36~40면.
13 영조 때에는 이 문제를 해결하기 위해 기부의 존재를 인정하고, 기녀의 습악(習樂) 시 이들도 다스리고자 하였다. "습악하는 날에 빠지는 기녀는 그 서방까지 추문하여 다스린다." 『續大典』 권3 「禮典」 「選上」.
14 권도희, 「19세기 여성 음악계의 구도」, 『동양음악연구』 24, 서울대 동양음악연구소, 2002, 22~23면.
15 실제로 대원군 집정기의 기속을 기록한 박제형의 『근세조선정감』에는 관기와 창기의 구분이 엄연히 있음에도 불구하고, 관기와 창기를 식별할 수 없다고 하고 있다(박제형, 이익성 역,

『근세조선정감』, 한길사, 1992, 80~82면). 신경숙, 「19세기 일급 예기의 삶과 섹슈얼리티」, 51면에서 재인용.

16 일제가 유곽 설치를 꾀하고, 삼패와 매음부의 성병검진을 실시한 표면적 이유도 풍속문란을 방지한다는 것이었다. 송연옥, 「대한제국기의 '기생단속령', '창기단속령'－일제 식민화와 공창제 도입의 준비 과정」, 257면.

17 「三牌合居」(잡보), 『대한일보』, 1904.6.12.

18 이 점에 주목하여, 『제국신문』에서는 12월 8일 자 잡보에 같은 내용을 「平妓損助」라는 제목으로 게재하고 있다.

19 「萊妓發起說教」(잡보), 『제국신문』, 1906.12.14, 3면.

20 1906년 하반기 여성교육계의 동향을 파악하기 위한 기사는 『대한매일신보』, 『제국신문』, 『만세보』 등 당시 신문 매체에 두루 나타나고 있다. 이러한 저간의 사정은 이화여대 한국여성연구소 편, 『한국 여성 관계 자료집－근대편』 상, 1979 해당년도를 참조할 것.

21 「官妓慈善」(잡보), 『황성신문』, 1907.12.21.

22 『황성신문』, 1907.12.24, 광고. "本妓 等 百餘名이 京城孤兒院經費窘絀ᄒ야 (…후략…)", 『대한매일신보』, 1907.12.24, 광고.

23 주 23 참조. 광고에 소개한 공연 순서에 따르면 공연의 시작은 평양 날탕패의 공연이었다.

24 「기밀실」, 『삼천리』 6-11, 1934.11.

25 이각규, 『한국의 근대박람회』, 커뮤니케이션북스, 2010, 60면

26 권도희, 「19세기 여성 음악계의 구도」, 89면.

27 요시미 순야, 이태문 역, 『박람회－근대의 시선』, 논형, 2004, 146면

28 위의 책, 42면

29 『풍속화보』 269(1903, 이태문 소장); 위의 책, 242면.

30 위의 책, 210~216면

31 「東京博覽會에 出品ᄒ 我婦人同胞」, 『대한매일신보』(국한문판), 1907.6.21.

32 기생 사진엽서에 나타난 제국적, 가부장적 시선에 대한 분석은 다음 논의를 참조할 것. 권행가, 「일제시대 우편엽서에 나타난 기생 이미지」, 『미술사논단』 12, 한국미술연구소, 2001.

33 기생의 해외 진출은 일본이 주를 이루었지만, 미국 워싱턴에서 활동한 사례도 보고되고 있다. 강정숙, 「대한제국·일제 초기 서울의 매춘업과 공창제도의 도입」, 『서울학연구』 11, 시립대 서울학연구소, 1998, 205면.

34 이경민, 『기생은 어떻게 만들어지는가』, 아카이브북스, 2005, 200면.

35 「楊梅瘡論」 醫學校長池錫永, 『황성신문』, 1902.11.17, 기서.

36 『제국신문』, 1905.3.21, 잡보

37 강정숙, 「대한제국·일제 초기 서울의 매춘업과 공창제도의 도입」, 207면.

38 위의 글, 208면.

39 「私設檢查所」(잡보), 『제국신문』, 1907.5.9.

40 「婦人哭忠」(잡보), 『대한매일신보』, 1903.12.9.

41 『제국신문』, 1903.12.2, 잡보; 『대한매일신보』, 1903.12.5, 잡보; 『대한일보』, 1903. 12.5, 잡보.

근대계몽기의 노래와 신문에 포착된 과부들

이형대

◆◇ 어느 어린 과부의 억울한 죽음

1899년 2월 4일 자 『매일신문』의 '잡보'란에는 그 내용이 매우 괴상하면서도 슬픈 마음을 자아내는 기사 하나가 실려 있다. 충청북도 진천군에 사는 김관수라는 사람이 목천 지역 주민인 곽상우와 윤철구를 지목하여 당시 고등재판소에 올린 소지의 내용을 기사화한 것이다. 사연은 다음과 같다.

충청북도 진천군에 사는 김관수가 목천에 사는 곽상우, 윤철구를 대상으로 고등재판소에 다음과 같이 소지를 올렸다. '나의 조카딸이 목천 고을의 이가(李家) 집으로 시집을 갔다가 1년이 못 되어 남편이 죽었는데 나이는 14세이다. 내 형수가 이를 측은하게 여겨 데려다가 함께 지냈는데 곽상우와 윤철구가 무뢰배 수십 명을 데리고 형수 집에 돌입하여 내 형수를 묶어 놓고 때리고, 수절하고 있는 청상과부를 끌고 갔기에 내가 곧장 그 집에 가서 데리고 왔다. 그랬더니 곽가와 윤가는 허황한 말로 모함하여 부(府)와 군(郡)의 관청에 고소를 하니 관청에서는 도리어 나에게 칼을 씌워 잡아 가두었다. 곽가와 윤가가 또 내 집 안으로 돌입하여 나의 형수와 조카딸을 데리고 가니 내 조카딸이 중도에서 도망하여 돌로 가슴을 치고 자결을 하였다. 두 사내를 섬기지 않는 것은 열녀의 절행이거니와 대저 사람을 죽인 놈을 사형에 처하는 법은 확연하니 피고를 신속하게 압송하여 법률에 의거하여 판결해 달라'고 하였다.[1]

요즘 사람들의 상식과 생활 감각으로는 상상하기 어려울 정도로 낯선 시대의 기묘하고도 가슴 아픈 풍경이다. 어린 청상과부를 두고 시댁 인근 지역민들이 폭행과 약취를 하고, 삼촌이 그녀를 다시 데려오자 이들은 관청에 모함하여 삼촌을 고소하고 그녀를 다시 약취하였다. 끌려가던 길에 과부가 겨우 도망하여 자결하였는데, 생각해보면 납득하기 어려운 점이 한두 가지가 아니다. 13세에 결혼하여 14세에 청상과부가 되었다면, 요즈음의 초등학교 6학년이나 중학교 1학년쯤인데 그 나이에 결혼이 웬 말인가. 또한 그녀는 나이 열네 살에 절행이 무엇인지나 알고서 돌로 가슴을 쳐서 자결을 했을까. 더군다나 이 사건이 일어나기 4년여 전인 1894년 7월 30일 개화파가 주도했던 제1차 갑오개혁 때는 군국기무처의 의안議案이 작성되었다. 여기에는 '남녀 간의 조혼早婚을 속히 엄금하며 남자는 20세, 여자는 16세 이상이라야 비로소 혼인을 허락한다'는 조항과 '과부가 재혼하는 것은 귀천을 막론하고 자신의 의사대로 하게 한다'

는 조항이 담겨 있었다. 즉 이제부터는 과부의 재혼이 법적으로 보장된 상황이었다. 그럼에도 불구하고 위의 기사에서 확인할 수 있듯이 여전히 과부에 대한 폭력과 약취가 행해지고 있었고 끝내는 비극적인 파국으로 치닫는 사건이 한둘에 그치지 않았다. 과부를 둘러싼 사정이 나아지기는 커녕 심각한 사태가 지속되고 있었던 것이다.

이 글은 이 시대의 과부들은 어떻게 살았을까라는 의문에서 출발한다. 따라서 먼저 과부의 삶을 담은 노래부터 살펴보기로 한다. 근대계몽기 시기詩歌 작품에 그려진 과부의 모습과 이 당시의 과부들에 대한 언론매체들의 인식 태도는 어떠했을까. 우선, 시가에 나타난 과부의 모습을 살피기 위해서 두 계열의 작품들을 분석하기로 한다. 하나는 전통적인 규방가사 형식으로 창작된 '과부가' 계열 작품들이다. 이 작품들은 당시의 과부들이 실제로 체험했던 일상적인 사건들을 자기 자신의 목소리로 술회하고 있다. 다른 하나는 근대계몽기에 언론매체에서 활동했던 계몽 지식인들이 창작한 계몽가사 가운데 '과부가 작중 인물로 등장하는' 작품들이다. 주로 남성 지식인들에 의해 창작되었던 이 작품들은 과부 자신이 아니라 외부자의 입장에서 과부의 삶을 살피고 있다. 이들은 근대계몽기라는 특수한 시대상황 속에서 과부 개개인의 실존적인 삶을 문제 삼기보다는 국가와 민족의 공공적 이상과 기대지평을 과부의 노래 속에 담고 있다. 그런데 두루 알고 있다시피 시가라는 언어적 형상물을 창조할 때 작자는 자신의 시적 상상력을 동원하고, 정서를 조절하며, 메타포를 활용하는 등의 다양한 시적인 문법들을 사용한다. 따라서 노래 속에 그려진 인물들은 그들이 살았던 실제의 삶을 정확하게 반영하기보다는 허구적으로 꾸며 넣은 부분도 없지는 않다. 그렇다면 어떤 부분이 실제

이고 어떤 부분이 상상인지 궁금하지 않을 수 없다.

이 당시 과부들의 실체에 좀 더 접근하기 위해 그 시대의 언론매체에서 과부를 다룬 보도 자료들을 함께 살펴보고자 한다. 물론 신문 기사라 하더라도 그 당시에 있었던 사실을 있는 그대로 곧이곧대로 서술했다고 보기는 어렵다. 언론 기사 또한 어떤 기사를 취재할 것인지, 어떤 관점에서 사건을 기술한 것인지, 신문사의 입장과는 어떻게 조율할 것인지 등에 대한 인위적인 고려가 개입되기 때문이다. 그럼에도 불구하고 우리가 이 당시의 신문에서 언급된 과부 관련 기사를 포괄적으로 살펴본다면 이 시기의 여성과 관련된 담론들을 좀 더 다채롭게 검토해 볼 수 있을 뿐만 아니라, 당대 과부의 존재 현실과 행위 양상을 좀 더 실체적으로 드러낼 수 있으리라 기대한다.

지금까지 과부는 겉으로는 과부의 개가를 주장하면서, 속으로는 여전히 열녀로서의 절행을 강조하는 이중적 면모를 보인다고 접근되었다.[2] 이 글 역시 이 접근을 바탕으로 과부 담론의 거시적 추이보다는 작품과 신문 기사에 나타난 과부 관련 기록을 통해 당대 행위자로서의 과부의 삶과 그 역사적 의미를 좀 더 미시적으로 드러내 보고자 한다. 나아가 '과부 개가 담론의 이중성'이나 '개가론과 열녀 담론의 기묘한 병치현상'을 어떻게 사유할 것인지, 담론의 이중성은 어떠한 과정을 통해 극복될 수 있었는지를 생각해 보고자 한다.

◆◇ 급변하는 세상, 불변하는 과부

근대계몽기는 이전의 시대인 전근대와는 완전히 다른, 아주 새로운 시대라는 생각이 우세한 적이 있었다. 즉 근대계몽기는 새로운 사유세계와 삶의 방식, 규율과 습속 등이 그 시대 사람들 개개인의 신체를 새롭게 변환시키는 시대로서 근대의 기원적 공간이 되었다는 식이다. 그런데, 과부의 시적 표상과 관련하여 근대계몽기를 바라볼 때, 이 시대가 이전의 시대와는 매우 다른, '인식론적 단절이 존재하는 불연속적 지층'이라는 생각은 다시 검토될 필요가 있다. 아무리 새로운 시대라 하더라도 새로운 요소들은 낡은 것과 섞여 있는 가운데 서서히 영향력을 확대해 가는 것이다. 이 시기에 존재했던 용어 중에 '얼룩 개화'라는 말이 있다. 새로운 것과 낡은 것이 뒤섞여 있는 상황을 꼬집어 말한 것이다. 실상 우리가 살펴보고자 하는 이 시기의 규방가사인 '과부가'류의 작품에는 여전히 전근대적인 유교의 규율과 습속 속에서 정절이데올로기를 내면화하고 있는 삶의 모습이 담겨 있다.[3]

현전하는 규방가사 '과부가'류 가운데 근대적인 서적에 실려 출판 시기를 뚜렷하게 확인할 수 있는 것은 1914년 『정정증보 신구잡가』부터 출현하는 '과부가'류와 1916년 『신찬 고금잡가 부가사』에 실려 있는 '청춘과부곡'류이다. 이 작품들이 아주 새로운 것은 아니다. 이전 시기에 창작·소통되다가 당대 대중들 사이에서 인기를 얻어 이러한 잡가집에 실린 것으로 추정된다. 그럼에도 불구하고 이 작품들이 출간되던 시기에는 대중적 호응이 매우 높았을 것으로 추정된다. 다루기가 곤혹스러운 대상은 필사본 계열 과부가들이다. 왜냐하면 필사본 계열 규방가사 과부가류 작품들은 창작 시기와 향유 양상을 실증적으로 밝혀내기 어려운 까닭이다.

활자본 잡가집에 실린 과부가는 두 유형으로 나누어 볼 수 있다. 탄생—보육—결혼—상부喪夫—과부로서의 고독한 삶에 대한 한탄을 시간적 흐름에 따라 자전적으로 서술하는 '과부가' 유형과, 작품의 서두부터 남편 없이 살아가는 과부의 슬픈 마음을 애처러운 어조에 담아 한탄하는 '청춘과부곡' 유형으로 나누어 볼 수 있다. 전자의 대표적인 작품인 〈과부가〉를 살펴보기로 한다.

> 세월이 쏜살같아 십오 세가 잠깐이라
> 백년가약 정할 때에 중매 할멈 오고간다
> 혼서(婚書) 온 지 보름 만에 벌써 신랑 온단 말인가
> 촛불이 꺼진 뒤에 이불 속에 동침하니
> 마음 속 깊은 정을 견줄 데가 전혀 없다
> 잠자리에서 맹세할 때 백년 살자 굳은 언약
> 살아서는 함께 하고 죽으면 함께 묻히자
> 인간세상 말이 많고 조물주는 시샘하여
> 하루아침에 우리 낭군 우연히 병을 얻어
> 백가지 약 효험 없고 잠시 호전 전혀 없다
> 가련한 이내 몸은 복통과 가슴앓이
> 하루아침에 우리 낭군 도리없이 죽었구나
> 출가한 지 보름 만에 청춘홍안 과부 됐네
> 만사에 뜻이 없고 한 몸에 병이 된다.[4]

〈과부가〉에서 인용한 위의 대목은 어느 여성이 15세에 결혼하여 출가한 지 보름 만에 남편이 죽어 청춘홍안의 과부 신세로 전락하는 장면이다. 작품을 읽어가다 보면 호흡이 매우 급박하게 느껴지는데, 이처럼 빠른 호흡에 조응하여 주인공 여성의 삶도 순식간에 반전되고, 걷잡을 수 없는 나락으로 빠져든다. 첫날밤 따스한 이불 속에서 신혼부부는 백년을 함께 살고, 죽어 함께 묻히자는 사랑의 언약을 나누었다. 그러나 이 언약은 순식간에 찾아온 남편의 죽음과 더불어 스러져버렸다. 이러한 파국은 예측 불가능했던 삶의 우연성에서 기인한 것이기에 15세의 어린 과부가 느끼는 상실감은 더욱 컸을 것이다. 졸지에 남편을 잃은 이후에 그녀가 느낀 절망의 깊이나 통렬한 아픔은 만사에 뜻이 없고 한 몸에 병이 된다는 표현에 생생하게 담겨 있다.

남편이 없이 살아가야 하는 청춘과부의 일상적인 삶의 감각은 어떠한가. 후자의 대표적인 작품으로, 17세에 남편을 여의고 과부가 된 〈청춘과부곡〉의 주인공이 토로한 속마음을 살펴보자.

> 과부 가운데 청춘과부 짐승보다 못 하구나
> 죽지 않고 살자한들 임 생각이 절로 난다
> 애고 답답 내 팔자야 가소롭고 가소롭다
> 강물 위의 원앙새야 교태 마라 보기 싫다
> 교태 하는 네 거동을 내가 차마 못 보겠다
> 노고지리 높이 날고 달바자는 쟁쟁 울 때
> 해는 어이 더디 가나 한숨 쉬기 병이 되고
> 오동잎이 떨어지니 밤은 어이 그리 긴고

울음 울기 병이 되네

이 날 가고 저 날 가고 육백 네 날 다 지낸들

웃음 웃을 날이 없고 눈물 마를 날이 없네

어화 내 일이야[5]

　　남편의 죽음과 더불어 세상에서 고립된 젊은 과부의 쓸쓸한 모습이 선연하게 떠오르는 작품이다. 과부의 고독감은 흔히 조화로운 세계의 모습과 대비되어 묘사되기 마련이다. 이 작품에서도 마찬가지다. 강물 위의 원앙새가 왜 보기 싫을까. 두루 알다시피 원앙새는 금실 좋은 부부의 상징이다. 이에 대한 화자의 불편한 심기는 그녀 자신이 남편을 잃어버린 결핍된 존재라는 사실을 상기시키기 때문일 것이다. 이 노래에서는 청춘과부인 자신의 신세가 짐승보다 못하다는 생각과 더불어 더디 가는 세월을 눈물과 한숨으로 보내야 하는 삶의 회한이 서글프게 펼쳐지고 있다. 대체로 '과부가' 계열의 노래에서 작품 분량의 대부분을 차지하는 내용이 사별한 남편에 대한 그리움이다. 이 작품에서도 화자는 죽지 않고 살자 한들 임 생각이 절로 난다고 하였다. 다정한 부부였다면 누구나 그러할 것이다. 그러나 이를 다분히 인간적인 정감의 차원에서만 해석하는 것은 바람직하지 못하다.

　　실상, 유교적 가부장제 사회에서 여성의 역할 설정, 다시 말해 여성의 정체성을 부여해 주는 사람은 바로 남성들이라는 의견이 제기되었는데, 자못 음미할 만하다. 어느 학자의 연구에 따르면, '여성의 삶의 영역에서 여성 행위에 대한 명분을 제시해 주는 것은 자신의 삶과 긴밀히 연결되어 있는 아버지, 남편, 자식'이라는 삼종지도三從之道가 『대대례기』

「본명」편에 언급된 한대漢代 이래, 이것은 동아시아 유교의 가족윤리로, 여성 정체성 획득의 근거로 작용해 왔다고 한다.[6] 이러한 관점에서 보자면 청춘과부란 이미 출가했기에 친정의 아버지를 따를 수 없고, 자식을 보기도 전에 남편이 요절하였으니 가족 내에서 남편이나 자식과 같은 남성으로부터 부여받을 수 있는 역할이 없다. 따라서 그녀는 자신이 내조할 수 있는 대상을 잃어버린 사람이기 때문에 가족체계 내에서도 소외된 존재이다. 유가의 예법에 익숙한 청춘과부라면 그녀의 근원적인 슬픔은 자신의 정체성이 사라져 버린 데서 비롯되었다는 사실을 알 수 있을 것이다. 따라서 우리는 인용한 첫 부분의 '과부 가운데 청춘과부 짐승보다 못 하구나'라는 처절한 절망감의 이유를 찾을 수 있다. 그것은 이 대목의 바로 앞부분에서 '수삼 년만 더 살았어도 유복자나 있을 것을 / 사촌 동생 친동서는 무슨 덕을 쌓았길래 / 아들 낳아 손자 보고 부부 함께 즐기는고'라고 부러워했던 사실, 즉 기댈 수 있는 자식조차 없었던 데서 기인하였던 것이다.

작품에 나타난 청춘과부의 일상과 그 결말은 어떠한가. 청춘과부들은 근대계몽기에 접어들면서 국가로부터 자신들의 자유의사에 따른 재혼을 허락받았고, 계몽 지식인들로부터 건강한 국민 생산과 자녀교육의 소명을 부여받았다.

그러나 '과부가' 주인공들의 삶은 전혀 변화가 없다. 여전히 전근대적인 삶의 방식 속에 머물러 있는 것이다. 재혼은 꿈조차 꿀 수 없고, 변화를 위해 고작 생각해낸 것이 삭발위승削髮爲僧이다. 즉 머리 깎고 여승이 되는 길이다. 그러나 이도 또한 양반 출신이라면 가문의 법도가 있어 차마 행할 수가 없다. 하는 수 없이 그녀는 『소현성록』이나 『열녀전』에 등장하는 주인공들을 모범으로 삼아 절행을 지키며 살아가리라 다짐한다. 다만 이 작품의 결말부는 다소 뜻밖이다. 동리 할미의 개과 권유에 따라 그녀는 '암만해도 못 참겠다'며, 부처님께 '백년百年 벗님 점지點指'해 달라고 기원하는 것으로 끝을 맺고 있다. 이 의외의 결말에 대한 해석은 학자들마다 다소 엇갈린다. 어떤 이는 대중적으로 불렸던 노래 특유의 통속 미학적 요소가 작품에 개입되고 있다고 보기도 하고 다른 사람은 이 작품이 당대에 새롭게 퍼져가던 개가 담론을 일정 정도 수용하고 있다는 측면에서 해명하기도 한다. 그럼에도 불구하고 이 작품은 과부가류의 창작 관습으로 미루어 볼 때, 매우 드물고도 돌발적인 결말을 지닌다고 할 만하다.

허구적인 상상력이 좀 더 짙어보이는 〈청춘과부곡〉에서는 청춘과부가 예정조화적인 운명에 따라 불문佛門으로 귀의할 것을 다짐하는 것으로 끝을 맺고 있다. 그 과정을 좀 더 상세하게 살펴보자. 청춘과부가 남편과의 재회를 시도하는 춘몽을 깬 후, 봄 경치를 구경하며 어느 절을 찾아갔더니 그 절의 노승이 그녀의 전생을 이야기해 준다. 그녀는 본디 이 절의 법승이었는데 부처님께 죄를 지어 인간 세상으로 내쳐졌다고 한다. 그런데 청룡사 부처님이 그녀를 불쌍히 여겨 다시 이리로 인도하였으니 청춘에 죄 받은 것을 조금도 슬퍼하지 말라는 것이다. 이런 나이에 남편을 사별하게 된 이유가 부처님께 지은 죄 때문이라고 하니 뜬금없다는 생각이 들기도 한다.

20세기 초에 출간되어 활발하게 유통된 규방가사 과부가류의 작품에 형상화된 과부의 삶은 여전히 전근대적인 삶의 양식에 단단하게 묶여 있었다고 할 수 있다. 그렇다면 작품 밖 실제의 현실에서는 어떠했을까.

1912년 조선총독부에서 작성한 『관습조사보고서』에는 다음과 같은 기록되어 있다.

> 지금은 그 금지가 해제되었지만, 중류층 이상에서 과부의 재가는 사람의 지탄을 받아서 공연히 재가를 한 자는 없는 듯하다. 그러나 하류 사회에서는 생활상의 사정과 사람의 이목을 중시하는 중류 사회와 같지 않아서 실제에서는 사망의 추정 후는 물론, 그 전이라도 바로 새 남편에게 몸을 맡기는 자가 적지 않다.[7]

1912년에 이르러서도 하층민들은 생활상의 이유로 개가를 하였지만 중류층 이상에서는 여전히 정절을 지키고 있었다는 것이다. 이 시기는 근대전환기라고 할 만한데 이때에도 작품의 안팎을 막론하고 중류층 이상 과부들의 삶은 여전히 전근대적인 수준에서 머무르고 있었다. 캘린더의 시간은 근대의 문턱에 진입했지만, 과부들의 시간은 중세의 시간대에 멈춰 있는 것이다. 그런 점에서 에른스트 블로흐Ernst Bloch가 '모든 사람은 동일한 '현재Now에 살고 있지 않다'고 지적했던 일이 설득력을 얻는다. 또한 시간적 층위가 동일하지 않은 사태나 현상들이 동시대에 존재한다는, '비동시성의 동시성'이라는 문화 개념은 그가 분석하고자 했던 전간기戰間期 바이마르 독일의 역사 상황뿐만 아니라 한국의 근대계몽기의 다중적 시간 상황에도 적용할 수 있는, 유효한 시각이라 할 만하다.[8]

◆◇ 과부들, 현실 너머의 미래를 꿈꾸다

규방가사 소재 '과부가'가 주로 요절한 남편으로 인해 가족 내부에서의 역할을 잃어버린 청춘과부의 비애를 한탄조로 펼쳐낸 작품들이라면, 과부 소재 계몽가사의 진술 방식은 이와 사뭇 다르다. 1908년 6월 25일자 『대한매일신보』 '시사평론'란에 실린 〈상부가孀婦歌〉를 통해 무엇이 다른 지를 확인해 보자.

■ 외진 시골 난리 후로 두견새 울음 처량할 제 온갖 생각 절로 나는 청춘과부 탄식하니 구곡간장 다 녹는다.

■ 출가한지 몇 해라도 내외간의 정이 미흡한데 졸지에 풍진 일어나서 동으로 서로 피난하다가 낭군의 행방이 사라지니 생이별이 이 아닌가 이 설움을 어찌할꼬.

■ 어제 저녁 잠시 꿈에 낭군 얼굴 대해 보니 무슨 일로 수척한가 나라 근심 깊었던가 간곡하게 말하다가 깨고 보니 허사로다 이 설움을 어찌할꼬.

■ 자식 하나 어린 것은 제 부친을 닮았구나 하루바삐 양육하여 장부 사업 성취하고 가문 영광 보려하나 바라는 일 까마득하다 이 설움을 어찌할꼬.

■ 백발 양친이 다 계신데 어디 가서 아니오나 적막한 빈 산 저문 날에 효심 깊은 까마귀도 나갔다가 들어 온다 혼자 봉양 난감하네 이 설움을 어찌할꼬.

■ 앞동산에 좋은 밭을 갈 사람이 없고 보니 일할 때에 점심 밥을 누구에게 갖다 줄꼬 일년 농사 못 지으면 가을 수확 없겠구나 이 설움을 어찌할꼬.

■ 쓸쓸한 찬 방안에 뒤척이며 잠 못 드는 이 신세도 가련하나 근처 이웃의 흉한 놈이 남의 집에 왕래하니 욕볼 염려 없을소냐 이 설움을 어찌할꼬,

- 하루아침에 남편 잃고 몸단장을 하지 않고 근심으로 살아가니 혼란한 이 세상에 누구를 믿고 살자는 말인가 흐르느니 눈물이라 이 설움을 어찌할꼬.
- 우리집이 어디 갔나 불길 속에 들었구나. 불같은 화증이 나서 한숨 쉬고 일어나니 서산 위에 빗긴 달은 내 화증을 더 돕는다. 이 설움을 어찌할꼬.

이 작품의 화자는 출가한 지 몇 해 만에 남편과 이별한 청상과부이다. 이 노래도 규방가사와 마찬가지로 탄식과 설움의 정조가 넘쳐난다. 그럼에도 불구하고 이 작품의 화자는 자신의 실존 문제를 넘어서서 끊임없이 당대 사회의 모순적 현실에 관심을 기울인다. 이 여인이 남편과 이별한 이유는 규방가사 〈과부가〉처럼 남편이 우연히 걸린 병 때문이 아니라, 사회적 요인에서 비롯한다. 1908년 6월이라는 이 작품의 창작 시기와 '외진 시골 난리 후'에 '졸지에 풍진 일어나서 동으로 서로 피난하다가 낭군의 행방이 사라지니'라는 구절을 주목할 필요가 있다. 남편과의 이별은 근대계몽기 가운데 가장 가열차게 전국적인 차원에서 전개된 항일의병투쟁의 혼란 속에서 이루어진 것으로 짐작된다.

근대계몽기 의병운동은 일제가 헤이그 밀사 사건을 계기로 고종을 강제로 퇴위시키고 대한제국 군대마저 해산시키자, 해산 군인과 더불어 전 계층이 참여하면서 절정기를 맞이하였다. 그리고 일본군과의 치열한 의병전쟁 과정에서 우리의 전국토는 전장화·황폐화되었다. 이 작품이 창작된 1908년 상반기만 하더라도 교전 의병 82,767명이 전국에서 1,976회의 전투를 벌였다고 한다. 항일의병과 일본군의 교전 과정에서 벌어진 무자비한 살육과 방화, 약탈 등으로 국토는 잿더미로 변해 갔다.[9] 주지하다시피 의병전쟁은 일제의 무력 침략에 맞선 반봉건·반제국의 민족운동이었다. 따라서 이 청상과부의 비극적 운명은 당시 자본주의 세계체제의 주변부에서 제국의 침탈에 고스란히 노출되었던 세계 각 지역 (반)식민지 국가의 여성들과 동일하다. 제국주의 침략 과정에서 발생한 일종의 전쟁과부이기 때문이다.

외진 시골의 과부답게 이 여인의 설움도 지극히 현실적인 삶의 막막함에서 비롯된다. 경제적 주체인 남편의 상실로 인한 백발양친의 봉양 문제(5연), 농업 인력의 부재로 인한 생계유지의 문제(6연), 무뢰배들로 인한 과부 약탈의 위험성(7연), 의탁할 데 전혀 없는 사회적 고립성(8연) 등이 그것이다. 이런 점에서 보자면 이 과부가 처한 사회적, 객관적 현실은 규방가사에 비해 훨씬 더 선명하게 드러난다.

더 나아가 이 청상과부의 걱정과 근심은 국가라는 공적 영역의 차원까지 포괄하고 있다는 점에서 놀랍다. 꿈에 잠시 나타난 남편의 얼굴이 수척한 것을 보고 나서, 이 여인은 그 이유가 '나라근심 깁헛'기 때문으로 추정한다(3연). 나라를 걱정하는 그녀의 마음은 하나 있는 어린 자식을 '하루바삐 양육하여 장부 사업 성취'하고자 하는 데서도 선명하게 나타난다. 계몽 담론의 배치 속에서 본다면, 이 시대의 장부 사업이란 반식민지 상태에 놓인 국가의 국권 회복과 문명국이라는 국민국가 건설임에 틀림이 없다. 이러한 발언은 여성화자가 스스로 국가 구성원으로서의 역할을 충분히 인식하였기에 가능한 일이다.

이 노래들은 과연 누가 지었을까. 대다수의 학자들은 당시 언론사에서 활동했던 계몽 지식인들이 창작하였을 것으로 추정하고 있다. 그렇다면 왜 지었을까. 여성에 대한 계몽 지식인들의 담론 전략은 가족 내의 한 구성원으로만 인식되었던 여성의 지위와 역할을 새롭게 규정하고자 한다. 이제 가족을 넘어서서 여성도 국가라는 공적 영역의 구성원으로 새롭게 호출하려는 것이다.[10] 따라서 계몽가사 〈상부가〉는 당대 전쟁과부의 체험적 현실에 바탕을 두면서도 계몽 지식인들의 국민 만들기라는 의도가 작용하여 창작된 작품으로 볼 수 있다.

그러나 문명국 건설을 위한 계몽의지가 강렬할수록 작품의 현실감은 떨어지게 마련이다. 『대한매일신보』 1908년 12월 3일 자에 실린 계몽가사 〈엄모달자嚴母撻子(자식을 매질하는 엄격한 어머니)〉가 그 대표적인 사례이다. 작품의 내용이나 시상의 전개 방식을 살펴보면 이 작품은 거의 완전한 허구적 상상의 소산으로 보인다.

- 동지 섣달 바람 차고 만호장안(萬戶長安) 밤 깊은데 길 위에는 사람 없고 온갖 귀신뿐이로다. 포덕문(布德門) 앞 지나가서 한 동네를 돌아드니 어떠한 집 부인인지 그 아들을 매질하며 꾸짖음이 엄격하네.

- 매 한 대를 때리고서 이봐라 이 녀석아 청년과부 내 신세로 너 하나를 애기 때부터 금쪽같이 키우면서 충과 효 두 자를 일렀거늘 불효막심하단 말인가. 임금께는 역적이니 진즉에 죽어 마땅하다.

- 또 한 대를 때리고서 이봐라 이 녀석아 가깝고 먼 친척은 물론 한 조상의 후손들인데 미워함은 무슨 일인가 너처럼 의리 없는 놈이 각종 단체에 나가게 되면 동포를 모해할 것이니 진즉에 죽어 마땅하다. (…중략…)

- 또 한 대를 때리고서 이봐라 이 녀석아 사유재산을 갖게 된 후에는 공익사업이 제일인데 기피하기를 위주로 하니 너처럼 인색한 놈은 개명시대에 태어나서 수전노가 될 터이니 진즉 죽어 마땅하다.

■ 장하도다 이 부인은 남의 어머니 된 의무를 분명하게 알았도다. 가정교육 잘만 하면 충신 의사 많이 나오고 가정교육 잘못하면 역적 소인 허다하니 대한 여자 단체들은 자녀교육 명심하오.

제2연에서 드러나듯이 이 작품의 화자 또한 아들 하나를 둔 청년과부이다. 동지섣달 바람 찬 날 포덕문布德門 너머의 한 동네에서 청년과부가 매질하며 아들을 꾸짖는 것이 주된 내용이다. 생략된 부분까지 포함하여 이 여인이 아들을 책망하는 이유를 살펴보면, 아들의 불효막심한 행동(2연), 친족을 미워하는 행위(3연), 노복에 대한 학대(3연), 가문의 토지를 매각한 행위(4연), 명리에만 골몰한 행위(5연), 공익사업을 외면하는 행위(6연) 등이다. 이는 가정 내에서 아들이 저지른 잘못들이 대다수를 차지한다. 그러나 아들을 매질하는 과부는 아들이 저지른 지금 이 순간의 악행보다도 훗날 아들이 성장하여 국가 단위에서 행할 수 있는 패륜과 불의를 더 염려한다. 바늘 도둑이 소 도둑된다고 했던가. 점층법을 활용한 이 작품은 미래의 아들이 국가 사회에서의 부정적인 권력자, 즉 반역자, 동포 모해자, 백성 착취자, 매국노, 소인배, 수전노가 될 수 있는 상황을 가정하고, 이를 예방하는 차원에서 가정교육을 행하고 있는 것이다.

그렇다면 우리는 이 노래를 당대의 현실정치에 대한 풍자로도 읽을 수 있다. 방금 열거한 부정적인 권력자들은 통감정치 체제하에서 일본의 야만적 침략주의에 나라를 팔아 넘기고자 했던 친일 반민족적 관료들, 즉 송병준이나 이완용 등으로도 볼 수 있기 때문이다. 과부 어머니의 매질 행위는 이들에 대한 통렬한 비판이라 할 수 있다. 나아가 자신의 아들만큼은 독립국가, 민족국가를 위한 충신·의사로 길러내기 위한 엄정한 교육의 일환인 것이다. 이런 점에서 어머니의 매질 행위는 구국 영웅의 양성과 국민국가의 실현이라는 미래적인 삶의 기획 속에서 수행되고 있다고 볼 수 있다. 결론부에서 '대한 여자 단체들은 자녀교육 명심하오'라고 말했듯이, 이 작품은 당대 여성 일반에게 국민으로서의 공적 책무를 환기시키기 위한 목적성이 강하다.

이처럼 과부도 정상적인 가정교육을 행한다면 일반 여성과 마찬가지로 국민으로서 환대받을 수 있다는 것이 계몽 지식인들의 기본적인 생각이다. 그러나 그 존재기반으로 볼 때, 근대계몽기의 청춘과부는 일단 남편의 상실과 더불어 정상가족의 질서에서 벗어난 존재였다. 그럼에도 불구하고 재가를 허용하는 시대적 여건으로 인해 과부들은 가족의 질서 체계 내로 복귀할 수도 있었다. 사정이 이러하기에 이들은 매우 어정쩡한 위치에 있었다. 이처럼 애매한 과부들의 사회적 위치가 이들에 대한 불온한 시선을 만들어낸다. '가부장의 보호와 통제로부터 벗어나 있는 이들 젊은 과부들은 염려스러운 한편 위험스러운 존재로 취급되었고, 그들의 성sexuality은 사회적 감시와 관찰의 대상이 되었다'고 한다.[11] 과부들에 대한 성적 의혹의 시선은 과부 소재 계몽가사에서도 나타난다.

기생이나 삼패(三牌) 이외에 과부로 불리던지 남의 별실(別室)이던지 기타 유부녀가 밤을 틈타 왕래하면서 음란한 짓을 하는 악습을 낱낱이 조사하여 보고하라고 경시청에서 신칙하였다고 하니 서울 안에서도 음란한 풍속이 사라져서 비웃음을 면할는지.

—『대한매일신보』, 1907.11.26

음녀들아 들어보소 청년과부 되었으면 규중에서 한탄 말고 개가함이 당연인데 꽃피는 아침과 달뜨는 저녁에 담장을 넘어 간통하며 다른 사람들에게는 비밀스럽다 할지라도 천지신령이 보고 있음을 너는 아느냐.

—『대한매일신보』, 1908.12.29

못 살겠네 못 살겠네 나는 진정 못 살겠네 남녀 간에 배필 되어 각자 역할하는 것이 위생상의 필요인데 유부녀의 매음활동 그냥 방관하면서도 과부되어 재가코자 한두 남자 선 본 것을 매음녀로 체포하여 각종 검사하려 하니 경위 없어 못살겠네

—『대한매일신보』, 1909.4.16

근대계몽기에 음란한 여성에 대한 담론이 유행한 것은 근대전환기에 이르러 서울의 도시화가 급속하게 진행된 것과 밀접한 관련이 있다고 한다. 이 당시 새로이 '거리에 등장한 여성은 거리를 방황하는 존재로 비춰졌고 대개 성적 욕망을 품고 있는 인물로 묘사'되었다고 한다.[12] 이는 위에서 인용한 작품들에서도 나타난다. 첫 번째 작품에서 화려한 서울의 거리를 밤중에 왕래하는 과부, 첩, 기타 유부녀들은 음란한 행위를 하는 존재들로 간주되었고, 화자는 경무청의 단속 아래 음란한 풍속이 사라지길 염원하고 있다. 두 번째 작품에서는 개가하기를 마다하고 담장을 넘어 통간하는 청년과부를 비판하고 있다. 첫 번째와 두 번째 작품이 계몽지식인들의 관찰자적 시점에서 서술되었다면, 세 번째 작품은 과부 자신이 시적화자로 설정되어 있다. 이 과부는 무척이나 억울하기 그지없다. 유부녀의 매음은 묵인하면서도 개가를 위해 한두 남자 선 본 것으로 인

해 매음녀로 오해받았기 때문이다. 더욱 기가 막히는 일은 강제적으로 성병 검사를 비롯한 위생 검사를 받아야 한다는 것이다. 당시에는 이러한 일이 비일비재했던 모양이다. 실제로 '대저 아이를 버리는 일은 항상 음란한 계집이나 간음하는 과부에서 생기는 바'라고 얘기하는 논설에서도 알 수 있듯이,[13] 정상 가정으로 회귀하지 못한 과부들의 섹슈얼리티는 늘상 의혹의 시선에 시달려야 했으며, 영아 유기가 발생한 장소 인근에 살았던 과부들은 1차적인 조사 대상이 되기도 하였다.[14]

이상에서 살펴본 바, 근대 계몽가사에서 표상된 과부의 삶은 당대의 사회 현실과의 긴밀한 연관 속에서 조망되고 있었다. 그런데 그 삶의 주체인 과부 자신이 아닌, 계몽 지식인이라는 타자의 입장에서 창조해낸 과부 형상이 오히려 핍진하다. 계몽 지식인들은 변해가는 시대 속에서 과부의 문제에 상당한 관심을 두었다고 할 수 있다. 아직도 요원하기만 한 근대 국민국가 건설과 일부일처제의 근대적 정상 가족의 실현이라는 측면에서 볼 때 과부들도 소중한 존재들이었기 때문이다.

정리해 보자면 규방가사류 '과부가'와 과부 소재 계몽가사는 그 문예 양식적 특성에서부터 그 안에 담아낸 과부들의 삶의 현실에 이르기까지 매우 상이한 역사적 시간대를 담아내고 있었다. 그리고 이러한 작품들이 20세기 초라는 동시기에 공존하고 있었다. 이 비동시적 시간대의 공존과 충돌은 어떠한 역사적 동력을, 어떤 방식으로 획득해 나가면서 변증법적 지양을 이루어 나갈 수 있었을까. 우리는 신문이라는 근대적 공론장에서 그 하나의 실마리를 찾아볼 수 있으리라 생각한다.

〈표 1〉 과부 관련 기사의 내용소 출현 빈도표[15]

구분	『독립신문』	『대한매일신보』 국한문	『매일신문』	소계
과부의 개가 또는 실패	2	11	3	16
과부의 기부, 사회적 선행	1	17	1	19
과부의 절행, 자결, 효행	2	5	4	11
과부의 자녀교육	1	2		3
과부의 생계 곤란		3		3
과부 재산의 탈취	11	21	7	39
과부 약취, 폭행, 살해, 매매	8	9	9	26
과부들의 사기, 음사			2	2
과부 자녀의 패륜 행위	2	1	1	4
기타(살인교사, 영아유기, 민란 주도 등)	2	3	1	6
소계	29	72	28	129

◆◦ 신문에 포착된 과부의 삶과 그 의의

전근대사회에서 과부의 삶이란 늘상 사적 영역의 휘장 속에 가려져 있었다. 그러나 신문매체와 같은 근대적 공론장이 형성되면서 그녀들의 삶은 활자로 인쇄되어 공중들에게 생생하게 노출되었다. 특히 잡보란과 같이 '사건화된 일상'[16]을 다루는 경우, 독자들은 보다 생생하게 재현되는 과부들의 삶을 '읽어'낼 수 있었다. 당대 신문의 논설란에서는 계몽지식인들의 계몽적 이상 속에서 과부들의 삶의 좌표가 새롭게 제시되기도 하고, 때로는 과부들 스스로 투고자가 되어 자신의 생각을 펼쳐낼 수도 있었다. 그야말로 신문은 다양한 방식으로 과부의 삶을 공론화하고 이러한 문제에 대해 관심 있는 독자들의 참여를 유도하였던 것이다. 이처럼 신문에 포착된 과부들의 삶은 어떠한가.

〈표 1〉에서 출현 빈도가 높은 몇 가지 항목만 살펴보기로 하자. 가장 많이 나타나는 기사는 재산 분쟁을 다룬 것으로, 권력가나 친척, 사기꾼들이 과부의 재산을 강탈하는 사건이다. 국가 권력이 현저하게 약해진 반식민지 상황에서 가부장이 없는 과부들의 재산은 쉽게 넘볼 수 있는 약탈의 대상이었고, 이로 인한 분쟁이 많았다. 심지어는 엄동설한의 추위를 견디지 못해 어느 과부가 산으로 나무를 하러 가서 겨우 채취한 땔감마저 산지기에게 강탈당하여 사지에 내몰리게 되는, 딱한 사정을 기사화한 경우도 보인다(『대한매일신보』, 1906.12.4). 과부들의 재산을 탈취하는 방법도 다양하다. 주로 사기를 통한 토지문서 강탈사건이 많은데, 아래와 같이 무단침입과 강도질 끝에 살인으로 이어지는 경우도 발견된다.

> 서강 무식막에 어떤 어린 과부 한 사람이 전당놀이를 하여 부유하게 지내는데 일전에 불한당이 밤을 틈타 들어가서 재물을 탈취하려 함에 그 과부가 소리를 벽력같이 지르자 몹쓸 강도놈들이 칼로 찔러 죽이고 재물을 탈취하여 갔다하니 참혹한 일이더라
>
> ─『매일신문』, 1998.4.13

다음으로 높은 빈도를 보이는 사건은 이른바 과부 보쌈이다. 앞서 살펴본 것처럼 무뢰배들을 대동하고 수절과부의 집에 난입하여 과부를 약취하는 사건이다. 이 과정에서 실절의 위기를 겪은 과부들이 자결하는 경우도 드물지 않다. 과부를 약취한 자는 대개 법적인 심판을 받게 된다. 그러나 그 처벌 결과에 상관없이 과부 약취가 이 시대까지 이어지고 있

었다는 사실이 충격적이다. 이러한 행위는 전형적인 전근대적 삶의 잔여물이라고 할 수 있는데, 시대가 바뀌었어도 여전히 이어져 오고 있었던 것이다.

세 번째는 과부들의 공적인 기부나 사회적 선행을 다룬 기사인데, 국채보상운동 기간에 의연금을 출연한 내용이 가장 많으며, 학교 설립에 기금을 희사하는 일도 보도되고 있다. 주지하다시피 국채보상이라는 주권수호운동에는 기생과 같은 사회적 소수자들도 많이 참여하였다. 과부들의 의연금 출연은 그녀들이 근대국가의 정치적 주체로 인식될 수 있는 하나의 주요한 계기가 되었으며, 계몽 지식인들에게는 당당한 국민 분자로서 칭송을 받았다.

> 여인 가운데 어떤 과부 한 분이 고등재판소 문 앞에 몰려간 만민들이 충성 애국하는 의리에 감탄하여 자기의 집을 삼백 원에 팔아서 이백 원을 만민이 모인데 기부하였다니 이 부인의 의기는 천하 만고에 참 드문 일이라고들 칭찬한다더라
>
> ─『독립신문』, 1998.11.11

네 번째로 출현 빈도가 높은 기사는 과부의 개가를 다룬 내용이다. 그런데 우리의 기대와는 달리, 과부가 주체가 되어 자신의 삶을 능동적으로 펼쳐나가는 계기로써 개가를 선택하여 행복하게 살았다는 기사를 발견하기는 매우 어렵다. 설령 그러한 취지에서 개가가 이루어졌다 하더라도 신문에서는 기사들은 대부분 개가 이후의 재산 분쟁이나, 매매춘, 연고권자의 훼방, 자녀 귀속 문제 등 부정적으로 사건화된 것들이다. 신

문매체의 속성상 자극적인 기사를 통한 대중적 소비를 염두에 둔 탓이 적지 않을 것이다.

마지막으로, 과부의 절행과 자결에 관한 기사이다. 그런데 사건을 바라보는 태도와 기사를 다루는 방식은 매체마다 차이가 난다.

진천군 사는 곽상우가 무리를 이루어 패거리를 만들고 이웃 집에 사는 14세 된 청상과부를 강제로 결박하여 끌고 갔더니 그 어린 과부가 목을 매어 죽은 고로 곽가는 해당 군에 잡혀 갔다가 어디로 사라진 까닭으로 그 고을 군수는 필경은 잡아 올릴 듯한다더라

—『독립신문』, 1999.5.18

고성군 안창면 강정리에 사는 박과부는 나이가 21세인데 자신의 과부 시어머니와 함께 서로 의지하여 살았다. 그 고을 위 초현리 최성일의 집에서 머슴 사는 이노불이가 홀아비인데 박과부를 얻을 흉계를 꾸며 봉순진에 사는 자신의 매부 홍천유에게 말하기를 박과부가 개가를 하려고 남편을 구한다고 하였다. 이에 홍가가 패거리 십여 명을 데리고 밤에 박과부를 결박하여 갔거늘 박과부의 집에서 관가에 정소(呈訴)를 하여 되찾아서 시가로 보냈다. 박과부는 자신의 시숙이 어디 갔다 온 후에 그 욕 본 사정을 말하고 나서 무를 씻으러 물가에 간다하고 물에 빠져 수중의 원혼이 되었다. 이노불이란 놈은 그 일을 알고 도주하였으며 홍천유만 잡혀서 갇혔으니 박과부의 정렬은 매우 드문 일일러라

—『매일신문』, 1998.12.17

위 두 기사는 과부 약취 끝에 과부가 자살하고 범행을 저지른 자가 수감된 사실을 다룬 내용이다. 첫 번째 기사는 이 글의 맨 앞에서 본 내용인데, 이처럼 『독립신문』에서는 간략한 사실만을 기록하였다. 두 번째 기사의 경우 좀 더 자세하게 사건의 정황을 소개하고 있다. 그리고 끝부분에서 이 일을 사주한 '이노불'에게 '놈' 자를 붙여 혐오감을 드러내는 한편, '박과부의 정렬은 매우 드문 일일러라'라고 하면서 그녀의 열행을 칭찬하고 있다. 이는 초기 근대적 신문이 '인민을 대상으로 기록과 포폄에 종사하는 사관'으로서의 역할을 자임했던 태도와 관련이 있으며, 기사를 대하는 공적 태도를 강조하고자 하는 의도와도 무관하지 않으리라 여겨진다.[17]

히브리어로 과부를 뜻하는 용어 '알마나almanah'는 '잠잠한 자' 혹은 '말할 수 없는 자'라는 뜻의 '알렘alem'에서 유래하여 '자신의 목소리를 낼 수 없는 약자, 열악한 상황에 처해 있는 억압받는 자'를 지칭한다. 또한 헬라어적 기원에는 '버려진다'는 의미가 깔려 있다고 한다.[18] 수천 년 전 유라시아 대륙 서쪽 끝에서 사용된 이 용어의 의미는 20세기 전후 한반도에서도 고스란히 통용될 수 있을 것이다. 신문기사에 나타난 과부의 삶을 살펴보자면 그녀들은 대체로 주권국가의 법적 보호망이 느슨한 곳에 놓여 있었다. 따라서 과부들은 전반적으로 경제적 수탈과 인권 유린, 성적 욕망 실현의 손쉬운 대상으로 인식되었다. 그럼에도 불구하고 과부들은 자신의 목소리를 낼 수 없는 '하위 주체'였다. 그렇다면 이들의 불행한 삶을 다룬 근대적 공론장의 기능은 무엇이었으며, 그 담론효과에 어떠한 의미를 부여할 수 있을까.

우선, 몇몇 사례에 불과하지만, 근대계몽기에 들어서서 유가적 가부장 제도의 압박에서 탈피하여 스스로의 주체성을 정립하고자 하는 과부 여성을 우리는 신문이라는 근대적 공론장에서 만나 볼 수 있다.

광고

　본인의 양자 조성환이 주색과 잡기로 가산을 탕진하고 또한 저의 재산까지 범하였으니 이를 본 군자들은 절대로 사기를 당하지 마시압.

문경군 초곡면 각서리 조과부 알림

—『대한매일신보』, 1999.7.20

이 글은 문경군에 사는 조과부가 주색잡기로 가산을 탕진하고 본인의 재산까지 범한 자신의 양자 조성환에게 사기당하지 말라고 독자들에게 공지하는 내용의 광고이다. 매우 특이하면서도 통렬하다. 그런데 본디 유가적인 가족윤리 하에서 남편을 상실한 여성의 경우는, 아들이 불효를 저지른다고 하더라도 이를 훈계하여 사회적 지위나 명성을 이룰 수 있도록 도와주는 것이 어머니의 역할이자 삼종지도의 법도이다. 그러나 조과부는 이러한 전통적 규범에 얽매이지 않는다. 오히려 아들의 불효·불의한 행위를 공론장에 폭로하며, 공중으로 하여금 피해를 당하지 말라고 알려준다. 물론 양심 없는 양자에 대한 조과부의 개인적인 원한도 적지 않았을 터이지만, 가족을 넘어서서 공익적 차원에서 다른 사람의 피해를 예방했다는 점은 높이 살 만하다.

　그런가 하면, 『대한매일신보』 1909년 3월 7일 자 기사에는 「과부대승리寡婦隊勝利」라는 제목으로 봉건적 착취에 저항하는 과부 여성들의 투쟁과 승리가 소개되어 있다. 전라남도 지도와 암태도에 사는 빈궁한 과부 백여 명이 마을 유지들이 부당하게 부과한 수납금에 대해 집단적으로 저항한 내용이다. 그녀들은 배를 몰고 가서 해당 지역 군수에게 부당한 착취를 등소였다. 군수가 관리를 파견하여 조사를 시작하자 유지들이 오히려 과부들에게 애걸하여 사건을 해결할 수 있었다고 한다. 마을이나 군 단위의 행정도 하나의 공공 영역이라면, 이러한 과부들의 행동은 근대적 의미의 정치 행위로 해석해 볼 수 있다. 이밖에도 국채보상운동의 참여나 학교 설립에 대한 경제적 지원 등 공공 영역에 대한 과부들의 기여는 지속적으로 확대되고 있었던 것으로 나타난다.

이상은 신문에서 간추린 과부들의 근대적 주체화 과정과 관련한 기사들이다. 그런데 이와 반대의 측면에서 여전히 전근대라는 비동시적 시간 속을 살아가는 대부분의 과부들에 대한 기사도 나타나고 있다는 점을 우리는 어떻게 이해해야 할까. 이 문제와 관련하여 우리는 신문을 읽고, 나아가 그 기사 내용을 가지고 주변 사람들과 토론했던 당대 독자들의 입장을 고려해 볼 필요가 있다. 사실 근대적 주체의 탄생과 관련한 일련의 연구들은 계몽의 주체들이 형성한 담론 그 자체를 주목하면서, 미셸 푸코식의 '배제'적 관점을 적용하는 데 다소 비중을 둔 느낌이 있다. 물론 근대 주체의 형성 과정에서 이와 같은 논리가 작동했다는 점은 부인하기 어려울 것이다. 그러나 보다 근본적으로 신문이라는 근대적 공론장의 기능과 역할을 다시금 생각해 볼 필요가 있다.

한나 아렌트에 의하면 인간은 의사소통 공동체의 일원이 될 수 있는 원리를 공통감sense communis에서 찾는다고 한다. 인간은 다른 사람들의 의견이 제시될 때, 순전히 개인적으로 판단하기보다는 자신 또한 '다른 사람과 공통적이라는 느낌에 바탕을 두고, 누구나 다 나와 같을 것이라는 전제하에서 판단을 내리'기 때문에 그 속에는 타인에 대한 고려가 개입되어 있다는 것이다. 이 공통감이 사람들로 하여금 공동체에 어울리게 해주는 근본 요인이다.[19] 한 사람의 말은 타인과의 밀접한 연계망 속에 존재하기 때문에 말을 한다는 것은 가장 정치적인 행위이며, 공론장은 가장 정치적인 공간일 수 있는 것이다.

하버마스는 공론장을 상호 계몽의 장으로 생각한다. 주지하다시피 계몽이란 인간이 미성숙 상태에서 벗어나 스스로 생각하는 준칙을 의미하는데, 그러한 생각의 올바름은 공동의 장에서 검증되고 지양된다. 따라서 공론장의 실현은 특별히 학자들에게만 국한되지 않는다. 이성의 공적 사용에 몰두하는 모든 사람들의 공론장에서 실현될 수 있다.[20]

우리가 공론장에 참여하는 사람들을 공중이라고 할 때, 신문의 독자층 또한 당연히 공중의 일원이다. 그렇기 때문에 신문 독자들은 대중매체의 메시지에 곧바로 감염되는 수동적인 존재가 아니다. 오히려 독자들은 공론장의 평등한 주체이며, 능동적 참여자라고 보아야 할 것이다. 신문은 분명 공중들의 의사소통에 복무하는 하나의 공론장이다. 때문에 사적 영역에 속하는 과부들의 사건화된 일상이 신문이라는 근대적 공론장에서 다루어진다면, 공중들은 과부라는 타자의 삶을 자기 자신의 입장과 동일시하는 공통감에 근거하여 판단하게 될 것이다. 이러한 이유로 누추하고 전근대적인 시간대에서 억압적 삶을 살아가는 과부들의 기사나 미래적 기획에 그들은 동참하게 된다. 그리고 각기 다른 시간대를 살아가는 과부들의 삶을 다룬 기사들을 읽고서, 독자들은 '이성의 공적 사용'을 고민하였으리라 본다.[21] 그리고 공중들은 과부들의 더 나은 삶을 향한 설계에 암묵적으로든 명시적으로든 자신들의 의견을 가지고 참여하게 된다.

따라서 과부를 둘러싼 개가론과 열녀 담론이 나란하게 존재했던 상황이나 개가 담론의 이중성 문제, 나아가 비동시적 시대의 삶들이 병렬되었던 현상이 공론장의 의제로서 다루어지고 있는 한, 그리고 공론장 자체의 구조 변동이 수반되지 않는 한, 끊임없이 더 나은 방향으로 문제 해결을 위해 조율했으리라고 본다. 우리가 살고 있는 오늘 이 시대에 과부들에 대한 편견이 상당부분 해소되었다면 이러한 공론장의 역할이 매우 컸으리라 생각한다.

1 자료는 언론진흥재단의 고신문 데이터베이스에서 취하였다. 그리고 가독성을 높이기 위하여 현대역을 하였다.

2 근대계몽기의 과부 담론과 관련하여 주목할 만한 선행연구로는 우선 홍인숙 교수의 성과를 꼽을 수 있다. 근대계몽기 여성 담론 전반을 다루면서, 개가론과 열녀 담론의 기묘한 병치현상을 주목하였다. 유교적 지식인이나 언론매체의 언술에서 표면적, 의식적 차원으로는 여성 욕망의 인정이라는 개가론이 합리적이고 이성적인 주장 방식인 '논(論)'의 형식을 통해 개진되고 있었지만, 이면적, 무의식적 차원에서는 열녀 이야기를 끊임없이 산포하면서 가부장적 제도 안에서 통제되는 여성 섹슈얼리티에 대한 집착을 보여주고 있다는 것이다. 전미경 교수도 이와 유사하게 근대계몽기 과부 개가 담론의 이중성을 포착하였다. 근대계몽기의 과부 개가론은 과부 개인의 생활적 차원보다는 사회·국가적 차원에서 문명국을 향한 진보와 건강한 국민생산이라는 측면에서 권장되었지만, 혼인 절차에 있어서 전통적인 방식인 육례의 고수를 강조하고 정절을 고매한 윤리로 상찬하여 일종의 의무초과적인 규범으로 정립시켰다는 것이다. 또한 노용필 선생은 개화기 당시의 천주교회사 자료와 외국인 여행기 자료를 통해 과부 개가의 실상을 구명하고자 하였다. 홍인숙, 『근대계몽기 여성 담론』, 혜안, 2009, 27~117면; 전미경, 『근대계몽기 가족론과 국민 생산 프로젝트』, 소명출판, 2005, 115~136면; 노용필, 「개화기 과부의 재가와 천주교」, 『한국사상사학』 22, 한국사상사학회, 2004.

3 육민수 선생의 조사에 따르면, '과부가'류는 규방문화권 13종, 시정문화권 2종으로 도합 15종이 있다고 한다. 육민수, 「여항-시정 가사의 담론 특성-잡가집 수록 〈과부가〉를 중심으로」, 『한민족어문학』 65, 한민족어문학회, 2013, 452~454면.

4 지송욱, 『정선 조선가곡』, 신구서림, 1914, 106~107면(정재호 편저, 『한국속가전집』 1, 도서출판 다운샘, 2002, 416~417면에서 재인용).

5 현공렴, 『신찬 고금잡가 부가사』, 대창서관, 1916, 83~84면(정재호 편저, 『한국속가전집』 3, 도서출판 다운샘, 2002, 101~102면).

6 김미영, 「유교 가족 윤리와 '여성 정체성'-'삼종지도(三從之道)'를 중심으로」, 『시대와철학』 33, 고려대 철학연구소, 2007, 62~67면.

7 조선총독부, 『관습조사보고서』, 1912; 정긍식 역, 『국역 관습조사보고서』, 한국법제연구원, 106면(인용 부분의 자료는 노용필, 「개화기 과부의 재가와 천주교」, 『한국사상사학』 22, 한국사상사학회, 2004, 362면에서 재인용)

8 Ernst Bloch, *Heritage of Our Times*(HT : Erbschaft dieser Zeit), Frankfurt an Mein : Suhrkamp Verlag, 1935(임혁백, 『비동시성의 동시성-한국 근대정치의 다중적 시간』, 고려대 출판문화원, 2014, 42면에서 재인용).

9 역사연구소, 『함께 보는 한국근현대사』, 서해문집, 2004, 95~105면.

10 박애경, 「야만의 표상으로서의 여성 소수자들-『제국신문』에 나타난 첩, 무녀, 기생 담론을 중심으로」, 『여성문학연구』 19, 한국여성문학학회, 2008, 108면.

11 소현숙, 「수절과 재가 사이에서-식민지시기 과부 담론」, 『한국사연구』 164, 한국사연구회, 2014, 61~62면.

12 정인숙, 「근대전환기 서울의 도시화와 음녀를 둘러싼 담론의 성격-『대한매일신보』 소재

시가를 중심으로」, 『국문학연구』 26, 국문학회, 2012, 264면

13 논설, 「ᄇ린 ᄋ희를 슈양ᄒᄂ 큰 ᄌ션」, 『대한매일신보』, 1908.7.21.

14 「惡習日現」, 『대한매일신보』, 1910.4.30. "中部警察署管內에ᄂ 近日來로 新生兒를 放棄ᄒᄂ 惡習이 種種發現홈으로 昨日부터 警察官吏가 人家의 寡婦有無를 調査ᄒ다ᄂᄃ 將次 別般方針을 硏究ᄒ다더라"

15 이 자료는 한국언론진흥재단의 고신문 자료 데이터베이스 검색을 활용하여 작성하였다. 제시된 수치는 내용소 단위에서 산출한 것이므로 실제의 기사 수보다는 많다. 내용소의 도입은 복합적인 내용 담고 있는 기사를 분류하기 위한 부득이한 방법이다.

16 이 용어는 최기숙 교수가 '언론과 인쇄매체가 개인의 사생활과 내면을 공론하는 주요 방식이자, 사적 요인이 언론을 매개로 공적 요인으로 변이하는 지점을 지시하는 개념'으로 사용했던 바, 이 글에서도 이에 따른다. 최기숙, 「사건화된 일상과 활자화된 근대－근대 초기 결혼과 여성의 몸 『한성신보』, '잡보'란이 조명한 근대 초기의 결혼 생활 스케치」, 『고전여성문학연구』 29, 한국고전여성문학회, 2014, 235면.

17 박성호, 「광무・융희연간 신문의 '사실' 개념과 소설 위상의 상관성 연구」, 고려대 박사논문, 2014, 26~28면.

18 채승희, 「초대교회의 여성성직제도 '과부의 역할과 지위」, 『한국교회사학회지』 36, 한국교회사학회, 2013, 177~178면.

19 Arendt, Hannah, Lecture's on Kant's Political Philosophy(Chicago : The University dof Chicago Press, 1982, pp.69~71(이 내용은 이동수, 「『독립신문』과 공론장」, 『정신문화연구』 29-1, 한국학중앙연구원, 2006, 8~9면에서 발췌・인용).

20 위르겐 하버마스 저, 한승완 역, 『공론장의 구조변동』, 나남, 2001, 222~228면.

21 독자들이 신문이라는 공론장에 능동적으로 참여하는 사례를 분석한 글로는 다음을 참조. 전은경, 「근대 초기 독자층의 형성과 매체의 역할－『대한매일신보』를 중심으로」, 『현대문학의 연구』 40, 한국문학연구학회, 2010.

여학교 주변의 여자들

신문·잡지에 나타난 제도교육 최초 형성기(1898~1910)의 여성 재현에 대하여

홍인숙

◆◇ 신여성의 전사前史인 여자들

나혜석, 김명순과 함께 1세대 신여성이자, 1920년대 신여성 담론을 주도했던 『신여자』의 편집주간 김원주는 어린 시절의 한 토막을 이렇게 기억하고 있다.

나의 어머니는 (…중략…) 저 딸 하나나 훌륭하게 만들어 남의 집 열 아들 부럽지 않게 키운다고 예수교당에 다니신 덕에 일찍 개화한 어머니는 여자도 학교에 다니는 일이 있는 줄도 모르는 그 예전에 나를 학교에 입학시켜 '여학 생, 여학생' 하고 불리는 자랑스러운 몸이 되게 하였나이다. (…중략…) 어머 니는 생존 시에 나에게 부도(婦道)와 여직(女職)에 대하여는 도무지 가르칠 생각을 하지 않으셨나이다. 어머니는 나를 여자 구실은 안 시키고, 어떤 표준

도 없이 그저 남의 집 열 아들 부럽지 않게 세상에서 제일 뛰어난 여성 아닌 남자 대장부를 만들려는 것이었나이다. 외할머니나 이모들이 그런 어머니를 보고, 계집애를 가르치지 않고 뛰어다니게만 두고, 시집보낼 옷가지 하나 장만 아니하면 어찌할 거냐고 하면, 어머니는 "당신네들처럼 바리바리 싣고 가서 종 노릇만 해야 하오?" 하고 핀잔해 버리었나이다.[1]

김원주의 회고에 따르면 그녀의 어머니는 '여자가 학교에 다니는 일이 있는 줄도 모르던 시절'에 딸을 학교에 보냈다. 김원주 어머니의 이러한 교육 방침에 대해 주변에서는 '시집 보낼 옷가지 하나 장만'하는 법도 가르치지 않는다고 심하게 타박했다. 그것은 여자가 익혀야 할 학습의 범주, 즉 '부도婦道'와 '여직女職'의 영역을 벗어난 공부였기 때문이다. 그러나 그 어머니의 답변은 명료했다. 그런 공부는 '당신네들처럼 바리바리 싣고 가서 종노릇만' 하게 만들 뿐이라는 것이었다. 그녀가 원한 것은 딸이 자신들과는 다른 교육을 받아 다른 삶을 사는 것이었고, 그것을 실현할 수 있는 구체적인 길은 '학교에 입학시키는 것'이었다. 그런 어머니의 후원에 힘입어 김원주는 자신이 '여학생이라고 불리는 자랑스러운 몸'이 되었다고 말하고 있다.

자기를 공부시켜 준 어머니에 대한 김원주의 이 회고는 역사적으로 여학교라는 근대적인 여성제도교육 기관이 조선에서 최초로 설립되는 시기와 맞물려 있어서 흥미롭다. 학교에 입학하는 표준 연령이 없었던 이 당시 어린 학생들은 대개 8~10세가 되면 입학을 하곤 했는데 이런 관행에 미루어 볼 때 1896년생인 김원주가 여학교에 입학한 것은 1906년 이후였을 것이다. 김원주의 출생년도인 1896년과 입학년도인 1906

년, 이 두 개의 연대는 근대계몽기의 조선에서 여학교 설립운동이 일어난 제1기, 제2기의 시점과 거의 일치한다. 제1기 여학교 설립운동은 1898년 북촌의 양반 부인들이 모여 '찬양회'를 만들고 관립 여학교 추진을 시도했던 것이었다. 이 운동이 좌절되고 난 뒤 약 5년간의 침묵기[2] 끝에 시작된 제2기 여학교 설립운동은 1906년 '여자교육회'와 '진명부인회'를 중심으로 일어났다.

김원주의 어머니에 대한 회고가 인상적인 것은 바로 이 지점이다. 소위 1세대 신여성들의 등장 전사前史에 해당하는 1900년대를 살았던 이 여성들은, '자주와 독립, 문명과 부강'을 부르짖던 약소민족 조선의 근대계몽기에 유독 '여자들을 위한 학교'의 문제에 깊은 관심을 기울였다. 1900년대 김원주 어머니와 같은 일군의 여성들은 제도교육에 대한 강한 열망을 가지고, 그녀들의 딸 세대를 이전까지와는 다른 새로운 삶으로 진입하게 해주는 통로인 '학교'를 만들어냈다. 그리고 그 학교교육을 받은 여학생들은 1920~1930년대의 신여성이라는 역사적 존재로 성장해 나갔던 것이다.

실제로 1898년에서 1910년까지의 신문·잡지에서 가장 빈번하게 발견할 수 있는 여성 담론은 여성교육에 대한 것이다.[3] 이 글은 최초의 여성제도교육 형성기라고 할 수 있는 바로 이 시기의 여성들, '1920~1930년대 신여성'의 '어머니 세대'를 다룬다. 이들은 여자들을 가르치는 학교를 만들자고 통문을 돌렸고, 조선에도 여자를 가르치는 학교가 필요하다는 글을 신문사에 보냈다. 이들은 여학교를 위한 모금을 하고 후원 모임을 조직했으며 나아가 직접 여학교를 설립하기도 했다. 또 이들은 그렇게 만들어진 여학교에 자신의 딸들을 보냈다.

이 여성들의 흔적은 1898년부터 1900년대까지의 신문·잡지에 논설, 잡보, 기고 등의 기사에서 찾아볼 수 있으며 그 소재는 거의 '조선 최초의 여학교 교육'에 대한 것이다.[4] 약 10여 년에 걸친 이 시기 여학생에 대한 신문 기사들은 그들을 바라보는 사회적 시선이 근대적 민족 담론과 가부장제적 관점에 강하게 결박되어 있었음을 보여준다. 역사적 주체로서의 '신여성' 등장 이전을 보여주는 이들 '구여성'에 대한 당대 담론을 따라가 보자.

◆◇ 1890년대 신문과 잡지에 나타난 여성교육 담론

개항 이후 10년 만인 1886년, 선교사 스크랜튼의 이화학당 설립은 한국에서 근대적인 여성교육이 시작되는 기점이 되었다. 이후 선교를 위한 교육 사업의 일환으로 여성교육기관을 설립하는 시도는 계속 이어져, 1892년 인천의 영화여학교, 1895년 정신여학교, 1898년 배화여학교 등이 속속 세워졌다. 선교사들이 세운 여학교들은 학생 확보가 곤란할 정도로 운영에 어려움을 겪었지만,[5] 이들의 존재는 근대적인 여성교육기관의 필요성을 사회적으로 인지하게 하는데 중요한 역할을 하였다.

여성들을 위한 근대적인 교육기관이 필요하다는 조선인 내부의 자각은 1880년대 일본 및 서구 유학을 다녀온 개화파 인사들에게서 시작되었다.[6] 1886년 박영효는 「개화상소開化上疏」에서 거의 최초로 남녀 소학교 및 중학교의 의무교육을 제안했다. 그러나 여성교육의 필요성을 보다 본격적으로 제기한 것은 유길준이었다. 1881년에서 1884년까지 일본과 미국에서 머물렀던 체험을 바탕으로 쓴 『서유견문西遊見聞』에서 그는 여성의 근대적 교육을 주장했다. 그는 '아이는 나라의 근본이요, 여자는 아이의 근본이니 오늘날 어머니는 과거의 어린 여자라. 그러므로 어린 여자가 실상은 나라의 근본의 근본'[7]이라고 주장하였다. 그의 주장은 '훌륭한 어머니가 되어 자녀를 합리적으로 양육하고 교육시켜 국가의 근본을 튼튼히 함'에 두는 것, 즉 여성교육의 의미를 모성 및 가족 담론으로 귀결시키는 것이었다. 서구 근대문화를 직접 접했던 개화한 남성 지식인으로서 유길준이 제시한 여성교육의 목표는 근대적인 주체 형성에 있는 것이 아니라 '근대적 국민'을 길러낼 자질을 갖춘 '어머니'의 육성에 있었던 것이다.[8]

1890년대에 들어와서 개화파 인사들의 여성교육에 대한 견해를 읽어볼 수 있게 해 주는 신문 논설은 총 4회 발견된다. 1896년 『독립신문』 9월 5일 자, 1897년 『독립신문』 5월 18일 자, 1898년 『독립신문』 1월 4일 자, 1898년 『매일신문』 8월 13일 자 논설이 그것이다.

①

학부(學部)에서는 남자 아이들도 가르쳐야 하지만 불쌍한 조선의 계집아이들도 교육시키면 몇 해 안에 전국 인구 중 반이나 내버렸던 것을 쓸 만한 사람으로 만들 수 있으니 국가 경제학에 이런 이익이 없다. 또 천하게 박대하던 여인들을 사나이들이 자청하여 동등권을 주는 것이니 어찌 의리에 마땅하지 않으며 장부의 할 만한 일이 아니겠는가. 우리는 천하고 가난하고 무식한 사람들의 친구이다. 조선 여인들이 이렇게 사나이들에게 천대받는 것을 분히 여겨 언제라도 여인들을 위하여 사나이들과 싸울 터이니 조선의 유지각한 여인네들은 당당한 권리를 빼앗기지 말고 아무쪼록 학문을 배워 사나이들과 동등히 되며 사나이들이 못하는 사업을 할 도리를 하여보기 바란다.

—『독립신문』, 1896.9.5, 논설

②

지금 조선 사람들은 여자는 교육하는 것이 불가능하다고 하는데 이런 말을 하는 것은 무식하고 생각이 없기 때문이다. 여자를 교육하는 것은 가장 중요한 일이다. 여자가 자녀를 낳으면 그 아비도 자녀를 가르치지만 그 어머니가 항상 좋은 학문으로 가르쳐 어려서부터 그 자녀의 마음을 잘 인도해야 장래에 좋은 사람이 된다. 둘째는 조선의 천이백만 명 인구에 여자를 교육하면 두 배나 더 할 것이니 한 사람이 할 일을 두 사람이 하게 되니 어찌 좋은 일이 아닌가. 조선은 여자교육이 없어서 아이가 어미 슬하에 있을 때 좋은 것을 배우지 못한다.

—『독립신문』, 1897.5.18, 논설

③

남녀 둘 사이에는 터럭 하나도 높고 낮음이 없고 크고 작음이 없다. 그런데 만일 이 사이에 무슨 차별이 있으면 이는 이치를 크게 어기는 것이다. (…중략…) 오늘날 우리 대한 형세를 말할 때 제일 큰 악습이 있으니 이것이 무엇인가. 사나이가 계집을 압제하는 것이다. (…중략…) 아무리 난봉 사나이라도 그만 믿고 앉아서 주면 먹고 없으면 굶으며 밤낮으로 침선과 방적이나 한다. 불량한 사나이는 공연히 무죄한 계집을 구타하는 자도 종종 있으니 이 정경을 가만히 생각해 보면 어찌 한심하지 않은가. 이는 무슨 연고로 그러한가. 기천 년 습속에 젖어 사람의 남녀간 평등 권리를 아예 생각하지 못한 것이다. 이 폐단을 고치려 하면 과히 어렵지 않으며, 다만 정치하는 사람이 남녀 학교만 왕성하게 하면 아마 남녀를 물론하고 사람마다 제 권리를 찾아갈 것이다.

—『미일신문』, 1898.8.13, 논설

④

　　의사 제손씨가 찬성의 뜻으로 연설하기를 (…중략…) 대개 여편네의 직무는 세상에 나서 사나이를 가르치는 것이라. 여편네가 학문이 있으면 자식을 (…중략…) 밤낮없이 인도하는 말이 남과 싸우지 말라, 학교에 가서 공부 독실히 하라, 효제충신으로 행세를 잘하여 세계에 명예를 크게 나타내라 하며 (…중략…) 아내가 그 남편을 대하여 마음 쓰는 것을 말하자면 (…중략…) 남편이 혹 밖에 나가 술을 과히 먹고 남에게 실수할까, 노름을 하여 패가망신할까, 혹 혈기로 무리하게 남과 싸워 명예를 손상할까 (…중략…) 형제를 우애로 대접하라, 일가 간에 화목하라, 친구 간에 신의있게 해라, 세계 사람들을 동포 형제로 여기라 하는 모든 권하는 말이 다 남편의 교사요 고문관이다.

—『독립신문』, 1898.1.4, 논설

　　1890년대에 처음 여성교육에 대한 기사를 실었던 『독립신문』과 『매일신문』은 여성교육을 반대하는 것은 '무식하고 생각이 없기 때문'이라고 단언하였다. 그리고 ③에서처럼 '사나이가 계집을 압제하는 대한의 제일 큰 악습'과 '남녀 간 평등 권리를 생각지 못하는 폐단'을 고칠 수 있는 유일한 방법으로 여성교육이 필요하다고 주장하였다. ①의 예문에서 여성교육이 필요하다는 주장은 우선 '인구의 반이나 내버렸던 것을 쓸 만한 사람들이 될 테니 국가 경제학'에 확실한 이익이라는 것을 근거로 삼는다. 여성교육이 '인구의 반'을 쓸모 있게 만든다는 수사법은 ②에서 '한 사람이 할 일을 두 사람이 하게 된다'는 말로도 반복된다. 그러나 이들이 주장하는 여성교육의 효과는 거기서 그치지 않는다. ④에서는 '여편네가 학문이 있으면 자식을 밤낮없이 인도하고', '남편의 교사요 고문관'이 되어줄 것이라면서 가정 내에서의 교사이자 참모로서의 역할이 있음을 강조하였다.

이러한 남성 지식인들의 주장은 남성의 관대함과 윤리적 우위 등을 확고히 하는 가운데 동정적인 논조로 전달된다. 유길준이 객관적 입장을 견지한 데 비해 이들은 서구의 가치관에 자기 의견을 더 적극적으로 동일시하고, 여성교육의 필요성을 보다 강력하게 호소했다. 여성의 권리를 찾아주는 것이 '의리에 마땅한 일, 장부의 할 일'이라고 하는 말이라든가, '우리는 천하고 가난하고 무식한 사람들의 친구'라는 말은 서구의 시민의식에 기반한 남녀평등론과 기독교적 박애론, 여성에 대한 시혜적 입장을 그대로 보여준다. 이는 물론 『독립신문』과 『매일신문』의 발간 주체가 서구문화를 직접 접촉한 이들이었기에 할 수 있었던 주장이었다.[9]

그러나 이러한 급진적이고 적극적인 입장 표명에도 불구하고 이들의 주장은 궁극적으로 유길준의 '여성교육 효용론'을 벗어나지 못했다. 1890년대의 남성 지식인들에게 여성교육은 '그것이 가져올 여러 가지 유익한 결과'의 차원에서 필요한 것이었다. 그 유익함은 '자식을 효율적으로 기르고 남편을 보완하는 것', '국가 경제에 이익이 되는 것'으로, 그

교육의 효과는 온전히 '가정과 국가'의 남성 질서를 지지하는 것으로 초점이 맞춰진 것이었다. 또한 이들 논설은 그 주장의 급진성에 비해 실제 여성교육을 '어떻게' 실현해야 할지에 대한 실천적인 방안에 있어서는 별다른 의견을 제시하지 못하고 있었다.

외세의 공격적인 간섭을 받으며 강제적인 문명화 요구에 시달리는 상황에서, 조선의 민족 담론이 수용할 수 있는 여성교육의 효과는 이렇듯 철저히 가정과 국가, 민족의 내부로 환원되는 것이어야 했다. 여성의 지식 획득의 결과는 민족을 구성하는 최소 단위인 가족을 공고히 하는 것이어야 했고 전래의 성 역할 구도에 변화를 가져오거나 위협적이지 않은 것이어야 했던 것이다.

◆◇ 양반 여성들, 여학교 설립을 청하는 상소를 올리다
—여학교 설립운동 1기(1898~1899)

그런데 1898년 '찬양회贊襄會'라는 양반 여성들의 모임에서 신문에 기고한 다음 두 편의 글은 이러한 담론적 자장에서 일정한 거리를 취하고 있었다. 이 글은 각각 「여권통문」과 「상소문」이라는 제목을 달고 기사화되었는데 그 내용은 다음과 같다.

사람들은 하루 또 하루 새로워지기를 힘써야 한다. 그런데 어찌 귀 먹고 눈 먼 병신처럼 구습에만 빠져 있는가. 이것은 한심한 일이다. 이목구비와

사지오관의 육체에 남녀의 다름이 있는가. 어찌 병신 모양으로 사나이가 벌어주는 것만 앉아 먹으며 평생 규방에 앉아 남의 통제만 받으리오. 이전에 우리보다 먼저 문명개화한 나라들을 보면 (…중략…) 사나이에게 한 점도 압제를 받지 않고 후한 대접을 받는 것은 다름 아니라 그 학문과 지식이 못지 않고 권리도 같기 때문이니 어찌 아름답지 않은가. 슬프도다. 전 일을 생각하면 사나이가 위력으로 아내를 압제하려고 옛글을 빙자하여 말하기를 '여자는 안에 있어 밖을 말하지 말며 술과 밥을 지음이 마땅하다' 했다. 어찌 사지육신이 사나이와 같은데 이같은 압제를 받아 세상 형편도 알지 못하고 죽은 사람 모양이 되겠는가. 이제는 옛 풍습을 전폐하고 개명진보하여 우리나라도 타국과 같이 여학교를 설립하고 각각 여자아이들을 보내 각종 재주를 배워 나중에 여중군자들이 되게 하려고 곧 여학교를 창설하고자 한다. 뜻 있는 우리 동포 형제 여러 여자 영웅호걸님들은 각각 분발하는 마음을 내 귀한 여자아이들을 우리 여학교에 보내시려거든 곧 이름을 알려주시기를 바란다.

— 「여권통문」, 『황성신문』, 1898.9.8

찬양회의 활동을 '우리나라 여성에 의한 최초의 여권운동'으로 의미부여하고 그 조직과 활동을 상세하게 재구한 박용옥에 따르면, 찬양회는 전통적인 양반 거주 지역인 북촌 부인 300여 명으로 이루어진 모임이었다.[10] 「여권통문」은 이들이 처음으로 자신들의 존재를 드러내며 발표한 선언문으로, 동시대 여성들을 '귀먹고 눈먼 병신으로 구습에만 빠져 있을 것인가'라고 촉구하며 결연한 계몽 의지를 드러내고 있다.

'통문'이라는 갈래 자체가 여러 사람이 돌려보면서 그 뜻과 주장을 고취하는 글이니만큼 의견은 강경하고 비판은 신랄했다. 이들은 '이목구비, 사지육체에 있어서 남녀가 조금도 다름이 없다'거나 '옛 글을 빙자하여 여편네를 압제하는 것은 옳지 않다'는 말로 전통적 성별 위계를 강하게 부정했다. 이들의 핵심적인 주장은 '여학교를 설립'하여 '귀한 여자아이'들을 가르치자는 것이었다. 여성들이 근대지近代知에 접근할 수 있는 구체적인 수단으로 '학교 세우기'를 주장한 것이다.

사실 1890년대의 진보적인 남성 지식인들은 꾸준히 여성교육의 필요성을 주장했지만 실질적으로 '여학교'라는 기관의 설립을 구체적으로 언명한 경우는 한 번도 없었다. 그런 점에서 「여권통문」의 내용은 근대적 여성교육 방안으로 '여학교'를 내세우고, 그것의 설립을 위한 구체적인 운동성과 실천성을 보여주는 것이었다. 사실 선교사들이 세운 근대적 여성교육기관이 없었던 것은 아니었지만, 다음 세대의 조선 여성을 위한 근대적 제도교육 기관의 설립을 조선 내부에서 공식적으로 처음 제안한 주체는 근대문화에 대한 접촉이나 노출의 경험이 거의 없었을 '조선의 상층 여성들'이었던 것이다.

이들은 각 신문사를 통해 「여권통문」을 발표한 뒤 임원진을 선출하고[11] 통문을 낭독하는 모임을 가졌다. 이 통문 낭독 회의의 모습은 『독립신문』 1898년 9월 27일과 28일 자에 다음과 같이 묘사되어 있다. 회원 55명과 방청하러 온 부인 100여 명이 참석한 가운데 회장으로 선출된 인물은 '양성당 이 씨'라는 부인이었다. 그는 '모인 청중을 조용히 시키고 전날의 통문 한 편을 크게 읽었다'. 그러자 참석자들은 모두 '단정히 앉아서 공경하여 듣고' '그 말의 뜻에 감복했으며', '시세에 맞고 순서와 조리가 한 치도 틀림없는' 회장의 연설을 듣고는 모든 참석자가 '모임에 들지 않는 이가 없었다'는 것이다.[12]

통문을 발표하고 한 달가량 지난 1898년 10월 11일 이들 찬양회 모임의 회원인 양반 부인 100여 명은 궁궐 앞에 모여 엎드려 상소를 올렸다. 상소의 목적은 '관립 여학교'를 설립해 달라는 것이었다. 상소문의 내용은 이러했다.

> 엎드려 말씀드립니다. 학교란 것은 인재를 기르고 지식을 확장하는 것입니다. (…중략…) 어찌 우리나라에만 여학교가 없습니까. (…중략…) 대저 인재는 학문에 있고 학문은 교육에 있습니다. (…중략…) 비록 남자라도 학식이 없어 시의에 영합하고자 하는 주의라면 학문있는 여자만도 못합니다. 이로써 미뤄보면 여자라도 또한 충애지심과 문명지학을 힘쓰는 이만 같지 못합니다. 이런 이유로 신첩 등이 찬양회를 만들어 충과 애, 두 글자를 규중에서부터 한 나라를 흥왕케 하려고 하오나 학교가 아니면 총명한 여자아이들을 길러낼 도리가 없기에, 감히 밖으로 나오기를 피하지 않고 충성을 드러내 우러러 밝은 빛 아래에 드러내옵니다. 엎드려 바라기를 전하께서 깊이 통촉하시어 학부에 칙령을 내려 특별히 여학교를 설립하여 어리고 젊은 여자들에게 학업을 닦아 동양의 문명국이 되고 각국의 평등 대우를 받기를 엎드려 바라나이다.

—「상소문」, 『믹일신문』, 1898.10.13

이렇게 양반 부인들 100여 명이 궐문 앞에 엎드려 시도한 상소는 파격적인 것이었다. 공공의 공간인 거리에 나선 집단적인 여성의 존재는 분명 경이로운 것이었고, 여성들이 집단적으로 공동의 요구를 한다는 것도 놀라운 일이었다. 더구나 예기치 못하게 고종의 허가 비지가 단 이틀

만에 내려졌다. 찬양회 회원들은 고종의 비지를 받고 다시 모여 '연설들을 하면서 나라 사랑하는 노래를 지어 부르고 서로 기뻐했다'.[13]

이러한 찬양회의 「여권통문」과 「상소문」은 각각 장르의 형식적 관습을 충분히 활용하는 수사를 구사하면서, 또 각각의 독자를 정확하게 겨누고 있었다. 이들은 「여권통문」에서 다소 급진적인 선언에 가까운 '남녀의 학문과 지식과 권리의 일반'을 선명하게 부각시키고 독자 여성들의 동의와 참여를 유도하려는 뜻을 드러냈다. 이에 비해 「상소문」에서는 황제에 대한 예를 갖추면서 국가에 대한 충성과 의리를 강조하고 있다. 여학교 설립의 필요성 역시 「상소문」의 수신자인 황제가 나라와 민족을 위한 인재 육성의 한 방편으로 반드시 추진해야 할 중대한 사업임을 역설하였다. 그들의 주장에 따르면 '관립 여학교' 설립은 '학식이 없어 시의에 영합하는 남자들'보다 '충성심과 문명한 학문에 힘쓰는 총혜한 여자아이를 길러내는' 지름길이라는 것이었다.

그러나 이렇듯 급진적인 「여권통문」과 「상소문」의 주장이 '북촌'의 양반 부인들에게서 완전히 자립적으로 생겨난 것만은 아니었다. 거기에는 박용옥의 추정대로 실질적으로 상하층을 두루 아우르고 있었던 찬양회 회원들의 계급적 다양성이 중요한 역할을 했을 것으로 보인다.[14] 실제 찬양회 조직은 전통적인 고관들의 거주지인 북촌 벌열가의 부인들 뿐만 아니라 '서양 부인,[15] 하급 관리의 부인, 외국에 귀화한 동포 2세, 기생,[16] 평민 부인,[17] 과부' 등이 함께 참여하는 다양한 회원 구성을 보여주고 있었기 때문이다.

더욱이 찬양회의 임원진들이 모두 북촌 출신이 아니었다는 점은 주목할 만하다. 회장을 맡은 양성당 이 씨는 하급 무관인 '참위' 벼슬을 지낸 '이재롱'의 처였으며,[18] 부회장을 맡은 양현당 김 씨는 평안도 서경 출신으로 가족이 한 명도 없는 과부였다.[19] 사무원과 교원으로 활동했던 고정길당은 함경도 출신으로 아라사에 귀화한 부친 밑에서 태어나 20년간 러시아와 청나라에 유학했으며 나중에는 요리점을 개업하는 특이한 이력을 보여 준다.[20] 임원진을 맡은 이들이 이렇듯 하급 관리의 부인이거나 서북 지역 출신, 과부, 또는 귀화인 2세와 같이 중하층의 주변부 여성들이었다는 사실은, 찬양회 회원들의 역할이 자연스럽게 나뉘어 있었을 가능성을 생각하게 해 준다. 즉 드러나는 활동을 하지는 않지만 명분론적 지지를 보내주는 북촌의 상층 여성들과, 실천적인 운동성을 가지고 표면에 나서서 활동할 수 있는 중하층 여성들이 함께 조직을 이루고 있었던 것이다. 찬양회 조직의 이러한 다기한 계층 구성과 개방성은 '여성'이라는 주제가 신분을 초월하는 한 양상을 보여주는 것이었다.

물론 이 외에도 찬양회의 급진적 주장의 배경에는 이들의 활동에 영향을 준 일부 개화파 남성들의 역할도 빼놓을 수 없을 것이다. 윤치호, 장지연, 이종일[21] 등 찬양회에 관여했던 개화파 인사들과의 교유 그리고 찬양회 창립 이후 설치한 '남성 찬성원' 제도는 찬양회 회원들에게 '외부'를 접촉하게 해주는 통로 역할을 했다. 실제로 찬양회가 위 두 개의 글에서 주장했던 전통적인 성별 위계의 혁파, 즉 '남녀가 다름이 없음'을 주장하는 서구 근대의 평등권 개념은 『독립신문』의 주장과 유사한 면을 보여준다.

그러나 이들의 영향과 역할은 그다지 크지 않았다. 그것을 단적으로 볼 수 있는 것은 찬양회의 핵심적 주장인 '여성교육'의 결과를 기대하는 시각 면에서의 차이이다. 앞서 살펴본 바와 같이 진보적인 여성관을 보여주었던 개화파 인사들이 여성교육의 필요성과 근거를 구하는 지점은 가족 제도 내에서의 능률적인 역할 수행, 특히 '어머니' 역할에 국한된 것이었다. 실제 이종일의 『제국신문』 논설과 장지연의 『녀ᄌ독본』 서문은 그런 제한적인 여성교육관을 잘 보여준다.[22] 이들의 주장은 근대적인 여성교육의 효과를 철저히 가문과 민족의 내부로 제한시키고 있었을 뿐 아니라 여성을 근대화의 보조적 주체로 만드는 '어머니 역할'을 강조하는 것이었다.

그러나 찬양회의 여성교육 주장은 그러한 남성 지배 담론과 궁극적으로 그 방향을 달리하고 있었다. 찬양회의 이름으로 발표된 두 편의 글, 「여권통문」과 「상소문」에서 여성교육의 효과를 '가정 내 역할'과 연관지어 언급하는 부분은 찾아볼 수 없다. 오히려 이 두 글은 여자들을 교육시켜 더 나은 존재로 만든다는 그 자체의 의미를 강조하거나, 그것이 국가의 부강에 직결된다는 입장을 보여준다.

「여권통문」은 여성교육의 목표를 '옛 풍습을 전폐하고 개명진보하여 여학교에 여자아이들을 보내 훗날 여중군자가 되게 할 것'이라는 언술로 드러냈다. 여기서 찬양회가 교육받은 여성의 재현을 '여성 군자'로 지시하고 있는 것은 남성 지식인들이 교육받은 여성을 '국민될 자의 어머니'로 상정하는 것과는 완전히 다른 의미를 보여준다. 그것은 여성교육의 궁극적인 지향을 가부장제 내에서의 효과적인 역할 수행에 두는 것이 아니라 '여성 그 자신'에게 두는 것이었다. 「상소문」의 '방년묘아 등으로 학업을 닦게 하여 동양의 문명지국이 되옵고 각국과 평등의 대우받기를 바란다'는 말 역시 여성교육의 의의를 국가적 근대화의 지표로 격상시키는 언술이었다. 여성교육의 결과는 곧 나라의 부강과 근대화를 촉진시켜 '문명지국이 되고 각국과 평등 대우'를 받게 만든다는 것이었다.

이렇듯 찬양회는 여성의 지식 획득의 의미를 여성 자신이 온전히 누리는 것으로 상정하고 있었다. 이는 여성의 근대적 교육을 지지하되 여성교육의 효과를 가족, 또는 민족 가부장제가 전유하는 것으로만 상상해왔던 지배 담론의 견해[23]와 완전히 다른 것이었다. 더구나 이 두 글에서 드러나는 회원들의 지적 수준이라든가, 그들의 적극적인 운동성과 조직력 역시 여성을 일방적인 계몽의 대상으로만 상상하던 이들의 예상을 넘어서는 것이었다. 이렇듯 여성교육의 효과가 남성적 질서하에 통제되지 않을 수도 있다는 사실에 대한 일종의 충격은, 찬양회의 주장을 전달하는 당시 기사에 다음과 같이 엇갈린 반응으로 드러났다.

『독립신문』과 『매일신문』은 찬양회의 발표를 지지했지만, 이들은 앞서 본 것처럼 남성 우월자의 위치를 명백히 하면서 장한 일을 한 것을 '치하'한다는 논조를 취했다. 이에 비해 『황성신문』과 『제국신문』은 당혹감 섞인 놀라움의 감정을 숨기지 않았다. 1898년 9월 8일 『황성신문』은 통문 전문을 게재하면서 '하도 놀랍고 신기하여 우리 논설 대신 좌에 기재하노라'라는 말을 앞에 붙여 두었으며, 며칠 뒤인 9월 13일 『제국신문』은 '우리나라 부인네들이 이런 사업 창설할 생각이 날 줄 엇지 뜻하였으리오. 진실로 희한한 바로다'라고 하였다. 이 날 『제국신문』은 찬양회 부인들에게 '문명한 학문으로 교사 노릇 할 만한 이가 없을 테니 외국에서 학문 있는 부인을 맞이해 와서' 교사를 삼으라는 충고를 던지기도 했으며, 10월 12일 자 기사에서는 찬양회의 상소 목적을 '장옷 쓰지 말고 교군 타지 말고 우산이나 들고 다니게 해 달라고 한 것'이라고 하며 의도된 듯한 축소 기사를 싣기도 했다. 특히 이종일이 여성 계몽을 목적으

로 창간하고 스스로 '독립협회 여성 회원들의 대변자 노릇을 하겠다'[24]
고 밝혔던 『제국신문』이 찬양회 활동에 대해 보인 유보적인 태도는 의외
의 것이었다.

찬양회에 대한 매체의 이러한 태도는 찬양회의 이름으로 발표된 두
편의 글, 「여권통문」과 「상소문」에서 보여주는 여성교육에 대한 '자주적
인 의미 부여'에 기인한 것이 아니었을까. 그런 놀라움의 반영인 듯 바로
코앞에 다가온 듯했던 관립 여학교 설립은 대신들의 반대로 최종적으로는
좌초되고 말았다.[25]

◆◇ '여학교 + 후원회' 조직의 여성단체 유행하다
─여학교 설립운동 2기(1906~1910)

찬양회 및 찬양회 회원들이 1898~1899년 당시 세운 최초의 여학
교는 '순성학교'였다. 그러나 이 학교를 관립 여학교로 만들려 했던 시도
가 무산되면서 관련 기사가 거의 없는 점을 볼 때 학생 모집이나 학교의
운영이 실제 원활하게 이루어진 것 같지는 않다. 그 후 다시 여학교 설립
운동이 본격화된 시기는 1906년이었다.

1906년 이후 다시 시작된 이 2기 여학교 설립운동은 많은 여성 단체
들의 성립과 여학교 설립의 현실화라는 성과를 낳았다. 1906년 5월에 진
학주 형제들을 중심으로 결성된 '여자교육회'는 '양규의숙, 보학원, 양원
여학교'를 후원했다. 1907년 6월에 설립된 신소당[26]의 '진명부인회는'

'양규의숙'을 후원하는 단체였고, 1908년 5월 엄비의 칙령으로 설립된 '대한여자흥학회'는 '한성관립고등여학교'의 후원회였으며, 1910년 신소당을 비롯한 고관의 부실들이 모여 세운 '양정여자교육회'는 '양정여학교'의 후원회였다. 이들은 모두 찬양회의 모델을 따라 '학교와 후원회의 결합' 형식을 취하면서 여학교를 설립하고 경영했던 것으로 보인다.[27]

제2기의 여학교 설립을 주도했던 이들 단체들은 찬양회가 가졌던 급진적인 운동성과 비교할 때 보수화·관변화된 경향을 띠었다. 여자교육회의 경우 진학주 가문의 남자들이 여성 회원들을 관리하는 자문기구 '찬무소贊務所'를 두고 있었고, 대한여자흥학회는 여성교육의 목표를 '남편을 돕고 집안을 다스리며 어머니 되어서는 자녀를 양육하는 책임을 지게 하여 국운을 보완하게 한다'고 한정했다.

그러나 그러한 한계에도 불구하고 여자교육회가 1906년 7월부터 약 1년간 이끌었던 26회의 토론회 및 진명부인회의 정기적인 토론회는 여성의 존재를 사회적으로 가시화하고 여성의 공적 발화의 장을 확대시키는 중요한 역할을 했다. 또 서울과 지방 곳곳에서 많은 군소 여학교들의 설립자들과 후원자들이 나타나기 시작하면서 여학교 설립운동은 처음으로 전국적인 활기를 띠게 되었다. 이는 아직 '여학생'이라는 사회적 집단이 탄생되기 전, 그들을 키워낼 수 있는 공간으로서의 '여학교'라는 사회적 구심점을 '확보'하는 일에 관련된 다수의 여성들의 존재가 공적인 담론에서 확인되기 시작한 것이었다.

◆◇ '일장연설, 격앙토론', 쾌척기부하는 여자들

1905년 이후 여학교 운동이 활발해지면서 여성들은 여학교의 설립과 후원의 주체로 등장하기 시작했다. 그리고 이렇게 설립자, 후원자, 교육운동가로 등장한 이 여성들에게 연설과 토론은 하나의 새로운 문화로 자리 잡기 시작했다.[28] 연설과 토론은 여성의 근대적 교육과 학교의 필요를 대사회적인 발화로 전화시키고 그 필요성을 여러 사람들과 공유하는 말하기의 방식이었던 것이다. 그러한 여성들의 연설 장면을 보여주는 신문 기사들은 이 시기에 자주 발견되는 내용이었다.

회원 중에 한 여자가 시세의 급박함과 교육 발달을 목적으로 일장연설하였는데 이를 보던 여러 사람들이 남녀를 물론하고 갈채를 보내니 사회가 발전할 기상이 있었다.

—『황성신문』, 1906.9.27

새문 밖 냉동 부인교육회에서 감독 김취옥정이 (…중략…) 일장연설하는데 그 말이 격절하고 유식하여 만장한 청중이 갈채를 보냈다고 하고

—『제국신문』, 1907.7.9

내빈 중에 유성준과 김동완 부인 등 여러 명이 차례로 연설하였고

—『제국신문』, 1907.7.9

여메례황 부인과 김현런 부인과 십이 세 된여자 옥어진 씨며 (…중략…)

연설하는데 (…중략…) 혹 가슴을 두드리며 혹 눈물을 흘리며 여자교육이
제일 필요한 줄을 깨달았다.

—『제국신문』, 1907.7.17

옥천군 진명 학교에서 (…중략…) 여학도 정구일이는 나이 십사 세인데
나서서 연설하기를,

—『제국신문』, 1906.3.31

평양부 애국여학교에서 (…중략…) 생도들이 여자교육의 필요와 한결같
음과 열심히 공부할 것과 부모에게 효로 순종한다는 네 가지 주제로 연설하고

—『제국신문』, 1906.7.9

그중 열서너 살 된 여학도인 본읍 육리의 황여정 씨의 딸과 삼리 이원국
씨의 딸 두 명이 이러한 시국을 맞아 개탄하는 취지로 일장 연설하자 만장한
여러 사람들이 모두 찬미하지 않는 이가 없었고

—『대한매일신보』, 1908.6.28[29]

이러한 여성들의 공적 말하기 경험과 그 장면을 보는 행위는 그 자
체로 여성들을 고무시켰다. 직접 연설을 해본 여성들의 경험은 조선의
여자들에게 근대적인 교육이 필요하다는 주장을 말한 사람 자신의 고유
한 것으로 확신하게 하는 것이었다. 또한 그것은 여성교육에 대한 자신
의 선구적인 생각이 여러 사람들에게 공감하고 지지할 수 있는 것으로
받아들여진다는 경험, 즉 사회적 자아를 확인받는 경험이기도 했다. 여

성교육의 시급함을 호소하는 연설 뒤에는 언제나 그 말에 '혹 가삼을 두 달이며 혹 눈물을 흘니며' '무불갈치'하는 열정적인 여성 청중들도 있었다. 더군다나 막 여자소학교 교육을 받기 시작한 십대 초반의 여학생들이 연설하는 모습은 근대교육의 효과를 당장 입증해 보여주는 것 같았다.

물론 이러한 여성들의 공적 발화는 '안에 거하여 바깥일을 말하지 않는다居內而不言外'는 여성 규범을 정면으로 위반하는 것이었다. 그러다 보니 꼬리를 물고 이어지는 이러한 여성들의 공적 말하기를 곱지 않게 바라보는 시선들도 있었다. 그러한 시각들은 각 신문사에서 가상의 무기명 독자의 입장을 빌려 신문 매체의 발간 주체들의 생각을 공공연히 발화했던 기사란인 '관광인觀光人', '독자구락부' 등의 지면을 통해 제시되곤 했다.

에구 망칙해라. 여자교육회에 어찌 들어서 사람들 가득한데 남자들 틈에서 연설을 하더라고 하니 규중 부녀의 행위가 타당할까.

— 찰완고부인, '국문독자구락부', 『만세보』, 1906.6.30

어제 여자교육회가 개회했는데 곱게 화장한 부인이 연설을 참 잘하더마는 암만 해도 행실을 좀더 배워야 하겠데.

— 구경하던 사람, '독자구락부', 『대한일보』, 1906.7.17

사천 년 우물 안 개구리같이 푸른 하늘이 넓고 넓음을 모르던 여인들이 자기들만 모여 종일 지껄이니 무슨 지식이 넓어질 수가 있소

— 의리를 권하는 선비, '독자구락부', 『대한일보』, 1906.7.21

학식 없는 여자들이 모여 자고 이래로 듣고 보지 못했던 일들을 행하니 자연히
규모가 정제되지 못한다. 또한 종종 연설을 한다, 토론을 한다 하니 그중 학식
있는 교사가 있다든지 점잖은 남자가 있어서 지도나 하면 혹 효험이 있을지
모르지만 다 같이 학문 없는 여자들이니 어디에서 아름다운 결과를 얻겠는가.

—『제국신문』, 1907.1.8[30]

연단에서 '사람들 가득한데 남자들을 마주하고' 자기의 주장을 펼치는 여성들을 '망측'하다는 눈으로 보는 것은 비단 '찰완고'한 사람들만의 생각이 아니라 당시의 일반적인 감각이었던 것으로 보인다. 여성들의 연설이나 토론은 '사천년이나 우물 안 개구리'와 같이 살았던 '학문 없는' 여자들이 '자기들끼리 모여 종일 지껄이는' 정도로 여겨졌고, 그러니 당연히 지식이 넓어질 까닭이 없다는 폄하의 시선으로 재단되었다. 그리고 혹시 '점잖은 남자'가 그들을 지도한다면 혹시 도움이 될지도 모르겠다는 유보적인 태도 안에서나 허용할 수 있는 것으로 받아들여졌다.

그러나 여성의 공적 발화를 바라보는 부정적인 시각에도 불구하고 여자들의 말하기는 계속되었다. 연설과 토론은 이 시기의 여성들에게 낡고 완고한 구습에서 벗어난 존재라는 구별된 정체성을 깨닫게 해주었기 때문이다. 그것은 과거와 단절하고 새로운 시대를 열어가는 역사적 주체로서 자신을 느끼게 하는 압도적인 경험이었다. 이는 1906년 이후 많은 단신 기사들로 확인되는, 여성들의 기부와 후원에 대한 기록에서도 확인할 수 있다. 여자들에게 근대 지식을 교육하는 공간의 필요는 '연설하는 여자들'의 표상을 통해 강하게 전달되었고, 이는 많은 자발적 여성 후원자 및 기부자들의 존재로 증명되기 시작했다.

◆◦ 운동회하는 여자들

1907년 5월 25일에는 최초로 서울·경기 지역의 여학교 연합운동회가 열렸다. 장충단에서 개최된 이 운동회에는 7개의 여학교에서 247명의 여학생들이 참가했다.[31] 여학교 설립운동이 본격적으로 시작된 지만 1, 2년이 겨우 되었을 시점에 학교에서 근대적 교육을 받은 첫 세대의 여학생들이 참가한 운동회였다.

사실 운동회라는 모임 자체가 그때까지 볼 수 없었던 젊은 여자들의 집단적인 모습이 사회적으로 전시되는 장이었다. 『만세보』의 기사에 따르면 인산인해를 이루었다는 구경꾼들 때문에 '헌병과 순검이 옹립'하여 참석자들의 신분을 점검했다. 이러한 가운데 운동회의 각 순서는 규정에 따라 질서정연하게 진행되었고 그때마다 군악이 연주되었다.[32] 운동회의 종목은 '계산 시합計算競走, 깃발 빼앗기旗取, 공 던지기投球, 구멍 뚫기穿針, 글씨 쓰기書取' 등이었고, 모든 순서가 끝난 뒤 여학생들은 감격에 차 〈운동가運動歌〉를 불렀다.

동포 중에 여자들도 국가 분자 되었으니 충군애국 할 양이면 학문 없이 어찌 하리 (…중략…) 날씨 좋고 너른 뜰에 여자 학생 운동이라. 연약 상태 다 버리고 활라하게 나가보세. 앞설 여자 누구 있나. 일등상은 내 것일세. 나가보세 나가보세 용맹하게 나가보세. 여자들아 여자들아 충심열심 잊지 마라. 지더라도 낙심 마라. 후일 다시 승부 결단 종일토록 즐기다가 개선 노래 불러 돌아올 때 군국 만세 학교 만세 만세 세 번 불러보세.[33]

명색이 여학생이라고는 했지만 이들은 대부분 보통학교 수준의 교육을 1, 2년 받은 것에 불과한 수준이었다. 그러나 '운동가'를 부르는 여학생들의 감격 속에는 자신이 근대적인 '학문'을 배워서 '국가 분자'로 형성되고 있다는 자부심이 배어 있었다. 그뿐 아니라 이들의 운동가에는 근대적 개념으로서의 '경쟁'과 '진보'의 비유가 명백하게 들어 있었다. '의뢰심依賴心'과 '연약상태軟弱常態'를 버리고 '활발하게 나가면 앞설 여자가 없'을 것이며 '1등상은 내 것'이 될 거라는 선의의 경쟁의식과 승부욕, '용맹하게 나가보세'를 반복하는 진보와 발전에 대한 갈망은 서구적이고 남성적인 근대성의 개념에 상응하는 것이었다.

이렇듯 근대 첫 시기의 여학생들은 그 학습 발달의 정도나 지적 수준에 있어서는 비록 소학교 단계의 수준이었을지 모르지만, 근대적 지식과 자아 개념에 접근하기 시작하면서 '여학생'이라는 특별한 사회적 존재로 자기 정체성을 자각하고 '전진'하는 형상으로 스스로를 드러내기 시작했다. 그런 의미에서 '근대적 주체'의 형상으로 재현되기 시작한 여학생들의 표상은 매우 적극적이고 활달한 것이었다. 그리고 이러한 '여학생'의 표상은, 서구적 근대성을 열망하지만 아직 그것을 선취하지 못해 국가적 위기에 몰려 있는 민족 담론을 자극했다.

처음 보는 이들은 응당 변고로 알고 놀랄 듯하지만 남녀가 한 곳에 섞여 연설도 하고 운동도 했다. 이전 같으면 부인들의 부끄러운 태도가 있을 것인데 모두 부끄럼 없이 학도 아닌 부인들이 달음질하기를 다투어가면서 상품들을 타 가니 이는 우리나라 몇천 년에 처음 있는 일이다. 모든 일이 시작이 어려운데 슬프다 여자 사회가 그 지경이 되었으니 내년 그때 가면 금년

보다 몇십 배 늘어 금년 백 명 나오던 부인이 내년은 수천 명 나설 것은 확실한 일이다. 그러니 이때를 당하여 여자 사회의 발동하는 것을 잘 조절하지 않고 그대로 두면 큰 폐단이 생길 염려가 없지 않다. 시무에 뜻이 있는 자들이나 정부 당국자들은 깊이 강구하여 여자 사회의 앞길을 잘 인도하여 아름다운 결과를 보게 해야 할 것이다. 결코 변고로 알고 막을 생각은 하지 않는 것이 옳다.

—『제국신문』, 1907.5.29

'여자 사회의 발동'이라는 제목으로 『제국신문』에 실린 논설이다. 이 논설은 앞서의 여학교 연합운동회 기사 이후 3일 뒤에 쓰여진 것으로, 당시 여학생들의 운동회를 바라보는 당대의 일반적인 시각을 짐작하게 해준다. 여학생들이 뛰고 달리는 운동회 모습의 충격은 '처음 보는 자는 응당 변고로 알고 놀랄 만한 것'이었다. 그런데 여학생뿐만 아니라 마땅히 '부끄러운 태도'가 있어야 할 부인네들까지도 '모두 달음질하기를 다투어 가며 상품들을 타'니, 이는 '여자 사회'의 중대한 패착이라는 것이다. 더구나 '여자 사회의 발동'은 그 기세마저 드세서 '명년 그때 가면 금년보다 몇십 배 늘고 금년 백명 나오던 부인이 명년은 수천 명이 나설' 것처럼 심상치 않았다.

이때 지배 담론이 택한 방식은 여성들이 사회적으로 미성숙한 대상임을 전제하고 확인시키는 것이었다. 그러니까 이 미숙한 열정과 흥분에 들뜬 여성들을 '잘 인도'하여 '선미善美한 결과'를 보게 해야 하며, 기꺼이 그 역할을 하는 훈육자 및 충고자의 위치에 서는 것이었다. 이는 여자들이 근대적 주체로 형성되어 가고 근대적 지식에 점차 근접해 가고 있는 현실을 막는다는 것은 이미 불가능하지만, 그러한 과정에 반드시 통제하고 개입하겠다는 의지를 드러내는 것이었다.

이러한 남성들의 우려 섞인 시선과 통제 욕망에도 불구하고, 첫 여학교 연합운동회는 그 이후 매년 춘기·추기 운동회로 이어지면서 꾸준히 확대 개최되었다. 1907년 서울 지역의 여학생 참가 인원 247명은 1910년에는 751명으로 늘어났다.[34]

◆◇ 성적인 대상으로 주시되기 시작한 여학생

운동회의 여파는 다른 방식으로도 나타났다. 여학생과 부인들의 '몸', 즉 그들의 육체성과 섹슈얼리티가 사회적으로 인지되기 시작했던 것이다. 공공의 공간에 나타나 활발하게 움직이는 여성의 육체성에 대한 인지는 곧 우려 섞인 부정적인 의미의 착색으로 이어졌다. 여학생들의 외모는 무분별한 사치스러움으로 꾸며져 있는 것으로 보였고 그들의 육체는 불안하게 방임되어 있는 것으로 보였다.

두발을 반양장 식으로 쪽지고 박쥐 우산에 양혜를 신고 흔들거리고 다니면 여학도인 줄 아시오. 정숙한 덕행을 잘 닦으시고 우미한 학술을 잘 연구하여 의복의 사치로 용모 꾸미기를 절대 금하고 연약한 육신으로 안주함을 절대 금해야 한다. (…중략…) 근일 들은 바에 의하면 한 여학생이 어떤 관리와 동행하여 탑동 승방에 나들이 나왔다고 하니 피차간 어떤 약조나 어떤 친족

간 관계가 있는지는 모르지만 여학생 신분이 되어 여행이나 운동을 할지라도 동학인 생도와 짝을 지어 다녀야지 관리의 뒤를 따라다녀 남녀 관계에 빠지면 설혹 순결을 굳게 지키고 정조가 고상하더라도 겉으로 보기에는 체면을 잃은 것이다.

―新民子, 「女學生諸氏여」, 『서북학회월보』 16, 융희 2년(1908).3.

기자가 전날 박물원에 갔다가 우연히 한국 여학도와 일본 여학도를 만났다. 일본 여학도는 자기네 두발 제도로 목면 의복을 입었는데 한국 여학도는 양장식 쪽진 머리가 미려하고 모와 비단 의복을 끌리게 입었다. 기자가 이를 보고 탄식하며 일본은 문명을 접하여 진흥하고 한국은 문명을 접하여 퇴패한 이유를 생각하게 되었다.

―『대한매일신보』, 1909.11.17

여학생들의 외모는 이제 관찰과 주시의 대상이 되고 있었다. 히사시가미와 트레머리를 지칭하는 '반양제半洋製'의 쪽진 머리에 '박쥐우산'과 '양혜' 차림에 '흔들거리고 다니는' 여학생의 방만한 모습, 또는 '양장씩 쪽진 머리가 아름답고 모와 비단을 끌고 다니는' 여학생의 묘사가 발견되기 시작했다. 이러한 여학생들의 외모 묘사는 사치를 규제하기 위한 것이며 '검소함의 덕'을 권고하기 위한 것이라는 명분으로 이루어지고 있었지만, 그 속에는 분명 여학생들의 육체성을 강렬하게 감지하기 시작한 관음적 욕망의 시선도 동시에 존재하고 있었다.

'사치하는 여학생'이라는 표상은 종종 '타락'의 서사로 이어지곤 했다. 위 예문과 같이 '일여학생'이 어떤 '관리'와 '여행 운동'을 다녀왔다는 소문이 나서 '순결과 정조'에 치명적인 손실을 입었다는 이야기는 충분히 위협적인 경고의 역할을 했다.[35] 여학생들의 사치와 타락을 국가적 후진성의 상징으로 연결하여 받아들이는 경우도 있었다. '자기네 식의 두발 제도'에 '목면 의복'을 입은 검박한 일본 여학도에 비해 '양장식 머리'를 하고 비싼 옷을 두르고 다니는 사치스런 한국 여학도의 차림새는 나라가 '문명하지 못하고 패퇴하게' 만드는 중요한 '원인'처럼 표상되었다.

이러한 여학생의 외모에 대한 간섭은 '학생'으로서의 정체성보다 '여성'이라는 정체성에 방점을 찍는 데서 오는 것이었다. 여학생의 여성성과 섹슈얼리티는 선정적인 방식으로 부각되었고, 거기에는 부정적인 의미들이 부착되었다. 여학생을 사칭하여 적극적으로 성매매에 연관시키는 이야기들의 등장[36]은 여학생의 몸을 바라보는 남성들의 시선이 이중적이라는 사실을 잘 입증해 준다. 지배적인 남성 담론은 여학생의 몸을 규제하면서 동시에 성적으로 대상화했다. 1910년 이전, 조선에서의 '여학생' 이미지는 남성들에게 이미 하나의 성적 판타지로 자리 잡기 시작한 것이었다.

◆◦ 근대계몽기 여성들이 만들어간 '학교'라는 제도

20세기 초 근대계몽기의 조선에서 최초로 공적 공간에 등장하여 가시화된 여성 집단의 첫 번째 요구는 교육, 즉 '지식의 제도적 획득'에 대한 것이었다. 근대적 주체를 형성하는 핵심 기관인 '학교'와 '근대지'의 획득은 여성들에게 전통과 단절할 수 있게 해주는 계기를 마련해 주고, 새로운 세계, 즉 근대 문명세계의 질서에 편입하게 해주는 것이었기 때문이다.

비록 불발되어 버리긴 했지만 찬양회는 매우 강한 운동성과 조직력을 가진 집단이었다. 그들은 통문을 돌리기 전에 이미 300명 이상의 회원들을 조직했고, 집단으로 궐 앞에 나가는가 하면, 만민공동회를 비롯한 정치 집회에 지속적으로 참석하였고, 응답이 없는 학부에 끊임없이 청원서를 올렸으며, 황제의 눈에 띌 만한 곳에서 만세를 부르고 관립학교 허가를 계속 요청했다. 이러한 운동성은 북촌 양반 부인들 외에 찬양회 안에 다수 참여하고 있었던 다른 계층의 여성들의 존재에서 비롯된 것이었다. 찬양회는 하급관리 부인, 과부, 기생, 외국인과 같이 주변적인 여성들의 운동성과 '북촌 부인'과 같은 상층 여성의 전통적인 지식·교양이 공유되었던 장이었다.

1905년 이후의 여학교 설립운동에서 여성 후원자 및 설립자들은, 그들 자신은 경험할 수 없었던 근대적 교육을 다음 세대의 여성들에게 곧 다가올 현실로 약속하고자 했다. 그들은 '여자들을 위한 학교'라는 제도의 설립을 스스로 추진하면서 자신들의 현실적 능력과 사회적 자아를 확인했으며, 시대를 선도하는 자로서의 구별된 정체성을 느꼈다. 그들의 노력으로 설립된 최초의 여학교에서 학생들은 교육과 운동회를 통해 '진보와 경쟁, 발전'과 같은 근대적 개념을 적극적으로 체화하는 역사적 주체로 형성되었다. 운동회에서 전시된 여학생들의 몸에 대한 사회적 자각은 이들의 육체성에 부정적인 섹슈얼리티의 의미를 착색시켰고 '사치와 타락'의 서사로 여학생을 재현하게 만들기도 했다.

그러나 운동회 설시 이후 1909년경 시작된 여학생의 '사치와 타락'의 담론은 실제 여성교육 주체의 자기 재현과 큰 거리가 있음을 보여준다. 1914년 5월 『우리의 가명』에 실린 「셔울 잇는 쭐의게」라는 글은 서울에 유학 간 딸에게 보낸 어머니의 편지글이다. 이 편지에서 여학생의 어머니가 떠올리는 딸의 모습은 학업에 열중하는 모습이다. 딸은 '다섯 시도 못 되어 일어나' 학교 생활을 준비하는 자기 일상을 전하고, '요사이 배우는 과정은 재미도 있을 뿐 아니라 선생님이 설명을 잘 하시니 이러한 때 바싹 재우쳐 해야 한다'고 배움의 과정에서 느낀 즐거움과 공부에 대한 의욕을 드러낸다. 그 딸은 어머니에게 '새로 오신 선생님께서 창가를 가르치시는데 음성도 명랑하고 곡조도 좋으며 우리 여자에게 교훈하는 내용'이었다면서 여교사에게 특별한 교감을 느끼는 여학생의 모습을 보여주고 있기도 하다. 학교에서 교육을 받기 시작한 첫 여성 세대의 교육 경험에 대한 고백은 매체에서 우려한 것처럼 연애와 사치에 치우쳐 있다기 보다는 배움 자체에 집중하는 것이었으며, 그것을 지지하고 격려하는 '어머니'의 말로 재현되고 있었던 것이다.[37]

1920~1930년대의 '여학생·신여성 담론'이 시작되기 전의 시기는 아직 여학교의 중심이 학습자인 여학생이라기보다, 그 교육 제도의 형성에 관여하고 있었던 여성교육 운동가, 여성 후원자, 여성 설립자들의 시기였다. 이들은 여성의 근대적 주체화에 가장 필요한 것이 '지식의 획득'이며 그것이 곧 국민으로서의 권리 획득으로 이어진다는 사실을 알고 있었다. 침략적인 외세의 간섭 속에서 민족 담론이 '근대적 국민', '민주적인 정치 체제', '강력한 군대와 정부'를 원하던 시기, 여성들은 아직 '국민이 되지 못한 존재'로서의 자신의 위치를 깨닫고, 여성을 '남녀가 일반인 국민 주체'로 성장시켜 줄 '근대적 제도교육'의 수립에 조용히 열정을 쏟고 있었던 것이다.

1 김원주, 『청춘을 불사르고』, 김영사, 2004, 27~28면.
2 1900년에서 1905년까지의 시기는 여성 담론만 위축된 것이 아니라 근대 담론이 펼쳐질
수 있는 출판물의 장 자체가 급감한 시기였다. 이 시기 회보 및 단행본들의 출판 상황 변화에
대한 자세한 설명은, 김동택, 「『국민수지』를 통해 본 근대 '국민'」(『근대계몽기 지식 개념의
수용과 그 변용』, 이화여대 한국문화연구원, 2004, 195면)의 각주 5번을 참고할 수 있다.
3 1900년대 초 여성교육 담론에 대한 연구로는 다음을 참고할 수 있다. 이경하, 「『제국신문』
여성 독자투고에 나타난 근대계몽 담론」, 『한국고전여성문학연구』 8, 한국고전여성문학회,
2004; 최기숙, 「교육 주체로서의 여성과 서구 유학의 문제」, 『여성문학연구』 12, 한국여성문
학학회, 2004.
4 이화여대 한국여성연구소에서 펴낸 『한국 여성 관계 자료집―근대편』 上(1974, 이화여대
출판부)과 下(1980, 이화여대 출판부)는 『독립신문』 발간 이후 1910년까지 국내에서 간
행된 민간지 중 『황성신문』, 『대한매일신보』 등 10대 신문, 만 오천 매에 달하는 자료를
수집하여 여성 관계 기사를 집대성해 놓고 있다. 이 1차 자료에서 가장 자주 확인할 수
있는 단일한 여성 관련 주제는 단연 '여성교육'에 대한 것으로 전체 기사의 30%가량의
비중을 차지하고 있으며, 국채보상운동에 대한 기사가 그 이후의 단일 주제로 약 20% 정도
의 비중을 보이고 있다. 이하 신문 자료는 모두 이 자료집에 의거한 것이다.
5 박용옥, 『한국 여성 근대화의 역사적 맥락』, 지식산업사, 2001, 252~267면.
6 노인화, 「韓末 開化自强派의 女性敎育觀」, 『한국학보』 27, 일지사, 2001, 88~90면.
7 "孩嬰은 邦本이오 女子는 孩嬰의 本이니 今日의 慈母는 舊日의 童女라 然흔 故로 童女가
實狀은 邦本의 本이거니와", 유길준, 「孩嬰撫育흐는 規模」, 『서유견문』, 명문당, 2003, 579면.
8 근대적인 여성교육의 효과를 합리적인 육아와 가정 경영으로 설정하는 '양처현모' 담론은
여학교가 제도교육 기관으로 자리 잡은 이후에도 지속적으로 확대 재생산되었다. 1906년
이후 발간되기 시작한 개화기 학술지에도 이 담론은 꾸준히 반복되었다.
9 잘 알려져 있다시피 『독립신문』은 미국 유학을 다녀온 서재필이, 『미일신문』은 선교사
학교였던 배재학당 학생들의 토론단체였던 협성회가 발간했던 신문이었다.
10 박용옥, 『한국 근대 여성운동사 연구』, 정신문화연구원, 1984, 57~78면.
11 『독립신문』, 1898.9.15.
12 "도라간 일요일에 중셔 승동 홍슈스 건죠 씨의 집에셔 부인 百여 명이 모혀 오후 두 시에
회를 열엇난디 회장 양셩당 리씨 부회장 양현당 김씨 총무원 창길당 리씨 양진당 태씨 스무
원 경길당 고씨 여러분이 모힌 중에 회장이 교의에 안져셔 회중을 고슉식히고 (…중략…)
회장이 이러셔셔 젼일 통문 일편을 크게 닑으니 五十五 명 회원이 다 단졍히 안져셔 공경흐
야 듯고 그 통문 스의를 감복히 넉이더라 방형흐러 온 부인이 百 명이 갓가온디 즈원흐고
회에 아니 드는 이가 업더라" 『독립신문』, 1898.9.27~28.
13 "이들 십삼일 오후 흔시에 찬양회 부인들이 모혀 일젼에 녀학교 셜시흐여 주읍쇼셔 흐고
진복흐야 샹쇼흔 비지를 공포흐고 인흐야 연셜들 흐며 나라 샤랑흐는 노릭를 지여 셔로
불으고 길거워 흐더라 흐기에 그 노릭를 좌에 긔진흐노라. 삼쳔리 넓은 강토 이쳔만중 만흔
동포 슌셩학교 찬양회에 이국가를 드러보오 단군 긔즈 긔쳔 년에 부인협회 쳐음일셰 쳐음일
셰 쳐음일셰 쳐음일셰 녀학교가 쳐음일셰 문명 동방 대한국에 황뎨폐하 쳐음일셰 셩상의

놉흔 은덕 하늘 아릭 하늘이라 순셩학교 창셜ᄒ고 동포 녀ᄌ 만히 모하 비양 셩취 ᄒ량으로
각항 지죠 굴ᄋ치니 구미 각국 부러마쇼 문명 동방 더욱 좃타 만셰만셰 억만셰라 황뎨폐하
억만셰라"『독립신문』, 1898.10.18.

14 "女權運動에 참여한 婦人들의 背景은 자료의 한계로 인하여 자세히 알 수 없으나 서울에
　　거주하는 兩班婦人이 中心勢力을 이루었으며, 일반 庶民層 婦女 및 妓生도 이에 참여하고
　　있었다. 정식 회원은 아니나 地方 婦人들도 이 뜻에 적극 동조하여 정식으로 協助를 하고
　　있었으며 外國 婦人들도 贊助會員으로 참여하거나 協助하였다." 박용옥,『한국 근대 여성운
　　동사 연구』, 61~62면.

15 "본 회원 중에 셔양 부인 흔 분이 잇더니 지금 들은즉 송도 가셔 별셰ᄒ엿다 ᄒ니 우리가
　　보조금을 닉여 회원의 졍의를 표ᄒ쟈 ᄒ고"『졔국신문』, 1899.1.25.

16 특히 여기서 기생이면서 찬양회 회원이었던 '산월'의 존재는 특이하다. 박용옥,『한국 근대
　　여성운동사 연구』, 62면에 언급되고 있는 그의 존재는 이러하다. "內部參書官韓致愈請獨立
　　協會會員朴喜用 於贊襄會(婦人會也)會員山月(註一人의 事項省略함)家 設夜宴而致愈駁論
　　民會之非 與山月誘喜用 曰君若告發民會于法司 則可得警務官之職……" 여기서 기생 '산월'
　　의 당대적 위상을 짐작케 해주는 것은 서지영의 논의이다. 구한말과 식민지 초 대중적 레파토
　　리를 가진 삼패의 부상에도 불구하고 여전히 '일급 관기가 기생계를 대표한다는 인식'이
　　존재했다는 그의 논의에 비춰볼 때, 정5품에 해당하는 참서관의 정치적 목적을 위한 연회를
　　자기 집에서 설행하는 '산월'은 비교적 고급한 기예를 가진 관기 출신이었을 듯하다. 서지영,
　　「식민지 시대 기생 연구(I)」,『정신문화연구』28-2, 한국학중앙연구원, 2005, 270~273면.

17 "찬양회 부인들은 미양 기회ᄒ는 늘을 당ᄒ면 웅장셩식에 각식 금은보픠들이며 비단 두루
　　마기에 ᄉ인교 쟝독교들을 타고 구름ᄀ치 모혀 연셜도 잘 ᄒ고 음식은 쥰비ᄒ야 먹는 이들
　　만 먹고 구츅흔 회원들은 도라도 아니 보며 회표를 ᄆᆞ드러셔 돈랑 잇다ᄂᆞᆫ 회원들은 의례히
　　갑을 내기 젼에라도 회즁에서 츄앙ᄒ야 치여주고 구츅흔 회원들은 갑을 몬져 내기 젼에ᄂᆞᆫ
　　회표 주기ᄂᆞᆫ 가망 밧기더라고 말이 만타니 과연 그러ᄒᆞᆫ지",『졔국신문』, 1898.12.7.

18 『독립신문』, 1898.10.27.

19 『황셩신문』, 1903.3.19.

20 『독립신문』, 1898.9.29;『졔국신문』1899.1.25

21 "顧萬民共同會, 獨立協會之最上最大君權民權之守護好禮, 主爲李商在, 尹致昊, 張志淵及
　　余, 特參女性會員金女史等之境遇, 則蒙新聞之女性社會參與力記故也." 이상재, 윤치호, 장
　　지연, 이종일이 만민공동회를 준비하면서 '김여사등'이라고 한 여성 회원들이 신문의 감화를
　　받아 특별히 참여했다는 이 기록은 여성 회원들이 독립협회 남성 회원들과 정치적 행동을
　　같이했던 한 장면을 보여준다.『제국신문』을 창간한 이종일은 원래 옥파(沃坡)라는 호를
　　썼으나 천도교에 입교한 후 부터는 주로 묵암이라는 호를 썼다. 이종일,「옥파비망록」,
　　『옥파 이종일 선생 논설집』3, 옥파기념사업회, 1984. 576면.

22 "우리나라 부인들은 학문이 업셔 능히 ᄌ식을 교훈ᄒ지 못ᄒ고 다만 아비의게 맛기ᄂᆞᆫ고로
　　아비업ᄂᆞᆫ ᄌ식들은 허랑ᄒ고 방탕ᄒ야 픠가망신ᄒᆞᆫ 이가 만히 잇ᄉ니 일노써 녀인을 잘
　　교육ᄒᆞᆫ 거시 뎨일 급션무라 ᄒ노라."『졔국신문』, 1901.4.5; 위의 글, 212면;"녀ᄌᆞᆫ 나라
　　빅셩된 쟈의 어머니될 사름이라 녀ᄌ의 교육이 발달된 후에 그 ᄌ녀로 ᄒ여곰 착흔 사름을
　　일울지라 그런고로 녀ᄌ를 ᄀᆞᄅ침이 곳 가뎡교육을 발달ᄒ야 국민의 지식을 인도ᄒᆞᆫ 모범이
　　되ᄂᆞ니라", 장지연,「녀ᄌ독본」,『한국 개화기 교과서 총서』8, 아세아문화사, 1977. 10~11면

23 이 당시 신문을 통해 지식인 남성들의 여성교육론을 살펴본 길진숙 역시 여성교육의 효과

가 남성중심적 질서와 가부장제에 위협적인 것이 될지 모른다는 생각을 그들이 떠올릴 수 없었다는 지적을 한 바 있다. '개화파 지식인 남성들은 여성이 교육받고 동등해질 때 남성의 입장에서 자신들을 불편하게 만들 역작용이 있으리란 생각을 하지 않았습니다'(12면); '여성이 교육을 받으면 어머니와 아내의 역할에 보탬이 된다고 하는 향객의 주장은 여성 역할에 대한 보다 진전된 상상을 할 수 없었던 남성 지식인들의 한계겠지요'(14면). 길진숙, 「1883~1904, 개화기 신문에 나타난 '여성' 담론」, 한국고전여성문학회 제26회 콜로퀴움 발표문.

24 "帝國新聞之使命, 則獨立協會女性會員之弘報機關化然, 何側, 女性會員多, 無宣傳紙所以, 雖有獨立新聞, 而未悉展詳事, 故余快諾爲同女性側會員代辯紙矣." 이종일, 「옥파비망록」, 577면.

25 찬양회의 발기 다음 해인 1899년 2월 대신회의에서 관립 여학교 설립안은 6대4로 부결되었다. 이미 학도를 모집해 놓은 상태에서 학부 예산만을 기다리고 있었던 찬양회는 사립으로나마 학교를 개교하기로 결정했다. 찬양회의 회장이었던 양성당 이씨가 사재를 털어 어의동에 순성학교를 개교하고 회원 중에 서기를 맡아보았던 정길당을 교사로 삼아 20~50여 명의 학생들에게 "텬ᄌᆞ, 동몽션습, 태셔신스" 등의 과목과 "ᄌᆞ봉침 기계로 바누질하는 법" 등을 가르치기 시작했다. 이후 교장으로 취임한 양현당 김 씨는 학생들을 교육하며 학부에 수없이 청원서를 올리고 학생들과 함께 시위를 하는 등 고군분투하다가 1903년 세상을 떴다. 그의 죽음 이후 순성학교는 서서히 유명무실하게 되다 사라진 것으로 보인다. 『시사총보』, 1899.2.3;『황성신문』, 1899.2.7;『황성신문』, 1899.2.24;『독립신문』, 1899.3.1;『제국신문』, 1899.5.5;『시사총보』, 1899.6.6;『황성신문』, 1899.6.8;『시사총보』, 1899.6.26;『독립신문』, 1899.9.14;『독립신문』, 1899.10.4;『독립신문』, 1899.11.21;『제국신문』, 1903.3.20

26 1900년대 가장 두드러진 활동을 보인 여성 교육운동가인 신소당은 진명부인회와 양정여자교육회의 장을 지내고 광동학교, 양정여학교, 양윤의숙의 교장을 지냈다. 신소당에 대한 연구는 이경하, 「애국계몽 운동가 신소당의 생애와 신문 독자투고」(『국문학연구』 11, 국문학회, 2004)에서 자세한 내용을 볼 수 있다.

27 박용옥, 『한국 근대 여성운동사 연구』, 79~120면에서 이들 단체의 활동상에 대한 상세한 연구 결과를 참고할 수 있다.

28 특히 여자교육회나 진명부인회에서 주도한 정기적인 강연회 및 연설회 설시는 여성의 공적인 말하기 문화의 보편화에 큰 역할을 했다.

29 "會員中ᅀᅳ로 一女子가 時勢의 発業과 教育의 發達目的ᅀᅳ로 一場演說ᄒᆞ얏ᄂᆞᆫᄃᆡ 觀光諸人이 無論男女ᄒᆞ고 無不喝采ᄒᆞ야 快有發達之趣라더라."『황성신문』, 1906.9.27; "문밧 링동 부인교휵회에서 감독 김취옥녕이 (…중략…) 일장연셜ᄒᆞᄂᆞᆫ대 그 말이 격결유식ᄒᆞ야 만장이 손을 쳐 갈칙ᄒᆞ엿다 ᄒᆞ고"『제국신문』, 1907.7.9; "린빈 중에 유셩쥰 김동완 하부인 졔씨가 차례로 연셜ᄒᆞ고"『제국신문』, 1907.6.18; "여ᄆᆔ례황 부인과 김현련 부인과 십이셰 된 녀ᄌᆞ 옥어진 씨며 (…중략…) 연셜ᄒᆞᄂᆞᆫᄃᆡ (…중략…) 혹 가삼을 두달며 혹 눈물을 흘니며 녀ᄌᆞ교육이 졔일 필요되ᄂᆞᆫ 줄을 ᄭᆡ닷ᄂᆞᆫ지라."『제국신문』, 1907.7.17; "옥쳔군 진명학교에셔 (…중략…) 녀학도 경구일이ᄂᆞᆫ 나히 십ᄉᆞ셰인ᄃᆡ 나셔 연셜ᄒᆞ기를"『제국신문』, 1906.3.31; "평양부 이국 녀학교에셔 (…중략…) 싱도들이 녀ᄌᆞ교육의 필요됨과 시종여일홈과 근실이 공부ᄒᆞᆯ 것과 부모에게 효슌ᄒᆞᆫ다ᄂᆞᆫ 네 가지 문데로 연셜ᄒᆞ고"『제국신문』, 1906.7.9; "기중에 십삼사셰된 여학도 본읍 율리 황여졍 씨 녀와 심리 이원국 씨 녀 이아가 당차시국ᄒᆞ야 개탄ᄒᆞᄂᆞᆫ 취지로 일장연셜ᄒᆞᆫ즉 만장졔인이 무불찬미ᄒᆞ얏고"『대한매일신보』, 1908.6.28.

30 "에구 망칙히라 女子敎育會에 엇지 드러 人盛만성흔 男子 틈에 演說을 흐드라고 흐니 閨中 婦女의 行爲가 穩當홀가." 칠頭固婦人, 『만세보』 1906.6.30, 국문독자구락부; "昨日 女子敎育 會에셔 開會흐고 月體花裝흔 婦人이 演說을 참 잘흐데마는 암만흐야도 行實을 좀더 빈호와야 흐겟데" 觀光人, 『대한일보』, 1906.7.17, 독자구락부; "四千年 井底蛙갓치 靑天에 廣闊홈을 不知흐든 女人이 自己들만 모혀 終日 짓거리니 무삼 智識이 널버질 슈가 잇소," 勸義生, 『대한 일보』, 1906.7.21, 독자구락부; "학식업는 녀ᄌ들이 모혀셔 ᄌ고이리로 듯고 보지 못ᄒ던 일들을 힝흔즉 주연 규모도 졍졔치 못ᄒ고 쏘한 종종 연셜을 흔다 토론을 흔다 흐니 그 즁에 학식잇는 교ᄉ가 잇다던지 졈잔은 남ᄌ가 잇셔셔 지도나 ᄒ면 혹 효험이 잇슬이라 ᄒ려니와 다갓치 학문업는 녀ᄌ들이 어듸로 죠차 아름다온 결과를 엇으리오." 『제국신문』, 1907.1.8.

31 『만세보』, 1907.5.26; 『제국신문』, 1907.5.27; 『황성신문』, 1907.5.27.

32 "其行動의 端肅홈과 規模의 整齊홈은 實로我韓의 初有흔 盛事이며 其運動節次와 運動歌와 注意書와 各般 技藝를 定規의 依ᄒ야 進行홀 時에는 軍樂으로 奏導ᄒ며 憲兵과 巡檢이 擁立 ᄒ야 太極旗 門票가 無한 者는 許入아니ᄒ야 (…중략…) 男女觀光者가 人山人海를 成ᄒ야 拍手喝采ᄒ며 칙舌稱賞ᄒ야" 『만세보』, 1907.5.26.

33 "同胞中에 女子들도 國家分子 되여나셔 忠君愛國 ᄒ량이면 學問업시 엇지ᄒ리 (…중략…) 日氣좃코 너른쓸에 女子學生 運動이라 軟弱常能 다버리고 活潑ᄒ게 나가보셰 압셜女子 누구잇나 一等賞은 내것일셰 나가보셰 나가보셰 勇猛하게 나가보셰 女子들아 女子들아 忠心烈心 잇지마라 지더리도 落心마라 後日다시 勝負決斷 終日토록 行樂타가 凱歌불너 도라올졔 君國萬歲 學校萬歲 萬歲三呼 하여보셰"

34 1907년 11월에는 개성 만월대에서 1908년 5월에는 인천에서 남녀 연합운동회가 각각 열렸다. 1908년 6월 서울에서 열린 경성·수원·개성·인천 등 12개교 이상 여학교의 연합운동회에는 황제와 엄비도 참석했다. 이해 10월에는 경희궁에서 경성 지역 여학생 연합운동회가 연합 9개교 438명의 규모로 열렸다. 1909년에는 5월에 개성 지역 연합운동회, 명신여학교의 경복궁 운동회, 관립한성고등여학교의 창덕궁 내 비원 운동회가 열렸고, 보학 원·진명여학교·승동 예배당여학교에서도 각각 운동회가 열렸다. 1909년 11월 성북동 음벽정에서 관립고등여학교 운동회, 장충단에서 숙명여학교 운동회가 열렸고, 1910년 5월 에는 경성 지역 여학교 연합운동회가 8개교 751명의 규모로 서울에서 개최되었다.

35 부정한 행실을 보이거나 타락한 여학생에 대한 이야기는 다음에서도 찾을 수 있다. 『대한 민보』, 1909.9.14; 『황성신문』, 1909.12.8; 『대한매일신보』, 1910.3.16.

36 "月宮後洞에 居ᄒ는 李姓女가 假稱 某女學校學生ᄒ고 密賣淫ᄒ다고" 『대한민보』, 1909.8.26; "中剖 禁府 後洞居 朴寅昌爲名人이 假裝女學徒 四名을 渠家에 留宿케 ᄒ며 暗夜月下에 該府近 商民中 靑年子弟를 誘引ᄒ야 秘密賣淫흔다 홈" 『황성신문』, 1909.9.21; "女學徒가 (…중 략…) 其他所飾이 恰然히 妓女의 態를 粧흔 者ㅣ 有ᄒ니" 『대한매일신보』, 1909.11.17.

37 "격강이 천리라 산셜고 물션 머나먼 곳에 홀노 너만 보내고 주야로 생각ᄒ는 ᄆ음 일시인들 싄일 째 잇스리오 날이 채 밝지도 아니ᄒ야 학교에 갈 준비 ᄒ든 모양 아즉 다셧 뎜도 못되 얏스나 더 자라 ᄒ면 너의 말이 요새이 배우는 과뎡은 ᄌ미도 잇슬 분 아니라 션싱님이 셜명을 잘ᄒ시니가 일어헌 째에 밧삭 채쳐셔 ᄒ여야 ᄒ지오 ᄒ며 (…중략…) 새로오신 션 생님ᄭㅣ셔 창가를 가르치시는듸 음셩도 명랑ᄒ시고 곡됴도 됴흘샌더러 우리 녀ᄌ의게 교훈 ᄒ는 창가이기로 곡됴를 아죠 씌이고 오려고 느겻다 ᄒ면셔 압셔거니 뒤셔거니 들어오든 모양 눈의 션ᄒ야 흔시라도 이즐 수가 업구나" 빅승옥 母, 「셔울 잇는 쑬의게」, 『우리의 가뎡』 6, 1914.5.

화자와 주체로 본 유성기 음반(SP) 속 기생

장유정

◆◇ 첫 상업 음반에 소리 담은 기생

1분간 78회전을 하는 SP^{standard play}판인 유성기 음반은, 이를 재생하는 장치인 유성기와 더불어 대표적인 근대매체이면서 대중매체이다. 1907년에 미국 빅타 음반회사와 미국 콜럼비아 음반회사가 우리나라에 상업 음반을 발매한 이래로, 유성기 음반은 LP^{long play}판이 본격적으로 발매된 1960년대 이전까지 중요한 위상을 지니고 있었다.

특히 광복 이전에 발매된 유성기 음반은 당대의 삶과 문화를 음악과 이야기로 담아내면서 중요한 대중매체가 되었다. 오늘날 음반이 주로 음악을 담는 것과 달리, 광복 이전에 발매된 음반은 크게 음악 음반^{music record}과 이야기 음반^{story record}으로 나뉜다.

20세기 전반기에 발매된 음반의 서지 목록집인 『한국 유성기음반 총

목록』(한국정신문화연구원 편, 민속원, 1998)과 『유성기음반 총람 자료집』(김점도 편, 신나라레코드, 2000)을 참고하여 통계낸 수치에 의하면, 음악 음반이 약 9,199면이고 이야기 음반이 약 1,273면으로 나타났다. 즉 음악 음반이 이야기 음반보다 약 7배 정도 많은 것이다.[1] 하지만 광복 이전 이야기 음반은 비록 그 수가 적더라도 초창기 음반사音盤史와 대중문화사에서 중요한 위치를 점한다.

한편 음반과 기생은 떼려야 뗄 수 없는 관계이다. 초창기 음반사에서 소리를 녹음한 여성이 기생이기 때문이다. 우리나라에 발매된 첫 상업음반을 녹음한 여성은 기생 최홍매로, 1907년에 콜럼비아 회사에서 발매한 음반에서 한인오 등과 함께 〈황계사〉, 〈임가〉, 〈다정가〉, 〈양산도〉, 〈산염불〉 등을 녹음했다. 결국 유성기 음반 시작에서부터 기생은 음반과 관련되어 있는 것이다.

음반 시작에서부터 기생은 중요한 구실을 했기에, 기생이나 기생 출신의 대중가요 가수들을 살펴보는 것도 의미가 있다.[2] 1930년대 중반에 상대적으로 조선 냄새 나는 신민요가 인기를 얻으면서 신민요를 잘 불렀던 기생 출신의 대중가요 가수도 인기를 얻었다. 왕수복, 선우일선, 김복희, 김인숙, 이화자, 박부용 등이 그들이다. 이들의 활약상을 소개하는 것도 의미가 있을 것이다.

하지만 이 글에서 주목한 것은 음악 음반과 이야기 음반에서 기생의 삶을 어떻게 묘사했나이다. 다시 말해, 음악 음반과 이야기 음반은 기생의 삶 중 어떤 부분을 담았으며 그것이 의미하는 바가 무엇인지 살펴보고자 한다. 대중가요 역사를 연구하면서 기생 등에 관심을 지니게 된 것은 그들이 여성이면서 소수자이기 때문이기도 하다. 어쩌면 비주류 학문인 대중음악을 연구하는 '여성'학자가, 여성들의 삶과 노래에 관심을 지니는 것은 자연스러운 일인지도 모른다. 그것은 결국 나 자신의 정체성을 찾아가는 일이기도 하다.

비록 기생은 실제의 삶에서 소수자였으나 음악 음반과 이야기 음반에서는 주인공인 경우가 많다. 주인공이라지만, 어떤 주인공의 삶이 그러하듯 언제나 희극이나 기쁜 결말happy ending만 있는 것은 아니다. 오히려 기생을 주인공으로 한 음악 음반과 이야기 음반의 내용은 비극이나 슬픈 결말sad ending이 보편적이었다.

◆◇ 기생이란 용어의 외연

20세기 전반기의 기생이란 명칭은 매우 다양하게 사용되었다. 조선시대의 관기만을 지칭하던 기생은 관기의 해체 이후, 20세기 전반기에 이르러서 점차로 그 외연이 확장되었다. 20세기 초까지는 여전히 '예藝'를 선보이는 것을 업으로 삼았던 기생과 매음을 업으로 삼았던 창기를 법제적으로 구별하였다.[3] 하지만 사회적인 인식은 점차로 기생과 창기의 구별을 무의미하게 만들고 말았다. 그리하여 기생이란 명칭은 다양한 의미를 내포하게 된 것이다.

권번 등에서 기예를 습득한 기생을 지칭하는 '학습기생'과 '소리기생'이 있는가 하면, 이른바 얼굴이 예뻐 얼굴로 먹고 사는 기생을 의미하는 '화초기생'이란 말도 있다. 그런가 하면 모던기생과 재즈기생은 세태가 변하면서 새롭게 출현한 기생에 해당한다. 당시에 새로운 유흥 공간으로 출현한 카페에서 일하던 웨이트리스waitress를 지칭하던 카페 걸을 '모던기생'이라 칭하기도 하고, 양장洋裝을 입고 요릿집에서 유행가를 부르는 기생을 '재즈기생'이라 부르기도 하였다. 학습기생, 소리기생, 화초기생, 재즈기생, 모던기생 등은 모두 기생이란 명칭의 외연이 확장되면서 나타난 명명命名이다.

기생은 20세기 전반기 대중문화(유성기 음반, 연극, 영화, 문학 등)에 빈번하게 등장하면서 매우 중요한 소재가 되었다. 기생이 대중문화의 주요 소재가 된 것은 일차적으로 그들이 대중문화의 적극적인 향유자이자 생산자였기 때문이다.[4] 앞서 언급한 것처럼, 대중가요만 보더라도 1930년대 중반에 기생들은 대중가요 가수로도 큰 활약을 했다.

그렇다면 유성기 음반에서 기생은 어떻게 묘사되었을까? 사실상 기생은 기본적으로 전근대적인 인물 군에 속한다. 그럼에도 불구하고 근대 매체이자 대중매체인 유성기 음반에서 그들은 종종 호명·소환되었다. 음악 음반과 이야기 음반에서 그들이 어떻게 묘사되었는지를 통해 기생은 물론이고, 기생을 바라보는 당대인의 시각과 정서 등도 살필 수 있으리라.

◆◇ 화자로 본 기생 소재 대중가요

대중가요 텍스트를 담론으로 이해하면 논의의 주된 초점은 화자의 기능과 구실을 알아보는 것이 될 것이다. 담론이라는 것은 대화 형식을 통해 구현되며, 화자와 청자를 두 축으로 삼는 대화에서 화자는 발화를 구성하는 적극적인 위치에 있기 때문이다.

따라서 기생 소재 대중가요 텍스트의 담론 분석에서 중요한 것도 작중화자 내지는 시적화자이다. 그런데 텍스트의 작중화자를 살펴보기에 앞서 대중가요의 실제 작가에 대해 언급할 필요가 있다. 20세기 전반기 대중가요의 작사자는 대부분 남성이었다. 따라서 기생 소재 대중가요의 텍스트를 살펴보기 전에 전제할 사항은 노랫말의 대부분을 남성 작사가가 썼다는 점이다. 요컨대 기생 소재 대중가요에는 기생 자신의 목소리가 아니라 남성 작사자에게 투영된 기생의 목소리가 나타난다는 것을 염두에 둘 필요가 있다.

기생 소재 대중가요 텍스트의 시적화자는 성별에 따라 여성화자와 남성화자로 나눌 수 있다. 화자가 여성인가, 남성인가에 따라 텍스트는 다른 양상을 드러내므로 화자의 성별에 따라 대중가요 텍스트의 담론을 분석하는 것은 유효하다. 그런데 또 한 가지 언급할 것은 대중가요 텍스트는 시와는 달리 가수라는 구연자가 실제 작가와 시적화자 사이에 존재한다는 점이다. 가수의 성별은 시적화자와 일치하기도 하고 불일치하기도 한다. 대체로 가수의 성별이 시적화자의 성별과 일치하나, 그렇지 않은 경우도 있다.

예를 들어, 남인수가 부른 〈이름이 기생이다〉(유행가, 조명암 작사, 박시춘 작곡, 남인수 노래, 오케 20010, 1940)는 남성 가수가 여성 시적화자의 노래를 부른 경우에 해당한다. 그에 반해서 송금령이 부른 〈단장아가씨〉(유행가, 산호암 작사, 김기방 작곡, 송금령 노래, 리갈 C2073B, 1940)는 여성 가수가 남성 시적화자로 여겨지는 사람의 노래를 부른 예이다. 〈단장아가씨〉에서 남성 시적화자가 말을 건네는 대상이 '기생'이라 것은 직접 언급되지는 않았다. 하지만 '노래', '술잔', '가야금', '붉은 연지 피는 볼', '꽃을 꽂은 검은 머리' 등의 시어와 내용을 통해 남성 시적화자가 말을 건네는 대상이 기생이라 짐작할 수 있다. 그런데 이 노래를 부른 가수는 여성이다.

이러한 예외가 있기는 하지만 기생 소재 대중가요에서는 대체로 노래를 부르는 가수의 성별과 시적화자의 성별이 일치한다. 그런데 텍스트를 이해하는 데 있어서 중요한 것은 가수의 성별보다 시적화자의 성별이다. 텍스트를 분석할 때 일차적으로 시적화자를 염두에 두기 때문이다.

한탄하거나 항변하는 여성 시적화자

기생 소재 대중가요에서 시적화자는 여성인 경우가 남성인 경우보다 많으며 여성화자 태반이 기생으로 설정되었다. 말하자면, 작중화자가 여성인 경우 대부분은 기생 자신이 자신의 목소리를 내는 방식으로 노래가 전개된다.

기생 소재 대중가요 중에서 여성 시적화자로 이루어진 가장 초기의 작품으로는 〈강명화가〉(우영식 노래, 일동 B148, 1927)를 들 수 있다. 이 노래는 1927년 일동에서 발매된 것으로 확인되나, 음반 실물이나 가사지가

기생 강명화

남아 있지 않아 온전한 모습을 알 수 없다. 다만 음반이 아닌 노래집에 실려 있는 다른 강명화 소재 노래를 통해 그 모습을 짐작해 볼 뿐이다.

실제로 기생이었던 강명화는 백만장자 장길상의 아들 장병천과의 연애로 세간에 화제가 되었다. 그러나 장병천 집안의 극심한 반대와 세상의 곱지 않은 시선에 절망한 강명화는 자신이 장병천의 앞날에 방애물이 되지 않겠다는 생각으로 1923년 6월 11일에 '쥐 잡는 약'을 먹고 자살했다. 당시 신문들은 연일 강명화의 자살 사건을 소개했는데, 『동아일보』 1923년 6월 16일 자에는 「꽃가튼 몸이 생명을 끈키까지에」라는 제목으로 다음의 기사가 실렸다.

> 요부인지 명기인지 좌우간 여항에 말이 만턴 강명화는 이십삼 세의 젊은 목숨을 백만당자 장길상 씨의 외아들 장병텬의 눈압에서 끈어바렸다. (…중략…) 이번의 비극이 일어난 것만은 미상불 눈물의 재료로 될 것 갓다. 그네가 만난 뒤에 두 사람 사이에는 의례히 잇는 사랑 싸움과 세상의 불신으로 혹은 손가락도 잘라보고 혹은 구름 가튼 머리도 잘넛스며 혹은 살을 깍기도 하야 변하기 쉬운 남자의 맘에 자긔의 참사랑을 증명하노라고 애틋한 생각을 한 일도 만엇다고 한다. 그러나 마침내 끗까지 박행한 자긔의 비운을 깨닷고 자살을 하고 만 것이다. (…후략…)
>
> (띄어쓰기는 인용자 이하 동일)

시에 많은 반향을 불러일으켰던 강명화의 자살사건은 「강명화 실기」(1924), 「강명화전」(1925), 「강명화의 설움」(1928), 「(절세미인) 강명화전」(1935)과 같은 소설로 여러 차례 재생산되었다. 그리고 그 이야기가 노래로도 창작되었다.

　살아서는 기생으로 천대받던 강명화는 죽어서야 순결하고도 헌신적인 사랑의 상징으로 칭송받은 것이다. 이는 강명화 관련 소설과 노래에서 동일하게 확인된다. 단적인 예로, 『신식유행新式流行 이팔청춘창가집二八靑春唱歌集』(강범형 편, 삼광서림, 1929)[5]을 들 수 있다. 이 책을 펴낸 강범형은 머리말에서 각 권번에서 가르치는 소리 중 명곡만 엄선하여 묶은 책이라 했는데, 이 책에 강명화 관련 노래가 두 곡이나 실려 있다. 한 곡은 〈강명화절명곡〉이고 다른 한 곡은 〈강명화의 원한〉이란 노래이다.

①

슯흐-다 숨결갓흔 우리 인생(人生)은

풀입 싯헤 맷처 잇는 이슬 갓도다

무정야속(無情野俗) 져 바람이 건듯 불며는

이슬 흔적 순식간(瞬息間)에 업스리로다

②

모란봉(牧丹峰)의 경긔(精氣)밧아 내 몸 생기니

우리 부모(父母) 애지즁지(愛之重之) 가이 업서라

업어주고 안어주어 고히 길너서

부즁생남(不重生男) 만년자미(晩年滋味) 보랴 하엿네

③

십칠세(十七歲)에 교방기안(嬌房妓案) 일홈 실으니

명가명무(名歌名舞) 강명화(康明花)가 내 몸이로다

의문매소(依門賣笑) 하는 것이 본의(本意) 안이라

백년랑군해로(百年郎君偕老)함이 나의 원(願)일세

④

황-텬(皇天)이 감동(感動)하사 지도(指導)함인지

어엽불손 장병텬(張炳天)과 인연(因緣) 매즈니

산서해맹(山誓海盟) 깁고깁히 변(變)치 안코서

검은 머리 백발(白髮)토록 살자햇더니

⑤

가정불화(家庭不和) 사회책망(社會責望) 비발치듯

내외협공(內外挾攻) 짓처드러 침식(寢食)업스니

박명인생(薄命人生) 나의 일신(一身) 관계(關係)업지만

우리 랑군(郎君) 만리전정(萬里前程) 그릇치겟네

⑥

찰하리 일부 잔명(殘命) 내가 슨어서

천사만사(千事萬事) 걱정 근심 이즈리로다

삼각산(三角山)아 잘 잇거라 나는 써난다

한강수(漢江水)야 후생(後生)에나 다시 만나세

— <강명화(애연)절명곡(康明花(愛戀)絶命曲)>

전체 6절로 이루어진 〈강명화절명곡〉은 『신식유행 이팔청춘창가집』에 실렸을 뿐만 아니라 「강명화의 설움」에도 삽입되었다. 이는 이 노래가 당시 유명했다는 점을 말해 준다. 〈강명화절명곡〉의 시적화자는 강명화 자신으로 설정되었다. 강명화가 자신의 신세를 한탄하는 내용으로 이루어진 것이다. 강명화로 설정된 시적화자는 자신의 출생에서 죽음까지를 절절하게 묘사하고 있다.

부모님이 강명화를 낳아서 애지중지 기른 것과 강명화가 17세에 교방 기안에 이름을 올린 얘기들을 서술하고 있다. 또한 명가명무名歌名舞로 이름을 날리기는 하였으나 자신의 소망은 낭군을 만나서 백년해로하는 것이라 하였다. 그 소망은 장병천과의 인연으로 이어졌으나 가정불화와 사회책망으로 강명화 자신이 장병천의 앞날을 가로막을까 두려워 자살을 한다는 내용이 전개되고 있다.

강명화 자신의 생애를 이야기하듯 보여준다는 점에서, 〈강명화절명곡〉은 서정보다는 서사적인 경향이 강한 노래에 해당한다. 이러한 특징은 다음의 〈강명화의 원한〉에서도 마찬가지로 드러난다.

①
장(壯)하고도 아름답다 절대가인(絶代佳人) 강명화(康明花)는
의긔렬녀(意氣烈女) 되엇도다 화류계(花柳界)에 몸을 쎄여

②
련애랑군장병텬(戀愛郎君張炳天)과 동경류학목적(東京留學目的)하고
고국산천(故國山川) 리별(離別)할 쌔 눈물 쑤려 하직(下直)하고

③

목적지(目的地)에 당도(當到)하니 사회비평(社會批評) 요란(擾亂)하다

손을 쓴어 맹세하나 일분효력(一分效力) 가이업다

④

단발(斷髮)하던 나의 결심(決心) 허망(虛忙)으로 도라가니

가련(可憐)하다 나의 신세(身世) 의지(依支)할 곳 바이업서

⑤

배를 돌여 도라오니 처량(凄凉)하기 가이업네

한강철교(漢江鐵橋) 인도상(人道上)에 배회(徘徊)하는 강명화(康明花)는

⑥

원한(怨恨)되는 이 세상(世上)을 비관(悲觀)으로 생각하니

그 소망(所望)은 쓴어지고 그 형체(形體)는 살어젓다

— <강명화에(의) 원한(怨恨)>

『신식유행 이팔청춘창가집』에 실려 있는 〈강명화의 원한〉은 〈강명화절명곡〉과 마찬가지로 강명화의 자살사건을 다루고 있다. 강명화가 장병천과 동경에 유학 갔다가 유학생들 사이에서 비판이 많아지자 다시 고국으로 돌아온 이야기, 사랑을 맹세하며 단발을 감행했던 이야기, 결국 세상을 비관하여 목숨을 버린 내용까지 서술하고 있다.

시적화자를 보면, 〈강명화의 원한〉의 1절은 강명화 자신으로 설정

된 것으로 보기 어렵다. 오히려 다른 누군가가 강명화의 사건을 묘사하는 것처럼 보이기도 한다. 하지만 시적화자와 강명화 사이의 거리는 4절에 가면 완전히 좁혀진다. 그리하여 시적화자는 강명화 자신이 되어 '나의 결심'과 '나의 신세'라고 말하는 것이다.

요컨대 기생 소재 대중가요의 첫 모습은 〈강명화가〉에서 찾아볼 수 있다. 지금으로서는 음반에 실린 〈강명화가〉가, 『신식유행 이팔청춘창가집』에 실린 〈강명화절명곡〉이나 〈강명화의 원한〉과 얼마나 같고 다른지 알 수 없다. 다만 노래책 속 두 노래는 모두 여성 시적화자를 기생 자신으로 설정했고, 기생 자신이 자신의 이야기를 노래한다는 점에서 공통적이다. 두 노래 모두 자신의 신세를 한탄하는 내용이 주류를 이루고 있다는 것도 알 수 있다.

그런데 〈강명화절명곡〉이나 〈강명화에 원한〉이 대체로 사건 위주로 내용이 전개되는 서사성이 강한 노래에 해당한다면, 이후 기생 소재 대중가요에서는 자기 표현적인 성향이 강해져서 서정적인 측면이 더욱 부각되는 양상이 나타난다.

①

가고 싶은 고향도 못 가는 신세 울고 싶흔 사정에도 못 우는 신세
실없는 화투를 치다가 말다가 빛 낡은 청치마에 목이 멥니다

②

아주까리 동백을 키우든 이 내 몸 물새 우는 바닷가에 굴 따든 이 내 몸
화려한 장안의 오색등 그늘에 연지를 찍어가며 울며 삽니다

의 음반 광고(한국유성기음반 아카이브)

③

청춘가를 불으며 탄식에 시들고 매운 술을 기우리며 눈물에 찌들어

주란사 고름을 맺엇다 풀엇다 서글픈 베게 우에 꿈이 살난소

　　—〈청루일기〉(유행가, 산호암 작사, 김기방 작곡, 남일연 노래, 리갈 C2021A, 1940)

〈청루일기〉라는 제목에서 알 수 있듯이, 이 노래는 기생으로 설정된 시적화자가 자신의 신세를 한탄하는 내용으로 이루어져 있다. 실제로 당시 음반 광고문에서도 〈청루일기〉를 '뒷골목 아가씨의 눈물겨운 하소연'이라고 소개하고 있다. 기생으로 설정된 시적화자는 예전에 "아주까리 동백을 키우고", "물새 우는 바닷가에서 굴을 따던" 사람이었다. 하지만 지금

은 화려한 장안의 오색등 그늘에서 연지를 찍어가며 울며 사는 기생으로 전락하고 말았다. 시적화자는 눈물과 탄식으로 세월을 보내나 그 상태에서 벗어나지 못한다. 그 때문에 "서글픈 베게 위에 꿈만 산란"할 뿐이다.

〈청루일기〉는 그 이전의 〈강명화가〉에서 보이던 서사성이 탈각되고 자신의 내면을 고백하는 일에 치중하는 작품이다. 또한 〈강명화의 원한〉에서처럼 시적화자의 정체성이 불분명했던 것과 같은 현상도 나타나지 않는다. 시적화자는 온전하게 기생 자신이 되어서 자신의 신세를 읊고 있을 뿐이다.

이처럼 여성 시적화자가 부른 기생 소재 대중가요의 대부분은 자신의 신세를 한탄하는 내용으로 이루어져 있다. 그런데 단순히 자신의 내면을 고백하는 것에서 끝나는 것이 아니라 다음의 노래처럼 청자를 의식하면서 부른 듯한 노래도 있다.

①

알뜰한 순정에 먹칠을 하고 응달에 홀로 핀 가시꽃이라

조롱을 말아라 비웃지를 말아라 그래도 사랑이야 없을까 보냐

②

먹칠한 순정을 부둥켜 안고 수심가 엮음에 목 쉬는 신세

조롱을 말아라 비웃지를 말아라 그래도 인정이야 없을까 보냐

③

꽃 울음 달 울음 그 몇 해런가 느나니 서름이요 주나니 청춘

(1)　　　C452

流行歌 **먹칠한 純情**　徐夕帆作詩·金水月作曲

알들한 순정에 먹칠을 하고
웅달에 홀로핀 가시옷이라
조롱을 마리라 비웃지를 마려라
그래도 사랑이야 업슬가보냐

　　*

먹칠한 순정을 부둥켜안고
수심가 역금에 목쉬는신세
조롱을 마려라 비웃지을 도리라
그래도 인정이야 업슬까보냐

　　*

쏫우슴 달우물 그멋해린가
느나니 쉬름요 주나니청춘
조롱을 마려라 비웃지를 마리라
그래도 쉬름이야 업슬까보냐

金 椿 姬

伴奏 리-갈管絃樂團

株式會社 日本蓄音器商會

〈먹칠한 순정〉의 음반 가사지

조롱을 말아라 비웃지를 말아라 그래도 설움이야 없을까 보냐

—〈먹칠한 순정〉(유행가, 서석범 작사, 김수월 작곡, 김춘희 노래, 리갈 C452A, 1938)

〈먹칠한 순정〉은 앞서 소개한 〈청루일기〉처럼 기생 자신의 목소리로 자신의 얘기를 하고 있는 노래이다. 그런데 〈청루일기〉처럼 단순히 신세한탄에서 그치는 것이 아니라 청자에게 말을 건넨다. '～마라'라는 금지형을 사용하여 상대방의 행동을 촉구하는 것이다. 매 절에서 후렴구처럼 사용된 "조롱을 말아라 비웃지를 말아라"가 그것이다. 이러한 발화는 특정한 청자를 대상으로 할 수도 있다. 하지만 그보다는 세상 사람들을 향한 기생 자신의 발화 내지 항변이라 할 수 있다. 또한 시적화자는 자신에게도 사랑과 인정과 설움이 있다고 말한다. 비록 미천한 기생의 신분이지만 자신 또한 다른 인간들처럼 느끼고 반응하는 평범한 사람이라는 것을 말하고 있다.

노래에서 여성 시적화자는 대체로 기생으로 설정되었다. 즉 기생이 자신의 목소리로 자신의 삶을 얘기하는 것이 대부분이다. 완전한 고백적 발화로 이루어진 작품에서는 자신의 신세를 한탄하는 내용이 주가 되고 있다. 그에 반해, 청자에게 말을 건네는 경우에는 단순한 신세한탄을 넘어서 자신도 다른 사람들과 똑같은 인간임을 강조하는 내용으로 이루어졌다.

그런가 하면, 기생 소재 대중가요에서 기생들은 자신들을 '꽃'으로 지칭한다. 이처럼 기생이나 여성을 '꽃'으로 명명하는 것은 전통적인 명명에 해당한다. 기생을 '말을 알아듣는 꽃'이란 뜻의 '해어화解語花'라 부르기도 했기 때문이다. 하지만 기생 소재 대중가요에서 기생들은 화려하고 아름다운 꽃으로 그려지지 않는다.

앞서 〈먹칠한 순정〉에서 보듯이, 기생들은 "응달에 홀로 핀 가시꽃"
이며, 〈믿지를 마오〉(유행가, 이고범 작사, 남궁선 노래, 시에론 157B, 1934)에서
처럼 "거리에 핀 꽃"이며, 〈피지 못한 꿈〉(유행가, 범오 작사, 근등정이랑 작곡,
전옥 노래, 콜럼비아 40582B, 1935)에서처럼 "피지 못한 꽃"이며, 〈화조월석〉
(유행가, 박영호 작사, 이용준 작곡, 김인숙 노래, 콜럼비아 40823B, 1938)에서처럼
"열매 없는 꽃"이다.

이처럼 대중가요에서 여성화자들은 독백으로 신세를 한탄한다. 그
리고 청자에게 말을 건넬 때는 신세한탄과 더불어 자신들의 인간적 가치
를 강조하는 식의 발화를 행한다. 이는 역으로 그만큼 당대가 기생들의 존
재와 가치를 인정하지 않았던 사회라는 것을 말해준다. 그 때문에 기생들
은 "임자 없는 내 신세가 다시금 가여워"(〈월명사창〉 유행가, 박영호 작사, 이용
준 작곡, 남일연 노래, 콜럼비아 40830B, 1938), "일생을 아픔 속에 살"(〈눈물의
일생〉 유행가, 유도순 작사, 전기현 작곡, 최영희 노래, 콜럼비아 40636A, 1935)아가
는 것이다.

동정하거나 풍자하는 남성화자

기생 소재 대중가요에서 남성 시적화자의 모습은 남성 시적화자와
기생과의 거리에 따라 다르게 나타난다. 즉 남성 시적화자가 기생에게
직접 말을 건네느냐, 아니면 남성 시적화자가 관찰자의 입장이 되어서
기생을 언급하느냐에 따라 노래는 다른 양상을 드러낸다. 남성 시적화
자가 기생에게 직접 말을 건네는 경우는 남성 시적화자와 기생이 직접
적인 연관이 있을 때로 기생이 남성 시적화자의 친족인 경우가 여기에

해당한다.

①

사랑을 팔고 사는 꽃바람 속에 너 혼자 지키리랴 순정의 등불
홍도야 우지마라 오빠가 있다 아내의 나갈 길을 너는 지켜라

②

구름에 쌓인 달을 너는 보았지 세상은 구름이오 홍도는 달빛
하늘이 믿으시는 네 사랑에는 구름을 걷어주는 바람이 분다

③

홍도야 우지마라 굳세게 살자 진흙에 핀 꽃에도 향기는 높다
네 마음 네 행실만 높게 가지면 즐겁게 웃을 날이 찾아오리라

—〈홍도야 우지마라〉

(주제가, 이고범 작사, 김준영 작곡, 김영춘 노래, 콜럼비아 40855, 1939)

〈홍도야 우지마라〉는 〈사랑에 속고 돈에 울고〉라는 작품의 주제가
이다. 화류계의 슬픈 이야기를 소재로 임선규가 쓴 이 작품은 청춘좌가
1936년에 연극으로 올렸다. 연극이 상당한 인기를 얻으면서 1939년에
는 이명우 감독의 영화로 상영되었다. 〈사랑에 속고 돈에 울고〉는 비록
연극만큼의 인기는 얻지 못했으나 1930년대 최고의 흥행작으로 불린다.
단적인 예로, 동양극장에서 9일 동안 이 작품을 상연할 때 장안의 기생
들이 모두 연극을 보러 가서 요릿집이 텅 빌 정도였다고 한다. 또한 주제

가 〈홍도야 우지마라〉 역시 지금까지도 많은 사람들이 기억하는 노래이다.

〈홍도야 우지마라〉 음반

〈홍도야 우지마라〉는 남성 시적화자가 기생이자 자신의 동생인 홍도에게 말을 건네는 식으로 전개된다. 홍도의 신분이 비록 기생이나 홍도의 오빠로 설정된 남성 시적화자는 홍도를 순정한 인물로 묘사하고 있다. 홍도를 '순정의 등불' 내지는 '진흙에 핀 꽃'이라 칭하는 것이다. 특히 세상과 홍도를 이항대립으로 설정하여 홍도의 순정을 강조한다. 세상을 '구름'으로 설정한 반면에 홍도는 그 구름에서도 빛을 뿜어내는 '달빛'이라 일컫는다. 3절에서도 세상이 '진흙'이라면 홍도는 그 진흙 속에서도 피어나는 '향기 높은 꽃'으로 묘사되었다.

결국 〈홍도야 우지마라〉에서 남성 시적화자는 "네 마음과 네 행실만 높게 가지면 즐겁게 웃을 날이 찾아올 것"이라며 홍도에게 희망적인 발화를 건네면서 노래를 끝맺는다. 이처럼 기생이 남성 시적화자와 가까운 거리에 있을 때, 남성 시적화자는 기생으로 설정된 대상에게 동정적이면서도 호의적으로 발화한다. 하지만 그러면서도 "네 마음과 네 행실만 높게 가지면"이라는 조건을 단다. 즉 홍도에 대한 세상의 평판은 홍도 자신에게 달려 있다는 것이다.

그런데 기생 소재 대중가요에서 남성 시적화자가 기생에게 호의적인 발화를 행하는 경우가 많지 않다. 남성 시적화자가 기생과 친족인 경우를 제외하면 남성 시적화자가 기생에게 호의적인 발화를 행한 예를 찾기 어렵다. 남성 시적화자가 기생을 사랑이나 그리움의 대상으로 그린 예조차 거의 없다.

다만 예외적으로 남성 시적화자가 기생에게 동정적인 발화를 행한 경우는 기생이 이국의 여성일 때이다.

①

처량한 호궁소리 구곡간장 끊어진다 은실비 나리는 새파란 창문 아래
이국의 아가씨가 노래를 부르누나 아 아 그 누구의 사랑이냐 그 누구의
눈물이냐

②

분바른 얼굴에는 연지빛깔이 물결친다 새까만 눈썹에 눈물이 사물사물
타국의 아가씨가 호궁을 뜯는구나 아 아 안타까운 가슴 속엔 옛사랑이 타
오른다

③

흐르는 화방 위에 하얀 수건이 나부낀다 은근한 추파에 애교를 아로삭여
차이나 아가씨가 사랑을 부르누나 아 아 애를 끊는 호궁소리 그 누구의
탄식이냐

—<눈물의 호궁>

(유행가, 산호암 작사, 어룡암 작곡, 송금령 노래, 리갈 C2027A, 1940)

〈눈물의 호궁〉 음반 광고(한국유성기음반 아카이브)

〈눈물의 호궁〉은 이른바 중국의 기생으로 보이는 아가씨를 대상으로 하여 남성 시적화자가 연민을 드러내는 노래이다. 노래에서 '이국의 아가씨' 내지는 '타국의 아가씨' 또는 '차이나 아가씨'를 통해 남성 시적화자가 대상으로 설정한 여성이 중국을 국적으로 둔 사람이라는 것을 알 수 있다. '이국' 내지 '타국'은 그 말만으로도 묘한 감흥을 불러일으키는데, 이국의 '아가씨'는 더욱 그러할 수 있다.

남성 시적화자가 이 중국 기생을 바라보는 시선은 시종일관 연민에 차 있다. 그 때문에 남성 시적화자에게 있어서 이국의 아가씨가 뜯는 호궁 소리는 애를 끊는 소리로 들린다. 여기서 더 나아가 남성 시적화자는 단순히 자신의 감정이 아닌 이국 아가씨의 감정을 생각한다. 이국 아가씨가 호궁을 뜯으며 부르는 노래 속에서 이국 아가씨의 옛 사랑과 눈물과 탄식을 짐작해내는 것이다.

그런가 하면, 남성 시적화자의 노래 중에는 기생을 다소 비판적으로 묘사하고 있는 노래도 있다.

(후렴)
하이요 아라아라욥 찌렁 찌렁 찌렁 찌렁 인력거가 나간다
하이요 아라아라욥 찌렁 찌렁 찌렁 찌렁 기생 아씨가 나간다
에헴 비켜라 안 비키면 다쳐 헤이 꽃 같은 기생 아씨 관상 보아라

①
뾰족 뾰족 오뚝이 기생 재수 없는 병아리 기생
소다 먹은 뎀푸라 기생 제멋대로 쏟아진다 햇
명월관이냐 국일관이냐 천행원 별장이냐 음벽정이냐 하이요 아라아라욥

②
하야멀쑥 야사이 기생 열다섯자 다꾸왕 기생
동서남북 시가꾸기생 제멋대로 쏟아진다 햇
식도원이냐 조선관이냐 태서관 별장이냐 송죽원이냐 하이요 아라아라욥

③
꼬불꼬불 아리랑 기생 날아갈듯 비행기 기생

하늘하늘 봄버들 기생 제멋대로 쏟아진다 햇

남산장이냐 백운장이냐 가겟즈(花月)별장이냐 동명관이냐 하이요 아라

아라욥

—〈모던 기생점고〉

(유행가, 처녀림 작사, 김송규 작곡, 김해송 노래, 콜럼비아 40820B, 1938)

〈모던 기생점고〉는 음반 가사지에 '유행가'로 곡종이 표기되어 있으나 풍자의 웃음을 지향한다는 점에서 만요漫謠로도 볼 수 있다. 기생을 태운 인력거의 경적소리와 함께 시작하는 이 노래는 다양한 기생의 모습을 열거하고 있다.

오뚝이 기생, 병아리 기생, 덴푸라てんぷら(어묵) 기생, 야사이やさい(채소) 기생, 다쿠왕たくあん(단무지) 기생, 시가쿠しがく(학교) 기생, 아리랑 기생, 비행기 기생, 봄버들 기생이라고 하여 무려 기생의 종류를 아홉 가지나 열거했다. 게다가 당대의 유명한 요릿집이나 별장 등도 고유명사 그대로 소개되었다. 명월관이나 국일관은 물론이고 식도원, 조선관, 태서관 별장, 송죽원, 남산장, 백운장 등이 나온다.

그렇다면 노래에서 기생을 바라보는 남성 시적화자의 시선과 어조가 어떠한가? 남성 시적화자는 기생을 그다지 곱지 않은 시선으로 바라보고 있다. "에헴"이라고 거들먹거리면서 "기생 아씨가 나가니까 비켜라 안 비키면 다친다"고 외치는 인력거꾼의 호령은 진정으로 기생을 위한 발화라기보다는 기생을 조롱하는 어조에 가깝다. 인력거를 타고 이 요정 저 요정으로 다니는 수많은 기생들의 행태를 제시하여 기생들을 조롱하고 있다.

〈모던 기생점고〉 음반 광고(『조선일보』, 1938.7.1)

　　남성 시적화자의 노래는 기생에게 말을 건네거나 관찰자의 입장에
서 기생을 묘사하는 식으로 이루어졌다. 어떤 입장이냐에 따라 기생에
대한 남성 시적화자의 태도는 달라졌다. 기생이 시적화자의 친족일 때는
기생에게 호의적인 어조를 드러냈다. 그리고 기생이 이국 여성일 경우에
도 남성 시적화자는 기생에게 동정의 시선을 보냈다. 반면에 관찰자의
입장에서 기생을 바라보는 남성 시적화자는 기생을 풍자의 대상으로 삼
기도 했다.

◆◇ 욕망으로 본 이야기 음반 속 기생과 남성

기생을 소재로 한 이야기 음반의 갈래명으로는 '극'이 가장 많다. '극'에 이어서 '화話' 갈래에 속하는 '화류애화'나 '애화', '정사애화' 등의 갈래명도 보인다. 그 외에 '영화 설명'이나 '영화극'과 같은 갈래명도 사용되었다. '영화 설명'이나 '영화극'은 영화로 만들어진 작품의 내용 중 일부를 발췌하거나 내용 전체를 요약하고 축약해서 만든 이야기 음반이다.

예를 들어, 1927년에 무성영화로 개봉된 〈낙화유수〉는 당시에 많은 인기를 얻었다. 1929년에는 주제가인 〈낙화유수〉(유행창가, 김서정(김영환) 작사, 김영환 작곡, 이정숙 노래, 콜럼비아 40016A)가 음반으로 발매되었고, 같은 해에 이야기 음반으로도 발매되었다. '영화극'이라는 갈래명을 달고 발매된 〈낙화유수〉(영화극, 김영환·복혜숙·유경이 출연, 빅타 49017, 1929)가 그것이다. 즉 좋은 가문의 화가의 기생의 비극적 사랑을 담고 있는 영화 〈낙화유수〉는 이야기 음반과 음악 음반으로 모두 만들어졌던 것이다.

그런가 하면, 기생을 소재로 한 이야기 음반의 상당수가 콜럼비아 회사에서 대중 음반을 낼 때 주로 사용했던 리갈 상표를 달고 발매되었다. 리갈 음반에서 주로 기생 소재 이야기 음반이 나왔다는 것은, 이 음반들이 기본적으로 대중적인 흥미를 충족시키는 차원에서 만들어졌다는 것을 의미하기도 한다. 값이 싸다는 특징을 지닌 리갈 대중반을 통해 상대적으로 저렴한 가격의 음반을 대량으로 판매하고자 하였던 음반회사의 의도를 엿볼 수 있다. 그런데 값이 싸다는 것은 역으로 작품의 완성도가 떨어진다는 것을 의미할 수도 있다. 그래서인지 음반에 수록된 이야기들을 살펴보면 치밀한 구성이나 작품의 완성도와는 다소 거리가 있다.

이야기 음반에 수록된 작품의 구성이 치밀하지 않고 완성도가 떨어지는 것은 음반이 지니고 있는 시간의 제약에서 비롯하기도 한다. 음반 한 면이 약 3분 정도의 분량이므로 한 매(장)가 6분 분량으로 이루어져 있다. 포리돌에서 발매한 〈항구의 일야〉처럼 총 4매(8면)에 걸쳐 이야기가 수록된 것도 있다. 하지만 보통 이야기의 내용을 압축해서 한 매에 싣는다.

결국 이야기 전체의 내용을 음반 한 매의 재생 시간인 6분에 맞춰 요약해야 하는 상황이 벌어진다. 이에 따라 이야기 음반에 수록된 작품은 크게 '장면의 극대화'와 '장면의 요약'을 병행하면서 전개된다. 장면들이 각각 동일한 무게를 지니고 있는 것이 아니라 중요 장면을 극대화시켜서 보여주는가 하면, 또 다른 장면은 간단하게 요약해서 해설이나 설명으로 처리하는 것이다. 대사로 이루어진 부분이 특정 장면을 극대화시켜서 보여주는 데 기여한다면, 변사나 해설자의 설명은 장면을 요약해서 제시하는 부분에 해당한다.

실제 이야기 음반을 들어보면, 작품이 대사나 설명으로만 이루어진 것은 아니다. 배경음악이 흐르기도 하고 중간에 삽입가요가 들어가기도 한다. 당시에는 이야기와 더불어 노래가 함께 인기를 얻기도 하였다. 단적인 예로, 영화극 〈낙화유수〉 음반에 동명의 주제가 〈낙화유수〉가 삽입되어 있다. 또한 이야기 음반 〈사랑의 속고 돈에 울고〉에 삽입된 〈홍도야우지마라〉는 당시에 상당한 인기를 얻어서, 이 노래에 심취한 기생이 한강에 투신하여 자살하였다는 이야기마저 전해진다.[6]

이야기 음반에 수록된 이야기는 순수하게 창작된 것보다는 이미 영화나 극으로 만들어져서 대중들의 인기를 얻은 것들을 다시 음반에 실은 경우가 많다. 그 때문에 이야기의 축약이 심해도 음반을 듣는 사람들은 익숙한 내용의 한 장면을 떠올리면서 이야기에 몰입할 수 있다. 그러므로 이야기 음반은 기본적으로 음반을 통한 '들려주기'를 지향하지만, 익숙한 장면을 떠올리게 하는 '보여주기'의 효과마저 가져올 수 있다.

희생하는 기생

이야기 음반에서 기생은 착한 여자로 그려지는 것이 대부분이다. 윌리엄 페즐러와 엘레노어 펠드는 "주변 사람들을 만족시키기 위해 봉사해야 한다는 자기파괴적인 사고방식"을 '착한 여자 콤플렉스Nice Girl Complex'라고 명명하였다.[7] 착한 여자 콤플렉스는 '착한 여자'로 살아야 한다는 고정관념에 얽매여 타인의 눈에 비치는 자신을 의식하고, 주변 사람들로부터 좋은 여자라는 칭찬을 받고 싶어 하며, 착하고 귀여운 여자라는 인상을 심어주기 위해 줄곧 자신의 욕망과 개성을 희생하려는 심리 상태이다. 이야기 속의 기생의 행위도 착한 여자 콤플렉스 설명할 수 있다.

〈종소리〉의 광업회사 여사무원 애경은 같은 회사 사무원이면서 연인이던 영희가 공금 삼천 원을 횡령하였다는 사장 춘화의 말에 속아 애인을 구하기 위해 춘화와 결혼을 했다가 춘화에게 버림받고 기생이 된다. 그리고 〈사랑에 속고 돈에 울고〉의 홍도와 〈처량한 밤〉의 영월이도 오빠를 위해서 기생이 된다.

여   저를! 기생으로 팔아주세요.
모   무어! 무엇이 엇재?

여　　아닙니다 어머니! 체면만 생각할 째가 아닙니다 오라버니가 회사
　　　돈을 횡령한 것도 슷슷내 돌아가시고야 말으신 아버님의 그 오랜
　　　병시중 그리고 제 학비로 해서 업서진 돈이 아닙니까 아모 말도
　　　마시고 저를 긔생으로 파러주세요

　　　　　　　　　　　　　　　　　　　　　　　　　— <처량한 밤>

(화류애화, 홍토무 안(案), 심영·김성운·김선초·김선영 출연, 콜럼비아 40487, 1934)

〈처량한 밤〉의 영월이는 오빠가 횡령한 돈을 갚기 위해 기생이 되기
를 자처한다. 이야기 속 여성은 사랑하는 연인을 위하거나 오빠나 가족
을 위해 자신이 기꺼이 희생하는 모습을 보여준다.

여성이 자기를 희생하는 모습의 절정을 보여주는 것은 〈마지막 편
지〉이다. 〈마지막 편지〉는 개성의 부자 진성근을 독살한 계월이라는 기생
의 편지(유서)를, 계월이와 연인 사이었던 시춘이가 자신의 친구에게 들려
주는 형식으로 이루어져 있다. 〈마지막 편지〉에서 계월은 시춘이의 유학
비를 마련하기 위해 진성근을 죽이고 자신도 죽었다. 게다가 자신의 양동
생인 비연이가 시춘이를 사랑한다며 시춘이에게 비연이를 행복한 아내로
만들어 달라고 부탁까지 한다. 연인의 미래와 행복을 위해 자살하고 양동
생은 깨끗한 몸이라며 사랑하는 사람에게 양동생을 부탁하는 계월이에게
서 섬뜩할 정도의 처절한 희생정신을 엿볼 수 있다.

이러한 상황은 예전에 기생이었으나 지금은 자식을 낳고 살아가는
어머니들에게서도 마찬가지로 확인된다. 〈모성애〉나 〈어머니의 힘〉에
등장하는 어머니들은 예전에는 기생이었으나 지금은 품팔이를 하거나
바느질품을 팔면서 오로지 자식을 위해 살아가는 여성들이다. 어머니들

〈처량한 밤〉의 음반 가사지

의 희생이야 예나 지금이나 당연한 것처럼 여겨지나, 이들의 희생이 다른 점은, 이들이 '기생'이었다는 과거의 경험을 원죄라 여기고 산다는 것이다.

〈어머니의 힘〉에서 영구가 동네 친구들에게 놀림받은 것은 '기생의 자식'이기 때문이며, 아이의 할아버지가 모자母子를 자신의 집안사람으로 인정하지 않는 이유도 아이의 엄마가 기생 출신이기 때문이다. 이러한 상황에서 기생 출신의 어머니들은 자신들이 기생이었다는 사실을 죄스레 여기면서 묵묵하게 자식을 위해 자신을 희생할 뿐이다.

타인을 위해 희생하는 행위가 꼭 부정적인 것만은 아니다. 하지만 기생 내지 기생이었던 여성의 희생이 문제되는 것은 그것이 자기를 파괴하는 것에까지 나아가기 때문이다. 이는 그들이 주체가 되기보다는 스스로 타자가 된다. 즉 주인과 노예의 관계를 설정하여 기꺼이 노예의 위치에 있고자 한 것이다.

그렇다면 왜 그들은 스스로를 노예 위치에 놓으면서까지 희생을 자처한 것일까? 이는 자기희생이야말로 자신들의 정신적 순결을 강조할 수 있는 유일한 방법이었기 때문이다. 당시 사회는 기생에 대해 곱지 않은 시선을 견지했다. 그러한 시선에 맞서 기생이나 기생 출신의 여성은 자살 내지 죽음으로 자신의 진정성을 증명하고자 했다.

〈마지막 편지〉의 계월은 자신을 믿지 못하는 연인을 향해, "사람이 착하고 악한 것은 그 사람의 최후를 보아야 안다"고 말한 후에 자살로서 자신의 진정성을 증명했다. 죽음을 통해서라도 그들의 사랑을 증명하려 한 것은 사랑하는 사람이 그들에게 있어 유일한 욕망의 대상이었기 때문이다. 욕망이 있는 한 인간은 살아간다. 그러나 유일한 욕망이자 진정한 욕망으로 믿었던 사랑이 사라진 후에 기생이 할 일은 죽음밖에 없었다. 하지만 그들이 그토록 집착한 사랑이 과연 진정한 욕망이었는지에 대해서는 의문의 여지가 있다.

어쩌면 기생들은 진정한 사랑을 통해 자신들이 인간임을 증명해 보이고 싶었는지도 모른다. 1927년에 발간된 우리나라 최초의 기생잡지인 『장한』에서 궁극적으로 말하고자 한 것은 "기생도 사람입니다"였다. 기생들은 자신들도 인간이라는 것을 강조하고 싶어했다. 하지만 그들의 그런 바람은 현실에서 여지없이 무너지곤 하였다.

그러나 현실의 벽이 높으면 높을수록, 사회적 편견과 천시가 심하면 심할수록 기생들은 어떤 식으로든지 자신들의 정신적인 순결을 보여주고자 하였다. 설사 자신들이 종종 매춘부와 동일시되더라도 마음만은 깨끗하다는 것을 증명하고자 하였고, 그 방법이 바로 사랑이었다. 사랑에는 더 복잡하고 복합적인 요소들이 뒤엉켜 있는 것이 사실이나, 기생들은 사랑하는 사람을 통해 욕망의 대리만족을 추구하였는지도 모른다. 스스로 주체가 되기를 거부하고 기꺼이 타자의 위치에서 연인을 통해 자신들의 고귀함과 순결함을 증명하고자 하였던 것이다.

하지만 그마저도 쉬운 일은 아니었다. 기생들은 자신들이 추구하는 최상의 가치와 궁극적인 욕망을 '사랑'으로 설정하였으나 현실에서 그 사랑은 쉽게 이루어지지 않았다. 그들이 사랑했던 남성들은 유부남이었고, 때로 그들은 무능하였다. 게다가 다른 남성의 방해 공작에 사랑은 깨지기도 하였다. 이제 그들이 선택할 길은 한 가지밖에 없었다. 유일하고도 진정한 욕망이라고 믿었던 사랑이 깨진 후에 그들이 할 수 있는 일이라곤 '자살'밖에 없었다. 그들은 그렇게라도 자신들의 진정성을 증명하고자 했다.

　이야기에서 기생들이 죽지 않고 사회적인 인정을 받는 경우는 그들
이 어머니가 되었을 때이다. 그러나 이 경우에도 주체로서의 여성이 아닌
희생하는 어머니의 표상이 나타난다. 앞서 언급하였듯이, 〈모성애〉와
〈어머니의 힘〉에 등장하는 어머니들은 모두 자신이 기생이었다는 것을
원죄인 양 평생을 부끄러워하며 살아간다. 그리고 그러한 죄의식이 작용
하면 할수록 자식에게 헌신하는 것으로 죄를 씻고자 노력하는 모습을 보
여준다. 가난한 삶 속에서 아들 수동이를 위한 어머니의 헌신과 사랑(〈모
성애〉)은 눈물겨운 것이었다. 그리고 그 모든 고통을 이겨내고 아들을 훌
륭히 키워냈을 때, 기생이었던 여인은 비로소 '어머니'로 인정을 받는다.

> 노인　(…상략…) 생각하면 여자의 약한 몸으로 으지가지 업는 연약한 몸
> 　　　으로 이럿케 훌늉히 교육해 준 그대야말로 참으로 현모일세 맹모의
> 　　　삼천지교인들 여기서 더 하겟냐 나는 더 말하지도 아니한다. 그대에
> 　　　손으로 내 손자를 훌늉히 가리케주게. 그리고 너의 둘의 생활은 내
> 　　　가 보장해주마. 그러니 더욱더욱 분발하여 훌늉한 사람이 되여다구
> 모　　 너무나 황송하옵니다. 죄만흔 년에게 넘치는 치하, 네. 내 몸이 가루
> 　　　가 되드래도 이 애 하나만은 훌늉히 기르겟습니다.
> 노인　오냐 부탁이다. 아! 누가 천기(賤妓)라고 그대를 욕햇든가 내가 장
> 　　　님이였다. 내가 장님이엿서
> 　　　　　　 —〈모성애〉(극, 김병철 안, 도무·신경녀·석정의, 리갈, C271-B, 1935)

　'일개 기생'이라며 며느리를 받아주지 않았던 노인은 수동이가 훌

룽하게 자란 모습을 보고나서 수동이의 엄마를 며느리로 인정한다. 그러면서 '맹모의 삼천지교'를 들어서 수동이의 엄마를 '현모'라고 추켜세운다. 그리고 이러한 인정에 대해 수동 엄마는 '죄 많은 년에게 과부한 치하'라고 말한다. 기생이었다는 것이 큰 죄도 아닐 텐데, 수동 엄마는 자신을 죄인이라 하고 노인의 인정에 감사하면서 '자신의 몸이 가루가 되더라도 수동이만은 훌륭하게 키우겠다'고 결심하는 것이다. 여기에는 자신의 인정 욕망을 자식에게 투사한 타자만 있을 뿐이지 주체로서의 여성은 없다. 그래도 죽음으로 생을 마감한 여성 소수자들과 달리 자신을 희생하며 어머니로서의 구실을 다한 기생은 '인정'을 통해 자신의 고통을 보상받는다.

이처럼 이야기 음반 속 기생들은 대부분 착한 여자 콤플렉스에 걸린 여성들로 그려진다. 희생하고 봉사하고 사랑을 위해 자기 파괴마저 서슴지 않는 것이다. 이야기를 보면, 기생들은 사랑을 최상의 가치로 설정하였다. 연인이나 가족, 혹은 자식을 위해 주체가 되기를 거부한 채, 타자의 위치에 머물렀다. 결국 그들은 자신들의 궁극적인 욕망인 사랑이 깨졌을 때, '자살'이라는 가장 극단의 방법으로 정신적 순결함과 사랑의 진정성을 증명하고자 하였다. 또한 기생이었던 어머니들은 기생이었다는 것을 죄로 받아들인 채, 그 죄를 씻기 위하여 자식에게 헌신하고, 이를 통해 종국에는 인정받는 모습도 보여준다.

그렇다면, 〈사랑에 속고 돈에 울고〉 영화와 연극에 등장하는 홍도는 오히려 자신의 감정에 충실한 인물이었다고 본다. 처음에 홍도는 이야기에 등장하는 다른 기생들과 마찬가지로 희생하고 헌신하는 모습을 보여준다. 오빠의 학비를 벌기 위해 기생이 되었고, 사랑하는 사람을 위해서 기꺼이 인내하고 희생하였던 것이다. 그러나 시댁의 멸시와 시댁 식구의 계략으로 '나쁜 여자'로 낙인 찍혔다. 게다가 오해로 인해 남편인 영호마저 자신을 외면하고 신여성인 혜숙에게 마음을 돌리자, 홍도는 혜숙을 죽여 버렸다. 이제까지 착한 여자를 자처했던 홍도는 자신의 궁극적인 욕망인 영호에게 다가가는 길에 방해물이었던 혜숙을 제거함으로써 자신의 욕망을 지키고자 하였다.

페미니즘 담론에서 여성의 히스테리를 하나의 전복적 가능성으로 독해하기도 한다. 그렇다면 홍도의 분노 폭발은 기존의 가부장제적인 질서에 대한 일종의 저항으로 볼 수 있다. 홍도의 살인은 남성 중심의 사회구조에서 여성이 스스로의 타자성을 환기시키는 전복적인 모습으로 볼 수 있는 것이다.[8] 어쩌면 이를 지켜보는 여타 기생들은 홍도의 분노가 폭발하는 지점에서 통쾌함과 대리만족을 느꼈을지도 모른다. 죽음의 위협에 직면한 타자는 살아남기 위해 상대방과 투쟁한다.[9] 홍도는 '자살'이라는 자기 파괴 대신에 상대방을 죽이는 것으로 그 투쟁에 임하였다. 하지만 홍도의 비극은 그 어떤 파괴로도 욕망을 충족할 수 없다는 것에 있다.

그런데 영화와 연극 속 '홍도의 살인'은 이야기 음반에서 생략되었다. 1937년에 포리돌 음반회사에서 발매한 이야기 음반 〈사랑에 속고 돈에 울고〉는 자료를 찾을 수 없어서 현재 그 내용을 알 수 없지만 1939년에 콜럼비아 음반회사에서 발매한 〈사랑에 속고 돈에 울고〉에는 홍도의 살인 부분이 삭제되었다. 단지 시댁 식구의 모략에 누명을 쓴 홍도가 그래도 심영호가 돌아오면 자신을 이해해 줄 것이라고 믿으면서 끝난다. 이야기 음반에 수록된 〈사랑에 속고 돈에 울고〉의 홍도가 착한 여자 콤플렉스에서 벗어나지 못한 채, 기존의 질서를 인정하는 것은 이야기 음반의 한계로도 볼 수 있다.

욕망하는 남성 주체

기생을 소재로 한 이야기 음반에는 두 가지 상반된 남성 주체가 등장한다. 표면적으로는 모두 사랑을 지향한 것처럼 보이나 한쪽은 돈을 통해 사랑에 다가가려는 인물 군이고, 다른 한쪽은 사랑 자체를 최고의 가치로 설정한 인물 군이다. 돈이나 사랑은 모두 근대적인 욕망이라고 할 수 있다. 서구의 입장에서 볼 때, 주체라는 개념은 근대의 산물이다. 그 이전까지 '내가 우리고, 우리가 곧 나'인 동질적인 사회에 살고 있었다면, 16~19세기에 대규모의 구조적 변동을 겪은 서구에는 '주체'나 '개인주의'와 같은 역사적인 개념이 출현하였다.[10]

우리나라에서 개인이나 주체가 출현한 것도 근대의 시작과 더불어 이해할 수 있다. 비록 식민지 시기였으나 자본주의 출현으로 인한 황금만능주의 풍토나 근대적 자아의 발견에서 비롯한 사랑지상주의는 모두 근대의 산물이었다. 그러나 황금만능주의와 사랑지상주의는 종종 충돌을 일으키곤 하였다. 이야기 음반에 등장하는 남성 인물들에게서도 이러한 모습을 확인할 수 있다. 단적인 예로, 〈한 많은 신세〉에는 '돈이면 뭐든지 다 된다'는 식의 황금만능주의에 빠져 있는 남성이 등장한다.

> 남자　　흥…… 누구를 그러케 바라느냐? 그까지 사랑보다야 돈이 중하
> 　　　　지 안켓느냐! 흥……
> 옥란　　머시라구요! 당신은 돈만 잇스면 참사랑도 살수가 잇단 말이지요?

남자	암! 돈 잇스면야 무얼 못 산단말이냐? 더구나 너이가튼 기생의 사랑 쯤이야 너무 흔해 걱정이지!
옥란	머시? 에이 개가튼 놈. 어서 쌜니 내 집을 나가거라.
남자	흥흥…… 되지 못한 년! 기생년의 아니쪼운 사랑이 돈 압헤 절을 안 한단 말이냐. 정 실은거야 엇절 수가 잇느냐? 그러치만 오늘 안으로 내 돈 삼천 원을 아니 해노면 너의 모녀는 감옥 신세지는 줄 알아두어야 한다.
모	아구 여보세요! 김주사! 당신 말대로 복종할 테니 제발……
옥란	아! 돈! 돈!! 이 세상에 사람이 날 쌔 돈이 안 낫구나. 돈이 날 쌔 사람이 업섯구나…… 아……

—〈한 많은 신세〉(애화, 도무·이리안·김덕희·김성운 출연, 리갈 C214, 1934)

〈한 많은 신세〉에 등장하는 김주사는 돈만 있으면 사랑조차 살 수 있다고 생각하는 인물이다. 그리고 돈 앞에서 당당한 옥란에게 돈 삼천 원을 해놓지 않으면 감옥에 보내겠다고 협박까지 한다.

돈을 최고의 가치로 생각하였던 남성들은 돈으로 잠시 사랑을 살 수 있었는지 모른다. 하지만 그 사랑은 이루어지지 않았고 오래갈 수도 없었다. 사실상, 그들이 돈으로 산 것은 사랑이 아니라 그들의 거짓된 욕망일 뿐이다. 자본주의 사회에서 기생들은 인간이라기보다는 교환이 가능한 상품으로 여겨지곤 하였다. 벅 모스의 말을 빌리면 "매춘부는 살로 만들어진 상품"에 불과하였고, 부르주아 남성에게 있어 상품은 육체가 되며 육체는 곧 상품이 되었다.[11] 결국 돈을 최고의 가치로 생각한 남성들의 욕망은 거짓 욕망에 불과하다.

REGAL

(1)　　　C214A

哀話 恨만흔身勢【上】

都武
李利
金聖姬
金德雲
바이올린·기타ー伴奏

C二一四A

〵사랑에 사로잡힌 어린이봄은
길가에 피인꽃치 되고말어서
이가슴 뭉쳐〵 뭉친사랑을
붉킵이 날너〵 날리랴하네

〔한〕 글세애욕란아 너도생각을좀해보아라 기생노릇을한다고 임가친처간에 의롤
을다당하지안엇느냐? 이런욕 커런욕을 다먹어가면서 괴왕이지경된바에야
아돈이나싫컷쓰고 호강이나하자는것이지 다시더바랄게 머시란말이냐!?

〔쭘쭘〕 어머니 그런말슴마서요! 체상사람이 기생〵하고 손구락짓을하지만 기생

合商器音蓄本日社會式株

〈한 많은 신세〉 음반 가사지

이러한 거짓 욕망은 사랑을 최고의 가치로 설정하였던 남성들에게서도 마찬가지로 확인된다. 이야기 음반에 등장하는 남성 주인공은 기생이라는 신분에도 불구하고 여성을 사랑한다. 그들은 더러 가난하지만 사랑의 힘으로 살아간다. 남성들은 자신들이 사랑하는 여성들이 보내주는 돈으로 공부를 하고 출세도 한다. 하지만 보내준 학비가 기생 노릇을 하거나 몸을 팔아서 마련한 돈이라는 사실을 알자마자 그들의 태도는 돌변한다.

창호   응. 잘 알고 잇지! 네가 다달이 보내는 그 돈이 사랑을 파러 먹는 돈일주리야 누가 알엇겠느냐.

옥란   여보시오 내 말슴을 드러주서요! 억울하고 기막히는 이 사정을 누가 알겟습니까? 생각을 해보십시오. 이 조고만한 옥란이의 몸으로 엇더케…… 다달이 당신에게 학비를 보내고 늙으신 어머니를 굼기지 안엇겟습닛가? 남에게 거짓말을 하고 쓴 빗이 그 빗이 누구 째문에 진 빗이겟서요.

창호   오냐, 다! 갑하주마. 다! 갑하주마. 그 돈이 아모러기로 이 창호가 거지비렁방이가 아닌 다음에야 사랑을 파라먹는 그 돈을 알고서야…… 아 그 돈으로 공부를 햇겟느냐?

—〈한 많은 신세〉(애화, 도무·이리안·김덕희·김성운 출연, 리갈 C214, 1934)

연인이 보내준 학비가 기생과 첩 노릇을 해서 번 돈이라는 것을 알게 된 창호는 옥란에게 "음탕하고 요악한 계집"이라고 욕한다. 옥란은 자신을 희생하고 빚까지 져서 창호에게 학비를 보냈으나 옥란에게 돌아온 것은 "허영과 성욕을 채우려는 요악妖惡한 계집"이라는 욕뿐이었다.

아무리 여성 스스로 선택하였다 하더라도 연인에게 자신의 학비를 부담시킨 남성도 정상으로 보기는 어렵다. 여동생이나 연인에게 학비를 부담시키고 가정 경제를 책임지게 한 오빠나 남성은 여성을 자신의 욕망 대리자로 이용했다고 볼 수 있다. 즉 자신들의 욕망을 추구하는 과정에서 결핍되어 있는 돈을 대주기 위한 대리자로서 여성들이 필요했던 것이다.

하지만 자신들의 욕망이었던 학벌이나 권력 등을 성취하자 그들을 위해 희생한 여성들을 오히려 욕하고 버렸다. 자신이 사랑했다고 믿었던 여성들의 변명이나 설명도 미처 듣기 전에 상대 남성들의 즉각적이고도 감정적인 대응에서 그들이 추구한 사랑지상주의의 허구성은 폭로된다.

돈이나 사랑이 근대적인 가치라면, '대의명분'이나 '인정'은 전통적인 가치에 해당한다. 그런데 기생을 소재로 한 이야기 음반을 보면, 근대적인 가치와 전통적인 가치가 만나 종종 충돌을 일으킨다. 〈정희의 오빠〉(극, 김병철 작, 강홍식 · 전옥 출연, 콜럼비아 40640, 1935)에서 오빠는 누이가 정조를 팔아서 학비를 대준 것을 알자, 자신의 앞날을 막았다며 교복을 찢고 노동자가 되기를 자처한다.

〈어머니의 힘〉(모성극, 이서구 작, 지경순 · 김소조 · 박영신 · 서일성 출연, 콜럼비아 C2003, 1939)에서 영구의 할아버지는 가문과 체모가 그렇게 중하냐고 묻는 아들 용규의 질문에 "너는 사랑에 살고 나는 대의명분에 산다"고 대답한다. 대의명분을 중요하게 여겼던 영구의 할아버지도 나중에는 "이제는 가문도 체모도 다 버리고 따뜻한 인정에 젖어 살겠다"고 말하지만, 정조는 여전히 중요한 가치로 여겨진다. 그 때문에 정조를 판 기생에 대한 남성들의 태도는 완강하였던 것이다.

이처럼 이야기 음반에 등장하는 남성들은 양극단의 모습을 보여준다. 한쪽은 사랑을 얻기 위해 돈을 이용하였고, 다른 쪽은 이미 얻은 사랑을 기반으로 새로운 욕망을 추구하는데 돈이 필요하였다. 기생들은 남성들이 추구하는 욕망의 희생물이 되곤 하였다.

남성들이 추구한 욕망도 진정한 욕망으로 보기는 어렵다. 남성들은 자신이 추구하는 욕망을 통해 주체이기를 자처하였다. 하지만 "욕망의 착취 공장인 도시"[12]에서 그들의 사랑은 돈이나 정조 앞에서 쉽게 무너졌다. 이는 그들 욕망의 한계를 보여준다. 결국 이야기 음반 속 남성들도 기생들과 마찬가지로 타자이자 거짓 주체였다.

남성의 시선에 갇힌 기생

이야기 음반에서 기생은 착한 여자 콤플렉스에 걸린 희생적인 여성으로 그려졌고, 남성들은 자신들이 추구하는 욕망을 위해 여성 소수자를 매개물로 활용하였다. 그렇다면 이야기 음반에 수록된 기생의 말과 행동은 누구의 시선을 반영하고 있는가? 음악 음반과 마찬가지로 이야기 음반 대부분을 남성 작가가 창작했다. 이를 감안할 때, 이야기 음반에도 기본적으로 남성 창작 주체의 시선이 전제되었다고 할 수 있다. 재현된 기생들이 주체라기보다는 대상화된 타자의 흔적을 강하게 드러내면서 정형화된 것[13]도 그러한 원인에서 찾을 수 있다.

이야기 음반 속 기생들이 착한 여자 콤플렉스에 걸린 희생적인 여성으로 그려진 것은, 그러한 여성을 보고 싶어 하던 남성 창작자의 시각이 반영된 것이다. 따라서 희생적이고 헌신적인 기생들이 권력의 위계질서

유지의 필요에 따라 구성된 결과물이라는 선행 연구의 지적은 일면 타당하다.[14] 권력의 위계질서를 유지하기 위해서는 전복적이고 폭력적이며 파괴적인 여성보다는 헌신하고 희생하는 여성들이 필요하였다. 그 때문에 이야기 음반 속 기생들은 마조히즘적인 성향과 자기 파괴적인 성향마저 보여주는 것이다.

관찰자에 불과한 남성이 체험자인 기생의 구실을 자처할 때, 그 내용은 진정성을 잃고 거짓의 텍스트가 될 수 있다. 물론 이야기 음반에 수록된 기생의 삶을 통해 억압과 고통받던 당대 기생의 삶을 엿볼 수 있다. 하지만 그것만이 전부는 아니다. 상당 부분 남성의 시선에 의해 각색된 측면이 있음을 인식할 필요가 있다. 들뢰즈는 주체성이 타자의 출현을 통해 발생한다고 하였고, 사르트르는 나와 타자의 관계를 헤겔의 변증법적 관계로 파악하였다. 타자의 시선에 먹이처럼 포획된 대상이 되느냐, 아니면 나의 시선이 타자를 발가벗겨 대상으로 만드느냐 하는 투쟁관계로 보았던 것이다.[15]

기생들은 진정한 주체가 되지는 못하였다. 이야기 음반에서 기생들은 남성이라는 주체 혹은 타자의 시선에 먹이처럼 포획된 대상에 지나지 않았다. 기생들이 자신들을 '비정상인'이라고 규정하는 순간 그들은 주변인에 머물고 만다. 기생들은 스스로를 '더러운 년' 내지는 '죄많은 년'으로 인식하였다.

이야기 음반에서 기생들은 때로 자신들의 삶을 인정하고 긍정하고자 하는 모습을 보여주기도 하였다. 〈처량한 밤〉(화류애화, 홍토무 인案, 심영·김성운·김선초·김선영 출연, 콜럼비아 40487, 1934)에 등장하는 기생 영월의 넋두리에서 자기 인정을 위한 노력을 엿볼 수 있다. 영월은 오빠가 횡령한 돈을 갚기 위해 기생이 되었다. 영월에게는 미래를 계획한 사랑하는 사람이 있었다. 하지만 학교를 졸업한 남성은 부잣집 딸과 결혼을 해 버렸고, 심지어 자신의 결혼 피로연에 영월이를 불러 노래하게 하였다. 기생인 자신들에게 "참 되게 살라"고 말하는 사람들을 향하여 영월은 신세타령을 통해 자기를 긍정하고자 하였다.

보통 자기 존재의 정당성이 기원에서부터 훼손된 자들은 차별이라는 현실을 극복함으로써 다수자majority의 일원이 되기를 꿈꾼다.[16] 기생들이 진정한 사랑을 추구하는 것은 그들이 차별과 멸시라는 현실을 극복할 수 있는 한 방법이었다. 하지만 그 사랑을 위해 기생 스스로 '타자되기'를 거부하지 않았다는 것에 문제가 있다.

이야기 음반에서 기생들은 사랑을 얻기 위해 진짜 자기를 잃고 가짜 자기, 혹은 타자가 되어 남성들의 관심을 얻었다. 가부장적인 사회에서 여성들은 대체로 순종적이고 타인의 요구에 봉사하도록 요구받으며, 이러한 여성의 성격은 '여성답다'는 것으로 합리화되었다. 기생들이 사랑을 얻고 사회에서 인정을 받으려면 일반 여성보다 훨씬 더 많은 희생과 헌신을 해야 했다.

이는 쉬운 일이 아니다. 자신의 욕구를 잠재우고 타인의 요구에 부응하려 했던 기생들에게는 억누르기 어려운 분노 내지 화가 자리할 수밖에 없다. 그럼에도 불구하고 분노를 표출할 수 있는 통로가 차단되어 있기에 그 분노는 자신을 자책하는 식으로 나타난다. 〈처량한 밤〉에서 영월이의 신세타령은 '어리석은 뉘우침'이라는 자책으로 끝맺는 것이다.

분노를 억압하면 무기력증과 우울증에 걸린다고 한다. 여성들은 자신의 의견을 무시당하고 침묵을 강요받으면서 자신을 드러내거나 자신의 생각을 말하지 못하게 되며 점차로 그러한 감정들을 두려워하게 된다. 그리하여 자신의 판단력을 의심하고 감정을 드러내는 용기를 잃어버리기도 한다.[17]

스스로 판단력을 의심하고 감정을 드러내는 용기를 잃은 기생들은 이야기 음반에서 '죽음'이라는 극단적인 방법을 통해 삶을 마감하곤 하였다. 남성의 시선에 갇혀 버린 여성 소수자들은 자신의 말을 상실한 채, 실어증에 걸린 사람처럼 살다가 죽음으로 생을 마치곤 하였던 것이다.

남성에게 차단당해 내뱉지 못한 기생들의 속내는 종종 이야기 음반에서 유서나 유언의 형태로 나타난다. 〈마지막 편지〉에서 계월의 유서는 여성 소수자의 발화라는 차원에서 의미를 가진다. 비록 그것이 그들이 죽은 후나 죽기 전의 마지막 토로이므로 단지 침묵의 중얼거림일지라도 그들의 발화는 그들이 받은 상처를 드러내는 방법이기 때문이다. 상처받은 마음을 치유하기 위한 첫 단계라는 점에서 기생을 위시한 여성 소수자들의 유서나 유언은 중요하다.

◆◦ 기생들의 상처를 이야기하다

이 글에서는 음악 음반과 이야기 음반으로 나누어 기생 소재 작품의 양상을 살펴보았다. 먼저 기생 소재 대중가요는 그 시적화자의 성별에 따라 다른 양상을 드러냈다. 여성 시적화자는 기생과 일치되어 고백적인 발화를 행하는 반면에, 남성 시적화자는 기생을 대상으로 설정하여 말을 건네거나 관찰자의 입장에서 비판적인 어조를 드러냈다.

다음으로 기생 소재 이야기 음반의 양상을 고찰하였다. 이를 통해 기생이 이야기에서 타자가 되는 모습과 양극단의 남성 주체 혹은 타자의 양상을 살펴보았다. 이야기에서 기생들은 대체로 착한 여자 콤플렉스에 걸려 헌신하고 희생하는 여성으로 그려진다. 진정한 사랑을 추구하지만 현실에서 그들의 사랑은 종종 깨어지고 그들에게 유일한 욕망이 사라지자 그들은 때때로 자살로 생을 마감하기도 한다.

이에 반해, 이야기에서 남성들이 추구하는 욕망들은 갈등이나 충돌을 빚어냈다. 기생들이 사랑하는 연인으로 등장하는 남성들도 '사랑'을 중요하게 생각한다. 하지만 그들은 그들에게 중요한 또 다른 욕망인 '출세' 내지 '성공'을 위해 기생인 연인을 이용하였다. 출세 등을 위해 돈이 필요했던 남성이었으나, 연인들이 기생이라는 것을 인식하는 순간 그들을 욕하고 외면하였다. 사랑이라는 근대적인 가치를 지향하였으나, 종국에 그들은 '정조'라는 전통적 가치를 추구하는 것에 머물렀다..

그런가 하면, 연인 사이에 끼어서 그들의 사랑을 방해하는 남성들의 경우 '사랑'이라는 욕망을 추구하기 위해 돈을 악용하였다. 황금만능주의에 빠져 있던 이들은 돈으로 사랑마저 살 수 있다고 생각하였다. 하지만 그들이 원하던 여성을 얻고 난 후에 그들의 욕망은 다른 곳을 향했다. 사랑의 방해자였던 남성들이 추구한 사랑이란 성적 욕망의 다른 이름에 지나지 않았던 것이다. 따라서 이야기 음반에 등장하는 남성들도 주체를 자처하였으나 거짓 욕망을 추구하고 전통적인 가치에 의해 자신의 사랑을 폐기하는 모습에서 주체가 되지 못한 타자일 뿐이다.

이야기 음반에서 기생은 종종 남성의 시선에 갇혀 버린다. 이는 대중가요와 마찬가지로 이야기의 작자가 남성이었다는 것에서부터 드러나는 한계로도 볼 수 있다. 그러면서도 이야기 음반에 등장하는 유서나 유언은 기생의 속내를 드러내는 중요한 기제에 해당한다. 비록 기생이 죽기 직전이나 죽은 후의 발화이기는 하지만 유서나 유언을 통해 그들이 자신의 상처를 드러냈다는 점에서 중요하다. 상처의 시작은 상처의 토로에서 시작하기 때문이다.

상처가 없다면 세계를 전부 다 소유한 자의 고독 속에서 죽는 일만이 남을 것이다. 그러므로 아마도 상처받을 수 있다는 것은 밖으로 나갈 수 있는 가능성을 지닌다는 것, 존재의 저편으로 갈 수 있다는 것, 즉 구원받을 수 있는 가능성을 지닌다는 표식이다.[18] 그렇게 본다면 노래나 이야기 속 기생들은 어떤 면에서 존재의 저편으로 갈 수 있는 가능성을 지닌 존재들이었다. 하지만 그들은 존재의 저편으로 가기 전에 종종 죽음을 택하거나 맞이하였다. 이제 그들이 말하지 못한 상처를 우리가 드러내 말할 때이다. 그렇게 상처를 말하는 것에서부터 치유가 시작되기 때문이다.[19]

인간의 삶은 자신의 고유한 세계를 가지면서도 이 세계는 타인과의 관계를 통해, 특히 타인의 고통에 대한 연대와 책임을 통해 이루어지는 것처럼,[20] 우리는 타인의 고통에 관심을 가져야 한다. 이를 통해 우리 또한 진정한 주체로 다시 태어나야 한다. 기생들이 미처 말하지 못한 것을 우리가 대신 말하는 행위는 '아름다운 희생'이라는 미명하에 죽어간 그들을 위한 씻김굿이 될 것이다.

기생처럼 하층의 여성 소수자들은 오늘날에도 여전히 존재한다. 그들은 한국 내 외국인 여성의 모습으로, 혹은 매춘부의 얼굴로 표상된다.

하층의 여성 소수자에 대한 관심은 여전히 상처받고 있는 그들의 상처를 치유하고 그들이 진정한 주체로 다시 태어나게 하기 위한 한 방법이다. 그리고 이는 우리 스스로 진정한 주체가 되기 위한 한 방편이기도 하다.

* 이 글은 장유정, 「20세기 전반기 기생 소재 대중가요의 노랫말 분석」(『한국문화』 35, 서울대 한국문화연구소, 2005)과 장유정, 「대중문화에 반영된 여성 소수자의 표상 고찰—20세기 전반기 이야기 음반 자료를 중심으로」(『한국문화연구』 15, 이화여대 한국문화연구원, 2008)를 수정하고 보완해서 작성한 것임을 밝혀 둔다.

1 유성기 음반의 양식과 곡종별 수치는 장유정, 「일제시대 유성기 음반 곡종의 실제와 분류」(『한국민요학』 21, 한국민요학회, 2007)를 참조할 수 있다. 참고로 음반 하나(한 매)는 보통 두 면으로 이루어져 있고 이 글에서 제시한 수치는 음반의 면당 수치이다.

2 장유정, 「1930년대 기생의 음악활동 일고찰—대중가요 가수를 중심으로」, 『민족문화논총』 30, 영남대 민족연구소, 2004. 실제로, 필자는 이미 기생 출신의 대중가요 가수들을 연구한 바 있다.

3 기생과 창기의 법제적 구별에 대해서는 장유정, 「20세기 초 기생제도 연구」(『한국고전여성문학연구』 8, 월인, 2004)를 참조할 수 있다.

4 1930년대 기생을 소재로 한 대중극에 대해서는 최은옥, 「기생인물 소재 텍스트에 나타난 전통성과 근대성—1930년대 대중극을 중심으로」(『어문학교육』 26, 한국어문교육학회, 2003)를 참고할 수 있다. 한편 최은옥은 1930년대에 기생 소재 서사가 많은 비중을 차지한 원인을 다음과 같이 지적하였다. 첫째, 기생이 통속적 흥미로움을 불러일으킬 수 있는 소재라는 점이다. 둘째, 통속적 흥미로움을 넘어서 기생이 속한 사회의 질서나 제도의 모순까지를 성찰할 수 있는, 소재 자체가 가지는 서사력 때문이다. 셋째, 문화적·문학적 모티브로서의 연속성 때문이다. 위의 글, 276면.

5 이 글에서 참고한 『신식유행 이팔청춘창가집』은 이근태 선생님의 소장본이다. 이 자리를 빌려 이근태 선생님께 감사의 마음을 전한다.

6 이홍주 발행, 『가요반세기』, 성음사, 1985, 101면.

7 윌리엄 페즐러·엘레노어 펠드, 백상창 역, 『착한 여자 콤플렉스』, 문학사상사, 1992.

8 이위정, 「동양극장과 근대성의 체험—대중비극 〈사랑에 속고 돈에 울고〉와 유토피아적 상상력」, 연세대 석사논문, 2005, 58면.

9 최종렬, 『타자들』, 백의, 1999, 144면.

10 위의 책, 12면.

11 그램 질로크, 노명우 역, 『발터 벤야민과 메트로폴리스』, 효형출판, 2005, 322·340면.

12 이성욱, 『한국 근대문학과 도시문화』, 문화과학사, 2004, 44면.

13 이승희, 「한국 사실주의 희곡에 나타난 성의 정치학—1910~1945」, 『한국극예술연구』 17, 한국극예술학회, 2003, 153면.

14 위의 글, 154면.

15 서동욱, 『차이와 타자』, 문학과지성사, 2004, 221면.

16 고봉준, 「추방과 탈주」, 『작가와 비평』, 여름언덕, 2006, 34면.

17 이안혜성, 「상처입은 여성성의 치유 과정」, 『여성건강』 4-1, 대한여성건강학회, 2003, 35면.

18 서동욱, 『차이와 타자』, 135면.

19 심리학 연구에 의하면, 자신의 상처 경험을 글쓰기를 통해 고백하는 것은 상처 경험에 대한 부정적 영향을 유의미하게 감소시킨 것으로 나타난다고 한다. 이은정·조성호, 「심리적

상처 경험에 대한 글쓰기 고백의 효과」, 『한국심리학회지-상담 및 심리치료』 12, 한국심리
학회, 2000, 215면.

20 엠마누엘 레비나스, 강영안 역, 『시간과 타자』, 문예출판사, 1996, 7면.

제3부

근대전환기 여성 형상의 변화

근대전환기 모성의 재구성에 대하여

여훈서女訓書를 중심으로

성민경

◆◇ 근대전환기의 여훈서와 모성

여성의 정체성이 어느 한 가지로 규정될 수 없음은 자명하다. 그리고 정체성에 대한 규정에 이어 어떤 정체성에 더 중점을 둘 것인가에 대한 문제는 시대가 처한 사회적 조건 속에서 합의되는 것이라고 할 수 있다. 생물학적 조건으로 인하여 여성(만)의 가장 본질적인 성질이라고 여겨지는 '모성'과 '어머니'로서의 정체성 역시 마찬가지이다.

조선 후기부터 본격적으로 성행하기 시작해서 근대전환기[1]에 이르기까지 꾸준히, 오히려 더욱 활발하게 제작되는 듯한 '여훈서女訓書'[2]는 다양한 여성의 정체성에 대한 규정과 알맞은 수행 강령을 집결한 총체라고 할 수 있다. 이상적인 여성에 대한 이념 규정의 구체적 실천이라고 할 수 있는 여훈서에서 시대에 따라 다르게 강조되는 여성의 정체성과 규율의 변화 양상을 볼 수 있음은 물론이다. 전근대에서 근대전환기에 이르는 시기 동안 여성의 정체성은 시집가기 전의 딸, 시집간 후의 며느리·아내·(시)어머니를 핵심으로 한다. 근대 초기에 접어든 이후의 일부 여성을 제외하면 이것이 전부였을 것이다. 여훈서에서는 하나의 정체성에 초점을 맞추기도 하고 여러 정체성을 아울러 다루기도 하면서 어떤 정체성에 보다 주목하는가에 따른 개별적 특성을 드러내기도 하는데, 그것은 작가가 속한 시대의 상황과 불가분의 관계에 놓여 있는 듯하다. 근대전환기라는 세계 인식의 패러다임이 근본적으로 전환되는 시기의 여훈서 역시 예외가 아니며 특히 여성의 어머니로서의 역할, 즉 모성이 새로이 구성되는 모습이 주목된다.

근대전환기의 여훈서나 모성에 대한 연구는 이미 어느 정도 진행되었지만, 여훈서에 드러난 모성은 여훈서 자체가 갖는 보수적인 성격 때문인지 그다지 주목받지 못했다. 그러나 근대전환기에도 여훈서는 가문 내에서 유전되고 있었으며, 상업적으로 출판되기도, 여학교가 설립된 후에는 교과서로서 재탄생하였다. 특히 『부인언행록婦人言行錄』의 경우 식민지 시기 내내 꾸준히 간행되었고,[3] 『(명원)신여자보감名媛新女子寶鑑』의 경우 같은 출판사에서 간행된 다른 서적들에 비해 큰 판형과 두 배를 넘는 고가로 제작되었다.[4] 이러한 사실들은 전통적인 여훈서들이 당대에 여전한 수요를 가지고 상업적으로 활발히 유통되었다는 사실을 보여주며, 여훈서가 당대 담론장의 주요한 한 축을 구성했을 가능성을 시사한다. 이러한 사실은 근대전환기 여성 담론의 구체적인 모습을 파악함에 있어 여훈서를 간과해서는 안 되며, 거기서 부각되는 '모성'의 내용과 양상을 살펴야만 하는 이유를 뒷받침한다.

『본조여사(本朝女史)』(김상즙(金相楫) 편, 필사본, 1898)[5]

『녀ᄌ독본』(장지연(張志淵) 편집, 광학서포, 1908)[6]

『여범(女範)』·『규의(閨儀)』(이승희(李承熙) 편, 『한계유고(韓溪遺稿)』 소재, 1912)[7]

『규문궤범(閨門軌範)』(왕성순(王性淳) 편, 해동인쇄소, 1915)[8]

『부인언행록』(권순구(權純九) 편집, 1916, 광학서포 등)[9]

『(명원)신여자보감』(김원근(金瑗根) 편, 영창서관, 1922)[10]

『규범요감(閨範要鑑)』(유영선(柳永善) 편, 현곡정사(1965년 발행), 1925)[11]

이 자료들은 근대전환기에 편찬된 여훈서들로서, 여성들에게 교훈이 될 만한 구절들을 전래의 경전과 교훈서에서 인용하거나 직접 자신의 의견을 서술하고, 모범이 될 만한 인물들의 사적을 뽑아 체계적으로 저술된 것들이다. 저자의 배경은 우국의식이 투철한 망명 지식인과 향촌 지식인, 계몽적 성향의 지식인, 친일적 성향의 지식인 등으로 다양하지만, 그럼에도 불구하고 이들은 공통적으로 보수적인 여성의식과 모성을 재구성하려는 시도를 드러내고 있다. 이러한 시도의 구체적인 내용을 파악하는 작업은 근대전환기라는 국가적 위기의 시대를 맞아 새롭게 여성의 정체성을 구성하려는 욕망에 대한 일면을 밝혀 줄 수 있을 것으로 기대한다.

◆◇ 근대전환기 여훈서의 편찬의식

본격적으로 모성의 재구성에 대해 알아보기에 앞서 근대전환기 여
훈서들의 편찬의식에 대해 살펴볼 필요가 있겠다. 여훈서의 서문은 편찬
의도를 기술하고 있을 뿐만 아니라 유교에 학적 기반을 둔 보수적 지식
층의 시대인식과 여성의식이 드러나 있기도 하다. 그러한 내용은 여훈서
의 구성과 내용을 이해하는 데 중요한 실마리를 제공하는 것이기 때문에
유의해서 보지 않을 수 없다.

①

내가 근년에 온 세계의 정세를 보건대, 오랑캐의 화가 하늘을 뒤덮어 예교
가 흔적도 없어져서 급속히 「相鼠」와 「有狐」의 풍속에 이르러 인도가 폐해졌
다. 지금 이 책을 얻어 사람들의 마음과 눈을 깨우치면 또한 陰 가운데서 홀
로 회복한[中行獨復]¹² 哲媛이 「漢廣」을 영탄한 아름다움에¹³ 나아감으로써
二南의 교화를 기초하는 일이 어찌 없다고 하겠는가. 이것이 세상에 바라는
것일 뿐이다.¹⁴

②

옛날 기자[箕聖] 때에 남녀가 서로 다른 길로 다니고, 부인이 정직하고 성
실하여 음란하지 않으니, 그 때 교화의 아름다움을 상상할 만하다. 때문에
禮義의 칭송이 있었으니, 어째서 몇 해 전 부터는 풍교가 쇠패하고 예법이
타락하여 樊·郤·范·韓¹⁵의 여자들은 師姆¹⁶의 훈계를 듣지 않고, 崔·
盧·王·謝의 가문¹⁷은 다만 사치한 풍속을 익혀, 위에서 아래에 이르기까지

폐단을 구제하는 데 대책이 없었으니, 개탄하지 않을 수 있겠는가. (…중략…) 대개 이 책은 곧 규범의 근본이니, 지금부터 모든 우리 동포 弟妹는 반드시 넉넉하게 愛敬과 孝烈의 영역에 들어가고, 자신을 위하는 도를 다 이기면 快齋君[박건회]의 뜻이 외롭지 않을진저.[18]

일단 근대적 이행이 급속히 진행되던 시기에 전통적 형식에 전통적 내용을 담고 있는 여훈서를 새롭게 번역하거나 제작하여 간행했다는 사실 자체만으로도, 편찬자들 및 서문을 쓴 사람들이 당대를 바라보는 관점에 대해 어느 정도는 짐작해 볼 수 있다. ①은 1907년 박만환朴晩煥이 정읍 영주정사瀛州精舍에서 번역·간행한 『여사서언해』에 전우田愚(1841~1922)가 붙인 발문이다. 전우는 그의 시대를 오랑캐의 화禍가 하늘을 뒤덮어 예교가 사라지고 인도가 폐해진 위기의 시대로 인식하고 있다. 그는 『여사서』의 보급을 통해 여성들을 가르쳐서 문왕의 교화에 나아감으로써 이남二南의 교화를 기초할 수 있기를 희망한다. ②는 1914년 박건회朴健會가 회동서관匯東書館에서 번역·간행한 『(현토주해)여자보감女子寶鑑』에 윤영구尹甯求(1868~?)가 붙인 서문이다. 『여자보감』은 송약소의 『여논어』와 왕절부 유 씨의 『여범첩록』을 엮은 것으로, 『여사서』에서 『여계』와 『내훈』이 빠진 형태이다. 윤영구의 서문은 서두에서 여성교육의 필요성을 역설하고 있기는 하지만[19] 보다 중점을 두고 있는 부분은 인용한 부분으로, 기자 시대의 예법을 이상화하며 우리 동포 제매弟妹가 모두 애경愛敬과 효열孝烈의 영역에 들어가야 함을 역설하고 있는 것이다. 즉 위의 두 인용문은 급변하는 시대적 상황에 대한 위기의식과 그것에서 촉발된 전통적 가치의 수호의지를 드러내고 있다. 사회적 기억은 사람들에게 과거에는 꾸밈없는 정서나 확실한 도덕률이 안전하게 유지되었다고 믿게끔 분위기를 제공한다.[20] 전래하는 여훈서의 대표격인 『여사서』의 새로운 번역과 간행에는 침해받지 않았던 확실한 도덕률의 보존에 대한 의지가 자리하고 있는 것이다. 여훈서의 편찬의도는 이것뿐만이 아니다.

①

여자는 나라 백성된 자의 어머니 될 사람이다. 여자교육이 발달한 후에 그 자녀로 하여금 착한 사람을 이룰 수 있을 것이다. 그러므로 여자를 가르침이 곧 가정교육을 발달시켜 국민의 지식을 인도하는 모범이 되는 것이다. 어머니 된 자 누가 그 자식으로 하여금 착한 사람이 됨을 원치 아니하리오 마는, 매양 애정에 빠져 그 자식의 악한 행실을 기르니, 아버지 된 자 그 자식을 멀리 학교에 보내고자 하여도 그 어머니나 혹 그 할머니가 애정에 못 이겨 반대하는 자 많으니 이것은 다 여자의 학문이 없어 그러함이다.[21]

②

여성교육이 없어진 지는 오래되었다. (…중략…) 원래 삼대의 여성교육이 아름답고 밝게 행해졌을 때에는 여염의 평범한 아낙네들도 여선생의 가르침을 받지 않음이 없었다. 그 가장 중요한 것을 들어 말해보면 아이를 가졌을 때는 능히 태교를 행하였고, 아들을 낳았을 때는 의로운 방법으로 깨우쳤다. 그리하여 사람들은 어렸을 때에도 (어머니로부터) 이미 가르침을 받았으며 조금 자라서는 선생에게 나아가 학문을 하였으니 그 재주를 이루기가 쉬웠다. 그러나 후대로 오면서 민간의 부녀들이 어리석고 우매한데도 공부를 하지 않았으니 무엇으로 그 자녀를 가르친단 말인가? 자녀가 바탕이 되는 가르침을 받지 못했으니 선생에게 나아가 학문을 하려 해도 그 재주를 이루기가 어렵게 되었다. 무릇 재주를 이루기가 쉬우면 천하의 어진 인재들이 많아지니 이것이 삼대가 잘 다스려진 까닭이요, 재주를 이루기가 어려우면 천하의 어진 인재들이 적게 되니 이것이 후대가 어지러운 까닭이다. 이로써 말한다면 천하가 잘 다스려지는가 어지러운가는 여성교육이 잘 되었는가 못되었는가에 달려있다고 해도 지나친 말이 아니다.[22]

③

生民의 순서에 부부가 부자와 군신에 앞서는 것은 공자님의 지극한 가르침이다. 사람이 어릴 때부터 훈도받고 무젖는 바는 어머니가 아버지보다 많으니 閨範의 바름이 실로 인격을 만들어내는 시초이다. 그러므로 古史를 두루 보면, 현인이나 군자가 그 아버지 되는 사람은 족히 칭할 자가 없으나 어머니 되는 사람은 현철한 자가 많은 것이다. 지금 여자의 행실의 어그러짐이 이에 지극하니, 世道를 행하는 근본이 상하였다 하더라도 과언이 아니라 할 수 있을 것이니, 진실로 급급히 極救하지 아니할 수 없을 것이다.[23]

④

『예기』에 남자는 8살이 되면 小學에 들어가고, 여자는 10살이 되면 여스승의 가르침을 듣는다고 하였다. 예로부터 현인과 哲媛은 교육을 말미암아 이루어지지 않는 경우는 있지 않았다. 그러나 남자의 경우 또한 스승에게 나아가고 친구를 택하여 그 덕을 이룰 수 있지만, 여자는 규문 밖을 나가지 못해 다른 견문이 없으므로 그 교육이 더욱 소홀해서는 안 된다. 그리고 남자가 8세 이전에는 역시 오로지 어머니의 본보기에 관계하기 때문에 훗날 전 시대

현인들의 뒤를 잇고 후세대 후학들을 계도하는[繼開] 대업과, 천지가 제자리를 잡고 만물이 길러지는[位育] 지극한 공이 어머니의 가르침에 기초하지 않고 된 것이 없다. 그러므로 「內則」이 治教의 본원이 되니, 어찌 여자를 가르치는 것일 뿐이겠는가? 세월이 흘러 교육이 폐하여짐에 이르러, 어린아이 기르기를 올바른 것으로서 하지 않아 內訓이 더욱 멸시받고, 오로지 수를 놓은 화려하고 공교한 물품과 화장하고 치장하는 습성에만 힘써서 閨範과 性行이 이루어지는 것이 어떤 일이지 모르니, 장차 무엇으로 남편을 보좌하고 그 가정을 화목하게 하여 국가와 천하에까지 미치겠는가? 이것이 세도가 날로 떨어져서 교화가 불명해지는 이유이다. 탄식을 이길 수 있겠는가?[24]

①은 『녀ᄌ독본』 총론에 보이는 장지연(1864~1921)의 주장이다. '나라 백성된 자의 어머니 될 사람'으로 여성의 정체성을 천명하고 그것에 수반되는 여성교육의 필요성을 역설하고 있다. 전통 여훈서에서도 자주 지적되는 어머니로서 애정에 빠지는 문제를 지적하고 그 원인을 학문이 없는 것에서 찾음으로써 여성교육의 필요에 대해 재차 강조하고 있다. ②는 개성 출신의 학자 왕성순(1869~1923)이 지은 『규문궤범』의 서문으로 여성교육 부재를 선언하며 ①과 마찬가지로 그 필요성을 역설하고 있다. 여성교육이 필요한 이유는 자녀를 가르치기 위한 것으로, 여성교육이 잘 이루어지는가의 여부는 어진 인재를 많이 이룰 수 있는가와 연결되고 결국 천하가 잘 다스려지는가의 여부로 귀결된다. ③은 유길준의 조카로 당시 기독교계 여성운동가로 유명했던 유각경(1891~1966)이 『(명원)신여자보감』에 붙인 서문이다. 『주역』의 "부부가 있은 뒤에 부자가 있고, 부자가 있은 뒤에 군신이 있다有夫婦然後有父子, 有父子然後有君臣"를 인용하여 국가를 구

성하는 기본 단위로 부부의 위치를 설정하고, 어릴 때 그 안에서 받는 영향은 어머니 쪽이 더 지대함을 강조함으로써 규범의 바름이 인격을 만들어 내는 시초이며 세도가 행해지는 근본임을 주장하고 있다. 이것은 ②에서 여성교육과 천하의 다스림을 동궤로 보는 것과 같은 발상이다. ④는 전우의 학통을 계승한 유영선(1893~1961)이 『규범요감』을 짓고 뒤에 붙인 글이다. 교육의 중요성을 천명하고, 규문 안에 거처하는 제약으로 인해 견문이 없을 수밖에 없는 여성의 경우 더욱 소홀히 할 수 없음을 강조한다. 여성교육을 소홀이 할 수 없는 이유는 역시 어머니로서 치교治敎의 본원을 기초하고, 남편을 보좌함으로써 가정을 화목하게 하여 국가와 천하에까지 미쳐야 하기 때문이다. 즉 이상의 인용문에 드러나는 근대전환기 여훈서 편찬의 의도에는 치국을 위한 여성교육의 필요가 강하게 자리하고 있음을 알 수 있다.

요컨대 근대전환기 여훈서 편찬의 저변에는 급속한 시대적 변화에 따른 위기의식과 그에 대한 반동으로서의 전통적 가치의 수호의지, 그리고 국가적 위기 상황에 대응하기 위한 '국가주의 모성'에 대한 요청과 그에 따른 여성교육의 필요에 대한 공감이 자리하고 있음을 확인할 수 있다.

◆◇ 근대전환기 여훈서의 모성 재구성

근대전환기 이전의 여훈서는 주로 집안 여성들을 대상으로 하여, 유순柔順·정정貞靜으로 대표되는 여성으로서의 성품과 시부모 모시기, 남편

섬기기 및 부부간의 예절, 봉제사와 접빈객, 절검과 여공에 부지런한 생활 태도, 자식교육 등을 그 내용으로 한다. 근대전환기에 이르러 여러 사회제도적인 개혁들이 추진되었지만 성의식과 성별 분업에 관련된 인식은 특히 그 변화에 대한 저항이 컸던 것 같다.[25] 전근대적인 유교적 여성 인식을 기반으로 한 여훈서가 확대 재생산되었던 현상 역시 그러한 상황을 보여준다. 이러한 여훈서들은 여성 일반으로 그 대상을 확장한 경우에도 전근대에 여성의 미덕과 의무로 규정되었던 것들을 대체로 준수하고 있지만 시대의 변화를 반영하여 보다 축소되거나 확대된 부분 역시 존재한다. 이미 편찬의식에서 살펴본 바와 같이 근대전환기의 여훈서들은 '국가주의 모성'의 필요에 강하게 사로잡혀 있으며 이것은 여훈서에 변화를 초래하였다. 아래에서는 전통 여훈서에 비해 근대전환기 여훈서에서 자녀교육 관련 내용이 양적·질적으로 어떻게 변화되었는지, 그리고 그 모성은 어떤 형상의 띄고 있는지에 대해 살펴보고자 한다.

자녀교육 관련 내용의 비중 증가

시대에 따라 모성이 내포하는 바와 모성의 형식은 달라질지언정 모성 자체가 중시되지 않는 사회는 존재하지 않았을 것이다. 그러나 서두에서 지적한 바와 같이 복수의 여성 정체성 중 '어머니'가 강조되는 정도와 양상은 시대에 따라 다르기 마련이다. 그러한 변화는 당연히 여훈서에도 영향을 미쳤다. 근대전환기 이전 사회에서의 여성 정체성은 어머니보다는 '효부'에 방점이 찍혀 있었던 것 같다. 물론 아들을 낳아 대를 이어야 하는 어머니로서의 생물학적 의무는 칠거지악의 하나로 규정되어 있을 정도로 절대적인 것이었다. 그러나 근대전환기 이전 여훈서에서 보다 중점을 두는 부분은 자녀를 생산하고 교육하는 어머니로서의 역할보다는 여성이 기본적으로 지녀야 할 성품과 몸가짐, 타문他門으로 시집가서 시부모와 남편을 섬기고 시댁 구성원들과 화목하게 지내기, 여공을 부지런히 하고 노비들을 잘 부려 시댁의 가정경제를 윤택하게 하는 효부로서의 역할이었다. 자녀교육에 대한 내용은 아예 없거나[26] 있더라도 여타의 내용에 비해 상대적으로 적은 비중을 차지한다.[27] 그리고 그 내용은 대체로 자애로움에 빠지지 말고 엄격하게 훈육할 것, 주자가 『소학小學』에서 역설한 바 있는 조기교육에 대한 강조[28]에서 벗어나지 않는다. 모범적인 예를 덧붙이는 경우 태임太任의 태교와 맹모삼천이 제시되기도 한다.

그런데 근대전환기 여훈서는 구체적인 자녀교육 방법을 체계적으로 구성하여 상당한 분량으로 서술하기도 하고, 자식을 올바르게 가르친 어머니들의 일화를 다양하게 나열하는 방식으로 모성의 재구성을 시도하고 있다. 전자는 이승희의 『여범』이 해당되고, 후자는 나머지 여훈서들이 공통적으로 보여주고 있는 방식이다. 『여범』은 상·하 두 편으로 구성되어 있으며, 상에 「원생原生」·「상덕常德」·「교육教育」을, 하에 「음식飮食」·「의복衣服」을 담고 있다. 그리고 부록으로 「가상소방家常小方」·「구급잡방救急雜方」·「곽란집험방霍亂集驗方」을 수록하고 있다. 이 중 「교육」은 태교에서부터 막 낳았을 때, 음식, 의복, 수면, 운동, 덕행, 심성, 일과, 취학, 스승 및 친구와 지내는 법, 혼례, 며느리 교육, 적통을 중시하는 법 등 자녀의 성장 과정에 따라 상황별 지침을 체계적으로 제시하고 있다.[29] 분량면에서도 「원생」이 5장 25칙, 「상덕」이 13장 91칙인 것에 비해 「교육」은 15장 202

칙으로 월등하다. 일화의 제시를 중심으로 하는 여훈서들에서도 자녀를 올바르게 교육한 어머니들이 전체 구성에서 상당한 비중을 차지하는 것은 마찬가지이다. 『본조여사』는 11개 유형으로 분류한 인물 146명 중 '현모賢母'가 16명으로 '열녀'와 '절부', '기녀' 다음으로 많다.[30] 『녀ᄌ독본』은 한국 여성을 다룬 상권 55명의 인물들 중 '모도母道'에서 6명의 어머니들을 다루고 있으며, 하권의 맹모를 합하면 총 7인의 행적이 제시되어 있다. 『규의』의 경우 "고금의 아름다운 행적을 갖가지로 채집하여, 부모를 모시고 자식을 양육하며 가정의 도를 화목하게 한 것을 밝힌 것"이라고 저술 목적을 밝힌 권3에서, 「선교자善敎子」에 다른 항목에 비해 월등히 많은 17명의 인물을 채록하고 있다. 『규문궤범』의 「훈자손訓子孫」 역시 36개 항목으로 많은 비중을 차지하고 있으며, 『부인언행록』은 「교자敎子」에 부록으로 「훈자訓子」를 두었고, 「자애전자慈愛前子」까지 합하면 총 20명에 이르는 어머니의 행적을 비중 있게 다루고 있다. 특히 「훈자」는 근대전환기 이전의 여훈서들에서 아들이 스승에게 배우러가기 전, 즉 유아기의 교육에 한정해서 어머니의 역할을 다룬 것과는 달리, 성장한 후의 가르침을 별도의 항목으로 다루고 있어 주목된다.[31] 『신여자보감』은 특정한 분류 항목을 내세우지 않고 우리나라 여성 101명의 사적을 통시적으로 편성한 저작이기 때문에 각 인물의 형상은 복합적일 수밖에 없지만, 어머니로서의 역할에 보다 치중한 인물을 꼽아보면 16명으로 역시 다수를 차지한다. 그리고 『규범요감』의 「교육」 항목 역시 모두 40장으로서 「성행性行」(60장), 「경순敬順」(52장) 다음으로 많은 장으로 구성되어 있다.

번다함을 무릅쓰고 각 여훈서에서 자녀교육에 관련된 지식이나 예화가 차지하는 비중을 일일이 제시한 것은 이러한 양적 변화가 전대 여훈서와 구별되는 근대전환기 여훈서의 특징으로서 모성이 재구성되는 양상을 즉각적으로 보여주는 부분이기 때문이다. 개별 항목으로 「현모」, 「교육」, 「모의」, 「교자」 등을 두어 교육 관련 내용을 다룬 것은 '어머니'를 여성의 정체성 중 하나로 분명히 제시하고 있는 것이다. 이러한 변화는 당시 유교 지식인의 여성 담론에서도 강조되던 '교육에 헌신하는 어머니' 역할과 궤를 같이 하는 것으로 보인다. 그러면 이제 이렇게 양적으로 증가한 교육 관련 내용에서 발견되는 모성의 형상화 경향과 그 의미에 대해 생각해 볼 필요가 있겠다.

◆◇ 모성의 형상과 의미

앞서 살펴보았듯이 근대전환기의 여훈서들이 모성을 재구성하는 방식은 구체적인 자녀교육 방법을 체계적으로 전달하는 방식과, 경전의 관련 구절 인용 후 사례를 나열하는 방식, 사례 나열만으로 구성된 방식으로 대별된다. 사례 나열의 방식은 절대 다수를 차지할 뿐만 아니라 작가적 배경의 다양성에도 불구하고 모성 형상에 모종의 유형을 띠고 있어 고찰이 필요하다. 어머니로서의 여성 형상이 근대전환기 이전 여훈서에서 크게 강조되지 않았음은 이미 살펴보았거니와, 고전 여성 인물전에서도 역시 대세를 이루고 있었던 열녀나 효녀 외에 어머니의 모습은 부각되지 않았던 듯하다. 물론 행장과 같은 인물전기류에 무수히 많은 어머니들이 존재하기는 하지만 관습적으로 지어진 실용문이기 때문에 인물의 특정 행위를 현창하기 위한 전과는 성격이 다르다고 할 수 있다.

이 시기 여훈서에 대거 편입된 사례들은 전래하는 역사서, 문집, 여훈서, 필기, 잡록류 등에서 발췌한 것들로서 새로운 것들은 아니다. 그러나 특정 경향을 띠는 사례들이 집적되어 재현되는 현상은 새롭지 않는 것들을 모아 새로운 무언가를 창출해내려는 의도의 반영이라고 할 수 있다. 그것은 물론 근대전환기라는 시대의 상황과 관련이 있을 것이다.

엄격한 훈육과 학업의 독려

근대전환기 여훈서에 주요하게 나타나는 모성 형상의 하나는 자식을 엄격하게 훈육하고 학업을 독려하는 어머니이다. 이러한 어머니 형상의 대표격은 맹모와 정호·정이의 어머니인 후부인侯夫人이다.[32] 맹모삼천과 맹모단기, 그리고 맹모무광孟母毋誑[33]으로 요약되는 맹모의 교육은 엄격하게 학업을 독려하며 속이지 않는 이상적인 모성 형상을 보여주며, "자식의 불초함은 모두 어머니가 그 잘못을 감추기 때문이니, 아버지가 모른다면 바로잡을 길이 없다"라고 한 후부인 역시 엄격한 가르침의 대명사로 자주 인용되고 있다. 우리나라의 경우 천관녀 설화로 유명한 김유신의 어머니 만명, 그리고 근대화 과정에서 현모양처의 표상으로 자리매김한 신사임당이 그 주인공이다.[34] 김유신이 창기의 집으로 향한 말의 목을 베어버릴 정도로 따끔했던 만명의 가르침은 엄격한 어머니의 형상으로 논란의 여지가 없다. 그러나 신사임당의 경우 율곡을 훌륭한 아들로 길러내기 위한 명확한 교육 행위가 드러나지 않는다.

신사임당은 18세기에 담론을 주도한 노론 인사들에 의해 율곡과 송시열 권력의 연장선상에서 유학의 성현 '율곡 선생의 어머니'로 부각되기 시작했다. 이 과정에서 사임당의 예술가적 면모는 율곡의 잉태 및 태교와 연결되고, 사임당의 그림은 『시경』 및 고대 성인들의 가르침을 형상화한 것으로 해석되었으며, 그녀의 어머니됨은 후부인과 동일시되었다.[35] 이러한 담론의 계보학적 고찰이 보여주듯이, 근대전환기 여훈서에서의 신사임당 역시 그 자체로는 드러나지 않는 현모로서의 면모를 작자들이 직접적으로 끼어들어 부각시키고 있는 모양새이다. 이들 여훈서는 신사임당의 서화가로서의 재능을 서술하고, 그녀가 지은 「사친시四親詩」를 인용하여 작시 능력을 드러내기도 하며, 온화하고 효성스러운 성품을 칭송한다. 율곡 선생과 관련된 내용은 끝에 부기되어 있는데, 『본조여사』에서는 태몽으로 용꿈을 꾸었다는 사실뿐이다. 『녀ᄌ독본』에서는 보다 직접적으로 "부인의 재덕이 이러하므로 그 아들 율곡 선생도 가정교육을 받아 일국의 명현이 되었다"라 하였고, 『신여자보감』에서는 "큰아들은 선璿이요, 둘째아들은 번璠이요 셋째아들은 이珥니 곧 율곡 선생이요, 우리나라의 유명한 성현이라. 넷째아들은 우瑀니 글씨가 명필이라. 모두가 모친의 가정교육을 잘 받아 명현과 문장과 명필이 되니라"라고 덧붙이고 있다. 게다가 『부인언행록』은 신사임당을 「교육」이나 「훈자」가 아닌 「학문」에 수록하고 있으면서도 "아들 이선과 이이가 있는데, 이이는 즉 율곡이다. 도학으로 동방의 유현이 되니, 대개 그 영지에 뿌리가 있기 때문이리라(이로써 보면 자식은 어미를 많이 닮는 것이 확실하니 부녀계에서도 생각할 일이다. 어찌 내 몸의 덕을 닦지 아니하고 착한 아들 두기를 바라리오—원주)"라고 덧붙임으로써 그녀의 학식과 재능을 동방의 큰 선비를 탄생시키기 위한 것으로 수렴시키고 있다.[36] 이러한 부자연스러움은 당대 여훈서 작가들이 처한 국가적 위기 상황과 그에 따른 후속 세대 양성에 대한 절박한 요청, 즉 '국가주의 모성'에 대한 요청이 얼마나 절실한 것이었는 가를 보여주는 것이라고 생각한다.

한편, 직접적으로 학업을 독려하며 그것을 뒷바라지하는 모성 형상 도 주목된다.

①

학곡 홍서봉은 남양 사람으로, 관직이 영상에 이르렀고, 어린 나이에 아버 지를 잃었다. 모부인 함양유씨는 어우당 유몽인의 누이이다. 친히 자식들을 가르침에 권면하고 부과함이 매우 엄격했고, 조금이라도 태만하면 종아리 를 쳐서 피가 흘렀다. 회초리를 비단 보자기에 넣어 보관하며 말했다. "집안 의 흥망과 아이의 근태가 여기에 달려있으니 생각건대 중요하지 않겠는가." 경전 외는 것을 들을 때, 반드시 장막으로 가리고 들으며 말하기를, "혹 잘 외우면 내가 분명 기쁜 기색이 있을 것이니, 아이가 그것을 보면 쉽게 교만하 고 게으른 마음이 생길 것이므로 이렇게 장막으로 막는 것일 뿐이다."[37]

②

한부인은 유공탁의 아내이고, 중영의 어머니이다. 가법이 엄하고 검약해서 재상 집안의 모범이 되었다. 일찍이 苦蔘과 황련과 웅담을 가루로 만들어 섞어서 丸을 만들게 하여 자식들에게 주어 매일 긴 밤 학문하는데 머금어 근고의 도움이 되게 하였다. (그 쓴맛에 자연히 졸음이 깨치게 하더라-원주) 송나라 부인 정 씨는 구양수의 어머니이다. 구양수가 4살에 아버지를 여의자 정 씨는 수절하 며 교육하였는데, 집안이 매우 가난했다. 일찍이 물억새로 획을 그어 글씨를

『가뎡잡지』 1년차 7호(1906)와 2년차 1호(1908)의 표지

가르치니, 구양수가 성인이 되어 진사에 등과했다. 구양수가 직간을 하다가 이릉으로 폄적되었을 때, 정 씨가 태연히 웃으면서 말하였다. "우리집은 빈천하기 때문에 우리 처지는 평소와 같으니 너는 안심하라." 구양수가 후에 충신과 문학으로 이름난 재상이 되니, 세상에서 칭송하기를, 유모의 응담 환이오, 구모의 갈대 붓이라 하니, 이것을 이른 것이다.[38]

①과 ② 모두 엄격함과 희생정신을 발휘하여 자식의 학업을 물심양면으로 지원하고 있는 어머니의 모습이다. 이렇듯 자식의 학문을 독려하는 모성 형상은 여훈서뿐만 아니라 근대전환기 유학적 성향의 지식인들이 여성을 대상으로 한 전이나 행장, 묘지명 등에서도 두드러진다. 특히 전우는 유인 최 씨가 보인 교육열을 상세히 서술하고 "제왕이 흥하고 망

하는 것은 인재를 기르고 기르지 못하는 것에서 말미암는다. 사대부 집안이 융성하고 그렇지 못함은 반드시 자손을 가르치고 가르치지 않는 것에 달려 있다"[39]고 논평함으로써, 자식교육이 집안의 성쇠를 결정지을 뿐만 아니라 제왕, 즉 국가의 흥왕에도 연결되어 있다는 인식을 선명하게 드러내고 있다.

흥미로운 점은, 근대전환기에 과학적 육아법을 번역해서 전달하고, 조혼의 폐해를 지적하였으며, 남녀와 신분에 따른 차별에 문제를 제기하는 논설을 게재하는 등 봉건적 구습의 개혁을 도모했던 『가뎡잡지』가 그 표지에 '맹모무광'과 '김유신참마金庾信斬馬'를 선택하고 있다는 점이다.[40] 근대의 신문물인 잡지에서 시각 자료가 차지하는 중요성은 익히 알려진 바이다. 특히 가장 먼저 독자의 눈길을 사로잡아야 하는 표지에 엄격하게 교육하는 모성의 대명사를 선택했다는 점은 당대에 그러한 모성 형상이 갖는 호소력을 증명한다. 그리고 애국계몽운동의 과정에서 창작된 계몽가사에 드러나는 자녀를 매질하는 엄격한 어머니의 모습 역시 당시 신문매체를 통해 선전되던 어머니의 형상이 어떠했는가를 잘 보여준다.[41] 이러한 사실들은 여훈서가 시대와 호흡하는 장면을 선명하게 보여주는 지점들이다.

충의忠義와 공렴公廉의 강조

국가적 위기는 본래 여성의 주요한 덕목이 아니었던 '충忠'과 '의義'를 여성에게까지 강제하는 상황을 야기했다.[42] 망명 독립운동가이자 『여범』과 『규의』를 저술한 이승희李承熙(1847~1916)는 부인 또한 충군애국의

의를 실천할 수 있는 주체로 적극 인정하였으며,[43] 호남을 대표하는 유림이자 의병장인 기우만奇宇萬(1846~1916)도 충효열이 한 가지 이치임을 주장하며 여성의 '열烈'을 '충忠'과 연계시켰다.[44] 국난의 시기, 여훈서에도 충의의 국가적 의무가 강조되기는 마찬가지이다. 이승희는 자녀교육에 국가적 의미를 부여하며 여훈서 편찬에 있어 교육지식의 전달에 치중했으며, 공무公務에 소홀한 아들을 다그치고 국가와 군주에 대한 충의를 실현하게끔 한 어머니들의 모습을 강조했다.[45] 유영선의 『규범요감』도 「정렬」 항목에 「충의」를 덧붙여서 여성으로서 직접 충의를 실천하거나 남편이나 아들이 충의를 실현하는 데 도움을 준 여성들을 기록하였고, 「교육」에서도 의리교육을 실행하는 어머니의 모습을 보여주었다.[46]

이러한 여성의 모습은 여훈서 종류를 확장해 보면 보다 다양하고 분명하게 드러난다.

①

한(漢)나라 승상 왕릉(王陵)이 옛날 읍내의 호걸이 되어 한고조가 미천하던 때에 항상 형으로 모셨다. 고조가 패읍(沛邑)에서 기병할 때, 왕릉 역시 수천의 무리를 모아 군사를 꾸려 한왕(漢王)에게 붙었다. 항우(項羽)는 한과 적국이 되므로, 왕릉의 어머니를 잡아서 군중에 두고, 왕릉의 사자가 오면 왕릉의 어머니를 동쪽으로 앉히고 왕릉을 부르게 하고자 했다. 그런데 왕릉의 어머니가 이미 사적으로 사자를 보내면서 울면서 말했다. "노첩을 위해 왕릉에게 말해주시오. 한왕을 잘 섬기라. 한왕은 훌륭한 사람이니, 노첩을 위해 두 마음을 품지 말라고 하고, 내가 이미 죽었다고 해 주시오." 그리고는 칼에 엎어져 죽어 왕릉을 굳게 면려하니, 항우가 노하여 송장을 삶아버렸다.

왕릉이 마음에 더욱 감동하여 마침내 한고조와 함께 천하를 평정하고, 지위가 증상에 오르고 제후에 봉해져 작위가 5대에 전하였다.[47]

②

진(晉)나라 남강태수(南康太守) 우담(虞潭)의 어머니 손씨(孫氏)는 두도(杜弢)가 반란을 일으켰을 때, 필사의 義로 우담을 면려하였으며, 가산을 기울여 전사들을 먹여서 마침내 반란을 다스렸다. 후에 소준(蘇峻)이 반란을 일으켰을 때 손씨가 경계하여 말했다. "이 늙은이가 누를 끼치지 않도록 하라. 집안의 노복들을 징발하고 의복과 장신구들을 팔아서 군자금으로 쓰라." 또 반란을 다스리니, 일이 알려져서 손씨는 武昌侯大夫人에 배향되고, 金章紫綬가 내려졌다.[48]

①의 왕릉 어머니 사례는 4가지 여훈서에 공통으로 인용되었다. 스스로 칼에 엎어져 목숨을 바침으로써 왕릉이 한고조에 대한 '충'을 지킬 수 있도록 한 어머니의 강렬한 희생은 군왕, 즉 국가에 대한 '충의'의 가치를 온몸으로 깨우쳐 준 모성의 형상으로 근대전환기 여훈서의 작자들에게 큰 공감을 불러일으켰던 것으로 보인다. ②의 우담 어머니는 아들이 혹시나 늙은 자신을 신경 쓸까 미리 경계하며, 반란을 진압하기 위해 가산과 노복들을 아낌없이 내놓아 아들이 전공을 세워 충을 지키는 데 직접적으로 도움을 준다. 전쟁 상황에서 충성을 지킬 것에 대한 가르침은『녀즈보감』에서 김유신 부인이 전쟁에서 살아 돌아온 원술을 내친 사례나,『본조여사』에서 강홍립이 출병할 때 어머니 정 씨가 눈물을 뿌리고 팔뚝을 깨물어 피를 흘림으로써 믿음과 결심을 보이고, "네 집안은 대

대로 國恩을 입었으니, 바라건대 집안의 명성을 떨어뜨리지 말고 늙은 부인 때문에 딴 마음을 먹지 말거라"라고 한 사례 역시 유사한 형상을 드러낸다.

③

송나라 화정선생(和靖先生) 윤돈(尹焞)은 정숙자(程叔子 정이(程頤))를 사사했다. 소성(紹聖) 초, 시험 삼아 과거에 응시했는데, 主司가 출제한 말이 불선하자 답안을 쓰지 않고 나와서 어머니에게 돌아와 고하니, 어머니가 말했다. "나는 네가 잘 봉양할 것은 바라지만, 녹봉으로 봉양할 것은 바라지 않는다." 정자가 듣고 말했다. "어질구나. 그 어머니여!"[49]

④

정부인 계 씨는 위공(魏公) 준(浚)의 어머니이다. 준이 영주에 귀양 가게 되었는데, 진회(秦檜)가 나랏일을 잘못한다고 생각하여 힘써 시사를 논하고 싶었다. 그러나 어머니가 나이가 많아 화를 감당하지 못할까 두려워, 안으로 걱정만 하면서 몸이 수척해졌다. 어머니가 괴이하게 여겨 물으니 사실대로 대답하였다. 그러자 어머니는 대답하지 않고, 다만 그 아버지가 소성(紹聖) 초에 책문을 올리면서 했던 말인 "제가 차라리 말을 하고 도끼 아래 죽을지언정 말을 하지 않고 폐하를 저버리는 일은 차마 하지 못하겠습니다"라는 말만 할 뿐이었다. 준이 뜻을 결단하여 글을 쓰니 임금이 그를 봉주로 귀양보냈다. 어머니가 말하기를 "가거라. 네가 충직해서 화를 당한 것이니 무엇이 부끄럽겠느냐? 오로지 성인의 글을 힘써 읽고 집 때문에 염려하지 마라"고 하였다.[50]

③에서 출제한 말이 불선하다는 것은 『규범요감』에 보다 자세히 나와 있는데, 왕안석의 신법을 반대한 원우당인元祐黨人을 주살할 것을 의론하라는 것이다. 스승인 정이가 원우당인에 포함되어 있기 때문에 윤돈은 답안을 적지 않고 과장을 빠져나왔고, 어머니는 출세보다는 스승에 대한 의를 지킨 아들을 칭찬하고 있는 것이다. 『본조여사』에 실린 완풍군 이서李曙의 사례도 유사하다. 당시 대북파에서 폐모론이 일어나 정청庭請이 열렸는데, 이서가 "의리상 참석할 수 없습니다. 그러나 어머니께서 집에 계시니 어쩌겠습니까?"라고 하자 어머니는 "네 뜻이 그러하다면 나는 방법이 없구나"라고 대답했다는 일화이다. 역시 불의하게 대세를 따르기보다는 의로움을 지키고자 하는 아들의 뜻을 존중하는 어머니의 모습이다.

④에서 위공 준의 어머니는 그가 나라를 위해 직간하다가 귀양가게 되자 그의 충직을 칭찬하며 집안을 염려치 말 것을 당부한다. 역시 다른 여훈서에도 비슷한 사례가 등장한다. 『본조여사』에서는 정희등이 을사사화 때 국문을 당하고 용천으로 유배가게 되었는데, 모부인이 길에서 뒤 따라와 말한다. "네가 평생 충직으로 자임했는데 이 일로 죄를 얻었으니 마음에 부끄러울 것이 무엇이냐?"라 하고, 서로 붙들고 통곡하다가 그날 졸한다. 『규의』에 수록된 범방范滂의 모친 역시 범방이 당고黨錮의 화에 휘말려 죽게 되어 작별인사를 한다. "동생이 효성스럽고 공손하니 충분히 공양할 수 있을 것입니다. 대인께서는 차마 어쩔 수 없는 은혜를 끊으시옵소서." 어머니는 대답하기를, "네가 이제 이응李膺 및 두밀杜密과 더불어 이름을 나란히 할 수 있게 되었으니, 죽는다 한들 또 무슨 유감이 있겠느냐? 이미 아름다운 명예가 있으니 다시 오랜 삶을 구하는 것을 겸할 수 있겠는가?"라고 한다. 이응과 두밀은 환관 세력의 전횡에 맞서다가 옥중

에서 고문을 받고 죽거나 자결한 인물들이다.

위의 사례들은 희생을 감수하면서 자식이 충절과 의리를 지킬 수 있도록 조력하거나 그 결정을 적극적으로 지지함으로써 번복하지 않도록 가르치는 모성의 형상이다. 그리고 위의 사례들은 모두 충과 효의 갈등 상황에 처해 있다. 유교전통에서 효는 충이나 열에 앞서는 절대성을 지니는 윤리 개념이다. 충과 효의 가치가 대립하는 딜레마의 상황에서 아들이 선뜻 어머니를 버리고 충을 선택하기란 쉽지 않은 일이다. 이런 상황에서 어머니들은 충의를 선양하기 위해 자결하여 불효의 빌미를 없애버리는 극단적인 선택을 하기도 하고, 자식이 충의를 위한 결정을 하도록 독려하며, 이미 벌어진 일에 대해서는 유감이 없도록 위로한다. 근대 전환기 여훈서에서 집중적으로 재현되는 이러한 모성 형상은 '충의' 상실의 시대가 어떤 모성을 요청하는가를 보여준다.

한편, 공렴을 강조하는 어머니의 모습도 주목할 만하다.

①

인재(忍齋) 홍섬(洪暹)은 남양 사람이다. 모부인 여산송씨는 영상 송질(宋軼)의 딸이다. 명묘조에 공이 영의정이 되었는데, 임금께서 편찮으셨다. 공은 내의도제조를 겸하고 있어서 약방에 입시한지가 오래되어 어머니께 문안을 드린 지가 오래 되었다. 하루는 문안을 드리러 오니 어머니가 말했다. "성상의 환후가 회복되셨으니 신민의 경사로구나." 홍섬이 대답했다. "성상의 환후는 아직 회복되지 않았지만 문안을 빠뜨린 것이 오래 되어 잠깐 뵈러 왔습니다." 부인이 크게 질책하며 말했다. "자네가 전에는 어머니의 아들이었지만 지금은 주상의 대신이다. 임금을 모시고 탕약을 담당하는 사이에 어

찌 감히 사친을 뵈어 온단 말인가? 저 대신을 장차 어디에 쓸꼬?" 그 어머니
는 실로 부끄러워했고, 공은 황공하여 물러났다.[51]

②

송나라 진요자(陳堯咨)가 형남(荊南)을 지키고 돌아오자 어머니 풍부인(馮
夫人)이 물었다. "네가 고을을 맡아 어떤 정치를 펼쳤느냐?" 진요자가 대답하였
다. "매일 활과 화살로 즐거움을 삼았습니다." 어머니가 말했다. "네 아버지께
서 너를 가르치기를 충효로써 국가에 이바지하도록 하셨건마는, 지금 너는
인화(仁化)를 행하는데 힘쓰지 않고 오로지 평범한 지아비의 용감함에만 힘쓰
고 있으니, 어찌 네 아버지의 뜻이겠는가?" 그리고는 지팡이를 휘둘러 그 금어
대(金魚袋)를 부숴버렸다.[52]

③

제(齊)나라 재상 전직자(田稷子)가 아전의 재물 금 백일을 받아 그것을
어머니에게 보내니, 어머니가 "어떻게 이것을 얻었느냐?"고 물었다. 사실대
로 고하니 어머니가 말했다. "내가 듣건대, 선비는 수신하여 자신의 몸을 깨
끗이 하여 구차하게 얻지 않고, 정성과 성실을 다하여 거짓된 일을 하지 않는
다. 의롭지 않은 생각은 마음에 싹틔우지 않고, 이치에 맞지 않는 이익은 집
에 들이지 않는다고 한다. 그러므로 언행이 한결같아 심정과 용모가 부합하
거늘, 지금 임금께서 자네에게 관직을 내리시고 후한 복록을 주셨는데, 그대
는 이와 같으니 忠을 벗어난 것이 매우 멀구나. 불의한 재물은 나의 재물이
아니오, 불효한 자식은 나의 자식이 아니다." 전직자는 부끄럽게 여기고 물
러나와 그 금을 돌려주고 왕에게 석고대죄 하여 주벌할 것을 청했다. 왕이

그 어머니의 義를 높게 사서 공금을 주고 전직자의 죄를 사하여 그 벼슬자리에 복귀시켰다.[53]

④

　진(晉)나라 태부(太傅) 도간(陶侃)은 젊어서 현리(縣吏)가 되어 물고기가 있는 연못을 감독하였는데, 그것으로 젓갈을 담가 어머니 담 씨(湛氏)에게 보냈다. 담 씨가 젓갈을 봉하여 돌려보내면서 말했다. "네가 관물(官物)을 나에게 보내니, 나에게 이익이 되지 않을 뿐만 아니라 내 근심을 더해 줄 뿐이다."[54]

　①의 홍섬 어머니는 대신이 된 홍섬에게 아들로서의 정체성보다는 국가의 신하된 자로서의 의무를 강조하고 있으며, ②의 진요자 어머니도 관리로서 인화仁化에 힘쓰지 않은 아들을 따끔하게 깨우치고 있다. ③과 ④는 관리가 되어 마땅히 공정하고 청렴하게 관직을 수행해야 할 아들들이 뇌물을 받거나 관물을 사사로이 보냄으로써 불충과 불의를 저지르자 그것을 매섭게 꾸짖는 어머니들의 모습이다. 위와 같은 사례들은 근대전환기 이전의 일들을 수록한 것으로서, 근대적인 국가나 그것을 구성하는 국민에 대한 구체적인 인식이 드러나 있지는 않다. 그러나 사적인 것 보다는 공적인 것에 가치를 두며, 공적인 원칙을 범했을 때 그것을 엄격하게 바로잡음으로써 대사회적인 의무를 제대로 수행하도록 지도하는 모성 형상은 근대적 국민 형성이 강력하게 요구되던 근대전환기의 상황과 연관지어 생각해 볼 여지가 충분하다고 생각한다.

　충의와 공렴을 강조하는 모성 형상은 근대전환기가 처한 국가적 위기 상황과 특히 연관지어 생각하지 않을 수 없을 것이다. 국가와 임금에 대한 충절과 의리, 사사로운 이기심을 극복한 공공심과 청렴은 구태를 일소하고 문명개화를 이루어 국가흥왕을 이루어내려는 근대전환기의 사회적 열망에 다름 아니다. 물론 구체적인 실천방안과 이상적으로 여기는 국가의 모습은 사람들마다 달랐을 것이고, 한일합방 이후 그 열망의 움직임이 공식적으로는 금지되었을지라도 시대를 관통하는 역사적 에너지는 여훈서에도 영향을 미쳤던 것이다. 여훈서뿐만 아니라, 애국계몽운동이 가장 치열하게 전개된 1905~1910년 사이에 창작되고 발표된 애국계몽가사에는 국민 양성을 위한 국가주의 모성의 열정적인 모습이 여실히 드러나 있다.[55] 그리고 신소설 『자유종』(1910)의 홍국란 부인은 전쟁은 이겼으나 여덟 아들은 전사하였다는 소식을 듣고도 춤을 추며 노래를 부른 스파르타의 어머니 일화를 들면서 자식을 공물公物로 여기고 잘 교육하여야 함을 역설한다.[56] 근대전환기의 여훈서는 그러한 시대의 자장 안에서 모성의 재구성을 도모하고 있었던 것이다.

◆◦ 근대전환기 여훈서의 모성 재구성의 한계

이제 근대전환기 여훈서에서의 모성 재구성을 어떻게 평가해야 하는가 하는 문제가 남는다. 이들 여훈서의 작자들이 모두 남성이라는 점을 감안하여 근대 초기 매체나 여타의 저서에 드러난 남성젠더의 여성 및 모성 담론과 비교해 보았을 때 그 의미를 어느 정도 정당하게 가늠해 볼 수 있지 않을까 한다. 이들의 모성 담론은 국가의 미래를 책임질 국민 주체로 성장할 어린이의 발견이 계기가 되었다. 새로운 국가를 건설할 근본인 어린이에게 국가에 대한 의무와 사회 전반에 관한 교양을 교육하는 교육 주체로서의 어머니(현모)는 새로운 사회적 상징이 되고, 과학적 모성의 기반하에 국민국가의 근본을 교육함으로써 스스로 근대 국가의 기초로 위치지어진다. 여기에는 아버지의 권리가 중심이 되는 부권적 사회에서 어린이를 중심으로 한 가족 모델로의 재편이 필연적으로 수반된다. 이렇게 새로워진 가족 모델하에서 여성 개인의 자율성과 권리는 크게 신장되었으며, 따라서 모권의 강화인 동시에 모성 역할의 증대로 평가할 수 있는 것이다.[57] 그렇다면 여훈서에서 보다 강화된 모성 역시 모권의 강화, 나아가 여권의 향상이라고 평가할 수 있을 것인가?

근대 초기 매체에 나타난 남성젠더의 모성 담론에서 알 수 있는 점은, 모성이 대사회적 측면에서 그 역할의 중요성을 재평가받아 실질적인 모권 강화와 여권 향상으로 나아가기 위해서는 가족제도의 개선을 통한 가족 내에서의 여성의 위치 조정이 필수적이라는 것이다. 그러나 근대전환기의 여훈서에는 어린이가 중심이 되는 근대적 가족 모델에 대한 인식이 결여되어 있을 뿐만 아니라 유교적 종법사상에 기초한 전통가족제도를 수호하려는 입장을 강력하게 천명한다.[58] 이러한 상황에서 강화되는 모성은 전통적으로 유지되어 온 여성의 예속은 그대로 둔 채 새로운 의무를 추가하는 것이 될 수밖에 없다. 게다가 여훈서의 전체 체재를 보면, 대체로 전통적인 여성의 의무와 부덕에 대한 규정을 준용하고 있을 뿐만 아니라 가부장제가 만들어 낸 여성 희생의 가장 비극적 개념인 '열'에 대한 내용이 대폭 확장되었음을 알 수 있다. 정작 개선되어야 할 여성 차별적인 관념과 제도는 존속시킨 채 모성의 책임을 누차 없고 있는 형국인 것이다. 즉 근대전환기 여훈서에서의 모성 재구성은 물적 차원의 근대화 필요에 대한 공감에서 비롯된 모성의 강조와 정신적 차원의 근대화 부정에서 비롯된 전통 및 열의 강조라는 부조화가 어정쩡하게 봉합된 것이라고 할 수 있다. 이렇듯 근대전환기 여훈서의 모성 재구성은 제한적인 의의를 지닐 수밖에 없는 측면이 있다. 그러나 '국가'와 '민족'의 경계가 일신되는 변혁의 시기에, 유학에 기반한 보수적 지식층에서도 국민의 '생산자'이자 문화의 '재생산자', 그리고 '집단성의 전달자'로서 여성·모성이 갖는 의미[59]를 포착하고, '학學'과 '충忠'이라는 전통적이면서도 근대적 의의를 지닐 수 있는 가치를 통해 여훈서로 재구성한 대응의 실천적 의의는 평가할 만한 부분이라고 할 수 있을 것이다.

1 이 글에서는 근대전환기를 1867년 개항 이후부터 1910년 한일합방을 거쳐, 1920~1930년대에 이르기까지 일련의 근대적 이행이 진행되었던 시기를 광범위하게 지칭하는 용어로 사용하고자 한다.

2 여훈서에 대한 통시적 고찰은 성민경, 「女訓書의 편찬과 역사적 전개-조선시대~근대전 환기를 중심으로」(고려대 박사논문, 2019)를 참조.

3 권순구(權純九, 1866~1944)의 『부인언행록(婦人言行錄)』은 1916년 광학서포(廣學書 鋪)에서 권순구 편집, 강두병(姜斗秉) 교열로 발행되었다. 이후 1918년과 1928년에 덕흥 서림(德興書林)(장서각·경상대 소장)에서 재간행되었고, 1921년 대창서원(大昌書院) (장서각 소장)에서 간행된 것도 확인되는 만큼 일제강점 초기부터 중기에 걸쳐 꾸준히 읽혀 왔던 것으로 추정된다. 성민경, 「20세기 초 여훈서의 일 양상-『婦人言行錄』을 중심 으로」, 『한국고전여성문학연구』 34, 한국고전여성문학회, 2017, 478면.

4 "『신여자보감』은 정가 80전의 상당한 고가의 도서였고 크기 또한 25.9×14.9센치미터의 신활자본이었다. (…중략…) 보통 딱지본들은 21~22센치 정도이고 가격 역시 35전 내외 인 것을 고려하면 『신여자보감』은 동일한 판매업자가 발매하였지만 딱지본 가격의 2배를 넘는 고가의 상품이었음을 알 수 있다." 노상호, 「1910~20년대 조선어 가정용 백과사전의 출판과 그 내용-강의영의 『가뎡보감』류를 중심으로」, 『한국학연구』 48, 고려대 한국학 연구소, 2014, 106면.

5 필사본(草稿) 1책으로 고려대에 소장되어 있다. 간행을 위해 붉은 색으로 교정한 흔적이 보인다. 1898년 김상즙이 여러 전적에서 조선시대의 행실이 뛰어난 여자의 사적을 뽑아 모아 수록한 책으로, 현모(賢母)·열녀(烈女)·효부(孝婦)·절부(節婦)·현처(賢妻)· 혜식(慧識)·처녀(處女)·시가(詩歌)·첩(妾)·비(婢)·기녀(妓女)로 나누어서 기록 하였다. 저자가 쓴 발문에 "그러나 부인의 행실은 남자의 충효보다 어려워서, 세상의 유자 들은 남자의 충효를 아는 자는 많지만 부인의 행실에 이르면 아는 자가 드물다. 그러므로 위의 현모·절부로부터 아래의 비첩·기녀에 이르기까지 그 가언(嘉言)과 정절과 문사와 지혜를 모두 가려 모아서 한 책을 이루었다(然婦人之行, 難於男子之忠孝也, 世之儒子能知 男子之忠孝者多矣, 而至若婦人之行, 則鮮能知. 故上自賢母節婦, 下之婢妾妓女, 其嘉言貞 節文詞慧識無不採, 而拾之成一冊子)"라고 하였다. 이 책은 엄밀히 말하면 여성교육을 목 적으로 하는 여훈서는 아니지만 뛰어난 행실을 보였다고 판단되는 여성들의 사적을 수록 하여 당대에 이상적이라고 생각되는 여성상에 대한 감각을 보여준다는 점에서 여훈서와 유사하기 때문에 함께 다룬다.

6 문해교육을 위한 근대적 독본의 형태를 띠고 있지만 역시 뛰어난 행실을 보였다고 판단되 는 여성들의 사적을 수록하여 당대의 이상적 여성상에 대한 감각을 보여준다는 점에서 여훈서와 유사하기 때문에 함께 다룬다.

7 저자와 책에 대한 전체적인 설명은 성민경, 「한계(韓溪) 이승희(李承熙)의 여훈서 편찬에 대한 고찰」(『어문논집』 78, 민족어문학회, 2016) 참조.

8 저자와 책에 대한 전체적인 설명은 『규문궤범』(여성문화이론연구소 고전연구팀 역, 한국 국학진흥원, 2002, 17~29면), 김경미의 해제 참조.

9 저자와 책에 대한 전체적인 설명은 성민경, 「20세기 초 여훈서의 일 양상-『婦人言行錄』을

중심으로」 참조.

10 저자와 책에 대한 전체적인 설명은 성민경, 「1920년대 초기의 여성 담론과 『(名媛)新女子寶鑑』」(『고전과해석』 16, 고전문학한문학연구학회, 2014) 참조.

11 저자와 책에 대한 전체적인 설명은 김기림, 「유영선의 『규범요감』에 대한 고찰」(『한국고전여성문학연구』 28, 한국고전여성문학회, 2014) 참조.

12 『주역』 「復卦」 六四 효사에 보인다. 다섯 음(陰)의 가운데 있어서, 돌아가 바른 곳에 자리 잡고 맨 아래 양효(陽爻)와 서로 호응할 수 있다는 의미다.

13 『시경』 「한광」에, "남쪽에 교목이 있으니, 가서 쉴 수가 없도다. 한수에 놀러 나온 여자가 있으니, 구할 수 없도다. 한수가 넓어 헤엄쳐 갈 수 없으며, 강수가 길어 뗏목으로 갈 수 없도다(南有喬木, 不可休息. 漢有游女, 不可求思. 漢之廣矣, 不可泳思, 江之永矣, 不可方思)" 라고 하였는데, 주자는 "문왕의 교화가 가까운 곳에서부터 먼 데까지 이르러 먼저 강수와 한수의 사이에 미쳐서 그 음란한 풍속을 변하게 하였다. 그러므로 놀러 나온 여자들을 바라보고는 단장(端莊)하고 정일(靜一)하여 다시 전날처럼 구할 수 없음을 알았다"고 하였다.

14 田愚, 「敬題女四書後」(박만환 역, 『여사서언해』), 1907, "愚觀近年宇內之勢, 夷禍滔天, 禮敎掃地, 駸駸至於相鼠有狐之俗, 而人道廢矣. 今得此書, 以喚醒人心目, 亦安知無中行獨復之哲媛, 而進於漢廣詠歎之美, 以基二南之化也乎. 是所望于世爾."

15 춘추 시대 진(晉)의 귀족을 말한 것이다. 진나라가 망하면서 쇠락하여 모두 노예의 신분이 되었다.

16 궁중에서 비빈들에게 예의를 가르치고 지도하던 여관(女官)을 말한다.

17 최 씨·노 씨·왕 씨·사 씨를 말한 것인데, 모두 육조(六朝) 및 당대(唐代)의 거족(鉅族)이었다.

18 尹秉求, 「(懸吐註解)女子寶鑑序」(박건회 역, 『(懸吐註解)女子寶鑑』, 匯東書館), 1914, "昔在箕聖之時에 男女ㅣ理路ᄒ고 婦人이 貞信不淫ᄒ니 可想其時敎化之美라 所以有禮義之稱이러니 奈之何挽近以來로 風敎壞敗ᄒ고 禮法이 墜廢ᄒ야 變郤范韓之女ㅣ無聞師姆之訓ᄒ고 崔廬王謝之門이 徒習侈靡之風ᄒ야 自上達下에 救弊無策ᄒ니 寧不慨歎이리요(…중략…) 蓋此書는 卽閨範之根本이니 繼自今凡我同胞娣妹는 必將優入於愛敬孝烈之域ᄒ고 而克盡爲己之道면 則快齋君之意ㅣ庶不孤矣夫인져"(띄어쓰기-인용자)

19 "그러나 우리나라 부녀는 비록 공경과 유생의 집안이라도 애초에 배우지 않아서 심지어 부형의 이름과 선조의 족보를 아득히 모르고, 오로지 술과 밥, 방적으로 일생을 보내니, 어느 겨를에 가언과 선행을 듣겠는가? 때문에 이때의 군자가 이것을 걱정하여, 학교를 세워 그들을 교육하니, 여자[巾幗]의 무리들이 또한 무럭무럭 문명의 영토로 들어왔다. 그러나 교편을 주관하는 자가 또 강의에 임함에 책이 부족하다는 탄식을 면하지 못하니 안타깝구나(而我東婦女는 雖公卿章甫之家라도 初不學焉ᄒ야 以至父兄名字와 祖先譜牒를 茫然不知ᄒ고 惟酒食紡績으로 度了一生ᄒ니 何暇聞嘉言善行哉아 所以로 當時君子ㅣ爲是之憂ᄒ야 設學校以敎育之ᄒ니 巾幗之流ㅣ亦將蒸蒸入於文明之囿의라 然이나 主敎鞭者ㅣ又未免臨講乏書之歎ᄒ니 噫라)"

20 최정무, 박은미 역, 「한국의 민족주의와 성(차)별 구조」, 『위험한 여성-젠더와 한국의 민족주의』, 삼인, 2001, 40면.

21 장지연, 「뎨일장(第一章) 총론(總論) 뎨일과(課)」, 『녀ᄌ독본』, 광학서포, 1908, "녀ᄌ는 나라 빅셩(百姓)된쟈의 어머니될 사람이라 녀ᄌ의교육(敎育)이 발달(發達)된 후에 그 ᄌ녀로ᄒ여곰 착한 사람을 일울지라 그런고로 녀ᄌ를 ᄀᆞ라침이 곳 가뎡(家庭)교육을 발달ᄒ야

국민(國民)의 지식(智識)을 인도(引導)ᄒᆞᄂᆞᆫ 모범이 되ᄂᆞ니라 어머니 된쟈ㅣ 누가 그 ᄌᆞ식(子息)으로ᄒᆞ여곰 측ᄒᆞᆫ사름이 됨을 원(願)치아니ᄋᆞ리오마는 미양 이정(愛情)에 싸져 그 ᄌᆞ식의 악(惡)ᄒᆞᆫ힁실을 기르ᄂᆞ니 아바지 된쟈ㅣ 그 ᄌᆞ식으로 멀니 학교(學校)에 보내고져ᄒᆞ여도 그 어머나나 혹(或) 그 조모(祖母)가 이정에 못니겨 반ᄃᆡ(反對)ᄒᆞᄂᆞᆫ이ㅣ 만ᄒᆞ니 이거슨 다 녀ᄌᆞ의 학문(學問)이 업셔 그러ᄒᆞᆷ이니라"

22 왕성순, 「序」, 『閨門軌範』, 1915, 해동인쇄소(여성문화이론연구소 고전연구팀 역, 『규문궤범』, 한국국학진흥원, 2002, 31~33면.

23 兪珏卿, 「名媛新女子寶鑑序」, 『(名媛)新女子寶鑑』, 永昌書館, 1922, "生民의 序ᄂᆞᆫ 夫婦로써 父子와 君臣에 先홈은 孔夫子의 至訓이라 人이 幼ᄒᆞᆫ 時로부터 薰陶擩染ᄒᆞᄂᆞᆫ바ᄂᆞᆫ 母가 父보다 多ᄒᆞ니라 閨範의 正홈이 實로 人格을 作成ᄒᆞᄂᆞᆫ 權輿라 이러홈으로 古史를 歷觀홈애 賢人이나 君子가 或其父되나이ᄂᆞᆫ 足히 稱홀者ㅣ無ᄒᆞ되 母되ᄂᆞᆫ이ᄂᆞᆫ 賢哲호자 多ᄒᆞ지라 今에 女行의 壞戾홈이 此에 極ᄒᆞ얏스니 世道를 爲ᄒᆞ야 其本이 喪ᄒᆞ얏다홀지라도 過言이 아니라홀지니 진실노 汲汲히 極救치아니치 못ᄒᆞ리로다"(띄어쓰기-인용자)

24 유영선, 「閨範要鑑後題」, 『閨範要鑑』, 1925, "禮男子八歲而入小學, 女子十歲而聽姆敎, 自昔賢人哲媛未有不敎由敎而成者也. 然在男子亦可就師擇友以成其德, 而女子不出閨門無他見聞, 則其敎尤勿可忽也. 且男子八歲以前, 亦專關於母儀, 則異日之繼開大業位育極功, 未爲不權輿於慈敎矣. 然則內則之爲治敎本源, 豈徒其敎女子而已. 迫世降敎弛, 蒙養不端, 而內訓尤蔑如, 專務纂繡華巧粉黛靚裝之習, 而不知閨範性行之爲何等物事, 將何以補相君子宜其家室, 而及於國與天下也. 此所以世道之日下, 而敎化之不明也. 可勝歎哉?"

25 『독립신문』이나 『제국신문』, 『여자지남』, 『여자계』, 『신여성』 등과 같은 매체에 남녀동등을 강력하게 주장하거나 여성을 가정 내에 속박하는 '현모양처' 교육론에 반발하는 기고문들이 산견되기는 하지만 그러한 의견들이 당대 주류였다고 말하기는 어려우며 거센 비판에 직면하기도 했다. 그러나 당대에 주류가 아니었기에 여성의 근대적 자연권-자유와 평등-획득에 기여한 그러한 움직임이 더욱 고평받아야 한다고 생각한다.

26 이만부(1664~1732)가 며느리를 대상으로 지은 『규훈』과 박윤묵(1771~1849)이 아내를 대상으로 남긴 「규계」 같은 경우 그 내용에 자녀교육이 포함되어 있지 않은 것을 알 수 있다. 이만부, 「書閨訓後. 贈新婦설」, 『息山文集』 卷11, "지금 그 요점을 들어 말해보면, 효성으로 시부모님을 봉양하고, 공경으로 남편을 섬기며, 정성으로 제사를 받들고, 예절로 종친들과 화목하며, 은혜로 비복들을 부리는 것, 이 다섯 가지이다(今擧其綱而言之, 養舅姑以孝, 事丈夫以敬, 奉祭祀以誠, 睦宗族以禮, 御家衆以惠, 凡此五者)."
박윤묵, 『存齋集』 卷25 「閨誡」. "이에 다섯 가지 조목으로 나누어 말한다. 첫째는 유순하여야 한다. 둘째는 행동거지를 삼가야 한다. 셋째는 여공을 부지런히 해야 한다. 넷째는 재물 쓰기를 적절하게 해야 한다. 다섯째는 무당과 독경하는 일을 멀리해야 한다. 이 가르침을 잘 지켜 혹 타락하지 말아야 하니 이것이 내가 바라는 바이다(於是乎有五條之說焉. 一曰尙柔順, 二曰謹動止, 三曰勤女工, 四曰節財用, 五曰遠巫瞽. 克修厥誡, 罔敢或墜, 是所望也)."

27 근대전환기 이전의 대표적인 여훈서라고 할 수 있는 宋時烈의 『우암선싱계녀셔』는 "① 부모를 섬기는 도리, ② 지아비를 섬기는 도리, ③ 시부모를 섬기는 도리, ④ 형제간에 화목하는 도리, ⑤ 친척 간에 화목하는 도리, ⑥ 자식을 가르치는 도리, ⑦ 제사를 받드는 도리, ⑧ 손님을 대접하는 도리, ⑨ 투기하지 않는 도리, ⑩ 말을 조심하는 도리, ⑪ 재물을 절제 있게 쓰는 도리, ⑫ 일을 부지런히 하는 도리, ⑬ 병환을 돌보는 도리, ⑭ 의복과 음식을 만드는 도리, ⑮ 노비 부리는 도리, ⑯ 재물을 빌려주고 되돌려 받는 도리, ⑰ 팔고 사는

도리, ⑱ 비손하는 도리, ⑲ 종요로운 도리, ⑳ 선인들의 선행"로 구성되어 자식교육에 대한 내용은 적은 비중을 차지한다. 한원진(1682~1751)의『한씨부훈(韓氏婦訓)』역시 마찬가지임을 알 수 있다. "①總說章, ②事父母舅姑章, ③事家長章, ④接兄弟娣姒章, ⑤敎子婦章, ⑥待妾媵章, ⑦御婢僕章, ⑧幹家務章, ⑨接賓客章, ⑩奉祭祀章, ⑪謹婦德章"

28 朱子,『小學』「小學書題」. "반드시 어릴 때에 강(講)하여 익히게 한 것은 그 익힘이 지혜와 함께 자라며 교화가 마음과 함께 이루어져서 거슬려 감당하지 못하는 근심을 없게 하고자 해서이다(而必使其講而習之於幼稚之時, 欲其習與智長, 化與心成, 而無扞格不勝之患也)."

29 성민경,「한계 이승희의 여훈서 편찬에 대한 고찰」, 167·174면. 교육의 구체적인 내용 역시 위의 글에 상세하다.

30 열녀는 35명, 절부는 16명으로 압도적으로 큰 비중을 차지한다. 근대전환기 여훈서에서 여성의 '烈'이 두드러지게 강조되는 현상에 대해서는 성민경,「근대전환기 女訓書에 나타난 烈의 형상과 그 의미」,(『열상고전연구』65, 열상고전연구회, 2018) 참조.『본조여사』전체 항목은 미주 5번 참조.

31 서두에 붙인 저자의 말은 다음과 같다. "어질고 슬기로운 어머니는 어렸을 때만 자식을 가르치지 않는다. 성장한 후라도 벼슬살이를 하며 백성들에게 임하고, 사건을 만나 변고에 대처하는 것이 가르침을 내리지 않을 날이 없으니, 곧 이것이 모도(母道)가 시작을 이루고 끝을 맺는 까닭이다. 옛 현모 중에 드러난 자들을 취하여 다음과 같이 엮되, 어릴 때 가르친 것과 구별을 둔다. 그러므로 훈자(訓子)라 이르고 덧붙이니, 독자는 상세히 보기를 바란다."

32 서사의 세부에 차이는 있지만 맹모의 경우『녀즈보감』,『규문궤범』,『부인언행록』,『규범요감』에 등장하고, 후부인의 경우『규의』,『규문보감』,『부인언행록』,『규범요감』에 등장하여 최다수를 차지한다.

33 맹모삼천과 맹모단기는『列女傳』「母儀·鄒孟軻母」에 전한다. 그리고 맹자가 어렸을 때 동쪽 집에서 돼지를 잡는 것을 보고 무엇을 하려는 것이냐고 묻자 맹모가 너에게 먹이려는 것이라고 대답했다가 이내 후회하였지만 신의를 가르치기 위해 마침내 돼지고기를 사다먹였다는 일화, 즉 맹모무광은『소학』에 맹모삼천과 함께 전한다.『소학』에는 사마광의『가범』을 출전으로 들고 있지만『가범』에서 이 일화의 주인공은 맹자가 아니라 증자이다.『소학』에서 잘못 인용한 이후,『소학』의 영향력이 막강했던 우리나라에서는 맹자의 일화로 통용되어『우암션싱계녀셔』등에도 실리게 되었다.

34 만명의 사례는『녀즈독본』,『규의』,『부인언행록』,『신여자보감』에 수록되어 있고, 신사임당은『본조여사』,『녀즈독본』,『부인언행록』,『신여자보감』에 수록되어 있다.

35 이숙인,「신사임당 담론의 계보학(1)-근대 이전」,『진단학보』106, 진단학회, 2008, 16~24면 참조.

36 보다 자세한 사항은 성민경,「20세기 초 여훈서의 일 양상-『婦人言行錄』을 중심으로」, 494~499면 참조.

37 『본조여사』에서 인용.『녀즈독본』,『신여자보감』에도 수록. 박광우 어머니의 일화도 참고할 만하다. "박광우의 호는 잠소당이고 상주 사람으로 기묘·을사사화 때 司諫 벼슬을 했다. 현모 장씨는 덕이 있고 또 엄격하게 네 아들을 가르침에 禮制를 어기지 않았다. 서실 3칸을 세우고 별도로 긴 베개와 큰 이불을 만들어 경전으로 가르치고 밤낮으로 함께 지냈다. 또 옷 한 벌과 관 하나로 손님이 오면 번갈아 맞이하고 전송하도록 하여 공연히 놀지 않도록 했다. 광보와 광필 등 여러 아들이 모두 교훈에 감복하여 촌음을 아까워했다. 정암(조광조) 등 제현이 모두 맹모의 교육을 다시 보게 되었다고 칭송하였다."(『본조여사』에서 인용.『신여자보감』에도 수록.『규의』의 맹종 어머니도 유사. "漢나라 江夏의 맹종(孟

宗)은 어려서 유학하였다. 그의 어머니는 12폭의 이불을 만들어 賢士들을 불러 함께 누워 군자의 말을 듣기를 바랐다.")

38 『부인언행록』에서 인용. 한부인 일화는 『규의』에, 정부인 일화는 『규범요감』에도 수록.

39 전우, 『艮齋集』 卷6 「崔孺人傳」. "帝王之興亡, 由於人材之養與不養爾. 士大夫之家其隆替, 亦必由子孫之敎與不敎."

40 『가뎡잡지』는 1906년에서 1908년 사이에 발행되었는데, 1906년 6월부터 1907년 1월에 걸친 1호에서 7호까지 柳一宣이 편집 겸 발행을 맡았다. 발간이 중단되었다가 1908년 1월에 신채호가 편집 겸 발행을 맡은 2년차 『가뎡잡지』는 1908년 7월의 7호까지의 발행이 확인된다(한국외대 연구산학협력단, 『근대문화유산 신문잡지 분야 목록화 조사 연구 보고서』, 문화재청 근대문화재과, 2010, 174면 참고). 이 중 '맹모무광'의 내용을 표지로 삼은 것은, 1년차 1906년의 7호이다. 맹모의 일화를 그림으로 넣고 "孟母斷誐"이라는 제목과 "뎡즈의 어머니 속이지 안이ᄒ 일"이라는 번역을 함께 게시했다. '김유신참마'는 1908년 2년차 1호의 표지로, "김金유庾신信참斬마馬"라고 한글과 한자를 병기해서 적고, 김유신이 말에게 칼을 들이대는 장면과, 그것을 내려다보는 어머니의 모습을 함께 싣고 있다. 해당 호의 "가정미담"에는 "김유신 모친"이야기를 소개하며 '김유신이 삼국을 통일하고 말갈을 물리침이 모두 모친의 가르침 덕분이라'라는 기술로 마무리된다(임상석, 「근대 지식과 전통 가치의 공존, 가정학의 번역과 야담의 번안 및 개작-『가뎡잡지』 결호의 발굴」, 『코기토』 79, 부산대 인문학연구소, 2016, 56면 참고).

41 「嚴母撻子」, 『대한매일신보·시ᄉ평론』, 1908.12.3.

42 임진왜란 이후에도 비슷한 상황이 확인되며(정지영, 「임진왜란 이후의 여성교육과 새로운 '충'의 등장-『동국신속삼강행실도』를 중심으로」, 『국학연구』 18, 한국국학진흥원, 2011 참조), 明末淸初의 여훈서 『女範捷錄』에서 '忠義'편을 두기도 했다(김지선, 「明末淸初 遺民의 기억, 서사, 그리고 『女範捷錄』」, 『중국학논총』 36, 고려대 중국학연구소, 2012 참조).

43 이승희, 『韓溪遺稿』 6 「銀指環說」. "그리고 부인 또한 사람이다. 지금 충군애국의 義를 함께 할 수 없다고 하는 것은 사람으로서 어떤 강상도 어떤 윤리도 없다는 것이로다! 무릇 부인이 國政에 참여할 수 없다고 하는 것은 다만 專制할 수 없음을 이르는 것이지 어찌 군자를 보좌하고, 子弟를 교육하여 忠愛의 義를 이룰 수 없다는 것이겠는가? 이것 뿐 만이 아니다. 옛날 훌륭한 장수 중에는 아내와 첩으로 하여금 군대에 편입시킨 경우도 있고, 옛날 현명한 군주 중에는 황후가 전사의 의복을 바느질하도록 맡긴 경우도 있었으니, 지금 國事와 무관하다고 하는 것이 어찌 사람의 이치이겠는가(且婦人亦人也. 今日不可與於忠君愛國之義, 則是人而無一綱一倫者耶! 夫謂婦人不可預國政者, 只謂不可專制也, 豈不可輔佐君子, 敎訓子弟, 以成忠愛之義耶? 不惟是也, 古之良將, 有以妻妾編於行伍之間, 古之賢君, 有聽皇后縫戰士之衣者, 今謂無關於國事者, 豈人理哉)?"

44 김기림, 「개화기 호남 유림의 여성 인식-송사 기우만을 중심으로」, 452~455면 참조.

45 성민경, 「20세기 초 여훈서의 일 양상-『婦人言行錄』을 중심으로」, 174~179면 참조.

46 김기림, 「유영선의 『규범요감』에 대한 고찰」, 205·214~218면 참조.

47 『부인언행록』에서 인용. 『규의』, 『규문보감』, 『규범요감』에도 수록.

48 『규의』에서 인용. 『규문궤범』에도 수록.

49 『규의』에서 인용. 『규범요감』에도 수록.

50 『규문궤범』에서 인용. 『규범요감』에도 수록.

51 『본조여사』에서 인용. 『신여자보감』에도 수록.

52 『규의』에서 인용. 『규문궤범』에도 수록.

53 『부인언행록』에서 인용. 『규문궤범』에도 수록.

54 『규의』에서 인용. 『규문궤범』에도 수록.

55 이형대, 「규방가사・민요・계몽가사의 모성 표상」, 『한국고전여성문학연구』 14, 한국고 전여성문학회, 2007, 171~178면 참조.

56 이해조, 『자유종』, 광학서포, 1910, 26~28면. "자식의 효도를 받는 것이 어찌 내 몸만 잘 봉양하면 효도라 하리요, 증자 말씀에 임금을 잘못 섬겨도 효가 아니요 전장에 용맹이 없어도 효가 아니라 하셨으니 이 말씀을 생각하면 자식이라는 것이 내 몸만 위하여 난 것이 아니요 실로 나라를 위하여 생긴 것이니 자식을 공물이라 하여도 합당하오."

57 근대 초기 남성젠더의 여성 및 모성 담론에 대해서는 김복순, 「근대 초기 모성 담론의 형성과 젠더화 전략」(『한국고전여성문학연구』 14, 한국고전여성문학회, 2007, 23~33면) 참조.

58 김기림, 「유영선의 『규범요감』에 대한 고찰」, 218~222면; 성민경, 「한계 이승희의 여훈 서 편찬에 대한 고찰」, 184~188면; 성민경, 「20세기 초 여훈서의 일 양상―『婦人言行 錄』을 중심으로」, 488~494면 참조.

59 니라 유발-데이비스, 박혜란 역, 『젠더와 민족』, 그린비, 2012, 52~57면 참조.

애정류 신작 구소설에서
책 읽는 여성 주체의 등장

이정원

◆◇ 신작 구소설의 새로움

신작 구소설은 신소설의 영향을 받아 창작되어 구활자본으로 출판된 고소설 작품들을 가리킨다.[1] 애정류와 역사류 등이 대표적인 하위 유형인데, 애정류 신작 구소설의 양태와 의의는 이해조가 1911년 9월 29일 『매일신보』에 「소양정」을 연재하면서 쓴 '소설 예고'에서 가늠할 수 있다.

본 기자가 십여 년의 세월을 소설에 종사하여 구소설의 부패한 말들이 지금 이십 세기 시대에 맞지 않음을 깨닫고 한 번 바꾸기를 힘써서 신소설을 발명하여 이미 이삼십 종의 소설을 저술한 바 애독하시는 여러 독자들의 큰 칭찬하심을 얻었습니다. 그러나 좋은 노래도 오래 부르면 듣기 싫은 것과 같이 신소설도 여러 해를 날마다 대하면 지루한 생각을 금하지 못하니, 이는 다름 아니라 새 것이 오래되어 변할 기회가 이른 것입니다. 그러므로 기자가 연구하고 또 연구하여 소설을 또 한 번 바꾸되, 옛 것과 새 것을 참작하여 옛 소설의 허무맹랑함은 버리고 정대한 문법만 취하고, 신소설의 얕고 참혹한 것은 버리고 정밀한 뜻만 취하여 「소양정(昭陽亭)」이라는 소설을 저술합니다. 이 소설의 재료는 기자가 정신을 오래 허비하여 비로소 얻은 바이니, 모범될 만한 행실과 감각적인 사정이 진진한 흥미를 일으킬 만합니다. 독자들께서는 맑은 창가에서 다음 호를 열람하십시오.[2]

이해조는 소설 예고를 낸 뒤, 9월 30일부터 12월 17일까지 65회에 걸쳐 「소양정」을 연재하였고 이는 1912년, 신구서림에서 출판되었다. 「소양정」은 현전하는 애정류 신작 구소설 중 가장 먼저 출판된 작품이기에 나중에 출판된 작품들에 대해 일종의 이정표를 세웠다고 볼 수 있다. 위에서 확인할 수 있는 것처럼 애정류 신작 구소설은 신소설에 대한 독자의 지루함을 상쇄하려는 출판 전략 아래 창작되었고, 옛 소설의 허무맹랑함을 버리는 대신 그 정대한 문법을 취하고 신소설의 얕고 참혹함을 버리는 대신 정밀한 뜻을 취하고자 하였다. 그간 비판받아 온 옛 소설의 황탄무계함을 버리고, 옛 소설의 기본 서사 골격에 신소설의 시대정신을 모범될만한 행실과 감각적인 사정으로 그리고자 한 것이다. 애정류 신작 구소설의 출현은 고소설의 서사 골격을 계승하는 문학사적 의의와 당대의 독자들에게 모범될 행실을 소설로써 계몽하는 사회적 의의를 지녔음을 알 수 있다.

여기서 신작 구소설에 가장 크게 영향을 미친 고소설 양식은 귀족적 영웅소설이라 할 수 있다.[3] 이는 고소설의 황탄무계함을 비판하는 여러 글들[4]에서 거듭 지적되는 작품들이 「소대성전」·「장풍운전」 등이란 점,

그리고 조동일이 지적한 것처럼 신소설이 귀족적 영웅소설의 도덕적 당위성을 물려받았으며[5] 여러 작품들에서 귀족적 영웅소설 또는 군담소설의 영향과 변형이 확인된다는 점에서 그러하다.[6]

그렇다면 신작 구소설에서 버린 구소설의 허무맹랑함은 무엇보다 귀족적 영웅소설의 일반적 특징인 천상계 우위의 이원적 구조, 그리고 그러한 구조에서 견인되는 운명론적인 서사 전개라 할 수 있다. 천상계의 시각에서 보자면 필연적인 사건 전개도 지상계의 관점에서는 우연적이어서 선한 주인공의 승리와 성공은 당위적일 뿐 서사적 개연성을 확보할 수 없기 때문이다. 이러한 점은 기존 논의에서도 거듭 확인된다. 신소설의 문학사적 의의로서 "천상계를 청산한 최초의 소설"을 지적한 것에서부터,[7] 개별 작품론에서 천상계의 소멸이 초래한 영향 등이 탐색된 것이다.[8]

그런데 천상계의 소멸은 소설 구성의 관점에서 보자면, 이원적 배경이 아니라 일원적 배경으로의 전환, 적강과 같은 천상 계보가 없는 일상인 인물의 등장, 천수天數(하늘이 정한 운수・운명) 등으로 지칭되어 사건 전개의 유기성을 보장하는 서사 논리의 소실을 의미한다. 신작 구소설은 단순히 배경에서 천상계를 없앤 것이 아니라 서사 구성의 원리와 방식 자체를 매우 새롭게 개발해야만 했던 것이다.

신작 구소설에서 새롭게 시도된 새로운 서사 구성 방식은 유형에 따라 다양하겠지만, 애정류의 경우 「소양정」과 「난봉기합」에서 의미 있는 양상이 확인된다.[9] 구체적으로 이 작품들에서는 귀족적 영웅소설의 인물들과는 다른 인물들이 등장한다. 가령 「소양정」의 여주인공 정채란은 정혼한 남주인공을 찾아 남복을 입고 집을 나섰다가, 누명을 쓰고 죽을 위기에 놓인 남주인공을 구원하여 행복한 결말에 이른다. 「난봉기합」의 여주인공 이채봉은 남주인공의 책 읽는 소리를 듣고 문리를 깨치는 지적인 여성이다. 이채봉도 남주인공과의 혼약을 지키기 위해 여러 반동인물들과의 갈등을 계교로써 물리치고 남복을 입고 가출하여 행복한 결말에 이른다. 귀족적 영웅소설의 여주인공들이 남주인공의 성공에 부속되어 가정을 이루는 것과 달리 적극적으로 자신의 인생을 개척하고 반동인물들과의 투쟁을 마다하지 않는 것이다.

「소양정」과 「난봉기합」에서 두 여주인공의 활약은 귀족적 영웅소설에서 상투적으로 발견되는 운명론에 근거한 남주인공의 일대기 서사와는 다른 서사를 가능하게 했다. 남주인공의 신이한 군담이 펼쳐질 수 없는 상황에서, 여주인공들의 가출은 천상의 계보가 없는 일상인들의 갈등 속에서 서사가 진행될 수 있는 계기가 되었다. 이에 따라 서사는 천상에서 예정된 운명이 지상의 선악 구도 속에서 진행되는 것이 아니라, 일상인들의 욕망과 이해 관계 속에서 개연성을 갖춘 채 진행되었다. 영웅소설의 선악 구도가 사라진 것은 아니지만, 「소양정」의 '신가'의 사례에서 보듯 원조자조차 반동인물로 변모하는 등 선악 구도는 일관되거나 절대적이지 않다. 이처럼 귀족적 영웅소설에서 남주인공 서사의 부속물이었던 여주인공의 재발견과 능동적인 주체로의 변신은 「소양정」과 「난봉기합」의 서사 전개에서 중요한 특징이다.

그런데 서사의 중심 인물로서, 귀족적 영웅소설의 남주인공이 충과 효를 지양하는 도덕적 당위에 입각한 인물이라면, 두 작품의 여주인공은 아버지의 혼약을 지키려 한다는 점에서는 전통윤리를 지향하지만 때론 어머니나 오빠의 뜻을 어기고 가출을 할 정도로 가정윤리에 복속되지 않는다는 점에서 윤리적 당위에 입각한 인물로 보기 어렵다. 오히려 그들은 조동일이 지적한 것처럼 "부모가 절대자로 되어 있는 가족제도를 거부하고 자기대로의 행복을 추구하는 새로운 자식이 나타나기 시작했음을 의미"하고, "시민적 개인주의"가 투영된 새로운 인물의 출현을 보여준다.[10] 자기 나름의 판단 아래 집을 다스리는 아버지의 뜻을 거스른다는 점에서 시민적 개인주의가 투영된 인물인 것이다.

애정류 신작 구소설에서 발견되는 새로운 인물 형상을 시민적 개인주의의 독법으로 읽어낼 때에, 「난봉기합」의 여주인공 이채봉이 보여주는 향학열은 주목할 만하다. 이채봉이 창 밖에서 권질의 글 읽는 소리를 듣는 것을 알게 되어 아버지들은 혼약을 맺는다. 「난봉기합」의 혼약은 적강한 남주인공의 영웅성을 알아본 조력자의 구원이나 지인지감의 결과가 아니라 책 읽는 남성을 엿보고 문리를 깨치는 여주인공이 발견되어 이루어지는 것이다. 이처럼 천상계에서 유래한 운명론을 대체하는 새로운 서사 전개의 단초로써 기능한다는 점에서 「난봉기합」에서 향학열을 지닌 여주인공은 구소설의 천상계를 극복한 신소설에 영향을 받고 있다.

한편 애국계몽기부터 진행된 교육 담론은 향학열을 지닌 여주인공이 출현하게 된 사회적 배경으로 이해된다.[11] 교육을 통해 국민 계몽과 국가 부강을 이루자는 교육 담론은 사회 각 분야에서 제기되었다. 앞서 이해조의 '소설 예고'에서 확인할 수 있는 것처럼 신문학기에 소설은 사회 계몽의 수단으로 이해되었는데, 「난봉기합」의 저자인 김교제도 1911년부터 1913년까지 동양서원의 직업 작가이자 편집부원으로 활동하면서 계몽주의적 문학관을 실천해 왔다.[12] 이는 그의 출세작인 「목단화」의 광고에서 확인된다.

김교제 저(著) 신소설 목단화. 이 소설은 여성의 배움을 권장하고 풍속을 개량하며 품행을 단정하게 하여 여자들에게 유익한 이른바 신소설이오니 널리 보아주십시오. 발행처 광학서포 김상만[13]

김교제의 신소설은 여학女學을 권장하고 풍속을 개량하며 품행을 단정하게 한다는 광고는 신작 구소설인 「난봉기합」의 성격이나 독서의 의미가 계몽성에 있음을 드러낸다. 또한 「난봉기합」의 저자 후기[14]에서도 김교제는 남주인공이 이채봉과 조채란과 중혼한 것이 가정과 풍속 그리고 문명에 큰 방해이지만 조선 초엽의 풍습이니 용서해 달라고 밝히는 등 계몽주의적 문학관을 드러내고 있다. 「난봉기합」의 사례는 옛 소설의 허무맹랑함을 극복하고 계몽주의적 문학관에 입각하여 새로운 서사를 펼치려는 시도로 이해되는 것이다.[15]

그런데 교육 담론이 애정류 신작 구소설의 사회적 배경이고 사회적 변화에 대한 소설적 대응으로서 「난봉기합」의 양태가 우연한 것이 아니라면, 그 서사적 반영은 「난봉기합」에만 국한되지 않을 것이며, 그 양상도 이채봉에게만 한정되지 않을 것임을 예상할 수 있다. 여기에서 「난봉기합」에서 발견된 향학열 지닌 여성, 책 읽는 여성에 대한 논의를 애정류 신작 구소설 전반으로 확대하여 탐색해야 할 필요가 생긴다.

과연 신작 구소설에서 '책 읽는 여성'은 어떤 존재였고, 그들은 어디에서 왔을까? 다음의 작품들에서 이런 질문들에 대답해 보겠다.

「소양정」(신구서림, 1912), 「채봉감별곡」(신구서림, 1913), 「약산동대」(광동서국, 1913), 「난봉기합」(동양서원, 1913), 「미인도」(회동서관, 1913),

「부용의 상사곡」(신구서림, 1913), 「청년회심곡」(신구서림, 1914), 「이화몽」
(신구서림, 1914)

◆◇ 책 읽는 여성 주체의 등장

고소설의 책 읽는 여성

고소설에서 책 읽는 여성은 애정류 신작 구소설에서 처음 등장한 것
은 아니다. 가령 『금오신화』의 「만복사저포기」에서 귀녀는 양생과 이별
하는 자리에서 자신의 독서 경험을 말한다.

> 여인은 이렇게 말하였다.
>
> "저의 행동이 계율을 어겼다는 것은 저 스스로 잘 알고 있어요. 어려서 『시
> 경』·『서경』 같은 경전을 읽었으므로 예의가 무언지는 조금 알지요. 그러니,
> 『시경』의 「건상」에서처럼 정절을 지키지 않고 여인이 남자에게 정담을 속삭
> 이는 것이 겸연쩍은 일이고, 『시경』 「상서」에서 말하였듯이 무례한 행동이
> 부끄러운 일이란 사실을 모르는 게 아니랍니다. 그러나 오랫동안 쑥덤불 속에
> 거처하여 들판에 버려져 있다가 보니, 풍정(風情)이 한번 일어나자 끝내 걷잡
> 을 수 없었어요. (…후략…)."[16]

귀녀의 독서는 경전을 대상으로 하였고, 이는 예의와 정절을 배우는

과정으로 이해되고 있다. 소설사의 첫머리에 등장한 책 읽는 여성은 남자에게 정담을 속삭이는 것이 부끄러운 일임을 알게 되었다면서도 풍정이 한 번 일어나자 걷잡을 수 없었다고 고백함으로써, 여성의 독서와 인간의 자연스러운 성정 사이의 긴장관계를 암시하고 있다. 이러한 긴장관계는 여성에 대한 남성 중심의 이해가 제도와 규범으로 안착함으로써 비롯되었는데, 훈육 지향의 독서 행태는 고소설에서 어렵지 않게 발견된다. 가령 가문소설인 『소현성록』에서 남편이 죽고 유배를 가게 된 교영에게 어머니는 독서를 권장한다.

> 양 부인이 울음을 그치고 주위에서 『열녀전』 한 권을 가져다가 교영에게 주며 말하였다.
> "이 가운데 여종편과 도미의 아내며 백영 공주며 역대 절개 있는 부인의 행적이 들어 있다. 그러니 네가 마땅히 유배지에 가져가 이 책이 네 주변에서 떠나지 않게 하여라. 그러면 깊은 산 궁벽한 골짜기에서 호랑이, 시랑 같은 무리가 비례(非禮)로 핍박해도 몸은 십만 군병이 지켜주는 것보다 굳으며 그 도움은 옥 같아서 절개를 잃지 않을 것이다. 하지만 만일 이를 어그러뜨리면 가문에 욕이 미칠 것이니 구천에 가서라도 서로 보지 않을 것이다."[17]

어머니 양 부인의 훈계와 경고도 교영의 성정을 막을 수는 없어서, 교영은 유배지에서 사통을 하고 집에 돌아와서는 양 부인에게 죽어 선산에도 묻히지 못하게 된다. 교양소설로서 『소현성록』이 지향하는 바가 교영의 삶을 통해 드러나고, 더불어 고소설에 형상화된 책 읽는 여성이 어떤 존재인지 나타나고 있다. 정절을 지키는 마음가짐을 돈독히 하는 수단으로써 독서는 권장되고, 책 읽는 여성은 그 훈육과 내면화의 과정에 있는 존재인 것이다.

『소현성록』에서는 여성의 독서와 다르면서도 상통하는 면이 있는 남성의 독서도 등장한다. 소현성은 자신이 구원한 윤 씨 소저를 재취로 삼으라는 서모 석파의 제안을 거절한 뒤 『논어』를 읽는다.

> 말을 마치고는 조용히 단정하게 바로 앉아 『논어』를 펼쳤다. 여운을 길게 남기며 읽어 나가는데, 맑은 목소리가 낭랑해서 단혈(丹穴)에서 봉황이 우는 듯하였다. 그리고는 다시 말을 건네지 않으니 석파가 마음으로 감탄하고 들어가 부인에게 자세히 수말을 고하였다. 부인은 기쁨을 이기지 못하여 스스로 위안을 삼으려 말하였다.
>
> "내 아이가 어찌 이토록 어른스러운가? 내가 죽어 지하에 가도 죽은 남편을 보기에 부끄럽지 않을 것이네."[18]

『소현성록』에서 소현성은 여색에 관심이 없는 성인 군자로 그려진다. 그의 독서는 타고난 성품을 드러내는 과정이지 자연스러운 성정을 교정하는 과정이 아니다. 그러므로 똑같은 성정의 발현임에도 양 부인에게 교영은 부끄럽고 소현성은 자랑스럽다. 색욕에 초탈한 인간을 지향하고 독서가 그 과정에 있다는 점에서 교영의 독서와 소현성의 독서는 유사하지만, 여성의 성정은 음란과 공포의 대상으로 과장되는 반면, 남성의 성정은 소현성처럼 순정하거나 소현성의 매형 한 씨처럼 유희적으로 다루어진다는 점에서 이질적이다. 남성에게는 독서를 통해 교정될 필요가 절대적이지 않은 것이다.

여성의 성정을 음란한 것으로 치부하고 경계의 대상으로 삼아 독서로써 교정하려는 관점과는 사뭇 다른 양상을 애정소설 「운영전」에서 확인할 수 있다. 안평대군은 하늘이 재주를 내림에 남녀를 가리지 않았다며 궁녀들에게 『소학언해』와『중용』·『대학』·『논어』·『맹자』·『시경』·『서경』·『통사』 등을 읽고 외우게 한다. 여성의 지성을 남성과 동등하게 보고, 지성을 고귀한 인간상의 요건으로 본다는 점에서 안평대군의 입장은 다른 작품의 것들과 달라 보인다.[19] 그러나 안평대군이 인정한 고귀한 인간으로 계발될 여성이란 궁녀 중에서도 얼굴이 어여쁜 존재였고, 그들은 궁 밖에 이름이 알려지기만 해도 죽어야 하는 존재였다. 안평대군에게는 고귀한 여성의 지성도 성적 대상으로서의 존재 가치보다 우위에 있지 않았고, 훼절의 위험은 지성의 힘보다 강력한 것이었다. 「운영전」은 안평대군의 훈육을 내면화한 궁녀들이 애정욕과 규범 사이에서 갈등하고 심지어 자결하는 모습을 보임으로써 안평대군의 여성 이해가 정당한 것인지 의문을 제기하면서도 독서의 힘을 과장한다.

판소리계 소설 「춘향전」에서는 의심할 바 없이 순정한 정절 의식을 지닌 여성이 등장한다. 완판에서 춘향은 칠팔 세 되어 서책에 재미를 붙여 예모정절을 일삼으니 효행을 온 고을에서 칭송 아니할 이 없었다고 한다. 춘향의 의식은『소현성록』의 소현성처럼 천부적이어서 독서는 부차적인 것이다. 오히려 이런 춘향을 방자는 지성과 미모를 겸비하여 여염집 처자와 다름이 없는 퇴기의 딸로 소개하여 이 도령의 흥미를 돋운다. 춘향의 독서가 결연 대상으로서 춘향의 가치를 돋보이게 한다면, 이 도령의 독서는 오히려 자신의 품격을 떨어뜨린다. 이 도령은 춘향을 만나고 온 뒤 춘정에 못 이겨『중용』·『대학』·『논어』 등등 온갖 책들을 제멋대로 읽어댄다. 사또 자제이니 퇴기의 딸을 함부로 만나게 했던 사회 제도의 사상적 근간이 되었던 책들이 이 도령의 춘정 앞에서 음담패설로 격하되는 것이다.[20] 그러나 춘향은 이처럼 자기 모순적인 이 도령에게 구원된다. 열녀 지향을 통해 상하귀천의 차별에 저항하는 숭고한 인간상을 보여준다는 점에서 「춘향전」은 혁명적이지만, 춘향의 책 읽기는 춘정의 대상으로서 춘향을 장식하는 데에 소용이 있을 뿐이다.

이처럼 고소설에서 책 읽는 여성의 형상화에는 남성 중심의 여성 이해가 관철되고 있다. 책 읽는 여성은 남성이 원하는 여성상에 근접해 가는 존재이거나 이미 이를 타고난 여성으로 비쳐진다. 여성의 읽기와 쓰기에 대한 이덕무의 언급은 이러한 문학적 현상의 사회적 배경을 보여준다.

> 부인은 경서와 사서, 『논어』・『시경』・『소학』, 그리고 『여사서』를 대강 읽어서 그 뜻을 통하고, 여러 집안의 성씨, 조상의 계보, 역대의 나라 이름, 성현의 이름자 등을 알아둘 뿐이요, 허랑하게 시를 지어 외간에 퍼뜨려서는 안 된다. 주문위(周文煒)는 이렇게 말했다.
> "차라리 남이 나더러 재주가 없다고 칭하게 할지언정, 남이 나더러 덕이 없다고 칭하게 해서는 안 된다. 유명한 집안 부인의 시 한두 편이 불행하게 유전하면, 반드시 승려나 창기의 시 앞에 나열되니, 어찌 부끄럽지 않겠는가?"[21]

이덕무는 여성의 독서는 글 쓰는 재주를 키우고 키워진 재주가 가정 밖을 나돌면 부끄럽게 된다고 하였다. 여성의 독서는 집안의 성씨와 계보, 나라와 성현의 이름 정도나 아는 최소한의 교양 그리고 '여성다운' 언행과 가치관을 배우는 데 그쳐야 한다는 것이다. 독서의 목적이 비판적인 지성이 아니라 단편적인 지식을 지향하고 있고, 남성 중심의 여성 관을 내면화하는 데에 맞춰져 있다.

독서를 자기계발의 과정이라 할 때, 자신과 세상에 대한 이해와 성찰 없이 피동적인 훈육의 과정으로만 여성의 독서를 제시한다는 점에서 고소설에 형상화된 책 읽는 여성은 말 그대로 책 읽는 여성일 뿐, 여성 주체라고 하기 어렵다. 그는 읽고 싶은 책을 고를 수 없고, 왜 읽어야 하는지를 스스로 가늠할 수 없고, 읽고서 어떻게 할지도 정해져 있기 때문이다.

애정류 신작 구소설의 책 읽는 여성

신작 구소설의 사회적 배경이라 할 교육 담론은 여성의 독서에 대해 새로운 이해와 지향을 제안하고 있다. 여성교육의 필요성과 지향에 대해 여기서는 애국계몽기 신문에 실린 몇몇 기사를 대표적인 사례로 살펴보겠다.

먼저 『독립신문』 1896년 5월 12일 자 1면에 실린 논설을 보면, 나라의 발전을 위해 교육의 필요성을 역설한다. 특히 계집아이의 학교교육을 강조하고 있다. 계집아이도 조선 인민의 자식인데 교육에서 배제되는 것은 불평등하고, 계집아이가 자라 아내가 되고 어머니가 될 터인데 교육받지 못하면 그 소중한 역할을 제대로 수행하지 못할 것이라고 한다. 남녀의 역할에 대해 여전히 차별적인 시선이 드리워져 있지만, 이 논설은 국민으로서 여성의 재발견과 여성이 지닌 교육권을 옹호하고 있다는 점에서 봉건적인 양상을 탈피하고 있다.

여성교육의 필요성을 독서에 대한 독려로 더 구체화한 사례는 『대한매일신보』 1908년 12월 29일 자 1면에 「여자와 노동사회에 지식을 보급할 방도女子及勞働社會의 知識普及호 道」라는 제목의 기사에서 확인된다. 이 기사에서는 약육강식의 시대에 남자와 귀족만이 국사를 담당해서는 안 되고 여자와 노동자들도 국민으로서의 책임을 다해야 함을 역설한다. 또한 이를 위해 교육계를 이끄는 자들이 학교를 세우고 교육받은 사람들이 높은 소리로 책을 읽는 모양은 마치 김유신이 나라를 위해 기도하고 임경업이 무예를 연습함과 같다고 경애하고 있다.

애국계몽기의 교육 담론은 여성도 교육을 받아야 하고, 그것은 가정에서 아내와 어머니의 역할을 수행하는 데에 그칠 것이 아니라 나라의 일을 남성과 함께 도모하기 위함임을 밝히고 있다. 이로써 여성의 독서는 남성 중심적 여성관의 굴레를 벗고 새로운 지향을 부여받고 있다. 이러한 교육관과 독서관은 개인을 국가의 부속물로 보는 시대적 한계를 드러내고 있지만, 분명 이덕무의 교육관이나 독서관보다는 진보한 것이며, 이러한 시대적 배경 속에서 애정류 신작 구소설에 등장하는 '책 읽는 여성'은 이해되어야 한다.

그렇다면 과연 애정류 신작 구소설에 등장하는 책 읽는 여성들의 양상은 어떠한지 살펴보겠다. 먼저 앞서 거론된 「난봉기합」의 이채봉은 다음과 같이 제시된다.

제 아내 서 씨가 한 아들과 한 딸을 낳고 죽으니, 아들은 석룡인데 지혜롭지 못함이 이와 같고, 딸의 이름은 채봉인데 나이 열여섯입니다. 도리어 총명하고 지혜로움이 제 오라비보다 백 배나 나아서 어려서부터 비상한 일이 많았습니다. 선생께서 내 집에 와 계신 이후로 딸아이가 매양 창밖을 향하여 아드님 질의 글 읽는 소리를 듣고 속으로 외우고 마음에 기억하여 스스로 깊은 뜻을 깨쳐 그치고자 하여도 스스로 할 수 없었습니다. 드디어 서책을 대하여 밤낮으로 연구한 지 이미 두어 해가 되었는데, 얼마 전에 시 한 수를 지어서 책 틈에 끼웠기에 가만히 가져와 선생께 평론을 청하였는데, 이렇게 큰 칭찬을 해 주시니 가장 기쁘고 다행입니다.(17~18면)

「난봉기합」에서 여주인공 이채봉은 오라비의 선생으로 들어온 권처사의 아들 권질이 책 읽는 소리를 밤마다 창 밖에서 엿듣고 외워 스스로 문리를 깨치고 서책을 연구하여 시를 지을 정도가 되었다. 이채봉의 아비 이 진사는 이를 기특하게 여겨 권질과 이채봉의 혼인을 권 처사에게 제안하게 된다. 「난봉기합」은 몇 가지 점에서 귀족적 영웅소설의 영향을 받았다고 볼 수 있는데,[22] 특히 여주인공 이채봉과 조채란의 이름은 「소대성전」의 여주인공인 이채봉과 언니 이채란의 이름을 차용한 것으로 보인다. 그런데 「소대성전」에서 소대성과 이채봉의 혼약은 이승상이 주도한다. 예법에 따라 이채봉은 소대성과 한 자리에 있기를 꺼렸지만 소대성의 영웅성을 알아본 이승상이 강권하여 혼약이 맺어지는 것이다.

이와 달리 「난봉기합」에서는 이채봉의 향학열을 아버지가 인정함으로써 이루어진다. 이채봉은 매일밤 권질의 책 읽기를 엿듣는 파격을 실천한다. 향학열은 봉건의 예법과 여성관을 탈피한 새로운 자기 이해를 실현하는 것이다. 「소대성전」에서 왕씨 부인의 박해를 못 이겨 집을 나서는 소대성의 꿈에 이승상의 혼백이 나타나 혼인을 당부하고 갑주를 주며 격려하는 반면, 「난봉기합」에서는 박해자들로부터 권질을 구원하는 것도 이채봉이고 집을 나간 권질을 찾아 혼약을 성사시키는 것도 이채봉이다. 이런 이채봉에게 권질은 은혜를 뼈에 새겨 잊지 못할 것이라고까지 말한다. 「소대성전」이 소대성의 예정된 운명에 따라 서사가 전개되고 여주인공은 그 부속물로 기능한다면, 「난봉기합」에서는 이채봉의 의지와 관련을 맺으며 사건들이 계기적으로 결합하고 있다. 이채봉은 「소대성전」의 여주인공과 이름은 같지만 완연히 다른 능동적인 주체로 형상화됨으로써 새로운 여성 이해와 자각을 보이는 것이다.

따라서 「난봉기합」에서 이채봉의 독서는 여성에게 부여된 삶을 배우고 내면화하는 과정이 아니라 스스로의 욕망에 따라 자신의 인생을 탐색하고 개척하는 행위로 이해된다. 아버지들의 혼약은 이러한 여주인공의 의지를 서사 안에서 모범적인 것으로 인정하고 격려하는 행위이지, 천수를 모르는 무지한 사람들을 계도하는 선구적인 것이 아니다.

권질의 책 읽기를 이채봉이 엿듣고 따라하는 일은 남성의 문식文識이 여성의 것보다 월등한 현실을 감안한 것인데, 이러한 상황은 실제 신문 기사에서도 발견된다.

갑이 말하길,
"내가 요새 국문으로 발행하는 신문과 잡지를 읽으니 매우 재미가 있어서 전에 유행하던 소대성전 장풍운전 등은 모두 없앴다."
을이 말하길,
"나는 전에 이웃집 친구를 따라 애국부인전을 구해 읽었는데 그 뜻이 매우 좋았다. 그래서 항상 아내와 아이들에게 낭독해 주고 있노라."
라고 하였다. 내가 이 대화를 한참을 듣다가 속으로 매우 기뻐서 말하였다.
"저 노동자들이 문명의 발달에 관계되는 신문과 잡지를 읽고 국가의 사상에 관계된 소설을 즐겨 읽으니 우리나라의 문화가 어찌 상서롭지 않으랴."
—「柴商談話」, 『황성신문』, 1909.4.28, 2면, 논설

「나무꾼들의 이야기柴商談話」라는 제목이 붙은 이 논설은 기자가 우연히 나무꾼들이 「소대성전」, 「장풍운전」 대신에 신문과 월보, 애국부인전 등을 읽고 항상 처자와 아이들에게 이를 낭독함을 자랑하는 것을 엿듣고 흐뭇해 한다는 내용이다. 남성의 책 읽기를 여성이 듣고 문명 발달과 국가사상을 깨치는 사례를 소개함으로써 계몽의 과정이 어떻게 이루어질 수 있는지를 보여주고 있다. 「난봉기합」에서 이채봉이 권질의 책읽기를 엿듣고 문리가 트이고 자기 인생을 주체적으로 개척하는 것은, 애국계몽기에 권장되었던 계몽의 과정을 소설의 한 장면으로 형상화한 것이라 하겠다.

「난봉기합」에서 이채봉의 책 읽기는 독서를 통한 여성의 자각과 계몽 의지를 독자에게 격려하는 사례라는 점에서 고소설에 등장하는 책 읽는 여성과 구별된다. 이채봉은 스스로의 의지로 책 읽기를 배우고, 이를 통해 인생의 전환점에 서게 되고, 스스로 삶의 방향을 찾아 나선다. 그녀의 독서는 남성 중심적 여성관을 체현하는 과정이 아니라, 스스로 계몽하는 과정일 뿐이다. 아버지들이 이를 격려하는 까닭도 그녀가 독서를 통해 군자의 건즐巾櫛을 받을 만한 여성이 되려하기 때문이 아니라, 봉건 예법을 초탈할 정도의 향학열과 자기 이해를 보였기 때문이다. 그리고 이 지점에서 이채봉은 고소설의 책 읽는 여성들과 구분된다. 자기 계발을 독서의 궁극적인 목적이자 의지라고 한다면, 이채봉은 독서하는 여성 주체로서 등장하는 것이다.

애정류 신작 구소설은 독서하는 여성에 대한 새로운 이해 속에서 매우 다채로운 양상을 보여준다. 「난봉기합」의 또 다른 여주인공인 조채란의 일상은 다음과 같이 제시된다.

채란 소저가 본래 맑고 그윽하여 항상 고요한 것을 좋게 여기니, 조공께서 집 뒤 그윽한 곳을 가려 작은 정자를 짓고 채란 소저를 있게 하였다. 그 정자의 이름은 '채란정'이니 소저의 이름을 취한 것이다. 물을 임하고 산을 등져서 기암괴석이 좌우에 둘렀으며 큰 소나무와 푸른 대나무가 울울창창한데, 만 권의 책을 책상 위에 가득 쌓아 사물의 이치를 생각하고 제도를 고민하니 한 점 속세의 기운이 없었다. (…중략…) 소저는 시비 검월을 데리고 날마다 정자에서 서책을 읽고 시를 읊으며 스스로 즐기더니 하루는 동산을 지키는 노복이 병들어 죽었거늘, 조공께서 마침 권질을 데려다 지키게 하였으니, 이때가 구월 보름께였다.(68~69면)

조채란은 채란정에서 매일 서책을 읽고 시를 읊으며 지낸다. 그리고 이곳에 마침 이채봉의 집을 도망나온 권질이 종으로 들어오는데, 조채란은 그의 문재文才를 알아보고 과거를 보게 한다. 이채봉이 향학열로써 권질과 혼약을 맺고 반동인물들로부터 권질을 탈출시킨다면, 조채란은 뛰어난 문식文識으로써 권질을 알아보고 그가 벼슬에 오를 수 있게 돕는 것이다. 권질은 두 여주인공의 향학열에 힘입어 문재에 걸맞은 사회적 지위를 찾게 된다. 「소대성전」에서 소대성의 운명을 이승상이 알아보고 도우며 자신의 딸을 부탁하는 것과 달리, 「난봉기합」에서는 권질의 문재를 여주인공들이 알아보고 도움으로써 스스로의 인생조차 개척한다. 남녀 주인공의 역할과 서사 전개의 계기가 뒤바뀌었다. 여주인공들의 책 읽기는 영웅적인 남성에게 어울리는 장식이 아니라 남성을 선택하고 구원하며 스스로의 삶조차 개척하는 새로운 일상으로 등장하고 있는 것이다.

애정류 신작 구소설에서 책 읽기가 여성의 일상으로 등장하여 남성과 결연의 매개가 되는 것은 또 다른 사례는 「춘향전」의 개작본으로 알려진[23] 「약산동대」에서 발견된다. 「약산동대」에서 남주인공 송경필은 지개를 넓히고 문장재자를 사귀고자 팔도를 유람하다가 평양의 약산동대에 이른다.

그 길로 길에 올라 영변에 당도하여 약산동대의 이즈러진 바위를 구경하였다. 봉우리는 깎아지른 듯이 하늘에 솟아 있고 시냇물은 잔잔하며 꾀꼬리는 친구를 부르고 두견새는 슬피 울어 집 떠난 사람의 마음을 녹였다. 경필이 경치를 탐내어서 시를 지어 읊으며 즐기고 있으려니 바람결에 낭랑한 글소리가 들렸다. 송경필이 귀를 기우려 들으며 그 글소리 나는곳을 살펴보니, 언덕 아래에 자그마한 초가집이 있었다. 뜰앞에 온갖 화초가 가득하고 창가에 주렴이 드리웠는데 나이 열여섯쯤 되는 아가씨가 단정하에 앉아 서안에 열녀전을 펴놓고 읽고 있었다.

(…중략…)

경필이 대답하기를,

"내가 아까 약산에 올라 구경하는데 마침 글 읽는 소리가 그 초가집에서 나기로 묻노라."

주막집 노파가 이르되,

"그 아이는 비록 창기의 이름이 있으나 시서가곡을 모르는 것이 없습니다."(4~8면)

「춘향전」에서 이도령이 춘향이 그네 뛰는 것을 멀리서 보고 방자를 보내었던 것이 「약산동대」에서는 기녀 빙옥이 열녀전을 읽는 소리를 송경필이 듣고 노파에게 결연을 부탁하는 것으로 바뀌었다. 남주인공이 여주인공에게 춘정을 품는 것은 유사하지만 그 계기가 되는 여주인공의 형상에서 강조되는 것은 미색이 아니라 지성이다. 송경필이나 노파 모두 창기 빙옥의 글 읽기에 주목하기 때문이다. 물론 열녀전을 읽고 있다는 점에서 빙옥의 독서는 봉건적인 여성관에 연계되어 있다. 그러나 「약산 동대」에서 빙옥은 송경필의 성적 대상으로서 환기되지 않는 다는 점을 살펴야 한다. 빙옥은 처음에 책 읽는 소리로써 송경필의 관심을 받고, 서술자는 송경필의 초점화를 통해 빙옥의 정체를 열녀전이라는 책을 읽는 여성으로 제시한다. 이후 주막집 노파는 빙옥이 시서가곡에 막힘이 없는 여성이라고 확인해 준다. 열녀전이 빙옥의 인물됨을 간접적으로 제시하기는 하지만 그렇다고 정절 의식만을 환기하거나 남주인공의 성적인 즐거움을 돋우는 소재로 기능하지도 않는다. 이는 이후 결연의 양상에서도 드러난다. 이도령과 춘향의 초야는 질펀한 짝타령으로 점철되지만, 송경필과 빙옥은 삼 년을 함께 지내면서도 운우지락雲雨之樂(남녀간의 즐거움) 없이 시사가곡으로 세월을 보낸다.[24] 빙옥의 열녀전은 시사가곡처럼 빙옥이 책 읽는 여성임을 환기하는 소재로 쓰이는 것이고, 이에 따라 빙옥은 정절 의식도 갖춘 책 읽는 여성으로 제시되는 것이다.

매력적인 여주인공의 형상화에서 책 읽는 여성임을 부각하는 것은 「약산동대」뿐만 아니라 「미인도」에서도 발견된다. 「미인도」에서 여주인공 김춘영은 남주인공 윤경열과 혼약을 하였으나 김춘영의 미모를 탐낸 전라병사의 늑혼 요구에 시달린다. 전라병사의 강압에 견디다 못한 김춘영은 시비 화영을 대신 보낸 뒤, 자신은 남복을 입고 가출을 했다가 방물 장수 황 소사의 집에 잠시 몸을 의탁하게 된다. 그런데 그 집 딸 옥심이가 남복을 입은 김춘영에게 반하여 혼인을 주선하게 된다. 여기서 서술자는 옥심을 다음과 같이 소개한다.

그 낭자는 다름이 아니라 주인 노파의 딸 옥심이라. 나이는 올해 열여덟 살이요, 얼굴이 천하 절색이라. 열다섯 살에 부친을 여의고 모친을 위로하며 지내였으니 처음 듣는 사람은 아무것도 배우지 못하였으리라 생각하지마는 옥심 낭자가 일곱 살부터 부친께 학문을 공부하여 총명함이 하나를 들으면 열을 깨우칠 정도이다. 열 살이 되기도 전에 내책과 열녀전 소학 등을 통달하였고 열다섯 살에 칠서를 능통하였다. 옥심 낭자의 아름다운 태도와 꽃같은 이름이 자연히 원근에 낭자함은 마치 아름다운 작약이 잡풀 속에 감추어 있으나 그 향내는 감추지 못함과 같았다. 소문이 차차 전파되어 청혼하는 자가 끊이지 아니하나(25면)

옥심은 얼굴이 천하절색인데, 서술자가 강조하는 것은 방물장수의 딸이니 아무것도 배운 바 없는 것이 아니라 실은 일곱 살부터 부친께 학문을 공부하여 열 살 전에 열녀전과 소학을 통달하고 열다섯 살에는 칠서에 능통하였다는 점이다. 김춘영이 여인임을 속였으니 둘의 결혼은 성사되지 못하지만, 옥심은 김춘영의 조력자로서 나중에 윤경열의 부실이 된다. 이런 옥심의 인물구성에서 핵심이 되는 것은 그녀가 어려서부터 책을 읽고 공부하여 지성을 갖춘 여성이라는 점이다. 이는 차환이 옥심의 시를 남장한 김춘영에게 전달하는 과정에서도 드러난다.

문득 방문이 열리고 차환이 들어오더니 편지 봉투 하나를 드리며 아뢰었다. "이 글은 우리 댁 장 소저께서 지으신 것입니다. 우리 댁 장 소저는 일찍이 문자를 학습하였으나 언제나 시를 지어도 높은 선생의 평판을 얻지 못함을 평소에 한탄하였습니다. 오늘 봄기운에 따라 시 한 수를 지었기에 제가 소저를 속이고 가져왔사오니 공자께서는 고명하신 문장으로써 한 번 평판하심을 아끼지 마십시오."(27면)

차환은 옥심(장 소저)이 문자를 학습하여 매양 시를 짓는 문재를 갖춘 여성임을 자랑하고 있다. 옥심이 지은 시를 외간 남자인 김춘영에게 평판하라고 하여 봉건적인 예법을 벗어나기까지 한다. 글을 읽고 재주가 생겨 글을 쓰는 여성에 대해 「미인도」는 이덕무가 비판했던 것과는 달리 자랑스러운 일로 제안하고 있는 것이다.

지성과 문재를 갖춘 여성이 자신의 글을 흠모하는 남성에게 선보이는 사건이 「미인도」에 등장한 것은 이 작품이 중매혼을 비판하고 혼인 당사자들끼리 얼굴을 보고 혼인하는 면혼面婚을 옹호하는 것과 관련이 있다. 서술자는 윤경열과 김춘영의 혼약에서 다음과 같이 결혼 풍습에 대한 계몽 의지를 드러낸다.

부부는 사람이 태어남의 근본이고, 만복의 근원이다. 살아있을 때의 괴로움과 즐거움이 모두 여기에 달려있으니 어찌 결혼을 경솔하게 하겠는가. 그러므로 요즘 조선에서 문명이 진보되고 풍습이 새로워진 뒤로, 새 분위기를 따르고 새 지식을 섬기는 사람들은 새로운 결혼의 법도를 주장하여 남녀가 서로 보고 결혼하는 것이 종종 있다. 그러나 아직도 옛 관습을 개혁하지 못한 사람은 면혼함이 예의에 어긋난다고 하여 비웃기를 마지않는다. 그러나 이 세상을 한 번 돌아본다면, 다만 교활한 매파의 달콤한 말만 믿고 결혼을 경솔하게 했다가 끝내는 오월에 서리가 내리도록 원한을 품는 일이 손가락을 꼽아 헤아리기 어렵다. 그러므로 옛 사람도 조금 지혜가 있는 명문가에서는 지금의 새로운 결혼식과 같이 서로 얼굴을 보고나서야 결혼함이 종종 있었더라.(6~7면)

서술자는 교활한 매파의 달콤한 말에 따른 중매혼은 원한을 품게 되는 일이고, 면혼은 문명이 진보되고 풍습이 새로워진 것이라고 옹호한다. 차환이 옥심의 시를 가져온 것은 바로 이런 맥락에서 두 당사자들의 면혼을 위한 과정으로 등장한 것이다. 그리고 어려서부터 책을 읽고 문재를 키운 것은 옥심이 면혼에 대해 매력적인 조건을 갖춘 것으로 제시되어 있다. 「미인도」는 책 읽는 여성을 매력적인 결혼 당사자로 제안함과 동시에, 지성적인 여성은 혼인을 주체적으로 진행한다는 계몽의 메시지를 보여주고 있다.

지금까지 애정류 신작 구소설에 등장하는 책 읽는 여성들의 여러 모습들을 살펴보았다. 「난봉기합」의 이채봉이 그 대표격이라 하겠는데, 이채봉의 향학열은 봉건 예법에 어긋나는 것임에도 아버지들은 이를 모범적인 것으로 인정하여 혼약을 맺는다. 책 읽는 여성 이채봉은 새로운 여성관을 드러내는 징표로써 기능하는 것이다. 이 새로운 여성의 정체는 여러 작품에서 보다 풍부하게 드러난다. 「난봉기합」에서 조채란은 문재로써 남주인공을 알아보고 구원한다. 「약산동대」나 「미인도」는 책 읽는 여성을 매력적인 결연 대상자로 제시한다. 이들 작품에서 책 읽는 여성은 혼약에 있어서 피동적인 객체가 아니라 능동적인 주체로 등장하고, 그러므로 혼약을 지키기 위한 가출은 자기 삶에 대한 책임의식의 발로로 이해된다. 책 읽는 여성을 남성 중심적인 여성관에 따라 스스로를 훈육하는 존재가 아니라, 반동인물에 맞서 스스로의 인생을 개척하는 존재로 그렸다는 점에서, 애정류 신작 구소설에 등장하는 책 읽는 여성은 고소설의 책 읽는 여성들과 달리 책 읽는 여성 주체로 간주된다. 그리고 이러한 여성 형상이야말로 애국계몽기에 교육 담론을 통해 권장되었던 새로운 여성상임을 알 수 있다.[25]

◆◇ 책 읽는 여성 주체의 서사적 안착

애국계몽기의 교육 담론이 애정류 신작 구소설에 영향을 끼쳤다면, 그 서사적 반영은 책 읽는 여성에 한정되지 않았을 것이다. 이는 문학과 사회의 관계가 선별적이지 않고 총체성을 띠기 때문이고, 그 총체성 속에서 책 읽는 여성 주체의 이질성도 무마될 수 있기 때문이다.

인물 자질로서의 향학열

앞서 애정류 신작 구소설에서 책 읽는 여성들은 매력적인 인물로 소개된다는 점을 살펴보았다. 이는 정숙함과 미모를 위주로 여주인공들을 소개하던 전대의 고소설과 분명 다른 점이다. 그렇다면 향학열을 모범적인 자질로 다루는 경향이 남성 인물들에게도 발견되는지 살펴보자. 「소양정」에서 남녀 주인공은 다음과 같이 소개된다.

채란 소저가 점점 자라 열 살이 되니, 바느질과 길쌈은 어머니께 배워 하나도 막힐 것이 없고, 책 읽기는 아버지께 배워 하루하루 성장하니 부모가 더욱 사랑스러워 여기더라.(3면)

각설. 오 수재는 오 승지의 둘째 아들이니 이름은 봉조요, 자는 기서였다. 어려서부터 총명하여 행동거지가 지각있는 사람같이 숙성했을 뿐만 아니라, 열 살 전에 시서백가를 모두 알았으므로 부모가 편향되게 사랑하였다. 그러다가 그 형이 불행하게 된 이후로는 더욱 애지중지하여 보물같이 여기었다. 나이가 열다섯 살이 되자 매파를 구하여 저와 같은 규수를 찾았으나 마침내 마땅한 사람이 없어 근심하였는데, 임금의 은혜를 입어 회양 군수로 부임할 때에 봉조도 아버지를 모시고 내려오던 터였다.(7면)

「소양정」의 남녀 주인공의 인물 소개 부분은 신소설 이전의 고소설의 것과 조금 다른 양상을 보인다. 고소설에서 남주인공은 풍채는 두목지고 문장은 이백이며 필법은 왕희지라와 같은 상투구를 통해 으레 재자才子형 인물로 등장하는데, 「소양정」에서는 남녀를 불문하고 '총명함'과 '독서 이력'이 강조되고 있다. 물론 '문일지십聞一知十하여 무불통지無不通知'한다는 인물 자질은 다른 고소설에서도 쉽게 발견되지만, 「소양정」에서 남주인공의 향학열은 그가 이상적인 인물임을 드러내는 상투적인 요소가 아니라 사건 전개 과정에서 매우 중요한 자질로 기능하고 있다.

봉조가 정 공의 집에 있으면서 세월을 슬프게 보내어 밤낮으로 공부만 하였다. 하루는 정 공이 후원의 정자에 이르러 주렴을 높이 걷고 난간에 홀로 앉아 오동나무 가지에 달이 성큼 올라오는 것을 구경하다가 바람결에 봉조의 글 읽는 소리가 낭랑히 들리니, 홀로 탄식하였다.

"세상일을 추측하기 어렵도다. 몽필이가 어려서부터 인자하여 악한 일을 한 적이 없는데 어쩐 까닭으로 내외가 한꺼번에 죽었을꼬? 그래도 그 사람은 죽어도 아주 죽지는 아니하였지. 봉조가 사람됨이 훌륭하거니와 공부를 저와 같이 열심히 하니 저의 부친께뿐만 아니라 장차 국가의 큰일을 할 아이인걸? 우리 채란이도 남자나 되었다면 좋았을 것을 내가 박복한 탓에 그것이 딸자식으로 태어났으니 사람의 힘으로 어찌할 수 있나?"

하며 말없이 앉았다가 시비 금단을 불러 부인과 소저를 청하였다. 그리고 정 공이 손으로 봉조의 처소를 가리키며,

"부인은 저 아이의 글 소리를 들으십니까? 맑은 음성이 옥을 부수는 것과 같으니, 혼자 앉아서 듣다가 어찌나 사랑스러운지 부인을 청하였습니다."

부인은 본래 성품이 좁고 매사에 악착스러움이 많아서 정 공이 항상 너그러운 말로 달래었는데 타고난 성품이 어찌 쉽게 변하리오. 처음에 채란의 혼인을 봉조와 정할 때에는 봉조의 아비가 당시 회양 군수라. 서로가 집안이 비슷하여 마음에 합당하다고 여겼는데 봉조의 부모가 하루아침에 죽고 그 집안도 무너져서 봉조가 혈혈단신으로 자기 집에 와 의탁을 하고 있으니 남편 정 공은 비록 사랑스럽게 여겨 '우리 사위될 아이, 우리 사위될 아이' 하며 아무쪼록 잘 먹이고 잘 입히고 거처까지 잘 마련해 주라고 하지만 부인은 항상 불만스러웠다. '우리 채란이가 비록 딸자식일지언정 우리에게는 남의 열 아들이 부럽지 않은데, 하고많은 혼처를 다 버리고 하필 부모도 없고 재산도 없어 오갈 데 없는 오씨 집안의 자식에게 출가를 시킬 필요가 있으리오? 상공은 아무리 고집을 피우시나 꼭 반대하였다가 서서히 기회를 보아 다른

낭자를 찾아주리라.' 하던 차에 이 날 밤에 남편 정 공이 오봉조를 칭찬함을 들으니 겉으로는 억지로 대답을 하고 다른 말을 지어 내려 하니(14~15면)

여주인공 정채란의 약혼자인 오봉조는 부모를 여의고 미래의 장인인 정공의 집에서 지내게 되는데, 정공이 어느 날 오봉조의 글 읽는 소리를 듣고 그가 기남자이며 국가의 큰 사업을 할 위인임을 탄복한다. 그러나 이러한 자질을 미래의 장모인 부인 조씨는 알지 못하여 혼약을 깰 궁리를 하고 있다. 이 장면은 훗날 성공할 남주인공의 자질을 알아보지 못하고 박대한다는 점에서 「소대성전」이나 「장풍운전」에 등장하는 사위 박대 화소를 계승한 것으로 이해된다. 귀족적 영웅소설에서 남주인공의 자질은 청룡 꿈과 같은 초현실적 사건으로써 조력자에게 제시되는 반면, 여기서는 책 읽는 인물 형상으로써 나타나고 있다. 청룡 꿈이 보여주는 남주인공의 예정된 운명에 대한 이해 여부와 박대 사건의 연계가, 책 읽는 남주인공의 자질에 대한 이해 여부와 박대 사건의 연계로 계승된 것이다. 「소양정」에서 남주인공의 향학열은 그가 이상적인 인물임을 드러내는 상투적인 자질이 아니라, 사건 전개에 관여하는 기능적 요소로 안착하고 있다.

남주인공의 향학열이 사건 전개에 관여하는 주요한 자질임은 「난봉기합」에서도 드러난다. 「난봉기합」에서 권 처사는 이 진사의 초대를 받아 이 진사의 집에 기거하면서, 이 진사의 아들 석룡과 자신의 아들 권질을 가르치게 된다. 권질은 공부를 열심히 하여 날로 성장하지만, 석룡은 그렇지 않다. 이에 석룡은 권질을 시기하여 원수같이 여기게 된다. 결국 석룡은 시기심 때문에 권 처사 가족을 집에서 내쫓으려 하고, 부모가 죽은 뒤에는 누이 이채봉과 권질의 약혼을 깨려고 한다. 즉 「난봉기합」에서도 귀족적 영웅소설의 사위 박대 화소가 변형된 모습이 발견되는데, 여기서도 문제가 되는 것은 남주인공의 향학열을 알아보지 못하는 주변 인물들이 박대하게 된다는 점이다.[26]

이처럼 「소양정」의 오봉조와 「난봉기합」의 권질은 향학열이 인물 구성에서 중요한 자질로 제시된다. 이는 전대의 고소설에서 보이는 상투적인 것이 아니라, 사건 전개에 관여하는 요소이다. 인물의 향학열은 그 가치를 알아보지 못하는 자들에 의해 박대의 사유가 된다는 점에서 귀족적 영웅소설의 천수天數와 유사한 기능을 하고 있다. 즉, 애정류 신작 구소설에서 인물의 향학열은 인물구성에서 그 자체로 긍정적인 요소로 제시되고, 사건 전개에서 박해담이 발생하는 계기이고, 인물이 훗날 입신하고 국가에 공헌하리라는 믿음에 개연성을 부여하는 서사 내적 근거로 작용하고 있다.

향학열을 인물 소개의 주요 요소로 간주하면서 사거 전개에 연계하는 또 다른 사례는 「채봉감별곡」에서 확인된다.

이때 채봉이가 취향에게 수건을 찾아오라고 보내고 홀로 난간을 의비하여 기다리는데, 한 참이 지나도록 오지 않았다. 속으로 생각하되, '이 애가 무슨 일로 아니 오는가? 수건을 찾느라고 이렇게 늦을까? 혹시 그 엿보던 소년이 수건을 집어서 승강이를 벌이나? 아, 참 이상스러운 일이로군. 내가 규중처녀가 되어 외간 남자의 일을 생각함이 온당치 못하지만, 그 소년이 도대체 누구인지. 남자 중에도 그런 인물이 있는가. 그러한 인물로 학문이 있으면 정말 금상첨화라고 하겠지마는 이 시골에서 나고 자라 무식하면 그 인

물이 아깝지 않겠는가.'(7면)

「채봉감별곡」에서 여주인공 김채봉이 장필성을 우연히 본 뒤, 잘생긴 용모에 부합하는 학문이 있는지 의심하는 장면이다. 김채봉과 장필성은 결국 서로의 문재^{文才}를 확인하고 혼약을 맺는데, 이런 점에서 「채봉감별곡」은 문재를 매력적인 인물이 지녀야 할 자질로 제시한다. 그런데, 이후 이들의 혼약은 김채봉의 아버지 김 진사가 벼슬 욕심에 딸을 허 판서의 첩으로 보내려 해서 위기에 놓인다. 김채봉은 혼약을 지키기 위해 부모를 버리고 기생이 되었다가 장필성과 함께 지은 시를 문제로 내어 장필성과 재회한다. 그리고 다시 평양감사의 문서 수발하는 사람으로 발탁되어 이방이 된 장필성과 혼인한다. 「채봉감별곡」에서 남녀 주인공이 혼약을 맺게 되는 계기나 혼약을 지키는 수단 등은 모두 남녀 주인공의 문재와 관련이 있다. 기생 송이(김채봉)와 장필성이 만나 지내게 된 장면에서 기생 어미는 경제적으로 넉넉하지 못한 장필성이 송이와 결연하는 것이 모두 글 때문이니 글이 세상의 보배라고까지 말한다. 「채봉감별곡」에서 남녀 주인공의 문재는 인물이 이상적인 존재임을 드러내는 자질이면서 동시에 사건 전개의 주요 계기인 것이다.

지금까지 몇몇 애정류 신작 구소설에서 향학열이 인물구성에서 주요한 자질로 제시되고 있음을 살펴보았다. 향학열은 개별 작품의 특성에 따라 직접 부각되기도 하고, 문재 등으로 나타나기도 하는데, 인물 형상화에서 고소설의 상투성을 탈피하여 향학열을 지녀서 책을 읽고 글을 쓰는 모습을 매력적인 인물의 요소이자 사건 전개의 주요 계기로 삼는다는 점은 공통적이다. 애정류 신작 구소설에서 책 읽는 여성 주체의 등장은 이상적인 인물을 향학열과 관련 짓는 계몽적 분위기 속에서 이루어졌음을 알 수 있다.

학문 숭상의 가치관

애정류 신작 구소설에서 향학열이 상투적인 인물 자질이 아니라 사건 전개에 관여하는 기능성을 띤 것임을 살펴보았는데, 교육 담론의 반영은 보다 총체성을 띤다. 즉 향학열은 수학 과정에 대한 구체적인 관심과 학문에 대한 숭상으로까지 이어지는 것이다.

먼저 「이화몽」에서 기생 이화가 김원성을 학문으로 인도하는 장면을 보자. 평양 기생 이화는 평양 군수의 신연맞이를 구경하다가 총각 김원성을 발견하고 집으로 데려온다. 이화의 방안에는 전국시대의 유세가였던 소진蘇秦의 인물도가 걸려 있고 서술자는 이를 자세하게 묘사한다. 김원성의 자질을 알아본 이화가 공부를 하라고 하자, 김원성은 가난하여 공부를 할 수 없다고 한다. 그러자 이화는 소진의 사례를 들어, 영귀하게 되려면 학문을 해야 한다며 자신이 후원할 테니 십년 공부를 제안한다. 이화가 이렇게 하는 까닭은 간밤에 용꿈을 꾸었기 때문인데, 이후 김원성은 공부하여 육년 만에 진사로 급제하여 다시 이화를 찾지만 이화는 공부가 부족하다며 다시 훈계하여 내쫓는다. 이러한 사건 전개에서 김원성의 수학 과정은 매우 구체적으로 제시된다.

이로부터 지 승지 집에서 선생과 같이 숙식하며 천자, 동몽선습, 사략, 통감, 효경, 소학, 대학, 맹자, 논어, 중용을 삼 년 만에 다 읽고 보니 세상에 보통 학문은 두려울 것이 없구나. 사서는 배웠으니 삼경을 들어가자. 시전 서전 주역 중에 시전부터 시작이라. 첫 장을 펼쳐 놓고 서문을 다 본 후 관저 장을 제치고 주석을 훑어보니 모르는 것이 전혀 없다. 그러나 비록 알지라도 배운다는 생각으로 가끔 선생께 질문을 하더라.(20～21면)

김원성이 지 승지를 선생으로 모시고 사숙하며 공부한 책들이 열거되는 대목이다. 「이화몽」은 기생 이화가 학문에 자질이 있는 김원성을 발탁하여 십년 공부를 시켜 김원성을 입신시키고, 평안도 어사가 된 김원성이 김 목사의 수청 요구에 고난을 받던 이화를 구원한다는 이야기인데, 학문은 이 작품에서 개인이 영귀해지는 수단으로써 가치를 부여받아서 수학 과정 또한 구체적으로 소개되는 것이다.

학문의 가치를 숭상하는 다른 사례는 「난봉기합」에서 발견된다. 「난봉기합」의 주인공 권질은 중장통仲長統의 낙지론樂志論을 읽다가 책을 덮고 중장통이 은일지사의 삶을 예찬하는 것을 비판하며, 학업에 힘써 출세하는 것이야말로 대장부의 삶이라고 다짐한다. 이후 권질은 입신양명하여 귀향하게 되는데, 이때 동네 사람들은 다음과 같이 권질을 찬양한다.

이때에 안동 인근의 사람들이 권 한림이 이같이 영귀하여 돌아옴을 보고 크게 놀라 서로 말하기를,

"새로 내려온 안찰사는 오륙 전 전에 늙어 죽도록 글만 읽던 권 처사의 아들이라. 집에 불이 나 타 죽었는가 하였더니 어찌 목숨을 보전하여 몇 년 만에 저토록 귀하게 되었을까? 이것으로 보건대, 가난한 이를 깔보지 못할 것이요, 학문이 많으면 부귀를 얻기 어렵지 않구나"

하는 사람도 있고 혹은 말하되,

"안찰사가 그 모친으로 더불어 빌어먹다시피 할 때에 겨우 열여덟 아홉 살이었는데, 이것으로 미루어 생각하면 이제 스물두어 살밖에 아니 되었을 텐데 벼슬과 부귀가 이토록 굉장하구나!"

하고 칭찬하여 기특하게 여김을 마지 아니하니, 구경하는 사람들이 길을 메웠 더라.(108면)

안동 사람들은 금의환향한 권질을 보고 학문이 많으면 부귀를 얻는 다며 찬양한다. 이 장면은 남주인공의 고난이 끝나고 고귀하게 됨을 공동 체가 인정하고 함께 기뻐하는 대목이라는 점에서 의미가 있다. 귀족적 영 웅소설에서는 이런 장면에서 남주인공의 무공을 찬양하고 적대자에 대한 집단적인 비난이 전시되기 때문이다. 가령 「유충렬전」에서는 유충렬이 정한담을 사로잡아 와 죽이니 백성들이 달려들어 유충렬을 칭송하고 정한 담의 살을 베어 먹는다. 유충렬의 개인적인 원한 갚기와 공동체의 문제 해 결이 동일시되고, 이러한 갈등 해결의 원동력으로써 유충렬의 무공에 근 거한 영웅성이 칭송되는 것이다. 그런데 「난봉기합」에서는 공동체가 칭 송할 대상으로써 학문하는 자질이 거론되고 있다. 학문을 개인이 지향해 야 할 대상으로 공동체 전체가 환호하는 장면은 이후에도 제시된다.

한림이 하직하고 나와 모친께 절하여 뵐 때에, 박 부인이 기쁨이 너무하여 오히려 기쁜 줄을 모르고 슬픔이 일어나 눈물을 뿌리며 말하였다.

"지난 번에 네가 갈 때에는 헌 옷이 살을 가리지 못하고 쑥대 같은 머리에 흙이 엉겨 진실로 남의 노복의 형상이었다. 오늘날 높은 수레를 타고 모시는 사람들이 수풀 같아서 늙은 어미를 영화롭게 하니 이것이 모두 그 전에 배고픔을 견디고 추움을 참으며 밤낮으로 글을 읽은 효력이라. 이제 뜻을 얻고 몸이 높아졌으니 더욱 돌아가신 아버지의 가르침을 지켜 뜻을 세우되 옛 일을 잊지 말고, 몸이 높아도 마음을 낮게 먹어 힘을 다하여 임금의 은혜를 갚고 늙은 어미의 근심을 끼치지 말거라."

한림이 꿇어 말씀을 들으니 이때 구경하는 사람들이 사방에 둘러서서 칭찬하는 소리가 끊이지 아니하더라.(120~121면)

권질의 어머니 박 부인은 어려움을 딛고 글을 읽은 효력이 오늘날의 영화로움으로 나타났다고 축하하고 구경하는 사람들 모두 이를 우러르고 있다. 귀족적 영웅소설에서 주인공의 무예는 외적을 물리치지만, 「난봉기합」에서 권질의 학문은 무슨 공동체적 의미가 있는지 분명하지 않다. 이는 「난봉기합」이 비록 귀족적 영웅소설의 서사 골격을 차용했지만 그 의취가 정밀하지 않음을 보여준다. 하지만 사람들이 권질의 입신양명을 찬양하는 대단원의 장면은 이 작품이 제안하려는 의취가 향학열의 고취에 있음을 보여준다. 학문을 통해 개인이 영달한다는 서사 전개는 이러한 계몽성을 독자들에게 친근한 방식, 개인적인 차원에서 펼쳐낸 것이라 하겠다.

지금까지 애정류 신작 구소설에서 향학열이 개인이 추구해야 할 욕망으로 제안되는 사례를 살펴보았다. 애국계몽기의 교육 담론은 신작 구소설에 총체적인 영향을 주었는데, 학문을 숭상하고 수학의 과정을 제시하는 것은 그러한 영향의 한 양상으로 이해된다. 애정류 신작 구소설에서 책 읽는 여성 주체의 등장은 이러한 서사적 풍경 속에서 이루어진 것이지 우연하고도 외떨어진 형상이 아니었던 것이다.

서책과 사건 전개의 유기성

　신작 구소설에서 책 읽는 여성이 서사에 안착하는 모습에는 향학열을 매력적인 인물 자질로 제시하거나, 학문 숭상의 가치관이 작품의 전편에 걸쳐 나타나는 것뿐만 아니라 서책이 사건 전개의 과정에서 유기적으로 관여하는 것도 발견된다. 기존의 고소설에서 서책은 책을 읽고 있는 인물을 제시하기 위한 소재로써 쓰이는 경우가 많았다. 어떤 장면에서 무슨 책을 읽느냐는 그리 부각되지 않은 것이다. 이에 비하면 신작 구소설에서 서책은 인물이 처한 상황에서 그의 인물됨이나 사건 전개의 방향을 암시한다. 서책의 위상이 단순한 배경물에서 적극적인 기능물로 바뀌고 있는 것이다. 구체적인 사례들을 살펴보자.

　①
　석룡이 기뻐 이르기를,
　"창운의 말이 가장 옳으니 내가 들어가 누이와 더불어 의논하리라
하고 즉시 몸을 일으켜 안에 들어가 소서를 보고 가로되,
　"아우야, 크게 기쁜 일이 있으니 너를위하여 치하하노라."
　이때에 소저가 마침 열녀전을 보다가 책을 덮고 묻기를,
　"무슨 기쁜 일이 있길래 오라버니가 이같이 구십니까?"
　석룡이 이르기를,
　"내 생각하니 (…중략…) 다른 날 하 공자가 젊은 날에 성공하여 앞에 절월(節鉞, 임금의 명을 표시하는 깃발과 도끼)을 앞세우고 모시는 사람들이 수풀같아 높은 수레를 몰아 우리집으로 들어올 때에 권질은 빗자루를 잡고

길을 쓸며 호미를 들고 밭머리에서 구경하지 않을 줄 어찌 알리오. 너는 옛
글을 많이 읽었으니 효도를 익히 알지니 만일 지하에 돌아가신 부친의 혼령
을 위로하고자 한다면 이 오라비의 말을 좇아 하 씨의 구혼하는 뜻에 순종하
라."(43~44면)

①은 「난봉기합」에서 오라비 석룡이 창운의 계교에 따라 여주인공
이채봉에게 하천년과 결연할 것을 종용하는 장면이다. 이미 이채봉은 권
질과 혼약을 맺었기에 석룡의 제안을 거절한다. 그런데 이 장면에서 이
채봉은 마침 '열녀전'을 읽고 있었다. 즉 열녀전은 이채봉이 하천년의 부
귀영화보다는 권질과의 혼약을 따를 것임을 암시하는 소재로 기능하고
있는 것이다. 몇 가지 다른 사례들을 더 보겠다.

②
원성이 홀로 적적한 빈 마루에서 달빛을 벗 삼아 시전을 깊이 읽다가 우연
히 이화 생각이 나서 마음을 억제치 못하여 길이 탄식하고 마음을 추스리고
자 관저장을 낭독한다.
(⋯중략⋯)
앞집은 뉘 집인고? 홍 참판의 집이로다. 홍 참판에게는 한 딸이 있으니
인물과 재질이 남에게 빠지지 아니하나 혼사가 늦었던지 열일곱 살이 되도
록 출가를 못했다. 규수가 이때에 달빛을 사랑하여 뒷뜰을 거닐다가 멀리서
책 읽는 소리를 듣고 속으로 하는 말이, '이 글 소리를 들으니 숙녀를 사모하
는 뜻이 있도다' 하더니 무슨 생각이 들었던지 부끄러움을 무릅쓰고 담을
넘어 들어간다.(21~22면)

③

하루는 옥당에 당번을 들어 업무를 마친 후에 자리에 앉아서 서전을 읽고 있었더니 내전에서 들라는 명이 내렸다. 한림이 명을 받고 들어가 임금 앞에 나아가니 주상께서 용안에 기쁜 기색을 띠시고,

(…중략…)

주상께서 일일이 하문하옵시고 온 마음으로 기뻐하사 한림의 등을 어루만지시며,

"지금 네 말을 들으니 팔도 인심을 모두 깨닫겠다. 그러니 팔도의 사정을 살피고자 팔도 어사를 보내리니 너는 평안도 어사로 특채하니 네 임무를 맡아 백성을 사랑하고 수령들의 정치와 효자 열녀와 불쌍한 과부 홀아비와 고아를 하나도 빠짐없이 보고하며 조심히 다녀오라."(77~80면)

④

금단이 눈물을 머금고 아뢰기를,

"제가 일찍이 서한연의라고 하는 소설 이야기를 들었는데, 옛날 기신이라는 사람은 패공의 신하로 복색을 바꾸어 입고 적군에게 죽었사옵니다. 이제 제가 상전을 위하여 고생을 좀 하기로 무엇을 어려워하겠습니까. (…하략…)"

하릴없이 금단을 그곳에 두고 자기 홀로 도주할 때에 노비와 주인이 서로 손목을 마주 잡고 흐느껴 울다가 소저는 담을 넘어 급히 달아나고 금단을 문을 굳이 닫고 이불을 쓰고 누워 있다가 밖에서 인기척이 있으면 헛기침도 하고 숨도 크게 쉬어 의심을 아니하도록 하더라.(57~58면)

②는 「이화몽」에서 남주인공 김원성이 『시경』의 '관저장'을 읽자

이웃집 홍 참판댁 딸이 담을 넘어오는 장면이고, ③은 「이화몽」에서 한림학사가 된 김원성이 숙직을 서며 『서전』을 읽자 임금이 이를 기특하게 여기어 암행어사를 제수하는 장면이다. 그리고 ④는 「소양정」에서 여주인공 정채란의 시비 금단이가 정채란을 도망시키고 자신이 정채란인 척 꾸미겠다고 자청하는 장면이다. 정채란이 금단이가 당할 고초를 염려하자, 금단이는 『서주연의』의 독서 경험을 들어 정채란을 설득하고 있다.

②에서 『시경』 '관저장'은 여성의 애정욕망을 부추기고, ③에서 『서전』은 남주인공이 암행어사가 되는 사건 전개를 유발하고 있으며, ④에서 『서한연의』는 주인을 위해 자신을 희생하는 시비의 인물됨을 증거하고 있다. 이처럼 각 장면에서 서책은 사건 전개에 유기적으로 관여하고 있다.

서책과 사건 전개의 유기성은 신작 구소설에서 책 읽는 여성 주체가 서사에 안착하는 여러 양상 중 하나로 보인다. 서책은 사건 전개 과정에서 단순한 소재가 아니라 사건 전개의 방향과 인물됨을 암시하는 기능물로 다루어지고 있는데, 이로써 서책에 대한 관심이 환기되고 이야기세계 내부에서의 위상도 높아진다. 그리고 책 읽는 여성은 서사에서 이질적인 존재가 아니라 향학열이나 학문이 숭상되고 서책이 관심 있게 다루어지는 세계에서 자연스러운 존재로 부각된다. 책 읽는 여성 주체가 서사에 안착하고 있는 것이다.

◆◇ 책 읽는 여성 주체의 의의

애정류 신작 구소설은 귀족적 영웅소설의 영향을 받으면서도 운명론적 서사 구조에서 벗어났다. '책 읽는 여성 주체'는 그러한 서사적 독자성을 해명하는 중요한 형상으로서, 애국계몽기에 형성된 교육 담론이라는 사회적 배경 아래 형성되었다. 이 글은 애정류 신작 구소설에 등장하는 책 읽는 여성 형상을 설명하기 위해 집필되었다. 주요 내용은 두 가지이다. 첫째, 애정류 신작 구소설에 등장하는 책 읽는 여성 형상은 전대의 고소설에 등장하는 인물들과 어떻게 다른가. 둘째, 소설사에서 새롭게 등장한 책 읽는 여성 주체가 서사에 안착할 수 있었던 요인은 무엇인가.

고소설에서 책 읽는 여성은 애정류 신작 구소설에서 처음 등장한 것은 아니다. 「만복사저포기」·『소현성록』·「운영전」·「춘향전」 등 다양한 양식의 작품들에서 책 읽는 여성은 발견된다. 그러나 고소설에서 책 읽는 여성의 형상화에는 남성 중심의 여성 이해가 관철되고 있다. 책 읽는 여성은 남성이 원하는 여성상에 근접해 가는 존재이거나 이미 이를 타고난 여성으로 비쳐진다. 독서를 자기계발의 과정이라 할 때, 자신과 세상에 대한 이해와 성찰 없이 피동적인 훈육의 과정으로만 여성의 독서가 제시된다는 점에서 고소설에 형상화된 책 읽는 여성은 말 그대로 책 읽는 여성일 뿐, 여성 주체라고 하기 어렵다.

애정류 신작 구소설에서 책 읽는 여성은 귀족적 영웅소설의 여주인공의 형상을 계승하면서도 새로운 여성 이해와 자각을 보인다. 가령 「난봉기합」에서 이채봉의 독서는 여성에게 부여된 삶을 배우고 내면화하는 과정이 아니라 스스로의 욕망에 따라 자신의 인생을 탐색하고 개척하는 행위로 이해된다. 이는 책 읽는 여성이 여성의 자각과 계몽 의지를 독자에게 격려하는 사례로 쓰이고 있음을 보여준다. 「약산동대」·「미인도」 등에서도 책 읽는 여성은 반동인물에 맞서 스스로의 인생을 개척하는 존재로 그려진다. 애정류 신작 구소설은 책 읽는 여성 주체를 제시하는 것이다.

책 읽는 여성 주체가 신작 구소설에서 새롭게 등장한 인물 형상이라는 점에서, 그 이질성을 무마하는 요인들이 무엇인지 탐색될 필요가 있다. 애정류 신작 구소설에서는 다양한 요인들에 의해 책 읽는 여성 주체는 서사에 안착하고 있다. 첫째는 향학열을 매력적인 인물의 자질로 제시한다는 점이다. 향학열은 주인공이 박대받거나 성공하게 되는 사유로 나타난다는 점에서 귀족적 영웅소설의 천수天數와 유사한 기능을 한다. 둘째는 학문 숭상의 가치관이 작품 전편에서 나타난다는 점이다. 귀족적 영웅소설에서 영웅의 무공과 승리가 공동체의 환호를 받았다면, 신작 구소설에서는 학문 숭상이 그 자리를 대신하는 것이다. 셋째는 서책이 사건 전개에 유기적으로 관여한다는 점이다. 서책이 단순한 배경물이 아니라 기능물로 다루어지면서 책 읽는 여성도 자연스러운 존재로 부각되었다.

1 신작구소설의 개념과 일반적 특징은 다음을 참조. 조동일, 『한국문학통사』 4(제4판), 지식산업사, 2007, 347면; 이은숙, 「활자본 신작 구소설 중 애정소설 연구」, 『신작 구소설 연구』, 국학자료원, 2000, 254면; 권순긍, 「신작 애정류 소설과 그 성격」, 『활자본 고소설의 편폭과 지향』, 보고사, 2000, 107~160면; 이정원, 「신작 구소설의 근대성」, 『고소설연구』 27, 한국고소설학회, 2009, 231~264면.

2 이해조, '소설예고', 『매일신보』, 1911.9.29, 1면.

3 조동일은 "신소설이 나타날 당시에 소설에 대한 기존관념은 주로 귀족적 영웅소설에서 이루어진 것이었고, 이러한 기존관념을 기반으로 신소설이 성립되었을 것"이라고 둘 사이의 영향 관계를 진단했다. 신소설의 자기 갱신 양상으로서 신작 구소설도 이러한 영향 관계 속에서 이해될 수 있겠다. 조동일, 『신소설의 문학사적 성격』, 서울대 출판부, 1973, 78면.

4 다음을 참조. 『황성신문』, 1899.11.9, 논설, 1면; 「瑞士建國誌譯述序」(기서), 『대한매일신보』, 1907.2.8, 4면; 「賀敎育月報刊行」(논설), 『대한매일신보』, 1908.7.3, 1면; 「柴商談話」(논설), 『황성신문』, 1909.4.28, 2면; 『대한매일신보』, 1909.12.2, 담총, 1면.

5 조동일, 『신소설의 문학사적 성격』, 102면.

6 신작 구소설과 귀족적 영웅소설 또는 군담소설의 영향관계에 대한 논의는 다음을 참조. 이은숙, 『신작 구소설 연구』; 서혜은, 「이해조의 「소양정」과 고전소설의 교섭 양상 연구」, 『고소설연구』 30, 한국고소설학회, 2010, 41~74면; 이정원, 「신작 구소설의 근대성」; 이정원, 「군담소설 양식의 계승으로 본 신작구소설 「방화수류정」」, 『고소설연구』 31, 한국고소설학회, 2011, 299~325면; 이정원, 「「소양정」에서 새로운 여주인공의 등장과 군담소설 양식의 해체」, 『한국고전여성문학연구』 24, 한국고전여성문학회, 2012, 259~290면; 이정원, 「신작 구소설 「난봉기합」 연구-귀족적 영웅소설 양식의 계승과 변용의 관점에서」, 『한국문학이론과 비평』 62, 한국문학이론과 비평학회, 2014, 195~223면.

7 조동일, 『신소설의 문학사적 성격』, 113면.

8 이정원, 「군담소설 양식의 계승으로 본 신작구소설 「방화수류정」」; 「「소양정」에서 새로운 여주인공의 등장과 군담소설 양식의 해체」; 「신작 구소설 「난봉기합」 연구-귀족적 영웅소설 양식의 계승과 변용의 관점에서」.

9 두 작품의 새로운 서사 구성은 다음을 참조. 이정원, 「「소양정」에서 새로운 여주인공의 등장과 군담소설 양식의 해체」; 「신작 구소설 「난봉기합」 연구-귀족적 영웅소설 양식의 계승과 변용의 관점에서」.

10 조동일, 『신소설의 문학사적 성격』, 84면.

11 「난봉기합」의 사회적 배경으로서 교육 담론에 대해서는 다음을 참조. 이정원, 「신작 구소설 「난봉기합」 연구-귀족적 영웅소설 양식의 계승과 변용의 관점에서」, 213~217면.

12 동양서원의 발행 성격 및 김교제의 활동은 다음을 참조. 이은영, 「1910년대 김교제 소설의 근대적 성격-「목단화」, 「현미경」을 중심으로」, 『어문학』 85, 한국어문학회, 2004, 423~425면.

13 『매일신보』, 1911.5.19, 3면.

14 「난봉기합」, 129~130면.

15 물론 계몽주의적 문학관의 실천 양상이 오직 교육 담론에 국한된 것은 아니다. 독자에게 모범이 될 만한 행실을 제공하고 구습을 타파하려는 의지는 구소설에 없던 여러 새로운

양상을 낳았다. 가령 「청년회심곡」・「부용의 상사곡」 등에서는 조혼을 비판하고 남녀의 자유 결혼 풍속을 옹호했고, 「방화수류정」에서는 노비 제도의 혁파가 등장한다.

16 원문과 번역은 다음의 책을 따른다. 김시습, 「만복사저포기」, 심경호 역, 『매월당 김시습 금오신화』, 홍익출판사, 2000, 77면. 其言曰, "姿之犯律, 自知甚明. 少讀詩書, 粗知禮義, 非不諳褻瀆之可愧, 相鼠之可赧. 然而久處蓬蒿, 抛棄原野, 風情一發, 終不能成. (…後略…)"

17 정선희・조혜란 역주, 『소현성록』 1, 소명출판, 2010, 39~40면.

18 위의 책, 87면.

19 근대소설 『무정』에서 발견되는 계몽하는 남성과 교육되는 여성의 구도는 「운영전」에서부터 발견되는 것이다.

20 「춘향전」에서 상층 문화의 격하에 대해서는 다음을 참조. 성현경, 「이고본 춘향전 연구」, 『판소리연구』 3, 판소리학회, 1992, 7~61면.

21 이덕무, 『청장관전서』 권30 「사소절 하」 「婦儀 2」 「事物」. 卷之七 18張, 한국고전종합DB. 婦人當畧讀書史, 論語, 毛詩, 小學書, 女四書. 通其義. 識百家姓, 先世譜係, 歷代國號, 聖賢名字而已. 不可浪作詩詞. 傳播外間. 周文煒曰, 寧可使人稱其無才, 不可使人稱其無德. 世家大族一二詩章, 不幸流傳, 必列於釋子之後. 娼妓之前 豈不可耻.

22 「난봉기합」과 귀족적 영웅소설의 유사성은 세 가지이다. 첫째는 몰락한 가문의 남주인공이 아버지 친구의 도움을 받아 결국 영웅적 지위에 오른다는 서사 전개의 틀, 둘째는 여주인공들의 이름이 「소대성전」에서도 발견된다는 점, 셋째는 남주인공의 처지이다. 이에 대해서는 이정원 「신작 구소설 「난봉기합」 연구-귀족적 영웅소설 양식의 계승과 변용의 관점에서」, 201면.

23 이에 대해서는 다음을 참조. 이은숙, 『신작 구소설 연구』, 253~347면; 김종철, 「「춘향전」의 자장(1)」, 『한국 고전문학과 서사문학』 상, 집문당, 1998, 450면; 이정원, 「신작 구소설의 근대성」.

24 남녀의 결연을 운우지정이 아니라 시서가곡으로 유지하는 사례는 「청년회심곡」, 「부용의 상사곡」, 「이화몽」 등에서도 발견된다. 이들 작품은 고소설의 음란성을 경계하고 향학열을 고취하려는 의도 아래, 결연의 대상자인 남녀에 대해 운우의 상대자보다는 지음과 수학의 동반자로서의 정체성을 부각했다.

25 애국계몽기에 권장된 도서였던 『라란부인전』은 후기에서 다음과 같이 여성 독자를 독려한다. "이 라란부인전을 읽는 자여 녀주는 그 하나님이 품부ᄒ신 보통 지혜와 동등 의무를 능히 ᄌ유ᄒ지 못ᄒ고 규중에 갓쳐 잇든 라약ᄒ 마음을 ᄒ로 아참에 벽파ᄒ고 나아와 이 부인으로써 어미를 삼고……" 『라란부인전』, 대한매일신문사, 1907, 33면.

26 나중에 성공한 권질은 남의 집 머슴이 된 이석룡을 구원하게 된다.

20세기 초 '춘향 형상'의 변화

이지영

◆◇ 20세기의 베스트셀러 「옥중화」

춘향전은 20세기 초에 가장 많이 팔린 소설이었다. 다시 말해 활자본 고소설 중에서 춘향전의 발행횟수가 압도적으로 많았다. 춘향전을 1시간에 4만 부나 인쇄했다는 1926년 『별건곤』의 기사를 보면, 춘향전의 인기가 1920년대 중후반까지도 지속되었던 것으로 보인다. 춘향전의 인기는 영화 제작으로 이어졌다. 1923년 우리나라 최초로 제작된 상업용 극영화가 〈춘향전〉이었으며 1930년대에 제작된 최초의 발성영화도 〈춘향전〉이었다. 많은 자본을 투자해야 하는 영화의 속성상 흥행이 보장되는 작품을 선택할 수밖에 없다는 점을 생각한다면, 영화 제작은 춘향전의 대중적 인기를 반증한다고 할 수 있다.

그런데 1910년대 이후에 인기가 있었던 춘향전은 이해조가 개작한

「옥중화」였다. 당시 간행된 활자본 춘향전의 87%는 바로 「옥중화」이거나 「옥중화」를 부분적으로 개작한 것이었다.[1] 그러므로 20세기 초 춘향전의 인기는 엄격하게 말하자면 「옥중화」의 인기라고 할 수 있다.

물론 「옥중화」는 그 이전에 전주에서 방각본으로 간행된 「열녀춘향수절가」나 신재효가 개작한 〈남창춘향가〉와 내용이 비슷하다. 게다가 「옥중화」를 처음 『매일신보』에 연재하면서 이해조는 명창 박기홍의 소리를 바탕으로 했다고 밝혔다. 그렇기 때문에 「옥중화」를 이해조가 개작한 것으로 보기도 힘들다는 주장도 있었다.[2]

그러나 「옥중화」가 이전에 간행된 춘향전과 유사하다고는 해도 이전과는 다른 면모가 존재하다는 점은 부인할 수 없다. 또한 20세기 「옥중화」의 인기는 이전과 달라진 춘향전에 바탕을 둔 것으로 볼 수 있다.

◆◇ 춘향이가 기생이었던 이유

19세기까지 존재했던 대부분의 춘향전에서 춘향은 기생이었다. 춘향이와 이 도령이 혼인 전에 만날 수 있었던 이유도 춘향이가 기생이었기 때문이었다. 이 도령은 춘향이가 기생이기에 거리낌 없이 부를 수 있었고 부모의 개입 없이 춘향을 만날 수 있었다. 자유연애가 가능하지 않았던 조선시대에 기생은 유일하게 가능한 연애의 대상이었다.[3]

또한 기생인 춘향은 성적 욕망의 대상이었다. 이 도령은 그네 뛰는 춘향을 보고 황홀해하다가 방자가 데려온 춘향이를 보고 "눈꼴이 다 틀리고 정신이 표탕"해졌다. 신관 사또도 아름다운 춘향의 형용을 보고 "일촌 간장이 다 녹는다"고 했다. 춘향에 대한 이 도령과 신관 사또의 욕정은 당대 사대부가 아름다운 '기생'에 대해서 품을 수 있는 것이었다. 따라서 이들이 욕망하는 춘향은 기생일 수밖에 없다.

춘향을 보고 욕정을 품는 남성은 이 도령과 신관 사또뿐만이 아니었다. 신관 사또의 명령으로 춘향을 잡으러 간 군로 사령들이나 춘향이가 매 맞았다는 말을 듣고 구름처럼 몰려든 남원 왈짜들도 춘향을 향한 욕정을 드러낸다. 남원 왈짜들은 매 맞고 기절한 춘향을 메고 옥으로 가면서 "뒤에서 부축하여 오는 체하고 등에 손도 넣어 보고 젖가슴도 만져"본다. 또한 춘향이 옥에 갇혔을 때 꿈 해몽을 위해서 부른 봉사는 춘향의 매맞은 상처를 본다면서 "얼굴부터 내려와 젖가슴에 이르러서는 매우 지체"하는 등 춘향을 향한 욕정을 감추지 않는다.

이처럼 신관 사또, 이 도령, 한량들, 군로 사령, 장님 판수 등에 이르기까지 춘향전에 등장하는 남성인물들은 모두 춘향에 대한 욕정을 드러낸다. 춘향이가 기생이어야 하는 이유가 여기에 있다. 조선 사회에서 기생은 누구나 욕망할 수 있는 그런 위치에 있었다. 아무나 꺾을 수 있는 길가의 버드나무와 담장의 꽃이라는 뜻의 기생을 지칭하는 말로 '노류장화路柳墻花'라는 말이 있는데, 이 말이 은유적으로 표현하고 있듯이 기생은 모든 남성들에게 욕망의 대상으로 존재했다. 욕망의 대상이기에 춘향은 기생일 수밖에 없다.

그런데 19세기 후반에 간행된 것으로 추정되는 「열녀춘향수절가」에서 춘향은 '대비속신代婢贖身'해서 기생의 신분에서 벗어난 성 참판의 서녀로 등장한다. 조선시대 기생은 관아에 소속된 '계집종婢'의 신분이므로 기생의 신분을 벗어나기 위해서는 자신을 대신할 다른 계집종을 관아에 바쳐야 한다. 이것이 바로 '대비속신'이다.

「열녀춘향수절가」에서 춘향은 대비속신하여 기생의 신분에서 벗어났기에 방자가 춘향을 부르러 왔을 때 자신은 기생이 아니니 부른다고 갈 수 없다고 단호하게 거절할 수 있었다. 또 기생이 아니기에 이 도령이 찾아왔을 때도 스스로 맞이하지 않고 월매가 허락한 뒤에야 만났다.

그러나 작품 전반에서 춘향은 여전히 기생이다. 첫날밤 장면에서 이 도령은 다음과 같이 노골적인 성적 표현을 거침없이 드러내고 있다.

> 이 궁 저 궁 다 버리고 네 두 다리 수룡궁에 나의 심줄 방망이로 길을 내자꾸나 (…중략…) 나는 탈 것 없으니 금야 삼경 깊은 밤에 춘향 배를 넌즛 타고 홀이불로 돛을 달아 내 기계로 노를 저어 오목섬에 들어가되 순풍에 음양수를 시름없이 건너갈제[4]

이처럼 기생방에서나 불릴 질펀한 노래를 부르는 것을 보면 이 도령이 춘향을 기생으로 대하고 있음을 알 수 있다.

또한 춘향이 신관 사또의 수청을 거절했을 때 농부들도 "창가娼家에 그런 열녀 드물다"며 춘향을 기생으로 보고 있다. 이처럼 대비속신한 춘향이가 기생의 면모를 완전히 벗어나지 못하다 보니, 기생이면서도 기생이 아닌 「열녀춘향수절가」의 춘향에 대한 다양한 논란이 있었다.[5]

신재효의 〈남창춘향가〉에서도 춘향은 대비속신한 성천총의 서녀로 등장한다. 기생으로서의 행실도 거의 보이지 않는다. 춘향은 이 도령이 찾아왔을 때 예법을 적은 책 『예기』를 읽고 있으며 그네 탈 때는 몸종 향단의 시중을 받았다. 이런 춘향은 여느 양반가 규수와 다를 바가 없다.

그럼에도 불구하고 춘향이 정실이 될 수 없는 천한 신분이라는 점은 분명하다. 이별할 때 춘향은 이 도령이 서울로 올라가서 정실을 얻고 나면 천 리 밖에 있는 '천첩'은 생각도 하지 않을 것이라고 원망하는데, 이 도령은 실제로 '본댁 올라가서 재상댁에 정혼하고' 과거 공부에 전념한다. 대비속신한 춘향이가 아무리 교양 있고 정숙하다고 해도 천한 신분은 달라지지 않은 것이다. 춘향이가 어렸을 때 대비속신한 것은 '열녀' 춘향의 이미지를 강조하기 위한 설정일 뿐, 실질적인 신분 상승의 효력을 발휘하지 못한다.

그렇기에 자신은 기생이 아니라고 주장해도 춘향은 이 도령이나 신관 사또가 부르면 갈 수밖에 없다. 기생이 아니라는 주장은 오히려 이 도령과 신관 사또의 욕망을 더욱 부추긴다. 이 도령은 춘향이가 대비속신을 통해서 기생 일을 그만두고 바깥 사람과 접촉을 하지 않는 등 기생으로서 행동하지 않는다는 말을 듣자 "자색이 그러하고 행실이 그러하니 희한한 말이로다. 그럴수록 더 볼 테니 어서 가 불러와라"고 재촉하며, 신관 사또는 이 도령과의 약속을 지키며 독수공방한다고 말하는 춘향에게 "안팎으로 일색이다. (…중략…) 인물 고운 여인들이 열행이 적다는데 꽃 같은 저 얼굴에 옥 같은 그 마음이 어여쁘고 아름답다"고 하면서 수청 들기를 재촉한다.

이처럼 「열녀춘향수절가」나 〈남창춘향가〉에서는 춘향을 대비속신한 것으로 설정했지만, 춘향은 근본적으로 기생으로 인식되고 있다. 다만, 절개를 지키는 '기생답지 않은 기생'으로 그려질 뿐이다. 정절을 지키는 기생은 양반집 규수의 이미지를 지니고 있지만, 그럼에도 불구하고 남성들이 욕망을 품는 '기생'이다. 정절을 지키는 기생의 이미지는 '공물共物'로 인식되는 기생을 배타적으로 소유하고자 하는 남성들의 모순된 욕망을 반영한 것이다.[6]

◆◇ 기생 아닌 「옥중화」의 춘향

20세기에 간행한 「옥중화」에서는 춘향이가 완전한 여염집 규수로 등장한다. 그래서 「옥중화」의 춘향은 방자가 부르러 와서 "양반이 부르시는데 천연히 못 간다 하여?"라고 다그치자 "도령님만 양반이고 나는 양반이 아니냐?"라고 따진다.

그리고 「옥중화」의 춘향은 이별 장면에서 자신을 '천첩'이라고 한 이 도령의 말에 발끈 화를 낸다. 이 도령이 "양반의 자식이 장가도 가기 전에 외방에 첩을 두었단 말이 나면 족보에 떼고 사당제 참예를 못한다고 하니 그 아니 난처하냐" 하자 춘향이는 "천첩? 무엇, 천첩? 이따위 말이 몇 가지나 되시오?" 하면서 '천첩'이라는 단어에 대해 민감한 반응을 보인다. '천첩'에 대해 발끈하는 춘향의 모습은 다른 춘향전에는 나타나지 않고 「옥중화」에서만 나타난다.

「옥중화」의 변화는 신관 사또에게 춘향이 저항하는 장면에서도 찾을 수 있다. 신관 사또가 수청을 거부하는 춘향에게 "기생 수절한단 말은 뉘 아니 요절하리"라고 하자 춘향은 "사또는 양반이라 예절을 아시려든 수절 부녀 겁탈하면 백성 부모된 도리 절차 절당하다 하오리까"라고 반박한다. 같은 대목이 〈남창춘향가〉에서는 "절행에는 상하 없어 필부의 가진 정절 천자도 못 뺏거든 사또 탈절하실 테요?"라고 하였고 〈열녀춘향수절가〉에서는 "충효 열녀에 상하 있소? 자상히 듣조시오. 기생으로 말합시다. 충효열녀 없다 하니 낱낱이 아뢰리다"라고 하였다. 〈남창춘향가〉에서는 정절을 지키는 것은 신분과 관련이 없다고 주장하고 〈열녀춘향수절가〉에서는 기생이라고 해도 정절을 지킬 수 있다고 주장하고 있는데 반하여, 「옥중화」에서 신분 문제를 거론하지 않고 부녀자 겁탈만 문제 삼고 있다. 「옥중화」에서는 춘향이 천한 신분이 아님을 다시 확인할 수 있다. 이처럼 춘향이가 자신을 천한 신분으로 인식하지 않는다는 것은 「옥중화」만의 중요한 특징이다.

기생 아닌 춘향의 등장과 관련하여 주목할 것은 1910년대에 이미 신분제가 철폐되었다는 점이다. 1894년 갑오경장으로 신분제가 철폐되고, 1897년 지방의 관기제도가 혁파되었다. 그러므로 이후에는 기생이 기생의 일을 벗어나기 위해 '대비속신'할 필요가 없었던 것으로 보인다.[7] 「옥중화」에서 '대비속신'에 대한 언급이 전혀 나타나지 않는 이유를 이러한 상황과 관련시켜 이해할 수 있다.

1897년 이후에는 비록 어머니가 기생라고 해도 그 자식은 대비속신의 절차 없이 자신의 선택에 의해서 기생의 일에서 벗어날 수 있었고, '기생단속령'이 있었던 1908년 이후에는 기생이 신분이 아닌 직업으로 인식되었다. 그렇기에 1910년대에 춘향을 기생이라고 한다면 직업으로서의 기생을 연상시킬 수 있다. 정절을 주장하는 춘향과 직업인으로서의 기생은 어울리지 않는다. 그러므로 관기제도가 사라지고 기생조합 등이 존재하는 1910년대의 조선에서 춘향은 기생일 수 없었을 것이다.

◆◇ '여학생'의 등장 이후 '춘향'의 변모

「옥중화」에서 방자는 이 도령에게 "녹주의 아름다움과 설도의 문장과 목란의 예절을 가슴 속에 품었으니 만고에 없을 여자 중의 군자"라고 춘향을 소개한다. 춘향이 기생이 아니라고 하면서 석숭의 첩 녹주와 기생이었던 설도에 빗대는 것이 적절치 않아 보이지만, 이 대목에는 춘향을 '여자 중의 군자'로 소개했다는 점이 보다 중요하다. 춘향을 도덕과 학식을 갖춘 여성으로 형상화하려는 의도가 드러나기 때문이다.

또한 「옥중화」에서 춘향의 언변은 다른 이본에서보다 두드러지게 나타난다. "행실 닦는 계집애가 삼남 대로변에 그네 뛰기 마땅하냐"고 행실의 잘못을 지적하는 방자에게 춘향은 "양반댁 도령이 글공부 아니하고 경치 구경하기 긴치 않고 경치 구경할지라도 남의 집 여자 보고 전갈하기 당치 않고 전갈은 할지라도 여자의 도리로 남자의 전갈듣고 따라가기 괴이하다"며 반박한다.

춘향의 언변이 강조되면서 춘향의 주체성은 뚜렷하게 나타난다. 기생인 춘향이가 기생 아닌 춘향으로 신분 상승하면서 중세적인 열녀로 퇴행했다는 평가도 있지만, 「옥중화」의 춘향은 자신의 목소리를 내는 주체적인 여성이다. 20세기 이전의 춘향전은 주로 이 도령의 시점에서 서술되고 있으며, 춘향의 주체성은 신관 사또와 대결하는 대목에서만 두드러지게 나타났다. 이와 달리 「옥중화」에서는 춘향의 발언이 늘어나면서 춘향의 주체성이 강조된다.

그럼에도 불구하고 춘향이가 욕망의 대상으로서 존재한다는 점은 「옥중화」에서도 달라지지 않았다. 춘향이가 군로 사령을 반갑게 맞이하

며 손을 잡아 주자 사령들은 "몸에 두드러기가 날" 듯하고 가슴이 두근두
근하면서 눈이 어득해졌다. 또한 봉사는 매 맞은 다리를 봐준다는 핑계
로 춘향의 몸을 더듬는다. 기생이 아님에도 불구하고 춘향을 향한 남성
들의 욕정은 변함이 없다.

이처럼 기생이 아닌 춘향이 여전히 욕망의 대상으로 존재할 수 있는
이유는 무엇인가? 새로운 '춘향'의 형상은 당대 여성상의 변화와도 관련
이 있을 듯하다. 전통사회에서 뭇사람의 시선에 노출된 여성은 기생 등 신
분이 낮은 여성이었고 양반가 규수의 경우에는 집안에 머물러 있었다. 많
은 장편소설에서는 사대부 여성이 '남장'을 하고 유리하는 내용을 다루기
도 하는데, 이들은 남장을 벗고 여자의 본색을 회복하는 동시에 다시 집안
에 머물게 된다.

그런데 20세기 이후에는 이러한 여성들의 활동 공간이 확대되는 양
상을 보인다. 여기에는 근대적인 학교교육의 영향도 있을 것이다. 다시
말해서, 20세기 이전까지는 집 밖으로 나와 거리를 활보할 수 있는 여성
이 기생밖에 없었지만, 1910년대에는 '여학생' 또한 남성의 시선에 포착
되었다.[8]

그러나 그보다 훨씬 이전부터 신소설과 번안소설에서는 여학생이
주인공으로 등장하고 있었다. 1908년에 간행된 이해조의 『홍도화』나,
1912년에 『매일신보』에 연재되었던 조일재의 「쌍옥루」, 그리고 1913년
연재되었던 「장한몽」의 여주인공들은 모두 '여학생'이었다. 보통학교를
포함해서 학교에 다니는 여학생의 수가 합병 직후 이천 명에 불과했다고
해도, 19세기에 개교한 이화, 배화 등의 여학교를 비롯하여 합병 이전에
이미 진명, 숭의, 숙명 등의 학교가 설립되었고 1908년에는 고등여학교

령에 따라 관립 경성여자고등보통학교가 설립되었다.[9] 1910년에 이미 여학생의 존재는 보편적이지 않더라도 낯설지도 않았을 것이다.

이런 여학생의 존재로 인해 당대 사회에서 '여성'에 대한 인식이 달라졌을 듯하지만, 당시 여학생에 대한 사회의 시각은 '집 밖으로 나온 여성'에 대한 전근대적 시각과 크게 다르지 않다.

> 사천년 남존여비의 구습에 구속되던 조선의 여자도 비로소 얼마쯤 자유를 얻어 규중의 처녀로 학교에 왕래하게 되었으니 (…중략…) 그러하나 우리는 여학생에 대한 아름답지 못한 소문을 종종 들으니 어찌 한심하고 분하지 않으리오? 그는 여학생의 품행이 반드시 옳지 못하여 그럼이 아니라. 여러 가지 사소한 일로 인연하여 그와 같이 큰 수치를 받음이라. 곧 의복을 사치하든지 학교 이외에 혹 동급학생의 집에 왕래하거나 기타 한만한 출입으로 필경 전정에 관계되는 수치스런 말을 듣는 것이다.
>
> —「여학생의 주의할 일(戒女學生)」『매일신보』, 1913.12.19

규중에 속박되었던 여성이 학교를 왕래하면서 여학생은 남성들의 눈길을 피할 수 없었다. 위의 기사에서 여학생에 대한 아름답지 못한 소문은 여학생의 품행 때문이 아니라고 하였다. 의복을 화려하게 입고 거리를 다니는 것만으로도 여학생은 불미스런 소문의 주인공이 된다고 하였다. 당대의 신문 기사는 부모의 눈을 피해 남성과 교제하거나 부모 몰래 혼인하는 여학생의 기사를 통해서 여학생에 대한 욕망을 자극하는 경향이 있었다.

이러한 당대의 인식은 소설에서도 나타나고 있다. 가장 단적인 예로 번안소설인 「쌍옥루」를 들 수 있다. 주인공 경자는 아름답고 지적인 여학생이었기에 뭇남성들의 욕망에 노출된다. 이 점은 「장한몽」에서도 마찬가지이다. 이 시기 번안소설이나 신소설에서 여주인공은 거의 여학생이며 남성들의 욕망의 대상이 된다.

여학생의 등장으로 인한 이러한 변모가 「옥중화」에 등장한 춘향 형상에도 영향을 주지 않았을까 한다. 특히 20세기 전후에는 여학생과 기생의 경계가 그리 뚜렷하지도 않았다는 점에서도 기생임을 거부한 춘향의 형상에 당대 새로이 부각된 여학생의 이미지가 겹쳐졌을 가능성이 있다. 1897년 지방 관기제도의 철폐 이후 신분적 제약에서 벗어난 기생들이 학교에 입학한 사례를 보더라도[10] 1910년대 초에 여학생과 기생이 서로 이질적인 존재로 인식되지 않았으리라고 추정할 수 있다.

이처럼 「옥중화」의 춘향이 기생이 아닌 것으로 설정되었으면서도 여전히 욕망의 대상으로 존재하는 것은, '집 밖으로 나온 여성'에 대한 당대 남성의 시선과 무관하지 않을 것이다. 이는 연애의 대상이 여학생 등으로 확대되어 가던 당대의 사회문화적 상황에서 이해할 수 있다.

◆◇ 욕망의 대상으로서 춘향상의 변모

1912년 간행된 후 「옥중화」는 엄청난 인기를 끌었다. 비슷한 시기에 최남선이 간행한 「고본춘향전」 등에서는 춘향을 기생으로 형상화하였고 「약산동대」에서는 현숙한 여성으로 그렸다. 그런데 그중에서 당시 대중의 공감과 흥미를 얻었던 것은 「옥중화」의 춘향이었다. 춘향의 형상화에 기생이 아닌 여학생의 이미지를 수용한 것이 중요한 영향을 미쳤을 것이다.

춘향의 이미지는 이후에도 계속 변모하였다. 1910년대에 「옥중화」의 춘향이는 주체성이 강화되는 방향으로 새롭게 변신했지만, 이후 「옥중화」의 아류작이 재생산되는 과정에서는 오히려 '열녀'의 이미지가 강화되었다. 다시 말해서 1910년대 춘향은 집 밖으로 나온 새로운 욕망의 대상으로서 여학생의 이미지를 지녔지만, 1920년대를 지나면서 오히려 전통적인 열녀로 회귀하고 있다.

이 점은 1929년 『별건곤』에 실린 「몽견춘향기」에서 확인된다. 기자가 꿈에 만난 춘향은 조선 청년들의 기질이 타락했다고 하면서 특히 "소위 신식여류"의 여성해방운동을 강하게 비판한다. 춘향이가 "열녀 춘향"의 '전통적인 조선의 이미지'를 형성하였던 데는 모던걸과 신여성에 대한 반발이 작용하고 있음을 알 수 있다. 현재에 대한 불만이 과거에 대한 동경으로 표출되었던 것이다.

이러한 춘향의 이미지의 변화는 1930년대 제작된 김은호 화백의 〈춘향상〉에서도 단적으로 드러난다. 이 〈춘향상〉은 고증위원회의 감수를 거쳐 제작되었는데 고증위원회에서 요구한 춘향은 "명랑하고 총명하며 의지가 강하여 절개 있는 처녀"이며 "다홍치마에 연두저고리에 회장을 달아 아주 얌전한 색시"의 모습이다.[11] 전자의 이미지와 후자의 이미지는 상충되는 듯하지만, '열녀 춘향'이 내포하고 있는 양가적 이미지이다. '처녀'로서의 발랄함과 '색시'로서의 얌전함은 1930년대 춘향에게 요구되었던 이상적 여성상일 것이다.

반면, 당시 만화가 김규택은 춘향을 전통적인 열녀와는 상반되는 '모던춘향'으로 그려내었다. 1932년 잡지 『제일선』에 실린 김규택의 〈모던춘향〉은 당시 상당한 인기를 끌었다. 신여성에 대한 반발로 정숙함이 강조된 춘향이와 신여성의 속성을 지닌 춘향이가 공존했다고 할 수 있다.

　　춘향은 19세기에도 20세기에도 그 시대 대중이 원하는 연애와 욕망의 대상이었다. 대중의 취향이 단일하지 않은 만큼 춘향이의 이미지도 여럿일 수 있다. 그중에서 다수의 공감을 얻은 이미지가 전면에 부각되는 것인데, 대중의 취향이 달라지는 만큼 춘향의 이미지도 끊임없이 변화하였다. 이러한 변화 속에서 춘향전은 거듭 개작되면서 살아있을 수 있었다.

◇ 주석

1   차충환·김진영, 「구활자본 춘향전의 출판과 서지」, 『판소리연구』 33, 판소리학회, 2012, 379면.

2   김종철, 「옥중화 연구 1」, 『관악어문언구』 20, 서울대 국어국문학과, 1995.

3   서지영은 「규범과 욕망의 틈새-조선시대 소설 속의 섹슈얼리티」, (『한국고전연구』 15, 한 국고전연구학회, 2007, 257~260면)에서 조선시대 애정서사에서 기녀가 양반의 애정 대 상으로 등장한 양상과 의미를 짚은 바 있다.

4   "이 궁 져 궁 다 바리고 네 양각시 수룽궁에 늬으 심줄 방망치로 질을 늬자구나"와 "나는 탈 것 업셔신니 금야삼경 깁푼 밤의 춘향 빅를 넌짓 타고 홋이불노 도슬 다라 늬 기겨로 노를 져어 오목셤을 드러가되 순풍의 음양슈를 실음업시 건네갈 제"에서 그러한 사례를 찾을 수 있다. 『춘향전전집』 4, 박이정, 1997, 326~330면 참조.

5   84장본에 나타난 춘향전 캐럭터의 불일치에 대해서는 장덕순과 최진원이 지적한 바 있는데, 조동일은 이를 판소리적 특징으로 해석하기도 하였다. 이러한 논의는 장덕순 외, 「춘향전의 종합적 검토전」, (『진단학보』 23, 진단학회, 1962), 최진원, 「판소리 문학고-춘향전의 합리 성과 불합리성」, (『대동문화연구』 2, 성균관대 대동문화연구원, 1965), 조동일, 「춘향전 주제 의 새로운 고찰」, (『춘향전 어떻게 읽을 것인가』, 신영출판사, 1993)에 수록되어 있다.

6   서지영, 앞의 글, 259면에서는 규중 처자이기도 하고 천한 기생이기도 한 춘향의 모호한 정체성이 조선 후기 기방에서 양산된 특수한 여성 아이콘이라고 하였다.

7   관기제도의 변화에 대해서는 다음을 참조. 서지영, 「식민지 시대 기생 연구 1」, 『정신문화 연구』 28-2, 한국학중앙연구원, 2005; 박영민, 「이봉선, 관기제도 해체기 기생의 재생산 과 사회적 정체성」, 『고전문학연구』 34, 한국고전문학회, 2008; 박애경, 「기생을 바라보는 근대의 시선」, 『한국고전여성문학연구』 24, 한국고전여성문학회, 2012.

8   권보드래는 거리의 여성으로 여학생의 존재에 대해서 언급하면서 "여학생이 친숙한 존재가 된 것은 3·1운동 이후"였다고 하였다. 권보드래, 『연애의 시대』, 현실문화연구, 2003, 47면.

9   신동원, 「일제강점기 여의사 허영숙의 삶과 의학」, 『의사학』 40, 대한의사학회, 2012, 28면 참조.

10 이봉선의 경우에서 이러한 사례를 확인할 수 있다. 박영민, 앞의 글, 303~334면.

11 권행가, 「김은호의 춘향상 읽기」, 『한국근현대미술사학』 9, 한국근현대미술사학회, 2001, 200~211면 참조.

근대설화집의 여성 형상화

『온돌야화』, 『조선민담집』, 『조선동화대집』의 여성 인물을 중심으로

유정월

◆◇ 근대에 출간된 설화집

옛이야기는 구술될 수도 있고 기술될 수도 있다. 근대에는 조선의 옛 이야기를 기술한 자료집이 다수 출간되었다. 일제강점기 3대 동화집이라 지칭되는 조선총독부의 『조선동화집』, 심의린의 『조선동화대집』, 박영 만의 『조선전래동화집』이 발간되었으며, 다카하시 도루高橋亨의 『조선물 어집』, 정인섭의 『온돌야화』, 손진태의 『조선민담집』, 최상수의 『조선전 설집』, 나카무라 료헤이中村亮平의 『조선동화집』, 미와 다마키三輪環의 『전 설의 조선』, 다카기 도시오高木敏雄의 『조선동화집』 등이 근대 경성과 동경 에서 출간되었다.

여기에서 주 논의 대상으로 하는 자료집은 1920년대에서 1930년대 초 출간된 설화집이다. 당시는 일본에 의해 정초된 설화 채록과 설화 연구

연구 대상 설화집

서명	저자	연도	출판사항	언어	설화 편수
『朝鮮童話大集』	심의린	1926	경성 : 한성도서주식회사	한국어	66편
『溫突夜話』	정인섭	1927	東京 : 日本書院	일본어	43편
『조선 민족설화의 연구』	손진태	1947 (1927)	서울 : 을유문화사	한국어	–
『朝鮮民譚集』	손진태	1930	東京 : 鄕土硏究社	일본어	154편

에 대한 반성적·민족적 인식이 싹트고 성장하던 때이다. 주 연구대상은
1920년대에서 1930년대 초 출간된 정인섭[1]의 『온돌야화』,[2] 손진태[3]의
『조선민담집』과 『조선 민족설화의 연구』,[4] 심의린[5]의 『조선동화대집』이
며, 이들 설화집에서 여성 인물이 어떻게 다르게 형상화되는가를 살피고
자 한다.[6] 필요한 경우, 같은 시기 구술 채록본인 『한국구전설화(임석재전
집)』를 참조하기로 한다.

이 자료집들은 근대적 교육을 받은 남성이 비슷한 시기에 편찬했으
며, 구술되어오던 옛이야기를 전한다는 편찬의도에 있어 공통적이다. 『온
돌야화』와 『조선민담집』에는 채록자 정보와 채록된 시기 등이 있어 수록
된 텍스트가 구전되던 것임을 단적으로 알 수 있다. 『조선동화대집』 역시
"조선에 구전되던" 이야기들을 모아 선별한 것이다. 그렇다 하더라도 『온
돌야화』와 『조선민담집』은 구술된 이야기의 전사에, 『조선동화대집』은
재화와 각색에 좀 더 치중하는 것처럼 보인다. 이러한 차이는 '민담집'이
나 '동화집'이라는 제목에도 나타난다. 그러나 1920년대에는 설화의 하
위 분류가 명확하지 않았고, 민담과 동화의 개념이 넘나들기도 했다. 이
자료집들은 민담과 동화이기 전에 설화를 기술한 텍스트라는, 교집합을

가진다(이들을 총칭할 때 편의상 '설화집'으로 한다).

　이들 설화집은 수적으로 많지는 않지만 동일한 유형의 이야기를 포함하고 있어 비교가 용이하다. 이들 설화집 가운데 「선녀와 나무꾼」, 「해와 달이 된 오누이」, 「호랑이와 포수」, 「호랑이와 토끼」 이야기가 공통적으로 등장하며 이 가운데 여성이 등장하는 것은 앞의 두 편이다. '아랑설화'는 정인섭의 『온돌야화』와 손진태의 『조선 민족설화의 연구』에 수록되었지만 여기에서 함께 다루고자 한다.

　이 세 텍스트는 1920년대에도 활발하게 전승되고 향유되었던 설화들이다. '해와 달이 된 오누이'는 최초의 근대설화집인 『조선동화집』(조선총독부, 1924)에서부터 시작하여, 설화집마다 거의 빠지지 않고 수록되어 있다. 주요섭은 서구동화가 아니라 우리 옛이야기를 동화화해야겠다는 의도하에 「해와 달」을 『개벽』에 발표하기도 하였으며 이는 한국 동화문학의 출발점이 되기도 했다.[7] '해와 달이 된 오누이'는 근대 민담으로도, 동화로도 전승되었으며 구술로도, 기술로도 전승되었다. '선녀와 나무꾼'은 1898년 가린 미하일로프스키의 『조선 설화』에 처음 수록되었으며, 역시 오랜 시간 전승되던 옛이야기이다. '아랑설화'는 19세기 초·중엽 처음 기록되기 시작한 이후 여러 문헌으로, 구술 전승으로 전해진 이야기이다.

　이들 설화들이 대표적 설화들이라면 여기 등장하는 어머니, 선녀, 원귀 역시 반복해서 형상화된 인물임을 알 수 있다. 이들은 구술로 회자되는 인물이면서 기술로 정착된 인물이며, 여성이면서 남성에 의해 재현된 인물이다. 근대설화집의 여성 형상에 대한 연구는 이 설화집 기술의 맥락들을 드러내는 데에도, 당시 설화집의 다양한 스펙트럼을 드러내는 데에도 유용할 것이다.

기존 논의는 『조선동화대집』에 치중되어 있으며, 이 역시 내용적·문체적 측면을 중심으로 한 논의가 주를 이룬다. 무엇보다도 기존 논의는 일제/조선의 민족적 관점에 함몰된 경향이 있어 이 시대 설화집에 대한 균형 잡힌 논의가 필요한 상황이다.

여기에서는 이들 설화집의 여성 형상화 방식을 연구하면서 텍스트에 대한 미시적·다층적 분석을 진행하고자 한다. 구술과 기술 즉, 말하는 것과 글 쓰는 것의 차이는 물리적·신체적 차이의 문제일 뿐만 아니라, 심리적 차이의 문제이다. 말하는 상황과 글 쓰는 상황 혹은 말을 듣는 상황과 글을 읽는 상황에서 인간은 각기 다른 인지적이고 심리적인 체험을 한다. 문제는 이러한 것들이 구조화되거나 추상화되기 쉽지 않다는 데 있다. 무엇보다도 담화에서 드러나는 구술성과 기술성은 이들 중 어느 하나로 환원시킬 수 없는 복합성을 갖고 있어, 이를 기술하기 위한 방법론적 모색이 필요하다.[8] '구술/기술'이 담화적으로 실현되는 양상을 살피기 위해서는 담화 층위에 대한 이해가 선행되어야 한다. 담화에는 '구술/기술'이 가장 예민하게 드러나는 층위가 있는가 하면, 그것과 거의 무관하게 존재하는 층위도 있기 때문이다.[9]

이들 설화집의 기술적 특성이 가장 잘 드러날 수 있는 층위에 대해 생각해보자. '내용'은 구술과 기술을 넘나들면서 많이 변화하지 않는 층위이지만 '표현'은 매체의 이동에 민감하게 반응하는 층위이다. 이 글은 근대 기술된 설화들이 구술된 텍스트들과 다른 심리적 차이를 가진다는 것을 전제하면서, 기술된 설화의 특성이 잘 드러나는 표현 층위의 서술 방식에 초점을 맞추어 분석을 진행하고자 한다. 이상의 논의는 수록된 레퍼토리나 텍스트의 스토리 차이가 아니라 공통된 이야기 담화를 통해 설화집의 특징을 살펴보는 것으로, 부분에 대한 이해가 전체에 대한 통찰을 가능하게 한다는 전제에서 출발한다.

◆◇ 기술된 설화에서 어머니, 선녀, 원혼의 형상

'해와 달이 된 오누이'의 어머니

이 시기 기술된 '해와 달이 된 오누이'의 특징을 살펴보기 위해서 먼저 비슷한 시기의 구술 채록본과 『온돌야화』의 「해와 달」을 비교해 보자.

「해와 달」

그 호랑이는 그녀의 길을 막고 커다란 빨간 입을 드러내며 말했다. "할멈, 할멈! 머리에 이고 가는 것이 무엇이냐?" 늙은 여인은 두려움에 떨며 대답했다. "이것 말인가요, 호랑이님? 이것은 오늘 부잣집에서 품삯으로 받은 메밀범벅이어요." 그러자 호랑이는 말했다. "할멈, 나에게 그것 하나를 주면 너를 안 잡아먹지." 그래서 그녀는 호랑이에게 메밀범벅 하나를 주고 그 언덕을 통과할 수 있었다.

그녀가 다음 언덕에 도착했을 때 호랑이가 다시 나타나서 같은 질문을 했다. "할멈, 할멈! 머리에 이고 가는 것이 무엇이냐?" 아까와는 다른 호랑이라고 생각하며 그녀는 같은 대답을 했다. "이것은 오늘 일한 부잣집에서 받은 메밀범벅이어요." 그 호랑이는 같은 방법으로 메밀범벅을 요구했다. 그녀는 함지박에서 범벅 한 덩이를 꺼내어 주었다. 그러나 호랑이는 숲 속으로 사라졌다.

여러 번 같은 요구를 하며 호랑이가 나타났기에 그 여인은 함지박에 범벅이 없어질 때까지 호랑이에게 모두 주어버렸다. 결국, 그녀는 빈 함지박을 머리에 이고 옆구리에 팔을 흔들며 걸어갔다. 그 후 다시 호랑이가 나타나서 범벅을 요구하자, 그녀는 말하기를 "당신 친구들이 모든 메밀 범벅을 먹었기 때문에 내 함지박에는 남아 있는 것이 없어요"라고 말하고는 함지박을 내다버렸다. 호랑이는 "네 옆에 흔들리는 것들이 무엇이냐?"고 물었다. 그녀는 "이것은 내 왼팔과 오른팔이에요"라고 말했다. 호랑이는 "만일 네가 팔 중에 하나를 내게 주지 않으면, 너를 잡아먹겠다"고 으르렁거리며 말했다. 그래서 그녀는 팔 하나를 주었지만 오래지 않아 호랑이가 다시 그녀 앞에 나타나서 위협을 반복하여 그녀는 다른 한쪽 팔을 주고 말았다. (…중략…) "네 몸 아래 움직이는 그것은 무엇이냐?" "물론 제 다리지요"라고 여인이 대답했다. 호랑이는 다소 야릇한 어조로 말했다. "오! 그러면 네 다리 하나를 내게 줘, 그렇지 않으면 널 잡아먹겠다." 그 여인은 매우 화가 나서 불평하며 말했다. "탐욕스런 짐승아! 네 친구들이 내 모든 범벅과 내 양 팔 또한 먹었어. 이제 네가 내 다리를 원한다면 어떻게 내 집으로 돌아갈 수 있겠는가?" 하지만 호랑이는 그녀의 말을 듣지 않으려 했고 자신의 요구만 고집했다. "만일 내게 네 왼 다리를 준다면, 너는 아직 네 오른 다리로 껑충 뛸 수 있다. 그렇지 않나?" 그래서 그녀는 한쪽 다리를 잘라서 호랑이에게 던졌다. 그리고 그녀는 집을 향하여 한쪽 다리로 뛰면서 갔다.

(…중략…) 그녀는 화가 나서 소리쳤다. "이 악마야! 너는 내 모든 범벅과 양쪽 팔과 내 한쪽 다리를 먹었어. 그런데 만일 내 오른쪽 다리마저 잃어버린

다면 내가 집에 갈 수 있겠나?" 호랑이는 "너는 굴러갈 수 있다, 그렇지 않나?"라고 대답했다. 그래서 그녀는 오른쪽 다리마저 잘라서 호랑이에게 주었다. 그녀는 계속해서 길을 따라 굴러가기 시작했다. 그 호랑이는 그녀의 뒤를 바짝 쫓아와서 한 입에 그녀를 꿀떡 삼켜버렸다.

— 정인섭, 『온돌야화』

「해와 달이 된 남매」

하루는 산 넘어 부자집에 가서 방아품을 팔고 개떡을 얻어가지고 밤늦게서야 집으로 돌아오드랬년데 고개 하나를 넘으니까 범 한 마리가 길을 막고 앉어서 그 떡을 주면 안 잡어먹지 했다. 그래서 이 여자는 그 떡을 주었더니 범은 그 떡을 먹고 갔다. 이 여자는 고개를 또하나 넘어가니까 아까 그 범이 길을 막고 앉어서 저구리를 벗어주면 안 잡어 먹지 했다. 여자는 할수없이 저구리를 벗어 주었더니 범은 그것을 가지고 갔다. (…중략…) 고개를 또 넘어가니까 그 범이 길을 막고 있다가 이 여자를 잡아먹었다.

— 임석재, 『한국구전설화』[10]

구술 상황을 채록한 「해와 달이 된 남매」에서는 어머니와 호랑이의 만남, 호랑이가 어머니에게 음식, 의복, 신체 등을 요구하는 상황이 요약과 생략으로 이루어지는 반면, 『온돌야화』에서는 장면 제시로 나타난다. 요약과 생략은 설화의 일반적 서술 방식이다. 이 구술 판본은 요약과 생략을 통해 음식물(떡), 의복(저고리→치마→속곳), 신체(팔→다리)가 어머니에서 범에게로 이동하는 과정을 차례로 보여준다. 「해와 달」에서는 어머니가 옷을 빼앗기는 과정은 나타나지는 않는다.

그럼에도 불구하고 「해와 달」은 「해와 달이 된 남매」보다 길다. 이는 「해와 달」이 장면 제시로 어머니의 발화와 호랑이의 발화를 번갈아가며 인용하기 때문이다. 서술자의 말과 인물의 말을 구분하는 부호는 기술적 약호 중 하나이다. 구술 상황에서 인물의 말이 인용되어야 할 때 화자는 음성 변화 등 준언어적 행위를 통해 설명과 대화를 구분한다. 기술 문학에서 인물의 발화를 인용하는 것은, 근대에 구어체의 일종으로 생각되었다. 역설적이게도 구어체는 기술성의 산물이다.[11] 구술 상황에서는 구어를 흉내낼 필요가 없기 때문이다. 인물의 발화를 직접 인용할 때 문장을 기술하는 사람은 말을 행하는 사람의 입장을 취해서 그의 입장에서 사물을 인식하고 표현한다. 직접 인용은 인물의 인식이 드러나는 인물 초점화의 순간이다. 『온돌야화』에는 직접 인용된 발화로 인물이 스스로를 드러낸다. 결과적으로 이 기술된 설화에서는 행동보다는 말이, 상황보다는 심리가 부각된다. 빈도와 정도의 차이는 있으나 인물의 직접 발화가 자주 포함되는 것, 그로 인한 장면 제시가 비교적 자주 나타나는 것은 근대 기술된 이 설화의 특징 중 하나이다.

「해와 달」에서는 메밀범벅이 떨어지는 과정과 어머니의 팔, 다리가 떨어지는 과정이 모두 서술된다. 음식이 떨어지는 것은 요약으로 제시되지만 신체가 떨어지는 것은 장면 제시로 나타난다. 장면 제시에서는 서술자의 매개 없이 인물들이 스스로를 드러내는 것처럼 보인다. 음식보다는 신체가 없어지는 부분이 더 사실적으로 서술되는 셈이다. 이 과정에서 호랑이의 발화를 제외한 부분은 거의 어머니 인물 초점화로 이루어지면서 어머니의 상황(호랑이를 만났다, 다음 언덕에 도착했다), 느낌(두려움과 분노), 행위(음식을 주다, 신체를 주다), 심지어는 착각(아까와 다른 호랑이가 나타나 음식을 요구한다)까지, 모두 드러난다.

「해와 달」에서는 어머니와 호랑이의 발화가 번갈아 인용된다. (인물을 이동하면서 초점화가 사용되고, 외적 초점자는 마지막 문장에서 제한적으로 나타난다.) 호랑이의 인용된 발화는 호랑이의 집요함을, 어머니의 인용된 발화는 호랑이에 대한 적대적 분노를 보여준다. 호랑이가 집요할수록 어머니는 더 크게 화를 내며 어머니와 호랑이의 갈등이 증폭된다. 어머니의 분노는 집에 갈 수 없는 것에 대한 분노이다. 어머니의 분노는 아이들이 있는 집으로 돌아가고자 하는 모성에서 나온 것이며 그 모성의 형상화는 호랑이에 대한 악과, 스스로 신체를 자르고도 집을 향해 뛰는 생명력으로 나타난다.

「악독한 범」

범은 이 떡을 다 주워 먹고 입맛을 싹싹 다시며 "에그, 나쁘다. 얘, 너의 오른팔 하나만 먹자" 하였습니다. 과부 생각에 팔 한쪽을 줄지라도 사는 게 다행이지 여겨서 "그러면 이 팔을 먹고 나를 살려주오" 하며 오른팔을 내밀었습니다. 범은 대번에 호박 따듯 뚝 떼어먹고 또 입을 싹싹 하더니 "그래도 나쁜걸, 왼팔 하나마저 먹어야 하겠다" 하였습니다.

과부는 악이 나서 "두 팔이 없더라도 다리로 걸어가서 아이들이나 보리라" 하고 이를 악물고 왼팔을 마저 내밀었습니다. 악독한 범은 여전히 입을 벌려 뚝 떼어먹더니 그래도 염치가 없이 "얘, 이번에는 너의 오른 다리 하나만 또 먹자" 하였습니다. 과부가 생각하니 다리마저 떨어지면 조금도 움직일 수가 없고, 다시 어린 것 남매를 만나볼 도리가 없으므로 이쯤 되면 천지가 무너지는 것 같으며 오장이 끊어지는 듯하여 슬피 통곡을 하다 정신을 잃어버렸습니다.

이 무정하고 악독한 범은 달려들어서 모조리 온몸을 다 먹고 그래도 마음에 만족하지 못하였던지 그 남매 아이까지 잡아먹으려고 한 번 재주를 넘어서 변화를 부리더니 사람의 모양으로 되었습니다.

—심의린, 『조선동화대집』

「해와 달」에서 호랑이가 여러 번 나타났다면 「악독한 범」에서는 범이 한 번만 나타나 음식을 빼앗아먹고 어머니("과부")를 잡아먹는다. 차이가 있기는 하지만 「악독한 범」도 「해와 달」처럼 어머니와 범의 발화를 번갈아가며 직접 인용한다. 어머니는 분노보다는 절망과 슬픔("슬피 통곡하다 정신을 잃어버렸다")을 보여주며 이는 외적 초점화, 즉 서술자 초점화로 드러난다. 범이 어머니의 몸을 먹는 부분("이 무정하고 악독한 범은 달려들어서 모조리 온몸을 다 먹고 그래도~되었습니다")은 요약적으로 제시된다. 요약적 제시에는 요약을 하는 서술자의 존재가 부각된다. 「해와 달」과 비교했을 때 「악독한 범」에서는 어머니 인물 초점화가 있기는 하지만 약화되어 나타나며, 서술자가 어머니의 심리와 행위를 직접 제시하기도 한다.

「일월전설」

옛날 어머니가 등넘어 어떤 장자 집에 방아품을 팔러 갔다가(혹은 딸네 집에 갔다가) 묵(혹은 떡)을 얻어 가지고 밤에 집으로 돌아왔다. 도중 산 腹에서 범을 맞났다. "묵좀 주면 안잡아 먹지" 하기에 한 개를 주었다. 조금 있다 또 나와서 여전한 요구를 하였다. 그것이 누차 반복됨을 따라 가졌던 묵은 다 없어졌다. 이번에는 "옷 벗어 주면 안 잡아 먹지" 하므로 치마를 주었다.

이어서 저고리 바지 속적삼 속옷까지 다 주고 나신이 되었으므로 가랑잎사귀를 따서 음부를 가리우고 갔다. 범은 계속하여 나왔다. 팔과 다리를 요구하고 최후에는 몸뚱이까지를 요구하였으므로 어머니는 필경 범에게 먹혔다. 범은 어머니의 옷을 입고 어머니의 집으로 갔다.

— 손진태, 『조선 민족설화의 연구』

이야기를 시작하기 전에 손진태는 이 설화가 "광포되어 있는 유명한 설화"라고 하면서 "각 지방에 의하여 다소의 차이는 있으나 다음의 기회에 상술할 셈치고 지금은 극히 대강만을 약술하겠다"고 한다. 「일월전설」에는 어머니의 인용된 발화가 한 번도 나타나지 않는다. 이는 이 텍스트가 이야기를 "약술"하기 때문인 듯하다. 요약은 위계적 서술 방식인데, 서사에서 중요하지 않은 부분과 중요한 부분을 나누고, 중요한 부분을 중심으로 서술을 진행하기 때문이다. 이 텍스트에도 요약된 부분과 요약되지 않는 부분이 있다. 범의 말, "묵 좀 주면 안 잡아먹지", "옷 벗어 주면 안 잡아먹지"는 직접 인용된다. 반면 이런 요구에 대응하는 어머니의 행동은 생략되거나 요약적으로만 나타난다. 앞서 어머니의 발화가 「해와 달」에서 풍부하게, 「악독한 범」에서 제한적으로 인용되었던 것과는 다르다. 「일월전설」에서는 범을 만나 음식을 빼앗기고 옷을 빼앗기고 몸까지 잡아먹히는 상황에서, 어머니 심리가 거의 나타나지 않는다. 요약적 제시와 어머니 초점화의 부재로 인해 이 상황은 다양한 방식으로 해석 가능하다. 가령 범이 어머니에게 요구한 것은 물리적 신체만이 아닐 수 있다. "저고리 바지 속적삼 속옷까지 다 주고 나신이 되었으므로 가랑잎사귀를 따서 음부를 가리우고 갔다"는 서술은 당시의 구전설화에서 찾아볼 수 없는 부분[12]이지만 "약술"을 표방하는 「일월전설」에서는 생략되지 않는다. 어머니의 내면이 제시되지 않는 상태에서, 호랑이의 요구에 말없이 부응하는 어머니의 몸은 성적으로 이미지화될 수 있다.

이 세 텍스트 가운데 서술자의 존재가 가장 두드러지는 것이 「일월전설」이며 서술자의 개입이나 매개가 가장 적은 것처럼 보이는 것이 「해와 달」이다. 「해와 달」은 인물 초점화로 어머니를 형상화하며 「악독한 범」은 이와 함께 외적 초점화를 이용하지만 「일월전설」은 어머니의 발화가 직접 인용되지 않고, 대부분 외적 초점화로 어머니가 형상화된다. 그 결과 「해와 달」과 「악독한 범」에서 드러나는 어머니의 내면, '모성'이 여기에서는 거의 드러나지 않는다. 「해와 달」과 「악독한 범」은 어머니의 모성을 드러낸다는 데 공통점이 있지만 전자는 분노로, 후자는 슬픔으로 모성을 표현한다.

'선녀와 나무꾼'의 선녀

'선녀와 나무꾼'의 이본은 몇 가지 유형이 있다. 이 가운데 『조선동화대집』의 이야기는 선녀가 승천하는 것으로 끝나는 '선녀 승천형'이다. 『온돌야화』와 『조선민담집』의 이야기는 선녀를 따라 천상으로 올라간 나무꾼이 어머니가 그리워 지상에 왔다가 금기를 어겨 수탉이 되어 버리는 '수탉 유래형'이다. 이 두 가지 유형들은 모두 근대부터 전승되었던 것임을 알 수 있다. 중요한 차이는 유형의 출현 여부가 아니라 이들을 기술하는 구체적 방식에서 나타난다.

「선녀와 나무꾼」

처음에 선녀는 세상의 관습에 매우 혼란스러워했다. 그러나 그녀는 곧 살림살이를 잘하게 되었다. 행복한 세월이 지나 그녀는 아들을 낳았다. 그녀의 젊은 남편은 너무 기뻐했고 진심으로 그녀를 사랑했다. 그리고 그의 어머니 또한 기뻐했다. 선녀부인은 매우 만족해 보였고 가족들과 화목하게 살았다. 그들의 둘째 아이가 태어났을 때 그들은 어느 때보다 행복했다. 어느 날 아내가 선녀 옷을 돌려달라고 남편에게 요구했다. "나는 두 아이를 낳아 주었어요. 지금도 나를 믿을 수 없나요?" 하지만 그녀의 남편은 아내가 각각 한 팔씩 아이들을 껴안고 떠날까봐 두려워 거절했다. 부부가 셋째 아이를 낳았을 때 그녀는 다시 선녀 옷을 달라고 강력하게 요청하였다. 그녀는 맛있는 음식과 술로 그의 의심을 누그러뜨리려 했다. "나의 사랑하는 남편! 나에게는 지금 세 아이가 있어요. 제발 나의 선녀 옷을 보여주세요. 나는 도저히 당신을 배반할 수 없어요. 나는 어떻게 할까요?" 나무꾼은 아내에게 동정심이 생겨 오랫동안 숨겨왔던 선녀 옷을 보여주었다.

그러나 아아, 불쌍한지고! 그녀가 옷들을 입자 다시 신비한 힘을 얻어 각각의 두 팔과 다리 사이에 하나씩 아이들을 끼고 하늘로 날아가 버렸다.

—정인섭, 『온돌야화』

여기는 "만족", "행복", "화목" 등 부부의 긍정적 정서와 관계를 나타내는 단어들이 자주 서술된다. "선녀 부인은 매우 만족해 보였고"라는 서술에 나타난 언어("선녀부인")는 제3자의 것이다. 그렇다면 선녀의 만족을 인식하는 초점자는 누구일까? 선녀는 옷을 돌려받길 원하고 끝내는 하늘로 돌아간다는 점을 상기하면, 이 초점자는 외부 초점자이거나 남편 인물 초점자이다. 선녀의 만족이 선녀가 아닌 제3자나 남편의 관점에서 서술되는 셈이다. 선녀의 초점화가 없는 것은 아니다. 직접 인용된 선녀의 발화도 있고, "그녀는 맛있는 음식과 술로 그의 의심을 누그러뜨리려 했다"처럼 선녀 초점화로 보이는 부분도 있다. 그러나 선녀의 본심은 숨겨진다. 선녀의 승천에 이어 나오는 "아아, 불쌍한지고!"라는 서술자의 논평은 제3자의 언어로 되어 있지만 남편 초점화로, 서술자가 남편의 시각과 감정에 동화되어 있음을 보여준다.

「김득선의 후회」

득선은 마음이 대단히 기뻐서 선녀를 맞아들여 곧 부부가 되어서 재미있고 화락하게 지내게 되었습니다. 선녀의 살림살이하는 법이 매우 숙달하여 정구지역(井臼之役)이며 침선방적(針線紡績)이 보통 사람에게 비할 바 아니었습니다. 그리하여 농사를 하든지 육축을 하든지, 성적이 양호하여 가세가 점점 늘어가게 되었습니다. 집안이 늘뿐더러 어언간에 옥동 같은 첫아들까지 낳게 되어 부부는 매일 희희낙락으로 세월을 보냈습니다.

그러나 선녀는 항상 소원이 잃은 의복을 달라는 것밖에 없습니다. 득선은 이 말을 들을 적마다 대답이 "염려 마시오. 삼형제만 낳고 보면 반드시 드릴 테니 그리 알고 안심하시오" 하고 달랬습니다. 광음은 유수와 같아서 어느덧 사오년이 지나고 또 아들 하나를 낳으니 기골이 비범하여 아들 형제가 다 준수하고 영걸스러움으로 득선은 더욱더욱 향락으로 지냅니다.

선녀가 하루는 또 간청하되 "인제는 우리 부부가 아들을 둘이나 낳고 앞에 두고 의식에도 걱정이 없으니 무엇이 그리울 것이 있겠습니까. 평생을 종신할 테니 염려 마시고 그 의복을 주시면 다시 한번 입어보고 두겠습니다" 하고 애걸 애걸하였습니다. 득선은 부부 간에 의도 좋고 또 형제 아들이 있으므로 지금에야 관계없을 줄 알고 인정에 차마 거절하기가 어려워서 천상 의복을 내주었습니다.

선녀는 대단히 기뻐하며 목욕을 정하게 하고 그 의복을 입은 후에 뜰 아래로 내려와서 천상을 향하여 사배를 하더니 득선을 보고 "안녕히 계십시오. 나는 갑니다" 하고, 두 아들은 좌우 겨드랑이에 껴안고 오색구름을 내며 그만 공중으로 올라가더니 차차 보이지 않게 되었습니다. 득선은 멀리 쳐다만 보고 아내와 아들 형제를 순식간에 잃어버렸습니다. 그동안의 향락도 차후부터는 허사가 되어버렸습니다.

—심의린, 『조선동화대집』

앞서 「선녀와 나무꾼」에 긍정적 정서를 보여주는 서술들이 있었다면 여기에는 경제적 여유를 보여주는 서술들이 부가된다. "살림살이하는 법이 매우 숙달하여", "정구지역井臼之役이며 침선방적針線紡績", "가세가 점점 늘어", "더욱더욱 향락으로", "의식에도 걱정이 없다"는 등 노동과 경제적 풍요로움을 표현하는 언어가 빈번하게 나타난다.

'물 긷고, 절구질하고, 바느질하고, 길쌈하는' 등 살림살이 하는 선녀를 포착하는 시선은 나무꾼의 것이다. 다음 문장에서 선녀의 소원이 의복을 되찾는 것밖에 없었다는 서술을 염두에 둔다면 "희희낙락으로 세월을 보내는" 것 역시 나무꾼 초점화라고 할 수 있다. 「선녀와 나무꾼」에서와 마찬가지로 직접 인용된 선녀의 발화는 나무꾼에게 옷에 대한 간청을 알려주는 기능을 하지만 여전히 그녀의 본심은 인용되지 않는다. 「선녀와 나무꾼」과 「김득선의 후회」에 이들의 행복한 삶 혹은 풍족한 삶이 나타나지만, 이것은 남편 초점화로 진행되는 것이며, 선녀의 내면은 제한되어 나타난다. 이 설화의 제목 「김득선의 후회」는 나무꾼의 행복과 상실감을 '김득선'이라는 구체적 주인공을 통해 보여주면서 남성의 시각을 따라 텍스트를 읽게 한다.

「수탉의 전설」

그들 사이에는 벌써 세 아이가 생겼다. 장남은 경성에 과거를 보고 급제를 했다. 나무꾼 부부는 금슬 좋게 살았고 그간 선녀는 한 번도 옷에 대해서 말한 적이 없었다. 남편은 이제 안심이 되어 선녀의 옷 같은 것은 잊고 있었다. 그러던 어느 날, 선녀는 그의 남편에게 술을 권하며 "우리 사이에는 이제 세 아이가 생겼습니다. 처음에는 하늘로 올라가고 싶어 견딜 수 없었습니다. 지금은 이 생활이 즐거울 뿐입니다. 그때 저의 옷은 어찌 된 것입니까? 잠시 보여줄 수는 없는지요. 다만 옛 생각으로 한번 보기만 하겠습니다." 선녀가 넌지시 말하자 나무꾼은 술이 얼근히 취한 터라 아내가 말한 것을 믿었기 때문에 의심 없이 마침내 내보이고 말았다. 그러나 선녀는 그것을 입자 순간 두 아이를 양팔에 하나씩 끼고, 막내는 다리 사이에 끼워 천정을 뚫고 공중으로 날아갔다.

— 손진태, 『조선민담집』

앞서 「선녀와 나무꾼」에서는 두 번이나 옷에 대해 말하는 선녀의 요구가 나타나고, 「김득선의 후회」에서도 의복 돌려받기를 원하는 선녀의 소원이 선녀 초점화로 나타난다. 그러나 이 텍스트에서는 선녀의 요구와 소원이 나타나지 않으며 상대적으로 외적 초점화가 우세한 것처럼 보인다. 인물세계에서 나무꾼은 선녀의 소원과 간청을 전혀 짐작할 수 없다. 「수탉의 전설」에서 선녀의 인용된 발화는 한 번 나온다. 처음에는 하늘로 올라가고 싶었으나 지금은 이 생활이 즐거울 뿐이라는 이 말은, 남편을 속이기 위한 것이다. 완벽한 심리의 차단과 거짓된 발화의 서술로 인해 선녀는 일부러 왜곡된 내면을 보여주는 인물로 형상화된다.

1930년대에 채록된 「선녀와 나무꾼」에서는 이들의 지상에서의 삶을 요약과 생략으로 처리하며 선녀가 총각하고 살기로 한다→아이 셋을 낳는다→옷을 내어 준다는 것으로 간략하게 진행된다.[13] 이와 달리 위의 세 텍스트는 선녀와 나무꾼의 지상에서의 삶을 비교적 상세하게 보여준다는 것이 특징이다. 이때 옷을 둘러싼 둘의 대화가 장면 제시로 나타나는데, 이러한 서술에는 두 가지 모순되는 임무가 부여된다. 부부의 삶을 보여주면서도 선녀의 승천 욕망은 숨겨야 한다는 것이다. 선녀가 아닌 나무꾼을 초점자로 선택한 것은 이어지는 승천이라는 사건의 예측 불가능성을 높인다는 점에서 서사의 긴장감을 고조시키는 전략이라고 할 수 있다.

'아랑설화'의 원혼

'아랑설화'는 『온돌야화』와 『조선 민족설화의 연구』에 나타난다. 심의린은 '아랑설화'를 알지 못했을 수도 있고 이 이야기들이 어린이들에게 적합하지 않다고 생각하여 『조선동화대집』에서 제외했을 수도 있다. '아랑설화'는 '해와 달이 된 오누이'나 '선녀와 나무꾼'과 달리 전대 문헌에도 수록되어 있다. 여기에서는 기술된 '아랑설화'를 분석하면서 전대 문헌과 비교하기로 한다.

「아랑처녀의 전설」

　이 신임 부사는 도착한 날 밤에 가능한 많은 초를 구해서 촛불을 사방에 환하게 켜놓고 그 가운데 앉아서 큰 목소리로 책을 읽기 시작했다. 갑자기 강한 바람이 일어나 문이 열리더니 머리카락을 흩날리고 한쪽 팔과 한쪽 가슴이 잘리고 목에는 단검을 꽂은 처녀귀신이 나타났다.

　끔찍한 망령에도 전혀 놀라지 않은 이 부사는 대담하게 소리쳤다. "귀신이냐 살아있는 사람이냐?" 귀신이 대답했다. "소녀는 아직 원한을 풀지 못했기에 이승을 떠나지 못하는 아랑의 혼령입니다. 신임 부사가 올 때마다 첫날밤에 모두들 저의 모습에 소스라치게 놀라 죽었는데 당신은 제가 보았던 부사들과 달리 매우 용감하군요. 나를 살해한 자는 매일 당신의 관가에 갑니다. 지금으로부터 3일 뒤 점호 때에 노란 나방이 그의 곁에 훨훨 날 것입니다. 그 표시에 당신은 그를 알아채고 저를 대신해 그를 벌하여 주십시오."

—정인섭, 『온돌야화』

　신임 부사가 처녀 귀신을 만나기 전까지 서술은 요약으로 제시된다. 갑자기 강한 바람이 불고 아랑이 나타나면서 서술은 점차 장면 제시로 바뀐다. 부사의 심리(전혀 놀라지 않음)가 서술되면서 부사 인물 초점화로 아랑의 출현이 포착된다. 그의 눈에 보인 아랑은 "머리카락을 흩날리고 한쪽 팔과 한쪽 가슴이 잘리고 목에는 단검을 꽂은", "끔찍한" 모습이다. 후술하겠지만, 전대 문헌에 형상화된 원혼과 비교하면, 여기에서 원혼이 서술된 방식과 원혼의 모습은 모두 유표적임을 알 수 있다.

「아랑형전설」

　그는 방안에 촉불을 찢어지게 수없이 밝히고 밤들기를 기다렸다. 밤중이 되었을 때 별안간 찬 기운이 방에 돌더니 일진광풍이 일어나며 굳게 닫힌 문이 화다닥 열리고 촉불을 꺼질락말락 하였다. 상당히 담대한 그도 잠간은 기절할 뻔 하였다. 하나 그는 다시 정신을 차려서 급히 주역을 읽기 시작하였다. 그는 높은 소리로 축문을 읽었다. 방은 조금 동안 깊은 정적을 계속하였다. 또 조금 있더니 이번에는 한편 방문이 소리 없이 슬그머니 열리면서 뼈를 찌르는 듯한 찬 기운과 함께 머리를 산발하고 전신에 피를 흘리는 요괴가 눈앞에 우뚝 나타났다. 그는 연해 주문만을 높이 읽었다. 그 요괴는 다시 사라지고 사위는 다시 침묵하였다. 세 번째는 어떤 여인의 소리가 문 밖에서 나며 방안에 있는 사람을 불렀다. 그는 재삼 생각하다가 누구이냐고 대답하였다. 여인은 애원하는 듯한 말소리로 "나는 귀신도 아니요 사람도 아니나 호원할 말이 있으니 문을 열어 주시오" 하였다. 그는 비로소 그 요괴가 원귀임을 알았다. 그리고 몸을 부들부들 떨면서도 대담하게 방문을 열어 주었다. 어떤 소복한 미녀가 목에 칼을 꽂은 채 방안으로 들어와서 그의 앞에 절하였다. 그는 여인의 태도에 겨우 마음을 놓고 무슨 호원이 있느냐고 물었다. 여인의 호소는 이러하였다.

　나는 원래 이 고을의 수청하는 기생이러니 통인 모자가 저의 요구를 듣지 아니한다고 이렇게 나를 목 찔러 죽이고 나의 시체를 객사 뒤 고목 속에 거꾸로 집어 넣었으므로 (…후략…)

— 손진태, 『조선 민족설화의 연구』

　군수가 청사에서 혼자 밤을 지새우는 서술은 장면 제시로 이루어지며, 대부분 군수 인물 초점화로 진행된다. 이 텍스트는 전대 문헌들과 비교할 때 아랑이 등장하기 전 서사가 길게 장면화되어 있다는 특징을 가진다. 군수는 세 번의 이상 현상(촛불이 꺼짐, 한기와 요괴의 출현, 여인의 애원성)을 겪고, "비로소 그 요괴가 원귀임" 알게 된다. 군수가 인지의 주체가 되면서 그가 느끼는 시각, 청각, 촉각적 감각이 서술된다.[14] 이런 방식은 정체를 알 수 없는 존재에 대한 공포감을 배가하는 데 효과적이다.

이때 아랑은 소복한 형상으로 나온다. 소복한 여귀의 형상은 이 시기에 처음 나타난다.[15] 그녀는 또 "미녀"로 묘사되는데 이 역시 군수 인물 초점화의 결과이다. 소복한 미녀 원귀는 자신을 관원 앞에서 "나"라고 지칭하며 "문을 열어 주시오"라고 한다. '하오체'는 아랑의 목소리에 서술자의 언어가 개입한 결과이다. 이어서 원귀가 자신의 사연을 말하는 발화는 인용부호 없이 나타난다. 이는 일종의 '서술된 대화'로 볼 수 있는데, 아랑의 말을 서술자가 간접적으로 진술한 것이다. 이런 경우 발화의 원천이 아랑이라는 것은 알 수 있지만 아랑의 언어가 인용되지는 않는다. 이 텍스트에서 아랑은 군수의 초점화로 지각되며 온전히 자신의 언어로 발화하지 못한다.

이 두 텍스트에서는 남성 관원이 초점자가 되어 아랑을 "끔찍한 망령", "소복한 미녀"로 인식하고 있는데, 전대 문헌에서 아랑형 원귀의 형상화는 남성 관원의 초점화를 반드시 동반하지도, 이렇게 잔인한 모습으로 형상화되지도 않는다.

①

드디어 촛불을 밝히고 홀로 앉았더니 삼경에 이르러 홀연 일진음풍이 어디에선가 이르러 촛불 그림자가 명멸하고 찬 기운이 뼈에 사무치더니 이윽고 방문이

스스로 열리며 한 처녀가 온몸에 피를 흘리고 알몸으로 머리를 풀고 손에
붉은 기를 들고 홀연히 방에 들어오니, 부인이 당황하거나 놀라지 아니하고
말하였다. "네가 반드시 풀지 못한 원한이 있어 호소하려고 온 것인즉 내 마땅히
너를 위하여 원수를 갚으리니 모름지기 고요히 처하고 다시 나타나지 말라."

―『청구야담』, 「雪幽冤夫人識朱旗」

②

문든 마당에서부터 여자의 슬피 우는 소리가 점점 가까이 들리더니 마루
를 올라 방문을 열고 들어왔다. 원님은 조금도 엿보지 않고 주역 읽기를 그치
지 않았다. 그녀의 모습은 매우 아름다웠는데 녹의홍상(綠衣紅裳)에 머리는
다 흐트러졌고 머리에 짧은 칼이 꽂혀 있었다. 흐느껴 울면서 느릿느릿 걸어
들어와 책상머리에 앉아서 면전에서 쳐다보았다.

―『교수잡사』, 「冤鬼雪恨」

③

그가 부임한 날 밤에 촛불을 밝히고 홀로 앉아 기다리고 있으려니, 밤이
깊었을 때 한 여자가 온 몸에 피가 묻고 목에 작은 칼이 찔린 채 앞에 와서
절을 했다.

―서유영, 『금계필담』 114화

④

경성 동촌에 사는 이진사 모가 나이 사십이 되도록 초사도 못하고 죽장망혜로
명산대천에 유람 다니다가 영람루에 이르러서 깊은 밤 달 밝은데 난간에 의지하

여 홀로 섰더니 홀연 음풍이 일어나며 한 처녀가 전신에 피를 흘리고 앞에

들어와 애소하되

— 안동수, 『반만년간죠선긔담』 65화

①은 19세기 편찬된 『청구야담』이다. 여기에서는 관원이 아니라 부인이 원혼을 만난다. 부인의 인물 초점화로 원혼이 나타나기 전 분위기와 원혼의 모습이 서술된다. 원혼이 자신의 사연을 말하지 않았는데도 부인이 원한을 짐작하는 것이 특징이다. ②는 『교수잡사』로, 원혼은 녹의홍상을 입은 아름다운 모습으로 나타난다. 원님은 "조금도 엿보지" 않고 있기에 원혼의 모습을 인식할 수 없는 상황이다. 이것은 원님의 인물 초점화가 아니라 외적 초점화로, 원귀가 아름답다고 인식하는 것은 제3자이다. (그러나 "면전에서 쳐다보았다"를 보면 초점화는 곧 인물의 것으로 이동함을 알 수 있다.) ③은 1873년에 서유영이 저술한 『금계필담』이며 ④는 1922년 안동수가 편찬한 『반만년간죠선긔담』[16]이다. 이 두 텍스트에는 사건이 요약적으로 서술되어 있으며, 남성 관원이 포착한 원귀의 모습도 간단하게 나타난다. 이들 문헌에서 원귀는 전관의 딸로 나타나기도 하고 관기로 나타나기도 하는 등 신분에 있어 차이를 보인다. 그러나 피를 흘리거나 산발을 하고 칼이 꽂힌 모습으로, 대부분 소략하게 표현된다.

전대 문헌과 비교해 보면, 「아랑처녀의 전설」에서 남성 관원의 눈에 보이는 원귀는 잔인하고 처참한 모습으로 유표화되며 「아랑형전설」에서는 원귀가 나타나기 전 공포 분위기가 장면 제시로 자세히 묘사된다는 것을 알 수 있다. 이는 '아랑설화'가 이 시기 들어 더 자극적이고 오락적인 것으로 변모하고 있음을 보여준다.

◆◇ 장면 제시로 드러나는 전통적─반(비)전통적 여성의 내면

'해와 달이 된 오누이'에서는 호랑이와 어머니가, '선녀와 나무꾼'에서는 선녀와 나무꾼이, '아랑설화'에서는 관원과 원귀가 등장한다. 스토리를 염두에 두면서 서술 방식이 어떤 여성 형상을 구현해냈으며 담화 전체에 어떤 영향을 미쳤는가를 살펴보자. 이는 앞서 언급한 설화들의 개별적 특성이 미친 파장으로서, 이 시대 설화의 변모 양상을 고구하기 위해 마련된 장이기도 하다.

■ 어머니와 호랑이는 '인간 : 동물', '희생자 : 포식자'로 대별된다.

이후 스토리에서 어머니는 호랑이에게 잡아 먹혀 등장하지 않는다. 「해와 달」과 「악독한 범」에서 초점화는 희생된 인간의 내면을 드러내는 데 기여한다. 앞서 언급했듯, 구술 전승은 내용, 즉 사건 전개를 위주로 전달되는 경향이 강하다. 구술설화는 인간의 개성과 내면보다는 상황과 행위를 전달하는 데 치중한다. 당시 구술 전승본에서도 어머니의 내면이 잘 드러나지 않지만 이 시기 설화집에는 어머니가 가진 분노와 슬픔이 전달된다. 이로 인해 호랑이의 포식은, 단순히 배를 채우는 행위가 아니라 목소리와 개성을 가진 한 인간을 희생시킨 행위가 된다. 『조선동화대집』의 「악독한 범」이라는 제목은 어머니의 희생과 함께 포식자 범에 대한 부정적 심상을 강화한다. 『조선민담집』의 「일월전설」에서 어머니의 형상에는 성적 이미지가 부수적으로 드러나는데 이때 호랑이는 동물-포식자가 아니라 남성-포식자로서의 성격을 가진다.

▪ 선녀와 나무꾼은 '여성 : 남성', '천상 : 지상'의 가치를 가지는 존재이다.

여기에서 분석한 세 텍스트에서는 부부의 지상 생활이 구체적으로 드러나며 인물의 발화가 장면 제시로 나타난다. 함께 생활할 때의 정서적 만족감이나 경제적 풍요가 서술되기도 한다. 세 텍스트에서 이런 궁정적 기호의 인식 주체는 남편이다. 천상적 존재인 여성의 내면은 소원과 간청의 형식으로 때때로 초점화되기도 하지만, 그녀가 가진 천상으로 회귀하고 싶은 본심은 초점화되지 않는다. 선녀의 내면이 불투명하고 왜곡되게 그려진 것은 후속 사건에 대한 긴장감을 상승시키기 위한 전략일 수도 있다. 이 과정에서 서술자는 남편 초점자와 동일시되면서 선녀의 승천 후 남은 남성의 불쌍함을 강조하기도 한다. 남편 초점화로 서술되었던 만족감이나 풍요로움이 결국은 선녀에게는 중요한 것이 아니었음을 알 수 있다. 선녀는 정서적 만족이나 경제적 풍요라는 지상적 가치에 전혀 흔들리지 않는 존재가 된다. 선녀가 아이들을 데리고 승천하는 것은 선녀가 인간적 (혹은 지상적) 가치에 일부 동조한 것으로 볼 수 있으나, 이러한 요소들은 강조되지 않는다. 결국 나무꾼의 시각에서 텍스트가 서술될 때 선녀에 대한 정보는 숨겨질 수밖에 없고 그러한 서술 효과로 인해 선녀는 내면을 종잡을 수 없거나 거짓을 말하는 낯선 존재로 그려진다. 이는 이들의 지상에서의 삶이 요약과 생략으로 처리되었던 구술 채록본에서는 야기되지 않던 문제이다.

▪ '아랑설화'에서 관원과 원귀는 '남성 : 여성', '산자 : 죽은 자', '해원의 주체 : 대상'으로 구분되는 존재이다.

공직에 있는 남성은 죽은 여성의 원한을 풀어주어야 한다. 죽은 여성이 남성의 초점화로 등장할 때 '아랑처녀전설'은 "한쪽 팔과 한쪽 가슴이 잘리고 목에는 단검이" 꽂힌, 잔인하고 끔찍한 모습으로 드러난다. '아랑처녀전설'에서 아랑의 죽음은 아랑의 원혼이 나타나기 전, 시간 순서에 의해 이미 서술되었다. ("백가는 단검을 들고 위협했다. 마지막까지 저항하자 그는 아랑을 찔렀고 그녀는 누각에서 떨어져 죽었다.") 따라서 아랑의 원혼이 나타난 지점에서, 그 죽음의 원인은 이미 미스터리가 아니다. 아랑의 원혼 형상은 죽음의 이유가 아니라 죽음의 정황만을 집중적으로 상상하게 한다. 전대 문헌에서 아랑 형상에 대한 서술 역시 그러한 상상을 가능하게 한다. 아랑의 형상은 자신이 당한 일의 "증거물"이기 때문이다. '아랑처녀전설'의 서술은 그 어떤 문헌에서보다 구체적이면서 잔인한 상상을 가능하게 한다. 이 아랑의 신체에는 성폭력의 순간순간이 새겨져 있다.[17]

장면 제시와 인물의 인용된 발화는 1920년대 설화가 삶을 모방하기 시작했다는 것을 시사한다. 전통적으로 설화는 삶을 모방하는 텍스트는 아니다. 설화의 세계관이나 가치관은 현실과 밀접한 관련을 가지지만 설화는 현실을 단순화하거나, 현실을 대체함으로써 메시지를 전달한다. 설화에서 인물은 단순하게 설정되며, 이야기에 직접적으로 영향을 미치는 성격(게으르다, 부지런하다, 악하다, 선하다 등)만 간단하게 언급된다. 그러나 이 시기 설화는 장면 제시와 인물 초점화로 인물의 내면과 사연을 그려낸다. '해와 달이 된 오누이'의 어머니, '선녀와 나무꾼'의 선녀, '아랑설화'의 원혼은 구술설화에 자주 등장하는 인물들이지만 이 시기에 구술된 판본과는 다른 방식으로 형상화된다. 어머니는 분노나 슬픔의 모성을, 천상의 여성은 불투명한 내면을 가지며, 처녀 원귀는 잔인한 죽음의 순간을 육체에 새기고 있다. 근대설화집의 여성 형상은 요약적으로 제시되었던 인물이 초점화되면서 목소리와 모습이 구체적으로 드러나게 된 결과이다.

이 시기 설화집에서 어머니, 선녀, 원혼은 서로 다른 힘들에 견인된다. 모성을 가진 어머니는 전통적 이미지에 가깝게 느껴지지만 속을 알 수 없는 선녀와 가슴이 잘린 원귀는 전통적 이미지와 괴리가 느껴진다. 어머니를 더 어머니답게 그려내려는 이 어머니 형상에는 전통이 구심력으로 작용하는 듯하다. 그렇다면 선녀나 원귀 이미지를 견인한 힘은 어디에서 오는 것일까? '나무꾼과 선녀'에서 지상적 가치는 남성의 초점화로 그려지면서 남성적 가치가 된다는 것을 상기하면, 선녀의 형상을 견인한 것은 젠더적 관점과 관련이 있어 보인다. (이 힘은 '일월 설화'에서 본 것처럼 어머니 형상을 견인하기도 한다.) 끔찍한 원혼의 형상을 견인한 힘은 이와는 또 다른 오락적 지향을 보인다. (이 힘은 '선녀와 나무꾼'에서 새로운 선녀를 만들어내기도 한다.) 어머니, 선녀, 원혼의 형상을 이끈 힘이 전통이건, 젠더이건, 대중이건 간에, 이 시기 기술된 설화에서 확인할 수 있는 것은 설화의 전형적 형상들이 서로 다른 힘에 의해 변화할 수 있는 가능성이다. 첨언하자면, '해와 달이 된 오누이'의 어머니 형상이 모성을 가진 것으로 그려진다고 해서 즉, 전통적 가치를 드러내는 방식으로 표현된다고 해서 친근하지는 않다는 점이다. 역설적이게도 '해와 달의 어머니'는 모성을 말하고 있어서 낯설다.

◆◦ 근대설화 전달자의 세 가지 존재 방식

지금까지 각 설화들의 서술 방식을 분석하고, 그들의 공통점과 차이점을 살펴보았다. 앞서 전통적으로 혹은 반(비)전통적으로 형상화된 여성들의 모습은 서술자의 역할과 초점자의 기능이 구축해낸 구성물이다. 그렇다면 그러한 서술자와 초점자를 만들어낸 또 다른 주체, 담론적 저자에 대해 살펴보아야 한다. 이는 설화 각편들이 수록된 해당 설화집의 특징을 고구하기 위해서도 필요하다. 담론적 저자들은 이 설화집에서 또 다른 모습으로 자신을 드러낸다. 구술된 것과 달리 기술된 설화집에는 출판을 위한 서문이 있고 여기에서 담론적 저자는 설화집을 편찬하는 의도와 목적을 명시한다.

정인섭은 1952년 출판본 서문에서 『온돌야화』가 쓰인 당시의 상황에 대해 설명한다. 그는 가족(어머니, 다섯 누이)과 누이의 친구, 자신의 친구, 아버지의 "복습방"에 오가던 학동, 일꾼들에게 옛이야기를 들었고, 이 이야기들은 이후 와세다 대학에서 영문학을 연구할 때 새로운 문학적 자각을 일으키는 동력이 되었다고 한다. 그 결과 그는 "색동회"에 합류해서 옛이야기를 보급하는 활동을 한다. 일본에서 1927년 출간된 『온돌야화』는 그러한 노력의 산물이다. 『온돌야화』의 서문에는 한국문화 전반에 걸친 이웃나라의 인식 부족을 개탄하고 올바르게 한국을 인식해주길 바라는 뜻에서 일어로 출판하는 것이라고 그 동기와 목적을 밝힌다.

심의린은 어렸을 때 어른과 동료에게 들은 옛이야기들이 성인이 된 뒤로도 여전히 남아 있다고 하면서 이런 이야기들이 효용을 가지고 있다는 점에 주목한다. 그는 "생활에 적합한 사상과 감정을 수양하여 상식을 풍부하게 하며 문장을 감상하여 문예의 취미를 얻게" 하는 데 설화가 도움이 된다고 본다. 그는 "소년 시대에 얻어들은 것과 읽어 본 것 중에서 본래부터 우리 조선에 구전하여 오던 동화로 적당할 듯한 자료"를 모아 편집한다.

손진태는 어렸을 적 빈한한 환경에서 자라 이야기를 많이 듣지 못했으나 동경에 가서 인류학과 민속학에 관한 서적을 읽기 시작하면서 옛이야기에 대한 관심을 가지게 되었다고 한다. 그는 "조선의 민담이 날로 쇠멸의 길로 접어"드는 것을 안타까워하면서 그것을 집대성하고자 한다. 정인섭, 심의린, 손진태는 옛이야기를 과거에서 현재로, 조선에서 일본으로, 성인에서 아동으로 시간, 공간, 세대를 초월하여 전달하고자 하는 의도에서 설화집을 편찬하였다. 이들은 조선설화의 "전달자"이며 이런 역할은 설화를 "기술"함으로써 가능해진 것이다.

정인섭과 심의린의 텍스트에서는 서술자가 제한적으로 개입하고 있고 인물 초점화가 자주 사용된다. 앞서 언급했듯이, 구술 전승된 텍스트에서 요약적으로 제시된 어머니와 범의 만남이나, 선녀와 나무꾼의 지상 생활이 장면 제시로 나타나는 것은 이 시대 설화 기술의 특징이다. 그 결과 어머니와 선녀는 스스로를 드러내는 것처럼 서술된다. 여성 인물 초점화는 여성의 인지와 정서를 설화 텍스트에 끌어들일 수 있는 가능성을 보여준다. 『온돌야화』의 「해와 달」에서 어머니는 호랑이를 향해 분노를 터뜨리고 스스로 팔과 다리를 자르고도 한쪽 다리로 뛰어간다. 모성이 분노와 생명력으로 형상화되는 것은 새로운 측면이다. 「선녀와 나무꾼」에서 선녀는 둘째가 태어났을 때 자신의 요구를 말하고, 받아들여지지 않자 셋째가 태어났을 때 의심을 누그러뜨리기 위해 준비하는 용의주도한 모습으로 그려지기도 한다. 『온돌야화』의 서술은 인물에게 스스로를 드러낼 기회뿐 아니라 스스로를 참신하게 드러낼 기회를 제공한다.

심의린의 텍스트들 역시 남성과 여성의 초점화를 번갈아 사용하며 서술을 장면 제시로 보여주는 경향이 있다. 『온돌야화』와 비교했을 때 차이는 인물 초점화로 여성이 드러나는 경우가 상대적으로 제한적이며, 서술자에 의해 중개되는 지점이 있다는 것이다. 그렇게 드러나는 여성 형상은 설화에서는 낯선 것일 수 있어도, 전형적·전통적 여성상에서 크게 벗어나지는 않는다. 심의린의 텍스트는 여성이 드러나는 방식에서 새로움을, 드러난 여성의 내면에서 있어서는 전통성을 특징으로 한다. 심의린이 아동을 위한 설화의 전달자를 자처하고 있다는 점을 고려한다면, 직접 서술되는 여성의 내면은, 설화 문학이 가지고 있던 형상은 아니지만, 아동 독자들이 가지고 있던 친숙한 여성 전형을 환기시키고, 재구축하는 데 일조할 것이다.

손진태의 텍스트에서는 서술자가 강하게 개입하면서 여성 인물의 발화가 제한되고 그 결과 여성의 내면은 잘 드러나지 않는다. 「일월전설」에서 어머니의 내면은 전혀 나타나지 않으며 성적 이미지가 암시적으로 서술된다. 「수탉의 전설」에서는 선녀의 인용된 발화가 나타나지만 이는 거짓 내면을 보여주어 남편을 안심시키기 위한 것이다. 「아랑형전설」에서는 서술자 개입으로 여성의 발화가 서술자의 언어에 오염되는 것처럼 보인다. 여기에서 아랑은 남성 관원의 초점화로 드러나며, 자신의 언어로, 스스로 드러나지 못한다.

심의린과 정인섭은 인물들 사이를 움직이는 가변적·교차적 초점화를 사용해 서술할 때가 있다. 이때 호랑이와 어머니, 나무꾼과 선녀의 내면이 번갈아 드러난다. 손진태의 텍스트는 주로 외적 초점화를 사용한다. 결과적으로 이 텍스트들에서는 여성의 느낌과 정서가 거의 드러나지 않게 된다. 그의 여성 형상화에는 매개자인 남성-작가로서 손진태의 시각과 언어가 흔적으로 남아 있다.

정인섭과 손진태는 모두 민족의 이야기를 일본에 전달하고자 한다. 이때 정인섭은 객관적 전달자라기보다는 새로운 인물 형상을 구축하는 "창조적 전달자"이다. 여기에는 그가 전공한 영문학이 영향을 미쳤을 가능성이 있다. 손진태의 텍스트에는 민속학자로서의 성향보다는 개인적 성향이 더 부각된다. 손진태가 『조선민담집』에서 민속·신앙 관련 설화를 따로 구분하고 있다거나, 『조선 민족설화의 연구』에서 설화의 기원·전파를 설명하는 것을 보면, 그에게는 민속학자 혹은 인류학자로서의 면모가 분명히 있다. 그러나 서사 텍스트에 드러나는 담론적 저자로서 그는 학자적 전달자라기보다는 '남성적 전달자'에 가깝다.

이상의 논의는 근대설화집을 주요하게는 여성/남성, 기술/구술의 관점에서 읽은 것으로, 설화집의 생산과 소비를 둘러싼 근대의 논리가 젠더적, 매체적, 대중적 관점에서 다양하면서도 다층적으로 구성될 수 있다고 본다. 그렇다면 근대설화집 서술 방식의 특징은 과연 근대적 가치를 지향하는 것인가 물을 수 있다. 과연 이러한 특징을 성취로 볼 수 있는가? 장면 제시로 인물의 발화 기회가 제공되고, 인물의 심리가 제공되는 것은 설화문학에서 진보적인 것인가? 가령 기술된 "선녀와 나무꾼"을 보면, 부부의 지상에서의 삶이 제시되면서, 이들의 서로 다른 내면이 드러나게 되고 선녀의 본심은 억압될 수밖에 없었다. 이는 구술 채록본에서 해당 부분이 생략되고 요약되면서, 남성과 여성 모두의 내면이 평등하게 드러나지 않았던 것과는 다른 양상이다. 전통설화 구연에서 인물 내면의 부재가 청중의 상상력 확대를 가능하게 했다면, 근대설화집은 양상에 있어서는 다양하고 다층적이며, 가치에 있어서는 착종적이라고 할 수 있다.[18]

구술되던 설화는 기술되고 기술되던 설화는 다시 구술된다. 근대설화집으로 기술되었던 설화들은 이후 구술설화에 영향을 미치기에, 근대설화집에 대한 논의는 중요하며, 앞으로도 계속되어야 할 것이다.

1   정인섭(鄭寅燮, 1905~1983)은 울산에서 태어나 일본 와세다대학에 유학해 영문학을 전공
    했다. 대학 졸업 후 귀국해 연희전문학교에 교수로 임용되었다. 이후 영문학자로, 또 문학평
    론가, 시인, 수필가, 번역문학가, 아동문학가로 활동하였다. 조선어학회에서 활동하면서
    한글과 관련해 많은 강연 활동을 했고, 한글사전 편찬에도 참여했다. 그는 1938년부터
    친일행적을 보이기도 했다. 그의 전기에 대해서는 박중훈, 「일제강점기 정인섭의 친일활동
    과 성격」, 『역사와 경계』 89, 경남사학회, 2013, 117~215면 참고.
2   정인섭은 『온돌야화』를 근간으로 하여, 화자를 보완하고 설화를 보충하여 총 99화를 수록
    한 영문판을 1952년 영국에서 출판하였다. 정인섭의 『온돌야화』는 동명의 재담집인 다지
    마 야스히데(田島泰秀)의 『온돌야화』(京城 : 敎育普成, 1923)와는 무관하다.
3   손진태(孫晉泰, 1900~?)는 부산에서 태어나 1927년 일본 와세다대학 문학부 사학과를
    졸업하였다. 1932년 송석하 · 정인섭과 조선민속학회를 창설하고 1933년에 우리 나라 최초
    의 민속학회지인 『조선민속』을 창간하였다. 그는 문헌에만 의존하지 않고 현장 답사를
    통해 자료를 축적하여 민속학 연구 방법의 차원을 높인 학자로 평가받는다. 『한국민족문화대
    백과』 DB.
4   손진태는 1927년부터 잡지 『신민』 29~48호에 "조선 민간설화의 연구"를 게재하였고 이
    를 모아 『조선 민족설화의 연구』를 편찬했다. 이것을 재판한 것이 『한국 민족설화의 연
    구』이다. 주로 설화 발생의 유래와 전파를 다루었다.
5   심의린(沈宜麟, 1894~1951)은 서울 출생으로 1917년 한성고등보통학교 사범부를 졸업
    하고 교원 생활을 하면서 한글 연구에 매진하였으며 1925년 대표적 저서인 『보통학교 조선
    어사전』을 발간하였다. 경성여자사범학교 교사로 재직 중 중학교의 문법 교과서로 검정된
    『중등학교조선어문법』을 썼다. 그의 전기에 대해서는 다음을 참고. 김경희, 「심의린의 『조
    선동화대집』의 성격과 의의」, 『겨레어문학』 41, 겨레어문학회, 2008, 214~215면; 권혁래,
    「1920년대 민담의 동화화(童話化)와 심의린의 『조선동화대집』」, 『민족문학사연구』 39,
    민족문학사연구소, 2009, 94~95면. 『조선동화대집』 이전의 출판활동에 대해서는 다음을
    참조. 김광식, 「심의린의 이력과 『조선동화대집』 발간에 대한 재검토-1926년까지 간행된
    한글설화집을 중심으로」, 『열상고전연구』 42, 열상고전연구회, 2014, 443~471면.
6   1차 자료의 출전은 다음과 같다. 정인섭, 『온돌야화』(최인학 · 강재철 역편, 『한국의 설화』,
    단국대 출판부, 2007), 심의린, 『조선동화대집』(최인학 번안, 『조선동화대집』, 민속원,
    2009), 손진태, 『조선민담집』(최인학 역편, 『조선설화집』, 민속원, 2009), 손진태, 『조선
    민족설화의 연구』(『한국 민족설화의 연구』(5판), 을유문화사, 1991).
7   김용희, 「한국 창작동화의 형성 과정과 구성원리 연구」, 경희대 박사논문, 2008, 87면.
8   송효섭, 「'구술/기술'의 패러다임과 그 담화적 실현」, 『구비문학연구』 38, 한국구비문학회,
    2014, 8~9면.
9   위의 글, 10면.
10 1927년 2월 평창부 황인섭 구연. 임석재, 『한국구전설화』 4, 평민사, 1989, 166면.
11 1913~1915년 번안된 「장한몽」과 1919년 김동인의 「약한 자의 슬픔」에서 인물의 말을 나타내
    기 위해 '「 」' 부호가 사용되고 있음을 볼 수 있다. 구어체 사용은 1908년 최남선의 새로운
    문체 운동에서부터 시발되었다. 이에 대해서는 이정찬, 「근대적 구두법이 읽기와 쓰기에

미친 영향-근 전환기를 중심으로」(『작문연구』 7, 작문연구학회, 2008, 265~268면) 참조.

12 염희경, 「「해와 달이 된 오누이」에 나타난 호랑이상−설화와 전래동화 비교를 중심으로」,
   『동화와 번역』 5, 동화와번역학회, 2003, 20면.

13 임석재, 『한국구전설화(평안북도편)』 1(2판), 평민사, 2011, 57~75쪽에 수록된 다섯 편
   의 「나무꾼과 선녀」는 이 점에서 유사하다.

14 연행 상황에서 이런 이미지들은 이야기를 듣는 사람들의 정서를 환기시켜 구술 상황을
   현재적 사건인 것처럼 느껴지게 한다. 강진옥, 「원혼설화에 나타난 원혼의 형상성 연구」,
   『구비문학연구』 12, 한국구비문학회, 2001, 23면.

15 소복한 여귀는 한국 귀신의 전형적 모습으로 생각되지만, 조선시대 문헌 자료에서 찾을
   수 있는 형상은 아니다. 백문임은 이러한 관습이 〈전설의 고향〉이라는 TV드라마에서 형성
   된 것이 아닐까 추측한다(백문임, 「미지와의 조우−아랑형 여귀영화」, 『현대문학의연구』
   17, 한국문학연구학회, 2001, 85면). 그러나 손진태의 자료가 1920년대 채록된 것임을
   생각하면 소복한 귀신은 드라마 제작자 개인의 상상력의 산물이 아니라 집단적 상상력의
   산물이며, 1960년대가 아니라 1920년대부터 나타났다고 볼 수 있다.

16 『반만년간죠선기담』은 1922년 간행되었지만 이 논문에서 다루는 설화집들과 성격이 다르
   다. 이는 구전설화보다는 문헌설화를, 재화하지 않고 전사했다는 점에서 전대 야담집에
   가깝다.

17 원귀를 묘사하는 산발, 소복, 피흘림 등의 외형은 죽음을 당했던 당시의 처참한 정황 전반
   을 한눈에 드러내는 기능을 한다. 이는 외부세계가 그에게 가한 폭력적 상황을 보여주고,
   그것을 현실에 폭로한다(강진옥, 「원혼설화에 나타난 원혼의 형상성 연구」, 24・26면).
   아랑뿐 아니라 괴기담의 여귀들은 죽었을 당시의 외형 그대로 사람들 앞에 나타난다. 이에
   대해서는 백문임, 「미지와의 조우−아랑형 여귀영화」, 73면.

18 현대 출판되는 전래 동화집의 근간은 이들 근대설화집에서 출발한다. 현대 전래 동화집이
   전래 동화답지 않다거나, 교조적 목소리를 드러낸다면 그것은 근대설화집 형성 과정에서
   노정된 한계 때문일 수 있다. 근대설화집에 드러난 인물 내면의 재현에 대한 증가된 관심이,
   의도치는 않았겠지만, 부정적 영향을 미쳤을 가능성을 외면할 수는 없다.